Sonsoles Ónega

La Fundación José Manuel Lara
convoca el Premio de Novela Fernando Lara,
fiel a su objetivo de estimular la
creación literaria y contribuir a su difusión.
Editorial Planeta edita la obra ganadora.

Esta novela obtuvo el XXII Premio de Novela
Fernando Lara, concedido por el siguiente jurado:
Fernando Delgado, Pere Gimferrer,
Ana M.ª Ruiz-Tagle, Clara Sánchez
y Emili Rosales, que actuó a la vez como secretario.

El Premio de Novela
Fernando Lara cuenta con el patrocinio
de la Fundación AXA.

Después del amor

Sonsoles Ónega

Premio de Novela Fernando Lara 2017

Planeta

Avinguda Diagonal, 662, 6.ª planta. 08034 Barcelona (España)
www.planetadelibros.com

Diseño de la colección: Booket / Área Editorial Grupo Planeta
Ilustración de la cubierta: © *Berlín 1924* de Catherine Abel (Colección Privada), Bridgeman Images-Age Fotostock
Fotografía de la autora: © Raquel Molina
Primera edición en Colección Booket: octubre de 2018

Depósito legal: B. 20.451-2018
ISBN: 978-84-08-19520-7
Impresión y encuadernación: Rodesa, S. L.
Printed in Spain - Impreso en España

A Rosa María e Inmaculada. Y a su madre, Carmen.

A Iago y a Gonzalo por las horas robadas.

Ayer se fue; mañana no ha llegado;
hoy se está yendo sin parar un punto:
soy un fue, y un será, y un es cansado.

FRANCISCO DE QUEVEDO

CAPÍTULO 1

Barcelona, 27 de septiembre de 1933

—¿Ha escuchado alguna vez silbar a los árboles en Tremolencs?

Carmen se escondió bajo el ala de su gorro de fieltro granate y negó con la cabeza.

—Algún día la llevaré.

Cuando alzó la mirada para buscar la suya, él ya no estaba allí. Había desaparecido del andén. Y, con él, las dos parejas de mozos y ese hombre que se había cuadrado de forma disciplinada cuando bajaron del tren. Como si hubiera sido un sueño. Como si nada hubiera ocurrido en realidad. Como si aquella persona solo fuera producto de un delirio. De una imaginación. Solo un deseo.

¿Cuánto hacía que no le hablaban con esa ternura? ¿Cuánto que un hombre no apreciaba su rostro? ¿Cuánto que alguien no se detenía un minuto a observar su inquietud y, como si la sintiera propia, se preocupaba por ella?

Carmen pensó que quizá, de ahora en adelante, serían los extraños los que se detuvieran en su tristeza. Ahora serena. Ayer, agitada y soberbia. Había deseado tantas veces volver a ser aquello que fue, que una conversación vacía era capaz de colmarla.

Después de lo que había sucedido, del tiempo que llevaba aguantando sin tener derecho a réplica, conteniendo la furia como si fuera parte de sus obligaciones, había decidido imponerse.

Al precio que fuera.

Pensó que había llegado la hora de sacudirse la esclavitud. Dejar de ser rehén de los acontecimientos que no controlaba, del peso de cumplir con su tiempo. Y con las circunstancias que la rodeaban, obligándola a actuar como debía. Y no como quería.

Había llegado el momento de aprender la lección.

La vida.

Así es.

Solo eso.

Vivimos una vez. Y no hay ensayos. Estrenamos cada día.

La Manola, Rosalía y los niños la esperaban en casa. Salió de la estación y sintió el calor del sol de La Garriga. Atrás dejaba cuarenta y dos kilómetros de vías desde Barcelona. Era la primera vez que cogía ese tren sola. Alguna vez había hecho el trayecto con José María.

«Al principio», pensó.

Al principio de todo, su marido José María Escardó viajaba con ella y pasaba a su lado los meses de verano en Villa María, la imponente casa palaciega propiedad de los Puig, una familia de industriales barceloneses, a quienes se la alquilaban durante todo el año.

En origen, la rentaba tía Esther, la soltera de la familia y a la que unos y otros fueron mejorando en sus testamentos para evitar que la soledad a la que había sido condenada la pillara desprovista de bienes. Tía Esther siempre había sentido predilección por su sobrino médico José María. Era, sin duda, una predilección interesada. Hasta el final de sus días, José María le tomó el pulso cada mañana y cada noche y le surtió de medicamentos a domicilio que, de tanto decirle que obrarían el milagro de la inmortalidad, la buena de tía Esther nunca llegó a saber que se había muerto. Una mañana, sin haber dado señales previas de enfermedad, tía Esther no despertó. Fue José María quien la encontró en la cama sin vida. El médico nunca se lo perdonó. Ni a sí mismo ni a la criada que no tuvo el acierto de reparar en lo tarde que se le había hecho a la señora. La familia tampoco le preguntó si había advertido algún signo inequívoco del acecho de la muerte porque, la verdad sea dicha, la vieja no dio señales. Hasta la última noche, tía Esther se había comportado igual que siempre. Cenó una sopa de gallina y una tortilla a la francesa. Bebió un vaso de leche y tomó sus pastillas. José María certificó que el pulso era correcto y se despidió de ella con el mismo ritual, que consistía en colocarle una manta sobre las piernas, un cojín detrás de los riñones y un libro en las manos.

Cuando leyeron el testamento de tía Esther, José María sintió algo de pudor al comprobar que había ordenado entregarle el dinero en efectivo que resultara de multiplicar el precio del alquiler de Villa María durante los siguientes veinte años de vida de su sobrino. El pudor le duró apenas unos días. El tiempo que tardó en recomponerse de la muerte de tía Esther y en recibir la suculenta cantidad que aseguraba sus veraneos en aquella torre de principios del siglo XX, de casi dos mil metros cuadrados de terreno.

Al poco de todo esto, Carmen pasó a ser señora de Escardó y nueva inquilina de Villa María. Casi se cae de espaldas al descubrir la majestuosidad de cada una de las estancias de la vivienda. Ni en sueños habría podido imaginar algo igual. O no al menos en los primeros sueños de su matrimonio con aquel joven médico que empezaba a hacer cartera de pacientes en la Barcelona de finales de los años veinte y que enseguida se dio a conocer entre la burguesía catalana que depositó en él toda su confianza.

Tampoco pasó mucho tiempo hasta que la pareja se mudó al número 253 de Rosellón, principal, segundo, entre paseo de Gracia y Rambla de Cataluña. La vivienda era tan grande que pudieron dedicar una zona amplia y luminosa a la consulta, otra a la sala de espera y a la de reconocimiento, y otra más para el ayudante, Conrado, un joven licenciado que aprendió allí más que en toda su vida. José María era un brillante observador con un ojo clínico elogiado por sus pacientes. Lo de tía Esther había sido una excepción que confirmaba la regla. Sabía distinguir a la legua al enfermo del enfermo imaginario que vivía instalado en el dolor sin saber que lo que realmente necesitaba era una caricia. José María, pese a la bravura de su carácter, las dispensaba con una ternura que Carmen empezó a echar en falta al poco de nacer sus hijos. Entonces, su cuerpo, su rostro, su cuello se convirtieron en territorios abandonados por las manos de José María.

De eso habían pasado ya años.

Los tacones de Carmen rebotaban ahora sobre la arena, camino a Villa María. Discurría por el paseo entre frondosa vegetación y casonas que nada tenían que envidiar a la de tía Esther. La Garriga siempre le provocaba la impresión de que el tiempo se había detenido en algún momento impreciso de la historia. Carmen la prefería a Barcelona. Le gustaba su silencio en las noches de verano. El sonido de los grillos. El olor de los prados. El cántico armónico de las aves.

El pueblo acababa de celebrar la fiesta de la Virgen de la Mercè, que marcaba el fin del verano. Muchas de las casas, propiedad de familias de pomposo apellido, habían cerrado ya sus puertas hasta el año siguiente. Cada mes de septiembre se repetían las idas y venidas. De los de siempre que se marchaban devolviendo a las calles de La Garriga su cadencia y una calma que aquel día a Carmen le pareció impostada.

Una a una, fue revisando las ventanas que hasta hacía solo unos días habían estado abiertas con sus cortinas descorridas, dejando que el aire se colara en los dormitorios, en los baños y en la cocina. Se le hizo extraño el silencio que había sustituido al rumor de las sirvientas. Ajena esa brisa de finales de verano que ya no transportaba el olor de los perfumes de las señoras que salían a pasear sus mejores galas o el de los puros de los caballeros que, henchidos de su fama de galanes, cortejaban a las señoritas solteras.

Pensó.

No había dejado de pensar desde que abandonó la estación y se sintió una extranjera en ese paseo tantas veces recorrido sola o en compañía. Sola o de la mano de José María.

Sola o con sus niños.

Sola.

Casi siempre sola.

CAPÍTULO 2

Sola había llegado al andén de la estación esa mañana del 27 de septiembre.

—El tren está al llegar, ¿verdad? —preguntó al guarda que despachaba billetes.

—Sí, señora —contestó el hombre sin apenas despegar los labios, en los que colgaba una colilla apagada y consumida.

Tenía prisa por abandonar Barcelona. Tenía prisa y pena y unas ganas de llorar que contuvo por vergüenza. Por decencia. O por mantener intacta la dignidad ante cualquier conocido con el que pudiera cruzarse.

—¿Qué dignidad? —musitó para sus adentros.

A escasos metros, un hombre de impecable uniforme, firmes hechuras, alto y bien peinado, discutía con el guardagujas sobre un mercancías que debería haber llegado a Barcelona. Y no había llegado.

Solo unos minutos después, el tren hizo su entrada en la estación. Carmen se estiró la falda y la camisa vaporosa, se colocó el sombrero y agarró con fuerza las asas del bolso de piel verde, a juego con los zapatos de tacón medio. El hombre del uniforme se despidió del guardagujas, subió al vagón, que a esas horas iba vacío, y se sentó justo enfrente de ella.

«¿Acaso no hay más sitios? ¿No podría haber elegido otro?», pensó.

Giró la cara hacia la ventana en un gesto de deliberada displicencia y repasó con los dedos las perlas del collar. El cristal le devolvió su mirada enmarcada en unas cejas finas y delineadas sobre sus ojos maquillados con sombra azul.

El reloj de la estación marcaba las nueve y treinta y cuatro minutos de aquel miércoles en el que Carmen Trilla ya no aguantó más y decidió huir de la pesadilla en la que se había instalado hacía exactamente dos meses y catorce días. No lo tenía previsto. Apenas acababa de llegar a Barcelona, interrumpiendo su veraneo en La Garriga, para asistir a la cena de gala de los señores de Viana, una de las citas ineludibles de la burguesía barcelonesa. Pese a su importancia, no había aguantado ni cuarenta y ocho horas en Rosellón. Guiada por los desvelos y por la memoria que no había dejado de reproducir la imagen de la traición en plena calle, decidió regresar a Villa María antes de tiempo para recoger a los niños y a las criadas.

27 de septiembre

Saltó de la cama al alba, en cuanto los pájaros empezaron a canturrear, decidida a poner, por fin, tierra de por medio. Se vistió sigilosa para no despertar a José María, preparó su bolso entre tinieblas y rebuscó en el escritorio de la consulta las cuartillas con el membrete del médico, en las que escribió: «He vuelto a La Garriga, regresaré en la fecha prevista».

Salió de casa como alma que lleva el diablo y solo cuando se sentó en el vagón del tren respiró aliviada.

—¿Hay algo que la inquieta? Parece intranquila.

—Perdone... ¿Se dirige a mí? —contestó Carmen sin retirar la mirada del punto imaginario en el que se había concentrado para no tener que cruzarse con el inoportuno hombre de uniforme que se había sentado frente a ella.

—¿A quién si no? —continuó él—. El vagón va vacío. No tengo a nadie más con quien hablar.

—No me ocurre nada. Es usted muy amable.

—Permítame que me presente. Mi nombre es Federico Escofet. Capitán de caballería. Me dirijo a inspeccionar la unidad rural de los *mossos d'esquadra* en La Garriga.

—Me llamo Carmen —dijo ella sin más, sin añadir apellido al nombre y sin atreverse a mirarlo a los ojos.

Al oír su nombre, Federico hizo el ademán de levantarse sin llegar a levantarse. Cogió su mano derecha y se la acercó a los labios. Carmen la retiró como si el simple gesto fuera una indecencia.

—¿Puedo saber a qué viaja a La Garriga?

—Viajo a recoger a mi familia.

—¿Veranean ustedes allí?

—Sí —contestó ella.

—¡Vaya! Ya es casualidad que nunca haya reparado en usted —exclamó—. Si en algo puedo ayudarla, no tiene más que pedírmelo.

Desdobló el ejemplar de *La Vanguardia* que llevaba bajo el brazo y empezó a leer.

Carmen se fijó en sus manos grandes y cuidadas, en los tendones marcados y en el anillo dorado que revelaba su inequívoca condición de hombre casado.

El hombre de uniforme que se había interesado por sus preocupaciones pareció olvidarse entonces de ella y se concentró en la lectura de aquel periódico que anunciaba cuatro muertes en las esquelas de su portada: la de los abogados Juan Ramón Pascual y Pascual y Antonio Baldrich Solá, la de doña Francisca Vilella y Vidal, viuda de Miquel Tosas, y la de Cristina Albert Riudor. Tenía dieciocho años.

Federico se detuvo en la esquela de la niña. ¿Qué le habría pasado?

A sus treinta y cinco años, él ya había tuteado a la muerte. La había visto de cerca en la contienda marroquí, integrado en las tropas regulares Indígenas de Larache destacadas en Alcazarquivir. En tres ocasiones, la muerte lo merodeó y en las tres consiguió esquivarla, un mérito que años después le valió el ascenso a capitán. La recompensa no sirvió, en cambio, para apaciguar a su mujer, que se negó a que volviera al frente. Federico aceptó y pidió el ingreso en el regimiento de Cazadores (Treviño 26.º) de Vilafranca del Panadés, una unidad introducida en la caballería del ejército por Carlos III que no era, sin duda, su mejor destino, pero que le sirvió para ampliar su formación y, sobre todo, para dar esquinazo a la muerte.

En España mandaba Primo de Rivera y, aunque Federico había jurado lealtad al rey, aquellos años le provocaron una angustia moral que poco después haría estallar su ánimo en mil pedazos.

Federico pensó en sus dos hijas. Aquella mañana, como tantas otras, dormían cuando salió de casa no sin antes desayunar su zumo de pomelo, su café con leche y sus dos tostadas con aceite que le servían en el salón en una bandeja de plata cubierta por un fino mantel de hilo bordado con su inicial y la inicial de su esposa.

Pensó en ella y en los sacrificios que había padecido por su culpa. O por su responsabilidad castrense, ese extraño sentimiento al que se le jura la misma lealtad que a la república o a la monarquía. ¿Más profundo que el amor? Más profundo que cualquier otra cosa en este mundo.

El tren aún tardó en llegar a La Garriga. Federico Escofet y Carmen Trilla no volvieron a intercambiar palabra hasta que él se despidió de ella con la promesa de llevarla a ese lugar secreto llamado Tremolencs donde a los árboles se los oía silbar.

CAPÍTULO 3

No conseguía arrancarse de la cabeza aquella frase.

—Algún día la llevaré.

Lo de menos era adónde.

Por supuesto que Carmen conocía Tremolencs, pero nunca se había detenido a escuchar el silbido de los árboles ni nadie le había hecho reparar en ello. En cambio, aquel hombre —Federico Escofet, dijo que se llamaba— la había removido por dentro.

En Villa María las niñas revoloteaban a su alrededor.

—¿Traes regalos? ¿Traes regalos? —preguntaban jubilosas las gemelas.

Tomía y Cuyaya. Así las conocía todo el mundo. En realidad eran Rosa María e Inmaculada, pero Josito, el hermano mayor, al que todos llamaban «nene», las bautizó de nuevo con el balbuceo de sus primeras palabras.

—¿Cómo se llaman tus hermanas, nene? —le preguntaban.

Y el nene contestaba:

—Tomía y Cuyaya.

Y con Tomía y Cuyaya se quedaron para siempre.

—¡No la esperábamos hasta mañana! —exclamó la Manola.

—¡Niñas, por favor, niñas!

Carmen no atendió al comentario de la criada.

—¡Os voy a comer a besos! Qué guapas están mis gemelitas. Pero dejadme ver al nene. ¿Dónde está el niño?

—Está en su dormitorio, señora. No ha pasado buena noche —contestó la Manola mientras recogía del suelo el bolso de Carmen.

La madre volvió a abrazar a sus hijas durante unos minutos en los que sintió que había llegado a puerto, al faro que debía iluminar su vida.

—Señora, don José María ha llamado varias veces.

Carmen se giró hacia la criada, con el miedo en la mirada.

—¿Qué le ha dicho?

—No sabía que usted llegaba hoy, así que solo le dije que no estaba.

—¿Ha quedado en volver a llamar?

—Sí, señora, eso ha dicho.

—Gracias, Manola.

—¿Le preparo algo, señora? —preguntó la criada—. ¿Ha desayunado?

—¡Ay, Manola! Sí, por favor, preparemos un té y un baño caliente.

Carmen y la Manola se trataban de usted, pero a veces Carmen utilizaba el plural mayestático para dar órdenes. Necesitaba hacerlo como si así aliviara su condición de señora y aliviara a la criada su condición de criada.

—¿Un baño a estas horas, señora?

—Sí —contestó Carmen.

La criada no perdió ni un segundo.

Las mañanas en Villa María eran deliciosas. Olían a hierba mojada y a tierra húmeda. Antes de que el sol estuviera alto, Carmen disfrutaba paseando por la finca con las niñas y con *Perucho,* el caniche blanco que había muerto el verano pasado medio ciego e invadido por una dolorosa artritis. Aún se notaba el vacío del viejo perrillo que había llegado a la familia antes que el primero de sus hijos, enfermizo desde que nació y al que la misma vida le reservaba poco tiempo y mucho sufrimiento. Cerró los ojos, respiró profundo y subió a verlo. Estaba tumbado en la cama, tapado con una sábana hasta la barbilla.

—¿Cómo estás, nene? —le preguntó.

El niño entreabrió los ojos y sonrió con una mueca entre dolorida y esperanzada.

—Bien, mamita —contestó—. ¡Qué ilusión verte!

Carmen lo abrazó, lo besó y le mordisqueó los mofletes hasta que el nene dijo «ya, mami, que me duele la espalda».

Maldita espalda.

Ni José María ni los médicos que lo reconocieron cientos de veces supieron diagnosticarle enfermedad alguna. «Prueba con Somatose —le decían—. A ver si así cambia ese color de piel.» Pero el color no cambió y ya se veía que aquel niño que nació sin llorar se guardaba las lágrimas para más adelante.

—Te he echado de menos, mami.

—¡Mi vida, ven aquí!

Carmen se recostó a su lado y lo envolvió entre sus brazos.

—Mami ya está aquí —le susurró—. ¿Has hecho tus ejercicios?

—Sí, mamita.

—Esta noche yo los haré contigo.

—Contigo es mejor —suspiró el nene.

Los estiramientos de la espalda le dolían hasta arrancarle las lágrimas y solo Carmen sabía serenarlo con sus caricias y sus besos. Nada más que eso podía hacer por su hijo, acompañarlo en el sufrimiento y hacerlo suyo como si fuera su particular penitencia por no haberlo parido sano.

José María siempre había querido tener un hijo varón para que pudiera heredar su consulta de médico. Carmen se lo dio al poco de casarse, pero no estaba programado que el niño naciera enfermo. Y como si de una maldición se tratara, se empeñó en preñarla tantas veces como fuera necesario hasta traer a este mundo otro varón. La vida germinó rápido y por partida doble y al año nacieron dos niñas, para fastidio del padre, que, tras el parto que él mismo asistió, solo dijo:

—Se resiste el varón.

Contrariado por el alumbramiento, simuló una urgencia y abandonó la casa dejando a Carmen y a las niñas recién nacidas al cuidado de las mujeres. La mayor era Inmaculada. Con cinco minutos de diferencia nació Rosa María, moradita y asustada.

Los nombres no los decidió ella, pero no puso pegas.

—Voy a darme un baño, cariño. No tardaré, ¿de acuerdo? Después te levantaré y bajaremos juntos al jardín. Hace un día delicioso y el sol te vendrá bien.

El nene la dejó marchar. Carmen abrió el grifo de la bañera de cerámica, se recogió la melena en una coleta alta y se empezó a desnudar. La Manola tenía razón. No eran horas para darse un baño, pero por algún motivo necesitaba hacerlo. El agua casi hirviendo relajó sus músculos y la espuma cubrió todo su cuerpo. Chapoteó con los pies y se detuvo en la imagen que le devolvía el espejo: el biombo de bambú xerografiado con la silueta de una mujer de rasgos orientales que, sugerente, enseñaba un pecho y cubría el resto del cuerpo con una tela blanca. Fue un regalo de boda que a José María nunca le gustó y que a ella, en cambio, le parecía una preciosidad. Le encantaba mirarlo e imaginar si esa mujer existió de verdad, si posó para el artista o solo estaba en su imaginación.

«¿Estaría el pintor enamorado de ella? —pensó—. ¿Me desnudaría yo para unos ojos distintos a los de José María?»

Al salir de la bañera, el agua se deslizó por su cuerpo dejando un pequeño charco sobre las baldosas geométricas que cubrían toda la superficie. Se soltó el pelo y se vistió.

«¿Qué es el amor? —se preguntó—. ¿Nacemos predestinados para amar a una sola persona? Y si nos falla, ¿somos capaces de perdonar una traición? ¿Qué pasa con el odio? ¿Dónde lo colocamos?»

No. Carmen concluyó que ella no podía amar, odiar y perdonar al mismo tiempo.

El té aguardaba en la mesa del porche frente a la alberca. Las niñas ya estaban listas para el primer chapuzón del día. Parecían dos ángeles con sus cabelleras rubias, sus bañadores de rayas y sus flotadores. Eran idénticas. Dos gotas de agua.

Carmen las vio desde la ventana del dormitorio del nene. Lo cogió en brazos y, escalón a escalón, lo bajó hasta el jardín.

—Disfruta del día, nene —le dijo al sentarlo bajo un quitasol—. No me separaré de ti ni un minuto.

Aunque no era lo habitual entre señoras y criadas, la Manola solía sentarse con Carmen a hablar de lo divino y de lo humano. La criada siempre fue una más en aquella familia de tres hermanas: la difunta Enriqueta, Mercedes y ella, la pequeña Carmen.

La madre de la Manola había servido en casa de sus padres, don Jaime Trilla, procurador de los tribunales, y señora. Al poco de quedarse embarazada de un hombre que la abandonó, nadie se sintió con fuerzas de despedirla y la familia acordó que se quedara viviendo con ellos mientras la Manola se gestaba en sus entrañas. Después de parir tampoco les salió echarla y la Manola se crio entre aquellas niñas que estudiaban música y aprendían idiomas. A los catorce años lo que la Manola aprendió fue a trabajar.

Cuando Carmen se casó con José María, la eligió a ella para ayudarla con las tareas del hogar y, al poco de parir a las gemelas, la Manola ascendió a la categoría de ama y contrataron a una nueva criada.

Su nombre era Rosalía.

Se encargaba de todo aquello que la Manola ya había convalidado: la cocina, la plancha y el fregar.

Rosalía era de tan pocas palabras que a veces parecía que no estaba. Su carácter era en todo contrario al de la Manola, que hablaba por los codos y con cualquiera. Y como no necesitaba que le contestaran, más de una vez había sermoneado al pobre *Perucho*, que, de tanto oírla, un día dejó de escucharla. Rosalía era católica mientras que la Manola era mujer de poca o ninguna fe religiosa. Solían discutir sobre el último sermón que Rosalía había escuchado en la iglesia y que reproducía casi literalmente para ver si convencía a la Manola. Pero la Manola era testaruda como ella sola.

Rosalía jamás osaba sentarse a parlotear con la señora. Tampoco jugaba con las niñas ni paseaba con ellas por Barcelona. En realidad, nunca salía de la cocina, en la que Carmen entraba para entretenerse con algún plato. La Manola se lo había advertido.

—Ten cuidado con esta señora nuestra, que es muy dada a liarse con un guiso. Puedes dejar que toquetee lo que quiera, menos el ajo. Para eso estás tú.

Y jamás dejó a Carmen tocar un ajo o una cebolla, no fuera a ser que entre las sortijas y los encajes del puño de una camisa quedara semejante rastro maloliente.

—¡Señora! Don José María al teléfono.

Carmen corrió al salón a atender la llamada. Casi le faltó santiguarse al escuchar la voz enfurecida de su marido.

—¿Cómo has sido capaz de abandonar tu casa en un día como hoy? ¡Tenemos una cena que es importante para mí! Para eso regresaste a Barcelona. ¡Solo para eso! Y ahora, ¿dónde estás? ¡En La Garriga! Muy bien, Carmen. Muy bien. Te has lucido.

Carmen asistía en silencio a la retahíla de reproches que salieron de la boca de su marido. Sí, claro que sabía que la cena era importante para él. «¿Y?», se preguntó. Todo estaba justificado después de saber la verdad de su matrimonio.

—¿Estás ahí? —preguntó el marido—. ¿O me has colgado? ¡Contesta!

—Estoy aquí, José María.

—¡Menos mal! Al menos llamarás a la señora de Viana para disculparte, ¿no? ¿Qué le dirás? ¿Le vas a contar la verdad, que te has ido, que has abandonado el hogar conyugal?

—José María...

—Ni José María ni pamplinas. Explícame qué vas a decirle. No podrán perdonarte. Es su cena de verano. La más importante del año. Todos los hombres irán con sus mujeres. Y yo, ¿con quién iré yo? Solo. Iré solo porque mi mujercita se ha ido sin decirle nada a su marido. ¡Carmen!

A la señora de Viana le daría igual si Carmen iba o no iba a su cena de verano. A quien encendía era a José María. No asistir con su señora pegada al brazo le parecía indecente. «¿Y? —volvió ella a preguntarse—. ¡Tantas indecencias llevo yo aguantando!»

—Di algo, por lo menos, di algo. No te quedes callada. ¡Me lleva a los demonios tu desidia!

—No puedo decirte nada. Necesitaba ver a los niños. Tenía que verlos...

—¡Qué niños ni qué niños! ¿Para qué tienes dos criadas? ¡Teníamos una cita! ¿Lo entiendes o no? Ni la ropa me has dejado preparada. No son maneras de salir de una casa, Carmen. ¿Qué pensabas?

Carmen no contestó.

—Voy a colgar, José María —dijo al fin.

—Siempre has hecho lo que te ha venido en gana, pero esta vez, Carmen, has cruzado la línea roja.

El marido colgó el teléfono y a Carmen le quedó un regusto amargo. El colmo fue la reprimenda por la ropa que, desde que se casaron, Carmen elegía y colocaba en el galán de caoba.

El traje, la camisa, la corbata, el pañuelo, los calcetines, la muda.

Una noche.

Y otra.

Y otra más.

Así desde el 31 de octubre de 1927. O mejor dicho, desde que volvieron del viaje de novios que los llevó a París y los devolvió a Barcelona más enamorados y esperando el primer hijo. Carmen apenas tuvo tiempo de disfrutar de ese hombre del que se había enamorado perdidamente y con el que se casó convencida de que aquello que sentía era amor.

Amor inagotable que con el tiempo se acomoda, y va mutando hasta volverse irreconocible.

José María ya no era José María. Se atrevía a gritarle de un modo que no podía consentir.

¿O sí?

Pero no.

Que fuera una sombra en el lecho conyugal no le daba licencia para tratarla de ese modo.

Ella sabía que todo había empezado cuando nació el nene. Sí, fue ahí cuando la vida les enseñó los dientes.

¡Claro que a ella también le dolía su enfermedad sin nombre! Pero lo dramático fue descubrir cuánto la odiaba su marido.

A veces se encerraba en la consulta y la emprendía a golpes contra la pared o contra el escritorio colonial de madera de mango sobre el que descansaba su foto de boda.

La forma que tenía de canalizar ese odio que le recorría el cuerpo le salió por la cabeza y lo volvió calvo al año del nacimiento del niño. Por entonces se dejó un bigote estrecho de puntas un poco afiladas que cambiaron, de la noche a la mañana, al hombre con el que Carmen se había casado.

—Una desgracia, una verdadera desgracia —contestaba cuando le preguntaban por el pequeño.

Era la comidilla en los salones de té, en los cafés y en las salas de concierto.

La pregunta de siempre.

La maldita respuesta.

El gesto torcido.

La mueca de dolor.

Al anochecer, antes de apagar las luces del vestíbulo y de que las criadas se retiraran a dormir, Carmen pedía a Rosalía que hablara con quien estuviera de guardia para ablandar el carácter de su marido. Ahora sabía que no habría santo que pudiera mediar para apaciguar el vendaval que se avecinaba.

CAPÍTULO 4

La voz del subcaporal distrajo a Federico del pensamiento de la mujer del tren. Carmen.

—Mi capitán, el destacamento está en perfectas condiciones.

El oficial no tenía novedades que reportar aquel día en aquella unidad compuesta por doce *mossos* leales a la República y al capitán Escofet. Siempre que podía, Federico mencionaba al alcalde de Valls, Pere Antón Veciana, para agrandar el orgullo de pertenecer a la fuerza civil armada más antigua de España.

No en vano, al cuerpo se le conoció en sus orígenes como los *mossos* de Can Veciana que, fieles a Felipe V, se reorganizaron en una compañía de hombres armados que impuso el orden en la región.

—¡Veciana, un hombre grande y un político honrado! —solía decir—. Busquen nuestros orígenes en Valls y allí hallarán la respuesta.

Las cuadras olían a heno y a orín de caballo recalentado bajo el techo. Los ventanucos enrejados dejaban correr la brisa y agitaban ese olor agrio que le recordaba a sus años mozos en Alcazarquivir.

Federico dedicó algunos minutos a inspeccionar los guadarneses. Relucían las monturas y las cabezadas. Las esponjas de crin, las pastillas de jabón y los botes de grasa habían sido colocados siguiendo un orden geométrico sobre los tacos de madera atornillados a la pared que hacían las veces de estantería. Firmes, los oficiales contenían la respiración mientras él pasaba el dedo índice por el cuero y el hierro de los bocados y se lo llevaba hasta los ojos para ver si había polvo. Preguntó por qué conservaban un taco de periódicos apilado en un rincón, y el suboficial contestó que no había ningún motivo especial.

—Pues tírenlos, que el papel cría ratas y alimenta la memoria —dijo.

En una esquina, como parte del mobiliario, un aprendiz no perdía detalle. A punto estuvo Federico de subirle las gafas que se le habían escurrido por la nariz a causa del calor sofocante.

—¿Y usted quién es? —le preguntó.

El aprendiz se llevó tal susto que, en vez de su nombre, le salió un gesto militar.

—No se cuadre así ante nadie —le dijo—. ¡Empiece por recordar cómo se llama!

Para Federico la dignidad era lo último que un hombre podía perder. La dignidad y el honor. De la dignidad le había hablado su madre, Ana Alsina, fallecida el 17 de enero de ese año, tras recibir, como correspondía a su posición, la bendición del papa Pío XI.

Una mujer irrepetible, solía decir cuando se refería a ella o cuando aún se le acercaban a darle el pésame. Sin duda, doña Ana hubiera preferido que Federico continuara el legado de su marido, don Eladio Escofet, un acaudalado industrial que empleaba a ochocientos operarios en su cuartel general de la calle Wad-Ras, en el barrio de Pueblo Nuevo.

El padre de Federico fabricaba de todo. Desde objetos de escritorio hasta mesillas para máquinas de escribir pasando por tablas de planchar.

Pero no fue eso lo que le hizo rico.

Lo que de verdad le dio fortuna fue la exclusiva de cola líquida que suministró al ejército estadounidense desplegado en Francia durante la primera guerra mundial. A eso sumó la representación en España de las estilográficas alemanas Montblanc, que competían en prestigio y calidad con las Sheaffer americanas.

Pese a ser un hombre fiel a la mano que le daba de comer, don Eladio no perdía oportunidad de enseñarle a Federico todo lo que era capaz de hacer la competencia. Lo sentaba en una silla y, sobre un tablero soportado por dos caballetes, le ponía a montar y a desmontar el genial sistema de palanca ideado por Walter Sheaffer en la trastienda de su pequeña joyería de Fort Madison, una ciudad del condado de Lee en el estado de Iowa.

—Esto es inventar. Y todo lo demás, copiar —decía el padre.

El caso es que ni don Eladio ni doña Ana consiguieron aplacar la vocación militar que embriagó a Federico y ante la que no tuvieron más remedio que ceder autorizando su ingreso en la Academia de Caballería de Valladolid. A cambio, le obligaron a que también cursase Ingeniería. Cumplió a medias porque solo aprobó tres cursos en la Escuela Industrial de Tarrasa.

Pese a su implacable rectitud, flaqueaba ante las pasiones y los romances esporádicos que, en alguna ocasión, estuvieron a punto de costarle caro. El único conocedor de esas veleidades incontrolables era Gerardo Llobet, su fiel ayudante.

Tan pronto como la comitiva salió del guadarnés, Llobet se acercó a él y lo llevó a un aparte, lejos de oídos indiscretos.

—Mi capitán, deberíamos retornar a Barcelona en el siguiente tren.

—¿A qué vienen estas prisas? ¿Ha pasado algo, Llobet?

—Nada que deba saber en este momento.

—Me gustaría despachar con el gobernador civil...

—Sé lo que me digo, mi capitán.

Se acercó al cuello de su uniforme y, de puntillas, le susurró:

—He visto a Dolores Montánchez. Hágame caso. Era ella. La vi en la puerta de las cuadras. No le quitaba ojo de encima.

Escofet no pudo reprimir la carcajada.

—¿Aquí? —le preguntó—. Los fantasmas no existen, Llobet.

Pero Llobet no había visto un fantasma. No lo era aquella mujer de carne y hueso que había aparecido, precedida por su sombra, en las cuadras de la comisaría. Aunque conocía de sobra las artes de Dolores, ni en la peor pesadilla habría imaginado que llegaría hasta La Garriga. Sabedora de que Federico la frecuentaba, y calculadora como siempre, había maquinado un encuentro. Uno más, que sería tan estéril como el anterior.

Cuando se aseguró de que Llobet la había descubierto, se fundió bajo los rayos de sol y desapareció.

El fiel ayudante perdió el buen tono con el que siempre hablaba y gritó:

—¡Mi capitán, vámonos!

Escofet no reconoció en la desmesura de la orden al oficial de caballería que se había convertido en su mano derecha desde que se incorporó al cuerpo de los *mossos*. Con una sumisión desconocida, Federico aceptó y Llobet simuló un imprevisto en Barcelona del que nadie dudó.

Escofet se estiró la chaqueta del uniforme y, sin adornar la despedida, puso fin a la visita no sin antes ordenar al caporal que informase al gobernador de su fugaz visita a La Garriga.

En el tren de vuelta, Federico no dirigió la palabra a Gerardo Llobet. El capitán podía permitirse esa licencia con su ayudante. Llobet sabía que Dolores alteraba a su superior hasta rozar la locura. Así que lo dejó sumergirse en su silencio.

—Maldita sea —dijo.

No había sido una visión. Ni un desvarío. Era verdad. Dolores había dado con la manera de volver a encontrarse con él. No era la primera vez y aún se estremecía al recordar la última que supo de ella.

Ocurrió durante una de esas tardes primaverales en las que los niños llenaban los parques. Ni corta ni perezosa, Dolores se presentó en el parque Güell, donde jugaban las hijas de Federico, y, engatusándolas con unas golosinas, consiguió alejarlas de su tata, la Pelusa la llamaban porque no era cuidadosa en la limpieza. Cuando se percató de que no estaban, corrió como una exhalación hasta encontrarlas a las puertas del parque, de la mano de aquella mujer que a saber adónde iba a llevarlas.

—¡¿Quién es usted?! —gritó la Pelusa fuera de sí.

—Dígale a su señor que Dolores no ha muerto —contestó sin alterarse.

La Pelusa agarró a las crías con virulencia, dio media vuelta y paró el primer taxi que pasó ante ellas.

Esa misma noche la señora de Escofet descubrió una notita que Dolores había prendido con un imperdible en la falda de una de ellas.

—¿Qué es esto, Federico? —preguntó la esposa.

Al leerla Federico casi se atraganta con su propia saliva.

«Dolores no ha muerto», decía el escrito.

No supo dar una explicación convincente, pero la señora, lejos de desconfiar de su marido, cargó contra la Pelusa y la despidió de forma fulminante.

«¿Cuántas más se reserva esta mujer bajo el refajo?», pensó Federico mientras el tren avanzaba por las vías rumbo a Barcelona.

Dolores.

Meretriz del barrio chino, de penosa infancia y adolescencia escrita a golpes. Su padrastro abusó de ella con absoluta impunidad hasta que la madre tuvo conocimiento de la tropelía y, en lugar de emprenderla con él, se lio a palos con Dolores. En cuanto pudo, huyó del infierno de aquella familia de vagos y maleantes y se hizo puta. Y comoquiera que le fueron yendo bien las cosas, prosperó en el oficio hasta convertirse en señorita de compañía, de esas que daban la talla en los conciertos de temporada adonde acudían los señores con sus señoras o con sus señoritas de quita y pon.

Como Dolores.

Federico se dejó engatusar por su gracia natural. Por el acento extremeño, de Badajoz, con el que aprendió a hablar y del que no había conseguido desprenderse pese a haber llegado a Barcelona con cuatro años. La naturaleza le regaló un cuerpo delicioso al que ella sabía sacar un rentable partido. Su pecho rebosante era la mejor carta de presentación y el reclamo perfecto para las miradas de los hombres de la época, que quedaban embebidos como los toros en las plazas cuando van a recibir la estocada.

Sin más razón que la locura, Federico se descubrió entre sus sábanas, arropado por el perfume que la vestía desnuda y el cabello largo que le cubría los hombros y le rozaba los senos. Solo fue una noche que le supo a poco, pero intuyó que esa mujer le traería por la calle de la amargura y la dejó estar sin ser consciente del alcance que tendrían sus reiterados desprecios y desplantes.

El sabio de Llobet también se lo advirtió:

—Mi capitán, tenga cuidado con esa mujer.

Pero Federico no escuchó o no quiso escuchar. Estaba viviendo su ascenso a los cielos de la Segunda República, proclamada el martes 14 de abril de 1931 tras unas elecciones municipales en las que el país dejó de querer a su rey Alfonso XIII.

Federico se fundió en el paisaje que le devolvía la ventana del vagón y sintió vértigo al constatar lo veloz que había transcurrido el tiempo. Habían pasado dos años y cinco meses, pero parecía que fue ayer cuando España se acostó monárquica y se despertó republicana, como se dijo en la antesala del consejo de ministros. Cerró los ojos y volvió a sentir el entusiasmo de las gentes de Barcelona que deseaban encauzar las ansias de cambio registradas por las urnas con precisión notarial. Después del fiasco de la dictadura del capitán general de Cataluña, marqués de Estella, de nombre Miguel y apellidos Primo de Rivera; después de aquella monarquía militar, como la llamó Ramiro de Maeztu; después de todo aquello, Federico también había empezado a cobijar sentimientos que, hasta abril de 1931, no sabía que podían tener forma. A Llobet le ocurrió algo parecido.

—Mi capitán, no pensé que algún día sentiría aquí —dijo llevándose la mano al pecho— la emoción por la República. Yo que he sido...

Federico lo miró mientras recorrían a paso ligero la Rambla de Canaletas hasta el llano de la Boquería.

—No digas nada...

Federico no quiso escuchar que Llobet también había sido del rey y su padre, de Primo. Menos mal que su viejo ya estaba muerto porque si no, se hubiera caído a plomo al ver cómo el pueblo tomaba los tranvías por asalto y entonaba *La Marsellesa* y las banderas tricolor ondeaban en las terrazas y en los balcones y la gente se subía a las farolas de Sant Jaume para estar cerca del balcón del ayuntamiento y escuchar a Lluís Companys, el dirigente de Esquerra Republicana, que se había impuesto en Barcelona con veinticinco concejales, y a Francesc Macià.

—Ciudadanos —dijo Macià—, en nombre del pueblo de

Cataluña, yo proclamo desde aquí el Estado catalán y proclamo la República Catalana dentro de una Federación de Repúblicas Ibéricas. Ahora formemos el Gobierno y aquí estaremos dispuestos a defenderlo hasta morir.

Macià lanzó un pulso a Madrid en toda regla, y el ejecutivo de la República, aún en ciernes, afrontó la primera gran cuestión territorial que obligó a su presidente, Niceto Alcalá-Zamora, a buscar un encaje legal.

En aquellas horas nadie podía asegurar con precisión si el rey había resignado ya sus poderes, pero una mano anónima se apresuró a colgar un cartel de la balconada que daba a la plaza.

«El rey Alfonso ha abdicado. Gobierno provisional. Viva la República.»

Pocos días después, una delegación integrada por los ministros Marcelino Domingo, Fernando de los Ríos y Luis Nicolau d'Olwer voló hasta Barcelona en un trimotor de la CLASSA para negociar sin descanso un acuerdo que satisfizo a todos a partes iguales o en partes proporcionales. Macià renunció a la República Catalana a cambio del compromiso de presentar el Estatuto de Cataluña en las futuras Cortes Constituyentes.

Federico estuvo allí para vivirlo. Con Llobet. Uno al lado del otro.

Nunca olvidarían los ojos humedecidos de aquel hombre de mirada cándida, profunda, en ocasiones perdida por la gravedad del momento, que anunció un acuerdo que, para él, era lo más parecido a una renuncia.

—Hoy —dijo Macià con la voz temblorosa— hago el mayor sacrificio de mi vida. Pero lo hago sabiendo el alcance y la necesidad de realizarlo.

A partir de entonces, el Consejo de Gobierno que había operado en Cataluña resolvió empezar a actuar bajo el nombre de gloriosa tradición: Gobierno de la Generalitat. No había acabado aquel agitado mes de abril cuando el propio Alcalá-Zamora visitó Cataluña para saludar el nuevo régimen. El presidente Macià, en presencia de don Niceto y dirigiéndose a los ciudadanos catalanes, pronunció su discurso de reconciliación:

—Veinticinco años de lucha diaria hoy nos son compensados, a pesar de todos los dolores y de todas las amarguras que hemos sentido. Desde hoy quedan perfectamente sentadas y declaradas las libertades de Cataluña, apoyadas por nuestros mismos hermanos de España. ¡Viva la Federación de Pueblos Ibéricos! Y con este abrazo es Cataluña la que con todo amor abraza a España.

Aquellas muestras de afecto emocionaron a todos por igual, pero de forma singular a Federico que, como Gerardo Llobet, había sido monárquico. Incluso había sido compañero de estudios, en la academia de caballería, de los sobrinos del rey, los infantes Alfonso y Gabriel de Borbón.

Pero...

La lealtad que había jurado a Alfonso XIII empezó a ceder ante la tensión provocada por la dictadura de Primo de Rivera. Federico no vio con buenos ojos que los sentimientos catalanes fueran pisoteados por un centralismo mal entendido que vilipendió la lengua y las tradiciones, que suprimió la Mancomunidad de Cataluña y que llegó a prohibir la sardana. Y, de tanto ceder, encontró acomodo entre el júbilo colectivo que recibía los tiempos de la nueva República. España la había proclamado, Cataluña la había hecho suya.

Semanas después, Federico Escofet fue nombrado ayudante personal de Macià, mientras que su amigo Enric Pérez Farrás, comandante de artillería de mayor grado y edad que Federico, fue designado jefe de los *mossos d'esquadra.*

Formalizado el nombramiento, Federico solo pidió que

Gerardo Llobet siguiera cerca de él, consciente de que iniciaba el camino más importante de su vida.

Y a partir de ahí se arrancó a Dolores, creyendo que lo había hecho de raíz.

—Maldita sea —repitió.

CAPÍTULO 5

Amaneció Barcelona envuelta en una neblina que desdibujaba los edificios, las farolas y la cara de las gentes. La ciudad tardaría aún un par de horas en desprenderse de ella y dejar paso al delicado sol de septiembre. Federico había pasado mala noche, atormentado por la vigilia de las pesadillas que no le dejaron pegar ojo desde que se metió en la cama con el pensamiento retorcido por la reaparición de Dolores.

Tras el baño, se perfumó con unas gotitas de Varón Dandy, se fijó el cabello y se afeitó a cuchilla con jabón en barra de La Toja.

Todo formaba parte del mismo ritual antes de acudir al encuentro con Gerardo Llobet, que, cada mañana, lo esperaba en la esquina de Canaletas con la plaza de Cataluña.

España vivía con la respiración entrecortada. La euforia del año 1931 había mutado en la preocupación de 1933. Las primeras decisiones del Gobierno de Manuel Azaña no consiguieron resolver los problemas que desangraban a la nación por los cuatro costados. Las frágiles mayorías parlamentarias dieron lugar a una inestabilidad política que se plasmó en una sucesión de ejecutivos, a cual más breve.

Aunque la República cumplió algunas promesas, aumentó la plantilla de los maestros, ordenó reducir la presencia de la Iglesia en el sistema educativo español y la asignatura de religión no volvió a ser obligatoria en las aulas, las expectativas del pueblo se fueron desinflando.

Dimisiones, huelgas y golpes militares como la Sanjurjada de agosto de 1932. Violencia y miseria en un país que esperaba que se abrieran cajones y se desatascaran las reformas enquistadas en los despachos. La depresión económica que asolaba Europa y Estados Unidos también hacía mella en una España plagada de obreros y campesinos en caminos y cunetas sin rumbo preciso, con miedo al olvido de la clase dirigente.

Con todo, Cataluña había conseguido aprobar en septiembre de 1932 su Estatuto de Autonomía después de un intenso tira y afloja para ajustarlo a la legalidad constitucional que Barcelona supo agradecer a Azaña.

—Esto es revolución triunfante, catalanes —dijo el presidente desde el balcón de la Generalitat con motivo de su visita a la ciudad para celebrar la aprobación del texto—. Ya no hay en España reyes que puedan declarar la guerra a Cataluña. ¡Ya no hay en España reyes que te declaren la guerra, Cataluña! ¡Hay una república que restaura la paz, que restablece el derecho, que funda la nueva España en la justicia, la igualdad y la libertad! ¡Catalanes, viva España!

Federico necesitaba otra vida para procesar lo vivido en esta.

También Dolores era pasado...

Y sin embargo...

Volvía a imponerse como una condena.

Sobre la marcha resolvió sumarse a la partida de póquer que cada dos semanas organizaban los amigos de su padre. No era lo que más le apetecía, pero pensó que conversar de los males que aquejaban a España le ayudaría a evaporar sus pensamientos envenenados.

Siempre eran los mismos. Don Jaime Viñals, sastre del que decían que había cosido para Alfonso XIII, aunque él nunca lo había confirmado; don Josep Pont de Viesga, naviero y propietario de una flota de vapores rápidos de lujo que hacía las rutas a La Habana, Brasil y México, y don Alberto Pallerols, concesionario de la compañía Transatlántica que procuraba a su círculo más íntimo cigarrillos egipcios, tejidos ingleses y Moët & Chandon de contrabando, que salía más barato que el Codorníu.

Las primeras timbas las organizaron en el Torino hasta que echó el cierre y se mudaron, cual familia bien avenida, al Oro del Rhin, situado en los bajos de la Casa Pía Batlló, junto al teatro Coliseum, haciendo esquina con la Gran Vía. El año no estaba siendo bueno para la cafetería. El suceso de la muerte a tiros de su encargado, Juan Zaldo Montagut, aún seguía inquietando a la clientela. Era como si el cuerpo caliente continuara allí, junto a la caja registradora, sobre el manto de su propia sangre. La ciudad salió en procesión el día del entierro desde el Clínico hasta la iglesia del Pilar. A hombros de sus camareros, el bueno de Zaldo fue despedido por una comitiva en la que no faltaron personalidades de renombre. Fue su último homenaje.

—¿Qué tienes? —preguntó Pallerols.

—Enseña tú primero. He visto tu apuesta —contestó Escofet seguro de su jugada.

—Sé que vas de farol. Yo llevo color —respondió mostrando sus cartas.

Federico se reclinó sobre la butaca con un gesto de arrogancia que se reservaba para los momentos previos a la victoria.

—Ay, amigo, pierdes.

Tiró sus cartas sobre el verde tapete mostrando un póquer de ases.

—¡Escofet, eres insaciable!

Más que insaciable, Federico era un buen jugador de cartas. Y presumía de ello.

Alberto Pallerols pidió una copa de Luis Felipe, sacó de un pastillero de oro una pastilla Bonald para la tos y encendió un Montecristo.

—No es mala combinación, Pallerols —espetó Federico.

—Maldita tos. Se me pasa con los habanos buenos.

—¡Lleva ya meses tosiendo! Va a tener usted que visitar al doctor Escardó. Por cierto, ¿se han fijado alguna vez en la belleza de la esposa del médico? —preguntó Josep Pont relamiendo las palabras.

—¿Y quién no lo ha hecho? —contestó Pallerols.

—Lo sabía, Pallerols. Sabía que a usted no le pasaría inadvertida una dama de ese porte y belleza —añadió el señor Pont.

—Discúlpenme, señores, ¿de quién hablan? —preguntó intrigado Federico.

—No me diga, querido Escofet, que no la conoce —contestó el señor Pallerols aspirando el humo gris del Montecristo—. ¡Veranean en La Garriga!

—Créame: no sé de quién están hablando.

—Verá, Escofet, hablamos de la mujer del doctor Escardó. Se llama Carmen.

Josep Pont fijó en él su mirada miope y se colocó un monóculo que le daba un viejo aire aristocrático.

—La última vez que la vimos fue en el café Pelayo. Acompañaba a su marido. Sin duda es una mujer bellísima y dimos por sentado que ya habría caído en sus redes, Escofet. De no ser así, ¡tardará poco en hacerlo! —dijo entre risas—. El matrimonio acudirá a la cena de los señores de Viana. Tendrá oportunidad de conocerla.

Las carcajadas de los hombres permitieron a Federico ganar unos segundos para meditar la respuesta.

—Este año causo baja en esa cena...

—Será una lástima —contestó Pallerols.

—Llobet —dijo Federico dirigiéndose al ayudante—. ¿Ha oído hablar o ha visto alguna vez a la esposa del doctor Escardó?

Los hombres se giraron hacia Llobet, que, encogiéndose de hombros, dijo con rotundidad:

—Después de escuchar la descripción que de ella hacen estos señores, le habría reportado, mi capitán.

—La llaman la Greta Garbo de Barcelona —añadió Pallerols.

—¿La llaman así, la Greta Garbo de Barcelona? —preguntó Federico con curiosidad.

—Así se la conoce, pero quizá todo sea una invención de algún parlanchín.

Los hombres volvieron a reír sin disimulo. La narración estaba derivando hacia unos derroteros que molestaron a Federico hasta que rompió de forma abrupta la conversación. No quería seguir escuchando los dimes y diretes de aquellos vejetes chismosos que mataban el tiempo hablando de desgracias y amoríos ajenos.

—Señores, deberán disculparme. Mañana me reclamarán mis obligaciones tan pronto como despunte el sol.

Don Eladio, que no había escuchado nada de lo que allí se había hablado, despidió al hijo con un efusivo abrazo, lo besó en la mejilla y le pidió que saludara a su nuera.

Nada más atravesar la puerta del Oro del Rhin, Llobet preguntó:

—Le ha quedado bien la pose, pero ¿habrán creído que no la conoce?

—Puede ser que esta vez dijera la verdad. Tengo dudas —contestó Federico ahogando una risa que sobrevino a las palabras—. Pero quizá no vaya descaminado en mis sospechas.

—¿Hay algo que deba saber? —inquirió Llobet.

—Si es quien creo, ayer mismo viajé con ella a La Garriga. Carmen. Sí, solo puede ser ella. Es una mujer más bella que Greta Garbo. Acabaré por conocerla... —Dudó unos segundos antes de seguir—. Aunque ignoraba que fuera la esposa del doctor Escardó.

CAPÍTULO 6

La noche había invadido La Garriga. A Carmen le gustaba acomodar la mirada en la hojarasca de los árboles del jardín. No había podido dormir después de acostar a las niñas y leerles el último libro de Celia. Estaba preocupada por el nene. Durante sus ejercicios se había quejado más de lo habitual. Parecía haber perdido movilidad, elasticidad en su entumecida columna vertebral. Algo no iba bien.

La casa de los guardeses, acondicionada para las dos criadas, estaba ya a oscuras. Buscó un pitillo en la tabaquera de plata de José María y se sentó en la mecedora del porche. Aspiró la primera calada, saboreó el tabaco y sintió que la cabeza le daba un ligero respingo. Hacía meses que no encendía un cigarrillo.

«Pero hoy lo necesito», pensó para sus adentros tratando de justificarse ante sí misma como si así aligerara el peso de lo sucedido en Barcelona.

—¡Manola! Qué susto me ha dado —exclamó cuando la criada, sin anuncio previo, se sentó a sus pies—. Creía que ya estaba durmiendo.

—La he visto aquí y pensé que quizá necesitaba algo.

Carmen trató de recuperarse del susto.

—No son días pacíficos, Manola.

—Se lo noté nada más verla entrar. «Algo le ha pasado a la señora», pensé. ¿Ha sido con don José María?

La Manola tenía una habilidad innata para oler la tristeza.

—¡Ay, Manola! No se puede ni imaginar lo que estoy pasando. ¡Ya no podía aguantar más! Por eso he viajado hasta aquí de forma tan precipitada. Quizá deba avergonzarme de mí misma.

—No debe contarme nada que no quiera. Pero ya sabe que vergüenza solo da matar y robar.

—No, Manola, no. No he robado... pero a veces pienso en matarla.

—Señora, no me asuste. ¿A quién quiere usted matar?

Carmen se echó a llorar como si las lágrimas contenidas necesitaran por fin brotar de sus ojos.

—Ni siquiera sé cómo ha sido capaz. ¡Cómo ha podido hacerme esto!

Su memoria volvió a Vallcarca dos meses y medio atrás.

Caminaba por el puente del mismo nombre, cargada con bolsas de ropa vieja que llevaba a la hospedería de los leprosos, cuando a lo lejos los vio. Al principio, dudó.

«No —pensó—. No son ellos.»

Pero sus siluetas se hicieron nítidas según fue avanzando por el empedrado.

Era él, José María.

Y era ella, su hermana Mercedes.

Dejó caer las bolsas al suelo, paralizada por la impresión del descubrimiento. El grito de espanto quedó mudo en sus labios. Su cuerpo se heló ante los besos que se daban y las risas que le devolvía el aire.

—¡Santo cielo, Mercedes! —gimió entre lágrimas.

Aprovechó la marabunta de gente para esconderse. Necesitaba verlos sin ser descubierta, llevarse con ella la estampa de la traición para confirmarla, para impregnarse de ella cuando dudara de que había sido verdad. Carmen sintió que le ardía la sangre al contemplar la pasión de Mercedes, su cuerpo contorsionado y entregado al placer de las caricias de José María. Cuando su marido lamió la piel de su hermana y se perdió en el aroma de su cuello, un escalofrío recorrió el cuerpo de Carmen desde los pies hasta la cabeza.

Como si le hubieran clavado una navaja en las costillas, oyó su propia voz.

—¿Te estás entendiendo con mi marido, Mercedes? —musitó.

Las palabras no encontraron cauce alguno. Una parte de ella gritaba: «ve y abofetéala, hasta hacerla caer al suelo; agárrala del pelo, ¡arrástrala por la calle!». Pero su otro yo le impedía moverse.

—Me has robado a mi marido... —volvió a susurrar.

Cuando no necesitó más datos y ellos reemprendieron su camino hacia alguna parte que a Carmen ya no le importó, recogió las bolsas del suelo y, tragándose una rabia espumosa, decidió reanudar el suyo sin alterar la dirección hasta alcanzar la leprosería, donde entregó los ropajes. Se colocó las horquillas del pelo, se adecentó la blusa, se estiró la falda y paró un taxi para volver a Rosellón. Las preguntas se amontonaron en su cabeza. Necesitaba saber dónde se amaron por primera vez. Si fue una noche en la que su marido fingió una urgencia y salió de casa con las prisas de amar a su hermana.

Carmen solo podía imaginar a su marido devorando a besos a Mercedes en cualquier hotel de la ciudad o sus alrededores, recorriendo su cuerpo ardiente, penetrándola hasta hacerla gemir de placer.

Esa imagen turbadora alimentaba su cólera. Por un momento pensó que para arrancársela de cuajo debía enfrentarse a él. Sí, pensó que escuchando el relato del pecado en boca de su marido sanaría la herida.

No tenía ninguna certeza de que la verdad fuera a presentarse ante ella, pero sentía la imperiosa necesidad de exigirla, como si así fuera a aliviar una necesidad primaria.

Cuando consiguió calmarse, Carmen fue consciente de que no podía encararse con su marido: estaba en juego la honra de toda la familia. ¡La honra de sus propios hijos!

A partir de entonces vivió un calvario de imposturas, de mentiras, de poses y de apariencias. El dolor silencioso del desamor aparecía cada vez que compartía mantel frente a la traidora de su hermana, el marido infiel o la madre ignorante, que siguió organizando veladas familiares como si nada hubiera ocurrido. Mercedes actuaba como de costumbre, sin alterar un ápice su comportamiento, siempre dispuesta a echar una mano a Carmen, ofreciéndose a jugar con sus hijos en esas tardes de domingo en las que se quedaba en Rosellón hasta el anochecer.

Carmen se empeñó en escrutar el comportamiento de su marido, pero nada sospechoso lo delataba. Su actitud con ella no varió, ni cambiaron sus rutinas. Si se veía con Mercedes, lo hacía a horas que no despertaban suspicacia alguna. Nunca oyó un comentario dirigido a sembrar la duda y, si las mujeres de la alta burguesía barcelonesa sabían algo, guardaron el secreto al doctor Escardó.

Pese a todo, Carmen se tragó la deshonra para no manchar su apellido.

... Hasta aquel 27 de septiembre.

Sentada ante el apacible jardín, bajo los efectos del humo del pitillo, Carmen sintió el temblor de las manos. La Manola las tomó entre las suyas.

—Manola, mi vida es una ruina. No hay forma de reconducir mi matrimonio.

—¿Cómo ha soportado todo este tiempo? —preguntó la criada, abstraída en el dibujo de la escena.

—¿Acaso tengo alternativas? Solo me importan mis hijos. Por ellos me trago este dolor. ¡Por ellos vivo en silencio! Pero la habría matado, Manola. Míreme a los ojos.

La criada selló su mirada en la de su señora.

—Una fuerza superior me contuvo.

—Es una lástima que las mujeres se ensañen a cuenta de las infidelidades de los hombres.

Carmen no se sorprendió ante la sabiduría que encerraba la reflexión de la criada. En el fondo, ella también sentía que tan culpable era José María como su hermana Mercedes.

—Es peor aún, Manola: la habría matado solo por conservar el amor de un hombre que ya no me corresponde.

La Manola sintió compasión por aquella mujer discreta y generosa. Valiente, algo guerrera y poco amiga de los conflictos. Alguna vez le había confesado que iba a misa para no discutir, pero que tampoco creía en los santos. De no ser por la diferencia social que abría un abismo entre las dos, podrían haber sido mejores amigas. Solo la muerte las igualaría.

Algún día.

Como a todos.

Pero eso no lo dijo, ni siquiera para pensar en la muerte de tía Mercedes, que algún día y como a todos también le llegaría.

—¡Lárguese! No soporte más, ni más tiempo. La ley da alas a las mujeres.

También en eso la razón asistía a la criada. La ley del divorcio, por fin, permitía romper la baraja a quien no quisiera seguir viviendo con su marido, a quien pensara, de repente, una mañana o una noche, o muchas mañanas y muchas noches, que aquello no tenía sentido, que pudo ser una equivocación o que simplemente había dejado de ser... lo que fue un día. También abría la puerta a los hombres infieles que se enamoraban de jovencitas y que decidían, después de muchas mentiras, abandonar el hogar conyugal.

—No se le habrá pasado por la cabeza hablar con don José María, ¿verdad?

—No. No puedo hacer eso. ¿Qué pasaría con los niños? ¡Me arriesgo a perderlos para siempre!

Eso era lo importante y, lo de menos, hablar con José María, que acabaría la conversación como todas, con el último grito. Con él ya no había deseo ni amor, solo indiferencia.

Carmen se enamoró de su marido cuando lo vio por primera vez en el Turó Park, una tarde cualquiera de las muchas que acudía a patinar con Mercedes después del té que acostumbraban a tomar con su madre para charlar de lo último que llegaba de París: las barras de labios, las sombras oscuras o los polvos faciales rosados que Helena Rubinstein empezaba a convertir en tendencia.

Carmen no había conocido a nadie antes que a José María. Y no fue, desde luego, por falta de oportunidades. Siempre había provocado miradas en los hombres, pero fue al médico Escardó a quien decidió devolverle hasta el último pestañeo.

Por entonces, José María tenía un brillante pelo negro y no llevaba bigote. Las patillas le llegaban hasta la mitad de la oreja y su sonrisa tenía un irresistible atractivo. Vestía de elegante paño inglés, pañuelo en el bolsillo de la chaqueta y borsalino de fieltro gris.

Pose de galán de cine de mirada estoica.

Se miraron tanto que acabaron mirándose siempre.

Carmen fue la primera hija que salió vestida de blanco de la casa familiar de los señores Trilla.

Veintiún años tenía entonces.

Diecinueve había soplado la Manola, que, al verla de punta en blanco, con todas las joyas de su madre y del brazo del padre, sintió una inmensa tristeza y entendió, por primera vez, el significado de su vida. Ella no tendría padre que la agarrara, ni madre con piedras preciosas, ni varón que la esperara en un altar. Entre otros motivos porque la Manola rara vez salía de casa y, cuando lo hacía, iba al mercado donde solo había fruteros y verduleros que a lo sumo le guiñaban un ojo cuando le entregaban las vueltas.

—Señora, ¿por qué se casó con don José María? —preguntó la criada—. ¿Acaso necesitaba salir de casa de sus señores padres?

—No, no fue por eso. Lo hice porque quería a aquel hombre. Estaba enamorada de él.

José María aceptó que, pese a los convencionalismos, Carmen no fuera una muchacha ignorante, insegura y moldeada por un hombre. Sabía que ella no mataría las horas escuchando los consultorios sentimentales de la radio, ni pasaría las tardes en los salones cultivando chismes. La dejaba leer hasta bien entrada la noche los libros de Zola que llegaban de Europa. Novelas como *Nana*, que había conseguido sortear el bochorno de la moralidad europea, agitaban a Carmen en lo más íntimo de sus entrañas. El marido también permitió que aprendiera a conducir y la matriculó en la Academia americana de automovilismo para que obtuviera el permiso. Cuando aprobó, José María le regaló un Pontiac blanco. Fue su primer y único coche: un bólido de seis cilindros que le daba libertad en aquellos años de complicidad de su marido. Nunca olvidaría su entusiasmo por compartir con ella su afición a las cuatro ruedas. ¿Cómo no recordar aquel primer paseo por la Diagonal?

—¡Carmen! —decía entre risas—. Me maravilla tu destreza al volante. ¡Sigue, sigue!

Carmen y José María reían a la vez mientras recorrían el asfalto aún brillante de aquella Diagonal que conectaba las barriadas, que escribía el futuro de una generación que había crecido con paseos limitados y descampados que se convertían en fronteras que nadie cruzaba.

—¡Para el coche y déjame besarte!

Carmen se retorcía de deseo ante la pasión de aquel hombre convertido ya en su marido. No hubo rincón de Barcelona que Carmen no recorriera con José María. Ni parque que no presenciara sus besos. Ni sombra de castaño que no aliviara los quereres de la pareja. Adoraban subir hasta Pedralbes, donde pasaban horas admirando la fachada novecentista del palacio que, tras la cesión por parte de Eusebi Güell a la corona como muestra de agradecimiento por su nombramiento como conde, pasó a convertirse en Palacio Real. Las columnas toscanas que adornaban los porches daban a la residencia una pompa extraordinaria. Los jardines de diseño geométrico, las estatuas y las fuentes completaban la majestuosidad de aquel edificio que perdió su halo real con la proclamación de la República. Su propiedad volvió nuevamente al Ayuntamiento de Barcelona y, un año después, en 1932, pasó a ser el Museo de Artes Decorativas, que Carmen y José María no visitaron como muestra íntima de su descontento. En realidad, el descontento era de José María que, devoto de Alfonso XIII, nunca dejó de referirse a él como «nuestro rey» ni terminaba de verse reflejado en la manera republicana de ser y estar en el mundo. Pese a todo, no tuvo más remedio que modular sus opiniones de acuerdo con las opiniones de la mayoría y esperar a que la historia le devolviera su versión de los hechos.

Pero el tiempo había pasado devorándolo todo. Y, mucho antes de que el cambio político se instaurara en España, el Pontiac fue aparcado en un garaje, y con él sus paseos, coincidiendo con el primer embarazo de Carmen. El médico entendió que una mujer embarazada al volante era un riesgo para la criatura que llevaba en sus entrañas.

Carmen cumplió con todos los mandamientos no escritos de su generación.

Como tantas mujeres.

Carmen había sido programada para estudiar literatura, historia, música e idiomas. Había sido bien educada, lo que equivalía a cumplir con la moral social y dar la espalda a la vida real. Las buenas maneras se demostraban al formar una familia y al consagrarse a ella en cuerpo y alma.

Como tantas y tantas.

De haber sabido que el amor podía fracasar, no le habría sonado a maleficio la frase que Mercedes pronunció cuando cruzó por última vez el salón de su casa.

—Siempre podrás volver —le dijo.

Y recordó que fue su hermana quien le prestó los zarcillos que tenía guardados para su propia boda, la que llevaba esperando toda su vida, la que le correspondía por ser la mayor y la que Carmen le usurpó.

CAPÍTULO 7

Antes de que partiera el último tren, Federico llamó a Gerardo Llobet a su despacho para anunciarle su visita a La Garriga.

—Haré noche allí y volveré mañana —dijo sin mirarlo a los ojos, consciente de que Llobet no aprobaría la escapada nocturna.

—¿Ha ocurrido algo?

—Ayer no firmamos el parte de inspección del destacamento. Me avisó el subcaporal. Fue todo un gesto por su parte. Ha sido una negligencia en toda regla. Y todo por las prisas...

Llobet guardó silencio, consciente de que parte de la responsabilidad era suya, y se ofreció a acompañarle.

—No es necesario, Llobet.

Al ayudante se le cruzó en el pensamiento la figura de la Greta Garbo imaginaria que habían dibujado los jugadores de cartas, pero no dijo nada. Llevaba tantos años guardando secretos de casino y salones de postín, que era suficiente con saber que no pasaría la noche en Barcelona.

Hicieron un último repaso a la agenda, comprobaron que todo estaba en orden y Federico abandonó su despacho no sin antes cerciorarse de que su esposa andaba en los menesteres del hogar y no lo echaría en falta. En realidad, nunca lo echaba en falta lo suficiente como para desconfiar de él. Las ocupaciones de Federico le daban carta blanca para ir y venir, para salir y entrar, para ausentarse sin dar explicaciones. A cambio, solía recompensarla con salidas nocturnas al teatro o al cine, tan de moda en aquellos años de efervescencia cultural. Solo en la capital había más de cien salas de cine en las que la burguesía se daba cita para airear las apariencias de matrimonios bien avenidos y acallar, en muchos casos, los rumores de ruptura.

Federico tenía recursos para eso y para más. Para parecer y hacer parecer lo que en realidad no era. No es que su vida fuera un idilio permanente, pero nunca tuvo que mendigar compañía cuando se aburría entre las sábanas arrugadas de su matrimonio. Allí donde Federico hacía acto de presencia, las miradas se depositaban en su elegante porte y en sus maneras seductoras. Era cortés y educado, pero sobre todo era un gran conversador. Las señoras y los señores quedaban encandilados con la profusión de su parlamento. Lo mismo hablaba de la contienda del Catorce como profetizaba sobre el devenir de la República. Además, era generoso en los elogios hacia las esposas de sus amigos. Y solo por eso, ellas se lo rifaban en los guateques para que las hiciera reír. Y, en ocasiones, sentir. No se le conocían enemigos, más allá de Dolores. Pero hasta ella formaba parte de la leyenda que lo acompañaba en secreto.

—Mi capitán, haga el favor de guardarse de Dolores —le dijo Llobet antes de que Federico pusiera rumbo a La Garriga en el mismo tren en el que un día antes había conocido, sin saberlo, al último amor de su vida; ese que, con la sutileza de una telaraña, fue creciendo en los espacios donde la mano del hombre no alcanza.

Camuflado entre el gentío de la estación, Federico se hizo invisible en un vagón. Nadie lo había reconocido. Se sentó sin ceremonia y, al pensar en Carmen, sintió que se le endulzaba el sabor en la boca. El tren emprendió la marcha y con él se alejó la única certeza de su vida: su esposa.

Al pensar en ella se estremeció y una sensación más poderosa que el miedo, que ya conocía, acabó por invadirlo.

—¿La sigo amando? —se preguntó.

No era la primera vez que su conciencia se interesaba por el estado de aquel amor descolorido por los años.

«No tengo nada que reprocharle —pensó—. Solo eso...»

Eso era lo que justificaba sus escarceos. De buenas a primeras, ella decidió darse la vuelta en el lecho cuando él la buscaba. Noche tras noche, la esposa fue dejando que el sueño evaporara el deseo permanente del marido hasta que él cedió a los antojos de su voluntad y recurrió a otros cuerpos. A la primera le siguió la segunda y luego llegó la tercera infidelidad y después la cuarta y la quinta hasta perder la cuenta. Lo que no terminaba de comprender era qué demonio se había apoderado de él en este caso, por qué justo ahora la conciencia lo ponía de rodillas ante sí mismo.

Ya había anochecido cuando el tren echó el freno en La Garriga. Nadie sabía de su llegada así que nadie lo esperaba en el andén vacío, que recorrió en silencio tratando de pasar inadvertido. Dirigió sus pasos hacia la casona donde solo los gatos huyeron asustados cuando descorrió los cerrojos del portón. Se sintió un poco extraño en aquellas estancias vacías que había compartido con su familia. Con su madre y su padre. Con su esposa y las niñas. Con todos los amigos a los que invitaba a pasar tardes de verano y Navidades.

Prendió el candil de aceite y se sentó en el butacón de la sala de estar, esforzándose por no dejar que la nostalgia lo atormentara.

De repente, Carmen volvió a merodearlo. Ella le había dicho que viajaba a La Garriga a recoger a sus hijos, de tal forma que era previsible que aún no hubiera vuelto a Barcelona.

Su imaginación rememoró el primer viaje. Volvió al vagón donde se encontraron por primera vez y la memoria dibujó su rostro y reprodujo su voz fina, suave y tímida. Su mano contando las perlas del collar. Su mirada cabizbaja, temerosa de encontrarse con sus ojos cargados de deseo. Y al final, la última imagen de Carmen. Pese a las prisas de la despedida, Federico registró con precisión la figura de aquella mujer que terminó perdiéndose hasta que solo fue una tiniebla.

Pensó que estaría bien volver a verla para confirmar que era la bella Greta Garbo de la que hablaban los del póquer, pero al instante ese pensamiento quedó sepultado bajo la verdadera obligación que lo había devuelto a La Garriga. Lo urgente no era esa mujer; lo urgente era concluir el parte de inspección antes de que tuviera consecuencias.

Tardó en dormirse más que cualquier otro día y, cuando abrió el ojo derecho para mirar la hora que marcaba el reloj, La Garriga ya llevaba un tiempo despierta. El grito del párroco estremeció a toda la población pasadas las ocho de la mañana. Un grito hondo y lastimero que ahogó el bostezo del pueblo entero.

Con parsimonia y sin ser consciente de lo que acontecía en la calle, Federico se aseó y bebió un trago de leche. Se vistió de civil con unos pantalones, una camisa y una chaqueta, y salió de la casona no sin antes volver a bajar las persianas.

—¡La desgracia se ceba con nosotros! ¡Los demonios nos acechan! —gritaba desconsolado don Gregorio Ledesma.

El eco de las palabras sorprendió a Federico. No necesitó ni un minuto para reconocer en ellas la voz del cura, el cura más viejo de la comarca y el que más tiempo había desempeñado su ministerio. Los vecinos corrían en bandada popular hacia la Doma, a cuyos pies el cura se hacía cruces y ahuyentaba los espíritus malos que, según él, se habían apoderado del pueblo y provocado la desgracia.

Federico no tuvo alternativa. Una mezcla de curiosidad y sentido del deber lo condujo hacia el lugar del suceso. Ignoraba qué y a quiénes iba a encontrarse y, sobre la marcha, pensó en la respuesta que daría cuando le preguntaran qué hacía allí sin la comitiva que siempre lo acompañaba.

En eso andaba cuando el alcalde lo cogió del brazo y de forma brusca lo arrastró a las puertas de la iglesia.

—Don Federico, ha ocurrido una desgracia —dijo el regidor para justificar sus modales.

—¿Puedo saber qué ha pasado? —preguntó algo molesto por lo imprevisto del suceso que trastocaba sus planes.

—Venga conmigo y usted mismo lo descubrirá.

Al llegar a la Doma, don Gregorio era un hombre entre lágrimas. Federico se acercó a él y, con una ternura que en pocas ocasiones manifestaba en público, lo abrazó.

—Cálmese, don Gregorio. La única desgracia en esta tierra es la muerte —susurró.

El cura lo miró con los ojos aguados y le espetó:

—Señor Escofet, podía haber buscado un argumento menos ligero.

Las versiones de lo sucedido iniciaron el recorrido habitual de los rumores. Que si el fresco del altar había sido profanado con gasolina. Que si alguien había robado la sagrada forma de la sacristía. Que si habían hurtado el último cepillo. Las palabras sembraron el pánico en el pueblo hasta que el cura consiguió apaciguar su ánimo.

—Vayan, vayan ustedes y mírenla a los ojos —dijo señalando el camino que llevaba a la trasera de la iglesia donde *Rosita*, la cigüeña de La Garriga, bautizada con ese nombre por don Gregorio con la bendición del pueblo, aguardaba desconsolada ante el monumental nido que había caído a plomo desde el campanario parroquial.

Sí, en efecto era una desgracia, pero, al comprobar que era una desgracia manejable, Federico respiró aliviado.

—¡Válgame Dios! —rumió para sus adentros.

Aquello era lo más parecido al derrumbe de la casa de un vecino porque *Rosita*, como el resto, siempre había estado allí.

Federico se armó de paciencia, se llevó a un lado a Gregorio Ledesma, le colocó el alzacuellos, le estiró la sotana y, con el dedo pulgar, le retiró una lágrima que estaba a punto de rodar por su mejilla.

—Haga el favor de escucharme, don Gregorio. No asistimos a un maleficio. No debe alarmar a los fieles. Créame. Estas cosas pasan.

—Don Federico, el nido debía de medir más de tres metros de alto y unos dos de diámetro —dijo el cura entre hipos y gimoteos impropios de su edad—. ¿Dónde vivirá ahora *Rosita*?

—No se preocupe por eso. Ella misma hará otro. ¿Nada le hizo temer que pudiera caerse, don Gregorio? —preguntó Federico pasándole la mano por la espalda.

—Nada, don Federico. Es la mayor desgracia que nos podría suceder.

En vista de que el párroco no daba su brazo a torcer y seguía persignándose de forma compulsiva, Federico cogió el mando de la situación.

—Manden despejar la zona y procedan a su limpieza —ordenó.

Rosita permanecía inmóvil, seria y despeinada ante el manto de hojarasca. En eso no se equivocaba don Gregorio: la cigüeña estaba triste.

—Nunca pensé que las cigüeñas tuvieran alma —se dijo para el cuello de su chaqueta.

Las instrucciones de Federico se cumplieron, el alcalde se retiró llevándose con él a los vecinos que habían acudido con diligencia al llamamiento del párroco y la normalidad volvió a La Garriga aquel día reluciente y soleado.

El suceso del nido de *Rosita* no figuraba en modo alguno

en los planes de Federico, de tal forma que, sin perder un segundo, se dirigió al destacamento donde debía firmar el parte de inspección. Apenas tardó unos minutos en llegar. Al verlo, los oficiales se cuadraron a su paso.

—¡Capitán!

—Preparen ahora el parte de inspección. Por algún motivo —dijo carraspeando—, no cumplimentamos el trámite de la firma.

—¡Sí, señor!

En el despacho hacía un calor endemoniado. Sacó del bolsillo de la chaqueta una pluma dorada y, según el oficial extendió el papel, Federico estampó su firma.

—¡Listo! ¿Todo en orden? —preguntó mientras encapuchaba la estilográfica para guardarla de nuevo.

—Sin novedad.

—Tengan semanas pacíficas y guárdense de los rumores.

Acostumbraba siempre a prevenir a los suyos de la rumorología interesada que trataba de agitar los ánimos. El oficial rio el comentario y se llevó la mano a la sien para despedir a su superior.

Sin rastro de Dolores, Federico respiró aliviado y volvió al camino que lo llevaría al paseo. Adoraba recorrerlo sin la presión de los veraneantes que lo asaltaban para preguntarle cualquier cuestión relacionada con la actualidad política. Le gustaba admirar la imponente Torre Iris, obra del arquitecto Manuel Raspall, la Bombonera y la casa Juli Barbey; deleitarse contemplando el modernismo de las construcciones que habían dado solera a ese paseo tantas veces recorrido.

Su sombra se proyectó sobre la arena y, como si cobrara vida, se volvió hacia él y le preguntó por Carmen. Se dio cuenta de que la mujer seguía ocupando un espacio en ese lugar de difícil acceso donde se alojan las emociones. Las ganas de volver a verla se avivaron. Pensó que la culpa de todo la tenían Pont y Pallerols. Si no hubieran nombrado a Carmen, a Federico no se le habría encendido el instinto.

De repente, a lo lejos, oyó las risas de unas niñas que jugaban animosas junto a una mujer. Guiñó los ojos y, pese a la distancia, reconoció a la perfección el contorno de aquella figura.

Era Carmen.

Era ella.

Federico se paró un instante para recrearse en la imagen: Carmen, dos niñas y un niño, recostado sobre el tronco de un árbol, se pasaban una pelota. Quien no la cogiera al vuelo era expulsado del corro.

—Tomía, ¡no vale tirarla tan alto!

—Pero, mamá, es ella. ¿No lo ves?

—¡Cuyaya! Si no sabes jugar, lo dejamos. A vuestro hermano se la tiráis a las manos, ¿de acuerdo?

Federico dudó entre acercarse o contemplar la escena desde esa lejanía que le permitía pasar inadvertido.

«Esa mujer es ante todo una madre entregada a sus hijos. No debería alterar su paz», pensó.

Siguió observando. El niño sonreía y parecía divertirse. Las niñas eran dos granujillas que corrían con sus vestidos al aire y sus cabellos trenzados.

La silueta de Carmen encendió el impulso, anuló la prudencia y, sin que la mujer lo advirtiera, Federico se acercó a ella.

—Celebro verla sonreír, señora.

Carmen dio un respingo y se volvió de forma abrupta.

—¡Me ha asustado!

Notó que el corazón se le aceleraba bajo la ropa y sintió el sudor entre el oro de su anillo de boda.

—Disculpe, Carmen. He oído a lo lejos las risas de unos niños y me he tomado la libertad de acercarme. Son sus hijos, ¿verdad?

Las niñas se habían dispersado y una perseguía a la otra. El nene, en cambio, no quitaba ojo de encima a su madre.

—Sí, lo son y él es Josito, mi hijo mayor —apuntó titubeante—. Nene, saluda a este señor.

—No quiero inmiscuirme en su familia. Quizá no sea el mejor momento para que charlemos.

—Si usted...

Carmen bajó la mirada al suelo y las palabras quedaron interrumpidas. El nene sintió la tensión del momento.

—Lo mejor será que la deje disfrutar de los juegos con sus hijos. Ha sido un verdadero placer volver a verla, pero debo irme.

En ese momento, las niñas se acercaron a su madre.

—Son Tomía y Cuyaya —dijo Carmen mirándole con pudor—. Niñas, este señor es...

No pudo terminar. Las gemelas se pusieron sobre las puntas de los pies para darle un beso en la mejilla.

—Ella es Rosa María y ella es Inmaculada —señaló Carmen colocando la palma de la mano sobre las cabezas de sus hijas.

—¡Son idénticas! —exclamó Federico—. A ver, ¿quién es quién? Decídmelo vosotras.

—Yo soy Cuyaya.

—Y yo soy Tomía. ¿Usted cómo se llama? —preguntó la pequeña.

—Me llamo Federico. ¿Cómo hace vuestra madre para diferenciaros?

—Yo soy más alta, ¿lo ve? —dijo Tomía colocándose al lado de su hermana.

—¿Es lo único que os diferencia? Dejadme veros.

Federico se arrodilló y las observó de cerca.

—Sois muy guapas. ¡Extraordinarias!

Carmen no pudo ocultar el rubor y a Federico le pareció que estaba preciosa con su vestido de talle bajo de seda salvaje beige y mangas montadas que dejaban al aire sus brazos. El cuello a la caja ribeteado por una cenefa de encaje blanco daba luz a su rostro.

Tan sugerente la timidez de sus gestos.

Tan seductor el recato...

Carmen contuvo la respiración y cerró los ojos como si necesitara desaparecer de allí. Evaporarse. Volverse invisible ante aquel hombre.

—¡Manola, Manola! Recoja a los niños, por favor —gritó Carmen al descubrir a la criada junto a la puerta del jardín que se había quedado abierta cuando salió con sus hijos sin imaginar lo que acontecería poco después.

—En modo alguno, Carmen. Insisto: no quiero interrumpir sus juegos.

—Ya nos íbamos...

Carmen trató de justificarse. Las niñas obedecieron sin rechistar cuando la Manola, con el mandil blanco sobre el vestido negro que le cubría hasta los tobillos, las agarró de la mano y se las llevó, no sin antes echar un vistazo de arriba abajo a ese hombre que, tieso como una farola, sin mover un músculo de su cuerpo, había irrumpido en la tranquilidad de sus vidas.

Carmen se acercó al nene y lo agarró por las axilas para levantarlo, pero Federico acudió presto a asistirlos.

—¿Puede usted con él? Déjeme a mí, señora —dijo sorprendido por la fragilidad del niño.

Una vez en pie, el nene se sostuvo sobre sus piernas y empezó a andar muy despacio, apoyado en su madre. Cuando la Manola hubo desaparecido, Federico cogió al nene en volandas y, sin pedir permiso, franqueó la puerta y accedió hasta el jardín.

—¿Adónde quieres ir, muchacho? —le preguntó.

El niño respondió con un tono de voz más aflautado de lo habitual.

—Puede dejarme en el porche.

—No tenía que haberlo hecho —le dijo Carmen sin llegar a reprocharle el gesto—. El niño necesita andar.

Ignorando el comentario, Federico lo sentó en la mecedora de mimbre e invitó a Carmen a dirigirse de nuevo hacia la puerta.

—Dígame, ¿qué le pasa al niño?

—Nació enfermo, pero los médicos no saben qué tiene.

—Podría recomendarle un hospital donde quizá...

Carmen lo interrumpió.

—No siga... Se lo agradezco mucho, pero mi marido es médico y puedo asegurarle que nadie más que él desearía acertar con el tratamiento que aliviara los dolores de nuestro hijo.

Solo le bastaron unos segundos, solo necesitó esa frase para marcar la frontera entre José María y él. Entre Federico y ella. Una frontera de palabras.

—En ese caso, nadie mejor que el padre sabrá cómo proceder. Me voy ya. Nada me turba más que inmiscuirme en su rutina familiar. ¿Cuándo abandonarán La Garriga? —preguntó.

—Mañana volveremos a Barcelona —contestó ella sin dudar.

—Iré a saludarles y a ayudarles a cargar las maletas. ¿Volverá en tren?

—No. Nos recogerá un coche a las diez de la mañana. No es necesario que se moleste, Federico.

—No será molestia alguna, Carmen. Mañana estaré aquí a las diez de la mañana.

Alzó la mano para despedirse de Cuyaya y Tomía y, dirigiéndose al nene, le deseó buen día. El niño lo miró con unos ojos desacostumbrados a esas maneras refinadas con las que hacía tiempo que nadie trataba a su madre. Carmen lo acompañó hasta la puerta sabiendo que aquella no sería la última vez que vería a Federico Escofet Alsina, y el simple pensamiento la heló por dentro.

—¿Qué habrán pensado mis hijos? Cielos, ¡no me puede estar ocurriendo esto a mí! —dijo cuando sus ojos lo perdieron de vista en el paseo de La Garriga.

La Manola no perdió detalle de todo cuanto aconteció en Villa María. Desde las ventanas de la cocina, observó y retuvo cada gesto, cada mirada, cada palabra. Incluso grabó su nombre: Federico.

La criada analizó una a una las respuestas de su señora para casarlas con sus actitudes y maldijo mil veces haber sido testigo de ese encuentro que solo podía desembocar en una tragedia.

No era dada a pensar o a programar. Pero pensó. Y programó. Pensó en cómo se lo diría a Carmen y programó cuándo lo haría. No tenía demasiado tiempo.

Aquella noche, Carmen se sintió indispuesta y algo mareada. Cenó un caldo templado y un vaso de agua y se retiró a su habitación a sabiendas de que dejaba todo a medio hacer.

Solo se levantó para asistir al nene en sus ejercicios diarios.

—Creí que no vendrías, mami —le dijo al verla atravesar la puerta de su dormitorio.

—Mi niño precioso. ¡Eso nunca ocurrirá! Sabes que siempre que mamá pueda, estará a tu lado.

—Mami...

—Dime, cariño —contestó Carmen mientras le estiraba la espalda.

—¿Quién es ese señor que nos ha visitado esta mañana?

—¡Oh! Nadie importante.

—Yo creo que...

El dolor interrumpió sus palabras.

—¡Ay! —gimió—. Yo creo que tú eres importante para él.

—Nene, mírame a los ojos.

Carmen se arrodilló frente a él y, sujetándole el rostro con las manos, le dijo:

—Vosotros sois lo más importante de mi vida. Ese señor solo es un militar que vino a interesarse por el bienestar de nuestra familia.

—Mamá...

La voz de Tomía se coló en la habitación.

—Tomía, ¿aún estás despierta?

—Yo también quiero saber quién es ese señor...

—¡Niños, niños! Venid aquí.

Carmen los acurrucó entre sus brazos y fue improvisando un relato para justificar la aparición de Federico en sus vidas, con el fin de esfumar sus miedos.

—Federico es un capitán de caballería que busca el bien de los vecinos de La Garriga. Es un militar aguerrido que detiene a los maleantes y a los hombres que merodean las calles en las noches de tormenta, en los inviernos gélidos... Es un hombre bueno del que no tenéis nada que temer. Él quiere lo mejor para nuestra familia —insistió.

—Pero...

Tomía quería entrar en esos detalles que Carmen no podía ofrecerle.

—No hay más *peros*, Tomía. Ahora es tiempo de dormir. ¡Venga! Regresa a tu cama. El nene tiene que terminar sus ejercicios.

A regañadientes Tomía volvió sobre sus pasos y Carmen se esmeró con el niño antes de arroparlo con las sábanas y consolar su sufrimiento.

—Duérmete, cariño.

El nene cerró los ojos de aquella manera que a Carmen tanto le sobrecogía porque la imagen le devolvía un desenlace para el que no estaba preparada. Se retiró a su dormitorio, cerró la puerta, se tumbó sobre la cama y el horizonte estrecho que descubrió ante sí le produjo un pinchazo en medio del estómago. Era un hecho objetivo que la presencia de Federico no había pasado inadvertida para sus hijos.

—¿Por qué no he sido más contundente? ¿Por qué no le he prohibido volver mañana? ¿Qué pensarán mis hijos?

Un golpe en la puerta la devolvió a la realidad.

—¿Sí? —preguntó—. ¿Ocurre algo?

Se levantó y abrió una rendija. La criada aguardaba al otro lado con las manos entrelazadas.

—Señora, tenemos que hablar.

—¿Qué ha pasado, Manola?

—Preferiría que lo hiciéramos donde nadie pudiera oírnos —contestó acercándose a Carmen como si temiera que alguien les robara la confidencia.

—¿Duermen ya los niños?

—Sí, señora.

—Espéreme en el porche, Manola.

Se calzó unas zapatillas y se dirigió al jardín.

—¿Dónde conoció a ese hombre? —preguntó sin preámbulos ni contemplaciones.

Los ojos cargados de lucidez de la Manola se clavaron en los de Carmen.

—¿Se refiere a Federico? —contestó Carmen tratando de aligerar el peso de la pregunta.

—Solo puedo referirme a él, señora.

—Lo conocí en el tren.

Carmen sintió que la criada se inmiscuía en un terreno vedado, en un asunto que no deseaba compartir con nadie.

—Señora, no voy a andarme con rodeos. Ese hombre está interesado en usted. No hay más que ver cómo la miraba esta mañana. Ha venido hasta aquí para verla. Usted es una mujer casada y, por mucho que haya sufrido, no debe pagar con la misma moneda.

—¡Basta, Manola! No invente ni retuerza la verdad —gritó Carmen agitada por la precisión de los reproches de la criada—. No quiero seguir hablando. Puede retirarse.

La Manola gurruñó el mandil a la altura del vientre y mirando a su señora preguntó temerosa:

—¿Volverá a verlo?

—Sí —dijo Carmen sin miedo alguno.

—No lo haga. Olvídelo. Ese hombre lleva escrita su perdición —sentenció.

CAPÍTULO 8

—Vaya colocando el equipaje de forma ordenada. Las maletas grandes, al fondo. Las pequeñas, aquí.

La Manola daba órdenes a Tomás, el chófer que conducía para la familia desde hacía años. Tantos como tenía el matrimonio de su señora.

Tomás era hijo de campesinos, nieto de campesinos y bisnieto de campesinos. Su vida habría sido tierra y azada en los campos de Lérida si no hubiera tenido el buen tino de buscarse la vida en Barcelona. Tomás era ya un hombre maduro de cuarenta y tres años, alegre a ratos, alto, pálido, meticuloso en la conducción y excesivo en su puntualidad. Al principio, José María lo contrató para darse ínfulas, pero con el tiempo Tomás aprendió a ser imprescindible en esas noches de rayos y truenos en las que el médico debía atender a domicilio. Siempre estaba dispuesto a acompañarlo y a esperarlo. Lo mismo le daba una casa que las puertas de un teatro: aguardaba a su señor recto como un junco al lado del coche, de impecable traje azul y sombrero que solo se quitaba para conducir.

En Villa María se advertía el revuelo de las mujeres y los niños. Carmen apenas había conseguido dormir un par de horas seguidas y sentía que la cabeza estaba a punto de estallarle. La noche no le había dado tregua: se había despertado con el regusto amargo de la advertencia pronunciada por la criada. Por un momento deseó que Federico no acudiera, que hubiera reconsiderado su decisión de forzar la realidad de sus vidas. Pero, según iba trabando el deseo, surgía el contrario: «sí, que venga. Nada me haría más feliz que volver a verlo».

De la taza de porcelana sorbió el té que, de tanto removerlo, se había quedado frío. Mordió una galleta Artiach y dejó que las migas ocuparan el espacio de las palabras cuando la Manola entró en la cocina de forma apresurada para atender el teléfono.

—¡Ya va, ya va!

Al descolgar y oír la voz de la señora Mercedes, la criada miró a Carmen de reojo.

—Sí, señora. Ahora mismo le paso a su hermana.

Se llevó el auricular al vientre y lo apretó con fuerza para que Mercedes no la oyera.

—Señora, es su hermana. ¿Qué le digo?

—No quiero hablar con ella.

—Señora... Por favor, atienda la llamada.

—Manola...

—Hágalo por sus hijos.

Carmen cerró los ojos, respiró profundo y agarró con desgana el aparato.

—Dime, Mercedes.

Carmen tenía la mirada fija en las baldosas del suelo.

—Estamos a punto de salir, sí. ¿Deseas algo más?

Carmen asentía con la cabeza como si las palabras de la hermana ya no tuvieran ningún valor.

—De acuerdo, hermana. De acuerdo...

Colgó con rabia y apoyó la frente en la pared.

—Señora —dijo la Manola—, el equipaje ya está colocado en el coche. Podemos irnos cuando desee.

Carmen no contestó. Miró el reloj. Marcaba las nueve y media de la mañana.

—¿Por qué Tomás ha venido antes de lo previsto? —inquirió.

—No lo sé, señora. Estaba citado a las diez.

—Dígales a las niñas que lleven los gusanos de seda a la parroquia. El cura sabrá cuidarlos y cuando se conviertan en mariposas las echará a volar.

—Pero, señora...

Carmen no la dejó terminar.

—¿Ha entendido lo que le he dicho?

—Sí, señora.

No se reconocía en aquellas órdenes ni en el tono empleado, pero el cansancio le impedía modular su comportamiento.

Subió a su dormitorio, se sentó en la banqueta afrancesada forrada en terciopelo azul, descorrió los visillos y vio cómo Tomás sacaba brillo con un pañuelo a la insignia del Ford Sedan de siete plazas que José María acababa de comprar para ahorrar a su conductor dos viajes cada vez que tenía que recoger a la familia en La Garriga. Un coche más para la imponente colección del médico. No pudo evitar fabular con la posibilidad de que el conductor hubiera llevado a su hermana y a su marido. La posibilidad —¿por qué no?— de que a través del retrovisor los hubiera descubierto besándose. O incluso de que hubiera echado el freno de mano a las puertas de un hotel en el que la pareja se habría amado sin más testigos que aquel hombre fiel a José María.

Volvió a correr el visillo, se retiró las lágrimas y trató de borrar las señales de su sufrimiento. Primero se extendió la crema de Arden y acto seguido se cubrió las imperfecciones de la piel con polvos de arroz. Se cepilló la melena, se maquilló los ojos y llenó los labios de carmín rojo. Cerró las tapas de los botes —la hidratante nocturna de Risler, el tónico, la limpiadora, el dentífrico de Listerine— y los introdujo en el neceser rígido. Se colocó la cascada de volantes del vestido y volvió a la ventana. Aún quedaban unos minutos para la hora fijada, pero Federico ya estaba allí.

Tomía y Cuyaya lo miraban sin moverse, quietas como estatuas. Federico se acercó a ellas, pero las niñas no le correspondieron con un beso. Tampoco el nene, al que ya habían sentado en el asiento trasero del Sedan. A Carmen se le revolvió el estómago.

—¿Sabéis qué árbol es este? —preguntó a las gemelas señalando una de las especies gigantes que crecían en los márgenes del paseo.

—No sabemos —contestaron a la vez.

—Es un *lledoner*. Un almez, que diríamos en castellano. ¡A ver si conseguís rodear su tronco con las manos!

Las niñas se dieron la mano y ni siquiera entre las dos consiguieron abrazarlo.

—¿Y sabéis qué es esto? —dijo Federico cogiendo un fruto del suelo—. Esto es el fruto que da nuestro árbol.

Tomía y Cuyaya se acercaron a sus manos y observaron de cerca el garigolo que Federico sostenía entre los dedos.

—¿Se puede comer? —preguntó Tomía con curiosidad.

—¡Por supuesto! Pero es preferible que no los cojáis del suelo. Algún día saldremos de expedición a buscarlos en el bosque.

La invitación sacudió a Carmen al oír el entusiasmo de las niñas.

—¿Y pueden venir mamá y papá con nosotras?

—¡Por supuesto! —afirmó Federico con rotundidad.

—Parece que va a llover. Cuyaya, Tomía, subid al coche —interrumpió la Manola con el gesto retorcido.

Federico miró al cielo y comprobó que las nubes habían oscurecido, pero en absoluto permitían vaticinar el desplome de un aguacero.

—Aunque no parece que la lluvia vaya a descargar en este momento, debéis siempre obedecer a vuestros mayores. ¡Subid al coche!

Cansada de esperar y contrariada por lo que tuvieron que ver sus ojos, la Manola entró de nuevo en la casa. Apenas necesitó cruzar la puerta de entrada para ver el rojo en los labios de su señora y comprender lo que se les venía encima. La criada se santiguó ante ella para hacerle sentir su total reprobación y censura.

Carmen respiró profundo y salió de Villa María.

—Yo la ayudo —exclamó Tomás al ver que su señora no podía cerrar el portón—. ¡Esa cerradura vuelve a dar problemas!

Siempre solícito, se acercó a ella y empujó hacia sí la puerta hasta que la llave giró en la cerradura.

—¡Ya está! ¿Podemos irnos? —preguntó dirigiendo la mirada hacia Federico.

Carmen no contestó y, tímida, se acercó al coche.

—Así que usted ha venido, Federico... —dijo con un fino hilo de voz que nadie pudo oír.

—¿No me diga que lo dudaba, Carmen?

—Pensé que se lo replantearía.

—¡Y bien podía haberlo hecho porque estoy jugándome mi posición! Créame que no es un farol.

Y en efecto no lo era: Federico tuvo que inventar una buena excusa para justificar una noche más en La Garriga.

—Le prometí volver y aquí estoy. Solo quiero que compruebe que soy un hombre de palabra. Está usted radiante esta mañana.

Carmen se humedeció los labios en un vano intento de rebajar la intensidad del carmín. Las mujeres de la ciudad decían que los hombres huían de aquellas que abusaban de la cosmética para parecer lo que no eran. «Creen —repetían como si ellas tuvieran la clave del amor eterno—, que son unas frívolas y enseguida las abandonan.» Recordó aquellas palabras y, por un momento, se avergonzó de sí misma.

—Dígame, ¿le ha gustado volver a verme?

Carmen entornó la mirada hacia el paseo infinito. Contestar aquella pregunta suponía expresar sus sentimientos más profundos con todos los matices. Y para eso necesitaría otra vida entera.

—Ya le he dicho que pensé que no vendría y ahora debo irme, Federico.

El capitán Escofet no esperaba otra respuesta. Sabía que la cita tendría los minutos contados. La acompañó hasta la puerta del coche donde aguardaba Tomás, hierático, sin voz, pero con ojos para registrar lo que había sucedido aquella mañana, la última en Villa María.

El chófer cerró la puerta, arrancó el motor e inició su marcha. Federico se quedó allí con la mano derecha a la altura del corazón.

—Mamá, ¿por qué ese señor ha vuelto para despedirnos?

Apenas habían recorrido unos metros cuando el aguacero descargó por fin sobre La Garriga y las niñas no preguntaron más.

—¡No vuelvas a irte de ese modo!

Las voces de José María inundaron el salón de la casa de Rosellón. Carmen se acercó a besarlo en la mejilla, pero él retiró la cara en un gesto de manifiesta displicencia.

—Manola, ¿por qué no salen a pasear?

Abrió su bolso, sacó unas monedas de la cartera y las puso en sus manos.

—Parece que ha escampado... —le dijo clavando las pupilas en los ojos de la criada.

La mirada de Carmen contenía todas las explicaciones.

—Vayan despacio para que el nene no se fatigue —añadió.

Los niños cumplieron la orden sin rechistar y la Manola desapareció con ellos en décimas de segundo. Rosalía se retiró a la cocina con todas las maletas a cuestas y Carmen se descubrió sola ante ese hombre ansioso por escuchar, una vez más, las razones que ella ya le había ofrecido y que no serviría de nada repetir porque no aliviarían su furia. Y se lo dijo.

—José María, de nada servirá que vuelva a explicarte por qué volví a La Garriga. Solo fue un día antes de lo previsto.

—A ver si te enteras de una vez que en esta casa quien da permiso para salir y quien da permiso a los que entran soy yo.

—Yo soy tan libre como tú para entrar y salir —contestó Carmen con voz firme, ahogando el temblor de sus labios.

—Siempre que cumplas con tus obligaciones y esta vez no lo has hecho. ¡Me abandonaste! ¡Me hiciste pasar vergüenza en casa de los Viana y es algo que jamás podré perdonarte! Maldita...

La palabra se congeló entre los labios de José María.

—¡Vete, vete de aquí ahora mismo! —gritó fuera de sí y rojo de ira.

—Pero, José María, escúchame...

—¡No quiero escucharte! ¡Vete!

Carmen se sintió huésped en su propia casa frente a la colección de reproches de su marido.

—¡Me dejaste solo! Tuve que ir a esa cena como un marido abandonado. ¡No me preparaste ni el traje! ¡Ni la bata estaba planchada! Tuve que pasar consulta como un pordiosero, como un medicucho al que nadie respeta. Y eso fue culpa tuya. Te largaste con las criadas y abandonaste el hogar conyugal. Tendrá consecuencias. ¿Me has oído?

—Cada palabra, José María.

Carmen se retiró a su habitación mascando la rabia por todo y por tanto.

Y por las ganas de vomitar lo que sabía y de lanzarle a la cara la traición consumada con su hermana.

Se descalzó y se sentó en la butaca en la que, recién casados, le gustaba esperar a José María con la bata de seda cubriendo su cuerpo desnudo. En aquel rincón, el presente transportaba las sensaciones de un pasado en el que jamás imaginó que una infidelidad fuera a robarle su amor para siempre.

Y sin embargo...

Ahora todo podía ser diferente. El recuerdo de Federico despertaba un extraño placer que marcaba el comienzo de algo que aún no tenía nombre. Se asustó al plantearse la vida con él.

Un llanto silencioso se apoderó de ella en los días sucesivos. Carmen pensaba que José María utilizaría el incidente con los Viana como excusa perfecta para divorciarse. En la demanda ante los tribunales alegaría la violación de los deberes que impone el matrimonio y los jueces le darían la razón. Entonces podría empezar su nueva vida con tía Mercedes.

Estaba tan convencida de que él daría el paso que dejó de atender las llamadas de su hermana. No quería ni oír su voz y, si visitaba a sus sobrinos, improvisaba una salida para no verla. Se había cansado de su propia impostura. Sí, ya no podía seguir soportando el dolor inmenso de saber que se acostaba con su marido.

«¿Por qué Mercedes no conoció a otro hombre? —se preguntó—. "Siempre podrás volver", me dijo el día de mi boda.»

Aquellas palabras cobraron el sentido que entonces no alcanzó a entender. Quizá Mercedes también se enamoró de

José María en el Turó Park e, incapaz de conquistarlo, se guardó el dardo para dispararlo en cuanto el matrimonio sufriera la primera grieta.

«¿Hemos dado muestras de nuestra distancia? —volvía Carmen a preguntarse—. ¿Cómo se dio cuenta Mercedes de que nuestro matrimonio se resquebrajaba? ¡Si siempre nos hemos mostrado unidos y cómplices en la calle ante ese escrutinio público que tanto odio!»

Carmen no era capaz de asimilar cómo surgió el cortejo entre ellos, en qué comida familiar José María se equivocó de mirada y se cruzó con la de su hermana. ¿Fue uno de esos domingos en los que, sin que nadie formalizase la invitación, Mercedes se quedaba a comer y a pasar la tarde con los niños en Rosellón?

No tenía respuesta para tantas preguntas, pero estaba segura de que, si José María consumaba el divorcio, ella tendría las fuerzas necesarias para invocar la infidelidad de su marido y pelearía hasta el final por la guarda y custodia de sus hijos. «Al menos —pensaba—, la verdad se escribirá en una sentencia.»

Ese tipo de cavilaciones ocuparon todas las noches en vela y agitaron su desconcierto hasta que el calendario mudó de mes, octubre inauguró la temporada y José María Escardó decidió que Carmen ya había cumplido el castigo.

Una mañana, sin que él hubiera dado muestras de acercamiento, entró en la habitación de las niñas. Carmen estaba sentada en el suelo, el pelo aún revuelto a esas horas, el cuerpo cubierto por un camisón, los pies desnudos, la mirada sombría por efecto de las lágrimas. Se agachó para besar a las gemelas y, sin mirarla, dijo:

—Carmen, mañana te arreglarás y acudiremos al concierto del Palau.

No necesitó decir nada más para que Carmen entendiera

que había sido perdonada en un gesto magnánimo de su esposo, que ella creía que no llegaría y que incluso deseó que no llegara nunca.

Pero el guion de su vida continuaba escribiéndose en un nuevo capítulo.

CAPÍTULO 9

Así que el matrimonio no se había acabado. No al menos en la forma de divorcio que Carmen había imaginado. Le costaba aceptar que, una vez más, José María había decidido sin contar con ella, pero no tenía otra opción.

«Los niños me necesitan —pensó—. El nene no mejora ni mejorará, y mis padres envejecerán y tendré que hacerme cargo de ellos. No, no hay escapatoria.»

Descolgó los vestidos de las perchas y, después de darle muchas vueltas, mandó a Rosalía planchar el que su costurera Adelina le había cortado a medida y aún no había estrenado. Era un modelo de lamé drapeado alrededor del cuello que dejaba la espalda y los hombros al descubierto. Se lo probó y, cuando la imagen del espejo la convenció, salió de la alcoba.

José María la estaba esperando en el salón. Ni una palabra salió de su boca cuando Carmen entró en la estancia. Ni una que refrendara la decisión de perdonarla o que alabara su belleza y la sofisticación del tocado que había prendido en el cabello.

—¿Podemos irnos? —preguntó sacando el reloj del bolsillo para comprobar que no se había hecho tarde—. Nos está esperando Tomás.

—Sí —musitó ella.

La puerta de Rosellón se cerró y Carmen sintió algo de

rabia por haber cedido, una vez más, al capricho de su marido. Cuando él quiso. Como él quiso. Porque él quiso. Lo pensó y pensó que quizá llegara el día en el que ella se volviera caprichosa y tomara las riendas de su vida.

Tomás estaba esperándolos a las puertas del edificio.

—Señora —dijo al abrir su puerta.

El Palau de la Música lucía con todo su esplendor en la inauguración de su temporada. Aún faltaba un mes y unos días para que el Liceo iniciara la suya y Barcelona recuperara del todo su vida mundana. Cuando llegaron al vestíbulo, los señores y las señoras saludaban el inicio de los conciertos de otoño como si necesitaran confirmar que seguían vivos.

Con ellos los salones abrían de nuevo, las reuniones ocupaban los restaurantes elegantes y las conferencias volvían a las asociaciones. Las mujeres traían de cabeza a los sombrereros de Mil, y Casa Martí Martí y Frouchtman se convertían en un hervidero de damas que pasaban a recoger las pieles de la nueva colección de invierno. Las modas ejercían su particular dictadura sobre aquellas señoras que la consentían con gozo y sin reparar en la presión de sus cadenas. Tampoco ellos se planteaban si les favorecía el sombrero o si la levita del frac les sentaba bien. Sabían que debían vestir así de acuerdo con su posición social, como sabían que debían opinar de determinada manera.

Aquel día, todos hablaban de la caída del efímero Gobierno de Lerroux, que había durado apenas tres semanas, del 8 de septiembre al 3 de octubre de 1933. El PSOE ganó una cuestión de confianza que derrocaba al primer gabinete radical y quinto de la República. Tras la derrota de Lerroux, el presidente Alcalá-Zamora había ordenado formar Gobierno a su segundo en las filas del Partido Republicano Radical, Diego Martínez Barrio. Las noticias que llegaban de Madrid transmitían la tensión de una situación política impredecible. En noviembre se celebrarían elecciones en medio de un clima de crispación y de descontento.

En contra de lo establecido, y en contra de los intereses de las señoras de la época que jamás entraban en aquellas disquisiciones, a Carmen le gustaba estar al tanto de los acontecimientos políticos. Y más en los albores de esas elecciones en las que votaría por primera vez. Las mujeres habían ganado la batalla parlamentaria pese a los encendidos debates entre Clarita Campoamor y Victoria Kent, que cuestionaba el voto a la mujer por miedo a que los maridos acabaran torciendo la voluntad de sus esposas. Los maridos o los confesores, tan dados a arrogarse el poder sobre los humanos en su condición de mediadores ante Dios.

—¡Querida, estás guapísima!

La señora de Vals, una de esas damas con las que Carmen coincidía en cenas y tertulias vespertinas, se abalanzó sobre ella con los brazos abiertos.

La familia Vals merecía una correspondencia de afectos. Todos sus miembros, incluida ella, Catalina, habían pasado por la consulta de Rosellón. Eran buenos pacientes y pagaban puntuales, de tal manera que Carmen no podía desairarla ni descuidar sus atenciones. Entre sus poderes, Catalina Vals atesoraba el de agitar con tino la rumorología de los mentideros de la sociedad barcelonesa. Sabía dónde y a quién colocar un comentario, casi siempre malintencionado, para que llegara a su destino y surtiera efecto. Junto a otras dos damas de apellidos rimbombantes, se había erigido en guardiana de la decencia y las buenas costumbres de Barcelona. Ella y sus amigas decidían quién era digna de su compañía, quién merecía respeto o quién podía ser convidada a una cena de gala.

—Carmen, ¡qué maravilloso reencuentro! ¿Ya volvisteis de La Garriga?

—Sí —contestó ella molesta por tener que perder el hilo de la conversación de los señores—. Pasamos un verano delicioso.

—Faltaste a la cena de verano de los señores de Viana. ¡Qué lástima, mujer! Te echamos mucho de menos. Ya nos dijo tu marido que estabas indispuesta. ¿Te encuentras mejor?

José María, con un oído en su conversación y otro en la de Catalina, no perdía detalle de ninguna.

—Ya estoy recuperada, querida.

—¡No sabes cuánto lo celebro! Nosotros estuvimos en Comillas. ¡Un tiempo inmejorable! —dijo Catalina tocando con disimulo la tela del vestido de Carmen para comprobar que era satén—. El próximo verano tenéis que acompañarnos. Se lo diré a tu marido.

Ni corta ni perezosa se giró hacia José María y cursó una invitación para el siguiente estío. Un plan tan a largo plazo que el doctor Escardó solo pudo aceptar con agrado.

—Por supuesto, Catalina. Será un placer visitar Comillas.

La mujer se dio por satisfecha y volvió a sus asuntos.

—Ya estamos todos de vuelta, Carmen. Tuve noticia de que la marquesa de Retes regresó de Biarritz, y la viuda de Arnús y sus hijas abandonaron San Sebastián y ya están en Barcelona.

Catalina podía estar horas recitando de memoria los nombres de los barones, baronesas, condes y condesas que volvían de sus fincas o de sus lugares de veraneo. Se lo sabía todo.

Por suerte, José María la interrumpió a tiempo.

—Debemos entrar, señoras.

Carmen respiró aliviada, pero José María se encargó de recordarle que en aquella cena en casa de los Viana todos hablaron de su ausencia.

—Eres consciente, ¿no? Me gustaría poder perdonar lo

que me hiciste, pero me doy cuenta de que siguen hablando de lo que ocurrió.

—No me ha hecho ningún comentario sobre ese supuesto agravio que te maltrae. Solo se ha interesado por mi salud, José María —contestó ella sin amilanarse.

Buscó su butaca y se sentó dispuesta a disfrutar de esos momentos previos al comienzo del concierto. Antes de que las luces se apagaran se detuvo en la imponente vidriera que iluminaba aquel conjunto arquitectónico revestido de una hojarasca decorativa que ocultaba la estructura de hierro original. Era como una gran linterna que se encendía sobre la escena. La majestuosidad del edificio enorgullecía a propios y visitantes. A apasionados y recién estrenados en el arte musical que Carmen fue aprendiendo concierto tras concierto.

Bach. Suite en re menor.

Chopin. *Allegro spianato.*

Schuman. Arabesco.

Para aquel concierto Pau Casals había apuntado en el programa la *Obertura de Coriolano,* de Beethoven, la humorística y alegre *Sinfonía de despedida,* de Haydn, el bello *Exsultate, jubilate,* de Mozart, y, como obra de fuerza, otra producción mozartiana, el oratorio *Davide penitente.*

Entrelazó las manos sobre el vientre y con los dedos agarró los guantes de piel. La sala enmudeció con la primera nota. Carmen se acomodó y se dejó llevar por la emoción. La voz impetuosa de la soprano holandesa Mia Peltenburg, rebosante y arrebatada, ejerció sobre ella un poder terapéutico. Cuando las luces se encendieron y el público en pie rompió a aplaudir, buscó un pañuelo con el que secarse el contorno de los ojos para que José María no descubriera que había llorado.

Juntos, ella del brazo de él, caminaron hacia el vestíbulo donde la gente se arremolinaba en corrillos para comentar la interpretación. Las palabras de elogio llenaron la boca de todos. También la del doctor Escardó.

—¡Excelsa, excelsa! Magnífica la señora Peltenburg —exclamó José María.

—Sin despreciar a doña Carmen Gombau, doctor Escardó.

—No era mi intención, señor Varela.

—Disculpen, señores —dijo Carmen buscando el consentimiento del marido para ausentarse.

José María le dio el preceptivo permiso y, al soltar su brazo, la señora Escardó se dio cuenta de que no había dejado de pensar en su matrimonio.

La secuencia de los años le devolvía imágenes congeladas. La del primer día. La primera vez. El primer beso.

Y después.

Después llegó la boda. Y París consumó el amor en sus cuerpos. La ignorancia del placer. La entrega absoluta. A él. Y a nadie más.

Y sin embargo...

Ya no eran ellos dos.

Lo peor.

Era ella.

Su hermana.

La ansiedad la sobrecogió. Notaba la respiración agitada bajo las telas de su hermoso vestido. Por un minuto, Carmen sintió que las miradas se detenían en ella, los comentarios y murmullos llevaban su nombre y el de tía Mercedes. Voces. Solo voces. Algunas, que incluso le resultaban reconocibles, relataban la infidelidad del doctor Escardó y callaban de repente para que Carmen no descubriera que hablaban de ella.

«Mercedes Trilla», oía.

«¡Sí, se acuesta con su cuñado!», volvía a escuchar.

«Menuda fulana», sentenciaba otra.

«¿Qué hago aquí?», pensó mientras corría intentando escapar hacia el tocador.

Al abrir la puerta, se topó con las señoras que corregían su maquillaje, se atusaban el cabello con las manos o se perfumaban las muñecas antes de volver a esa escena en la que todas querían tener un papel protagonista.

Carmen abrió el grifo y colocó las manos bajo el agua helada. Comprobó que las lágrimas por Mozart no habían desteñido el rímel de sus pestañas. Sacó del bolso una pequeña borla y se empolvó las mejillas. Después repasó sus labios con la barra rosa pálido. Se sentía sin fuerzas. Otra vez el mareo y el malestar que no la había abandonado desde hacía semanas. Buscó uno de esos caramelos que siempre llevaba por si la tos le jugaba una mala pasada en plena función y lo masticó hasta romperlo en mil pedazos dentro de la boca. Tensó la mandíbula con rabia como si así fuera a tragársela de una vez por todas. Y para siempre.

Se enfundó de nuevo los guantes que le cubrían hasta el codo y respiró hondo. El aire estaba impregnado de las fragancias de las señoras y de los perfumes de los varones. Una mezcla dulzona y espesa que a punto estuvo de provocarle una náusea.

Volvió sobre sus pasos y sintió que alguien la estaba siguiendo. No quiso darse la vuelta por si era una de esas mujeres a las que tendría que volver a relatar su verano, su regreso y sus planes para el invierno. Cuando apenas le restaban unos metros de José María, una mano se posó sobre su hombro.

—¿No cree que son demasiadas casualidades?

Enseguida reconoció su voz. La voz clara y profunda de Federico. En apenas unas décimas de segundo, el tiempo escaso que dura una respiración, Carmen se dio la vuelta.

—Estoy con mi marido. Le ruego que no se acerque a mí.

Su tono balbuciente delataba un nerviosismo propio de

una adúltera que teme ser descubierta. De ahí la precisión de sus palabras.

—No cometo ningún delito si le digo que es usted la mujer más hermosa de cuantas hay hoy aquí.

—No siga, por favor.

—No necesito confirmar que es cierta la leyenda que recorre la ciudad. Es usted más bella que Greta Garbo.

—Esto no es posible, Federico. Y usted lo sabe.

—Quiero verla fuera de aquí.

—Por favor... —imploró ella.

—Una vez más, Carmen.

—No me ponga en un compromiso. Debo irme.

El miedo a ser descubierta por José María la paralizó por completo.

Le temblaban las rodillas.

El corazón palpitaba acelerado.

La boca seca.

La mirada empañada por el encuentro con aquel hombre al que Carmen Trilla empezaba a desear.

Avanzó entre la gente midiendo cada paso hasta llegar al lugar exacto en el que había pedido permiso para ausentarse. Se colocó tan solo a unos centímetros de su marido. Irguió el cuello con disimulo hasta que sus ojos se encontraron con los de Federico. Carmen comenzó a sudar. Sí, seguía allí. No había sido una alucinación ni producto del delirio ante los acontecimientos que empezaban a tensar la línea de su cordura.

«Santo cielo, ¿cómo es posible que nos hayamos vuelto a encontrar?», se preguntó.

Volvió a levantar la vista.

Federico Escofet estaba rodeado de señores que querían saber qué había pasado con «los indeseables», una banda a la que se imputaban los últimos robos en Barcelona. Entre ellos, el de la joyería de la calle de la Platería, propiedad de don Jaime Batlle, a quien, según él mismo declaró en el juzgado de guardia, le saquearon objetos por valor de unas veinticinco mil pesetas. La tarde anterior, la policía había conseguido sorprender a uno de los jefes de la organización en el rellano de la escalera del número 166 de la calle Sepúlveda.

—Se llama Francisco Michel Cherri y es natural de Marsella. Tiene treinta y tres años. Con toda probabilidad será expulsado de España. El pájaro llevaba tres años sin presentar el pasaporte en el gobierno civil.

Escofet, conocedor de la operación, daba profusos detalles.

—¡En efecto, en efecto! Es cierta esa información —contestó a quien le preguntó si era verdad que no pudieron dar con el tal Michel Cherri porque los huéspedes de la vivienda no abrían la puerta si no era mediante una contraseña secreta.

El eco de sus palabras llegó hasta Carmen.

—Fue una verdadera casualidad que lo encontraran en la escalera —concluyó Federico—. Ahora deben disculparme un minuto.

Con un arte sin duda practicado con anterioridad, Federico fue pasando de grupo en grupo hasta colocarse al lado de Carmen.

José María seguía despachando sobre la vida social de la ciudad.

—El Liceo tiene una programación imponente esta temporada. Además del gran Falla se anuncia la vuelta del bajo ruso Chaliapin.

Qué le importaba a ella Manuel de Falla o Fiodor Chaliapin. Sin apenas parpadear fue despreciando las copas de cava que cada cierto tiempo le ofrecían los camareros vestidos con chaqueta negra y pajarita del mismo color sobre camisa blanca. Deseaba sufrir un vahído, un desvanecimiento que la obligara a volver a casa. Solo quería esconderse bajo las sábanas frías, reposar la cabeza y dormir.

Dormir horas y horas.

Días enteros.

No despertar quizá.

De repente, sintió cómo una mano tocaba la suya. No se movió. Rígida, contuvo la respiración hasta que la mano le entregó una nota que ella apretó con todas sus fuerzas y guardó en su *clutch* de carey. No necesitó confirmar quién se la había entregado porque sabía que era obra del señor Escofet, que, acto seguido, desapareció como un fantasma.

Barcelona bostezaba entre las sombras de las farolas cuando las gentes se despidieron a las puertas del Palau hasta la próxima cita, que ya sería en el Liceo.

Los motores de los bólidos rugieron al mismo tiempo. La llegada del otoño no solo se advertía en la galante vida social que recuperaba la ciudad. También se sentía en el olor húmedo de la noche que Carmen dejó que inundara su pecho para aliviar la angustia que no había conseguido sacudirse en lo que restó de concierto.

No volvió a prestar atención ni al organista Vicente María de Gibert ni al tenor Emilio Vendrell. Todos fueron despedidos con aplausos y ramos de flores por el noble público del que Carmen había dejado de formar parte. Solo ansiaba volver a Rosellón, a ese hogar entre tinieblas en el que buscaría un rincón alejado de la mirada estricta de su marido para abrir el bolso y leer aquella nota sepultada al fondo junto a la barra de labios, el pañuelo bordado, la polvera de maquillaje, la borla y los caramelos para la tos.

José María no se había molestado en cogerla del brazo. Subieron al coche y el silencio los acompañó durante el trayecto. Ni Tomás se atrevió a decir una palabra. Cuando paró frente al portal, Carmen se apresuró a entrar en la vivienda. Rosalía estaba esperándola con cuestiones domésticas pendientes de resolver.

—¡A estas horas no, Rosalía! Acuéstese. Mañana será otro día.

—Pero, señora, debemos comprar leche para los niños, huevos y...

Carmen no la dejó acabar.

—Rosalía, mañana le daré dinero para que vaya al mercado, pero ahora debe acostarse. ¡Es muy tarde!

Bajó el volumen de su voz para que José María no las oyera. Si él se hubiera dado cuenta de que los quehaceres de la casa estaban siendo desatendidos, quién sabe cómo habría reaccionado.

La criada obedeció y Carmen se retiró a su dormitorio. Ignoraba cuánto tardaría en entrar José María. Se desnudó con calma, no sin antes esconder el bolso dentro de un cajón del armario. Se desmaquilló con la leche limpiadora dejando que su textura suave y cremosa se fuera deslizando por el rostro. El agua fría relajó la tensión de los músculos de las mejillas, que había apretado durante toda la noche para contener el temblor de los labios y el repiqueteo grimoso de las muelas.

Dejó pasar un tiempo prudente hasta que decidió confirmar qué hacía su marido. Abrió la puerta del salón con sigilo. A través de los visillos se colaba la luz pálida de la luna que iluminó su cuerpo relajado en el sofá.

Resuelta en sus pretensiones volvió al dormitorio, abrió el armario, después el cajón, cogió el bolso y metió la mano hasta el fondo. Enseguida sus dedos tropezaron con el papel arrugado. Lo sacó y lo estiró antes de leerlo.

Sicilia, cinco, esquina Provenza.
Mañana a las cinco y media.
Haga lo imposible por venir.
Federico

Releyó la nota varias veces.

Se recostó sobre el colchón y se llevó el papel al pecho.

Los ojos bien abiertos, las pestañas paralizadas, la boca reseca y el corazón acelerado.

Federico Escofet la estaba retando a una cita furtiva, a una aventura secreta, al vacío del reencuentro o a la plenitud de la consumación. Federico Escofet estaba echando un pulso a su valentía. «Haga lo imposible por venir», había escrito en algún momento impreciso del entreacto.

—¡Dios mío! —dijo en voz alta como si necesitara invocar al mismísimo para echar al demonio que se había alojado en ese rincón del alma reservado para las emociones prohibidas—. ¡Dios mío! —repitió.

Minutos después, la puerta de su dormitorio se abrió y una sombra rodó por la habitación hasta su cama.

El cuerpo de José María buscó el suyo.

Sus manos frías recorrieron su espalda.

Su boca caliente se detuvo en el cuello de Carmen.

La tensión de sus piernas.

Las de ella.

La rigidez de ambos.

CAPÍTULO 10

La despertó el nerviosismo. La casa era silencio y sueños entrelazados a esas horas en las que todavía no había despuntado el alba. A su lado aún dormía José María con el pijama que no recordaba que se hubiera puesto tras el azaroso encuentro. Carmen no podía seguir más tiempo en la cama. Aunque no era dada a los rezos, se arrodilló a sus pies y, con la cabeza entre las manos, rezó un padre nuestro sin hallar sentido a la sucesión de palabras de esa oración que, de tanto repetir los domingos y demás fiestas de guardar, había perdido su significado. Se levantó y se dirigió al baño para remojarse la cara con agua fría. Después se sentó en la butaca, se llevó las rodillas al pecho y se abrazó con fuerza. Si José María hubiera abierto los ojos en ese momento, habría concluido que Carmen estaba loca. El pelo enredado y revuelto, la cara pálida, los ojos asustados. Nada de lo que hasta entonces había vivido se asemejaba a lo que acontecería a partir de ese instante. Nada en su vida resultaba tan comprometedor. Nada tan urgente y desafiante como decidir, en cuestión de horas, si se encontraría con Federico. No había dejado de pensar en él ni un minuto. El eco de aquellas cinco palabras —«Haga lo imposible por venir»— la había acompañado toda la noche y el paso de las horas no había servido para apaciguar la ansiedad.

En su agitación y desconcierto pensó que quizá había llegado el momento de devolver a su marido el sufrimiento ocasionado.

Siempre llega la hora de las mujeres.

Tarde o temprano y en diferentes formas.

Esperar y aguardar.

Una fórmula infalible.

Se oyó la voz de las gemelas al otro lado de la puerta. Era Cuyaya peleando con su hermana.

—¡Niñas, niñas! El desayuno está preparado —gritó la Manola desde la cocina.

«Iré a levantar al nene y después mandaré a las criadas al mercado —pensó Carmen sobre la marcha—. La maestra tendrá a los niños ocupados hasta el almuerzo y por la tarde quizá puedan ir al circo.»

La señorita Beatriz Usandizaga era la profesora particular de sus hijos. Como el nene pasaba temporadas encamado y las niñas aún no habían empezado el segundo grado obligatorio de la educación básica, los padres resolvieron organizar las enseñanzas en el hogar familiar a cargo de aquella señorita de buena familia, nacida en San Sebastián, con estudios pedagógicos y maneras refinadas. Hablaba perfecto francés y eso permitía a Carmen aprovechar los descansos para practicarlo. A las diez de la mañana, la señorita Usandizaga se encerraba con sus hijos en una amplia habitación que hacía las veces de aula escolar.

El sol ya estaba suspendido en el cielo por encima de los tejados de los edificios de Barcelona cuando el timbre de Rosellón sonó tres veces seguidas.

—¡Va, va! —gritó Rosalía—. ¡Qué prisas!

Carmen estaba vistiendo a las niñas después del escaso desayuno a base de galletas sin leche. Solo quedaba un culín en una jarra de cristal que Carmen pidió que reservaran para el café de José María.

—¿Es la señorita Usandizaga? —preguntó desde la habitación.

—No, señora, es el limpiador de lámparas.

Carmen recordó entonces la cita con el hombre que una vez al mes desmontaba y limpiaba en profundidad la fastuosa lámpara de araña que presidía el recibidor. Cristal a cristal. Era la pieza más preciosa de Rosellón. La primera que veían los pacientes de José María y los invitados a las cenas. Una especie de centinela que iluminaba la vida de aquella casa decorada según el gusto europeo. Pese a la majestuosidad de la entrada, el rincón preferido de Carmen era la biblioteca de nogal que ocupaba diez metros lineales de pared con una altura de otros tres. Pasaba horas leyendo en el butacón de cuero. El nene solía acomodarse a su vera en un sofacito. Ella lo dejaba hacer, curiosear, sacar y meter libros de las baldas, abrirlos y cerrarlos.

—Todas las historias que puedas imaginar, ya las imaginó alguien por ti. Y están en los libros —solía decirle para que creciera su interés por los cientos de volúmenes que la familia había ido coleccionando como el feliz terrateniente que compra fincas que algún día dejará en herencia.

La rutina del hogar siempre le había parecido de una simpleza insoportable. En los buenos tiempos amanecía al lado del doctor Escardó y desayunaba a solas con él en uno de los balcones acristalados. Juntos compartían el despertar de los sentidos con el olor del café recién hecho y el sabor del tomate en el pan caliente. La textura de la pulpa le recordaba a su infancia y a la cocina de su madre, siempre llena de mujeres que quitaban las semillas que su padre odiaba encontrar. Eran tomates de Montserrat con forma de trébol de la suerte.

Pero las felices mañanitas de Rosellón se acabaron y los amaneceres se quedaron desnudos.

Las noches, vacías.

Las lunas, a medias.

Y la monotonía se instaló insolente.

Aquella mañana, además, su presente había empezado a deshacerse aventurando un futuro incierto.

La señorita Usandizaga por fin llegó, y las niñas y el nene comenzaron su clase con los cuadernos de caligrafía bajo el brazo. El doctor había abierto la consulta y Conrado, su ayudante, llamaba a los primeros pacientes.

Carmen todavía estaba en bata cuando Rosalía golpeó con la mano la puerta de su dormitorio.

—Señora Carmen, debo ir al mercado.

—¡Oh, sí! —contestó ella desde dentro—. Puede pasar.

No le importó que la criada la descubriera sin vestir.

—Rosalía, vaya al mercado de la Libertad y compre la fruta y el avío que haga falta. No tiene que pedirme permiso. Si necesita leche, compre también leche. Debe ser usted más autónoma. Dirija la casa según las necesidades.

La criada la miró sorprendida. Carmen las había aleccionado, tanto a ella como a la Manola, para consultar todo cuanto tuviera que ver con el hogar.

—De acuerdo, señora. Así lo haré de ahora en adelante. Pero necesito dinero.

—Tenga —contestó dirigiéndose a la cómoda.

De una pequeña caja escondida bajo su lencería, sacó unas monedas y las puso en la mano de Rosalía.

—Ya tiene dinero. Dígale a Manola que la acompañe. Yo me quedaré en casa.

Al cabo de unos minutos, volvió la calma necesaria para meditar sobre lo ocurrido.

La irrupción de José María en el lecho conyugal solo consiguió reavivar la sensación del insulto y la ofensa. Al sentir a su marido dentro de ella, Carmen no pudo evitar la otra escena: la escena con Mercedes.

Él sobre ella, sobre su hermana.

O al revés: ella sobre él, besándole, agarrándolo por el cuello, deshaciéndose de placer.

—¡Oh, Mercedes, cuánto te deseo!

Y ella:

—José María, ¿por qué hemos esperado tanto tiempo?

Y él:

—En realidad, siempre fuiste el amor de mi vida.

Risas. Sudores. Abrazos.

Y ella:

—Y tú, y tú.

Y él:

—Mercedes, déjame besarte otra vez.

Y ella:

—Soy tuya, José María.

Y él:

—Carmen no puede enterarse de esto. Lo comprendes, ¿verdad? No puede enterarse...

Y entonces ella quedó muda, sin palabras.

Todo estaba en su cabeza. ¿José María necesitaba esa aventura para coger aire? ¿Por qué los matrimonios necesitan coger aire? ¿Hay fecha de caducidad para los amores formales? ¿Y ella? ¿Ella no necesitaba aire?

Los delirios se hicieron insoportables a solo unas horas de que decidiera «hacer lo imposible» por acudir a la cita con Federico.

Miedo, se llamaba miedo a lo que paralizaba a esa mujer. Ese miedo que no sabía si también acechaba a los hombres. Que se le antojaba exclusivo de las mujeres, que provocaba náuseas en las entrañas, conscientes ellas de que un error, por pequeño que fuera, un ligero traspié, un tropezón sin importancia en el camino, podía acarrear terribles consecuencias.

Le fue bien pensar.

Le fue bien que las preguntas flotaran en el aire aunque quedaran sin respuesta.

Se había despejado del todo cuando el señor de la lámpara acabó su tarea, la Manola y Rosalía volvieron del mercado y la señorita Usandizaga dio por finalizada la clase. La casa volvió a llenarse de los gritos de los niños, de los juegos infantiles y de las órdenes adultas que siempre llevaban el *no* por delante. «No cojas eso.» «No pises el suelo recién fregado.» «No te sientes así.» «No molestes a tu hermano.»

Carmen almorzó con sus hijos mientras que José María pidió que le sirvieran la comida en su despacho. Ordenó las citas de la tarde y después se echó su siesta de las tres sobre la camilla de la consulta.

Cuando el reloj del salón marcó las cuatro y media de la tarde, Carmen se levantó del sillón, llamó a la Manola y, con una serenidad que hasta a ella misma le sorprendió, le dijo:

—Manola, esta tarde tendrá que hacerse cargo de los niños. Le dejo algo de dinero para que vayan al circo. Estaré en casa de mis padres. Mi madre quiere que la ayude a elegir unas telas para unas cortinas.

—¿Verá a su hermana?

—No. Me he asegurado de que ella no esté —mintió.

—Si el señor pregunta por usted, ¿qué debo decirle? —preguntó la criada dejando al aire la sospecha de que Carmen estaba mintiendo.

—¿Qué quiere decirle? La verdad —contestó.

—Muy bien, señora Carmen. Le diré que ha ido a casa de sus padres.

Carmen la miró a los ojos.

—¿Acaso cree que esa no es la verdad?

—¿Y si pregunta por qué no se ha llevado a los niños?

—Le dice que ellos preferían ir al circo. ¿Me ha entendido?

—Sí, señora —contestó la Manola sin ofrecer a Carmen el mínimo gesto de complicidad que aliviara el peso de su decisión.

La ciudad acababa de despertarse de la siesta. Una brisa fresca soplaba las nubes aligerando las digestiones de las gentes que llenaban las aceras. Barcelona le pareció una ciudad distinta, plagada de fantasmas, miradas amenazantes y pupilas extrañas que se clavaron en su espalda.

Recorrió Rosellón a paso ligero hasta llegar a la esquina con Rambla de Cataluña. Después tomó Diagonal hasta la calle Gerona y giró en Provenza. Para llegar al número 5 de Sicilia aún le quedaba un tramo, pero ya divisaba la imponente Sagrada Familia, ese poema modernista del Dante de la arquitectura, como llamó a Antonio Gaudí el nuncio apostólico monseñor Ragonessi.

Como Carmen, toda la ciudad había seguido con gran expectación el avance de las obras. La Sagrada Familia formó parte de su infancia y de su horizonte. Toda una generación creció con ella desde que se colocó la primera piedra en medio de un erial el día de San José de 1882. La Sagrada Familia era de todos, del óbolo de los humildes que nunca desesperaron pese a la lentitud con la que el templo fue cogiendo forma. No faltaron hasta legatarios que desde la otra vida continuaron entregando dinero a través de sus albaceas. Era tan de todos que había quien incluso se atrevió a pedir a Gaudí altares a la carta. Corría la leyenda urbana de la señora que se presentó ante el arquitecto para que dedicara un altar a santa Isabel, reina de Hungría. Gaudí, aun consciente de la necesidad de financiación, rechazó el dinero porque la reina no era motivo de honra mística.

En los años de escasez, la fe se profesó en Gaudí hasta que, el 7 de junio de 1926, un tranvía lo atropelló. Tras el accidente y por su aspecto desaliñado, fue confundido con un mendigo y trasladado al hospital de Santa Cruz con el resto de los pobres de la ciudad, donde tardaron en identificarlo dada la modestia de su apariencia. Murió días después del accidente, fue enterrado en la capilla del Carmen de la cripta del templo expiatorio, y la Sagrada Familia quedó suspendida de un enorme signo de interrogación hasta que Domingo Sugrañes, su mano derecha y fiel escudero de planos y maquetas, asumió la dirección. Bajo su batuta, finalizaron los cuatro campanarios de la fachada del Nacimiento, que Carmen contempló en su particular camino hacia lo incierto, sintiendo la levedad de su cuerpo frente a la grandeza de piedra que se alzaba sobre la ciudad como testigo eterno del devenir de los tiempos. En esa encrucijada de elementos arquitectónicos, Carmen aparcó las únicas certezas de su vida.

«No hay nada escrito —se dijo—. Somos dueños de nuestra historia. Por mucho que las circunstancias y los que nos prejuzgan se empeñen en escribirla por nosotros.»

Le había costado muchas horas de íntimas reflexiones llegar a esa conclusión. Aunque le pesaban los años de resignación y de rígidas costumbres, se sintió dichosa por no haberse dejado influir por el pensamiento dominante que acribillaba a las mujeres condenándolas al ostracismo de los anaqueles del disfrute. Si lo hubiera hecho, jamás habría cogido el tren a La Garriga y Federico no se habría cruzado en su vida.

«Es solo eso, Carmen. Miedo al qué dirán. Miedo a lo desconocido. Miedo a que las *señoras de*, las *viudas de* y las solteronas carcoman tu honra.»

Carmen llegó al número 5 de Sicilia. Según se aproximaba al portal del edificio descubrió a un hombre que, con prudencia, se acercó a ella y le preguntó:

—¿Carmen?

—Sí, señor —contestó.

—Venga conmigo.

El hombre giró la llave en la cerradura del portón y, dejándola pasar primero, se dirigió hacia una escalera empinada.

—Son solo dos pisos —precisó.

Carmen volvió a sentir el miedo paralizante que había resuelto consigo misma vencer a capa y espada.

—Perdone —dijo parándose en el primer peldaño—. ¿El señor Federico Escofet?

—Sí, señora. La está esperando.

El corazón le latió con fuerza como si fuera a estallar en mil pedazos. Tanto le temblaban las manos y las piernas que creyó que era la tierra la que se movía bajo sus pies. Necesitó apoyarse en la pared para recomponerse y seguir subiendo, escalón a escalón, como un ascenso pecaminoso que le secó la boca y le arrugó la mirada. Entonces, ignorando que había llegado a la cima, apareció Federico.

Estaba apoyado en el quicio de la puerta, vestido de uniforme, el pelo mojado y peinado hacia atrás, la tez bronceada. Olía a lavanda.

Sus fortuitos encuentros no habían sumado las suficientes palabras como para superar la sensación de pánico ante el amor prohibido y clandestino.

—Carmen —dijo él.

Solo pronunció su nombre y ella confirmó que aquel hombre tenía la voz más bonita del mundo. Sintió lo que sienten los enamorados cuando uno pronuncia el nombre del otro. Ese extraño placer que marcaba el comienzo de algo aún por definir.

Si no hubiera sido porque la compostura se impuso y porque había un testigo anónimo que seguía allí, Carmen se habría abalanzado sobre él.

«Ámame —le hubiera dicho—. ¡Déjame confirmar que sigo viva!»

—Llobet, puede retirarse —ordenó Federico.

—De acuerdo —contestó el hombre con diligencia.

—Es Gerardo, mi ayudante. No tiene de qué preocuparse.

Llobet se retiró al instante cerrando tras él la puerta de aquella vivienda amplia y luminosa. Pasaron al salón. Sobre la mesita de centro había una caja de bombones de Nelia atada con lazo rojo. Carmen adoraba ese chocolate, pero no lo dijo. Apenas se atrevió a dar un paso hasta que él extendió la mano con gentileza invitándola a seguir.

—Siéntese, por favor.

Tomó asiento en uno de los sofás entelados con estampado de flores. Federico lo hizo frente a ella. Justo a su lado había un mueble bar de madera maciza del que sacó dos copas y una botella de espumoso de Codorníu.

—Carmen, pensé que no vendría. Créame.

—No ha sido fácil —contestó.

—Es usted una mujer valiente.

Carmen sonrió como si necesitara escuchar aquellas palabras.

—He enfriado este Raventós para celebrar nuestro reencuentro. Tiene un *bouquet* delicioso. Pruébelo.

El vino burbujeó en la copa al tiempo que Federico la levantó para brindar. Sonó el cristal y el repiqueteo le recordó a la Navidad en familia o a las cenas de boato en las que los señores pedían un brindis para invocar a la fortuna. Cogió la caja de bombones, deshizo la lazada, la abrió y se la acercó.

—No, gracias —se disculpó ella—. Me encantan, pero no...

—Los compré para usted —dijo él llevándose uno a la boca.

Federico impostaba serenidad y normalidad en aquel ambiente que era todo menos sereno y normal. Carmen no sabía bien cómo colocar las piernas, dónde reposar la mano que no sostenía la copa, qué hacer con el bolso que dejó sobre la mesa, ligeramente abierto el broche que servía para cerrarlo. Había dedicado muchas horas a la decisión de ir, pero ninguna a recrear esa escena en la que ahora se miraban de cerca.

Ella y él.

—No hace falta que le diga que está usted bellísima esta tarde.

—Me voy a sonrojar —contestó Carmen sin disimular el pudor—. No estoy acostumbrada a tantos piropos.

—No lo es. Ya sabe que el piropo es la válvula de escape de la tontería masculina. Y yo solo trato de constatar una realidad. Desde que la vi supe que estaba ante una mujer única.

—Debo entonces sentirme halagada.

—Eso pretendo. Quiero que se sienta no solo halagada sino alabada por mis palabras. Nada me haría más feliz que conseguirlo.

Federico desvió la conversación hacia un terreno más ligero.

—¿Cómo está el nene? —preguntó recostándose sobre el sofá.

—¡Oh! —exclamó Carmen—. Gracias por preocuparse. Los desplazamientos largos le provocan dolores en la espalda de los que tarda en reponerse, pero esta vez lo hizo en poco tiempo.

—¡Pobre muchacho! —profirió él—. Pero tiene otras dos hijas adorables. Tomía, es Tomía la más resuelta, ¿verdad? ¡Es tan simpática!

—Son dos bendiciones. Disfruto tanto su compañía y su presencia... ¿Usted tiene hijos?

—Dos niñas —contestó él—. Deben de ser casi de la misma edad. La mayor tiene ocho años y la pequeña, seis. Son unas granujillas.

Carmen rio el comentario e hizo un repaso al salón tratando de buscar alguna pista, por menor que fuera, de sus propietarios. Pero solo encontró baldas de librería vacías, estantes desnudos y una mesa de comedor sin adornos.

—¿Esta casa es suya? —preguntó titubeante.

—Una parte —contestó él—. Cuando mi madre murió, mi padre no pudo resistir su ausencia y se mudó. La hemos vaciado para proceder a su venta, pero el mercado está parado. Así que esperaremos a que las cosas se encarrilen.

Los minutos fueron pasando y Federico no paró de hablar.

De nada hubiera servido que Carmen luchara contra lo que empezaba a crecer dentro de ella. Sus sentimientos se fueron despertando y la pasión brotó sin remedio. Un ímpetu desbordante hizo renacer en ella un deseo olvidado hacía tiempo. Sintió alivio según las palabras fueron superando los obstáculos de la vergüenza, hasta que el tú sustituyó al usted y Carmen sintió que el amor del Turó Park había vuelto a brotar en la mirada de otro hombre.

Carmen fijó sus ojos en los de Federico y colocó el filo de la copa en los labios.

—¡Desearía poder besarte!

—Federico...

—¿Por qué no? ¿Qué nos impide amarnos? Dímelo.

Como una losa, las razones de Carmen cayeron sobre ella enmudeciendo su habla, complicando las cosas, agravándolas con el simple pensamiento de dejarse besar. Le hubiera encantado hablar de sus motivos, enumerarlos uno a uno para que Federico comprendiera qué les impedía amarse.

Dejó que él se sentara a su lado y que las distancias se acortaran lo suficiente como para oler el aroma de sus cuerpos.

—Quiero verte otra vez, Carmen.

Con una ternura que ella había olvidado en las maneras de un hombre, Federico le acarició la mejilla. Cerró los ojos, respiró hondo y sonrió.

—Mañana te esperaré aquí —susurró acercándose a su oído—. Haz lo imposible por volver, señora Trilla.

CAPÍTULO 11

Cuando Carmen intentó recomponer la escena del primer beso para saber en qué preciso momento ocurrió todo —qué fue primero, qué vino después—, se dio cuenta de que lo que había registrado su memoria eran las ruedas del Plymouth de la colección de José María parado en la esquina de Sicilia con Diputación, en el chaflán de entrada al frontón de Enric Sagnier.

Solo necesitó fijar bien la mirada para descubrir a su marido al volante, cosa poco habitual y menos a aquellas horas cuando estaban a punto de dar las ocho de la tarde, vestido de traje, sin nadie que lo acompañara. La visión casi le costó un tropiezo en plena calle, lo cual habría provocado un revuelo entre los viandantes que, ajenos a su agitación, paseaban la fresca de las horas previas al anochecer. Tal fue su desconcierto que, sin dudarlo un minuto, paró un taxi y le rogó que condujera lo más rápido que le permitiera la circulación y la llevara al número 253 de Rosellón.

—¡Corra! Le pagaré más si es necesario, pero ¡corra! —le dijo Carmen al conductor, que, reprimiendo las ganas de preguntarle si se encontraba indispuesta, si huía de un ladrón o a qué demonios venía aquella prisa, voló por las calles de la ciudad hasta llegar a su destino.

Su mente había registrado el maldito miedo. Ni las caricias, ni los besos en la mejilla, ni las palabras cargadas de ternura de Federico.

Carmen solo recuperó el ritmo normal de la respiración al comprobar que José María aún no había vuelto a casa cuando ella entró por la puerta. Necesitaba esa confirmación para enfrentarse a la realidad de la que había escapado como en un sueño del que, por un momento, deseó no despertar.

Le temblaban las piernas.

La cabeza le dolía de tantos pensamientos, de tantas ideas que desfilaban con la rapidez y la fugacidad de los rayos en tardes de tormenta.

No sabía bien cómo sentirse.

Fantasma de carne y hueso.

Sombra entre sombras.

Ella.

Ellos.

Él, José María.

El miedo —el miedo otra vez— trató de dominarla.

Entró en el salón al oír las risas de las niñas y encontró al nene acurrucado sobre los brazos del sillón. Tomía y Cuyaya revoloteaban a su alrededor para desesperación de la Manola, que les pedía sin éxito que no molestaran al hermano.

La criada la miró de soslayo. En sus ojos estaban expresadas la sospecha y la recriminación.

—Los niños aún no han cenado, señora. La estamos esperando —dijo con tono firme.

—No tenían por qué hacerlo. ¿Ha salido el señor? —preguntó Carmen.

—Sí —contestó la criada con sequedad.

Carmen esquivó a la Manola para hundirse en la tierra firme de sus hijos. Cenó con ellos, ayudó al nene con sus estiramientos y abrazó y besó a las gemelas cuando ronroneaban las últimas palabras. Eran el bálsamo necesario para soportar el temblor de su cuerpo. Y para volver a construir el andamiaje de una nueva realidad.

Sus contradictorios sentimientos hicieron saltar por los aires las viejas vigas. Ya no era solo la infidelidad del esposo. Ni la traición de Mercedes.

No.

Era Federico la causa de su desvelo.

En la primera parte de la vigilia se preguntó qué deseaba en realidad aquel hombre al que había conocido hacía apenas unas semanas, qué pretendía, qué buscaba, cuáles eran sus propósitos. Luego no pudo contener la excitación al recordar la tarde que habían pasado juntos, cada gesto, sus requiebros, las palabras con un doble sentido, su sonrisa embaucadora. Deseó verlo, mirarlo, volver a escuchar su voz.

Federico le había pedido una nueva cita y ella no le prometió nada. Pero estaba persuadida a volver. Aquella noche lo deseó con todas sus fuerzas.

«¿Y para qué? —volvió a preguntarse—. ¿Adónde me lleva otro encuentro?»

Su corazón y su cabeza habían tomado caminos dispares. La razón la empujaba a abandonar ese sinsentido, ese callejón del que con toda seguridad saldría herida de muerte y para siempre. Y a la vez el corazón la forzaba a tomar su camino para saciar las ganas y apaciguar su tormento.

Esa madrugada, cuando en la ventana del dormitorio comenzaron a aparecer las primeras claridades del día, Carmen consiguió dormirse abrazada a la decisión firme de volver a encontrarse con Federico.

CAPÍTULO 12

La segunda cita en el número 5 de la calle Sicilia acentuó en ambos el hambre y la necesidad de estar juntos. Carmen apareció más hermosa que el día anterior. Había cuidado la elección de su vestido, el maquillaje de sus ojos, de sus labios, de sus mejillas. Había ondulado su cabello y esa imagen le devolvió el rostro que ella recordaba de adolescente, la estampa anterior a conocer a José María y a enamorarse de él.

Federico volvió a descorchar una botella de champán y a deshacer la lazada de la caja de chocolates que a ella tanto le gustaban. Esta vez tomó uno y lo saboreó con un gusto infantil, sonriendo con la inocencia con que lo hubieran hecho sus hijos.

—Federico, no sé nada de ti. ¿Por qué estamos aquí solos los dos?

Él la miró con insistencia, sus ojos clavados e inamovibles frente a los suyos.

—¿Qué sentido tiene todo esto?

Al cabo de unos segundos, él respondió con un hilo de voz.

—No lo sé. No tengo una respuesta para eso. Pero tengo la necesidad de estar a tu lado. No dejo de pensar ni un segundo del día en ti.

Aquella tarde Carmen y Federico se relataron sus vidas.

Él habló de política, de sus ocupaciones, del presidente Macià, de Madrid y de la Segunda República. Habló de esos hombres del momento por los que Carmen siempre había sentido interés y a quienes seguía en el periódico que cada mañana llegaba a su casa. Él, fue él quien señaló que las mujeres podrían votar en las próximas elecciones y Carmen esbozó una sonrisa cuando lo escuchó defender ese derecho sin fisuras, sin remilgos ni poses para conquistarla.

—Se romperá la izquierda y os echarán la culpa a vosotras —dijo él entre risas mientras recordaba las trifulcas parlamentarias de las Cortes.

—Me encanta lo que dices. Tienes razón. Nos culparán si gobierna la derecha.

A Federico le sorprendió la solidez del criterio de Carmen, tan poco habitual entre las damas con las que se codeaba.

—Algún día gobernaréis el mundo y os resarciréis —contestó él—. Dime una cosa, ¿tu marido te dice qué debes votar?

Carmen negó con la cabeza.

—No se atrevería —mintió.

Carmen le contó el momento en el que conoció a José María y cómo vivió aquellos primeros años enamorada de él.

—Siempre me ha respetado —señaló.

Y, aunque en cierto modo era así, Carmen ocultó que José María era estricto con el cumplimiento de las exigencias derivadas del matrimonio y ocultó la infidelidad que justificaba que ella estuviera allí.

Federico le habló de su esposa. No fue prolífico en los detalles del cortejo, ni de la boda, ni de los años que sucedieron al enamoramiento, pero se detuvo en la emoción que sintió cuando sus hijas nacieron.

—¿La sigues amando? —le preguntó Carmen.

—Si estuviera enamorado de ella no podría estar ahora mismo a tu lado —contestó.

—Creo que yo también he dejado de amar a mi marido —admitió ella.

Federico acercó su mano a la de Carmen, la tomó con firmeza y se la llevó a los labios. La besó cerrando los ojos y ella sintió que su cuerpo flotaba en aquel salón.

No lo evitó.

Al contrario.

Dejó que sus labios se encontraran, que sus manos se entrelazaran, que la piel desnuda obrara el milagro, que la caricia fuera eterna.

Se dejó besar y a su cuerpo le recorrió un escalofrío que concentraba todas las emociones.

Se besaron largo y suave.

Sin imposturas.

Delicados.

Él y ella, recostados uno sobre el otro, disfrutando del silencio de sus cuerpos.

No había nada que pudiera doblegar la necesidad de revivir aquello que les hacía felices. Como todas las primeras veces, las suyas tuvieron un poder indeleble, un magnetismo indescriptible que provocó que Carmen quisiera regresar al lugar donde nacieron esas sensaciones, a los brazos en los que se sentía segura.

Y no fue más que eso, necesidad, lo que la incitó a volver al número 5 de la calle Sicilia, esquina Provenza, y que a la segunda cita le sucediera la tercera.

Y la cuarta.

Y que también hubiera una quinta.

Y que Carmen no olvidara ninguna de ellas.

Otra vez.

Una vez más.

Siempre en la misma dirección y en los horarios que

acordaron los amantes, tratando de no perturbar la rutina de la vida familiar de ella y las obligaciones de Federico.

Tardes, mañanas, entre horas.

Algún anochecer sin coartada.

Eso era lo peor: nadie cubría a Carmen las espaldas cuando desaparecía de casa arguyendo las peregrinas razones que avivaron del todo las sospechas de la Manola.

Carmen y Federico entraban por separado. En alguna ocasión, Gerardo Llobet la esperaba en la puerta. Hacía de avanzadilla si él tenía que retrasarse por algún motivo. Entonces, Carmen se atrevía a desnudarse antes de que llegara su capitán. Tenía la precaución de dejar los zapatos en el baño para no ensuciar el parquet del pasillo y de la habitación que Federico designó para sus encuentros.

Era un dormitorio desabrigado. En las paredes debió de haber cuadros donde ya solo quedaba la alcayata que los sostuvo, pero Carmen no tardó en acostumbrarse a esa decoración escasa.

Lenta y ceremoniosa, dejaba que la ropa fuera cayendo sobre la alfombra de pelo, a los pies de la cama, hasta hacer un montón desordenado. Debajo de todo, la falda. Encima, la camisa, el sostén de encaje, las bragas a juego. Colocaba sobre la mesita de noche el reloj, los anillos, los pendientes y el cordoncito de oro trenzado o de perlas o de plata, dependiendo del día. Desnuda, se acercaba a la ventana y lo esperaba.

Cuando oía la llave en la cerradura, apartaba las sábanas y se tumbaba justo en el medio del colchón, de perfil, la cadera sinuosa, las piernas sutilmente curvadas.

Él tardaba apenas unos segundos en desvestirse. Tras quitarse la chaqueta del uniforme y aflojarse el cuello de la camisa, a ella la excitaba sobremanera ver cómo tiraba del cinturón, se desabrochaba los botones de los pantalones y los dejaba deslizarse por sus piernas hasta llegar al suelo. De un simple movimiento se despojaba del calzón y se abalanzaba sobre Carmen. La agarraba por la espalda y, mirándola de cerca, a escasos centímetros, las palabras hervían bajo su aliento urgente.

—Carmen, Carmen...

No tardaron en descubrirse el uno al otro. Lo que a ella le gustaba. Lo que en él encendía la llama. Carmen conoció su cuerpo a través de las manos de Federico. No sabía que el placer pudiera ser infinito. Desconocía que los límites fueran franqueables, que no hubiera fronteras en esas sensaciones que la invadieron y que pronto se convirtieron en una obsesión.

Carmen quería más.

Y Federico también, pero Federico ya había probado el sabor de las caricias clandestinas. Así que disfrutaba con el deleite de ella, con sus jueguecitos sobre su piel desnuda, los muslos tensos... Ella lo buscaba con avidez. Él se dejaba hacer, compartiendo el secreto delicioso que los hacía desaparecer de este mundo en esos instantes de quietud que preceden al roce de la realidad.

CAPÍTULO 13

Carmen se sentía tan infiel como su marido, pero también se sentía redimida al hacerlo con Federico porque vengaba la doble traición de la hermana y de José María. El imán de lo prohibido la movía hacia esa efímera felicidad con apariencia de amor capaz de desencadenar la necesidad de volver a buscarlo. La mecha de la infidelidad la hacía sentirse viva y deseaba que volviera a ocurrir para que la realidad de Rosellón quedara superada por los deseos que no quería esquivar.

Carmen había resuelto consigo misma que sus días tuvieran el rostro de Federico cuando una mañana, antes de que la casa hubiera terminado de desperezarse, Tomás, el chófer, timbró dos veces en el portal y subió escopetado hasta la puerta principal donde la Manola, aún en camisón, entreabrió una rendija, para comprobar quién demonios llamaba a esas horas.

—Tomás, ¡por Dios! ¡Vaya susto me he llevado!

—Déjame entrar, Manola, antes de que se despierten los señores —dijo casi susurrando.

—Pasa, hombre, pasa.

La puerta se abrió del todo y Tomás entró directo a la cocina. La Manola iba detrás tapándose con las dos manos el escote pronunciado que dejaba entrever los pechos bajo la tela. El hombre la agarró por un brazo y cerró la puerta con cuidado de no hacer ruido.

—¿Dónde no pueden oírnos?

—Pero ¿qué pasa, hombre? —contestó la criada molesta por las maneras aceleradas de Tomás—. Ven aquí, anda.

Lo llevó a la zona donde hacían la colada. Tomás la siguió y, cuando se cercioraron de que nadie los oía, dijo:

—La señora está viéndose con el señor de La Garriga.

La Manola se sentó en un taburete que encontró al lado de la pila y se santiguó tres veces antes de poder hablar. Ya no le importó que sus senos quedaran al descubierto ante los ojos de Tomás.

—¿Qué sabes? —inquirió con angustia mientras peinaba con los dedos su cabello alborotado.

—Ayer por la tarde la vi en paseo de Gracia. Andaba apresurada, como si tuviera prisa. No es que corriera, pero sí, iba a paso ligero.

—¿Sola?

—Sí, iba sola.

—¿Y adónde iba? ¿Adónde la seguiste?

—¡Déjame, Manola! —exclamó el hombre—. La seguí y...

—¡Te vio! No me digas más... —volvió ella a interrumpir.

—¡Manola, por favor! ¡No seas impaciente! No, no me vio. La seguí hasta la calle Sicilia. Allí...

—¡La estaba esperando Federico!

—Manola, si no te callas, no sigo.

—Venga, hombre, venga.

—No, en Sicilia con Provenza estaba esperándola un hombre que la acompañó hasta el portal del número cinco. Entraron juntos, pero luego él salió de nuevo. Yo aparqué el coche en la acera de enfrente y me quedé esperando.

—¿Y? ¿Qué pasó?

—Ella salió sola dos horas después, muy tiesa, muy digna.

—¿Salió alguien más?

—¡Manola, no te precipites!

—Vamos, hombre. ¡Qué barbaridad!

—A los diez minutos salió el señor que conocimos en La Garriga. Federico se llamaba, ¿no? Lo recogió un coche conducido por el otro hombre que había recibido a nuestra señora. ¿Me sigues?

—¡Oh, Dios mío! ¿Qué vamos a hacer, Tomás?

—¡Nada! ¿Qué quieres hacer?

—¡Algo habrá que hacer!

La Manola no quería dar crédito al relato del chófer, pero sabía que todo era verdad y que sus sospechas quedaban ahora confirmadas. Empezó a gimotear como una niña pequeña.

—¡Es una maldición, Tomás! Esta familia se deshace. ¿Qué va a ser de nosotros? La señora está sufriendo mucho y el señor no se da cuenta del error que va a cometer.

—¡Manola, que es ella la que se está viendo con otro hombre! Qué error, ni qué error, mujer... ¡A ver si te enteras! —dijo Tomás resoplando—. Doña Carmen está cometiendo una infidelidad. ¿Lo ves así más claro? ¿Qué tendrá que ver don José María en todo esto? Ya podría haber elegido a la hermana... ¡Mucho más recatada! ¡Adónde va a parar!

—¡¿Tú qué sabrás?! —gritó entonces la criada, ya sin lágrimas en los ojos y sin disimular la rabia que le produjo escuchar los comentarios del empleado—. ¡Tú no tienes ni idea de lo que pasa en esta casa! Tú vienes y te vas. Los llevas a donde te dicen y punto. Pero hay que vivir aquí para saber...

—¿Para saber qué?

—A ti te lo voy a contar. ¡Chismoso! Eso es lo que eres.

La Manola estaba fuera de sí. Había perdido los nervios y cargó contra Tomás como si él fuera el culpable de los amoríos de Carmen o de la traición de José María. O de ambas cosas a la vez. Culpable, en definitiva, de la desgracia que se cernía sobre el número 253 de Rosellón.

—¡Y ahora vete, estúpido!

Tomás la miró inflamado de la misma rabia que había invadido a la criada.

—¡Así que vengo a contártelo y me despachas de esta manera! No volveré a hacerlo nunca más. Allá te apañes tú con tu señora, que, por cierto, va por el camino de ser una fulana más como esas con las que se codea.

—¿Con quién se codea mi señora? ¡A ver, so listo! Si la pobre mujer no ve a nadie, si el cretino de su marido la tiene recluida entre cuatro paredes. A ver, a ver, tú que todo lo sabes... ¡Dime! ¿Cuándo es la última vez que la ha sacado a bailar o al cine?

—No hace mucho yo los llevé al Palau...

—Ah, sí, al Palau... Ya veo, ya... Vete ahora mismo o te doy un sopapo. O, mejor, ¡empiezo a gritar como una loca y digo que me has intentado toquetear!

—¡Anda, Manola! Ya te gustaría a ti.

—¡Lárgate!

Tomás dio media vuelta y salió de la cocina limpiándose el sudor con un pañuelo que sacó del bolsillo de los pantalones. La Manola corrió tras él y, antes de que abriera la puerta de la calle, lo agarró por el cuello de la chaqueta y mirándolo a los ojos le dijo:

—Como me entere yo de que abres la boca, te daré un perdigonazo en las piernas y no volverás a levantarte en los días de tu vida. ¿Me has oído?

Lo soltó y lo empujó hasta el rellano como quien tira un despojo o una bolsa de basura a un contenedor. La Manola cerró la puerta, echó la llave y elevó las manos hacia el cielo como si necesitara implorar a los santos en los que no creía.

—¡Válgame Dios! Qué desgracia, señor. ¡Válgame Dios!

Se encerró en su habitación, donde aún dormía Rosalía, y fijó la mirada en los desconchones del techo provocados por las humedades que afectaban a esa zona de la casa.

—Y ahora, ¿qué voy a hacer? —suspiró—. ¿Quién devolverá a esta casa la familia que un día cobijó? ¿Quién ocupará el lecho conyugal al lado de la señora, quién se hará cargo de esos niños, de ese nene que tanto sufre? ¿Quién sanará las heridas? ¡Ay! ¿Qué puedo hacer yo?

Los lamentos despertaron a Rosalía que, en vez de preocuparse por su compañera, dio media vuelta y siguió roncando como en ella era habitual, con su corazón hundido en el jergón.

Aquel día la Manola no atinó en sus quehaceres.

«Si Tomás los ha descubierto, ¿cuánto tardará en enterarse José María?», se preguntó.

Apenas pudo levantar cabeza y a mediodía, después de servir las comidas, pidió permiso a Carmen para retirarse a descansar.

—¿Se encuentra bien, Manola?

—No, señora. Me duele la cabeza.

—¿Por qué no le pide a Conrado que le haga un hueco en la consulta? —sugirió Carmen acercando la mano a su frente para comprobar si tenía fiebre.

—No es nada, señora.

—No tiene fiebre, pero hará bien en descansar.

Antes de retirarse, recompuso el ánimo, se acercó a Carmen y con gesto acusatorio la tomó del brazo.

—Tengo que contarle algo —le dijo a media voz.

—¿Qué pasa, Manola? —preguntó Carmen.

—¡Lo que usted está haciendo no tiene nombre!

—¿Qué dice?

—Se lo advertí.

La criada clavó los ojos sobre ella y repitió:

—Se lo advertí: le dije que ese hombre destrozaría su familia. El señor acabará enterándose de todo y será su perdición.

—Se mete donde no la llaman. Repita lo que ha dicho. ¡Repítalo, Manola! —contestó ella a la vez asustada y sorprendida por la aseveración—. ¿Quién es usted para hablarme así?

—No hace falta que me recuerde quién soy. Pero yo sí tendré que recordarle que se comporte como la señora que es.

En ese instante, José María salió de su despacho y encontró a las dos mujeres enfrascadas en la discusión.

—¿Puede saberse qué sucede aquí? —inquirió el médico.

—Asuntos sin importancia —respondió la esposa—. Manola no se encuentra bien. Le duele la cabeza.

—He oído alguna palabra más alta que otra —dijo José María.

—Es que Manola es demasiado permisiva con las niñas —se justificó Carmen con nerviosismo.

La Manola bajó la mirada y se retiró.

—La culpa es tuya. La culpa es siempre tuya, Carmen —espetó José María—. Tus hijos son tu única responsabilidad. No culpes al servicio de tu indolencia.

Carmen encaró la puerta.

—¿Adónde te crees que vas? —preguntó el marido.

—Voy a casa de mis padres —respondió ella.

—De ningún modo. Esta tarde no sales. Te quedas con tus hijos. Que se ocupe tu hermana Mercedes de tus padres —ordenó.

Carmen se dio la vuelta, anduvo dos pasos hacia él y a pocos centímetros de sus ojos, con un odio que brotaba del hueco más oscuro de su voz, dijo:

—¿Mi hermana? ¿Mi hermana dices?

José María apartó la mirada.

—Quédate en casa. No te lo diré más.

Carmen volvió a su dormitorio y, con la cabeza hundida en la almohada, comenzó a llorar sin consuelo. Odió a su marido con un odio seco y afilado, pero al mismo tiempo sintió una liberación íntima, secreta, un desapego hacia el complejo de culpabilidad que la había mancillado desde que conoció a Federico.

Pasaron cuatro días con sus tormentosas noches hasta la mañana en la que decidió salir de casa con la autorización de José María. Junto a la Manola y los tres niños, se dirigieron al taller de Adelina, la costurera. Pese a las desavenencias matrimoniales, Carmen sabía que volverían a fingir su matrimonio en el estreno de la nueva temporada del Liceo y quería recoger el vestido encargado para la ocasión.

El taller quedaba a dos manzanas de la casa familiar. Nada más atravesar el portal y, apenas habían recorrido unos metros de la acera de Rosellón, Gerardo Llobet se acercó por detrás, le tomó sin aviso previo los dedos de la mano izquierda y dejó en ellos un sobre cerrado que ella escondió de inmediato en su bolso sin que la Manola y los niños se percatasen de algo. El ayudante de Federico los adelantó y, antes de girar en la esquina, la miró. Carmen asintió con la cabeza, haciéndole saber que tenía la nota y había comprendido el mensaje.

Al llegar a su destino, Carmen abrió el sobre con impaciencia. Escondida en el probador del taller de costura fue leyendo lo que Federico había escrito de su puño y letra. Le preguntaba qué había sucedido para que no acudiera la tarde acordada.

¿Es que ya no deseas verme?
¿Es que no han significado nada para ti nuestros encuentros?

Carmen se emocionó al leer y se emocionó aún más al saber que la esperaría esa misma tarde.

A las cinco y media.

Al volver a Rosellón, urdió ante su esposo una excusa. Improvisó una cita de café y paseo con algunas de las señoras habituales en la consulta de José María y con las que Carmen se veía de cuando en cuando. El esposo aprobó el plan con displicencia y se guardó para él solo el suyo con Mercedes.

A la hora citada, Carmen llegó a la calle Sicilia. Llobet la estaba esperando. Subió la escalera, llamó a la puerta y, a los pocos segundos, se reencontró frente a frente con Federico.

—Bésame —imploró Carmen.

Por un minuto olvidó que no eran transparentes.

CAPÍTULO 14

Carmen estaba recostada sobre el pecho de Federico. Él fumaba un cigarrillo y de cuando en cuando alargaba el brazo para que la ceniza cayera en un cenicero de latón. Estaban en silencio. Solo se oían las caladas en su boca.

—Sé que ha ocurrido algo, Carmen. Te noto preocupada.

—Lo estoy —contestó ella.

Federico apagó el cigarrillo e irguió su cuerpo, levantando a la vez el de Carmen.

—Mírame, ¿qué ocurre, nina?

A veces la llamaba nina. Nina de muñequina. Cariñoso apelativo que él utilizaba en sus momentos de flojera.

—La Manola, el ama de mis hijos, la conociste en La Garriga, ¿recuerdas?

—Sí —respondió él.

—Está al tanto de nuestras citas.

—¿Cómo lo sabes? —preguntó.

El tono empleado, la pregunta directa, la mirada seria. Nunca antes se la había visto. Suponía todo un descubrimiento: esa arista que desconocía y que creía que solo era patrimonio de los maridos apagados, de los otros.

—Me lo dijo ella. Ella me lo dijo...

—¿Cuándo?

Volvió la pregunta a ser precisa y exacta. Federico había

dejado de mirarla. Tenía la vista puesta en la pared amarilleada que quedaba justo frente a ellos.

—Me lo dijo hace unos días, pero ¿es eso lo importante, Federico?

—Quiero tener todos los datos. ¿Sabes quién se lo dijo? Eso es lo realmente importante. ¡Saber cómo y por quién se enteró!

—No lo sé, Federico. No se lo pregunté. No he vuelto a hablar con ella.

—¿Me estás diciendo que la criada que cuida de tus hijos sabe que estás siendo infiel a tu marido y no has tenido siquiera la curiosidad de averiguar cómo es posible que se haya enterado? ¿De verdad me estás diciendo que no te importa lo más mínimo?

Se levantó de la cama y allí, de pie, desnudo, con el pelo aún revuelto por la pasión, por primera vez desde que su amor había irrumpido en sus vidas, el capitán Escofet gritó:

—¡¿A quién se le ocurre?! ¡Esto es increíble, Carmen! Aún no puedo creer lo que oigo. Veamos: ¿has cometido alguna imprudencia?

—No, Federico. ¡No!

—¡Haz memoria! ¿Alguien te ha visto entrar aquí?

—Federico, por favor, ¡cállate! —dijo ella entre lágrimas, con la voz queda, esforzándose para que las palabras no quedaran ahogadas por el llanto—. No me hagas esto, por favor.

Carmen descubrió la vulnerabilidad de Federico ante los ojos ajenos, ante los otros, los de fuera, los que no eran ellos.

Sí, era esa imagen de los demás lo que no podía soportar. Pesaba más la moral vigilada de los tiempos que les había tocado vivir. Federico sabía que ahí estaba la clave de su vida: parecer lo que debía parecer en cada momento de acuerdo con una decencia impuesta por esos otros a los que debía complacer para sentirse parte de ellos.

Vio las lágrimas en los ojos de Carmen y fue consciente de que se había equivocado en el fondo y en la forma, y le debía una disculpa.

—Carmen...

Se reclinó sobre el colchón y la meció entre sus brazos.

—Carmen... No era mi intención hacerte llorar. Es por ti, por mí, por los dos. Nos jugamos mucho. Nos jugamos seguir viéndonos. Nuestra felicidad. Nuestro amor.

—No te importa nada nuestra felicidad ni nuestro amor. Solo te importa que tu mujer se pueda enterar y no te quede más remedio que enfrentarte a ella. Te da igual si mi marido lo hace. ¡A ti eso te da igual!

Carmen se soltó de sus brazos, se giró en la cama y estrujó la cabeza sobre un almohadón de plumas que olía a Federico.

Sí, lo había dicho.

Por fin había mencionado a su mujer.

La esposa consentida y consentidora.

¿O ignorante e ignorada? Quizá.

Pero esposa, en definitiva.

Se lo había soltado como si el reproche hubiera estado aguardando en su boca ese preciso instante. Más de una vez, ella había pensado en el futuro y se había sentido con fuerzas de tomar decisiones que manifestaran la contundencia de sus sentimientos. La ley del divorcio estaba ahí para asistir a los enamorados y, llegado el momento, se veía ante el tribunal de turno dispuesta a romper el compromiso del 31 de octubre de 1927. Si hasta entonces no se lo había planteado a Federico había sido por no enzarzarse en una discusión que ensombreciera su amor. Las palabras no tuvieron camino de vuelta y la pareja se dio de bruces contra su realidad. Nunca pensó que los hechos sucederían así, pero así sucedieron. Federico tenía instinto para amar y dejarse amar, y cada encuentro podía ser uno más en su abultada colección de damas con nombres y apellidos. Para él aquello quizá fuera lo mismo de otras veces, pero en ella, en cambio, suponía un desafío permanente. Desde que se levantaba por la mañana, hasta que se vestía para salir de casa o cuando regresaba por la noche, cada segundo de cada minuto de cada hora pensaba en él, en cómo sería esa vez o en cómo había sido la última y, como si necesitara tejer una red para sus miedos, se justificaba en la debilidad del matrimonio, en el carácter de José María, sus silencios, su distancia dolorosa, el vacío que había dejado hasta convertirlo en un hombre irreconocible. Peor aún: un perfecto extraño al que solo le unía la paternidad de sus tres hijos.

Unos nudillos golpearon la puerta de la casa. Carmen se cubrió alarmada.

—¿Quién es? —preguntó Carmen.

—Es Llobet. Nadie salvo él llamaría con la mano.

Se vistió con el batín de terciopelo azul petróleo, que anudó a la altura de la cintura, se calzó unas zapatillas que debieron de ser de su padre Eladio y salió de la habitación.

Carmen se concentró para descifrar la conversación que llegaba hasta ella como un rumor lejano. Reconoció la voz de Gerardo Llobet que, acalorado, organizaba la agenda inmediata de Federico.

—El presidente está esperándole —le dijo el ayudante agitado por la premura con la que debían reaccionar.

—¿Qué diablos quiere ahora? ¿No partía para Valencia?

—¡Quiere que lo acompañe! Lo ha decidido de buenas a primeras.

—¿Dónde le ha dicho que estoy? —preguntó Federico encendiendo de nuevo un cigarro que encontró en uno de los cajones del mueble bar.

—No he precisado. Le he dicho que no se preocupara. ¡Viejo cascarrabias! —exclamó Llobet dirigiéndose así al presidente Macià.

—¡Eh! ¡Un respeto, Llobet! ¡Es nuestro presidente! —le corrigió Federico, molesto, elevando la voz.

—¡Perdone! Me ha hecho pasar unas horas angustiosas. Y todo por no molestarle. Esperaré abajo. No tarde.

Llobet salió de la casa dando un sonoro portazo. Lo siguiente que se oyó fueron los pasos de vuelta de Federico. Se desanudó el batín, se metió en la bañera y dejó que el agua se escurriera por su cuerpo. Minutos después volvió a vestirse con la misma rapidez con la que se había quitado la ropa y, apoyando las manos sobre el colchón, se acercó a Carmen.

—Debo irme —le dijo—. Debo viajar a Valencia con el presidente para acompañarlo en la comitiva que recibirá los restos de Blasco Ibáñez.

Carmen había oído hablar de Blasco Ibáñez, como todo el mundo. Millones de ejemplares de sus obras se habían vendido en España, en Europa y en Estados Unidos, donde su fama competía con la de Scott Fitzgerald. *Los cuatro jinetes del Apocalipsis* y la Biblia eran indispensables en las bibliotecas de cualquier hogar.

—¿Cuándo volverás? —preguntó ella.

—No lo sé, Carmen. Mi vida también es esto. No dependo solo de mí, dependo de lo que pase en toda Cataluña y diría que en toda España. ¿Qué sucedería si mañana hubiera un golpe de Estado? ¿Te lo has planteado?

Carmen lo miró furiosa, pero él siguió.

—No puedo asegurarte nada, no puedo darte el ciento por ciento que tú me pides.

—Yo no te pido nada. Nunca te he pedido nada. ¡Ni siquiera te busqué!

—Carmen, no me lo pongas más difícil, por favor.

La voz de Federico había mudado. Había dejado de ser la de siempre. Ni siquiera la besó en la frente o en la comisura de los labios como solía hacer antes de despedirse.

Carmen paseó desnuda de un extremo a otro de la vivienda, tratando de aliviar la ansiedad y el agudo sentimiento de culpa que la atenazaba como si le hubieran clavado un cuchillo en medio del pecho. Una culpa que dolía como nunca. Federico había dejado sobre la mesa la cajetilla de tabaco con los cigarrillos secos. Sacó uno y lo prendió con una cerilla.

De la calma a la tempestad en cuestión de segundos.

«¡No, ya no! —pensó entre sollozos—. Es demasiado pronto para que la magia se rompa así, de un plumazo.»

Advirtió que nada era exactamente como lo había imaginado y, en cuestión de segundos, Carmen dejó de ser eso con lo que había fabulado tantas veces.

No había pasado el tiempo suficiente para que Federico dejara de ser el hombre templado del que se había ido enamorando poco a poco, con delicadeza, con mimo y cuidado.

—Estuvo bien —dijo siseando las palabras cuando cerró la puerta de aquella casa prometiéndose a sí misma no volver.

Entre lágrimas, comprendió que nada ni nadie —y quizá esto era lo más cruel— la haría sentirse tan viva y tan plena. Pero del descubrimiento de ese otro Federico brotó una necesidad de supervivencia.

Caminó lenta por las calles tantas veces recorridas. Caminó dando tiempo a la noche para que acabara devorándola. No reparó en las gentes. Ni en los cruces. No prestó atención a con quién se cruzaba o quién podía estar viéndola bajo las farolas ya encendidas. La mirada baja, contando los pasos, respirando la decisión de no volver a verle. Los cristales de los escaparates le devolvieron su imagen, su impecable figura, vestida al bies. Bellísima en su tristeza.

Rosellón era una colección de sombras que no necesitaba iluminar para saber a qué correspondía cada una. Al entrar en casa se descalzó para no hacer ruido y recorrió el pasillo a paso ligero. Giró el pomo de la puerta de la habitación y, palpando la pared con la mano, encendió la luz.

—¡José María! —gritó presa del pánico.

Su marido estaba sentado en la butaca con el gesto severo. La mirada adusta y tenebrosa se clavó en Carmen. Le causó impresión encontrarlo allí después de tantos días sin verlo en ninguna parte.

—¡Qué susto me has dado! —exclamó dejando su bolso sobre la cómoda.

—¡Ven aquí! —ordenó él.

Carmen se acercó a su marido con las manos cruzadas a la altura del vientre.

—Hueles a tabaco. ¿De dónde vienes a estas horas?

—De casa de mi madre —contestó ella sin dudarlo un segundo.

—¿Has estado con tu madre? ¡Dime la verdad, Carmen!

—Sí, José María. Quería que la ayudara a elegir...

—¿Unas telas, quizá? —preguntó con la peor de las intenciones.

—Sí. Y luego fuimos juntas a la modista, José María.

—¿No salías con amigas?

—Cambié de opinión. Mi madre me necesita más.

—Ya veo, ya. Tú sabrás hasta dónde quieres llegar. Tu hijo está enfermo. Hemos tenido que inyectarle morfina para que pudiera soportar los dolores.

—¡Oh! —exclamó llevándose las manos a la boca.

Dio media vuelta con la intención de ir a la habitación del nene, pero José María se lo prohibió.

—¿Adónde vas? ¡Déjalo descansar! Aún no he terminado de hablar.

Carmen se quedó parada, dándole la espalda. No podía aguantar ni un segundo más a José María. Su simple presencia le provocaba arcadas.

—¿Sabes qué? —continuó él. Hizo una pausa para paladear las palabras que vendrían a continuación—. Tu hijo preguntaba por ti cuando se retorcía de dolor en su cama.

Hizo el ademán de salir de la habitación, pero Carmen lo retuvo. Como si necesitara exorcizarse la responsabilidad de su infidelidad y poner el contador a cero, le dijo:

—Está bien que me fustigues. Lo acepto. Hasta puedo hacer mío el dolor de mi hijo, pero no voy a consentir que te acuestes con otra mujer.

José María se quedó paralizado.

—No, eso no lo voy a consentir. Y el futuro te devolverá el daño que estás provocando a esta familia. ¿No tienes nada que decir?

José María siguió mudo.

—¿Quién te crees que eres? Y, sobre todo, José María, ¿crees que te has casado con una de esas mujeres abnegadas y entregadas que son capaces de condenar su felicidad a cambio de una ficción social, de una apariencia de matrimonio?

Carmen se acercó a él y, poniéndole un dedo en la boca, refrendó sus palabras.

—Si te has enamorado de ella, al menos ten la gallardía de reconocerlo. Y ahora puedes irte —concluyó mordiéndose los labios para no pronunciar el nombre de Mercedes.

José María no volvió a hablar.

Entre ellos se había impuesto el afán destructor con su maquinaria imparable.

Sin matices.

La gravedad de la suma de los acontecimientos.

El vacío.

Carmen necesitó acercarse a él, mirar hacia abajo y comprobar que no había nada para volver a empezar.

Para burlar al destino.

Para que el rencor que la corroía sanara por dentro y poder así respirar otra vez.

Carmen se sentó en el suelo y se tapó la cara con las manos para llorar a gusto. Lloró por todo y por todos. Por el nene. Por Federico y lloró por su hermana.

También lloró contra todo y contra todos.

Lloró en silencio por la felicidad escasa ahogando los suspiros entre los dedos para no hacer ruido, para que las lágrimas no despertaran a los niños, para que nadie la descubriera en su pena. Y cuando se cansó de llorar, se levantó y, sin importarle la advertencia que le había hecho su marido, Carmen entró en la habitación del nene, con la cara hinchada y los ojos hundidos en el mar de su tristeza.

La Manola estaba allí. Con una mano sostenía un trapo blanco empapado en agua fría y con la otra controlaba la respiración agitada.

—¡Ay, señora!

Carmen se abalanzó sobre su hijo abrumada por el remordimiento.

—¡Mi niño, Dios mío, mi niño!

—Qué sufrimiento, señora —sollozó la criada—. El nene se nos va.

—Manola, por favor, no diga eso.

Volvió el llanto a brotar de sus ojos y la Manola la siguió en una ceremonia sin palabras, solo de lágrimas, que recorrieron, sin dirección exacta, el rostro de aquellas dos mujeres.

Carmen sacó fuerzas de donde creía que ya no podían existir, y se fue deshaciendo en lo más parecido a una confesión religiosa con la única diferencia de que quien la escuchaba ni llevaba hábitos ni podía entenderse con Dios. Solo era una criada.

—¿Cómo he sido capaz de caer en esta locura, Manola? ¿Cómo es posible que me haya dejado conquistar por un hombre cuya vida está tan alejada de la mía? ¿Cómo he puesto en riesgo mi matrimonio y mi familia?

Entre caricia y caricia, la criada ofreció a Carmen el perdón que necesitaba escuchar.

Y juntas, igual que habían llorado, escribieron una nota, tan breve como la de la primera cita. Cinco palabras.

No puedo volver a verte.

A Valencia llegó Federico cuando la misma luna de Barcelona iluminaba los cascos de los buques del puerto. *Jaime I* se llamaba el que trasladó desde Francia los restos mortales del periodista, literato, novelista, político, agitador, conferenciante, patriota y siempre artista, como el ministro Ricardo Samper definió a Vicente Blasco Ibáñez.

Mirando aquel horizonte añil oscuro plagado de estrellas que titilaban en cada parpadeo, Federico pensó en ella y en su recuerdo y maldijo las prisas de la despedida. El miedo a perderla, por primera vez, oprimió su estómago.

Al día siguiente, el pueblo republicano se echó a las calles de Valencia. El cielo de la plaza de Castelar se llenó de miradas para admirar las acrobacias de los aviadores. A ras de tierra, Federico contempló el piquete de caballería de la Guardia Municipal, el piquete de escolta, la banda de Santa Cecilia y la de Cullera, y un armón de artillería con la bandera nacional con crespón desfiló al paso del féretro de Blasco Ibáñez. Su viuda doña Elena Ortúzar recibió las condolencias del presidente de la República, de los presidentes de la Generalitat y del Parlamento catalán y de los embajadores de Estados Unidos y de Francia, que durante cinco años guardó el cuerpo sin vida de su marido hasta su repatriación. También las del escritor Paul Valéry, que había viajado a Valencia en representación de la Academia francesa.

Federico, ausente entre las personalidades que le extendían la mano para saludarlo, sintió que Carmen era algo más que la simple apuesta por conquistar a una Greta Garbo imaginaria cuya fama inundaba los salones. Era la única mujer capaz de mover sus cimientos, y había empezado a quererla.

CAPÍTULO 15

Durante semanas, el tormento por la enfermedad del nene tuvo a las mujeres pendientes del mercurio.

—Pase, pase, doña Mercedes.

Faltaban quince minutos para las cuatro de la tarde cuando la Manola voló por el pasillo para abrir la puerta. La casa estaba en silencio. Carmen había intentado sumergirse en la lectura de un libro que le permitiera vivir otra vida para huir de la suya. Ese día no había dormido por acompañar al nene durante toda la noche. No se arrepentía de la decisión de no volver a ver a Federico, pero su silencio se hacía insoportable cuando Carmen recordaba los encuentros en los que se amaron, retando a lo imposible para hacerlo posible.

La criada se asomó al salón y descubrió a su señora con los ojos cerrados y el libro sobre su pecho. Cogió una manta y la arropó con delicadeza para que no se quedara fría.

Tía Mercedes besó a la Manola y la criada se estremeció al sentir sus mejillas. Aquella tarde su parecido con Carmen era extraordinario. Llevaba el pelo suelto. Le había crecido hasta rozarle los hombros. Vestía una falda ceñida a la cintura y una blusa en color crudo anudada al cuello con un lazo de terciopelo. Estaba favorecida pese a la preocupación que asomaba en sus pupilas.

—Al fondo, ¿no?

—Sí, al fondo. El nene ha pasado muy buena mañana. Pensé que vendría con su señora madre —anotó la criada.

—Iba a venir, pero se le ha complicado la tarde —contestó en voz muy baja.

—Le da usted el parte y arreglado, ¿verdad?

—¿El señor está en casa? —preguntó tía Mercedes ignorando el comentario.

—¡Ah! —exclamó la Manola—. ¿Que el señor no está al tanto de su visita?

—Bueno... —titubeó ella—. No. ¿Por qué iba a saberlo?

—Claro, qué tonta estoy. ¿Se la anunció a su hermana Carmen?

—Ella no tiene que estar informada de todo, Manola. ¡Con que se lo diga usted es suficiente!

—Mujer, es lo mínimo. Si viene a ver a su hijo, qué menos que avise a la madre.

—¡Qué más da, Manola! —replicó Mercedes—. Estoy preocupada por mi sobrino y quiero verlo. Eso es lo importante.

—Entiendo, entiendo, pase... —dijo la criada abriendo la puerta del dormitorio del nene.

Estaba tumbado boca arriba con el pijama de franela blanco y la mirada perdida.

—Tía... —musitó al ver a Mercedes.

—¡Mi nene! —exclamó ella besándolo en la frente.

—Qué ilusión, tía. ¿Has venido a verme o a ver a mamá?

—A verte a ti, cariño. Además, mira lo que te he traído.

Tía Mercedes abrió su bolso y sacó una bolsita de golosinas. El nene la cogió y preguntó si podía abrirla. La Manola asintió con la cabeza. No pensaba moverse de allí hasta que Mercedes se fuera pero, de repente, mientras la tía se deshacía en caricias hacia el sobrino, envueltos ambos entre las sábanas, con el olor y el sabor del azúcar en sus dedos y en sus labios, se oyó la voz de Carmen.

—¡Manola! Manola, por favor, venga.

Mercedes se paralizó al escuchar a su hermana.

—Ya voy, señora —contestó la criada acercándose a la puerta—. Con permiso, doña Mercedes.

Salió del dormitorio con el corazón encogido por el miedo. La tía Mercedes, dulce y entregada a su sobrino, le había trastocado la imagen que había confeccionado de ella a través del relato de Vallcarca.

—Cálmate, Manola, que tú no tienes nada que ver en esto —se decía para el cuello de su uniforme.

Pero cuanto más intentaba relajarse, más se le aceleraba el pulso, más le costaba respirar y más culpable se sentía por no haber advertido a Carmen de la visita de la hermana.

Entró en el salón y la señora la miró de arriba abajo.

—¿Qué pasa, Manola? —preguntó.

«¿Que qué pasa, señora? Si usted lo supiera, le daba un síncope aquí mismo», pensó, pero no lo dijo.

—Nada, nada. ¿Se encuentra bien?

—Manola, sé que ocurre algo. ¡Mírese, está desencajada!

—Señora, vaya a ver al nene, hágame el favor...

—¿Le pasa algo al nene? —preguntó sobresaltada, incorporándose en el sofá—. ¿Le ha subido la fiebre? ¡Manola, dígame la verdad!

—No, señora, nada de eso. El nene está bien... Solo que...

La Manola enmudeció y Carmen volvió a desviar la mirada hacia un punto inconcreto del salón, quizá hacia los libros, quizá hacia la suntuosa mesa del comedor o hacia la última alfombra que había entrado en esa casa, encargo de José María a Tapices Vidal, cosida a mano en la fábrica de Alcudia y que tuvieron que llevar entre tres hombretones desde la tienda de Cortes, frente al hotel Ritz.

—¿En qué piensa? —se atrevió a preguntar la criada.

Su nerviosismo no había desaparecido. Estaba ligeramente elevada sobre las puntas de los pies como solía hacer cuando algo la preocupaba. La Manola echó cuentas: Carmen llevaba casi dos meses sin ver a su hermana. Dos meses esquivándola, dos meses en los que su madre, ignorándolo todo, insistía en organizar comidas familiares ante las que Carmen disculpaba su ausencia. ¡Llevaba dos meses disculpándose!

—Señora, usted lucha contra sus sentimientos cada día. No hay más que verla. Está reconcomida. Ha adelgazado mucho y, si sigue así, esto no acabará bien.

—¿Qué puedo hacer, Manola? Mi vida ya no tiene sentido. Solo mis hijos me devuelven las ganas de vivir, pero la enfermedad del nene me entristece tanto... Si no fuera por ellos, ¡juro que cometería una locura!

—¡Señora, no diga esas cosas!

Carmen tenía los ojos muy abiertos, casi fuera de sus órbitas, y las ojeras profundas le conferían un aspecto enfermizo. La Manola se sentó a su lado, respiró profundo y se armó de valor.

—Señora, creo que ha llegado el momento de que se reencuentre con su hermana. No puede vivir con esa presión ahí, en el pecho... Venga conmigo.

—No estoy preparada para verla. ¡No puedo! ¡No puedo, Manola!

—Señora, por favor... Mercedes quiere a sus hijos con locura.

—Para algo es su tía.

—No, piénselo un momento.

—No hay nada que pensar.

La Manola la miró a los ojos y en ellos descubrió una clase de pena insoportable, una tristeza infinita.

La infelicidad del amor sin consuelo.

De la traición sin expiación posible en este mundo.

—No hay perdón, no hay perdón —repitió la criada para sus adentros, murmurando las palabras en la comisura de los labios, ahogándolas ahí para no contribuir aún más a la desgracia.

Mercedes y Carmen no habían sido las mejores amigas de pequeñas. Se habían criado en la burguesía de las apariencias y habían sido educadas para mantenerlas. Siendo unas niñas, perdieron a la tercera hermana, Enriqueta, de quien la Manola conservaba un recuerdo tétrico que tardó años en olvidar después de ver cómo su propia madre la vestía con un sudario blanco y le colocaba las manitas sobre el pecho antes de cerrar con llave la caja de pino blanca. La temprana irrupción de la muerte marcó a los inquilinos de Montcada. En particular, a la señora de Trilla, que no levantó cabeza ni volvió a sonreír hasta que nació el primer hijo de Carmen. Al constatar su enfermedad, doña Mercedes volvió a apretar los dientes, a la espera de que cualquier día alguien descolgara el teléfono para anunciarle que también había sobrevivido a un nieto. Si ahora se enterara del incidente de Vallcarca, le daría un infarto en el acto.

—Es envidia, señora —dijo de repente.

Envidia. Ahí estaba la palabra precisa.

—Pero por envidia no se roba a un marido —concluyó Carmen sin saber si su odio era por su hermana o por su marido.

—Carmen, escúcheme —dijo la criada armándose de valor—. Escuche con atención lo que voy a decirle: Mercedes está con el nene. Ha venido a verlo y...

—¿Está en mi casa? —preguntó levantándose del sofá.

—No he podido evitar que entrara, señora. Entiéndame. Le ruego que me perdone... ¡Carmen! —gritó al fin.

Pero Carmen ya solo era el aire que dejó al irse, el golpe seco de la puerta al cerrarse, el sonido de sus zapatos por el pasillo.

—Carmen...

Cuando abrió la puerta, Mercedes estaba allí y Carmen

jamás olvidaría lo que vio. La escena la acompañaría los días que le quedaran por vivir, moldeándose al antojo de su ánimo, acomodándose según las conveniencias para hacerla más liviana, creyendo que fue de tal manera aunque en realidad fuera de otra. Pero eso daría igual: nadie iba a corregirla porque quedó registrada para ella y dentro de ella, sin mediación de nadie.

No pudo hablar, ni gritar, ni desembuchar la ira que la había invadido minutos antes.

Cuando Carmen giró el pomo y dejó que su mirada se colara por la rendija, necesitó observar a su hijo y observar a su hermana. Necesitó escuchar sus risas y sus voces aniñadas. La del nene y la de Mercedes, colocada en el timbre de la infancia para fundirse con la del sobrino, que, sentado en la alfombra, a los pies de la cama, parecía haber recuperado la salud.

Carmen sintió que la libertad del espionaje duraría lo que tardara en ser descubierta. Así que, transparente e invisible, aprovechó el tiempo para reencontrar la esencia de su hermana. Lo peor de ella ya había sido desvelado en Vallcarca, pero ahora volvía a revelar su mejor cara: la ternura con la que era capaz de hablar a un niño enfermo.

Y así, viendo sin ser vista, descubrió que a Mercedes aún le quedaba un poco de humanidad.

La Manola contempló de lejos cómo Carmen cerraba la puerta del dormitorio del nene sin hacer ruido, mientras ella hacía lo mismo en la cocina, con los nervios pinchándole la barriga. La señora tardó pocos minutos en llamarla al salón.

Con voz serena y templada le dijo:

—No necesito ver más, Manola.

—Es su hermana...

—¿Qué clase de hermana roba a un marido? ¡Me ha robado a mi marido, Manola! Como un delincuente roba una cartera.

—¡Ay, señora, qué difícil es perdonar!

—No la he perdonado, pero no quiero prohibirle que vea a mis hijos. Y no podré perdonarla en los días de mi vida. Aunque me tenga que ir al otro mundo llena de odio...

—Podrá, señora. No tendrá más remedio.

Las palabras de la Manola quedarían grabadas a fuego aunque Carmen no entendiera en ese momento su verdadero significado. Nadie, salvo aquella criada, vio en Mercedes a su señora Carmen. La vio en un estado de regencia en ese futuro que ninguna de las dos sabía qué dirección iba a tomar. Pero no tuvo fuerzas para mirarla de frente y decírselo.

Todo esto ocurrió un jueves por la tarde, previo al 19 de noviembre de 1933, domingo electoral en una España en la que sus mujeres escribían *su primera vez.*

Por primera vez, sus votos se abrazarían a los votos de los varones en las segundas elecciones convocadas por la República. Ellas ahogarían el pánico masculino que había hecho correr ríos de tinta en los periódicos y en los diarios de sesiones parlamentarias.

Carmen lo había planificado todo al detalle: las mujeres de Rosellón irían juntas a votar para disgusto de José María, que, sin ningún pudor y sin importarle que las criadas pudieran oírle, dijo:

—No habrá horas en el día...

Nadie le miró ni para recriminárselo.

Aunque no supieran qué pasaba, las niñas y el nene compartían el mismo entusiasmo. No era habitual que todos subieran juntos al coche de Tomás o que la Manola se hubiera quitado el mandil negro o que Rosalía vistiera un traje que le quedaba estrecho. ¡A saber el tiempo que llevaba colgado en el armario! Costó. Costó mucho convencerla porque no veía razón para salir a la calle con tanto frío, niebla y lluvia.

—Rosalía, no me haga decirle que es una orden. Haga el favor de vestirse —le dijo Carmen al borde de la desesperación.

Al final, la criada aceptó vestirse y aceptó votar. Ellas iban a hacer país en las papeletas dobladas entre sus nudillos en tensión.

A la salida de misa, las mujeres de Rosellón llegaron a su colegio electoral. La cola daba la vuelta al edificio. Tuvieron que guardar pacientes su turno, pero llevaban tanto esperando que aquello era lo de menos.

—Ley y orden —murmuraba José María molesto por el tumulto que se había formado.

Él creía que aquellas palabras eran exclusivas de un partido, monopolio de una ideología, y con un «tengamos la fiesta en paz» daba por concluida cualquier conversación política. Le llevaban los demonios cuando Barcelona se llenaba de anarquistas o cuando daban un mitin o cuando los periódicos recogían la noticia de ese mitin. Se enrabietaba cuando leía que tal o cual acto se había celebrado sin incidentes porque él los quería a todos presos. Cuando Buenaventura Durruti llenó la Monumental de Barcelona ante cien mil trabajadores con el lema «Frente a las urnas, la revolución social», a José María le hirvió la sangre y se pasó una semana dando el pésame a los pacientes.

—Por lo que pueda venir, que Dios nos pille confesados —les decía antes de salir de la consulta.

Pronunciaba aquellas palabras mirando fijamente a los ojos de su interlocutor, elevando la voz para que todos pudieran oírle.

Era su particular aportación a esa derecha contra la que alertaban los anarquistas recordando que Hitler había llegado al poder tras unas elecciones. A Carmen ya le entraba por un oído y por otro le salía todo lo que dijera su marido.

Barcelona era una fiesta en sus calles y en los centros electorales pese a haber amanecido lluviosa y sin tranvías a consecuencia de una huelga. Enamorados buscando sus nombres en las listas del censo. Damas encopetadas que nunca antes habían hecho cola ni sufrido empujones ni estrecheces como las de aquel día. Ancianas. Obreras pacientes y circunspectas. Mujeres. Mujeres. Muchas mujeres con sus criaturas en los brazos. Ricas y pobres. Izquierdistas, derechistas o de nada en particular. Hijas, madres, abuelas. Señoras y criadas. Ellas fueron la fotografía de aquel domingo de 1933.

Las niñas y el nene no paraban quietos ni un minuto bajo el frío húmedo que acabó por calarles la ropa.

—¡Lléveselos a dar un paseo! —ordenó José María a Tomás—. Ya vendrá usted luego a votar.

Carmen no disimuló el enfado: le hubiese gustado que Tomía y Cuyaya presenciaran ese momento decisivo en el que su madre votó lo que le dictó su conciencia y no lo que José María esperaba de ella.

—¡Tome, tome! —gritó el señor Escardó arañando del bolsillo unas monedas—. Vaya con ellos a tomar un refresco a Canaletas.

Los niños se soltaron de las manos de su madre y corrieron hacia el conductor.

La Rambla de Canaletas era un ir y venir de transeúntes. Tomía agarró del brazo a su hermano mientras Tomás los protegía de la lluvia racheada que empezaba a caer sobre la ciudad justo cuando llegaban al quiosco. El conductor ni les preguntó qué querían tomar, tal era el frío que tenía.

—Póngame algo caliente y deme unos vasos de agua para estos chicos.

Tomía protestó.

—Yo quería chocolate, Tomás. No es justo.

—No hay chocolate, niños. ¡A ver si escampa! ¡Vaya día de perros!

Tomía trató de convencer a sus hermanos de que aquella desconsideración de Tomás merecía empezar una revolución en toda regla, pero Cuyaya parecía no oírla.

—Hermana, ¿no me oyes? ¿Qué miras?

—¿Has visto a ese señor? —preguntó—. Al fondo, fíjate, fíjate bien.

Tomía olvidó el berrinche y se concentró en el paisaje de caballeros tocados con su sombrero y sus gabardinas, y de mujeres bien vestidas de domingo.

—Es Federico... —susurró Tomía.

—¡Eso! No me salía el nombre —repuso Cuyaya—. El señor de La Garriga. ¿Qué hacemos?

—¡Nada! —exclamó Tomía.

Tomía fijó la mirada en aquel hombre del que recordaba todo: su nombre, la forma de su rostro y la de mirar a su madre. Nada había escapado a su memoria. Sin contar con su hermana y sin pedir permiso a Tomás, que charlaba con el nene en la barra del quiosco de bebidas, decidió acercarse a Federico. Apenas los separaban unos metros.

—¡Hola! —exclamó.

Federico se sorprendió al verla. Le costó reaccionar, pero enseguida recordó que era la hija de Carmen.

—¡Qué sorpresa! —dijo él.

Elevó el cuello para comprobar quién acompañaba a la pequeña.

—Mamá no está —explicó Tomía sin tapujos—. Tampoco papá. Estamos con Tomás. Solo quería decirle hola...

Federico se agachó para hablar con ella a su altura, rozándole la mejilla con la palma de la mano.

—Me ha hecho mucha ilusión volver a verte. Saluda a tu madre de mi parte. Ahora debes volver con tus hermanos.

Tomía se dio la vuelta y se marchó como había llegado. Resuelta en sus intenciones y segura de que a su madre también le haría ilusión saber de aquel hombre.

La niña no dijo nada a su hermana, ni a su hermano, ni a Tomás, que se giró para certificar que era el hombre de La Garriga y el de la calle Sicilia. Después de pagar las consumiciones, agarró a las pequeñas de las manos, hizo una señal al nene para que espabilara y los cuatro salieron del quiosco de refrigerios como si nada hubiera ocurrido.

A poco más de doscientos metros, Carmen votó en conciencia. Votó por Federico y pensando en Federico y en el porvenir de Federico. Le tembló la mano como vio que le temblaba a la anciana que la precedía en la cola y a la monja y a la joven estudiante.

También a la Manola, que votó por su madre y por su abuela.

Y por todas las criadas de España para que dejaran de serlo.

Y por las bibliotecas municipales y las aulas abiertas.

Y por repetir otra vez.

Los días pasaron pendientes del escrutinio general hasta que las urnas anunciaron el triunfo de las derechas y dieron la razón a José María y a los que pensaban como José María. El resultado le devolvió el buen humor: habían ganado los suyos.

Durante las siguientes semanas, José María repitió la misma cantinela.

—Todos los países con seso en la mollera reconocen que España ha vuelto a la senda de la normalidad. Entre el orden y la revolución, el país se ha pronunciado con claridad. ¡Treinta meses de revolución! ¿De qué ha servido? De nada. ¡De nada!

Hablaba a Conrado, su ayudante, y a quien se le pusiera delante.

—Menos mal que las mujeres han votado como hombres —llegó a decir el doctor en presencia de la Manola, a quien le dio tal pena escuchar aquellas palabras que repitió, en voz muy baja, casi inaudible, aquello que había escuchado tantas veces durante tantos días:

—Que Dios nos pille confesadas...

Y de la misma manera que cambió el país, le cambió el modo a José María. Y una mañana, se acercó a su mujer y, al oído, le susurró la palabra tregua. Era su forma de declararla de manera unilateral, sabiendo que sería aceptada sin que mediara discusión alguna ni hicieran falta alegaciones. Porque Carmen, aquella mañana, decidió concedérsela de la misma manera que había decidido, sin escuchar a Federico, no volver a verlo.

CAPÍTULO 16

El 23 de noviembre de 1933 el Gran Teatro del Liceo abrió sus puertas para la temporada de invierno con un homenaje al compositor gaditano Manuel de Falla. Las calles seguían hirviendo tras las elecciones. La ciudad encaraba su séptimo día de huelga de transportes sin tranvías, sin metro y sin autobuses. Un completo desastre para las barriadas más extremas. Precisamente la inauguración del Liceo motivó que la empresa del Gran Metropolitano prolongara el servicio especial de la línea Lesseps-Liceo hasta las diez de la noche.

La tregua de José María no sorprendió a Carmen. Sabía que las normas sociales acabarían imponiéndose. Mandaba la casta y permanecer en ella requería mantener la apariencia de un matrimonio bien avenido. Para la ocasión, Carmen estrenó un vestido color crema, con zapatos a juego, inspirado en los modelos de Madeleine Vionnet. Adelina, la costurera, había sabido darle el toque para que el corte oblicuo contribuyera a que el tejido se ajustara de manera natural a su cuerpo. Como única joya, eligió unos pendientes de aguamarinas que bailaban bajo el sombrero en forma de platillo adornado con muguet. Por último, se echó sobre los hombros la estola de visón, heredada de su madre con motivo de su boda. Le daba un aire regio y sofisticado.

La tregua en la pareja suponía que José María le devolvía la palabra a su esposa. No significaba elogiar su belleza o valorar su esmero por lucir elegante. Las treguas en su matrimonio eran como en una contienda bélica: cesaban las hostilidades pero no la guerra.

Cuando Carmen apareció en el salón, él la miró de arriba abajo, se estiró las puntas finas del bigote, se ajustó la chistera y, empuñando el bastón, salió de casa dando suaves golpecitos en el suelo.

Tomás aguardaba a las puertas de Rosellón para conducirlos a la cita con la Barcelona elegante e intelectual, con los nostálgicos de Alfonso XIII, de los que Carmen empezaba a renegar, y con los convencidos de que la República acabaría con los males de la sociedad, con los que Carmen comenzaba a simpatizar en secreto.

En silencio llegaron al Liceo. Una fila de hombres con paraguas protegían a las damas y a los miembros de la Sociedad de Propietarios del chaparrón que descargó sobre la ciudad. A Carmen le pareció una metáfora perfecta.

«Que llueva para que sanen las heridas», pensó para sus adentros cuando bajó del coche y se recogió con una mano el vestido para no empaparlo.

—Buenas noches, doctor. Buenas noches, señora.

Como en cada jornada inaugural, la presencia de la Guardia Urbana se hacía visible por miedo a incidentes. El Liceo no había dejado de ser un objetivo para los terroristas desde que, el 7 de noviembre de 1893, el anarquista Santiago Salvador lanzó dos bombas sobre la platea silenciando la representación de *Guillermo Tell*, de Rossini, y tiñendo el escenario con la sangre de veinte hombres y mujeres que quedaron fulminados.

Al entrar en el vestíbulo, Carmen oyó el rumor de los encuentros de quienes ya se conocían y se abrazaban, se besaban o se inclinaban con una reverencia que a ella siempre le había parecido de una cursilería espantosa porque no entendía la necesidad de reclinarse ante un semejante. El recuerdo de lo que había ocurrido en el Palau seguía presente. Levantó la cabeza y echó un vistazo rápido al espacio hasta la escalera central de mármol que conducía al primer piso de palcos. Su mirada se llenó de otras miradas ajenas, pero Federico no estaba.

«No puede estar», pensó mientras avanzaba con lentitud del brazo de su marido.

—Ya era hora de que *El amor brujo* llegara a este escenario, ¿verdad, doctor Escardó? —comentó alguien que al mismo ritmo que ellos se dirigía a su asiento.

—En efecto, señor Plalliders —contestó José María—. Por fin llega la gran obra del genial Falla y la espléndida voz de Hina Spani tras años de ausencia en España. Más vale tarde que nunca.

—Por favor, vayan pasando, vayan pasando —pidió el acomodador—. Están a punto de llegar el presidente de la Generalitat y el señor alcalde. Les rogamos que tomen asiento.

Carmen sintió la urgencia de cumplir con la orden.

—José María, vamos a darnos prisa —le dijo, temerosa de que acompañando al presidente Macià apareciera Escofet del brazo de su esposa.

No podría soportar esa imagen.

—¡Qué prisas, mujer! No va a empezar sin ellos. ¡Que se aguanten! —replicó incómodo José María.

Plalliders asintió con la misma contundencia.

—¡Sí, qué prisas!

Pero Carmen ya no los escuchaba. Solo quería sentarse en su butaca, arroparse hasta taparse la cara con la piel del visón y esperar a que todo pasara y concluyeran las despedidas. La invadió el mismo pánico seco de otras veces. Ese que le impedía pensar con claridad, que la emponzoñaba por dentro y la aturdía.

Las luces bajaron su intensidad y en aquella herradura de cinco pisos de palcos extraordinarios se hizo la música. El drama vibrante del primer acto de *La vida breve*, con el perfume de los cármenes granadinos emanando a la vez de la orquesta dirigida por el maestro Lamote de Grignon, se adueñaron del ánimo de los espectadores. Los elogios se repitieron para alabar las pintorescas danzas ejecutadas por María Victoria, Pilar Córdoba, Conchita Perelló y Juana Crespo, la elegancia de aquellos cuerpos sobre el escenario, el decorado de Ramón Campmany y los trajes, confeccionados con bocetos de Burmann.

Carmen sintió como suyo ese amor brujo de Candelas y Carmelo, se emocionó con esa música ibérica desbordante de ritmos, rica en sus melodías que despertó el pláceme del público.

Apenas pestañeó. Rígida en su butaca, las piernas pegadas una a la otra, la mirada fija en el escenario... Las manos cruzadas sobre el vientre solo se movieron para aplaudir antes del descanso que la llevó al salón de El Vergel, donde se fundió en la marabunta para no ser vista.

Los liceístas hablaban de la jornada de votación, del triunfo de la derecha, que ilusionaba e inquietaba en idénticas proporciones a unos y a otros. Al fondo, en un nutrido corrillo de señores sin sus señoras, el presidente Macià y el alcalde Aiguader departían sobre las mismas cuestiones. El edil trataba de apaciguar a los barceloneses después de que, a través de una radio clandestina, hubiera corrido el rumor del riesgo de un estallido revolucionario en las calles de la ciudad.

—Nada de eso, señores. Mantengan la calma. El gobernador general de Cataluña ya negó estas informaciones a los periodistas. No hay nada que temer.

Pero Barcelona vivía entre el miedo y la preocupación. Alerta a cualquier acontecimiento que desbordara la corriente de su rutina. No había día que la prensa no recogiera noticias alarmantes de explosiones de bombas, de detenciones de individuos armados o de conflictos laborales que alteraban a la población y se convertían en la comidilla de los cafés.

—No iba tan descaminada la señorita Kent en sus argumentaciones parlamentarias. Las mujeres siguieron las órdenes de sus maridos.

José María contestaba los comentarios con una sonrisa de asentimiento. Eran muchos los que pensaban así, y la mera suposición de que sus mujeres los habían obedecido les hacía sentirse poderosos.

Carmen no pudo soportar tanta fanfarronería y, sin que nadie le hubiera dado permiso para hablar, dijo:

—Señores, ¿qué ocurrió con la izquierda? ¿Pasó factura la fragmentación del voto? Quizá haya que valorar la campaña por la abstención promovida por la CNT.

«¿Qué haces tú hablando de política?», pensó José María, fulminándola con la mirada.

—José María, ¡qué cosas dice tu mujer! Vas a tener que hacerle otro hijo. ¡Tiene demasiado tiempo para pensar! —dijo el señor Plalliders, que se había sumado a la animada conversación.

Todos rieron el comentario menos José María, que terminó de liquidarla en el último pestañeo. Carmen, sorprendida por su propio comentario y por haber roto la regla no escrita de su género y condición, calló.

Calló recordando que aquellas palabras se las dijo Federico y la escena de la calle Sicilia volvió a su cabeza: «Algún día gobernaréis el mundo».

Calló, y volvió al foco de las vanidades del brazo sin tensión de José María y aguardó serena el momento de librarse del peso angustioso de aquella noche en la que sintió la esclavitud de sus sentimientos.

Se acabó haciendo tarde. La penumbra inundó las calles y las voces de las gentes se fueron difuminando a medida que se alejaban, que se recogían a sus hogares con la mosca detrás de la oreja pese a los intentos de los políticos por calmar el miedo.

Cuando se disponían a tomar asiento en el coche de Tomás, una voz de mujer pronunció su nombre.

—¡Carmen, Carmen! ¿Eres Carmen Trilla?

Parecía que le faltaba el aire. Llegaba corriendo por la calle, sujetando con una mano el sombrero y agitando la otra para llamar su atención. Carmen esperó a que la mujer se acercara.

—Perdona... —dijo jadeando—. Te he visto salir del Liceo...

—Tranquila, mujer, respira...

—Te he visto salir del Liceo —continuó— y he pensado: ¡Si es Carmen, mi Carmencita del alma! ¿No me reconoces?

—¿A ver? Déjame verte —dijo Carmen retirándole el ala del sombrero y acercándose a la luz de la farola.

—¡Soy yo! ¡Soy Soledad!

—¡Soledad! ¡Santo cielo! Déjame que te vea bien... ¡Oh, Dios mío!

Carmen se abrazó a la amiga.

—¡Soledad, Soledad! ¡Cuánto tiempo! ¡José María, haz el favor de venir!

José María salió del coche con el gesto adusto, molesto por el imprevisto, pero tratando de disimularlo.

—Soy el doctor José María Escardó, esposo de Carmen. ¿Usted es...? —preguntó llevándose con cortesía su mano a los labios para besarla.

—Es Soledad, mi amiga del colegio —contestó Carmen—. Más de una vez te he hablado de ella. Perdimos el contacto cuando se fue a vivir a París. ¡Tienes que contarme cómo te fue y cómo es que volviste!

—Mañana mismo nos veremos. No imaginas la ilusión

que me hace este encuentro. Tengo que contarte todo todo todo —repuso Soledad.

—Muy bien, señoras —interrumpió José María—. Soledad, ¿qué tal si mañana viene a nuestra casa y así puede charlar sin límite con mi esposa?

Carmen asintió con entusiasmo.

—¡Oh, sí, claro! Rosellón, doscientos cincuenta y tres. ¿Quieres que te lo apunte? ¿Tienes papel?

—No es necesario —contestó Soledad—. ¿A qué hora te va bien?

—¿A las cinco? —preguntó ella mirando a José María.

—Sí, claro —dijo el marido—. Las cinco es una hora estupenda.

—En eso quedamos. ¡Dame otro abrazo, Carmen!

Las amigas se abrazaron con la emoción indisimulada después de tantos años sin verse, pero recordándose en silencio, retando a la memoria para sentirse cerca sin necesidad de tocarse.

—¿Tiene cómo volver a su casa? —preguntó José María con esa generosidad de la que hacía gala ante los extraños que debían emitir un juicio sobre él.

—Sí, sí. Vivo cerca, en la plaza de San Miguel. Volveré dando un paseo.

—¡Oh, no, no! No permitiré que camine usted sola a estas horas de la noche. Podría ocurrirle cualquier cosa y jamás me lo perdonaría. Por favor...

José María dirigió la mano hacia el coche, invitando a Soledad a subir.

—¡Claro que sí, Soledad! Haz caso a mi marido.

Cogidas del brazo, las mujeres entraron en el coche. José María se sentó al lado de Tomás, y Carmen y Soledad ocuparon los asientos traseros. No pararon de hablar en todo el camino.

—¿Por qué no me has llamado? —preguntó Carmen—.

Mis padres siguen viviendo en Montcada. ¡Habría sido fácil localizarme!

—Han sido años convulsos. Volví de París sin ganas de nada, con la vida destrozada...

Hizo una pausa antes de continuar.

—Ya hablaremos...

Parecía que la voz se le iba a quebrar, pero se recompuso de inmediato.

—¡Por suerte de todo salimos! Ahora trabajo en Radio Barcelona de secretaria de don Joaquín Sánchez Cordobés, su director gerente.

—¡Vaya! ¿Quién te lo iba a decir?

—Tuve mucha suerte. La Asociación Nacional de Radiodifusión necesitaba empleados y allá que me fui. Estaba dispuesta a hacer cualquier cosa con tal de recuperar mi independencia para empezar de cero.

—Siempre fuiste muy valiente, Sole.

Las mujeres se miraron de cerca y se reconocieron enseguida como si el tiempo no hubiera pasado. Carmen pensó que eso solo ocurría con las personas a las que había querido de verdad en esos años imprecisos entre la infancia y la adolescencia. Cuando querer solo requiere querer. Cuando el amor parecía infinito porque el tiempo pasaba sin pesar ni contar despedidas.

—Estoy muy feliz por volver a verte, Soledad. Dame un beso y no falles mañana. Rosellón, doscientos cincuenta y tres.

—Salgo de la radio a las cuatro y voy directa a tu casa.

José María bajó del coche y aguardó unos minutos a que abriera el portal. Cuando volvió, no esperó ni a cerrar la puerta.

—Es mujer de malvivir —dijo con la voz ronca—. Algo habrá hecho para que le hayan ido tan mal las cosas.

—¿A qué viene eso, José María? ¿Por qué supones que le ha ido mal?

—No hay más que ver su pinta innoble. Las medias rotas, los tacones de los zapatos desgastados... Es extraño que le hayan permitido el paso en el Liceo.

Tomás aceleró el vehículo para acortar el trance.

—Quizá se le han roto al salir. ¡A mí me ha parecido que estaba muy elegante!

—¿Elegante? No sabes lo que dices, Carmen. Tú también has perdido el juicio.

—Tomás, por favor —dijo ella—. Pare el coche cuando pueda.

—Señora, no puedo hacer eso —balbuceó el chófer buscando su mirada en el retrovisor.

—¡Siga, Tomás! ¿No ve que ha perdido el juicio? No haga ni caso y prosiga su camino —ordenó José María.

—No te consiento que hables así de quien ha sido mi mejor amiga durante muchos años. No quiero que te burles de ella, que la trates como si fuera inferior...

—Una secretaria —dijo con desprecio.

—¿Quién te crees que eres tú? ¿Acaso ser médico te confiere más categoría que al resto? Te pido que no sigas.

—A saber si ha probado el sabor de la calle...

—¡Ya basta!

La rabia se convirtió en frustración por no poder abofetearlo allí mismo. ¿Qué podía esperar de su marido si en los pocos instantes que la veía feliz, contenta, emocionada por un reencuentro inesperado, era capaz de pronunciar semejantes palabras cargadas de maldad? Una náusea de vergüenza le llegó a la boca. Aquello estaba roto. La tregua solo había sido un paréntesis para mantener la patraña de su matrimonio. ¿De qué había servido?

«De nada», se dijo Carmen secándose con la estola de visón las lágrimas que acabaron derramándose por su rostro.

Los ojos de Tomás en el espejo se le clavaron como alfileres, brillantes a la luz de la farola que iluminaba la acera de

Rosellón. Le parecieron ojos cómplices ante la bravura de aquel hombre al que todos debían respeto y compostura. Con una voz apenas audible, Tomás pronunció un «buenas noches, señora», y a Carmen le pareció que de verdad se las deseaba.

CAPÍTULO 17

Soledad Pomeu había sido una mujer deseada desde que le brotaron los pechos, que disimulaba bajo las blusas para evitar que las miradas cometieran un pecado. Había vuelto de París, adonde se marchó enamorada del primer hombre al que le dejó verlos y tocarlos. Se llamaba Luis.

Soledad pensó que no volvería a Barcelona, pero volvió. Y de hacerlo, pensó que no sería ni sola ni tan pronto, pero también falló en ese cálculo. Volvió antes, sin el marido y sin el amor que se prometieron como si fuera lo único por lo que lucharían.

Tuvo cuatro abortos. Todos de bebés en avanzada edad de gestación. A los cinco meses, su cuerpo los rechazaba y los paría con contracciones y dolores. Esos cuatro partos le dieron dos varones y dos hembras. Solo uno nació con vida. El último. Pero a los doce minutos se le murió entre sus brazos y aquel día Soledad Pomeu decidió que no volvería a pasar por ese sufrimiento. Su marido se empeñó en volver a intentarlo.

—La última, te lo prometo —le dijo.

Y ella le contestó que si lo que quería era un hijo, se había equivocado de mujer. Él se lo tomó al pie de la letra, buscó a otra y, de la noche a la mañana, aún bajo los efectos de la cuarentena de Soledad, el marido hizo sus maletas y se marchó del hogar en el que habían planeado ser felices.

Era guerrera, tozuda y contestona. Lo fue de niña y lo siguió siendo de mayor, incluso cuando la vida le insinuó que matizara la rebeldía si quería dar la vuelta al reloj de arena para volver a empezar.

No hizo caso. Se armó de valor, cerró la puerta de aquella casa preparada cuatro veces para recibir a un hijo, dejó las llaves en la *brasserie* en la que solía desayunar con Luis y tomó el primer tren con rumbo a Barcelona.

Ya en el vagón, la pena se le cayó encima y empezó a rendir cuentas consigo misma y con el fantasma de Luis, que sentado a su vera le susurraba:

—Iba a ser la última.

Todo era polvo. Gris. Ceniza. Todo olía rancio. Sabían a viejo hasta las lágrimas que llegaban a sus labios. Y cuando el tren arribó a Barcelona, la ciudad le pareció que se había hecho pequeña en su ausencia, más oscura y caótica en algunos tramos que recorrió a pie desde la estación hasta la casa donde seguía viviendo su madre, viuda de su padre, sola y avejentada.

—París no tiene mar, madre —contestó Soledad cuando la mujer le preguntó: «¿Por qué has vuelto, hija?».

La madre tardó en comprender. Tardó incluso en reconocer a su hija. Tardó en besarla y tardó aún más en abrazarla. Soledad descubrió que se había convertido en una viejita sin dientes que la miró sin ver y le habló sin recordar.

—Mamá murió catorce días después —dijo Soledad.

El té que Rosalía le había servido se había quedado frío en la taza de porcelana.

—Lo peor fue encontrar una maleta cerrada de la que colgaba una pequeña etiqueta con nuestra dirección de París. Siempre quiso ir, pero nunca fue.

—Soledad... —suspiró Carmen—. Tu madre siempre fue una mujer de una dignidad insuperable. Aún la recuerdo cuando te recogía en el colegio. Impecable, elegante, bellísima...

—Una lástima. Al menos he podido enterrarla.

—¿Qué fue de tu hermana Cecilia?

—Vive en Coruña. Se casó con un marino. Tampoco ella dio nietos a mi madre. No les gustan los niños... ¡Qué sé yo! ¡Con lo que deseábamos Luis y yo ser padres!

—¿Y los médicos? ¿Qué os decían?

—Nunca supieron el motivo de mis abortos. Yo creo que pensaban que me habían echado un mal de ojo. Cada vez que ingresaba con dolores de parto, las enfermeras se dispersaban por los pasillos como si no quisieran tocarme por si se les pegaba el maleficio. Aprendí a parir en silencio, a no gritar, a comerme el dolor para no asustar al resto de las mujeres.

La Manola entraba y salía del salón para no perder el hilo de la conversación y, en una de esas, no pudo reprimir el suspiro de tristeza que sintió por aquella mujer que no había hecho nada malo para recibir semejante castigo.

—Siempre fuiste muy valiente. Lo demostraste al irte de París. ¡Qué coraje!

—Me fui, pero en realidad hacía tiempo que los dos nos habíamos ido, que habíamos dejado de mirar en la misma dirección. Nos fuimos los dos —dijo Soledad desbordada ya por el relato de su vida.

Carmen se removió en el sofá. Las palabras volvieron a ser pronunciadas en su cabeza: «nos fuimos los dos». Soledad agitó sin saberlo la pesadilla de Carmen. ¿Se había ido José María mucho antes de cometer su infidelidad con Mercedes?

La Manola terció enseguida para impedir que su señora acabara consumida en su propia confesión.

—¿Les sirvo más té? —preguntó.

—¡Oh, sí! Gracias —contestó Soledad recuperando el tono jovial—. Así que poco a poco empecé mi nueva vida.

—¿Aún piensas en Luis? Fue el amor de tu vida, ¿verdad?

—Lo fue, Carmen. Pero hay veces que nos empeñamos y nos empeñamos y el destino no lleva escrito nuestros nombres.

—No hay nada imposible, Sole —contestó Carmen—. Lo imposible solo cuesta un poco más...

—Lo nuestro no tenía solución. Desde que perdí el primer bebé, Luis cambió. Cambió para siempre, pero yo no lo supe ver. En ese momento debimos poner nuestro punto final. Pero los dos somos testarudos y creíamos que la vida no nos la jugaría otra vez. Pero no fue así.

—¿Por qué hubo una tercera vez?

—¡Y una cuarta! Creímos que ese hijo que tanto deseábamos acabaría llegando. ¡Nos lo merecíamos! Pero de tanto intentarlo, nos quedamos sin amor. Dejamos de querernos. Solo queríamos un hijo.

Carmen pensó en el nene enfermo y en las gemelas que debieron ser niños y confirmó que a partir de entonces José María y ella dejaron de quererse.

Soledad preguntó por sus hijos y por tía Mercedes.

—¿Se casó?

—No, sigue soltera —repuso Carmen desviando la conversación—. ¿Estás bien en la radio?

—¡Soy muy feliz! Algún día tienes que venir a ver la emisora. La radio es un misterio que se nos escapa del entendimiento. ¿Cómo es posible que no tengáis una aquí?

—José María tiene un aparato en la consulta, pero aquí en casa no la escuchamos.

—¡No puede ser, Carmen! La radio te conecta con el mundo. Te regalaré una.

—No, no, por favor —contestó Carmen.

—¡Claro que lo haré!

Siete días después de que Carmen y Soledad se reencontraran en Rosellón, la amiga volvió. Volvió con sed de recuerdos y con ganas de ordenar los acontecimientos de su vida con quien los había vivido de cerca y, sobre todo, con quien no los juzgaba. Llevaba tiempo esperando solo eso: que no la juzgaran por sus errores, suponiendo que los hubiera cometido de manera consciente.

Mientras Soledad hablaba, Carmen meditaba en qué momento le acabaría contando que su matrimonio hacía aguas, que tía Mercedes se acostaba con José María y que ella había conocido a un hombre al que había dejado de ver, pero en el que no había dejado de pensar.

Así llegaron a diciembre; la segunda jornada de las elecciones confirmó el primer resultado y, días después de la apertura de las nuevas Cortes Generales, *La Gaceta* publicó el decreto de artículo único que declaraba el estado de prevención en todo el territorio nacional por riesgo de una insurrección anarquista. Barcelona contuvo la respiración y a España le recorrió el miedo de norte a sur.

La orden se hizo efectiva en la ciudad en forma de bando municipal del gobernador general de Cataluña, de quien Soledad hablaba como si lo conociera aunque solo hubiera oído su voz en las llamadas que filtraba a su jefe en el despacho de la sede central de la emisora en la calle Caspe. Carmen nunca dejó de mostrar interés o de escuchar con atención las batallitas que la amiga le contaba, esperando que en algún momento mencionara el nombre del capitán Federico Escofet.

Aunque el momento político no era pacífico ni las calles seguras, se acercaba la Navidad y las amigas se arriesgaron a visitar a la modista para que Sole adecentara su vestuario con telas nuevas y vestidos a medida que le devolvieron el porte de antaño. También salieron a los cines y a los teatros, y algunas tardes llevaron a los niños a las atracciones ambulantes.

El pobre nene solo pudo contemplar cómo disfrutaban las gemelas, pero para él fue suficiente después de semanas encamado.

Con motivo de las fiestas, Soledad recibió en su casa a su hermana Cecilia y a su cuñado, el marino coruñés a quien Carmen conoció por esas fechas. Acordaron merendar por San Esteban, a sabiendas de que ella no acudiría a casa de sus padres si Mercedes estaba invitada, cosa que sucedería.

Pero todo se torció la noche del 24 de diciembre. El pueblo catalán enmudeció al conocer el maltrecho estado de salud de su presidente, el *avi* Macià. Todos presagiaban el peor desenlace posible. En Barcelona, la plaza de la República se comenzó a llenar de ciudadanos impacientes que querían saber qué pasaba en la residencia de su presidente.

Carmen no podía despegar los ojos del periódico. Las crónicas daban cumplida cuenta de los detalles más íntimos que precedieron a la muerte de Francesc Macià.

En la edición de *La Vanguardia* del día 26 de diciembre de 1933 leyó:

> El presidente se dio perfecta cuenta de que la nueva lucha que iniciaba contra la naturaleza había de vencerlo y, con muestras de evidente resignación, elevó en alto sus ojos y, dirigiéndose a aquella de sus hijas que tenía más próxima, dijo: «¡Ay, María! Ahora sí que todo se irá a rodar!». Momentos más tarde, perdidas ya las fuerzas, el presidente perdía también el conocimiento y ya no pronunció más que muy pocas palabras que fueron imperceptibles. Los médicos, al comprobar que el venerable enfermo había entrado en la fase agónica, lo comunicaron al Gobierno de la Generalitat. El doctor Corachán explicó a los periodistas que la agonía había sido lenta y larga, pero dulce y tranquila. Su muerte había sido plácida y serena, extinguiéndose poco a poco sin una queja ni un resto de dolor.

A las diez y media, el señor Macià entreabrió de nuevo los ojos y los dirigió hacia los que le rodeaban. En un postrer esfuerzo, abrió en cruz los brazos buscando un aliento de vida. Poco después, cuando en el carrillón de la Generalitat sonaba la primera campanada de las once, el señor Macià entregaba su alma a Dios. Ventura Gassol cerró los ojos del presidente y besó su hombro. Humberto Torres se abrazó a su cuerpo. Rodeando el lecho mortuorio estaban su esposa, doña Eugenia, sus hijos, su hijo político, el señor Pérez Farrás y el capitán señor Escofet, ambos con sus esposas.

Se le cayó el periódico de las manos.

«El capitán señor Escofet. Ambos con sus esposas.»

Un temblor le recorrió el cuerpo. Un sudor frío y unas ganas irreprimibles de llorar. O de levantarse y aporrear las paredes, las puertas, las ventanas. Abrir una y saltar al vacío. Morir para siempre y de una vez para dejar de morir lentamente. Estremecida por haber encontrado el nombre de Federico en la crónica periodística y por haberse topado de bruces con la realidad más absoluta, Carmen enfermó aquel día de San Esteban, dejando los canelones fríos y las *neules* en el plato ante la mirada censora de su marido.

—¿Puede saberse a qué viene esto ahora, Carmen? —preguntó José María.

—Me siento sin fuerzas.

El marido le tomó el pulso y comprobó que lo tenía muy débil. Se dirigió a la consulta, sacó del maletín de médico un bote de grajeas y la obligó a tomarse dos delante de él.

—¿Qué me das? —preguntó ella al borde del llanto.

—¡Tómatelas! —gritó él—. Y compórtate delante de tus hijos. Ten un ápice de vergüenza.

Anulada su voluntad y ante la mirada de los niños, de Tomía, que le daba patadas por debajo de la mesa para que obedeciera la orden, obedeció. Carmen cumplió como una autómata sin volver a abrir la boca ni para pedir agua ni para pedir pan.

El 25 de diciembre de 1933, Barcelona había llorado a su presidente.

El pueblo se había echado a la calle con el propósito de engrandecer, aunque fuera para la posteridad, la leyenda de Francesc Macià. Las banderas habían ondeado a media asta en todos los edificios oficiales y los vecinos habían colgado crespones de las barandillas de los balcones. Nadie recordaba un entierro igual ni una expresión de duelo semejante ante el cadáver expuesto en el salón de San Jorge.

Federico, una vez más, apareció en la prensa integrando la comitiva que lo acompañó al cementerio junto al comandante Pérez Farrás. Los dos con el casco en la mano y uniforme de gala oficial de caballería.

—¡Escofet! —le gritó Sebastián Pozas, jefe de la brigada de caballería de la cuarta región militar—, el casco solo se quita ante la custodia de Dios.

Federico se giró enfurecido.

—Para mí, Macià era como Dios.

En los primeros días de enero de 1934, la prensa narró el estreno del nuevo presidente de Cataluña, Lluís Companys. Carmen ya no dejó de leer el diario cada mañana, devorando hasta las entrelíneas, a veces a escondidas, temerosa de que José María pudiera descubrirla. O de que se le escapara el llanto delante de sus hijas, de la pequeña Tomía, que una noche le dijo a su madre:

—Mamá, vas a tener que morirte para que papá deje de chillarte.

—Claro que no, mi niña, mamá no tiene que morirse para que papá deje de chillarme.

Y así, abrazadas la una a la otra, permitiendo que sus cuerpos se dieran el calor del consuelo, Carmen durmió aquella noche rememorando de nuevo la escena del «capitán señor Escofet y su esposa».

CAPÍTULO 18

Pasaron los meses en Rosellón y en la vida de Carmen sin más noticias que las del periódico y la radio que Sole le regaló. Era un hermoso modelo en arce gris y ébano, valorado en cuatrocientas veinticinco pesetas que la amiga pagó a plazos.

Desde entonces, las tardes no volvieron a ser las mismas. La sección infantil de Rosalía Rovira Duart reunía a los niños en torno a aquel aparato prodigioso. María Teresa Gay Sola, a cargo de Radio Fémina, Carmen Espona, a la que daba gusto oír, Ismael Cera, Teodoro Garriga... Aquellos hombres y mujeres llenaron las horas de Carmen y las de sus hijos, a quienes decidió entregar todo su tiempo. Con ellos practicaba caligrafía o jugaba a hacer exóticos peinados a las muñecas.

Como si nada hubiera ocurrido.

Como si todo hubiera sido un sueño, un devaneo irresponsable, pensaba entonces, del que debía apartarse para buscar la felicidad.

Una mañana, los gritos de José María rompieron esa rutina.

—¡Conrado, Conrado! ¡Venga corriendo! ¿Dónde se ha metido este muchacho?

José María fue recorriendo las habitaciones de la casa, abriendo y cerrando puertas. Carmen se lo encontró en el *hall* de entrada pálido y desencajado.

—¿Qué pasa? —preguntó.

Carmen lo siguió alertada por el tono. Jamás había visto a su marido proceder de esa manera ante un paciente.

—¡Se me muere, se me muere Graciano!

Graciano yacía en el suelo de la consulta, inconsciente, con los ojos en blanco, descamisado y con los pantalones desabrochados dejando al descubierto la flacidez de su voluminosa tripa. A José María le brillaba la calva por el sudor. Se aflojó la corbata y se remangó la bata. Le apretó con fuerza el pecho, pero el hombre no respondió a los estímulos.

—¡Dios mío! —dijo Carmen llevándose las manos a la boca para reprimir el horror ante la escena.

La Manola acudió rauda y veloz, seguida de Rosalía. Por último llegó Conrado y se arrodilló junto a su jefe para continuar con el infructuoso procedimiento.

—No hay nada que hacer —dijo el médico apesadumbrado.

Era la segunda vez que a José María se le moría un paciente.

Las criadas permanecieron boquiabiertas en una esquina de la consulta, sin apenas pestañear hasta que José María gritó:

—¡Ustedes!, ¿qué miran? ¡Salgan de aquí ahora mismo!

—Sí, señor —contestó la Manola arrastrando a Rosalía fuera de la consulta.

—¡Carmen! —gritó—. Tú también debes irte. Voy a llamar a Tomás para que venga a buscaros. ¡Te vas con los niños! ¡No tienen edad de ver a un muerto! No quiero a nadie aquí.

El tono de voz acabó por alertar a la señorita Usandizaga, que impartía sus clases en la habitación del fondo del pasillo. Carmen corrió a la habitación para que los pequeños no salieran y descubrieran al muerto de cuerpo presente.

—No es nada, no es nada, señorita Usandizaga —le dijo

con la respiración entrecortada—. Pero debe irse. Ha ocurrido un imprevisto en la consulta del doctor. La acompaño a la puerta.

Al salir, la señorita se cruzó con la Manola que, como un rayo, empezó a arreglar a los niños para salir de paseo.

—¡Ale! —les dijo mientras les colocaba el abrigo—. Os vais de paseo con vuestra madre.

—¿Adónde vamos? —preguntaron con curiosidad.

—¡Es una sorpresa! —contestó con alegría para restar gravedad al momento.

Salieron de casa a toda prisa.

—¡Señora! ¿Qué hacemos nosotras? —preguntó la criada.

—Vayan a SEPU a comprar calcetines —respondió Carmen sin vacilar.

—Pero, señora...

—Manola, no me replique, por favor... Tome —dijo sacando unas monedas del bolso.

Carmen sabía que la Manola y Rosalía adoraban ir a SEPU. Los almacenes habían abierto sus puertas en enero de ese año con un eslogan —«Quien calcula compra en SEPU»— que no tardó en hacerse popular. Parecía hecho a la medida de la Manola, que siempre andaba contando los dineros y buscando gangas. Todo se vendía a entre una y cinco pesetas. Los viajados decían que SEPU quería parecerse a Woolworth, pero ni Carmen ni sus criadas sabían qué era Woolworth.

Cuando subieron al coche con Tomás, Carmen por fin respiró aliviada.

—¿Está bien, señora? —preguntó el chófer.

—Sí, sí... Disculpe, Tomás.

—¿Adónde vamos?

—Iremos a la sastrería Rodó, por favor.

Tuvieron suerte de salir de la casa a toda prisa. Solo unos

minutos después llegó el coche fúnebre y el juez que dio el consentimiento para levantar el cadáver de don Graciano López Bont, de cincuenta y cuatro años, vecino de Barcelona, y gerente de una empresa de recambios de vehículos. Un perfecto desconocido para el mundo cuya muerte le dio fama en esos ambientes de ociosillos que tanto gustaban de comentar las desgracias.

Carmen improvisó su ruta. En la sastrería Rodó recogería los vestidos de las niñas. De ahí irían a por dulces al mostrador de Aviñón y, por último, pararían en la sombrerería Mil. Hacía semanas que debería haber recogido el sombrero de paja negra de Rose Valois que pretendía estrenar ese verano.

Le gustaba andar sin mirar el reloj y aquel día tenía la excusa perfecta para enseñar la ciudad a sus hijos y detenerse en los escaparates de las sederías o en los expositores de objetos de arte y bronces que siempre despertaban el interés del nene.

Barcelona era su vida de bullangas y serenatas, el folclore de los coros y la solemne procesión del Corpus a la que el matrimonio Escardó nunca faltó hasta que dejó de celebrarse en el año 1931.

Barcelona era sus guanterías, las joyerías, las armerías y las tiendas de libros. También era aquel local de fotografía con los enormes retratos de Moliné y Albareda tras el cristal y la gran quincallería de Camarasa y Pascual en la que siempre acababan comprando algún artilugio nuevo.

Llegaron a su destino, se bajaron del coche y siguieron caminando en silencio. Las niñas eran la conciencia de Carmen, en especial Tomía, siempre al quite, siempre atenta, siempre oportuna en sus comentarios. Quizá porque le costó nacer más que a su hermana, era su preferida. Sentía por ella una particular devoción. Se entendían con solo mirarse. Estaba cortada por el mismo patrón que su madre y solo por eso Carmen sabía que sufriría mucho. Tanto como ella.

Cuyaya era en apariencia más fría, pero cada vez que el nene tenía una recaída no se movía de su lado. De mayor quería ser enfermera. Tomía, en cambio, quería ser médico como papá y como el nene, que, a su edad, ya leía los tomos de medicina que José María le prestaba para que se entretuviera.

Desde que tuvo a sus hijos, Carmen se había prometido estar muy alerta para no actuar como su madre. No tenía nada que reprochar a doña Mercedes salvo haber repetido demasiadas veces el consejo torticero de que se casara. Cuanto antes, mejor, decía la mujer. A Carmen le habría gustado esperar, recorrer mundo, quizá estudiar en la universidad. Suspiró. Nadie le había puesto un revólver en la sien para que contrajese matrimonio con José María, pero tampoco resultaba fácil abstraerse del universo de las mujeres que se consagraban al matrimonio como fin último de sus vidas. Carmen no dudó. No se paró a pensar. Lo hizo. Se casó. Incluso enamorada.

Y ahora...

Ahora pensaba en cómo serían las hermanas Cuyaya y Tomía. Si se querrían, si se harían sufrir, si quizá algún día se traicionarían. Quién a quién. Y por qué. Alejó esos pensamientos de la cabeza. ¡No! Deseaba para ellas todo lo bueno de las hermanas. La confianza. La sinceridad. La complicidad. Entenderse con una mirada. Hacerse llorar y reír. Más reír que llorar. Los amores compartidos. El primer beso. El primer novio de Cuyaya. El de Tomía. Gemelas del mismo vientre. Solo quería lo que ella tuvo y dejó de tener con Mercedes, que, hasta Vallcarca, había sido una buena hermana.

La agitación habitual de las calles de Barcelona con los tranvías, el humo de sus coches, las criadas de negro caminito del mercado, los niños de uniforme y las señoras emperejiladas para sus faenas sociales, retrataba una realidad que imperiosamente debía volver a ser la suya si no quería enloquecer.

—¡Saludos al doctor Escardó! —le gritó un señor vestido de traje y sombrero que levantó un poco con la mano derecha para saludarla con respeto.

Carmen lo miró de pasada. La sensación de ser identificada con esa facilidad le recordó que había sido descubierta en alguna de sus visitas furtivas a la calle Sicilia y que aún no había investigado cómo, cuándo ni quién la vio.

—Para qué saber —murmuró.

Alzó la vista. Miró a su derecha y a su izquierda. Miró de frente para saber quién la miraba, pero solo encontró pupilas anónimas que andaban en sus cosas. Y eso le permitió recuperar la invisibilidad que necesitaba para sobrevivir.

Hicieron sus recados, recogieron las ropas en Rodó, comieron bolitas de goma azucaradas y marcharon hacia la sombrerería de Fontanella donde Tomás los esperaría para volver a casa.

—¡No vais a comer! —reprendió Carmen a las gemelas mientras ellas se relamían pasando la lengua por los labios para limpiarse el azúcar de las golosinas.

La sombrerería Mil tenía fama desde que su fundador Jaume Antonés, de origen italiano, inauguró el primer establecimiento. Corría el año 1815. En un pequeño local de la calle Hospital en el barrio del Raval empezó a fabricar sombreros de la época que cuarenta años después vendería al público en la tienda que, bajo el nombre de su fundador, abrió sus puertas en el edificio del antiguo hospital de la Santa Creu. Antonés tuvo el buen criterio de exportar el famoso borsalino, que todo el mundo usaba como seña de distinción. Poco después, tras la remodelación que sufrió la ciudad, la familia cambió el local por otro más grande en Fontanella y ahí seguía diecisiete años después.

Carmen empujó la puerta y sonaron unas campanillas que advirtieron de su presencia.

—¡Vamos, vamos, entrad! —ordenó a los niños, que se habían quedado rezagados.

Carmen oyó cómo el dependiente le daba los buenos días.

—Pase, pase, yo la ayudo.

—¡Venga, niños! No puede quedarse la puerta abierta.

—¡Doña Carmen! —gritó Tomás a su espalda—. Me quedo yo con ellos. No se preocupe.

—¿Sí? —preguntó el nene al ver a Tomás—. ¿Podemos, mami?

—¡Claro, claro! —asintió Carmen.

De la mano del chófer, los niños cruzaron la calle entre el tumulto de gentes, carros y carretas.

Ya dentro de la tienda, Carmen se detuvo a contemplar la exposición de sombreros.

—Señora Escardó, ¿le vamos preparando su pedido?

—Sí, por favor. Siento el retraso. Debería haberlo recogido hace semanas.

—En absoluto tiene que disculparse, señora. ¿Le gusta algún modelo?

—¡Son todos preciosos! —exclamó Carmen—. Tan femeninos...

—Lo son. Ya sabe usted: dígame qué lleva sobre la cabeza y le diré qué tiene dentro.

Carmen le rio el comentario.

—Este año, señora Escardó, los sombreros son sorprendentes. Tengo que confesarle —dijo bajando el tono— que son menos prácticos que en temporadas anteriores, pero mucho más bonitos y favorecedores.

—Tiene usted razón. Pero observe este: ¡es maravilloso! —dijo ella tocando con los dedos un modelo de paja roja.

—Es un *Pitchouse* con la lazada de cinta *grosgrain*. También es de Rose Valois, como el que usted ha encargado.

—¡Oh, sí! Pero es más sofisticado, ¿no cree?

—Sin duda. Aún no sé cómo se sostiene en la cabeza. En realidad, se sujeta al peinado con este lazo... ¿Quiere probárselo? —le preguntó.

—No, no, gracias. Se lo agradezco.

—Venga conmigo.

Carmen siguió al dependiente al otro lado de la tienda, donde volvió a mostrarle más sombreros, a cual más favorecedor. Un modelo de Germaine Page de seda negra. Otro que, según dijo el encargado, había sido la estrella de las carreras de caballos inglesas: azul con plumas de avestruz. Y otro más de Hélène Corbet adornado con medias escarapelas de terciopelo amarillo.

—No quiero ver más. ¡Me los llevaría todos!

—El suyo no desmerece, señora Escardó. Discúlpeme un segundo. Voy a por él.

A Carmen le habría gustado llevarse todos los modelos a casa para probárselos frente al espejo como hacía antaño cuando elegía el vestuario de las cenas de gala, los conciertos y las salidas al cine.

Y para gustar a José María.

Carmen nunca había sido del todo consciente de su belleza ni de que las mujeres la envidiaban sin decirlo. Hasta que las cosas se torcieron del todo, José María la quería, la admiraba y la deseaba tal y como era. Sin ninguna sofisticación. Con él no había necesitado explotar sus encantos como en cambio hizo para Federico, pronunciando la voluptuosidad de sus labios con carmines rojos o maquillándose con esmero para reforzar las formas de sus pómulos.

Andaba en estos pensamientos cuando se abrió la puerta de la trastienda que quedaba justo detrás del mostrador.

—Le agradezco en el alma que hayan sido tan rápidos en el taller. Pensé que no tendría arreglo.

Era una voz de mujer.

—Por supuesto que lo tenía. Se saltó la costura, pero ha quedado como nuevo. Podrá ponérselo cuantas veces quiera. No tema, que no volverá a ocurrir.

—Gracias, de corazón —insistió ella.

—No olvide saludar a don Tomás Antonés de mi parte.

—Le haré llegar sus afectos, señor Escofet.

A Carmen se le paralizó el corazón. De espaldas a esa puerta, la voz de Federico era inconfundible. Era él. Nadie más que él. ¿Y ella? ¿Quién era ella? ¿Su esposa? Con la mirada fija en el suelo esperó a que la pareja saliera de la tienda. Y justo cuando los dos empujaron la puerta, cuando ya habían traspasado el dintel y se disponían a enfilar Fontanella, justo ahí, Carmen giró la cabeza y lo miró.

—¿Conoce al matrimonio? —preguntó el dependiente.

Llevaba la caja de su sombrero en la mano.

—¿Está bien, señora Escardó? Está usted muy pálida —insistió.

—¿Sí? —preguntó ella llevándose las manos a la cara.

—¡Es la primavera, que la sangre altera! —contestó el hombrecillo tan dado al refranero—. ¿Quiere un vasito de agua?

Carmen asintió. Bebió el agua mientras el hombre abría la caja y sacaba, cual obra de arte, su Rose Valois de paja negra con adornos de plumas de cuclillo también negras y amarillas.

—Es muy bonito. Puede guardarlo.

—¿No quiere probárselo?

—No, no, gracias. ¿Qué le debo?

—Señora, ¡pruébeselo, por Dios!

—Le he dicho que no, gracias. Cóbreme, haga el favor.

Carmen pagó la cuenta y salió de la sombrerería sin despedirse del dependiente.

La angustia se le había pegado al pecho.

Otra vez.

CAPÍTULO 19

En los días que siguieron al incidente de la sombrerería, la Manola barruntaba que algo había ocurrido, pero no dijo nada. Se lo calló porque su señora, decaída y pálida como en los peores momentos, mantenía en cambio una pose impecable. Se desvivía por sus hijos, se preocupaba de la casa e incluso de su marido, al que empezó a atender y hasta a complacer. Carmen lo hizo por él y por ella. Necesitaba saber cómo reaccionaría su cuerpo ante el de José María. Qué sentiría cuando sus manos la recorrieran, cuando la penetrara, cuando la besara, si es que lo hacía.

Una noche Carmen lo intentó. Los niños se habían acostado ya y las criadas descansaban en su habitación cuando José María entró en la alcoba donde Carmen aguardaba a que se produjera ese momento. Vestía solo la enagua negra ribeteada con encaje y un sostén del mismo color. Descalza frente al espejo, se cepillaba la melena. El marido la miró sin llegar a detenerse en la hermosura de sus formas ni en la sofisticación de las prendas que la cubrían.

—¿Quieres? —preguntó ella buscando sus ojos en el reflejo del cristal.

—Estoy cansado, Carmen.

—Puedo hacer que te sientas mejor... —contestó.

José María abrió el armario de su ropa, colgó la chaqueta del traje, se desanudó la corbata y se sentó sobre la cama.

—¿Son los días? —preguntó sin inmutarse.

—¿A qué días te refieres?

—¿Dónde está tu calendario?

Carmen abrió el cajón de la cómoda y sacó una pequeña libreta de anillas donde anotaba el día exacto de su menstruación. A partir de esa fecha, marcaba con un punto de tinta negra cada día que pasaba para saber con exactitud qué días era fértil. Se lo entregó y esperó a que él contara, uno a uno, los puntos.

—Déjalo, Carmen. Vístete, que no son maneras.

Se levantó y tiró con desgana la libreta en el cajón de la cómoda que se había quedado abierto.

—José María...

José María salió de la habitación sin dar tiempo a los argumentos de Carmen. No había margen. Ni lo habría nunca más porque si algo tenía claro era que no volvería a engendrar un hijo de ese hombre. La invadió una horrible sensación de vacío. ¿Qué tenía que pasar para resucitar aquel amor escaso? ¿Estaba al alcance de su mano?

—La respuesta ya la sabes, Carmen.

Se terminó de desvestir, dobló la enagua y el sostén y se puso el camisón de seda. Antes de meterse en la cama, su pensamiento le dijo:

«¿Soy tan ligera como mi hermana? Si la mujer de Federico se enterara de la infidelidad de su marido, ¿pensaría de mí lo mismo que yo pienso de Mercedes? ¡No, no, no! Lo mío es amor. ¡Es amor! ¿Y lo de Mercedes?».

El sol de junio calentaba los ánimos políticos en las calles. Los últimos acontecimientos anticipaban un otoño convulso que enaltecía todas las conversaciones.

—¡Oh, Dios! —se lamentaba Carmen en los momentos finales del día, cuando absorta y concentrada repasaba una vez y otra el periódico. Se había convertido en una lectura obsesiva.

El Tribunal de Garantías había dictado sentencia contra una de las medidas estrella del gabinete Companys, recién aprobada por el Parlamento catalán: la Ley de Contratos de Cultivo. Aquella norma no devolvía la tierra a los campesinos, pero sí una parte de su dignidad. El texto había sido un empeño del presidente de la Generalitat en defensa de los *rabassaires*, a cuya organización contribuyó en los años de la dictadura de Primo de Rivera.

La sentencia inapelable del tribunal hizo saltar por los aires la frágil paz del pueblo, que salió en tromba para manifestarse. La respuesta de Cataluña fue convocar una nueva sesión en el Parlamento para aprobar una ley idéntica, aunque con algunos matices que le permitieran sortear el filtro de los jueces.

—¿Qué pasará, Sole?

Las amigas siguieron compartiendo las tardes en Rosellón, a salvo de las revueltas.

—No lo sé. Nadie lo sabe. La tensión se advierte en los despachos y en los cuarteles. Desde que Lerroux dimitió y Samper ocupa el Gobierno en Madrid, la situación ha ido de mal en peor —contestó Sole con los ojos muy abiertos.

—Esto no puede acabar bien. No puede acabar bien...

Con motivo de aquellas visitas, la señora Escardó mandó limpiar el juego de té de porcelana inglesa Royal Cauldon que se mantenía en desuso en la alacena del salón. A José María le parecía cursi la decoración de flores y mariposas delicadamente pintadas a mano en las tazas y en los platos. Pero a ella le encantaba.

—Carmen, ¿qué te preocupa? Debes confiar en mí. Sé que te ha pasado algo que no me quieres contar. Dime, ¿qué ocurre?

Carmen disimulaba leyendo ejemplares de *El Hogar y la*

Moda. Entre artículos de tendencias y anuncios de cosméticos, trataba de disuadir la tristeza que le causaba no poder confesar a su amiga todo cuanto había sucedido en su vida. Le faltaban fuerzas y le sobraba vergüenza. ¿Qué pensaría de ella si supiera que había sido infiel a José María?

—No me ocurre nada, Sole. Puedes estar tranquila. ¿Te has fijado en estos trajes de día? Tienen un corte perfecto. Mira este sastre...

Acercó la revista a la amiga, pero Soledad volvió a encauzar la conversación.

—¡No te vayas por los cerros! Sé que no es así, pero tú sabrás. No hace falta que te diga que aquí tienes una amiga para lo que necesites. Para reír, pero también para llorar. No seas tonta... Anda, ven aquí.

Soledad dejó la taza sobre la mesita de centro, se levantó del sofá y la abrazó con fuerza.

—Sole... —dijo ella de repente.

Las lágrimas no le dejaron seguir hablando.

—Pero ¿qué ocurre, Carmen?

—¡Ay, Sole! Se me ha roto la vida.

Carmen rompió a llorar.

—Llora, Carmen, llora todo lo que tengas que llorar.

La Manola entraba y salía del salón sin mediar palabra.

—Manola, por favor, traiga agua a la señora.

La criada sirvió de inmediato el agua de una jarra de cristal tallado. Se reclinó hacia su señora y le preguntó al oído:

—Es por Federico, ¿verdad?

—¿Quién es Federico? —preguntó Soledad con curiosidad.

—No, no, no puede ser —contestó Carmen—. Es imposible, no puede ser...

Apenas pudo balbucear un par de palabras.

—Soledad, me he enamorado de otro hombre. Se llama Federico.

—¡Oh, Carmen!

—¡También tú vas a fustigarme! ¿También tú? —dijo Carmen, como si Sole hubiera dicho algo inapropiado.

—Carmen, ¿por qué piensas eso?

—Sí, tú también crees que ese hombre me arruinará la vida. Manola, díselo tú... Podéis hacer un frente contra mí... Creí que podría confiar en ti, Soledad, pero ya veo que eres como el resto.

—¡Carmen! —gritó Soledad—. ¡Ya está bien! No voy a consentir que me hables así.

La reacción de la amiga la sorprendió tanto que, en décimas de segundo, mudó su carácter.

—Perdóname —dijo bajando la voz—. No soy yo. Hace demasiado tiempo que no soy yo.

La amiga la abrazó como si así fuera a sostener su sufrimiento.

—Ven aquí, ven aquí —dijo.

Poco a poco, recomponiendo los pedazos de Carmen, Soledad consiguió apaciguar su ansiedad y su pena.

—No quiero hablar de él —dijo Carmen—. Me duele hasta mencionar su nombre.

—Carmen, ¿de verdad te has enamorado de otro hombre?

—No lo sé, Soledad. No sé qué siento. No sé cómo ha podido pasarme a mí. No encuentro explicación para mis sentimientos. Tengo el corazón abatido. Una confusión horrible.

—¿Has dejado de querer a José María?

—Quiero quererlo, Soledad. Quiero que volvamos a ser la familia que fuimos, felices, los cinco, las gemelas, el nene, tan débil, tan enfermo... Cualquier día nos da un susto y no voy a poder perdonármelo.

—No has hecho nada malo. Estás aquí, ¿no te ves? En tu casa, con tus hijos...

—¿Crees de veras que no he hecho nada malo? —preguntó Carmen.

—La sociedad no perdona, pero no debes dejar que te juzgue.

—Me cuesta tanto amar a José María... Y créeme que lo he intentado comprometiendo mis propios sentimientos. Su respuesta es solo el rechazo. Hace tanto tiempo que...

—No sigas, Carmen. No quiero saber. Y el otro hombre, Federico, ¿sabe cómo te sientes?

—Tuvimos una discusión y desde entonces no sé nada de él. Se enfadó cuando le conté que lo nuestro había trascendido.

—¿Quién lo sabe? —preguntó Soledad con inquietud.

—No lo sé. Alguien debió de verme salir de la casa donde hemos mantenido nuestros encuentros, pero no quise remover el chisme...

—¿Y?

—A él le molestó que yo no hubiera indagado, pero en realidad creo que tuvo miedo de que su mujer se enterara.

—¿Está casado?

—Sí, Soledad. Y tiene dos hijas.

—¡Oh, Dios mío!

—La última vez que lo vi iba con su esposa. Salían de la sombrerería Mil. Ella y él. Los dos juntos.

—¿Te vio? —preguntó Soledad.

—No lo sé. Casi me desmayo allí mismo. Me quedé paralizada, con el corazón encogido. Cuando ya estaban fuera de la tienda, giré la cara y le miré.

—¿Y él?

—No lo sé... Pero después de verlos me he dado cuenta de que todo es un absurdo. No tiene ningún sentido.

—¿Qué pasa con José María? —volvió a preguntar la amiga.

—Sole, me avergüenzo de pensarlo...

—¿Qué? —repitió la amiga.

—José María se acuesta con mi hermana Mercedes.

—¡Era ella, era ella! —exclamó la amiga.

—¿Quién? ¿De quién hablas? ¿A quién te refieres?

—Era Mercedes, ¡claro! Carmen, tengo que decírtelo... Ahora no hay excusas.

—¿Qué ha sucedido?

—Hace unos días, al salir de la emisora en la calle Caspe, decidí caminar. Aunque era muy tarde, me apetecía andar. Justo al llegar a la altura del Café Novedades, junto a paseo de Gracia, vi a José María. No me quise acercar porque iba con una mujer que, aunque se parecía a ti, desde el principio supe que no eras tú.

—¿Entonces...? —preguntó Carmen deseosa de saber qué había ocurrido.

—Los seguí unos metros hasta que descubrí a Mercedes. Me dio un vuelco el corazón. Siguieron caminando como si nada y en algún momento se dieron la mano, incluso se acercaron las caras para besarse.

—¿Qué más viste, Soledad?

—Nada más. Solo eso. No era explícito. Parecía que iban separados, pero yo vi que se regalaban arrumacos.

—¡No podré perdonarla jamás!

—Contrólate. No digas eso.

—No puedo, Soledad. Todo es por su culpa. Fue por ella por lo que el verano pasado me fui a La Garriga de forma apresurada. Me costó un disgusto horroroso con José María porque no lo acompañé a la cena de verano de los Viana... Ya sabes, una de esas citas que los señores utilizan para pasear a sus esposas como si fueran trofeos de caza... ¡Qué asco!

—¿Qué puedo hacer por ti? —preguntó Soledad.

El tono ahora era serio, rotundo, contundente.

—¿Cómo puedo ayudarte?

—Estoy perdida en el infierno.

—¿Quieres mi consejo?

—Sí, lo quiero. Lo necesito —imploró Carmen.

—Reconquista a tu marido y arréglate con tu hermana.

—¡Estás loca! ¡Eso es imposible! Y con José María ya lo he intentado.

—Ahora que llega el verano podéis recuperar la pasión...

—¿Qué pasión, Soledad? ¿De qué pasión estás hablando? Solo me quiere para tener hijos. ¡Para nada más!

—Carmen, ¡escúchame! Me has pedido consejo, ¿no? Viajad a La Garriga e intenta seducirlo de nuevo. Eres una mujer maravillosa. Cualquier hombre pelearía por ti...

—Cualquier hombre... menos Federico.

—Cualquier hombre —continuó la amiga sin prestar atención a Carmen— mataría por estar contigo. Tienes que conseguir que vuelva a ti.

—No quiero ir a La Garriga. Federico tiene allí su residencia de verano, a la que acude con su esposa. Si vuelvo a verlo, soy capaz de cualquier cosa.

Carmen se quedó en silencio unos minutos como si estuviera procesando el consejo de la amiga. «Reconquista a tu marido», le había dicho, pero a ella le parecía imposible después del último incidente nocturno.

—Yo creo que la situación no es insalvable. En apariencia, José María se comporta como un buen marido.

—Tú lo has dicho: en apariencia. Pero luego...

—Luego, ¿qué?

—No hay nada que nos una. ¡Ni la cama! Tiene unos cambios de humor que lo hacen insoportable. Me gustaría que lo vieras cuando está enfadado... Deja de hablarme durante semanas.

—Si Federico está casado, dudo mucho de que vaya a divorciarse por ti —sentenció Soledad.

La realidad era blanca o negra. A veces admitía matices, pero en este caso Sole había colocado a Carmen frente al espejo y no tenía otra opción que admitir que las cosas eran así.

—Lo sé.

—Así que —continuó la amiga— tú tampoco deberías divorciarte. Somos mujeres. ¡Mujeres!

—Somos mujeres, sí —opuso Carmen—. Pero algún día gobernaremos el mundo y nos resarciremos, Sole.

—¡Oh, sí! Tus palabras son muy evocadoras, pero hoy por hoy somos lo que somos.

—¿Puedo pedirte un último favor? —le preguntó Carmen.

—¡Claro!

—Federico se apellida Escofet. ¿Te suena?

—¿Federico Escofet?

—¿Lo conoces?

—¿Quién no conoce a Federico Escofet?

—¿Qué quieres decir con eso?

—¿Te has enamorado de Federico Escofet?

—Sí, sí —dijo ella tapándose la cara con las manos.

—Carmen...

La amiga le retiró las manos, la miró a los ojos y le dijo:

—Él nunca dejará a su esposa. ¿Me oyes? Nunca. Es un mandamás que preferiría morir antes que provocar un escándalo de ese calibre.

Soledad había oído hablar de él en innumerables ocasiones. Su fama se extendía por Barcelona. Todo el mundo sabía quién era, su condición de hombre casado, de padre, hijo de don Eladio y doña Ana Alsina, un hombre con resortes suficientes para arruinar la vida de Carmen si ella insistía en mantener con él lo más parecido a una relación amorosa.

Así se lo dijo y, aunque a ella no le sorprendieron los comentarios, insistió.

—¿Me mantendrás informada?

—¿De qué?

—¡Ay, Soledad! ¿De qué va a ser? Tú siempre tienes información de primera mano. ¡Seguro que te llegan comentarios...!

—¿Y quieres que te los cuente?

—Te ruego que lo hagas, Sole. No volveré a pedirte más favores. Te lo prometo.

Carmen acompañó a la amiga hasta la puerta de la casa. Cuando se fue, apoyó la frente en la pared y se golpeó varias veces.

—Tengo que tomar decisiones...

Antes de acostarse se extendió la crema hidratante por la cara y el cuello, se desenredó el pelo con un cepillo y se miró de frente en el espejo.

—Yo no soy una cualquiera.

Pese a haber flaqueado ante Sole, pese a que le hubiera implorado la limosna de un simple comentario que llevara su nombre, Carmen se sentía desairada, ofendida y estafada.

Nada de lo que estaba ocurriendo podía conducir a buen puerto. Tenía sobradas razones para empezar a olvidar, razones que se magnificaban cuando recordaba su voz.

Y la de la mujer.

Le había provocado una terrible impresión. Su tono no se parecía en nada al que había imaginado cuando se torturaba pensando en cómo hablaría, a qué sonaría, cómo pronunciaría las palabras. ¿Sería dulce y sensual? ¿Quizá sobria? ¿O contundente? Ahora que ya lo sabía debía hallar el modo de borrar el registro de su memoria.

—Empezar de cero —se dijo—. No te queda otra, Carmencita.

Al día siguiente se presentó en la consulta de José María sin previo aviso. No había pacientes esperando su turno cuando atravesó la sala de espera.

—¿Tienes un minuto para mí? —le preguntó.

El doctor elevó la mirada y con un gesto la invitó a sentarse.

—He pensado que al nene le vendrá muy bien cambiar de aires este verano.

—Es posible, pero ¿a qué te refieres con cambiar de aires?

—¿Qué te parece que visitemos a la familia Vals en Comillas? —sugirió Carmen.

—¿Eso significaría no ir a La Garriga?

—Sí —contestó ella.

—¿Vas a aceptar la invitación de Catalina? —preguntó sorprendido.

—Sí, además no conocemos Comillas.

—Ya sabes que tendrás que estar con ella todo el día. ¿Lo has pensado bien?

—Sí —respondió con determinación—. He pensado en todo.

—Villa María no debería estar cerrada todo el verano...

—Podemos ir algún fin de semana de septiembre. Con eso será suficiente.

—No será suficiente —contestó el marido.

—Ese no debería ser el problema.

A Carmen le molestaron las constantes evasivas de su marido, así que siguió relatando sus planes.

—A Comillas nos acompañarán Manola y Rosalía. Ellas podrán ayudar en las tareas domésticas y se harán cargo de los niños. Así tú y yo podremos dar largos paseos, disfrutar de las noches, de la playa, de todo eso para lo que nunca tenemos tiempo en Barcelona.

—¡Cualquiera que te oiga!

—¿No te parece que ha llegado el momento?

—Perdóname, pero estoy organizando las citas de agosto... —señaló, como si nada de lo que hubiera dicho Carmen le hubiera importado lo suficiente como para abandonar sus ocupaciones.

—¿Vas a pasar consulta en agosto? —preguntó ella mirándolo fijamente.

—¡No podemos cerrar todo el mes! —contestó él.

—Te he preguntado si vas a pasar consulta en agosto. La respuesta solo puede ser sí o no.

—Sí, pasaré consulta en agosto.

—¿Durante todo el mes? —volvió a inquirir ella.

—Eso no te lo puedo asegurar todavía.

—Dímelo cuanto antes.

—Lo intentaré.

—Si no vienes, me iré yo sola con los niños —dijo Carmen levantándose de la silla.

—¿Ah, sí? —preguntó desafiante José María.

—No dudes de que será así.

—¡Vaya! Así que otra vez pretendes hacer lo que te da la gana. Otra vez planeas tu vida sin contar conmigo. Tú sabrás lo que haces.

—¿Qué te preocupa? ¿Que lo apruebe Catalina? ¿O temes que vaya con el cuento al resto de sus amigas y, por ende, se enteren sus maridos de que la señora de Escardó visitó Comillas sola, sola con sus hijos y sus criadas?

—Eso es algo que debes valorar tú.

—A mí me trae sin cuidado lo que puedan pensar Catalina Vals y el resto de sus amigas. Pero a ti sí parece importarte. Puede vaciarte la consulta con un simple rumor. Puede dar al traste con tu sacrosanta reputación a nada que lo intente con su lengua viperina y sus afilados comentarios. ¿Lo has comprendido? Quizá deberías pensar en lo que haces fuera de esta casa.

Salió de la consulta enardecida de rabia. ¿De verdad José María se creía su propia excusa? ¿En tan poca estima la tenía? Carmen sabía que él aprovechaba los meses que pasaban en La Garriga para volver al lecho de la hermana y ese año no sería una excepción. A punto estuvo de volver atrás a reprocharle sus mentiras, sus falacias y los embustes, de no ser por la oportuna presencia de la Manola, que, al oír el portazo, asomó la nariz en el pasillo y la vio correr hacia su dormitorio, gritando como si estuviera poseída:

—¡Niños, Manola, Rosalía! Este verano iremos a Comillas. ¿Me habéis oído todos?

—Señora, ¿qué ha pasado?

Cuyaya y Tomía salieron de la habitación alertadas por lo que acababan de oír.

—Mamá, ¿no iremos a La Garriga?

—No. No iremos a La Garriga este verano. ¡Y no se hable más de este asunto! Y ahora, ¡a cenar!

La vajilla azul de diario de Villeroy & Boch brillaba sobre el mantel blanco a la luz de la lámpara del techo. Rosalía esperaba sin mover un músculo para servir la sopa de verduras juliana.

—¿A qué espera? —preguntó Carmen.

—Al señor —contestó la criada.

—Proceda, por favor. Empiece por los niños —ordenó Carmen.

José María entró en el comedor, apartó la silla y se colocó la servilleta sobre las rodillas.

—Se te va a quedar la cena helada —le dijo Carmen sin mirarlo a la cara.

—Con permiso —musitó la criada.

—¿Qué hay de segundo? —preguntó el nene con cara de disgusto—. No me gusta esta sopa.

Rosalía buscó la aprobación de Carmen antes de contestar, pero ella no había levantado la mirada del plato.

—Pescado al horno —contestó la criada.

—¿Puede saberse por qué gritabas de esa manera? —inquirió José María.

—Lo sabes y te ruego que nos dejes cenar en paz.

—Mamá ha dicho que nos vamos a Comillas —dijo Tomía.

—¿Y? —preguntó el padre—. ¿Os apetece?

—No mucho —contestó la niña.

—Comillas debe de ser un lugar delicioso, y a vuestro hermano le vendrá bien respirar el aire cantábrico. Los hijos de la señora Catalina Vals estarán encantados de que los visitéis.

—¡Oh, no, mamá! Son unos estirados —repuso el nene.

—¿Por qué dices eso, hijo? Son buenos niños. Y muy estudiosos —añadió el padre.

—Son unos estirados —volvió a repetir el nene.

—Yo quiero ir a La Garriga —insistió Tomía.

—Tomía, ¡come! —gritó Carmen.

—¿Qué haces, mamá? —preguntó la niña al ver que su madre se había situado a su vera para meterle la cuchara en la boca.

—¡Come y ya hablaremos luego de nuestro veraneo!

El padre no se movió del comedor hasta que los niños terminaron su cena y Carmen se retiró con ellos para asistir al nene y acompañarlos en su habitual lectura antes del sueño.

CAPÍTULO 20

La familia llegó a Comillas a última hora de la tarde del 2 de agosto de 1934. Cuando entraron en la ciudad cántabra, el sol destellaba sobre el palacete indiano de reminiscencias modernistas, diseñado por uno de los discípulos de don Antonio Gaudí. La casa de los Vals ocupaba el centro de una plaza próxima al palacio de Sobrellano donde, en tiempos, los reyes acostumbraban a disfrutar de sus vacaciones.

Catalina Vals estaba esperándolos a la puerta de la residencia ante una frondosa vegetación y unas espléndidas vistas al Cantábrico.

—¡Aún no puedo creer que hayáis venido! —exclamó.

—¡Qué maravilla, Catalina! ¡Qué hermosura de paisaje!

Carmen le plantó dos besos en las mejillas y ordenó a sus hijos que hicieran lo mismo con Andrés, Antonio y Amaro, los hijos de Catalina, que esperaban junto a su madre, uno al lado del otro por orden de altura.

—¡Niños! ¡Enseñad la casa a vuestros invitados!

Las gemelas y el nene saludaron con desgana a los tres hermanos y los siguieron hasta su habitación, situada en la segunda planta. Era grande y espaciosa, con tres camas dispuestas en línea, colchas estampadas con enormes flores y separadas por unas mesillas de noche sobre las que descansaban unas pequeñas lámparas.

—Carmen —dijo Catalina—, tu servicio puede subir las maletas. ¿El chófer vuelve a Barcelona?

Carmen dudó antes de contestar. Tomás estaba ahí plantado, estirado como en él era habitual, aguardando la consigna.

—¿Habría sitio para él? —preguntó Carmen con timidez.

—Por supuesto que sí. Allí —dijo señalando una casona construida en una de las esquinas del jardín— se ubica la casa de los guardeses que cuidan la finca en invierno. Pediré que la acomoden. Pero las muchachas dormirán en la habitación de la cocina junto al resto del personal doméstico. ¿Te parece bien?

—Me gustaría que Manola durmiera cerca de las niñas. Yo dormiré con el nene. Ya conoces su delicado estado de salud. A veces se despierta con pesadillas y le cuesta levantarse de la cama. Además, debemos hacer juntos los estiramientos de espalda. Son muy dolorosos para él.

—¡Oh, no, querida! Eso no es posible. Las criadas deben estar con las criadas.

La Manola lo oyó y la mueca se le torció.

—No se preocupe, señora —repuso esta interviniendo en la conversación de las damas, algo que a Catalina debió de parecerle de muy mal gusto.

—Veremos cómo lo solucionamos. En cualquier caso, el nene dormirá conmigo —sentenció Carmen.

—¿Y José María? Es verdad, ¡no ha venido! —exclamó al percatarse de su ausencia.

—¡Ay, no, Catalina! Olvidé decírtelo. Ayer mismo tuvo que atender a un paciente en estado muy grave y no podrá venir hasta que su estado mejore.

—¡No puedo creerlo! —dijo la señora Vals—. Gerardo lamentará mucho su ausencia. ¡Debiste avisarme, mujer!

—Lo siento mucho. En cuanto el enfermo se reponga, vendrá. ¡Vendrá seguro!

—No nos preocupemos —dijo volcando su melena sobre la espalda descubierta—. Gerardo tendrá que entenderlo.

—Te agradezco la comprensión...

Catalina anduvo unos pasos y mirando hacia el mar dijo:

—Voy a enseñarte nuestra residencia. La finca ha pertenecido siempre a la familia de mi marido. Las noches frescas y húmedas son una delicia. ¡Estarás como una reina, Carmen! De eso voy a encargarme yo personalmente.

Las mujeres recorrieron las diferentes estancias de la residencia construida en la última década del siglo XIX a las órdenes de un montañés que había hecho fortuna en las islas del Caribe con el comercio de tabaco. Era amplia y soleada, de tres pisos, escaleras hechas en piedra, suelos de mármol y techos de madera tratada. La casa tenía además un amplio jardín donde, con el paso de los días, Carmen descubrió deliciosos rincones en los que detenerse a meditar cuando sus hijos ya dormían.

—Ahora entiendo por qué siempre habláis con tanto amor de vuestra casa de Comillas. ¡Es espectacular, Catalina!

Catalina repetía con frecuencia el calificativo «inolvidable». Todo debía ser así, como si ese fuera el fin último de la existencia humana. Rancia en sus formas y pensamientos, a la señora no se le podía negar una generosidad innata digna de todos los elogios. Innegable su capacidad para agradar y ejercer de excepcional anfitriona.

Cada mañana, la mesa del desayuno se llenaba de la fina loza de Sargadelos: platos tipo góndola con estampados rosados, jarras mambrús, tazas con dibujos de macacos sentados, osos, perros y patos.

Catalina no perdía ninguna oportunidad de destacar el valor incalculable de la vajilla que se había revalorizado tras el cierre de la fábrica en 1875.

—Es una lástima que las desavenencias familiares dieran al traste con el boyante negocio de su fundador, don Antonio Raimundo Ibáñez. Mis suegros llegaron a conocerlo. Nada le hizo más ilusión que el rey Carlos IV le concediera el título de marqués de Sargadelos y conde de Orbaiceta. Y mira cómo acabó...

Carmen asentía mientras disfrutaba del zumo de naranja recién exprimido. Catalina no dejaba ni un segundo de silencio e hilaba una conversación con otra.

—Mis suegros compraron esta vajilla hace cincuenta años y, fíjate, está como nueva.

Desde el primer día, Carmen estableció una rutina de descanso. Tras el desayuno, la familia bajaba a la playa para darse un baño de olas al amparo de las sombras del balneario. A veces comían en el comedor del sanatorio en compañía de otras familias de Barcelona y Madrid, que habitaban la ciudad durante los tres meses del verano. A la caída de la tarde paseaban por las inmediaciones de la plaza de los Tres Caños.

Visitaron Santillana del Mar y sus calles decoradas de palacios y casonas. Un cronista de la ciudad los invitó a la cueva de Altamira, que don Marcelino Sanz de Sautuola descubrió en 1875. Los niños quedaron sorprendidos por las figuras de bisontes, caballos, ciervos y otros símbolos desconocidos que días después reproducirían en sus cuadernos de ejercicios veraniegos, imaginando ser hombres de la prehistoria que buscaban cobijo en covachas, alimentando lumbres y cazando osos para saciar el hambre y abrigarse.

Aquel agosto del tumultuoso 1934 acabó por convertirse en un remanso de paz que ni Catalina se atrevió a romper con comentarios insidiosos. No necesitó alimentar su curiosidad ni preguntar cómo evolucionaba el paciente enfermo que, a juzgar por los días que José María tardó en llegar, debía de estar muy grave.

Ya cuando el mes agotaba sus días y el viento era más frío en las noches al aire libre, José María arribó a Comillas para recogerlos y volver juntos a Barcelona. A Carmen se le nubló la mirada al verlo y se le enmudeció el habla hasta que Catalina no pudo contener esas ganas que había reprimido durante semanas.

—Querida, sé que algo no funciona en tu matrimonio, pero no quiero meterme.

—¿Por qué haces semejante afirmación, Catalina?

—No seré yo quien te tire de la lengua, pero se nota que las cosas no marchan, Carmen.

—Catalina, por favor...

—Solo dime una cosa: ¿de verdad ha estado atendiendo a un enfermo todas estas semanas?

—Sí, claro. ¿Por qué iba a mentirme?

Carmen se llenó de sospechas y suposiciones. La invadió el miedo al juicio, el temor a suponer que Catalina sabía más de lo que se atrevía a decir, que conocía la aventura de José María con su hermana Mercedes. Y, como si en realidad así fuera, Catalina lanzó el dardo.

—No quiero que pienses que soy una chismosa. Nada más lejos de mi intención. ¿Qué es de tu hermana? Hace tiempo que no la vemos.

—Está muy bien, gracias —contestó ella.

—Ha dejado de acompañaros a misa, ¿cierto?

—Ahora va con mis padres. Están haciéndose mayores. Ya sabes, la edad, los achaques.

—¿No encontró a ningún hombre?

—Bueno, a los hechos me remito —contestó Carmen visiblemente molesta.

Los señores interrumpieron la conversación.

—La cena está lista —dijo Gerardo mientras José María se acercaba a los ojos la etiqueta de una botella de vino—. Rioja alavesa —señaló.

—¡Ya veo!

Los matrimonios disfrutaron de una sabrosa cena, ajenos

a los juegos y a los gritos de los niños que revoloteaban por los jardines. Celebraron el encuentro con las copas en alto y se prometieron repetirlo cada año. José María agradeció la hospitalidad de los anfitriones y la gentileza de haber alojado a su familia entre ellos.

—Nunca podré olvidarlo —dijo con el cinismo sellado en el paladar.

Las copas sonaron en aquella noche oscura llena de sombras amenazantes que acabó por consumirlos bajo las mismas sábanas. A él y a ella. A José María y a Carmen, que volvieron a ser una pareja bien avenida para el mundo ordinario en el que habitaban.

Los Escardó abandonaron la morada palaciega pocos días después. Y apenas habían pasado veinticuatro horas desde que llegaron a Barcelona, cuando ocurrió todo lo que Carmen había dejado de imaginar.

CAPÍTULO 21

Las maletas abiertas ocupaban los pies de la cama cuando la Manola entró en la alcoba.

—Déjelo, señora, que yo me ocupo —le dijo.

—No, no. Disfruto haciéndolo, Manola.

Carmen insistió en ordenar su ropa y aprovechar para hacer limpio de aquellos vestidos que ya no le sentaban bien o que en Comillas había descubierto que estaban anticuados.

—Manola, elija. Elija usted algún vestido.

Pero la criada no estaba para vestidos.

—Haga un montón con lo que no quiere y luego le echo un ojo.

—¡Ay, Manola! No puede ser tan remilgada. Mire este. ¿A ver?

Lo levantó y lo superpuso sobre el uniforme de trabajo.

—Le sentaría de maravilla. ¡Para usted, Manola!

—Deje, deje, señora —insistió la mujer.

—¿Ocurre algo? —preguntó Carmen sin levantar la vista de sus menesteres.

—Míreme, señora —contestó la criada.

—¿Qué pasa?

Se levantó del suelo aún con la pesadez en las piernas tras el viaje a Barcelona.

—Tome —dijo la Manola extendiendo la mano y entregándole un sobre de tamaño grande en cuyo anverso leyó su nombre y su apellido escritos a mano con tinta negra.

—¿Qué me da, Manola?

—Ha venido un hombre a entregarlo ahora mismo.

—¿Un hombre? ¿No preguntó quién era?

—Ni me dio tiempo. Sonó el timbre, abrí la puerta y me dejó este sobre en las manos. Entrégueselo a la señora Trilla, dijo. Después, se esfumó.

Bien sabía Dios que la Manola lo había intentado. «¡Oiga, oiga!», gritó, pero el hombre corrió escaleras abajo sin girar la cabeza y sin darse por aludido.

—¿Ninguna sospecha de quién era? ¿Cómo iba vestido? ¿Alto? ¿Bajo? ¿Moreno? ¡Algo, Manola!

—Mediana estatura, vestido impecable, pero nada de su indumentaria me llamó la atención. Sí, era moreno —recordó la criada.

—Está bien, Manola, puede retirarse.

La serenidad de Carmen saltó por los aires. Se hizo hueco entre las faldas, los faldones, las blusas y los chales y rompió el sobre por los bordes.

«Qué diablos es esto», se preguntó mientras metía la mano hasta el fondo, hasta que sus dedos tocaron un papel doblado en dos mitades.

Mi querida y admirada Carmen:

El tiempo ha pasado sin difuminar tu recuerdo. Desde que me expresaste tu deseo de no volver a verme, no he dejado de pensar en ti.

Sigo en deuda contigo porque aún no he cumplido mi promesa de llevarte a Tremolencs. Yo volví este verano y, escuchando los árboles, te pensé. Me senté a sus pies y te imaginé a mi lado. Y después… Después me marché con tu memoria a cuestas.

Lo entiendo, Carmen. Respeto tu decisión como siempre he hecho y perdona la osadía de enviarte estas líneas, pero desde que nos cruzamos en la sombrerería de Fontanella me hierve la sangre. No quise echar la vista atrás. No quise mirarte. No quise encontrarme con lo que pudo ser. He intentado que la paz del verano apaciguara mis deseos, pero no lo he conseguido.

Aun así, reitero mi respeto sincero a tu decisión.

Recibe un saludo cordial,

FEDERICO

Cuando terminó de leer aquella carta, firmada con su puño y letra, cuando leyó de nuevo su nombre y releyó algunas frases —«No he dejado de pensar en ti»—, Carmen se derrumbó sobre la cama.

«¿Cómo es posible, Dios mío?», pensó.

Se sentía ruborizada y halagada al mismo tiempo. Otra vez el vértigo, la pesadilla de los anhelos.

¿Había hecho las cosas bien? ¿O mal? ¿Debió escribir «No puedo volver a verte?» ¿O debió arriesgar, que era lo que ambos deseaban?

Recostada sobre los almohadones pensó, meditó y retrocedió hasta Sicilia. Se vio a sí misma desnuda entre sus brazos y el deseo de repetir la escena se hizo cada vez más insoportable. Se vio también en la primera discusión. Lágrimas en los ojos. Respiración entrecortada.

—No puedo darte el ciento por ciento de seguridad que tú me pides.

Sí, eso le dijo él a ella.

Y sin embargo...

Sin embargo, Federico no había dejado de pensar en Carmen.

Cogió otra vez el papel. «Reitero mi respeto sincero a tu decisión.» ¿Qué significaba esa frase? ¿Deseaba o no deseaba volver a verla? La Garriga, ¡oh!, por supuesto que la buscó, tal y como Carmen barruntaba.

—Hiciste bien, Carmen. Un encuentro en La Garriga habría sido una explosión incontrolable —dijo para sí—. Todos se habrían dado cuenta de que ese hombre te desea tanto como tú a él.

Pero ahora todo podía cambiar.

«Si vuelves, volverá.

»Si le escribes, escribirá de vuelta.

»Si le propones un encuentro, os encontraréis.

»Si quieres, querrá.»

Pasó días de zozobra sin saber cómo reaccionar ante ella misma. Por una parte quería dejarse llevar. Por otra, el miedo la atosigaba hasta dejarla sin aire.

Miedo a perder a sus hijos.

Miedo a la desgracia que se cerniría sobre ellos cuando todos descubrieran que su madre era una adúltera.

También miedo a su marido, a la violencia de sus palabras, a que la despojara de todo. De sus gemelas. De su nene enfermo. ¡El nene! ¿Qué sería del nene sin ella?

Miedo al susurro censor de la sociedad y sus gentes.

Miedo. Solo miedo.

Durante aquellas jornadas, luchó contra los latidos de su corazón, pero cada vez que cerraba los ojos, volvían el cuerpo y la voz de Federico.

Se sentía sucia por querer más al amante que al marido. La invadía la vergüenza que fustigaba a las mujeres de su generación. Pero se sentía aliviada al haber certificado que su matrimonio estaba roto del todo y que lo suyo con Escofet no había sido una aventura pasajera más.

Así llegó el día en el que se preguntó:

—¿Seré capaz?

Se sentó ante el escritorio del salón, desenfundó una pluma y empezó a escribir la respuesta. Sabía que iniciaba un camino sin retorno. Sabía también que asumía el riesgo de convertir su existencia en algo frágil, pero pesaba más la poderosa sensación de despojarse de las cadenas de su tiempo, de construir con sus manos un futuro por incierto que fuera, de revolverse contra su condición de mujer sin derecho a amar y a desamar.

Escribió y las palabras fluyeron en la cuartilla en blanco rellenando líneas, párrafos enteros, sin comas ni puntos. Escribió cautiva de sus deseos, apartando de su mente cualquier señal externa que la hiciera volver atrás, tachar, borrar. Escribió, al fin, en forma de rúbrica: «Quiero verte otra vez».

Cerró el sobre, plasmó su nombre y su primer apellido. Escribió luego el de Federico, se calzó y salió de casa sin dar explicaciones, guiada por la determinación de hacer lo que sentía, que no coincidía con el «debe» que siempre había dictado sus actos, sus pasos, su forma de ser y estar en ese mundo convulso, plagado de peligros, de enfrentamientos constantes y amenazas, algunas explícitas y otras veladas.

No reparó en qué calle tomaba o en cuál giraba y, hasta que sus pasos firmes no alcanzaron Sicilia, no dejó de correr. Alzó la mirada hacia las ventanas del piso de sus encuentros, subió veloz la escalera hasta la puerta de entrada y apretó el timbre sin importarle quién pudiera abrir.

Silencio.

Timbró de nuevo y aguardó.

Y volvió a hacerlo pero tampoco esa vez nadie atendió la llamada.

Entonces sacó el sobre de su bolso y lo metió bajo la puerta.

Luego respiró aliviada.

CAPÍTULO 22

La Manola recibió el encargo de hacer de celestina. Le disgustaba más que a nadie, pero se tragó el disgusto, y el estómago se le llenó de culebras y sabandijas cuando su señora le imploró que buscara a Federico, que hiciera guardias, que lo esperara, que lo siguiera, que hablara con él. Carmen necesitaba saber si había leído su carta.

La criada aguardó durante horas de días distintos en la plaza de la República. Al sol y a la sombra. Con los ojos fatigados de fijarlos, sin descansar un segundo, en la puerta del Palacio de la Generalitat. Desde su posición vio lo que nunca antes había podido observar con detalle de aquel edificio monumental por el que había pasado mil veces sin reparar en la belleza de su fachada medieval.

Había cedido ante los sentimientos de una mujer que no podía seguir viviendo en el ahogo constante. Que las cosas no iban bien en aquel matrimonio era evidente, y la resistencia no conduciría más que al desastre. Así que ella también había claudicado.

Cuando menos lo esperaba, absorta en sus pensamientos, alejando los miedos que también la merodeaban, lo vio.

Lo vio a lo lejos como una sombra entre las sombras.

«Sí —pensó—. Es él.»

Se acercó con prudencia hasta confirmar que era Federico. Lo siguió unos metros y, cuando lo tenía al alcance de la mano, tocó su hombro. Federico se dio la vuelta y la criada le dijo «tome» y le entregó un papelito con la hora convenida por su señora para volver a verse.

—Acérquese —le conminó la criada—. Mi señora le dejó una carta en el piso de la calle Sicilia. ¿Ha podido leerla?

—La he leído esta misma mañana —contestó él—. Dígale a la señora Trilla que no he tenido tiempo de contestar. —Federico desdobló el papel y asintió con la cabeza—. Dígale también que allí estaré.

A Carmen se le mudó el ánimo cuando la Manola reprodujo sus palabras.

—Señora, guárdese de correr riesgos... Por lo que más quiera, que yo sé que son sus hijos, ande con cuidado.

Carmen agarró con fuerza la mano de la criada.

—Manola, nadie podrá suplantar a mis hijos. Créame que nunca los pondré en riesgo.

Carmen salió de Rosellón repitiéndose a sí misma la frase que acababa de pronunciar y las preguntas de siempre espesaron su pensamiento.

«¿Adónde vas, a qué, con quién, para qué y, sobre todo, por qué?»

Recorrió las avenidas que ya conocía. Pasó ante los mismos edificios. El horizonte de la Sagrada Familia al fondo. El olor de la sal. De los carruajes aparcados.

Llegó a la calle Sicilia con la respiración acelerada. Quizá fuera la última oportunidad para recuperar un amor que ya no estaba dispuesta a perder. La tarde se había puesto negra, amenazando tormenta de rayos y truenos.

—Vamos, vamos, abre.

Apenas pasaron unos segundos hasta que, por fin, la puerta se abrió.

Y entonces...

Entonces nada de lo que había imaginado se pareció al reencuentro con ese hombre.

Con la urgencia de los besos contenidos, con el sabor de lo prohibido, Federico Escofet y Carmen Trilla se amaron sin que nada ni nadie pudiera impedírselo.

En el silencio y la soledad de la vivienda de Sicilia, Federico fue desvistiéndola con suavidad, conteniendo las ganas y la excitación por sentirla tan cerca, su pecho tenso, sus piernas ligeramente separadas, su cuello perfumado, la lencería que vestía sus encantos.

Besó sus hombros y besó sus brazos. La besó en el vientre y la besó en la espalda. La acarició entera de arriba abajo dejando que su piel se erizara al paso de sus manos, deteniendo el tiempo entre sus dedos como tantas veces él y ella habían recreado en esa distancia impuesta y sin posibilidad de consumación. Con sutiles movimientos, Federico fue guiando a Carmen a través de sus sensaciones.

Hinchó el pecho, curvó la espalda y contuvo la respiración. «Federico. Una y otra vez. Ámame. Quiéreme. No nos separemos nunca más. Nunca más...»

El pecado convertido en placer.

—No deseo a nadie más que a ti y nada me hace más feliz que sentir tu aliento, besarte entera, recorrerte, mirarte, hundirme en ti. Eres un sueño del que no quiero despertar. Déjame mirarte.

Se apartó ligeramente y colocó los brazos de Carmen por encima de su cabeza para contemplar la desnudez de su cuerpo envuelto en un escalofrío continuo.

—Déjame, déjame mirarte —repitió.

El sudor brillaba en la frente de él, su pelo revuelto, la mirada hambrienta. Federico fue recorriendo sus curvas, desde la barbilla hasta los pies, rodeando sus pechos, continuando por el torso hasta el vientre y debajo de él, entre las piernas, los muslos, las rodillas, los tobillos y los dedos con las uñas pintadas de rojo.

—Eres mi único deseo.

Carmen giró la cara sobre los almohadones turbada por esas palabras nunca antes pronunciadas. Ni siquiera al principio del amor con José María. Ni en la noche de bodas cuando su marido descubrió esa misma desnudez, más tersa aún, más joven todavía, el vientre tirante de antaño que no había cedido tras la preñez de tres hijos.

No. Nunca. Nadie.

—No dices nada, nina.

Ella sonrió al escucharle.

—Eres mi nina, ya lo sabes.

—No sé cómo he sobrevivido al infierno de este tiempo. Aún no sé cómo he sido capaz de resistir —respondió ella al fin.

—Pero ahora estamos juntos a pesar de que las circunstancias no son favorables. No quiero mentirte. La inestabilidad política es una locura. La situación no se endereza.

Carmen no quería hablar de política o que la política volviera a justificarle como si bajo una bandera cupiera todo.

—Aprovechemos el tiempo que hoy tenemos. Mañana, ¿quién sabe qué pasará mañana? —se preguntó Federico con la mirada perdida.

—Si pudiera contarte...

—Todo mi tiempo es tuyo —dijo acercándose de nuevo a sus mejillas para besarlas.

—No ha sido nada fácil. Un contratiempo detrás de otro. A veces me siento la peor madre del mundo por dejarme guiar por un instinto que no sé adónde me llevará o si acabará conmigo.

—No digas eso. Lo que yo siento por ti es tan sincero como tu sentimiento —replicó Federico.

—Pero no sé cómo puedo estar contigo sin alejarme de mis hijos, cómo hacer para no faltarles, para que no tengan una madre ausente, para que puedan entenderme sin necesidad de perdonarme.

Federico se estremeció al escuchar aquella confesión. «Entender a una madre sin necesidad de perdonarla.» Nunca lo había pensado. Los padres podían permitirse el lujo de la ausencia porque venía en su definición natural. Las mujeres, en cambio, abrigaban los hogares. Eran el pegamento de esas familias que nunca se rompían.

—El amor... —dijo entonces ella—. ¿Cómo se puede querer tanto y a la vez, Federico?

Él nunca se había detenido a pensar en el amor. «¿Qué es el amor?», se preguntó en silencio. ¿Era eso que sentía por sus hijas? ¿O era lo que le atraía de forma inexorable a Carmen?

Ella se debatía entre el amor de turbulencias, al que se había entregado con Federico, y el amor de las tardes de domingo a los pies del brasero, en las que no contemplaba más adversidad que la muerte.

—Y luego...

—Luego, ¿qué? —preguntó él secando las lágrimas que recorrían su rostro.

—Verte en la sombrerería con tu esposa me produjo un dolor inmenso.

Él le selló sus labios con un dedo.

—No hablemos de eso, por favor.

—Sí, Federico, eso también ha sido parte de mi infierno. No puedo explicarlo sin detenerme en aquel día.

—Ya pasó. ¿Crees que para mí ha sido fácil?

Federico no quiso rememorar su sufrimiento. No quiso volver a la sombrerería ni recordar la aciaga tarde en la que todo saltó por los aires con la sospecha de que alguien podía haberlos descubierto.

—No quiero juzgar tus sentimientos —dijo ella—. Seguro que para ti tampoco ha sido fácil, pero no puedo evitar que el recuerdo me asalte cada dos por tres, Federico. Me hace sentir lo que no quiero ser. La otra. La amante furtiva.

Una cualquiera que se acuesta con el capitán de caballería al que todo el mundo conoce por su apellido y al que respetan por su vida decente, abnegada y entregada a una causa que no es la mía.

—Carmen, ¿qué más puedo darte para que entiendas que no eres una cualquiera? Dime qué necesitas para sentirte segura.

—A ti.

El silencio se impuso entre Federico Escofet y Carmen Trilla.

Un silencio elocuente que permitió a Federico olvidarse de la odiosa política, del ruido de sables, de las conspiraciones de los cuarteles, de la huelga general y de las espumosas advertencias del general Domingo Batet.

Fueron solo unas horas de evasión que Federico saboreó en los labios de Carmen.

Mientras, en Madrid, el Gobierno se deshacía entre las manos de Samper, dejando paso al segundo gabinete de Lerroux, que acabó cediendo a las presiones e incorporó a tres ministros de la Confederación de Derechas Autónomas, la CEDA de Gil-Robles.

Fue una maniobra de la derecha que los obreros entendieron como una provocación en toda regla.

CAPÍTULO 23

Barcelona se apagó el 5 de octubre de 1934.

Los socialistas de la Alianza Obrera de Cataluña respondieron a la designación de los ministros de la derecha con una huelga general que desconectó las ciudades, paró las rotativas de los periódicos, los trenes y los tranvías y cerró los comercios, los cafés y los teatros. Apenas algunos servicios mínimos operaban en la capital de Cataluña en la víspera del estallido final.

—¡Reclamen la República Catalana! —gritaban los ciudadanos que marchaban hacia la plaza de la República.

La noche cerrada olía a incertidumbre cuando Federico se dirigió al Palacio de la Generalitat acompañado por el recuerdo de Carmen.

«Te quiero a ti», le había dicho.

¿Cómo era posible que ese amor hubiera germinado de tal forma?, se preguntaba su conciencia.

Y dudaba.

Dudaba de si podría darse a esa mujer.

Las calles eran un mal pronóstico en sí mismas. Federico sentía que su presente se estaba desvaneciendo, que quizá, por qué no, Carmen podría convertirse solo en un fantasma que lo merodeara allí donde él estuviera, en ese lugar que la historia quisiera reservarle.

La huelga mantenía en alerta al ejército y al cuerpo de

mossos. Los camiones habían descargado armas, ametralladoras y munición por toda la ciudad. Los *escamots* ligados a Esquerra, debidamente armados, habían ocupado el centro de la ciudad.

El presagio de lo peor se olía en las alcantarillas, se sentía por las calles de Barcelona y en los hogares de sus habitantes.

—Nadie podrá salir de casa en las próximas horas, que quizá sean días —ordenó José María—. ¡Al final han conseguido dar el golpe definitivo!

Tenía el gesto adusto y la mirada invadida por el pánico ante el evidente descontrol.

—¡Manola! —gritó desde el pasillo, con los brazos en jarras y la bata de médico abierta—. ¿Tenemos suficiente avituallamiento?

—Sí, señor. Tenemos menestra para varios días, pan, leche y algo de pollo.

—Racionemos al máximo por lo que pueda ocurrir.

Carmen tampoco pudo dormir aquella noche tras su último encuentro con Federico. Después del desayuno intentó distraer a los niños para distraerse ella. Su cabeza solo le devolvía imágenes de Federico abatido a tiros, muerto en una calle, desangrado en una esquina.

Se trasladó al salón y encendió la radio. Había autorizado a las gemelas a sacar de su habitación la casa de muñecas y la cocina de hojalata para jugar junto a ella. El nene estaba recostado en el sofá, concentrado en la lectura del volumen de *Sancho Panza,* de Fernando José de Larra.

—¡Apaga ese aparato! —gritó José María—. ¿Qué quieres, que los niños se enteren de todo?

Tomía y Cuyaya miraron a su padre sin entender qué mal podía traer la radio.

—Esta es la República. Esto es lo que querían, ¿no? Huelgas y más huelgas.

Carmen hacía oídos sordos. No todos los que habían salido a la calle eran obreros y campesinos. También había gente de orden y ley que quería expresar su indignación con el Gobierno de Madrid que, a su entender, había traicionado los principios del 14 de abril de 1931.

Carmen se acercó a su marido levantando el dedo índice con una contundencia del todo impropia en ella.

—No me vas a impedir que escuche los noticieros. Es mi ciudad, aquí viven mis hijos y mis padres y tengo derecho a saber qué pasa.

Se sorprendió a sí misma al darse cuenta de que había aprendido a aflojarse el corsé del matrimonio. José María salió del salón, se encerró en su consulta y a los pocos minutos todos oyeron el sonido de su aparato de radio. Él también quería saber.

La sede de Radio Barcelona fue incautada por orden del consejero de Gobernación, Josep Dencás. Soledad y el resto de los empleados vieron con sus propios ojos cómo una legión de hombres armados tomaban las oficinas de la calle Caspe.

Carmen no podía dejar de pensar en su amiga. En si estaría bien o estaría sufriendo. Las noticias eran confusas, la inquietud, insoportable y la expectación, inmensa.

Las manillas del reloj avanzaron lentas aquel 5 de octubre en el que Asturias y el País Vasco también se levantaron en armas. El caos invadió a una población que ignoraba dónde acabaría la revuelta, quién pondría fin a la huelga y cómo se restablecería la paz.

Amanece el 6 de octubre

Federico estaba fatigado cuando despuntó el alba. Apenas había conseguido dar una cabezada en una de las salas de armas, recostado contra la pared de piedra fría, con un ojo abierto y otro cerrado, con el aliento espeso de las decisiones que tendría que tomar aquel sábado del calendario de 1934.

Las fuerzas catalanas destacadas frente al Parlamento pasaron a custodiar el edificio de la Generalitat. Se estableció una línea de control a lo largo de Vía Layetana, la calle Jaime I y la plaza de la República.

Eran más que fundadas las sospechas de que el general Domingo Batet, capitán general de Cataluña y jefe de la IV División Orgánica, actuaría con mano de hierro ante una hipotética insurrección. No en vano, ya había alertado al Gobierno de la República del peligro que supondría para el Estado español una rebelión catalana encabezada por Companys y su séquito de más de tres mil guardias de asalto y otros tantos militares armados. Batet intentó sin éxito que los *mossos* se plegaran y evitaran el enfrentamiento, pero ni el jefe del cuerpo, Enric Pérez Farrás, ni Federico Escofet atendieron a sus llamamientos.

No había ni un minuto que perder. Farrás y Escofet reunieron a los suyos.

—Nuestra misión es defender los edificios oficiales contra cualquier fuerza atacante. No tomaremos ninguna otra medida distinta a la orden que nos ha encomendado el presidente Companys. Distribuiremos nuestras fuerzas conscientes de que el ejército puede desplegarse con la máxima virulencia.

—El grueso ocupará el Palacio de la Generalitat —explicó Escofet—. Un reducido grupo se situará en el edificio del ayuntamiento y otro en las azoteas de todas las casas que rodean la plaza de la República.

—Capitán Escofet —añadió Pérez Farrás—, no olvide colocar una patrulla en la calle Fivaller. Las armerías también podrían ser asaltadas.

—Entendido, mi comandante.

Los mandos se retiraron a sus posiciones dentro del palacio para seguir el desarrollo de la manifestación de Alianza Obrera. Los gritos que pedían armas para el pueblo y vitoreaban a la República Catalana se oyeron en toda la ciudad. La calle cantaba *La internacional* y *Els segadors.*

—Al menos, la marcha recorre las calles sin incidentes —reportó Federico.

Gerardo Llobet no se separaba de él ni un centímetro. Federico no recordaba haber visto las ojeras negras que rodeaban la cuenca de sus ojos.

—Vaya a descansar —le dijo al ayudante—. No sabemos cómo acabará este día.

—Mi capitán, no hay descanso que valga.

—En ese caso —añadió Federico—, vaya a dar la orden de cerrar a cal y canto las puertas y ventanas del Palacio de la Generalitat.

—¿No levantará sospechas?

—Cumpla la orden de inmediato, Llobet.

—Entendido, mi capitán.

Las puertas y ventanas del Palacio de la Generalitat se cerraron tal y como Federico había ordenado.

Tampoco entraba ni un haz de luz del exterior en el salón de Rosellón. Las criadas habían corrido los cortinones para no ver el horizonte inflamado de la ciudad. La radio seguía encendida cuando Carmen se levantó a subir el volumen.

—¡Chist! ¡Manola, cállese, por favor! —exclamó.

Una voz grave anunció la intervención en directo de Companys.

—A las ocho de esta tarde desde el balcón de la Generalitat, el presidente Companys se dirigirá a su pueblo.

—Señora —interrumpió la criada—, tengo...

—¡Manola, cállese! Por lo que más quiera...

La mujer miró a su señora e insistió.

—Tengo miedo —dijo al fin y abandonó el salón con el

gesto arrugado y la cara envuelta en la palidez que acostumbraba a teñir su piel cuando las cosas se ponían feas.

Mientras tanto, el gentío seguía ocupando las plazas. En la plaza de Cataluña, los grupos se formaron para partir por las Ramblas hasta la plaza de la República. En los despachos oficiales, los hombres de confianza del presidente Companys escucharon con atención cada palabra.

En la comandancia general, Domingo Batet, al frente de las fuerzas leales a la República, recibió la llamada del recién nombrado presidente del consejo de ministros, Alejandro Lerroux.

—General Batet —comunicó el presidente Lerroux—, declararé el estado de guerra.

—Proceda como corresponda, presidente —contestó Batet—. Mis fuerzas están listas para atacar en cualquier momento.

—¿Qué sabe de Companys?

—Ha anunciado una intervención por la radio a las ocho de la noche.

—Estamos al tanto, pero ¿sabe qué tiene preparado?

—Témase lo peor: una declaración del Estado catalán.

—¡¿Cómo es posible?! —bramó el presidente al otro lado del hilo—. ¡Eso es una traición a la Constitución republicana de la que emana la propia Generalitat!

—Así es, presidente.

Los hombres colgaron cuando faltaban pocos minutos para la hora fijada.

José María empujó la puerta del salón de Rosellón. Vestía la bata de médico desabotonada. El pelo revuelto. Sus manos rígidas sostenían unas cuartillas y una pluma.

—Estos niños no deberían estar aquí —indicó.

—Pero, papá... —dijo Tomía.

—José María, por favor, no empecemos... —suplicó Carmen.

Su voz delataba preocupación e impaciencia. La estancia estaba iluminada por una lámpara de pie que emitía una luz tenue y suave. Los juguetes de las niñas quedaron esparcidos sobre las alfombras cuando saltaron al sofá y, abrazadas unas a otras, se acomodaron para seguir aquella alocución que debía ser muy importante dada la preocupación que transmitía la familia. El último té que sirvió la Manola descansaba intacto en la mesita de centro sobre el mantel de hilo. La criada tomó asiento en una de las sillas del comedor y hasta Rosalía abandonó la cocina con el rosario entre las manos y el murmullo de un rezo.

Se oyeron algunas interferencias en los segundos previos a que la voz del presidente de la Generalitat sumergiera a los Escardó en un silencio que jamás olvidarían.

—*Catalans...*

—No será capaz, no será capaz —mascullό José María.

—*Les forces monarquitzants i feixistes...*

—¡Chist! —exclamó Carmen.

—Las fuerzas monarquizantes y fascistas que de un tiempo a esta parte pretenden traicionar a la República han logrado su objetivo y han asaltado el poder.

—Pero ¿de qué fuerzas fascistas habla este chalado?

—José María, quiero oírlo. ¡Queremos oírlo!

José María se levantó de la silla rumiando sus palabras. Las criadas se frotaban las manos y Carmen arañaba con las uñas la tela de un cojín.

—Nos lleva a la ruina, este hombre nos lleva a la ruina.

La voz de Companys volvió a hacerse un hueco.

—Los partidos y los hombres que han hecho públicas manifestaciones contra las menguadas libertades de nuestra tierra, los núcleos políticos que predican constantemente el odio y la guerra a Cataluña, constituyen hoy el soporte de las actuales instituciones. Los hechos que se han producido dan a todos los ciudadanos la clara sensación de que la República se encuentra en gravísimo peligro.

—¡Será...!

José María se acercó con violencia hacia el aparato de radio. Iba a apagarlo cuando Carmen se abalanzó sobre él.

—¿Qué pretendes hacer? Si no quieres escucharlo, vete. ¡Nuestro futuro está en juego!

—Todas las fuerzas auténticamente republicanas de España y los sectores sociales avanzados, sin distinción ni excepción, se han levantado en armas contra la audaz tentativa fascista.

—¿No lo oyes? ¿No oyes la disparatada batería de acusaciones que está saliendo por su boca? ¡No te reconozco, Carmen!

—¡Chist! —volvió a exclamar la mujer ante la mirada cabizbaja de sus hijos y de las criadas.

—En esta hora solemne, en nombre del pueblo y del Parlamento, el Gobierno que presido asume todas las facultades del poder en Cataluña, proclama el Estat Català de la República Federal Española y, al establecer y fortificar la relación con los dirigentes de la protesta general contra el fascismo, los invita a establecer en Cataluña el Gobierno provisional de la República, que hallará en nuestro pueblo catalán el más generoso impulso de fraternidad en el común anhelo de edificar una república federal libre y magnífica.

»Catalanes: la hora es grave y gloriosa. El espíritu del presidente Macià, restaurador de la Generalitat, nos acompaña. Cada uno en su lugar, y Cataluña y la República en el corazón de todos.

»¡Viva la República y viva la libertad!

En Barcelona, el 6 de octubre de 1934 quedó fechada esa declaración del Estado catalán que recorrió los salones de los hogares y voló a Madrid, a la presidencia de la República y al despacho del presidente del consejo de ministros. Las ovaciones elevaron la intensidad del momento y la bandera catalana quedó izada en el Palacio de la Generalitat.

—Batet actuará con toda la crudeza —dijo Federico tratando de mantener la compostura.

—Nos defenderemos con honor, capitán Escofet —contestó Pérez Farrás mientras trataba de avivar la brasa de un cigarrillo que se había apagado en sus labios.

Tras el presidente Companys, el consejero Ventura Gassol se dirigió a los allí congregados para pedirles que marcharan por Barcelona a llevar la nueva histórica.

—Ayudad a las fuerzas del Gobierno de Cataluña a imponer el orden que hoy más que nunca es indispensable —dijo—. Defendedla con palabras y con actos, si es que hay necesidad, contra cualquier agresión, cueste lo que cueste y venga de donde venga. Este movimiento en defensa de la República del 14 de abril triunfa en todas las tierras de España. Nuestra Cataluña es inmortal. Nuestra Cataluña es invencible, pero conviene que todos estéis alerta para seguir a cada momento la voz y las órdenes del Gobierno de Cataluña. ¡Viva Cataluña! ¡Viva la República Federal!

Los vivas se repitieron en las gargantas enfervorecidas de los manifestantes rememorando las escenas de 1931, cuando Macià proclamó la República Catalana. Sin embargo, aquel 6 de octubre Cataluña tuvo miedo.

El júbilo colectivo quedó pronto reprimido. El gentío fue disuelto y las plazas, desalojadas.

El general Batet, en su condición de máxima autoridad militar del Estado español en Cataluña, reaccionó con rapidez. Nada más escuchar la afrenta de Companys, comunicó a Madrid la ruptura de las relaciones con la Generalitat. Poco o nada le importó a su presidente, que, sin alterar ni un ápice su hoja de ruta, descolgó el teléfono y ordenó a Batet que se pusiera a sus órdenes. El militar, lejos de obedecer, pidió tiempo.

—Deme una hora, presidente.

Companys aceptó, pero le informó de que ya no habría marcha atrás. Y añadió:

—General Batet, tómese el tiempo que me solicita, pero sepa que recibirá la comunicación con el acto que acabo de realizar.

Colgó el teléfono y pidió la comparecencia de Federico Escofet en su despacho.

—¡Que se persone de inmediato! —rugió contrariado por la negativa de Batet a obedecer.

Federico corrió por los pasillos del palacio nada más recibir la orden. La puerta estaba entornada, pero tocó con los nudillos antes de entrar.

—Presidente, ¡a sus órdenes!

El despacho estaba en penumbra y su presidente de espaldas.

—Escofet —dijo dándose la vuelta—, Batet se resiste. Me temo que la respuesta será contundente.

—Nada que no sospecháramos, presidente.

—Así es. He decidido que el diputado Juan Tauler le entregue en mano el requerimiento de subordinación a la República Federal recién proclamada.

En ese momento, Tauler entró en el despacho.

—Tauler, estábamos esperándole.

Companys se acercó a él y le entregó el sobre lacrado.

—No pierda detalle de cuanto vea en la sede de la comandancia general.

—Presidente —interrumpió Federico.

—Dígame, Escofet.

—Me temo que será declarado el estado de guerra.

Tauler intentó hablar, pero no consiguió que las palabras brotaran de sus labios.

—¡Tauler, marche cuanto antes! —ordenó Companys.

En efecto, cuando Juan Tauler llegó a la comandancia, los oficiales ya habían empezado a repartir las copias del bando que declaraba el estado de guerra. El diputado grabó la escena en sus retinas y poco después la narraría ante el propio Companys en una de las salas colindantes con la calle San Severo y el bello patio de los Naranjos, junto al antiguo Salón de Sesiones.

Companys apretó la mandíbula y la tensión se reflejó en su rostro.

—Era lo previsible, presidente. ¿Me deja actuar? —preguntó Federico.

Companys asintió con su mirada.

—Actúe si cree que servirá de algo.

Federico salió del despacho de forma apresurada. En la sala habilitada para los *mossos* había un teléfono que solo podía ser usado para comunicar con el despacho de Companys, pero Federico descolgó y pidió hablar con Batet.

—Mi general, le habla el capitán Escofet.

—Se lo advertí. Se lo advertí a usted y a Pérez Farrás. Los dos sabían que la insurrección sería reprimida con toda la energía y al amparo de la ley. La declaración...

—Déjeme, déjeme hablar, mi general.

—Escofet, escúcheme. No hay nada de que hablar. El presidente Companys ha dado un paso sin retorno. No hay marcha atrás en la defensa del Estado español. La declaración del estado de guerra me faculta para actuar frente a la consumación de un hecho de máxima rebeldía.

—Mi general —volvió a insistir Federico—, tratemos de encauzar la situación. ¡No podemos permitir que se derrame sangre en nombre de Cataluña!

—Actuaremos con rigor, Escofet. Procuraremos el menor número de bajas, pero no puedo permitir que triunfe la impunidad. Le agradezco su sincera comunicación. Se lo advertí..., pero ni usted ni su superior han cumplido órdenes. Escofet, sé que usted es un hombre de ley, pero mi lealtad a la República debe estar en todo momento a la altura de la afrenta. Y ahora debo colgar.

Federico se pasó las manos por el cabello revuelto, se estiró la chaqueta y volvió a su posición, consciente de que el escalofrío que le recorrió el cuerpo llevaba escrita la palabra sufrimiento.

A las diez y media de la noche, Barcelona se encogió con el primer tiroteo.

—¡Las fuerzas de Batet nos atacan! —gritó Federico a sus hombres—. ¡Tomen posiciones!

En ese preciso momento, en la capital de España, el presidente Alejandro Lerroux se dirigió a los españoles para anunciar la proclamación del estado de guerra en todo el país.

—En las horas de paz no se escatimó la transigencia. Declarado el estado de guerra, se aplicará sin debilidad, pero de forma enérgica, la ley marcial.

La situación se había descontrolado. Las fuerzas adversas habían conseguido llegar hasta las proximidades del Palacio de la Generalitat.

—¿Qué está pasando? —preguntó Escofet entre la confusión y el desconcierto—. ¿Por qué los nuestros no han podido parar el avance?

—¡Salgamos a la plaza! —ordenó Pérez Farrás.

Los dos hombres se dirigieron al centro de la plaza de la República. Solo cuatro parejas de *mossos* protegían las calles que desembocaban en ella.

—¡Viva la República española! —gritó un oficial.

La tropa contestó, pero el viva se fundió con otro viva a la República Federal.

De repente, Federico sintió que había sido alcanzado en una pierna.

—Alto el fuego —profirió mientras ordenaba a los *mossos* replegarse al interior del Palacio de la Generalitat—. ¡Es una orden!

Bajo la luz escasa comprobó que solo tenía una herida menor, quizá producida por el rebote de una bala.

—¡El ejército desfila por la ciudad como si se tratara de un paseo militar! Mi comandante, ¿cómo ha sido posible? —preguntó a Pérez Farrás—. Una batería de montaña y una compañía de ametralladoras han salido de sus cuarteles, han pasado delante de Gobernación y delante de la comisaría general de Orden Público como si nada. ¿Dónde estaban nuestros hombres?

No había tiempo para cábalas.

—Mi capitán —oyó a su espalda.

—¡Llobet!

—Mi capitán, acuda de inmediato a que le curen esa herida —imploró.

El ayudante consiguió convencer a Federico para que entrara en la capilla de San Jorge, donde había quedado instalada la enfermería. El médico del Palacio de la Generalitat atendía sin descanso a los heridos.

—Capitán Escofet, le desinfectaremos la herida.

—¡No es necesario! Es superficial.

Pese a la resistencia, el médico desinfectó y vendó la pierna a Federico. Llobet le fue reportando la situación.

—La crisis es general en los despachos, en los pasillos, ¡por todas partes se respira la amenaza!

Pérez Farrás iba y venía por el edificio, recolocando al personal en los distintos pisos y en las azoteas. El palacio estaba casi a oscuras cuando se cruzaron las miradas del comandante y el capitán. Farrás se acercó al oído de Federico tratando de contener el temblor de sus manos para no desmoralizar a la tropa.

—Nuestros adversarios actúan en virtud de la legalidad constitucional —susurró—. Esto marcha muy mal. Me temo que nadie atenderá la llamada del presidente Companys. ¿Dónde se han metido los cuatro mil *escamots*? ¿Qué ha pasado con los doscientos guardias de seguridad y asalto?

—Me temo que estamos solos. No podemos contar con ningún auxilio —añadió Federico.

Llegaron las noticias de las primeras bajas de las que Llobet le fue informando con un hilo de voz.

—Nos han matado a Jaume Compte y a González Alba.

—No hay tiempo para detenerse en lamentos, Llobet. El general Batet controla ya todos los centros de resistencia de la ciudad.

Entrada la madrugada y cuando ya solo esperaban el ataque al palacio, Batet dio la orden de silenciar los gatillos y cesar el estruendo de las armas hasta que la oscuridad de la noche cediera ante la luz del día. Aquello no significaba el fin de la contienda: solo era una tregua hasta que el sol despuntara.

A esas horas nadie sabía qué bando sangraba más.

Quién ganaba.

Quién perdía.

Quién moría.

A las tres de la madrugada, tras la última arenga, en la emisora de Radio Barcelona se hizo el silencio.

Federico peleaba contra el cansancio que rozaba el límite de sus fuerzas mientras en Rosellón José María intentó sin éxito que Carmen se metiera en la cama, que se pusiera unos tapones y descansara.

—¿Desde cuándo te importa tanto la política? —le preguntó ya con el pijama puesto.

Carmen no contestó.

CAPÍTULO 24

Era noche cerrada cuando llegó la comunicación de las últimas deserciones. Entre ellas, la del comisario general de Orden Público y la mayoría de los oficiales a su cargo. Pérez Farrás y el propio Companys tomaron la precipitada decisión que cambiaría para siempre el signo del destino de Federico Escofet.

Los dos hombres concluyeron que solo él podría hacerse cargo de la comisaría. Pérez Farrás lo llamó a capítulo y, con voz profunda y algo impostada, dijo:

—El presidente y yo hemos pensado que tú eres nuestra última esperanza. Queremos que aceptes la misión de hacerte cargo de la comisaría de Orden Público.

Federico dudó:

—¿Yo?

Tuvo miedo, pero calló. Supo que todo estaba perdido, pero tampoco lo dijo porque la única opción era aceptar.

—Acepto para cumplir con la máxima lealtad a la República y a Cataluña —dijo al fin asumiendo el control de las tropas catalanas.

—Capitán, hace lo correcto —dijo Pérez Farrás.

El presidente Companys le entregó un documento para que su autoridad fuera reconocida en la sede de la comisaría general.

—Vaya e infórmeme de la situación.

—¡Cumpliré la orden, presidente!

Fue la última vez que Federico Escofet vio al presidente Companys en su despacho. Solo tenía la urgencia de salir cuanto antes del Palacio de la Generalitat. Calibró si vestir de paisano o de uniforme. Al final optó por el uniforme para que nadie interpretara que él también había desertado.

—¡Mi capitán, le acompaño! —gritó Llobet.

—No, Llobet. No permitiré que corras ningún riesgo.

—No quiero dejarle solo.

—Sabré protegerme.

Los dos hombres se despidieron con un abrazo. En realidad, ninguno tenía la seguridad de que volvieran a verse. Federico se encaminó hacia Vía Layetana presintiendo que el fracaso era inevitable y no necesitó más que poner un pie en la sede de la comisaría para confirmar sus temores.

El panorama era desolador. La desesperanza se podía palpar. La derrota era visible en los rostros de todos los hombres que lucharon hasta dejar su sangre en el adoquinado de las calles.

Federico tenía pocas opciones. Aquella tropa desmoralizada no podría recomponerse del caos, así que descolgó el primer teléfono que encontró y pidió hablar con el presidente Companys.

—Presidente, le habla Escofet.

—Le escucho, capitán.

—La comisaría general de Orden Público está hundida. No hay nada que hacer y, con todo el dolor de mi alma, debo notificar el fracaso de la misión que usted me ha confiado.

—Entonces no hay más opción... Solo puedo rendirme.

Federico percibió la emoción en la voz de su presidente.

—Voy a comunicárselo a Batet.

—¡Buena suerte, presidente!

El día ya había despuntado en el horizonte febril de la ciudad y la Generalitat seguía rodeada. A las cinco y media de la madrugada se había reanudado el fuego de fusilería y los cañones dispararon sin piedad contra la puerta principal del palacio.

La última confirmación de Escofet fue clave para que Companys decidiera no alargar más la agonía.

—General, nos rendimos —comunicó a Domingo Batet.

La voz de Companys sonó hueca y afectada.

—Sin condiciones —añadió—. Yo soy el único responsable.

El general Batet respiró aliviado, pero no se detuvo en contemplaciones.

—Ordene a los suyos que interrumpan sus hostilidades; pongan la bandera blanca y salgan ustedes con los brazos en alto.

Eran las seis y veinte de la mañana.

La consigna llegó a Pérez Farrás y el comandante encargó al conductor de su coche, un joven oficial del cuerpo de *mossos* de no más de veinte años, padre recién estrenado de un bebé de tres meses, que colocara la bandera de la rendición en el mismo balcón donde horas antes se había declarado el Estado catalán.

Un miedo atroz recorrió el cuerpo del hombre. Gerardo Llobet lo vio caminar solo, arrastrando las botas, escaleras arriba, apretando la enseña entre los puños cerrados.

—¡Espera, no quiero que vayas solo! —exclamó.

—¿Qué más pueden hacernos ya? —replicó el guardia.

—Yo vigilaré mientras tú colocas la bandera.

Y así hicieron. Gerardo Llobet y el joven *mosso* salieron al balcón con el recelo prendido en la chaquetilla.

Y ocurrió.

Las fuerzas enemigas lo acribillaron a balazos. La munición debía descargar contra la fachada, pero alcanzó al joven. Llobet se había protegido tras la balaustrada y se salvó de milagro, pero al levantar la vista sintió cómo la sangre se derramaba por su cabeza.

—¡Hijos de puta! —gritó.

—¡Hijos de puta! —repitió Llobet arrastrándose como una culebra hasta llegar al cuerpo malherido e inconsciente del muchacho. Había sido alcanzado en un hombro.

—¡Ayuda! ¡Ayuda! ¡Que venga el médico al balcón!

El médico se precipitó escaleras arriba mientras un afiliado a Estat Català se apresuró a izar en el asta de la bandera un pañuelo blanco antes de que volvieran a tirotear.

—¡Llobet, corre a la enfermería! —le ordenó el médico—. A este hombre hay que hacerle un torniquete o se nos muere aquí mismo.

La noticia de la traición llegó a oídos del presidente Companys, que, enardecido de rabia por la humillación, telefoneó al general Batet.

—General, sus hombres han alcanzado a uno de los míos cuando iba a colocar la bandera blanca. ¿Qué más queréis? ¿Hasta dónde vais a llegar?

Silencio. Batet no contestó. Estaba molesto con la actitud de sus tropas, pero no podía manifestarlo.

—¡Abran las puertas de una vez y salgan con los brazos en alto! —gritó el general—. De forma inmediata cesará el fuego, pero ¡abran esas puertas!

Momentos más tarde, el tiroteo cesó definitivamente.

El comandante Fernández Unzúe, al frente de una sección con bayoneta calada, entró en el palacio y el Gobierno en pleno fue detenido. También el alcalde y los concejales de Esquerra Republicana y Estat Català.

A pie, en fila y esposados recorrieron Vía Layetana hasta capitanía general, donde el general Batet recibió al presidente Companys y al alcalde, Carles Pi Sunyer.

—¿Qué habéis hecho, Companys? ¿No sabéis que por la violencia jamás se logran los ideales?

El presidente contestó con una sola frase que marcaba la distancia entre el vencedor y el vencido.

—No hemos venido aquí para recibir consejos, general.

Acto seguido declararon ante la autoridad y ofrecieron una versión idéntica de los hechos con los matices que a cada uno le dictó el alma.

Y todos, desde el presidente de la Generalitat hasta el último consejero, subieron al mismo autobús que los trasladó al puerto de Barcelona. A bordo del vapor *Uruguay*, convertido en prisión y amarrado en los diques, esperaron acontecimientos.

Escofet y Pérez Farrás fueron puestos a disposición del juez coronel de Ingenieros don Silverio Cañadas.

«Todo para nada», pensó Federico cuando le colocaron las esposas.

Creía que era una pesadilla que en realidad no estaba sucediendo. El recuerdo de Carmen palpitaba en su memoria.

—¿Quién le dirá que caí?

—Lo siento —le dijo Pérez Farrás al verlo entrar en las dependencias militares situadas en la Puerta de la Paz—. Siento que tuvieras que asumir una misión que estaba abocada al fracaso.

—Actué con responsabilidad y en cumplimiento de mi deber, mi comandante —contestó Federico.

Antes de que el juez iniciara el interrogatorio, Federico preguntó:

—¿Qué sabes de Llobet?

—Ya te lo contaré. Ahora, no.

—¡Guarden silencio! —replicó el magistrado.

—¿Ha muerto? —preguntó Federico desatendiendo la orden del coronel Cañadas.

Empezó a inquietarse al notar que los grilletes en las muñecas le apretaban los tendones.

—¿Ha muerto, ha muerto? Enric, ¡dime si Llobet ha muerto!

—¡Guarden silencio, he dicho!

—No —susurró el comandante.

Pérez Farrás no le pudo ni mirar de frente porque sabía que sus ojos le devolverían esa imagen vergonzosa y denigrante que se había producido en el balcón de los grandes acontecimientos.

Carmen se había quedado dormida con la radio encendida en el salón de Rosellón, pero cuando las comunicaciones volvieron a fluir se despertó sobresaltada.

—Catalanes y españoles —dijo el general Domingo Batet—, breve ha sido la jornada de esta noche. Esta misma Radio Barcelona, que ha estado dando noticias falsas, os dice ahora, por mi boca, la verdad. Es lastimoso lo ocurrido. Yo lo siento como catalán, primero, y como español, después...

Carmen no pudo seguir escuchando. Apagó el aparato y corrió al dormitorio donde José María dormía a pierna suelta con la misma ropa sobre un cuerpo que Carmen Trilla no podría volver a desear en los días de su vida.

CAPÍTULO 25

«¿Quién sabe qué pasará mañana?»

Federico lo había dicho sin saber que no habría mañana en su vida.

—¿Le sirvo más leche, señora? —preguntó Rosalía.

—No —contestó Carmen—. Esté muy pendiente de la puerta. Mi amiga Soledad está al caer.

—Sí, señora. No se preocupe.

Terminó de beber el café con leche, se vistió con desgana, como si ya nada le importara, y aguardó a que llegara Soledad.

Habían conseguido hablar por teléfono. La conversación fue atropellada por el nerviosismo de su amiga.

—Déjame que me duche, que buena falta me hace, y voy para allá —le había dicho.

De eso ya había pasado una hora.

La espera era lo peor.

Una más.

Otra vez sin noticias de Federico.

Tenía los párpados hinchados. No había dormido más que a trompicones, traspuesta en el sillón, naufragando en sus propias pesadillas, bajo el tormento de las fabulaciones. De no haber sido por sus hijos, hubiera salido de casa a buscarlo. Se hubiera echado a las calles ensangrentadas para saber de él.

Pero no lo hizo.

Soledad entró precipitadamente en el salón.

—¿Qué pasa, qué pasa? —preguntó Carmen alterada cuando la amiga cerró de un portazo la puerta del salón.

—¿Pueden oírnos? —preguntó.

Le faltaba el aire. La voz entrecortada. Las palabras atropelladas por la ansiedad.

—¡No, no! Estamos solas. ¿Qué ocurre? Dame primero un abrazo, por favor. No sabes lo que he sufrido pensando en ti.

Las amigas se abrazaron hasta que Soledad se separó de Carmen y mirándola fijamente a los ojos le dijo:

—Siéntate. Lo que voy a contarte es muy serio y muy grave.

—Ha muerto, ha muerto... Lo sé... Federico ha muerto.

—¡Carmen, escúchame!

Carmen se llevó las manos a la cara. Fuera lo que fuese, debía de ser muy importante. Nunca antes había visto así de preocupada a la amiga.

—No está muerto. Está preso en el castillo de Montjuïc.

—¡Oh, Dios mío!

Una sacudida recorrió su cuerpo. Su corazón se aceleró, oprimiendo con fuerza su pecho.

—Se celebrará un consejo de guerra —continuó diciendo la amiga—. Espera lo peor, Carmen.

—¿Qué es lo peor, Soledad?

—El fusilamiento.

A Federico se le revolvieron las tripas cuando la camioneta escoltada por la Guardia Nacional Republicana llegó al castillo de Montjuïc. Solo había sentido asco por aquella fortaleza que le recordaba lo peor del pasado: la Semana Trágica de 1909 o el conflicto de La Canadiense diez años después, en 1919. Tres mil obreros fueron encerrados allí tras el conflicto laboral de la compañía que abastecía de luz a Barcelona, fundada por el canadiense Frederick Stark Pearson y que en la ciudad operaba en alianza con la española Riesgos y Fuerzas del Ebro. Eso era lo que conservaba su memoria y ahora él iba camino de correr la misma suerte.

El coronel jefe de la fortaleza y los oficiales del grupo de observación de artillería salieron a recibir al pelotón de presos. Sin demora, fueron distribuidos en tres departamentos. En cada uno había tres celdas y un pequeño comedor. Los muros eran blancos por la cal. Las celdas, estrechas y sin ventanas.

Sin luz.

Sin agua.

Sin una letrina donde vaciar el cuerpo.

Una cama y una silla.

Eso era todo.

—La cantina del castillo les ofrecerá esta noche un par de huevos fritos. No hay más. Cuando la ciudad recupere la normalidad, el cantinero hará un nuevo aprovisionamiento. Mantengan la calma.

En las tétricas galerías se oyeron los cerrojos de las puertas de hierro y el silencio se apoderó de cada uno de los presos con su soledad a cuestas. Con el miedo en los huesos y la sensación del vencido.

Federico Escofet jamás pensó que sería tratado como un vago, un maleante, un delincuente cualquiera sin trayectoria militar a la que apelar.

«De un plumazo, galones fuera, pase, capitán, que le espera la justicia, aquí su celda, aquí su rancho, mire cómo huele el jergón... ¡Apártese y que pase primero el oficial! Su posición al frente de la comisaría, el Orden Público es un agravante. Entiéndalo. Esperábamos de usted otra conducta, qué insensatez. Espere, espere. ¿Y Carmen? ¿Quién es Carmen, capitán Escofet? Carmen. No, capitán, le visita su esposa, ¿cierto? Le acompañan sus hijas. ¿Y Carmen? ¿Quién es? Dígale... ¿A quién? No sé. Espere. No, no, ¡no mencione su nombre! Que pase la esposa. ¡Oh! La pena será leve, la justicia, indulgente. ¿En qué te basas, mujer? Prefiero el fusilamiento a vivir encerrado. Prefiero la muerte a las rejas. No digas eso, papá. Papá. ¡Papá! Don Eladio. Mamá estaría orgullosa de ti. No, no lo creo. Risa fanfarrona. ¿Y Llobet? ¿Qué ha sido de Llobet? ¡Búsquenlo! ¡A qué esperan! ¡Es una orden! Mi capitán, las órdenes ahora las dan otros. Llobet, Llobet... No volveremos a La Garriga.»

—¡Escofet y Pérez Farrás!

El grito lo despertó de la pesadilla. Estaba envuelto en sudor. La frente a punto de estallarle. Las venas hinchadas. Los tobillos y las muñecas pesadas como si hubiera dormido con los grilletes. Se levantó del camastro asustado por el mal sueño, tan real, que aún le retumbaba en los oídos.

—Los recibe el coronel Cañadas. Le acompaña su secretario, el capitán Mola.

Federico agarró con fuerza los barrotes de la puerta. Apoyó la cabeza sobre el frío hierro para calmar el dolor del cuerpo hasta que las puertas se abrieron. El oficial le colocó las esposas y fueron conducidos a una sala llena de humedades en la que solo había una mesa de metal y una silla para el juez militar.

—Los reos, de pie —dijo el oficial.

—Pueden descansar —añadió el coronel Silvierio Cañadas.

—¿Así? —preguntó Escofet elevando las manos para que el juez pudiera ver que estaban esposados.

—Pueden retirárselas —ordenó.

El coronel les notificó el proceso y les preguntó si querían ampliar su primera declaración.

—Nada que añadir, mi coronel —dijo Escofet.

—Nada que añadir —contestó también Pérez Farrás.

—Como saben, en toda causa militar el procesado puede escoger libremente a su defensor. En caso de que no lo hagan, se les nombrará uno de oficio. Les recomiendo que designen un abogado de su confianza.

Pérez Farrás no dudó ni un segundo en mencionar el nombre del letrado a quien encomendaba su defensa:

—Don Críspulo Moracho, coronel del regimiento número diez de Infantería.

—¿Escofet? —preguntó Cañadas mientras tomaba nota en una cuartilla blanca.

—El mismo.

Ni siquiera lo conocía, pero en aquel momento decidió que la defensa del comandante Pérez Farrás debía ser la misma que la suya.

—Don Críspulo va a tener mucho trabajo —comentó el juez.

—Eso es algo que solo le compete a él, coronel Cañadas —repuso Federico.

Debería haberse comido las palabras porque cuando a continuación preguntó por su ayudante de campo, por Gerardo Llobet, el coronel Cañadas contestó:

—El estado de los oficiales es algo que no me compete.

Acto seguido las cadenas volvieron a anudar sus muñecas hasta la celda.

Por delante tenían solo cuarenta y ocho horas. El consejo de guerra sumarísimo había sido fijado para el 12 de octubre.

«¿Qué son cuarenta y ocho horas en la vida de cualquiera? —pensó Federico—. Que sea ya, que nos juzguen, que nos fusilen, que nos maten. ¿Y Carmen? ¿Qué será de Carmen? No me pueden matar sin despedirme de ella.»

Lejos del castillo, Barcelona volvió a subir sus persianas, los almacenes sus rejas, y los teatros alzaron los telones tras el paréntesis que interrumpió los ensayos del Palace, del teatro Cómico, del Español o del circo barcelonés que reanudó sus representaciones con los bailadores Chavalillos Sevillanos.

Los mercados, aún con dificultades, volvieron a colocar las cajas en la calle. Tomates. Cebollas. Ajos. Fruta mordisqueada a saber si por perros, gatos o gusanos. Los precios se dispararon por la escasez de abastecimiento. Todos aguardaban como agua de mayo el desembarco de un cargamento de cuarenta mil kilos de peces que devolvería la normalidad tras la crisis.

La ciudad se preparó para las manifestaciones de duelo por los caídos en actos de servicio. En todos los centros oficiales se izó la bandera nacional.

Tardó en izarse la catalana.

Tardó.

Pero acabó ondeando con arreglo a la legislación.

Los empleados del ayuntamiento retornaron a sus puestos de trabajo, y el nuevo alcalde, el señor Martínez Herrera, empezó a recibir en su despacho a los que querían comenzar de cero.

La plaza de la República siguió llena de piezas de artillería, carros de municiones y mulos hasta que se dio la orden definitiva de retirarlos de allí, de interrumpir los cacheos y relajar la vigilancia para que fuera menos intimidatoria. Eso significaba sustituir cañones por ametralladoras que apuntaban hacia las calles Fivaller y Jaime I.

Para Carmen era muy difícil incorporarse a esa normalidad que solo pregonaban los periódicos, los noticieros de la radio y los políticos que visitaban las escuelas como si no hubiera pasado nada. En esos días que precedieron al consejo de guerra, su vida se convirtió en algo gris y decadente.

«¿Qué fatalidad me persigue?», pensaba.

En la víspera del 12 de octubre, salió de casa por primera vez y lo que vio no le gustó. Todo era una calamidad. Los adoquines de algunas calles habían sido levantados para hacer barricadas y ahí seguían los montones de piedras como muestra irrefutable de lo sucedido. Se oían comentarios de detenciones, de disparos, de represalias contra los partidarios de Estat Català.

No quiso levantar la vista para no descubrir los efectos de las balas en las fachadas, para no detenerse en los soldados o en las fuerzas del orden destacadas frente a las sedes de las instituciones de una capital despedazada, triste y llorona.

¿Y Federico?

Transitar por Barcelona sabiendo que no saldría de un comercio, que no pasearía por esas aceras, que estaba preso, solo conseguía alterarla.

«¿Y si de verdad lo matan?», se preguntó.

CAPÍTULO 26

Viernes, fiesta nacional, 12 de octubre

Los mercados estaban cerrados y los tribunales abiertos.

Eran las tres de la tarde cuando en la sala abovedada del castillo de Montjuïc se abrió la sesión del consejo de guerra de oficiales militares.

Una voz desconocida rompió el tétrico silencio.

—El proceso se dirige contra el capitán de caballería don Federico Escofet Alsina y el comandante de artillería don Enrique Pérez Farrás. Preside el tribunal el general de brigada don Sebastián Pozas Perea. En nombre del ministerio público actúa el fiscal jurídico militar don Enrique Querol, y será ponente de la sentencia el auditor de brigada don Ignacio Grau Singla.

—¿Los procesados asisten a la vista? —preguntó el señor Pozas.

—Sí, señoría —contestó con rotundidad el abogado defensor, don Críspulo Moracho Arregui.

Los dos militares, vestidos de uniforme, entraron en la sala.

—Se ordena guardar silencio o serán desalojados —dijo el presidente ante el murmullo que recorrió la pequeña dependencia iluminada por unas bombillas que colgaban del techo y en la que el calor era asfixiante.

Los acusados tomaron asiento en el banquillo y el presidente ordenó leer el apuntamiento.

—Con la venia de su presidente...

El fiscal empezó a relatar los hechos.

Algunos ciertos. Otros, forzados.

Las versiones de la acusación frente a la verdad de los acusados les hicieron volver a la plaza de la República y escuchar de nuevo las ráfagas de metralleta y el sonido de los cañones.

Volver a su nombramiento trasnochado, y revivir lo vivido el 6 de octubre, en la voz de un fiscal.

—Por todo lo sucedido y en nombre de la ley —dijo don Enrique Querol al finalizar la lectura— solicito que se imponga al comandante Enrique Pérez Farrás y al capitán Federico Escofet la pena de muerte por el delito de rebelión militar.

Las palabras rebotaron contra las bóvedas de aquella sala en la que se había cobijado la muerte.

—Se acabó —musitó Federico con un hilo de voz.

Tragó saliva y notó que le ardía la boca. Apretó con fuerza la mandíbula hasta sentir dolor.

Las manos tensas.

La espalda erguida y rígida.

Los pies sobre la tierra para sentir que seguía vivo.

El presidente alzó la voz y, mirando a los ojos a Escofet y a Pérez Farrás, les preguntó:

—¿Los procesados tienen algo que alegar ante el tribunal?

Los dos miraron a su defensor y, cuando recibieron su consentimiento, Pérez Farrás tomó la palabra para pronunciar una sola frase.

—Solo quiero decir —dijo titubeante— que de todo lo efectuado por el cuerpo de *mossos d'esquadra* el único responsable soy yo.

Federico se puso en pie y dudó antes de hablar. Dudó

unos segundos porque temía que las lágrimas acabaran derramadas, impidiéndole dirigirse al tribunal con la solemnidad del prestigio que aún le correspondía y la autoridad moral que le seguían confiriendo las medallas de su chaqueta y la disciplina a la que se debía.

—No sé si tendré la entereza suficiente para hablar en estos momentos decisivos para mí... —Respiró profundo y se tragó el miedo y la rabia envenenada—. Pero quisiera exponer a los excelentísimos señores de este consejo de guerra que la mayor ilusión de mi vida siempre fue la carrera militar y para ella di mi honor y ofrecí mi vida.

«Sigue, sigue, Federico», rugió su conciencia.

—No sé si habré acertado siempre, pero he obrado en todo momento con mi mejor voluntad. En esta hora no quiero rehuir mis responsabilidades. Es natural que se me juzgue con severidad, pero les haré un último ruego: en caso de ejecutarse la sentencia que pesa sobre mí, que sea sin el uniforme con el que he sacrificado la vida por España, por la España republicana, por mi amada Cataluña y por mi dignidad de soldado.

La sala enmudeció y todo se fundió bajo un velo negro. Los periodistas presentes tomaron nota de cada palabra, de cada gesto, de cada pausa emocionada. Aunque el silencio no tuviera hueco en las crónicas.

Federico se sentó sin dejar de mirar al juez instructor y al ponente que redactaría la sentencia. Y al fiscal Querol. A él también lo miró a los ojos.

Apenas pasaron unos segundos cuando el carcelero volvió con el hierro de las cadenas. Federico le ofreció sus manos:

—Tome.

—Queda terminada la vista del consejo de guerra. Se levanta la sesión.

Eran las cinco y veinticinco minutos de la tarde.

CAPÍTULO 27

—

El hombre que había sido condenado a muerte y esperaba la confirmación de la sentencia se tumbó en el jergón de su celda, pero al instante volvió a levantarse para sentir el frío del cemento y la corriente de vida que aún circulaba por su espalda.

Las deliberaciones secretas no habían terminado. Ignoraba si los jueces acabarían firmando el fusilamiento, pero él no dejaba de pensar en ese momento.

«¿Será al alba? ¿O quizá al anochecer con los últimos destellos del sol sobre el Mediterráneo que besa Cataluña?»

La plaza de Armas había sido tomada por un cordón de fuerzas del destacamento de Montjuïc para impedir el acercamiento a la zona.

La vida o la muerte pendiente de una firma.

De una decisión de hombres y entre hombres sobre dos hombres que no habían matado a nadie.

El silencio atronador de la galería de presos le conmovía tanto que necesitó gritar.

Y gritó.

Las horas pasaban lentas y cadenciosas.

Nada se oía ni dentro ni fuera.

—¡Oiga! Oficial, ¡oficial! ¿Alguien me escucha?

Un oficial se acercó a su celda con la porra en la mano y la pistola ajustada al cinto.

—Dígame.

—¿Podría facilitarme un trozo de papel y una mina?

—No estoy autorizado.

—¿Será posible? —preguntó sacando los brazos entre los barrotes y asiéndole por el cuello del uniforme—. Me queda poca vida, quizá solo unas horas. ¿Me va a negar un trozo de papel y un lapicero para escribir unas letras? Tráigamelo aunque sea del retrete, ¡maldito bastardo!

Lo soltó y lo dejó caer. Una vergüenza inmensa se apoderó de él. Nunca, nunca antes había hablado así a un soldado, a un militar como él.

—¡Federico, compórtate! ¡Por Dios te lo pido!

Era la voz de Pérez Farrás desde su celda.

—Veré qué puedo hacer, capitán.

El oficial cumplió y a los pocos minutos apareció en la galería con unas cuartillas blancas y un lapicero afilado.

—Lo que me ha pedido.

—Gracias.

Federico clavó sus ojos en los de ese oficial sin nombre para pedirle perdón, pero las palabras ya no le salieron.

Se apoyó en el colchón y la mina se hundió hasta agujerear la cuartilla.

—¡Mierda! ¡Mierda!

Se tiró al suelo y en la piedra fría escribió tres cartas.

Breves.

Muy breves.

Mi muy querida Carmen:

¿Qué puedo decirte, mi amor? Ha sido al final de mi vida cuando he descubierto a la mujer con la que me habría gustado escribir los últimos capítulos.

Eres tú.

Créeme, nina.

Allí donde esté, allí donde las almas encuentren cobijo, te esperaré y volveré a desear un beso de tu boca.

Siempre tuyo,

FEDERICO

«Hasta la vista, patrón», dejó escrito a su padre.

La última fue para sus hijas. A ellas les pidió que velaran por su honra, que nunca dudaran de él, que levantaran la frente si algún día una insidia cobarde acompañaba su apellido.

«No os dejéis engañar por las verdades a medias. La verdad solo es una y vuestro padre ha muerto por ella. Cuidaos el resto de la vida y cuidad de vuestra madre.»

Al releer lo escrito sintió que la faltaba, que al final le negaba una carta que encabezara su nombre. Así que volvió arriba y donde escribió «Mis queridas hijas» añadió «Querida esposa».

Las deliberaciones terminaron a las ocho y media de una tarde que palidecía en su horizonte. La noticia corrió tan rápido como Soledad desde Caspe hasta Rosellón.

—Tengo que marcharme, don Joaquín —le dijo a su jefe cuando escuchó al locutor leer la noticia.

Sin dar más explicaciones salió como una exhalación de la emisora con el bolso colgado del hombro. El sombrero de fieltro y el abriguito de franela se quedaron colgados en el perchero de la entrada. Ni tiempo le dio a oír la queja de don Joaquín porque su secretaria abandonara a su suerte el teléfono que aquella noche no dejó de sonar.

Soledad sabía que la noticia estaba vacía porque la sentencia no se haría pública hasta que no fuera firmada por el auditor de guerra y comunicada al presidente del consejo de ministros, pero juró a su amiga que la informaría de todo y cumpliría la promesa.

—¡Las deliberaciones han terminado! —exclamó al entrar en Rosellón con la respiración interrumpida.

—¿Qué deliberaciones? —contestó la Manola sin saber de qué hablaba la amiga—. ¿Adónde va? ¡Espere!

Pero ya era tarde.

Cuando Soledad abrió la puerta del comedor y soltó la misma frase y con la misma vehemencia —«¡Las deliberaciones han terminado!»—, José María estaba allí.

—Le he dicho que esperara, señora, pero no me ha hecho caso —se disculpó la criada.

—Soledad, por Dios y por la virgen, haz el favor, haz el favor...

Carmen se levantó como un rayo y, limpiándose la boca con la servilleta de hilo, la empujó al *hall* de la vivienda.

—¿Estás loca, Soledad? ¡Cómo se te ocurre entrar así!

—¡Perdona, perdona! Pero las deliberaciones han terminado...

—¿Qué han decidido? ¡Dime! Corre, José María podría oírnos —susurró Carmen.

—La decisión aún no es pública. El tribunal tiene que comunicarla primero a Madrid. Se rumorea que será en torno a las once de la noche.

—Quédate, quédate, te lo suplico. Pero ahora debes esconderte.

—¿Dónde me escondo?

—¡Manola! Llévese a Sole a su habitación. En cuanto oiga que el señor abandona el salón, la deja salir.

—Pero ¡señora! —protestó la mujer.

—No hay peros que valgan. Hágalo y punto.

Cuando volvió, José María la estaba esperando con la infusión de poleo menta sobre la mesa.

—Se va a quedar fría —le dijo con desprecio.

Carmen empezó a beber con una ansiedad delatora.

—¿Puedo saber qué deliberaciones han terminado?

Carmen dudó solo unos segundos.

—En la radio de Soledad había una votación, digo, una deliberación para decidir si el sindicato...

—¡Deja de inventarte historias! —rugió él—. Tú sabrás en qué andas. ¡Ojo con meterte en líos!

Se levantó de la silla, dejó caer la servilleta sobre el mantel y volvió a recriminarle sus compañías.

—Solo se te acerca la chusma.

A las once en punto de esa noche, el silencio recorrió las piedras, los adoquines y las alcantarillas, e invadió el comedor de Rosellón y su mesa vacía ya de platos, vasos y cubiertos.

Carmen alisaba el mantel con los dedos y hacía montones con las migas de pan que habían quedado esparcidas tras la cena, cuando la emisora de radio transmitió las palabras que estaban esperando.

—El comandante de artillería don Enrique Pérez Farrás y el capitán de caballería don Federico Escofet han sido condenados a la pena capital.

El mundo se acabó, el tiempo se detuvo y un escalofrío la paralizó. Cerró los ojos y se hundió pesada y sin aliento en la silla. Soledad la tomó de las manos y calló hasta que Carmen volvió en sí.

—No puede ser, no puede ser —dijo con la voz quebrada por un dolor que jamás había sentido—. No puede ser...

Negaba los hechos como si así fuera a negar la realidad, pero era solo un recurso del alma frente a lo inapelable.

—No, Sole. ¡Dime que no, Soledad!

La amiga se levantó de la silla y empezó a dar vueltas sobre sí misma. De los ojos de Carmen brotó un caudal incesante de lágrimas que parecía que nunca iba a agotarse.

—No puede ser. No es verdad.

De un golpe tiró la radio al suelo y de su altavoz salieron interferencias y una alocución desafinada. En ese momento, alertado por el estrépito, José María entró en el salón.

—¡¿Qué pasa aquí?! —gritó.

Soledad se acercó a él tratando de tapar a Carmen con su propio cuerpo.

—No pasa nada. Se me ha caído a mí. Todo está en orden —contestó la amiga sin saber si la excusa resultaba convincente.

—Acabo de escuchar la condena a los rebeldes del 6 de octubre. ¡Por fin hay orden en este país!

Soledad simuló una sonrisa con una mueca impostada.

—Señorita Pomeu, creo que son horas de que se vaya a descansar. Si necesita que mi conductor la lleve a casa, no tiene más que pedírmelo.

José María la miró a los ojos y le enseñó los dientes antes de dar media vuelta. Soledad se acercó a Carmen, le retiró la melena del cuello y, al oído, susurró:

—Carmen, debo irme. Ya has oído a tu marido. Lo más prudente es que descanses. Mañana pensaremos. Ahora no podemos hacer nada.

—No puedo, Sole. Yo no puedo... No puedo seguir viviendo si la vida va a ser sin Federico.

—Carmen, Carmen... Ven aquí.

Tenía el sonido del disparo metido en la cabeza.

El tiro preciso en el centro de la sien.

O en el corazón.

Era esa imagen, esa escena terrible la que veía con solo parpadear. Una vez. Y otra. El escopetazo. La descarga. Pájaros en estampida. Las ramas de los árboles estremecidas por su mismo llanto.

No quería volver a llorar.

Otra vez, no.

El mismo sufrimiento.

Frustrado y frustrante. El último.

—Descansa, Carmen.

Poco más podía hacer Soledad.

Tomía entró en el cuarto cuando Carmen estaba vistiéndose con el camisón.

—Te he oído llorar.

Carmen no pudo siquiera sostener la mirada de su hija.

—Lo sé. Os he escuchado a Soledad y a ti. ¿Van a matar a Federico?

—Tomía, mi vida, no son cosas de las que deba hablar una niña.

—Quiero contarte un secreto —dijo Tomía en voz muy baja—. El día aquel que fuiste a votar con la Manola y con Rosalía, ¿te acuerdas...?

—Sí, cariño, ¿qué pasó ese día?

—Vi a Federico. Y me preguntó por ti. Me dijo que te diera recuerdos, pero yo no lo hice. Se acordaba de mí, mami. Y también de ti.

Carmen la cogió entre sus brazos, la acunó como cuando era un bebé y empezó a cantar la nana con la que intentaba dormirla a los pocos meses de nacer.

Ella murmuró «ya pasó, mi bebé, ya pasó», y la niña contestó «sé que no, mami, lo sé».

A partir de ese momento, Tomía no volvió a ser la misma.

Y Carmen, tampoco.

Mientras, el condenado a muerte evocaba en su celda la guerra de Marruecos llevándose la mano al hígado donde impactó el proyectil, y sintiendo la sangre entre sus dedos y el mismo dolor seco que no le había abandonado hasta que la aguja de anestesia penetró en sus músculos, relajándolos.

Al fin.

CAPÍTULO 28

Barcelona no esperó al amanecer.

Nada más conocer la noticia, se sucedieron las movilizaciones para que los condenados fueran indultados.

No faltó gremio por sumarse a esa petición de clemencia al jefe del Estado, Alcalá-Zamora, o al presidente del consejo de ministros, Alejandro Lerroux.

La Federación Gremial de Cafés y Restaurantes. La Liga Industrial de Panaderos. La Asociación de Patronos del Vidrio. La Asociación de Carniceros. La Asociación de Concesionarios del Mercado de Santa Catalina...

Hasta el periódico *La Vanguardia* lo pidió en sus páginas:

«Creyendo interpretar el sentir de la inmensa mayoría de los catalanes, une su ruego al de las entidades particulares que han solicitado el indulto de los señores Pérez Farrás y Escofet. Dicho acto de clemencia sería una eficaz medida para la pacificación de los espíritus».

El poder absoluto estaba en manos de un solo hombre: el presidente de la República.

Soledad revisó sus apuntes, cogió de la estantería del despacho un ejemplar de la Constitución y, cuando encontró el artículo que buscaba, lo marcó con un hilo rojo. Emprendió el camino de vuelta a Rosellón sabiendo que se abría una rendija de vida para Federico. La literalidad de la Constitución arrojaba esperanzas para esas dos mujeres que empezaron a entender lo ingrata, cruel y a la vez magnánima que podía ser la política.

—La Constitución así lo dice. ¿No lo entiendes, mujer? Lee, léelo tú si te quedas más tranquila.

—En los delitos de extrema gravedad —leyó Carmen en voz alta— podrá indultar el presidente de la República, previo informe del Tribunal Supremo y a propuesta del Gobierno responsable.

—Dicen que la intención del Gobierno es indultarlos.

—¿Quién te lo dice? ¿Quién te dice eso, Soledad? No me hagas albergar esperanzas vacías. No puedo aguantar más. No tengo fuerzas. Ya no...

—Son las noticias que llegan de Madrid. Ten fe.

La amiga estaba en lo cierto. El Gobierno de Madrid tenía encima de la mesa de su presidente las innumerables peticiones de indulto que habían llegado desde Barcelona provocando una división entre los que lo apoyaban y los que consideraban que debía ejecutarse la condena a muerte. El presidente de la República, Alcalá-Zamora, era partidario del perdón.

—Soledad, aquí, ¿quién manda de verdad?

—¿Aquí, dónde?

—Aquí, en Barcelona. Necesito ver a Federico antes de que lo maten.

—No entiendes que quizá no lo maten. ¡Las posibilidades de ese indulto son reales!

—¿Y si lo matan, qué? ¿Y si no nos enteramos y mañana nos despierta la noticia del fusilamiento? ¿Qué seguridad tienes tú de que va a salir vivo de Montjuïc?

La amiga volvió a quedarse sin respuesta.

—Seguridad, ninguna.

—Pues entonces, dime, ¿quién manda aquí? ¿Quién puede darme un permiso para ver a Federico?

—Has perdido la cabeza.

—¿De verdad lo crees?

—No sé qué pensar.

—Piensa lo que quieras, pero yo voy a despedirme de ese hombre. Es lo único que me queda.

—Cuenta conmigo —resolvió Sole sobre la marcha—. Aquí estoy para lo que necesites.

Horas después, ambas idearon la operación. Era de alto riesgo y lo sabían. Soledad había leído en los periódicos que la autoridad militar judicial organizaba las visitas de los familiares en el buque *Uruguay* y en el *Ciudad de Cádiz*, donde aguardaba juicio el Gobierno de la Generalitat y otros presos tan ilustres como don Manuel Azaña, a quien los sucesos del 6 de octubre habían sorprendido en Barcelona. La casualidad quiso que el expresidente del consejo de ministros hubiera viajado a la capital catalana unos días antes para despedir al difunto Jaime Carner, ministro de Hacienda en su segundo gabinete. Tras velar el cuerpo en su domicilio particular de la calle Trafalgar, decidió pasar unos días de asueto en la ciudad. Desde el estallido de la huelga el día 5 de octubre, Azaña permaneció recluido en el hotel Colón. Consiguió salir de allí y alojarse en un domicilio particular, donde escuchó la noticia de que también a él le seguían la pista, hasta que lo detuvieron la tarde del 9 de octubre en una operación dirigida por un comisario de policía, dos agentes y cuatro guardias de asalto que hicieron caso omiso a la ley fundamental que regulaba la inmunidad parlamentaria de la que debía gozar el diputado Manuel Azaña.

—Pero ¿esos permisos se concederán igual para los presos de Montjuïc? —preguntó Carmen.

—Seguramente se haga igual —contestó la amiga.

—¿Y cómo se piden? —preguntó Carmen—. Yo no soy su mujer, ni su hermana, ni su cuñada. No me concederán ese permiso.

—Creo que debes pedir una entrevista con el general Domingo Batet y hablar con él.

—¿Lo conoces?

—No, Carmen. Podría hablar con don Joaquín, pero...

—¡No, no! Aquí nadie puede abrir la boca. ¡Si se entera tu jefe saltan chispas en Barcelona!

—Tienes razón.

—¿Dónde localizo a Batet?

—Tiene despacho en la comandancia militar.

—Y cuando llegue allí, ¿qué hago, Soledad? ¡Tú sabes cómo moverte entre esa gente!

—¿Qué voy a saber yo? Yo no tengo contacto con ellos. ¡Ay, si me hicieran caso!

—Acuérdate de lo que te dije: algún día gobernaremos el mundo y no se matarán hombres a bocajarro. ¡Acuérdate bien de mis palabras!

Carmen había mutado de piel.

Estaba al borde del abismo. De nada servirían las lágrimas y los llantos, solo su propia determinación le permitiría sobrevivir.

—Me plantaré en la misma comandancia hasta que me cruce con el general. ¡Digo yo que ese hombre saldrá de su despacho en algún momento!

—Podrían detenerte... —la interrumpió Soledad.

—¿Detenerme? ¡No digas tonterías! Y cuando me cruce con él...

—¿Qué vas a hacer?

—Le pediré un permiso para ver a Federico.

—¿Qué le vas a decir a José María?

—¿Cómo?

—Que... —dudó Soledad ante el coraje que había invadido a su amiga—. A José María..., ¿que qué le vas a decir?

—No le diré nada. Lo haré por las mañanas. Mientras él pasa consulta, tengo cierta libertad. El mercado, la modista...

Llega el momento, Soledad, en el que la valentía sustituye a la cobardía, el coraje al miedo y la firmeza al temblor. Llega de forma imperiosa y arrolladora. Pero es necesario haber tocado fondo, haberse hundido en el fango, verse con el agua al cuello. Entonces... Llega.

La comandancia militar estaba tomada por fuerzas leales al general.

Batet. Carmen tenía grabada en su retina las fotografías que le había mostrado Soledad.

—Parece un militar alemanote —dijo la amiga—. Fornido, ancho, gafas redondas que le dan un aire de militar ilustrado, bigote y pelo cortado a cepillo.

Después de dos horas y media, la ansiedad se hizo insoportable y, aunque el plan era aguantar hasta verlo, Carmen se aproximó a la puerta principal.

Los oficiales la frenaron sin remilgos.

—¿Adónde va, señora? —preguntó uno de ellos con altivez.

—Deseo ver al general Domingo Batet.

—Me temo que se ha equivocado de puerta, señorita.

Los oficiales rieron con descaro, pero Carmen mantuvo la compostura.

—No me moveré hasta que lo vea con mis propios ojos.

—¿Perdóneme? ¿Puede repetirlo?

—Necesito ver al general Batet. Es una cuestión de vida o muerte. Se lo ruego...

Cambió el tono y la forma de mirar a aquellos desconocidos ante los que habría estado dispuesta a arrodillarse si se lo hubieran pedido.

—Señora, comprendo que sus razones deben de ser muy

importantes, pero no podemos dejarla pasar. Haga el favor de retirarse de la puerta.

—¿Adónde? ¿Adónde quiere que vaya? Dígamelo y cumpliré su orden.

El guardia no movió ni un músculo de la cara, como si estuviera anestesiado contra la compasión ajena.

—Aléjese lo suficiente para que no tengamos que proceder a su detención. Esta zona está protegida. Alta seguridad, señora.

Carmen volvió a su rincón con la ira contenida. Le habría dicho cualquier cosa si no fuera porque tenía todas las de perder.

Al cabo de una hora, una hora más de pie frente a las puertas de la comandancia con los tacones de los zapatos abotinados vencidos y un pinchazo que le subía por los tobillos hasta la rodilla, un oficial vestido con ropas de civil le hizo una seña con la mano.

—¡Usted! Sí, usted —contestó cuando Carmen se llevó el dedo índice hacia su pecho y le preguntó:

—¿Es a mí?

—Acompáñeme —repuso el hombre.

—Gracias, gracias, Dios mío. ¿Cómo ha sido posible? Le estaré siempre agradecida.

—Guarde silencio, por favor.

El hombre tenía poca estatura. Espigado y algo afectado en sus formas. Repeinado hacia atrás con el tupé brillante, untado seguramente de alguna sofisticada goma.

—Espere aquí. ¿Entendido?

—Sí, señor, entendido.

El despacho adonde Carmen fue dirigida era minúsculo y olía a matarratas. Ocupó la esquina que quedaba libre de un banco corrido en el que aguardaban su turno otras dos mujeres con gesto serio y la mirada perdida en el quicio de la puerta.

—¿Llevan mucho esperando, señoras? —preguntó Carmen adelantando el cuerpo para mirarlas a la cara.

—Lo menos cuatro horas —contestó una de ellas, la más vieja.

Iba vestida de negro de arriba abajo. Jersey negro de cuello a la caja ceñido hasta marcar las lorzas de su cintura y el vientre abultado. Falda negra que dejaba entrever sus rodillas desfiguradas y zapatos del mismo color. Sobre su regazo una carterita de piel desgastada.

—¡Válgame Dios! ¡Cuatro horas! ¿Y qué esperan ustedes si puede saberse?

—Yo vengo a ver qué puedo hacer con mi nietecito —dijo la señora de negro—. Su padre, mi hijo, cayó en los sucesos del 6 de octubre. Lo acribillaron a balazos en Vía Layetana. Su madre, mi nuera, es una desconsiderada que anda todo el día de bar en bar. ¡A saber!

—Cuánto lo siento, señora —dijo Carmen consternada por el relato—. ¡Cuánta sangre derramada!

—No lo sabe usted bien.

La mujer de negro no volvió a abrir la boca y Carmen no quiso insistir. Se apoyó en la pared y empezó a contar los minutos, resoplando de vez en cuando, metiendo y sacando su anillo de casada del dedo anular, mirando el reloj, de pie ahora, sentada de nuevo, inquieta por el paso del tiempo.

«Todavía está vivo, Federico aún está vivo —pensaba—. Si no puedes hoy, volverás mañana. Pero lo conseguirás.»

El corazón le palpitaba con fuerza y se clavó las uñas en la palma de una mano hasta sentir dolor físico para calmar la ansiedad de la espera. Así hasta que una puerta se abrió y oyó su nombre.

—Carmen Trilla.

—Sí, señor —contestó.

—Pase.

Al levantarse apoyó la mano sobre el hombro de la mujer de negro y le dijo: «Ánimo, todo llega». La pobre solo contestó: «Si Dios quiere».

Carmen fue conducida a un salón cuyas ventanas quedaban ocultas tras unos cortinones de tela gruesa. Un oficial uniformado la invitó a sentarse.

—Tome asiento. Así que usted es Carmen Trilla, ¿verdad? —preguntó sin levantar la vista del papel en el que anotó su nombre.

—Sí, señor —contestó.

—Y ha comunicado su interés en entrevistarse con el general Batet. ¿Es eso cierto?

—Sí, señor.

—¿Puede saberse el motivo?

—Sí, señor.

—¡Pues diga! Diga de qué se trata. No tengo todo el día.

—Quiero solicitar un permiso para ver a Federico Escofet —dijo Carmen sin añadir ni una sola palabra más, dando por descontado que su nombre y su apellido eran suficientes para saber de quién hablaba.

El oficial no ocultó su gesto de sorpresa.

—¿No sabe usted que está preso en el castillo de Montjuïc?

—Sí, señor, claro que lo sé.

—¿Es usted familiar?

—No, señor.

—Entonces, ¿a santo de qué quiere verlo?

—Es una necesidad, señor.

—Espere aquí, pero no se haga demasiadas ilusiones.

El oficial se levantó de su silla y salió del despacho. Carmen repasó con la mirada los papeles que se extendían sobre la mesa y los cuadros que reposaban en las paredes donde una foto del presidente Alcalá-Zamora ocupaba un lugar preeminente. Pasaron solo unos minutos que a ella le parecieron eternos hasta que el general Batet entró en la sala. Carmen se levantó de la silla.

—General, general Batet...

—Señora, por favor, no hace falta que se recline ante este servidor de la ley.

—Es usted... Es usted muy generoso por recibirme...

Batet no la dejó terminar.

—Siéntese, señora, siéntese. Y usted —dijo dirigiéndose al oficial— puede retirarse.

El general ocupó la silla que quedaba libre al lado de Carmen, la ladeó y, reclinándose hacia ella, empezó a hablar.

—Lo estimo, señora. Lo aprecio. Solo porque se trata de él, he aceptado esta entrevista. He admirado a Federico Escofet como militar y como hombre. Aun la noche de los terribles sucesos que conmovieron a nuestra querida Barcelona, hablé con él. Traté de disuadirle de que consumaran la insurrección, pero no debí de ser del todo convincente para él. Una lástima, señora, una verdadera lástima.

Los ojos de Carmen se llenaron de lágrimas.

—No sabe cuánto agradezco escucharle estas palabras, pero van a matarlo, van a fusilarlo.

—Aún es posible el indulto —comentó Batet.

—No puedo creer en aquello que no está en mi mano.

—Crea en la República, señora.

Batet cogió la ficha que el oficial había cumplimentado y fue leyendo entre líneas.

—Doña Carmen Trilla, ¿cierto?

—Sí, señor.

—¿No le une a Escofet vínculo familiar alguno?

—Ninguno.

—En puridad, no podría satisfacer su petición, pero su insistencia y el coraje que ha demostrado personándose aquí para conseguir verlo me obliga a pensar que él también desea verla a usted.

—Señor... No tengo palabras para...

—Deje de llorar, por favor —imploró Batet—. El capitán Escofet está a la espera de ejecución de sentencia, de tal forma que no deberíamos demorar mucho las gestiones.

—Así es...

Batet se levantó de la silla y extendió la mano a Carmen.

—Mucho gusto, señora. Vuelva a la sala de espera y veré cómo puedo satisfacer sus anhelos.

Poco después de que Carmen regresara al despachito minúsculo y descubriera que las mujeres que ocupaban el banco corrido ya se habían ido y ella estaba sola con sus dudas, con su miedo a haber cometido una imprudencia y sin nadie con quien hablar, el mismo oficial que la había llamado por su nombre y la había dirigido hasta el salón de los cortinones le entregó un salvoconducto firmado por el general Batet que autorizaba una comunicación de cinco minutos entre las once y las doce de la mañana del día siguiente en el castillo de Montjuïc donde estaba preso, condenado a muerte, Federico Escofet Alsina.

CAPÍTULO 29

—Bajo ningún concepto irás sola —le dijo Soledad—. No lo voy a permitir. Esa carretera del castillo es un infierno. ¡Y con la que está cayendo! No ha dejado de llover en toda la noche.

—Señora, haga caso a su amiga —replicó la Manola—. Podría pasarle cualquier cosa y ¡esos niños solos!

—Manola, no sea ceniza. ¡No va a ocurrirme nada, por Dios! Va a acabar metiéndome el miedo en las venas.

—No es para menos, Carmen —insistió Soledad—. ¿Cuánto tiempo llevas sin conducir?

—¡Qué más da eso ahora! —contestó.

—¿Dónde se ha visto semejante imprudencia? Señora, Soledad y yo la acompañaremos.

—He dicho que no, Manola. Iré sola. Y no se hable más.

La criada se hizo una cruz sobre el pecho en una esquina de la cocina donde se habían recluido para que José María no pudiera oírlas.

—Manola, ¿a qué hora acordó con Tomás?

—Dentro de media hora. A las diez y media, como usted me dijo.

—Muy bien. ¿Le dijo que preparara mi Pontiac blanco?

—Sí, señora.

—¿El señor le oyó decir que iríamos juntas a La Garriga a levantar las camas y a airear Villa María?

—No puedo asegurárselo, señora. Yo se lo dije a las niñas en voz alta para que él pudiera coger onda, pero no dijo nada.

—¡Ay, estos hombres! Hablaré yo con él, pero vamos a lo importante. Veamos, a las diez saldremos las tres: Sole echará a andar y Manola y yo nos montaremos en el coche. Un poco más adelante, en la esquina con paseo de Gracia, usted, Manola, se bajará. La estará esperando Soledad y juntas os iréis a su casa. Allí esperaréis a que yo vuelva, ¿de acuerdo, Sole?

Soledad solo pudo asentir con la cabeza. Se pellizcó con los dientes el labio inferior, nerviosa, inquieta, preocupada por el riesgo que iba a correr su amiga. Pero no dijo nada.

—Y ahora voy a hablar con José María.

La consulta estaba llena de pacientes, la mayoría enfermos de catarros y gripe que ese año venía muy contagiosa. Hacía un calor infernal o eso le pareció cuando abrió la puerta del despacho del ayudante Conrado, que en ese momento estaba organizando los turnos.

—¿Podría ver al doctor?

—Está ocupado. Acaba de entrar el señor Pascual y ya sabe que se pega a la silla y no hay quien lo eche.

—Vaya —resopló Carmen contrariada—. Está bien. Escúcheme con atención. Le dice a mi marido que la Manola y yo nos hemos ido a La Garriga. Vamos en coche porque con esta lluvia es un fastidio ir en tren. Si le pregunta por qué no nos ha llevado Tomás, le dice que no he querido arriesgarme a que él tuviera alguna urgencia con un enfermo y necesitara al conductor. ¿Lo ha entendido?

—Sí, señora. ¿Y a qué va a La Garriga?

Carmen lo miró fijamente.

—Vamos a levantar camas y a airear Villa María.

—Perfecto, señora, no tiene de qué preocuparse. Yo le transmitiré su mensaje al doctor Escardó palabra por palabra.

Las tres mujeres abandonaron Rosellón. El plan se cumplió a rajatabla.

—Aquí tiene sus llaves, señora Carmen. Tenga cuidado, que el firme está resbaladizo.

—Gracias, Tomás.

La Manola ocupó el sitio del copiloto y, antes de arrancar el bólido, Carmen se estiró el vestido blanco de crepé, poco apropiado para la que estaba cayendo, pero bellísimo en su forma con la manga recogida en la muñeca y el canesú de piel de cordero. Los labios rojos, los pómulos marcados, las uñas maquilladas con un brillo rosáceo.

Despidieron a Soledad con la mano.

—Espero que Tomás no haya sospechado —dijo Carmen.

—Es un buen hombre, señora —replicó la criada—. Tomás es discreto.

—No lo sabemos, Manola.

—Sí lo sabemos, sí.

Carmen no preguntó pero, si lo hubiera hecho, la Manola le habría contado que fue él quien la vio llegar a Sicilia. Y en todo este tiempo Tomás no había abierto la boca porque era, volvió a pensar, un buen hombre.

Apenas habían recorrido los escasos metros que separaban Rosellón de paseo de Gracia cuando Carmen paró el vehículo.

—Ahí está Soledad. ¡Corra! Habrá visto que no me he olvidado de conducir.

—Ay, señora, que Dios la acompañe.

—¡Qué manía tiene con Dios, Manola! Está claro que todo se pega —dijo pensando en la beata de Rosalía.

Cuando se quedó sola en el coche, el arrojo que había demostrado al trazar su plan empezó a desteñirse bajo la lluvia incesante que caía sobre los cristales del Pontiac. Los parabrisas no daban abasto.

—Vamos, Carmen, vamos —se decía a sí misma—. Te

han concedido un salvoconducto. Es algo extraordinario. Ahora no puedes dudar. ¡No puedes permitírtelo!

Poco o nada sabía de Montjuïc. Siempre había sido una vigía sobre la ciudad, la sombra de las dársenas del puerto, terraza rocosa allí a lo lejos, el castillo remoto en el horizonte, ratonera de presos en el umbral de lo divino y lo humano, faro de tantas fechorías.

Se tocó el sostén donde había escondido la autorización, tantas veces doblada hasta convertirla en un papelucho del tamaño de una cajita de cerillas.

Levantó el pie del acelerador y encendió las luces del coche al enfrentarse a la montaña empinada que emergía de una neblina que había transformado el día en noche sin previo aviso.

—Maldita sea —susurró.

Condujo con una prudencia meticulosa, agarrada con fuerza al volante, sin cambiar la marcha, con los pies rígidos en los pedales.

—Maldita sea, Carmen.

Un cielo metálico entre nubes negras la recibió en la explanada en la que estacionó el vehículo y adonde acudieron, veloces y con las armas en ristre, los soldados que vigilaban el acceso.

—¡Alto ahí!

Se rebuscó el papel en el sujetador y con las manos en alto gritó:

—¡Dispongo de autorización!

El soldado, cubierto por una gabardina larga por la que asomaba la boquilla de la metralleta, relajó el arma y se acercó a ella. Allí mismo, bajo el paraguas que la protegía de la lluvia, el hombre deshizo las dobleces, leyó su contenido y dijo: «Sígame».

—Se está mojando... —observó ella ofreciéndole un hueco a resguardo.

—No se preocupe —contestó el soldado.

En el control de registros, Carmen escribió su nombre y estampó su firma.

Otro soldado con idéntico uniforme volvió a decir «sígame» y Carmen obedeció con el susto metido en los huesos. No podía creer que estuviera allí entre armas y hombres armados, dispuesta la artillería de costa y los cañones intimidantes en la plaza de armas que recorrió a paso ligero con aquellos tacones piramidales que retumbaron sobre la piedra.

Al acceder a la umbría galería que desembocaba en la celda de comunicación, Carmen abrió bien los ojos para acomodar sus pupilas a la oscuridad tamizada solo por unos haces de luz que se colaban a través de unos estrechos ventanucos.

Llegaron a un portón enrejado y un tercer guardia les dio el alto.

—Comunicación para el capitán Escofet. Autorización expedida por Auditoría Militar desde Palacio.

—Adelante.

La llave del manojo giró en la cerradura hasta que las bisagras rugieron en el silencio sepulcral. La puerta se abrió y de espaldas, con la mirada perdida en la pared roída por las humedades, estaba Federico.

—Comunican cinco minutos. Ni uno más.

Federico, camisa medio desabrochada, pantalones grises amarrados con un cinturón de piel que le quedaba grande, zapatos sin cordones, manos entrelazadas sobre la mesa metálica, se volvió incrédulo y, al reconocerla, al ver que era Carmen y no un fantasma, que era ella con su vestido blanco salpicado por el barro del camino, al ver sus manos temblorosas, los labios brillantes todavía, los ojos fundidos en las primeras lágrimas, se abrazó a su cuerpo menudo y la besó.

La besó sin tregua.

La besó intensamente devorando el carmín que adornaba su sonrisa.

Se alejó para mirarla otra vez antes de volver a besarla.

—¿Cómo has conseguido llegar hasta aquí?

—Eso no importa ahora, Federico. Bésame otra vez.

Y la besó y la olió y la volvió a oler.

—Aunque sea la última... —repitió ella inundada ya por el llanto incesante.

«Cinco minutos», dijo el custodio de esos besos contrarreloj.

Ni uno más.

—Confiemos, confiemos en la República, amor mío —dijo sin dejar de acariciarle ahora el pelo, ahora el cuello—. Déjame ver tus manos otra vez.

—Dime que puedo confiar, mi amor.

—Confiemos, confiemos en el indulto.

—Si pudiera contarte el sufrimiento...

—Chist.

Le puso un dedo en los labios para acallar sus lamentos.

—Confía, Carmen, confía. Las noticias que llegan de Madrid son buenas. Aseguran que el indulto está hecho. El presidente quiere, ahora solo queda esperar que los informes sean favorables...

—Los informes del Gobierno responsable y del Tribunal Supremo —contestó Carmen con la autoridad que le confería saber de memoria el artículo 101 de la Constitución de la República.

—¡Un minuto! —gritó el carcelero.

—Carmen, mírame. Mírame a los ojos. Escucha lo que voy a decirte.

—Dime...

—Una mujer que ama a un condenado a muerte solo puede amarlo de verdad.

—Te amaré siempre. Si te matan, te amaré. Si te conmutan la pena, te esperaré, Federico.

Metió la mano bajo el vestido y se arrancó la medalla que

llevaba anudada al cuello. Era de oro y en su interior lucía una fotografía suya.

—Para que nunca me olvides —le dijo abriendo la palma de su mano.

Federico la agarró con fuerza y las lágrimas oscurecieron su mirada. Enterró la cabeza en los cabellos de ella, sus piernas flaquearon y cayó de rodillas, agarrándola por la cintura. Así los encontró el guardia, que tiró de Carmen, y los amantes, desencajados por el dolor, se miraron con la pasión de la última vez.

—¡Vamos, vamos! —gritó impaciente el soldado.

Carmen cerró los ojos, respiró hasta que el aire le dolió en los pulmones y enfiló la galería tragándose la pena.

Oyó los cerrojazos y oyó la voz.

—Segunda visita para Federico Escofet. Es su mujer.

Lo que Carmen oyó se lo llevaría a la tumba como esos secretos que nunca debían revelarse porque dolían y avergonzaban al mismo tiempo. Pasara lo que pasase, por más que le escociera y necesitara contarlo para aligerar su peso y amortiguar la carga.

Ni siquiera se detuvo a mirar atrás.

La voz que anunciaba la segunda comunicación del amante recién amado fue un cuchillo en el filo de la garganta.

Caminó erguida con arreglo a su dignidad.

Apretó la mandíbula y abrió de nuevo los ojos, no por la oscuridad, sino para que las lágrimas se vertieran del todo sobre su rostro.

«Te quiero —pensó—, te quiero.»

En la valla de control, el guardia que le había dado el alto al entrar le preguntó si la acompañaba hasta el coche, pero ella contestó que no hacía falta.

Allí estaba el Pontiac blanco esperándola para volver a casa.

—¡Te quiero! —gritó cuando ya nadie podía oírla en esa soledad palpitante.

Golpeó el volante con una furia descontrolada. Un golpe seco tras otro. Y otro más hasta que le dolieron los dedos. Y cuando las fuerzas quedaron vacías, arrancó el vehículo y, a la velocidad de su desdicha, encaró las curvas que, de bajada, intimidaban más que de subida.

—Eternamente, Federico. Siempre te querré.

Sujetó el volante con la mano derecha, mientras con la izquierda bajaba la ventanilla. Y cuando el viento agitó su melena, se arrancó del dedo el anillo de matrimonio y lo arrojó al vacío del monte.

—Adiós, José María. Adiós... No puedo soportar más sufrimiento. Se acabó la tortura. Aunque en el empeño me deje la vida.

Entonces, sus manos equívocas y temblorosas no pudieron desafiar la última curva de la carretera y el Pontiac blanco se estrelló contra los árboles de los márgenes. El cuerpo de Carmen impactó contra los cristales del vehículo, que quedaron esparcidos en mil pedazos sobre la tierra húmeda del camino.

Carmen dejó, al fin, de llorar.

... Y olvidó las palabras que había oído en la galería de celdas del castillo de Montjuïc.

CAPÍTULO 30

Cuando Carmen abrió los ojos, José María estaba quieto en una esquina de la habitación.

Mudo.

Rígido el semblante.

Con una rabia en la mirada apreciable en cada parpadeo.

Cuando Carmen abrió los ojos no sintió su presencia, sino los dolores que le recorrían el cuerpo.

El brazo izquierdo roto, los dedos hinchados, desnudo el anular. Las piernas magulladas y la cara raspada desde la frente hasta la barbilla, por los cristales que saltaron contra ella. Tres puntos de sutura sobre la ceja derecha.

Cuando Carmen abrió los ojos le costó recordar. Pero recordó.

—¿Lo han matado? ¿Lo han matado ya? —murmuró entre la consciencia y el delirio cuando la Manola se acercó a pasarle un trapito húmedo por la cara.

—No, señora, pero guarde silencio, no vaya a ser que le oiga su marido. Está aquí —dijo acercándose hasta su oído.

Carmen estaba atiborrada de analgésicos después de que los médicos que la atendieron en el lugar del accidente certificaran que la conmoción cerebral había sido muy fuerte.

Por la matrícula identificaron a su propietario, José María Escardó, que pese a habérselo regalado a su esposa nunca lo puso a nombre de ella. La noticia le dejó helado, lívido, blanco del susto, pero aun así se negó a que la ingresaran.

—¡Que la traigan a su casa! ¡Que para eso soy médico y soy su marido!

Colgó el teléfono y buscó a la Manola, que no estaba, y luego a Rosalía que, presa del pánico, empezó a llorar como una cría.

—Yo no sé nada, señor, no tengo ni idea de adónde han ido.

Acto seguido la emprendió a gritos con Conrado por no haberle informado a su debido tiempo de que su mujer iba a conducir hasta La Garriga.

—¡Y ahora está medio muerta, vaya usted a saber en qué carretera porque desde luego a La Garriga no ha llegado! ¡Sois todos unos inútiles! —bramó.

A continuación, llamó a capítulo a Tomás para pedirle explicaciones por haber cometido la imprudencia de entregarle las llaves del coche a su mujer.

—¡Ya le dije que no sabe lo que hace! ¡No tiene más que verla para darse cuenta de que ha perdido la cabeza!

—Señor, creí que usted lo sabía.

—«Usted lo sabía, usted lo sabía»...

El eco de sus palabras se perdió en el largo pasillo de Rosellón y, desde la distancia, volvió a gritar.

—¡Y ahora me dirá que tampoco sabe dónde demonios se ha metido Manola!

—No, señor. No lo sé —respondió Tomás.

—¡Pues búsquela antes de que traigan a la señora! —rugió.

Ni corto ni perezoso, Tomás se personó en la emisora de Radio Barcelona donde en su día había oído que trabajaba doña Sole. Preguntó por ella al empleado de la centralita y enseguida lo condujeron al despacho del gerente, en cuya antesala, al otro lado de una mesita sobre la que descansaba un teléfono, una máquina de escribir, un cenicero y una foto que le daba la espalda, Tomás encontró a la amiga.

—¿Qué ha pasado? —preguntó ella nada más verlo.

—Vengo a ver si usted sabe dónde está la Manola. Doña Carmen ha sufrido un accidente.

—¡No, no, no! No puede ser, Tomás. Está usted equivocado.

—No, doña Sole, y don José María está que trina con la señora y con la Manola porque ha desaparecido de la casa y nadie sabe dónde está. Pensé que quizá usted...

—¿Ha venido en coche?

—Sí, señora.

—Pues vamos. ¡Don Joaquín! —gritó al aire sin esperar su respuesta—. ¡Don Joaquín, tengo que marcharme!

Salieron los dos de la emisora con el alma en vilo.

Él, al volante.

Ella daba instrucciones.

—Gire por aquí, ahora a la derecha, la segunda a la izquierda, ¡pare!

Se bajó volando. La llave se atascó en la cerradura hasta que por fin cedió. Soledad empujó el portón y, de dos en dos, subió los peldaños hasta el pequeño apartamento en el que la Manola aguardaba el momento de volver a casa.

—¿Qué ha pasado, doña Soledad? ¡Está usted muy agitada! —exclamó.

—Es por Carmen, Manola. Ha tenido un accidente.

—¡Válgame Dios, la señora! Por sus hijos, mire que le dijimos que lo hiciera por sus hijos.

—Vámonos, Manola, no tiene usted ni un minuto que perder. Su señor la está buscando y está furioso.

La criada agarró su chaqueta negra y siguió a Soledad hasta el coche que la devolvió a Rosellón. Al bajarse, la Manola clavó sus ojos en los de Tomás y, levantando el dedo índice, le dijo:

—¡Chitón, eh! Chitón, que los dos sabemos cómo gastárnoslas.

José María estaba de pie esperando el cuerpo de su mujer en el recibidor de la vivienda.

—¡Hombre, Manola! Dichosas las horas. ¿Puede saberse por qué ha mentido? ¿Acaso no iba con mi esposa a La Garriga? Cambiaron de planes, ¿verdad?

La criada no había planeado una excusa. No le había dado tiempo tal y como se había desarrollado la mañana.

—Señor...

—Ni señor ni pamplinas. Ha cometido usted un error gravísimo. Ha mentido, ¿me oye? Usted ha mentido y la mentira en esta casa se paga muy cara. Puede retirarse.

La Manola se retiró a su habitación y con la oreja pegada a la pared oyó cómo los camilleros de la ambulancia llegaron con Carmen. Abrió una rendijita de la puerta y la vio pasar con los ojos cerrados, cubierta por una sábana sobre su vestido blanco, que ya no era blanco. La tumbaron en la cama y, cuando la casa se quedó en silencio, José María gritó desde la alcoba:

—¡Manola! ¡Venga a desnudar a esta puta!

La Manola desnudó a su señora, la limpió con una toalla mojada en el agua templada de una palangana de cinc y, según recorría su cuerpo, fue descubriendo las heridas. También descubrió que le faltaba el anillo de boda y la cadena de oro.

—Hay que enyesar —dijo José María con una diligencia que asustó a Conrado.

—¿Sin confirmar?

—¿No ve esto? —dijo cogiendo el brazo inerte de Carmen.

El doctor no estaba equivocado. La muñeca estaba descolgada. Parecía un harapo, apenas un jirón de piel.

—Conrado, vaya a por el cloroformo. Y si no hay, traiga éter.

Minutos después, José María colocó una mascarilla sobre la cara rasgada de Carmen, que fue sumiéndose en un sueño cada vez más profundo. Se alejó más y más y empezó a flotar. Sobrevoló el cielo, el puerto, el mar, las olas de la playa a la que nunca iban, los campos sembrados de La Garriga y las calles asfaltadas por las que paseaba del brazo de un hombre que ya no era José María. Solo volvió para preguntar «qué me ha pasado», pero nadie le contestó. Lo que oyó por respuesta fue:

—¡Eres una puta! El mismo día que puedas ponerte en pie te echo de esta casa.

Cuando José María se cercioró de que Carmen lo había oído bien, abandonó la habitación y ordenó a la Manola preparar las maletas de los niños para que se instalaran con sus abuelos en la casa de Montcada. Las pobres criaturas pidieron ver a su madre, pero José María no lo consintió.

—Hoy no —les dijo—. Mañana o pasado o cuando sea. Ahora vuestra madre debe descansar.

—Pero, papi... —suplicó Tomía—. Déjame darle un beso.

—Se lo mandas desde aquí —dijo el padre.

Y desde ahí, que era el pasillo frente a la habitación cerrada, Tomía besó la puerta y dijo «para ti, mami», antes de colgarse del hombro la bolsita con las mudas y abandonar Rosellón, con Cuyaya agarrada de una mano y de la otra, el nene.

Pasaron las semanas entre titubeos y una voz que no salía más que para aflojar el lamento agarrado al cuello. Le ardían las piernas, la cara, el brazo.

Carmen pensaba en Federico y solo en Federico y más que nunca en Federico, pero callaba por miedo a que su marido pudiera oírla y volviera a llamarle eso que la había llamado.

Las fiebres se instalaron en su cuerpo y por un momento temieron por su vida. Más de una vez, Conrado insinuó que debían ingresarla, pero el médico se negó.

—Por encima de mi cadáver. Si se muere, que se muera en su casa.

Pero Carmen no se murió.

—Señora, ¡no vaya a morirse ahora! —le dijo la Manola medio en broma medio en serio cuando recuperó la consciencia y se levantó de la cama para orinar en el retrete en vez de en aquella molesta cuña de plástico que la criada le colocaba cinco veces al día.

—Hábleme de mis hijos, Manola. ¿Están bien?

—Sí, señora, están requetebién —contestó la Manola mientras levantaba la cama para airear el colchón—. Ayer mismo estuve con ellos. Fui a llevarles ropa. No vea cómo los cuida su madre. Los tiene en palmitas. Que si bizcochos, que si albondiguitas, que si canelones...

—Con lo que le gustan al nene...

—¡Tiene que verlo, señora! Se ha hecho un señorito.

—¡Manola! Qué exagerada eres. No ha pasado tanto tiempo.

—Sí, señora, sí que ha pasado.

—¿Cuánto, Manola?

—Vamos para tres semanas, señora.

—¿Tres semanas, Manola? ¿Mis niños llevan en Montcada tres semanas?

—Sí, señora. ¡Es que usted ha estado muy malita! No vaya a creerse...

—¿Y mi hermana? —preguntó cambiando el tono y frunciendo el ceño—. ¿Está Mercedes con ellos?

—¡Cálmese, por Dios! ¿Qué importancia tiene eso ahora?

—Pues claro que la tiene y quiero saberlo. ¿Está o no está con mis hijos?

—No lo sé, señora. Yo nunca la vi —mintió la criada para

evitar que Carmen perdiera la necesaria tranquilidad que requería su convalecencia.

Esa tarde recibió la visita de Soledad. Desde el día del accidente solo había sabido de ella por la criada, pero no se había atrevido a visitarla.

La Manola sirvió la merienda en el dormitorio. Carmen se había acomodado sobre unos almohadones apoyados en el cabecero de la cama.

—Me sigue doliendo el cuerpo entero, Sole.

—Pero ¿cómo te sientes?

—¿Cómo me voy a sentir? Mal, muy mal.

—¿Llegaste a verlo?

—Claro que lo vi. Y fue dramático, Sole. Lo vi llorar como no he visto a ningún hombre hacerlo de ese modo. Nos despedimos con la esperanza del indulto. Tiene que llegar, tiene que llegar. ¿Cómo es posible que se retrase tanto?

—¿Estás preparada para que te cuente? —preguntó la amiga sin rodeos.

—¿Qué sabes?

—Ya lo han indultado.

—¿Es eso cierto?

Carmen olvidó sus dolores y se incorporó en la cama. Los ojos abiertos. La mirada fija en su amiga.

—¡Cuenta, por Dios!

—El presidente de la República firmó el indulto, pero no la libertad, Carmen.

—¿Cómo puede ser? Explícate, mujer. ¿Qué significa eso?

—La pena de muerte ha sido conmutada por la cadena perpetua. Eso significa treinta años de reclusión.

—¿En la cárcel?

—Sí, en la cárcel.

—No puede ser. No es verdad lo que me estás contando.

—Sí, Carmen. Es verdad. Y algo peor.

—¿Qué? —preguntó inquieta.

—No será en una cárcel de Barcelona.

—¿Y dónde será?

—En Cádiz.

—¿En Cádiz?

—Sí, en el castillo de Santa Catalina. Es un penal para militares.

—¿No ha podido hacer valer sus influencias para que no lo destierren de esa forma?

Las palabras se deshicieron en su boca.

—¿Cuándo ha ocurrido todo esto? —preguntó.

—El indulto se firmó hace dos semanas —contestó Soledad.

—¡Oh, cielo santo!

Sí, el 5 de noviembre, el presidente de la República, Niceto Alcalá-Zamora, y el presidente del consejo de ministros, Alejandro Lerroux, firmaron el decreto de indulto que publicó *La Gaceta* al día siguiente.

La noche del día 11, escoltados por la Guardia Republicana y esposados a la espalda, Federico Escofet y otros militares presos en Montjuïc fueron trasladados al puerto de Barcelona rumbo a Cádiz, al castillo de Santa Catalina, donde cumplirían la perpetua.

CAPÍTULO 31

El destructor de la armada española *Almirante Valdés* era un buque imponente de cien metros de eslora con capacidad para una tripulación de más de ciento cincuenta hombres y armado hasta los dientes con cañones, ametralladoras y lanzatorpedos. Había sido botado desde los astilleros de Cartagena en 1933, de donde salió bautizado con el nombre del decimoséptimo capitán general de la real armada española, don Cayetano Valdés y Flores.

Los capitanes Federico Escofet, León Luengo Muñoz y Francisco López Castel y el comandante Jaime Bosch abandonaron la tierra de promisión entre tinieblas.

Como los maleantes.

Los vagabundos.

O los piratas.

Esposados, llegaron a la dársena y, al cruzar la pasarela, les consultaron desde dónde querían presenciar la salida de puerto. Todos, sin excepción, convinieron que la cubierta de proa era la posición más honrosa. Preguntaron si podían quitarles las esposas y les contestaron que no, que a lo sumo lo harían durante la travesía.

El ancla rugió como un animal herido hasta que, por fin, el buque empezó a alejarse y los cuatro condenados, con las muñecas engrilletadas, se despidieron de Barcelona.

Federico vestía camisa ocre, pantalones de tejido grueso

y un abrigo largo de color marrón que le cubría hasta debajo de las rodillas.

Por delante tenían quinientas noventa millas sobre un mar infinito que pronto se convirtió en una alfombra negra sin horizonte ni luces de referencia. Fue entonces cuando el capitán de fragata por fin dio la orden de quitarles las esposas.

—¿Seguro, mi comandante? —preguntó el alférez de navío.

—Seguro —contestó—. Al enemigo que huye, puente de plata.

Federico lo miró con rabia mientras estiraba los dedos y flexionaba cada falange. Tenía las manos yertas y las muñecas marcadas con el hierro.

Les informaron de que navegarían a dieciséis nudos y llegarían a Cádiz a hora discreta. Podrían ir a treinta y dos nudos, pero eso los obligaría a petrolear en Cartagena y levantarían sospechas.

—¡Hagan noche! —ordenó el comandante.

De inmediato, los reos fueron trasladados a la enfermería, donde les esperaban tres literas en las que tendrían que apaciguar el incipiente mareo que los acechaba. Las calderas estaban a pleno rendimiento. El trasiego de la tripulación se hacía notar. Al mando, el capitán de la fragata y a sus órdenes, el segundo comandante, capitán de corbeta. El personal lo completaba un teniente de navío, tres alféreces, un habilitado que hacía de capitán de intendencia, el jefe de máquinas y un médico.

Cuando la puerta del camarote se cerró y Federico oyó cómo alguien la remataba desde fuera, sintió como si le faltara el aire y gritó:

—¡Espere, espere! No cierre todavía.

Sin atreverse a abrir, el alférez le advirtió de que no habría rancho hasta el amanecer.

—No quiero comida —contestó.

—¿Qué quiere entonces? Las órdenes son estrictas. No podrán mezclarse con las clases, ni acceder a la cámara de oficiales. A lo sumo les permitirán pasear por cubierta.

—¡No quiero pasear por cubierta ni mezclarme con las clases!

—Dígame entonces qué quiere.

—Mi maleta —dijo sin dudar.

—¿Para qué? —preguntó el alférez.

—Necesito coger una cosa —respondió él.

—No se permite ningún enser dentro del camarote.

—Hágame ese favor, que solo es un recuerdo personal que me gustaría llevar conmigo.

El alférez se apiadó del condenado y no tardó en volver con su vieja bolsa de cuero. Le hizo abrirla allí mismo, a la luz de un candil de aceite. Federico tanteó con las manos los bultos de ropa, los lomos de los libros y los frascos de los productos de higiene, y cuando sus dedos rozaron la cadena, tiró de ella y la escondió en un bolsillo.

—Ya está, puede llevarse el equipaje.

—Necesito saber qué ha cogido —dijo impertérrito el hombre acercando el candil a sus ojos.

—No mata —le contestó.

Metió la mano en el bolsillo y sacó el colgante de Carmen con su foto enmarcada. Abrió la mano y dejó que la observara.

—Quite la cadena y quédese solo con la medalla.

Federico cumplió la orden, el oficial volvió a trancar la puerta y la oscuridad acabó por invadirlo todo.

Federico echó cuentas. Treinta y seis horas en total. Dos singladuras con la imagen de Carmen entre los dedos y su recuerdo en la penumbra de un pensamiento que empezaba a convertirse en obsesión. Lo recordaba todo. Cada minuto desde la primera vez. La segunda y la tercera en Sicilia.

«Te quiero a ti», le había dicho ella.

Sí, esas fueron sus palabras y él pensó en su familia. En su mujer.

Y en las niñas.

«Dudaste, Federico.»

—Sí, dudé —dijo en voz alta.

«Dudaste porque darte a Carmen es más que amar a escondidas. Es darte del todo. Es tirar de la ley del divorcio. Si quieres... Pero ¿quieres, Federico?»

Federico no sabía qué quería. Ni cómo actuar ahora que la distancia iba a ser implacable.

—Pero ella fue a Montjuïc.

«Montjuïc, Federico. Y te dijo "te amaré siempre. Si te matan, te amaré. Si te conmutan la pena, te esperaré".»

«¿Podrá esperarme?», pensó.

¿Qué sentido tenía negar que la determinación y la valentía de esa mujer habían alterado el orden de sus sentimientos?

Ahora que se confesaba consigo mismo podía reconocer la bravura de Carmen y su coraje.

—¡Claro que te esperará! —se dijo—. Un millón de noches si hace falta. Y después. Después de cumplir la pena aún te restará algo de vida para volver a amarla.

Se sintió sucio y cobarde por haber dejado que el miedo lo paralizara y no haber hecho más de lo que hizo cuando ella le contó que podían haber sido descubiertos.

Y ahora.

Ahora sin horizonte, sin futuro y sin libertad, sentía que el torrente de Carmen sería su última tabla de salvación.

El lunes 12 de noviembre de 1934, a las seis y media de la tarde, el buque atracó en el muelle del puerto de Cádiz. El comandante de la Guardia Civil Vicente González, acompañado del teniente Acuña y tres parejas más, recibieron a los presos, debidamente cacheados y de nuevo esposados.

Ni tiempo les dieron para oler Cádiz y sentir la primera brisa casi africana de aquella ciudad del sur. Los marineros del buque transportaron sus maletas hasta un autobús de la Benemérita que los trasladó al castillo de Santa Catalina.

Edificado sobre la Caleta gaditana, a orillas del océano, con piedra de mar y forma de estrella, se presentaba ante sus ojos como una monumental fortificación defensiva. Cuando el autobús paró frente a la puerta de entrada y los soldados les ordenaron bajar en fila, uno detrás de otro, Federico se fijó en el escudo de armas y la inscripción con el nombre del rey Felipe II, que ordenó su construcción en las postrimerías del siglo XVI. Fue Carlos III, en la segunda mitad del XVIII, quien lo convirtió en prisión militar. Allí no recalaba cualquiera. Solo presos de renombre. En ese mismo corredor al que fueron conducidos después de que el teniente coronel Emilio Belda les tomara declaración, habían cumplido sentencia el general Sanjurjo y el resto de los condenados por el fallido intento de golpe de Estado contra la República en 1932. De haberlo sabido, a Carmen le hubiera dado lo mismo porque lo dramático era la endemoniada distancia. Los casi mil kilómetros de norte a sur, de una punta a otra de la península.

La galería de presos era un espacio diáfano recorrido por hileras de camas dispuestas en tres alturas. Lindaba con el océano y olía a atranco.

—¡Escofet! Al fondo a la derecha. Litera treinta y siete.

—¿Allí? —preguntó Federico señalando con el dedo el mar de colchones mugrientos.

—Fondo, derecha, tercera altura —repitió el oficial.

Se echó la bolsa al hombro y fue avanzando de perfil por los estrechos pasillos. Al fondo a la derecha, además de su letrina había un pequeño ventanuco de no más de un palmo de alto y otro de ancho por donde se colaba el levante o el poniente que, con el tiempo, Federico aprendió a identificar.

El levante traía olor a pez.

El poniente, olor a orín.

Su cama estaba pegada a la piedra húmeda. Cuando la marea estaba alta, las olas rompían tan cerca que, en cada envite, Federico pensaba que acabaría inundándose aquel pabellón en el que, en ocasiones, se oía el llanto ahogado de un preso o las toses a deshora o las respiraciones profundas que tanto le molestaban. Solo el graznido de los cuervos y los cormoranes al amanecer le reconciliaban con aquella monotonía gris, interrumpida por los tiros del campo de prácticas que, de cuando en cuando, enmudecían la ciudad.

Apenas pasaron unos días cuando Federico consiguió una entrevista con el director del penal. Don Eusebio Ramírez, se llamaba. De primeras le pareció un buen tipo. Quizá incluso estaba de su lado aunque eso no lo dijo.

—¿Y en qué puedo ayudarle, Escofet? —le preguntó con una media sonrisa enmarcada en un bigote espeso y negro como sus ojos bajo unas cejas tan pobladas como el mostacho.

—¿Cómo puedo comunicar aquí?

—¿Con la familia, se refiere?

—Sí —contestó sin dudarlo.

—¿Qué quiere? ¿Ver a su esposa?

—Sí —volvió a contestar sin titubeos.

—Yo le consigo un permiso. No sufra por eso, Escofet. ¿Para cuándo lo quiere?

—¿Cuándo puede ser?

—Cualquier martes o jueves. Podría incluso alargarle la comunicación...

—¿Cuánto tiempo? —preguntó Federico con ansiedad.

—Hasta quince minutos.

—¿Quince minutos?

—¿Le parece poco? —inquirió el director mirándolo a los ojos por encima de unas gafas minúsculas que se había puesto para ver de cerca el calendario.

—Será suficiente, director —mintió Federico—. Se lo agradeceré siempre.

—Si su esposa tiene que viajar desde Barcelona, ¿qué le parece que fijemos la visita para la primera semana de diciembre?

—Me parece bien. No deseo robarle más tiempo. Solo una cosa más...

—Dígame.

—¿Es posible conseguir papel y un lapicero?

—Claro, hombre —contestó el director abriendo una cajonera de metal.

Sacó un taco de papeles amarillos y un lapicero que afiló allí mismo con una navaja.

—Tome.

—¿Cómo funciona el correo?

—Démelo a mí, Escofet.

El director se levantó de la silla y, antes de que el guardia volviera a dirigirlo a la zona de presos, don Eusebio Ramírez le dijo: «Venga un momento por aquí». Federico lo siguió sin saber adónde lo llevaba, recorriendo tras sus pasos la fortaleza, dejando a la derecha la celda de castigo y la de aislamiento y, al fondo, la capilla.

Llegaron a la zona más elevada del castillo, allí donde las gaviotas se posaban a ver el atardecer.

—Escofet —le dijo don Eusebio—, cuando necesite ver el mar, venga aquí. Esta tronera tiene las mejores vistas.

Dio media vuelta y se marchó. El guardia que lo escoltaba aún le concedió unos minutos más para contemplar el océano en su inmensidad inabarcable. El océano sin límite que por unos segundos alivió su mirada palidecida por las distancias cortas.

—A su izquierda —dijo el soldado con un acento cerrado que le costó entender— tiene el castillo de San Sebastián. Por si le interesa.

Aquella noche, con el levante soplando en las comisuras del ventanuco, apoyado en la piedra con la mina recién afilada, Federico escribió a Carmen con remite a Gerardo Llobet para comunicarle la esperanza de un próximo encuentro, que era lo que más ansiaba desde que había empezado a cumplir su perpetua. Y como si quisiera que fuera el primero del resto de su vida, volvió a escribir esas cinco palabras que Carmen ya había cumplido una vez: «haz lo imposible por venir».

CAPÍTULO 32

Desde que las gemelas y el nene se habían ido a Montcada, Carmen sentía el nido vacío. Sentía que se los habían arrancado.

—Póngase bien, señora, y su marido le traerá a los niños —le dijo una mañana la Manola.

—Qué distinto se quiere cuando se quiere a un hijo, Manola. ¿Nunca ha pensado en tener hijos?

—¡Señora! A mi edad y con mi porvenir, mal negocio iba a hacer ese crío.

—¿Quién cuidará de mis niños cuando yo falte? —se preguntó en voz alta—. ¿Qué será del nene? A saber quién le está ayudando con sus estiramientos...

—El abuelo don Jaime —contestó la criada.

Carmen suspiró aliviada. El nene llevaba tiempo sin pisar el sanatorio, pero Carmen temía que en cualquier momento tuvieran que ingresarlo otra vez.

El frío de su ausencia se instaló en sus huesos y las palabras cesaron.

Se vio muerta en la caja, sudario blanco, la cara pálida, el pelo estirado hacia atrás, las manos sobre el pecho.

Se vio sin vida y leyó su propia esquela. Los nombres de quienes rogaban una oración por su alma. Sus hijos. Su marido. Su hermana Mercedes. Hasta la tumba la acompañaría. Y después ella cuidaría de Tomía, de Cuyaya y del nene. También de su esposo.

—Manola —dijo a la criada—, si yo me muero...

—¡Ay, señora! Ya está otra vez con la matraca.

—Escuche, Manola. Si yo me muero, ¿cuidará de mis hijos?

—¡Claro! Vaya pregunta. Pero no va a morirse.

—Manola, si yo me muero, ¿cree que José María se casará con Mercedes?

—¡Cómo voy a saberlo! Pues a lo mejor sí o a lo mejor no. Pero no va a morirse —insistió.

—Me moriré como todos, Manola.

—Cuando le toque, señora. ¿Por qué no se viste y salimos a dar un paseo?

—No tengo ni ganas. Me sigue doliendo todo el cuerpo.

—Debe empezar a caminar y a respirar aire fresco.

—¿Hace frío en la calle? —preguntó Carmen.

—Sí, la tarde está fresca, pero se abriga y listo.

—Está bien —admitió Carmen—. Salgamos.

Cuando la criada ya se estaba marchando, Carmen volvió a llamarla.

—¡Manola!

—Diga, señora.

—Si yo me muero, ¿se encargará de que Federico lo sepa?

Manola asintió con la cabeza apretando los labios.

«Son cosas que hay que dejar dichas en vida», pensó Carmen cuando la habitación volvió a quedarse vacía y empezó a desvestirse con cuidado y torpeza.

El brazo seguía enyesado. Los cardenales amarilleaban pero aún le dolían. De los puntos en la ceja solo quedaba la cicatriz, y la piel de la cara se había ido regenerando poco a poco a base de rosa mosqueta.

Cerró los ojos y dibujó en su cabeza la línea imaginaria entre Barcelona y Cádiz.

—¡Qué larga! ¡Cádiz queda en la otra punta del mapa! —susurró.

Nunca había estado en Andalucía. La verdad era que solo había salido de Cataluña para visitar París en su luna de miel y Cantabria ese mismo verano. Siendo niña viajó a Madrid con sus padres y sus dos hermanas, pero apenas tenía recuerdos borrosos de la calle Serrano, de la Castellana y de Los Jerónimos, donde escucharon misa antes de pasear por el parque del Retiro.

—Ya podían haberle enviado a otra cárcel. No habrá más penales en España...

Ya iban para tres las semanas de silencio. Tres semanas sin noticias. Y sin ninguna esperanza de tenerlas. Eso era lo peor. Cuando Carmen pensaba en Federico, su pensamiento le devolvía la última imagen de la celda de Montjuïc y peleaba contra ella para volver a Sicilia o al tren de La Garriga. No quería anclarse ahí ni morirse creyendo que sería la última.

Porque cuando Carmen pensaba en Federico, pensaba en su futuro.

«¿Qué te imantó a ese hombre, Carmen?»

Solo había una respuesta: el destino.

El destino lo había colocado en su camino. Contaba las desgracias que habían sobrevenido desde que lo conoció, ¿por qué seguir entonces? ¿por qué arriesgarlo todo?, pero sentía que merecía la pena con tal de disfrutar de su amor.

Por amor.

No había más explicación. Ni razón más poderosa para que ella, mujer de un solo hombre, hubiera abierto los brazos al amante secreto acercándose al abismo.

Lo tenía todo con José María. Era un matrimonio hecho a su medida. Nada le faltaba en aquella casa de Rosellón. Formaba parte de la estirpe de privilegiados que nunca pasarían ni hambre ni frío. Igual que nunca faltaron las mejores cremas en su tocador. El último cosmético. La cita en la modista para escoger telas sin mirar el precio en el reverso. Paseaba la Barcelona más noble del brazo de un respetable médico que igual saludaba a una condesa como era invitado al enlace matrimonial del hijo de unos duques.

Y sin embargo...

El destino.

Fue el destino y fue Mercedes.

Sí, fue un cruce de caminos.

Y fue algo más: en los brazos de Federico convirtió su goce en un derecho. Solo probarlo había sido suficiente para adentrarse en un paraíso hasta entonces desconocido.

«¿Lo quieres más que a tus hijos, Carmen?»

La conciencia. Otra vez la conciencia.

«¡No, cómo voy a quererle más que a ellos!»

Se sacudió ese pensamiento.

«¡Claro que no, claro que no!»

Sus hijos eran los únicos seres humanos que conocía de verdad y desde su principio. Nada podía interferir en esa clase de amor que brotaba para ofrecerse con toda su intensidad, sin condiciones, sin que mediara exigencia alguna.

Sus hijos. Por ellos seguía viva y, al mismo tiempo, la hacían vulnerable. Necesitaba de sus miradas para contagiarse de su inocencia, para contemplar el mundo boca abajo, cansada de mirarlo siempre hacia arriba. Entonces pensaba que no les fallaría, que los acompañaría hasta que ellos eligieran su camino y a la persona con la que continuarían hasta la vejez.

—La persona —repitió Carmen en voz alta con miedo a pronunciar el nombre de Federico.

La Manola interrumpió sus pensamientos.

—¿La ayudo a vestirse, señora?

—Puedo yo sola, Manola. Salgo enseguida.

Ya en la calle, del brazo de la Manola, sintió el frío y la humedad. La lluvia llenaba las nubes negras del cielo plúmbeo que en esos primeros meses de invierno apagaba el azul mediterráneo de su ciudad. Tenía los músculos entumecidos después de tantas semanas en la cama sin estirar las piernas más que para recorrer el pasillo desde su dormitorio al salón y vuelta otra vez.

—Vayamos hasta Montcada —dijo—. Necesito un abrazo de mis hijos.

—¡El camino es largo, señora! Si quiere, paramos un taxi.

—Paremos un taxi, Manola.

Al subir al coche, un pinchazo en el vientre la dobló hasta casi desplomarla en el suelo.

—¿Está bien? —preguntó el taxista.

—Sí, sí. No es nada —contestó Carmen llevándose las manos a la cintura.

—Señora, ¿está segura de querer ir? Podemos dar un paseíto y volver a casa. No sé si don José María aprobaría este esfuerzo.

—Puede arrancar —le dijo al conductor, segura de querer ver a sus hijos.

Una vez acomodada en el asiento se percató de que llevaba un mes de falta. Se tocó el pecho y lo notó abultado, pero no quiso preocuparse. Había consumido medicamentos, analgésicos de todo tipo, sedantes.

«Será eso —pensó—. Estará al venir.»

La Manola la miró de reojo, pero si pensó lo mismo que ella, se calló durante todo el trayecto, que se hizo largo por unas obras de asfaltado en Vía Layetana.

Cuando el taxi paró frente al portal, Carmen necesitó ayuda para salir de él y llegar hasta la puerta. La escalera se le hizo eterna del brazo de la Manola.

—Venga, señora, que ya no nos queda nada —la animó la pobre mujer cuando ya solo quedaban unos peldaños—. Voy a llamar, ¿está preparada?

—Llame, llame, Manola.

Se oyó la voz de doña Mercedes.

—Voy, ¿quién es?

—Soy Carmen, mamá —contestó ella.

—¡Niños, es vuestra madre! —gritó la abuela mientras giraba la llave en la cerradura.

La puerta se abrió de par en par y la madre se fundió en un abrazo que casi la destrozó.

—Ten cuidado, mamá, que tengo dolores hasta en el pelo.

—¡Ay, Dios mío! Pasa, pasa.

Tomía corrió a besarla con la emoción a flor de piel.

—¡Mami, mami! —gritaba la niña dando pequeños saltitos para alcanzar su cuello y colgarse de él mientras Cuyaya aguardaba su turno.

—¡Niñas, niñas! Tened cuidado que vuestra madre aún está convaleciente.

—Mis gemelitas... ¡Venid que os vea bien!

Volvió a sentir el latigazo en el vientre, pero contuvo la mueca de dolor para no preocuparlas más.

—El nene está estudiando —dijo la abuela—. Es muy aplicado. Se pasa las tardes con tu padre haciendo problemas de matemáticas. Espera, que le aviso de que has venido.

Doña Mercedes cruzó el pasillo a paso ligero.

—¡Podrías habernos avisado, Carmen! ¡Habría hecho un bizcocho! Pasa al salón. Está tu hermana.

Mercedes estaba sentada en el butacón de cuero de espalda a ellas, mirando hacia el balcón con jardineras donde en primavera brotaban las flores.

Carmen no supo qué decir cuando la hermana se levantó estirándose la falda y colocándose la camisa. Se miraron sin atreverse a llegar a los ojos.

—Hola, Carmen —dijo entonces Mercedes.

—Hola, Mercedes.

La madre entró en el salón ajena a la tensión disimulada de sus hijas.

—Hacía tiempo que no conseguía reuniros a las dos.

¡Lástima que Carmen no se encuentre bien! —repuso la mujer.

Las hermanas se miraron, pero nada se dijeron. Las gemelas insistían en que su madre viera la habitación donde dormían, que había sido la suya cuando ella era pequeña y que había compartido con Mercedes hasta que salió de novia para casarse con José María. Esa casa la devolvía a su infancia, a aquel tiempo feliz sin sobresaltos ni laberintos.

—Llevadme a ver al nene —pidió.

Tomía agarró su mano y la llevó hasta el dormitorio de la difunta Enriqueta. Los botes de medicinas estaban colocados uno al lado del otro en la repisa de la ventana, tras el visillo beige.

—Mamita mía —dijo el nene al verla—. Ven, ven aquí.

Carmen se acercó a él y sintió que el tiempo se detenía en sus abrazos y en sus besos.

—¿No puedes levantarte, cariño? —le preguntó con preocupación.

—Sí puedo, mamá... Mira, mira todo lo que estoy aprendiendo con el abuelo —dijo el niño tratando de restar importancia a la pregunta de la madre y mostrándole las cuartillas llenas de sumas y restas, divisiones y multiplicaciones.

—Este niño es un fenómeno —añadió el abuelo, don Jaime, orgulloso de los progresos de aquel nietecito que a saber qué demonios le depararía la vida.

Carmen le dio un beso en la mejilla.

—Gracias, papá —susurró a su oído—. Y ahora, déjame que te vea bien, nene —exclamó Carmen—. ¡Parece que has crecido!

—Estos niños comen como limas —dijo la abuela desde el quicio de la puerta.

—Mañana quisiera llevármelos a Rosellón...

—¡De ninguna manera! Hija, por Dios... No tienes ninguna necesidad. Espera a que te quiten esa escayola. Aprovecha para descansar. Mírate...

La madre se acercó y la rodeó por la cintura.

—Estás esquelética. ¡Tienes que ganar algo de peso!

—Creo que tu madre está en lo cierto, Carmen —apostilló don Jaime—. ¿Y José María? ¿Qué dice tu marido?

—Qué más da lo que diga, yo quiero estar con ellos, ¿no lo entendéis?

—Claro que sí, hija, pero él es médico —añadió el padre—. Él sabe cuándo estarás recuperada del todo. Espera un par de semanas.

—Un par de semanas, un par de semanas... —farfulló con enfado—. Está bien, pero, si en los próximos días me encuentro bien, vendré a por ellos.

La visita duró apenas una hora. Bebieron agua, comieron unas galletitas caseras, y cuando el reloj marcó las siete y media de aquella tarde Carmen dijo:

—Nos vamos.

Miró a la hermana fijamente a los ojos y preguntó:

—Y tú, Mercedes, ¿qué haces?

—Estoy ayudando a mamá. Ahora tiene mucho trabajo con tus hijos —contestó.

—¿No sales por las noches? —preguntó Carmen.

—¡Claro que sale! —exclamó la madre.

—Ten cuidado con quien te juntas, no vaya a ser que te quemes.

Doña Mercedes mutó la sonrisa a un gesto de disgusto.

—¿Por qué dices eso, hija?

—Ella sabe por qué lo digo.

Dio media vuelta, llamó a las gemelas y al nene para despedirse de ellos y, cuando estaba a punto de cerrar la puerta, volvió a abrir una rendija para mirar a su hermana, que se había quedado de pie en medio del salón, con los brazos caídos y los puños cerrados.

Al llegar al portal, la Manola y Carmen decidieron caminar, pero a los pocos metros la señora empezó a fatigarse.

—Me duele la boca del estómago —dijo como si necesitara que el dolor se esfumara en sus palabras.

—¿Dónde? —preguntó la criada.

—Aquí —contestó señalando con un dedo un punto intermedio entre el bajo vientre y el pecho—. Tengo náuseas. Manola, pare un taxi que no puedo seguir.

La criada obedeció y al primero que pasó le hizo el alto. Las dos mujeres se sentaron tras el conductor, sin abrir la boca durante todo el camino de vuelta a Rosellón.

Tres días después de la visita a Montcada, tres días después de que Carmen se empapara los pies en un charco de vómitos blanquecinos y arenosos, tres días después, certificó que estaba embarazada.

Y fue al cuarto cuando la Manola recogió, de manos del mismo hombre que en su día le entregó otro sobre sin darle siquiera tiempo a preguntarle su nombre, una carta con marchamo de la ciudad de Cádiz y sello marrón con el perfil de Ramón y Cajal.

CAPÍTULO 33

—

Para no ser descubierta por José María, Carmen aprendió a tragarse las náuseas. Nadie lo sabía. Ni a Soledad se lo había contado por miedo a que las paredes oyeran. Se despertaba antes que el resto y vomitaba en el lavabo que usaban las criadas. A partir de entonces, la casa empezó a oler a ácido. Disimulaba el incipiente vientre bajo amplios blusones. La Manola la vio sacar del fondo del armario aquellos ropajes que había desterrado cuando la moda se ciñó a la cintura. Observó que comía poco, pero muchas veces al día, y se cepillaba los dientes a destiempo.

Pero no preguntó.

Solo la angustiaba el momento en el que su señor se enterara de que Carmen estaba encinta.

—Porque de ser ese hijo suyo, la señora se lo hubiera dicho, ¡vamos, digo yo! —se decía en bajito mientras estiraba la colcha del dormitorio principal.

Desde que le había entregado a Carmen la dichosa carta, la Manola analizaba cada uno de sus movimientos. No tenía ninguna duda de que era de Federico y temía que le diera otra locura y se marchara a Cádiz. Pero no.

En esos días posteriores a recibir la misiva, no hubo ni remota posibilidad de que Carmen planeara un viaje. Por más que soñara con doblar el mapa para que Cádiz besara Barcelona por la punta de la doblez.

En apariencia la casa continuaba su rutina. La consulta del doctor no se vaciaba ni las fiestas de guardar y eso permitía a Carmen dormir, que era lo que le pedía el cuerpo a todas las horas del día.

José María seguía sin dirigirle la palabra más allá de la mínima correspondencia en un matrimonio regañado. Pero Carmen sabía que su silencio no sería indefinido y que llegaría el día en el que su marido decidiera rendir cuentas.

Y llegó.

Fue una mañana al poco de que se hubieran sentado a la mesa del desayuno frente a las tostadas regadas con aceite, el café humeante y la manzanilla que Rosalía sirvió en su taza.

—Ahora que veo que has vuelto a tus cabales, ¿vas a decirme qué hacías en esa carretera, lloviendo como llovía, conduciendo un coche que llevaba años parado en un garaje?

Carmen había esperado tanto ese momento que, cuando por fin llegó, olvidó la versión que había preparado: que se confundió de camino y que acabó en la carretera de Montjuïc sin saber cómo demonios había recalado en ese lugar inhóspito que la asustó sobremanera, y que pensó incluso en parar el coche hasta que remitiera el chaparrón porque ella misma se sintió insegura al volante, pero no lo hizo por no hacer esperar a la Manola bajo la lluvia y que, a partir de ahí, ya no recordaba más... En lugar de decir todo aquello, la mente de Carmen se nubló y dijo:

—No sé cómo acabé ahí, José María.

—¿No sabes cómo acabaste ahí, Carmen? Mírame a los ojos y dime que no puedes explicar qué hacías en la carretera que lleva al castillo de Montjuïc.

—No lo sé.

Una lágrima silenciosa brotó de su ojo y se deslizó por su mejilla ante la mirada llena de odio de José María. Un odio acumulado que había ido creciendo dentro de él mientras

Carmen se recuperaba de su aturdimiento inicial y de los dolores de después.

—Merezco una explicación y hasta que no me la des no dejaré de reclamarla. Una mentira detrás de otra. ¡Una detrás de otra! —gritó puesto en pie.

—¿Qué mentiras? —dijo ella entre sollozos—. ¿Soy yo la que miente?

—No me vengas otra vez con tus invenciones sin fundamento. En esta casa mientes tú y miente tu criada. ¡A ver si se entera de una vez de quién le paga!

—Quizá sea a mí a quien le debes explicaciones —insistió ella sin poder ya contener el llanto.

José María se acercó a Carmen con los puños cerrados. Los apoyó en la mesa y, arrebatado de furia, dijo:

—No te creas que me voy a olvidar, no pararé hasta que puedas contarme sin mentir qué hacías en esa carretera.

Dio media vuelta pero, antes de abandonar el salón, volvió sobre sus pasos hasta invadirla con su aliento.

—La próxima semana tengo que viajar a Madrid. Cuando vuelva quiero una explicación convincente o sales de esta casa. Te hundiré la vida.

La infusión de ella, el café de él y las tostadas compartidas se quedaron a medias. Carmen se rodeó el cuerpo como si necesitara que aquello que se balanceaba dentro de ella le señalara el camino inequívoco que debería seguir ahora que a su marido le había faltado escupirla y que en un rincón lejano del país otro hombre deseaba volver a tocarla.

Pasó la mañana entera entre sudores y décimas de fiebre, oyendo a lo lejos el ajetreo de enfermos que entraban y salían de su casa.

—Ahora o nunca —se dijo—. Pero ¿cómo viajar a Cádiz?

Aunque fuera la última vez que viera a ese hombre, tenía que decirle que esperaba un hijo suyo. Tarde o temprano, los pechos y la barriga la delatarían. Y, entonces, ¿qué iba a hacer ella con ese hijo ilegítimo en un matrimonio roto que se prolongaba en el tiempo sin que él o ella tomaran cartas en el asunto?

Aquella tarde, Carmen descolgó el teléfono, marcó el número de la emisora, preguntó por la secretaria de don Joaquín Sánchez Cordobés y esperó respuesta.

—¿Cómo me llamas aquí? ¿Ha pasado algo? —preguntó la amiga con la voz preocupada.

—Sí. —Carmen titubeó al otro lado de la línea—. ¿Podemos vernos?

—¿En tu casa?

—No, fuera —contestó con contundencia.

—No me asustes, Carmen.

—Nos vemos mañana en La Valenciana a las diez en punto.

Las amigas colgaron.

Carmen llena de inquietud, y Soledad con una zozobra que aquella noche no la dejó dormir.

Pasaban unos minutos de las diez de la mañana cuando Soledad llegó a la horchatería La Valenciana, en la calle Aribau. Carmen la vio acercarse con su abrigo de paño en color teja, bufanda anudada al cuello y una boina de lana calada hasta las cejas. Había amanecido nublado, con la ciudad envuelta en una fría neblina.

Se saludaron con un beso y Soledad se sentó a su derecha, con las manos cruzadas sobre la mesa. Pidió un café con leche y preguntó:

—¿Qué tienes que contarme?

Carmen se encogió de hombros como si quisiera envolverse en sí misma.

—Estoy embarazada, Sole.

La amiga dejó de pestañear. Sus ojos marrones se detuvieron ante los suyos.

—No me mires así, por favor —replicó llevándose las manos a la cara.

El camarero sirvió el café de Soledad y el agua sin gas de Carmen.

—¿Algo de comer?

Las amigas no contestaron. Se habían sumido en un silencio incómodo en el que no cabían las palabras. Soledad había pasado toda la noche conjeturando, pero en ningún momento pensó que lo que Carmen iba a confesarle era un embarazo.

—¿Vas a decir algo?

—¿De quién es el hijo? —preguntó directa e incisiva, sin rodeos.

—Es suyo, Sole. Este hijo es de Federico. José María y yo no mantenemos relaciones desde hace mucho tiempo.

—Carmen, contigo no gano para disgustos. ¿Quieres que te diga lo que pienso?

—Dime.

—Es una locura que sigas adelante. ¿Cómo vas a parir a ese hijo?

—Me ofendes con tu comentario. No me planteo otra cosa que tenerlo. Este hijo es fruto del amor más profundo que yo jamás he sentido por un hombre.

—¡No digas estupideces, Carmen! ¿Así que ahora vas a renegar del amor con tu marido, de los hijos que has tenido con él?

—¡Qué tiene que ver una cosa con la otra! —contestó Carmen airada—. Adoro a mis hijos por encima de cualquier cosa, pero ya he empezado a querer lo que llevo en ciernes dentro de mí. Y te aseguro que al hombre que lo ha engendrado lo amo como a mi vida.

—¿Has pensado qué le vas a decir a José María? —continuó Sole.

—No lo sé... Ni fui capaz de explicarme cuando me preguntó por el accidente.

—¡Tanto ensayar!

—Me bloqueé delante de él. Mi vida es un infierno, Sole. Un verdadero infierno. Insoportable.

—Carmen, si vas a tener ese hijo, debes divorciarte.

—Tarde o temprano, lo haré —contestó Carmen.

Bebieron el agua y el café mientras Carmen rumiaba la palabra divorcio. La paladeó en su boca hasta atragantarse. Lo había pensado. ¡Claro que lo había pensado! Pero no podía jugársela. ¿Adónde iría? ¿Dónde viviría? ¿Qué dirían sus padres? ¿La condenarían al ostracismo de la vergüenza? ¿O acabarían alojándola en Montcada? ¿Consentiría José María que las gemelas y el nene vivieran con ella?

—¿Vas a ayudarme o no?

—Ven aquí, anda.

Sole se acercó a Carmen y puso las manos en el vientre de la amiga.

—Sabes que sí, que te ayudaría una y mil veces, pero...

—No vuelvas a decirme que aborte, ¿vale? Dime que no lo harás, por favor.

—¡Ay, Carmen, Carmen! Las amigas también deben decir lo que no queremos oír.

—No quiero oírlo. No puedo siquiera imaginármelo. Y no sirve de nada que insistas porque la decisión de seguir adelante está tomada.

—De acuerdo, no volveré a hacerlo —cedió Soledad—. Tienes todo mi apoyo —añadió, ofreciéndole el tesoro de las amigas de verdad.

—Gracias, Sole. Lo necesito. Y ahora...

—¿Ahora qué, mujer?

—Quiero ir a Cádiz. José María viaja a Madrid la semana

que viene. No tenemos tiempo que perder. Quiero que Federico sepa que espero un hijo suyo y esta es la única oportunidad que voy a tener de salir de casa.

—¡Carmen, es una barbaridad!

—Lo sé. Pero voy a hacerlo. Y te ruego que me ayudes a organizarlo.

Cogió las manos de Soledad y las entrelazó a las suyas.

—Sole, nadie más que tú puede ayudarme. Esos periodistas de los que te rodeas viajan con frecuencia. Sabrán cómo llegar a Cádiz.

—Carmen, es tan complicado que no sé ni por dónde empezar. ¿Cuándo se va José María?

—No sé el día, pero será la semana que viene.

—¡Tenemos muy poco tiempo!

De nada sirvió poner pegas porque el deseo iba acompañado de la determinación de hacerlo realidad. Carmen estaba segura de querer viajar a Cádiz y haría lo posible por sortear los impedimentos.

—No vale querer sin riesgo —exclamó—. ¡Quiero amarlo hasta el final!

Y esa era la certeza inquebrantable que impulsaría a Carmen a hacer cuanto estuviera al alcance de sus fuerzas.

Las amigas se despidieron y cuando Carmen se alejó, Soledad no pudo reprimir una sincera envidia hacia su amiga. Envidió que supiera lo que era querer y que la quisieran tanto. Deseó ser ella en algún momento de su vida. O de la siguiente. Soledad seguía esperando ese amor desbordante con el que soñó de joven. Anhelaba querer igual que Carmen. Darse hasta el final para compensar los estragos de la vejez y, con los años contados, continuar mirando a un hombre con la misma intensidad que en el cortejo. Aunque quedara lejano y se viera borroso.

Por eso Soledad envidió a Carmen y deseó ser ella con todo su sufrimiento. Pero sobre todo con su hijo dentro.

CAPÍTULO 34

—

Las mujeres organizaron la visita en poco tiempo. Soledad no tardó en saber a qué trenes debía subir Carmen para llegar a Madrid y después, a Cádiz.

Le dieron muchas vueltas hasta concluir que la Manola debía estar al tanto de todo. La víspera de que Carmen partiera de viaje, José María ya había emprendido el suyo. La soledad de la casa le dio la oportunidad de volver a confesarse ante la criada.

—Manola, mañana mismo viajaré a Cádiz.

—Señora —le dijo la mujer—, ese hombre debe de quererla mucho para que usted arriesgue tanto por él.

—Necesito contarle a usted un secreto, pero debe prometerme que jamás lo desvelará. Pase lo que pase.

—No lo haré, señora.

—Espero un hijo de Federico.

La Manola hincó los dientes entre las uñas.

—Y quiero que él lo sepa —añadió Carmen.

La criada abrazó a su señora. Era tal el susto que tenía en el cuerpo que ni pudo articular palabra.

—Vaya, váyase a Cádiz —acabó susurrando.

La criada sabía que eso era lo que Carmen necesitaba escuchar para aliviar su pesada carga.

—Cogeré un tren por la mañana. A mis padres les diremos que estoy en La Garriga. Me despediré de ellos esta noche.

Y así fue como Carmen salió de viaje a Cádiz arriesgando más de lo que podía imaginar que arriesgaría por amor.

Su vagón de primera tenía una cama pequeña coronada por un crucifijo de madera. Colgó el abrigo en una percha de latón clavada en la puerta, se sentó en la cama y se quitó los zapatos. Movió los dedos bajo las medias y respiró aliviada. Se sentía como en una madriguera a su medida con una ventana a un paisaje que no dejaría de mirar. El horizonte a ratos nublado, a ratos soleado, a ratos oscuro y en ocasiones brillante era lo único que atestiguaba su libertad.

Sobre la marcha planeó cómo reaccionaría si por un casual se cruzaba con José María en algún punto del viaje. Podría ocurrir que la ruta del marido se hubiera visto alterada por un azar imprevisto que los hiciera coincidir en el mismo andén. ¿Qué explicación podría dar en ese trance? ¿Qué podría esgrimir al hallarse descubierta, sola en esa ciudad, paseando entre la muchedumbre desconocida? No había muchas opciones. Si eso ocurría, Carmen podía darse por muerta. Cualquier excusa sería peor que afrontar la verdad de su viaje.

Acarició con las manos el vientre preñado. En los días de su vida habría imaginado lo que estaba viviendo. Si se lo hubieran contado de otra mujer, habría creído que inventaba detalles para dar emoción al relato. Pero no. No había ni una pizca de invención.

El trayecto se le hizo tedioso en algunos tramos. Se mezclaban los anhelos, el cansancio y la impaciencia por alcanzar el primer destino: Madrid.

El tren arribó a la estación de Mediodía con los primeros rayos de un sol de invierno que apenas calentaba. Había salido una mañana diáfana y de cielos claros. Los pasajeros bajaron de sus vagones con la necesidad de estirar las piernas después de tantas horas con las rodillas dobladas.

En el quicio de la puerta, Carmen miró a un lado y a otro de la vía para asegurarse de que no había nadie conocido.

El supervisor, al verla indecisa, le tendió la mano para ayudarla a descender los dos escalones del vagón.

—Que pase una estancia agradable en Madrid, señora —le dijo con amabilidad.

—Muchas gracias —contestó Carmen.

A esa hora la estación de Mediodía era un hervidero de viajeros que iban y venían protegidos bajo la gran cubierta de hierro y los muros de ladrillo rojo. Las puertas que conducían a la calle Atocha y al paseo del Prado vomitaban el gentío de cada mañana. Las señoras iban arropadas, pero los hombres se habían deshecho de sus abrigos y lucían sus entallados trajes y sus sombreros de fieltro con aires de distinción y elegancia capitalina.

El tren para Sevilla partía a las tres de la tarde. Carmen quiso cerciorarse preguntando en una de las taquillas, donde le confirmaron la puntualidad de la salida y el número de andén. Al lado de las oficinas de administración, que daban a las puertas que conducían al paseo de las Delicias, había un mostrador atendido por dos mozos. Pidió un café con leche y una magdalena que no llegó a terminar.

Se convenció de que, por mucho que le apeteciera ver la ciudad, salir a la calle era una idea descabellada. Solo imaginarse la cara de José María le erizaba los nervios. Trató de apartar esa conjetura y aguardó en silencio y casi escondida.

Las horas se fueron consumiendo en el trajín de la estación, mirando a los viajeros camino de los andenes, escudriñando en sus miradas los pensamientos de cada uno, jugando a averiguar sus nombres, clasificándolos por su altura, por su expresión alegre o taciturna, por su indumentaria y su clase social.

A cada rato, sus dedos volvían a la tripa encinta y las elucubraciones tejían el futuro de su cuarto hijo de padre distinto a los del matrimonio.

«Si es un niño, se llamará Federico. Si es niña, Emma.»

Siempre había querido que una de sus hijas fuera Emma.

Emma como la señora Bovary.

Emma como la abadesa de San Juan de las Abadesas que mandó construir un monasterio para su hermana Xixilona y sobre cuyas ruinas se alzaba la capilla de Santa María del Camino donde su familia organizaba comidas primaverales a base de pisto y huevos duros. Su hermana Mercedes, entonces, también los acompañaba. Era una más.

Si ese embarazo llegaba a buen puerto, no tendría más remedio que divorciarse. Soledad tenía razón. No había otra solución. José María jamás lo reconocería ni lo aceptaría. Y en eso Carmen era muy consciente de que no tendría nada que reprocharle.

Cuando dio la hora, Carmen se dirigió a la cola del andén.

Tomó asiento en uno de los vagones de cara al paisaje. El tren hizo una breve parada en Aranjuez, luego trepó los desniveles del valle del Tajo y encaró las llanuras que conducían a la Mancha. Carmen miraba el horizonte plano y el modo en que el sol desaparecía entre las suaves crestas de los montes de Toledo. Se hizo de noche pasadas las seis de la tarde y un suave sueño se apoderó de ella. La máquina atravesó Despeñaperros silbando a la salida de los túneles. Aún le quedaba la mitad del viaje cuando entró en el coche comedor y cenó con desgana.

Se detuvo en el juego de té en el que le habían servido una infusión. Podía ser de plata. O quizá solo tenía un baño. Se parecía mucho a uno de su madre, regalo de su suegra, la abuela paterna de Carmen. Se aflojó el lazo de terciopelo de la camisa para concentrarse en la mirada que le devolvía la tetera. Era su mirada cansada y expectante ante lo que sucedería cuando llegara a Cádiz y después a Santa Catalina y se encontrara con Federico y le dijera esas dos palabras —«estoy embarazada»— que podrían cambiar para siempre su destino. ¿Cómo reaccionaría Federico? ¿Compartiría su emoción? O, por el contrario, ¿renegaría del hijo secreto y prohibido? Hasta ese momento no se había planteado esa posibilidad. Fue ahí, a solas, presenciando el desfile constante de matrimonios de buena facha, cuando aquel pensamiento cogió forma. Le faltó poco para llorar, pero supo contenerse. No podía permitirse el mínimo desliz que llamara la atención del resto de los comensales.

Carmen dejó que las horas se consumieran en blanco hasta que el tren alcanzó la estación de la plaza de Armas de Sevilla pasadas las dos de la madrugada.

Sin detenerse ni un minuto salió a la calle, paró un taxi y pidió a su conductor que la condujera al hotel Simón, en la calle García Vinuesa, donde a esas horas no había un alma.

Durmió con desasosiego, abrazada a su vientre, temerosa de no despertarse. Solo tenía unas horas para descansar y tomar el último tren que la llevaría hasta San Fernando.

Se despertó antes del alba y, sin desayunar, se dirigió a la estación de San Bernardo, donde tomó una vieja máquina, atestada de jornaleros y mujeres de rostro agrietado y ennegrecido. No debía tener nada de particular que una señora de su clase y condición compartiera vagón con ellos, pero lo cierto es que fueron muchas las miradas que se detuvieron en su planta y en sus atuendos que, pese al ajetreo, lucían impecables.

En Jerez bajó parte del pasaje y subió otra legión de braceros. Hasta mediodía el tren no llegó, por fin, a San Fernando. En las inmediaciones de la estación, Carmen paró el taxi que la condujo a Cádiz.

—¿Puedo? —preguntó al conductor con la mano ya colocada en la manivela para bajar la ventana.

—Sí, señora. Claro que puede.

El vehículo atravesó Puerta de Tierra y encaró el Campo del Sur. Respiró profundo el aire húmedo parecido al de Barcelona. El sol explícito que calcinaba las viviendas blancas y el océano agresivo estampando sus olas contra las piedras ostioneras del malecón, diferenciaban una ciudad de otra y hacían que se sintiera en un lugar lejano, libre y temerosa al mismo tiempo.

Antes de llegar al hotel Atlántico, donde había reservado una habitación, atravesó la playa de la Caleta. A sus pies se alzaba el edificio blanco del balneario de la Palma, flanqueado por los castillos de San Sebastián y Santa Catalina, donde Federico cumplía su pena de cárcel. Al pasar por la mole de piedra del viejo bastión no pudo contener las lágrimas y desde el coche miró con desesperación los muros azafranados de la fortaleza, la puerta de entrada donde estaban apostados dos guardias con actitud cansada, las ventanas enrejadas donde suponía que aguardaban los reos.

—Federico, mi vida, he llegado. Estoy a tu lado —musitó para ella sola, absorta en una impotencia de la que no pudo desprenderse durante las horas previas a su encuentro de aquel martes de diciembre de 1934 convenido por Federico con el director del penal.

CAPÍTULO 35

En el cuerpo de guardia, el mando la miró de arriba abajo con ojos de deseo, como si llevara semanas, quizá meses, sin catar una mujer. Vestía de verde militar y en el cinto descansaban una porra y un arma. Tenía las cejas muy juntas y ese detalle le confería un aire de hombre de mal vivir.

—¿Nombre? —preguntó.

—Carmen Trilla.

—¿Tenía cita concertada con algún preso? No consta su nombre.

A Carmen le costó entender el acento cerrado. En su vida había oído hablar a un gaditano y aquellas palabras le parecían de un idioma distinto.

—Disculpe, no le entiendo. Señor Federico Escofet. A él vengo a ver.

—Aquí los señores escasean.

El tipo se levantó de la silla e invadiendo el espacio mínimo de cortesía paladeó cada palabra dejando escapar en cada una de ellas su aliento espeso y maloliente.

—¿Queda claro?

Carmen asintió con la cabeza gacha. A punto estuvo de salir corriendo de aquel castillo, de volver sobre los escasos veinte pasos que la separaban de la verja de hierro que recibía a los visitantes y a los presos y a los repartidores de vituallas.

—Recibí una carta del señor... Perdón, de Federico Escofet, en la que me decía que podríamos comunicar en la fecha de hoy.

El guardia descolgó un viejo aparato telefónico y marcó unos números. Carmen ignoraba a quién llamaba, pero, después de escuchar cómo daba su nombre y pronunciaba el de Federico, respiró tranquila.

El castillo tenía un patio con frondosa vegetación presidido por una imponente palmera que hacía de antesala del pabellón de presos. Dos caballos piafaban atados a un cordel con el hierro en la boca y la montura sobre la cruz.

Carmen aguardó unos minutos hasta que apareció otro militar. Iba vestido idéntico que el anterior, pero sus formas eran educadas.

—¿Doña Carmen Trilla es usted?

—Sí, señor.

—La visita tendrá que retrasarse hasta la tarde porque el director no está en este momento y las comunicaciones del capitán Escofet las supervisa él personalmente.

—¿Cómo es posible? —preguntó Carmen alterada.

—Señora, comprenda que yo no pueda hacer nada más. Don Eusebio volverá por la tarde.

—¿Cómo está el señor Escofet? ¿Puede al menos darme alguna información?

—No, señora, tampoco estoy autorizado.

Carmen salió agitada de la fortaleza. Necesitó sentarse en uno de los muros con vistas a la playa de la Caleta para recuperarse del disgusto. Los pescadores fondeaban sus precarias barcazas aprovechando la bajamar. El sol quemaba los muros del castillo en los que Carmen posó la mirada tratando de averiguar dónde estaría Federico.

Decidió pasear por Sacromonte hasta la plaza de la Catedral, cuya cúpula de cerámica amarilla lucía frente al cielo. Anduvo las calles adoquinadas y curioseó por los tenderetes ambulantes donde un puñado de viejas vendían camarones en cestas de mimbre. Se detuvo en los puestos de flores, subió la calle Ancha y curioseó por la plaza de San Antonio. Entró en una iglesia y, contraviniendo su falta de fe, oró unos minutos frente a un crucificado al que rogó que las fuerzas no abandonaran nunca a Federico.

Nada apaciguaba su ansiedad más que el andar. Volvió a la Caleta e hizo tiempo frente al balneario hasta que dieron las cinco de la tarde y pensó que el director ya habría vuelto a su despacho.

El mismo uniformado ocupaba la guardia cuando alcanzó la entrada del castillo.

—¿De nuevo usted por aquí? —preguntó displicente.

—Sí, señor. Puede anunciar a quien corresponda que está aquí Carmen Trilla.

—Veamos.

Descolgó el teléfono y otra vez pronunció su nombre y el de Federico y, justo cuando el soldado se disponía a informarle de que don Eusebio aún no había vuelto, un coche rugió a los pies de Santa Catalina. El responsable del penal, camisa de impecable blanco, uniforme planchado, zapatos que brillaban al sol, salió del vehículo y se dirigió hacia el patio de entrada a paso firme.

—¡Don Eusebio! —gritó el guardia—. Esta señora es la visita de Federico Escofet.

—Ahora le mando al soldado... —dijo sin detenerse un segundo.

Carmen no le dejó terminar.

—Escúcheme, vengo desde Barcelona y mañana mismo tengo que partir de nuevo. Le pido de corazón que me permita comunicar con el señor Escofet. Sé que usted está conforme con la visita, que habló con él y aprobó el permiso.

—Señora, comunicará con él, pero hay que cumplir las normas —contestó don Eusebio colocándose la chaquetilla.

Carmen no había hecho otra cosa desde que había nacido.

—Descuide, señor. Toda mi vida he cumplido las normas —dijo.

—¡Aguarde aquí!

El hombre desapareció y Carmen aún tuvo que esperar veinte minutos que se le hicieron eternos hasta que otro funcionario la recogió allí donde se había quedado esperando ese momento.

La guiaron por una galería empedrada en la que le costaba andar sin trastabillarse con los tacones.

—Pase y espere —dijo el hombre.

Las puertas se cerraron tras ella dejándola al único abrigo de la humedad espesa. Se preguntó cómo podían soportar esas condiciones. Las palabras rebotaron contra el silencio pegajoso que solo interrumpió, al fin, el sonido agudo del cerrojo que anunciaba la llegada del reo.

—¡Federico! —exclamó Carmen sin poder contenerse y corriendo hacia él.

Su desagradable olor invadió el cuerpo perfumado de ella. La penuria del amante al descubierto. Pantalones raídos, zapatillas de tela mojada, barba sin rasurar, cabello sin peinar.

Cuando Federico la tuvo enfrente la abrazó con fuerza como si nunca más fuera a separarse de ella. Rompió a llorar besando sus dedos y ocultando entre sus cabellos las lágrimas que le caían por las mejillas. Se recompuso antes de que el funcionario les informara del tiempo que les restaba de disfrutarse uno a otro.

—Tienen diez minutos. Cuando le diga a la señora que salga, tendrá que hacerlo. No quiero problemas —dijo.

—¡Quince! —exclamó Federico—. Hable con el director. Me dijo quince minutos.

—Lo consultaré. Si son quince, vendré dentro de quince.

Carmen abrazó con ansia a Federico. Él la besó con desesperada excitación. Ella se alejó unos centímetros para advertir que estaba más delgado, los ojos hundidos, la cara demacrada, el pelo más largo, revuelto, encanecido.

—Quiero saber cómo te tratan. Y no me mientas —suplicó Carmen con urgencia.

—Bien. Me tratan bien. Pero dime... ¿Qué te ha pasado en el brazo? —preguntó sosteniendo la escayola entre sus manos.

—Me resbalé y me caí. No tiene importancia. Hablemos de ti... Estás más delgado —observó ella mientras lo acariciaba.

Federico obvió el comentario, la volvió a abrazar y le dijo:

—Tu recuerdo me mantiene vivo, Carmen. De no tenerte habría preferido morir.

—No quiero que digas eso.

Bajó la mirada al suelo y el tono de la voz.

—Tengo que decirte dos cosas. Por eso he venido hasta aquí.

Federico apartó los brazos y la hizo sentar en una silla desvencijada al lado de una mesita de madera en la que Carmen ni había reparado.

—La primera te la dije en Barcelona. Sigo sintiendo lo mismo: te esperaré el tiempo que sea necesario. Quiero que tengas la certeza de mi amor y de mi deseo de que llegue el día en el que nada ni nadie se interponga entre nosotros...

—¿Y la segunda?

—Estoy embarazada. Llevo aquí un hijo tuyo —dijo ella acariciando su vientre.

—¡Por Dios bendito, Carmen! Dime que es verdad —imploró él.

—Es verdad, Federico. Y sé que será un varón.

Se abrazaron de nuevo sin atreverse a decir mucho más de lo que se dijeron.

—Carmen —dijo él mirándola con preocupación—, yo no puedo ofrecerte nada. No tengo nada que darte ni podré cuidar de nuestro hijo.

—Lo sé, Federico. ¿Acaso crees que no lo he pensado? Pero voy a seguir adelante y lo querré como a mi vida.

Apenas les quedaban unos minutos.

—No quiero que esto te altere más aún. Este niño saldrá adelante y algún día lo conocerás. Siempre le hablaré de su padre. No te ocultaré ni te negaré. Este hijo es nuestra salvación, Federico.

Él solo podía asentir.

—Sí, Carmen, sí, amor mío. ¿Qué harás con tu familia? —preguntó él.

—Te esperaré a ti.

El funcionario volvió y anunció que el tiempo había terminado para ellos justo cuando Federico sintió que empezaba a vivir otra vida.

CAPÍTULO 36

Carmen volvió de Cádiz quince horas antes que su marido.

Regresó a Rosellón con el corazón encogido. El temblor en las piernas que empezó a sentir cuando abandonó Barcelona no se tamizó hasta que José María entró por la puerta, saludó a su ayudante Conrado, ordenó a la criada Rosalía deshacer su maleta, se dio una ducha, se acercó a Carmen y le dijo: «He vuelto».

Ella estaba en la cocina organizando las comidas de la semana. En su viaje de regreso había decidido que los niños volvieran a su casa esa misma tarde. No soportaba más la ausencia, pero ni siquiera levantó la cabeza para comunicárselo.

—Ya estoy del todo recuperada. Voy a pedirle a Conrado que me quite esta escayola. No aguanto más.

—Te la quito yo. Pasa a la consulta.

Carmen respiró profundo.

—¿Ahora? —preguntó.

—Sí, ahora —contestó él.

La Manola se secó las manos en el paño y cerró el grifo. El agua no había dejado de correr sobre sus muñecas desde que el señor anunció su llegada.

—Vaya, señora, vaya. Ya me encargo yo de terminar los menús.

—Gracias, Manola. Y cierre esa botella de aceite de bacalao. Solo de olerlo me dan ganas de vomitar.

Como siempre, la consulta estaba llena de pacientes. El retraso acumulado por el viaje de José María le obligaría a condensar las citas y a reducir el tiempo con cada enfermo. Carmen se sentó, como una más, en una esquina de la sala de espera ante la mirada de todos los que no terminaban de entender qué hacía allí la señora de Escardó y por qué aguardaba turno en vez de pasar antes que el resto.

A los pocos minutos, Conrado la cogió por el codo y le dijo:

—Doña Carmen, pase ahora, en cuanto salga el paciente que está dentro.

—Prefiero esperar mi turno —susurró ella.

—Ha dicho su marido que sea la siguiente —contestó él acercándose para que no le oyeran.

El paciente salió y Carmen entró sujetándose la escayola con el brazo sano.

—¿Lo has pasado bien en Madrid? —preguntó a su marido.

—Pon aquí el brazo —dijo sin contestarle.

Carmen colocó el brazo sobre la camilla y José María empezó a cortar el yeso que había cedido a medida que fue bajando la inflamación. Él de pie, ella sentada en un taburete de madera.

La blusa vaporosa se había entreabierto por los botones a la altura de los pechos dejando al descubierto el perfil abultado y venoso de uno de ellos.

—Desnúdate. Voy a auscultarte.

—Me encuentro bien, José María. No es necesario.

—Quiero asegurarme. Desnúdate.

Carmen se fue desabrochando los botones de la camisa mientras él la perseguía con la mirada.

—La falda, también.

—No voy a quitarme la falda —contestó.

—Lo haré yo por ti.

Se acercó a ella y le bajó la cremallera hasta que la falda cayó al suelo. Le dio la vuelta y, de espaldas, metió su mano entre las bragas y agarró su pubis hasta introducir un dedo en la vagina. A Carmen le temblaban los tobillos y las manos, y sintió que le ardía el cuerpo.

—No, José María, no, por favor.

—¿No vas a dejar que te toque tu marido?

Acercó la boca hasta su cuello. Olió su aliento y el bigote sobre la piel le recordó los tiempos en los que deseaba que José María la amara con esa insólita y desbordante pasión con la que abarcó sus pechos inflamados y pellizcó sus pezones hasta que le dolieron.

Se desabrochó los pantalones, se bajó el calzón y la penetró.

Una vez.

Y otra.

Y otra más.

Gimió de placer como un animal ante la presa inocente hasta que descargó dentro de ella. El horror se había enganchado a la mirada de Carmen.

—¿Te ha gustado? —preguntó él limpiándose con un pañuelo de hilo que sacó del bolsillo de la bata.

Carmen se agachó a recoger su ropa íntima, el sujetador que había quedado sobre la camilla, las bragas en el suelo, la falda hecha un gurruño en una esquina, junto al botiquín de los primeros auxilios.

Se vistió con rapidez mientras él la contemplaba desde su sillón, recompuesto del trance y esperando ya que el siguiente paciente entrara y su mujer saliera.

Con el agua al cuello, Carmen se fue frotando el cuerpo, que le seguía devolviendo el olor de José María.

Se frotó los pechos y se frotó el pubis hasta que el agua escoció y los pezones ardieron bajo la espuma del baño.

Su cuerpo se hundió. Necesitaba sentir esa angustia del ahogo, sumergirse hasta abajo, quizá morir, por qué no.

Se sentía violada por el hombre al que le había regalado su virginidad, descompuesta en ese vacío de asideros donde la única imagen capaz de apaciguar su sufrimiento era la de Federico con su aspecto de presidiario de cualquier quinta de vándalos, de maleante de cunetas, de militar desleal tachado en el calendario de su propia existencia.

Y aun así.

Aun así era a él a quien quería y por él haría cualquier cosa.

Esa noche, José María llamó a la Manola a su despacho y le entregó una bolsa de hierbas.

—¿Se ha fijado en el aspecto de la señora? ¿Come bien?

—Sí, señor. Come bien.

—Tiene que ganar peso. Coja estas hierbas —dijo extendiendo sobre sus manos una bolsa de papel—. A partir de mañana, debe prepararle tres infusiones al día. ¡Y asegúrese de que las toma! Será su responsabilidad si la señora no engorda.

CAPÍTULO 37

La Manola recibió la orden y la cumplió a rajatabla en el desayuno, el almuerzo y la cena. En cada bandeja que servía depositaba la infusión creyendo que su señor de verdad deseaba que Carmen se robusteciera y se recuperara de cuanto había padecido hasta entonces.

Pero todo cambió la noche del primero de enero de 1935. Carmen se sintió indispuesta a media tarde y se ausentó a sus aposentos al poco de volver de Montcada, donde su madre había organizado la comida de Año Nuevo que reunió a toda la familia.

También a Mercedes.

Fue eso, su presencia, lo que Carmen pensó que le había puesto mal cuerpo.

Se recostó sobre la cama y dejó que sus hijos también lo hicieran. Compartieron almohada e inventaron historias de miedo con las que a las gemelas les gustaba fabular. «Luego vais a tener pesadillas», les dijo Carmen, pero ellas siguieron imaginándose monstruos peludos que entraban por la ventana de su habitación para raptarlas y llevarlas a un lugar secreto. La imaginación de Tomía era fascinante. La cabeza de aquella niña era capaz de crear personajes delirantes, situaciones imposibles y diálogos imaginarios con los que Carmen disfrutaba tanto como cuando abría un libro.

Poco después de las ocho de la tarde, la Manola interrumpió los juegos.

—¡Es hora del baño, niños! ¡Uy, señora, qué mala cara tiene!

Carmen cogió un espejito de mano de la mesilla de noche y se miró de cerca. En efecto, las ojeras violeta y profundas enmarcaban su mirada alicaída y el color mortecino de su piel presagiaba lo peor.

—Arreglo a los niños para dormir y le traigo un caldito caliente. ¿Ha tomado la infusión del señor?

—Sí —contestó Carmen recordando el sabor picante de las hierbas en la punta de la lengua.

—Descanse ahora, doña Carmen.

La Manola la llamaba doña Carmen en raras ocasiones. A ella le sonaba mal porque no se sentía doña, pero aquel día no la corrigió.

No tenía fuerzas.

El dolor se había agudizado en el vientre y una cadena de espasmos la hicieron retorcerse.

—¿Qué me pasa, Dios mío?

Aun teniendo en casa al médico que la hubiera diagnosticado, se tragó los dolores hasta que sintió una explosión, y una hemorragia incontenible empapó su ropa y las sábanas y caló el colchón y fue dejando un reguero de sangre hasta el baño, donde cayó al suelo golpeándose la cabeza contra el frío azulejo.

Aquel desmayo fue lo más parecido a dejar de vivir. Viajó por esa gruta sin salida ni luz al final de la que hablaban los que se habían acercado al fin y volvían para contarlo. La oscuridad le ofrecía un escondite placentero en el que ya nada importaba.

Ya nada dolía.

Nada hacía sentir.

Eso era la nada.

La Manola entró en la habitación con la bandeja de plata, el caldo caliente, un vasito de agua y una tetera con la infusión de hierbas del señor. Vio primero sus pies y después se asustó.

—¡Señora! —exclamó.

Cuando entró en el baño, la señora estaba tirada en el suelo, boca abajo, con la cara y el vientre flotando en un charco de sangre.

Se arrodilló, trató de reanimarla y su señora abrió los ojos, apenas una mirilla. Con la voz que aún le quedaba habló a la criada.

—Manola, me estoy muriendo.

—Voy a avisar al señor.

—Manola, no lo haga, por favor. He perdido al bebé. ¡He perdido a mi hijo!

La Manola abrió el grifo de la bañera y, cuando el agua bordeaba el límite, Carmen hizo el esfuerzo de ponerse en pie.

—He perdido al niño, Manola. ¡He perdido a ese hijo!

Carmen no podía pensar en otra cosa ni mover un músculo de su cuerpo.

—Pero ahora no puede morirse usted.

Asiéndola por las axilas, incorporó su cuerpo y la desnudó como desnudaba al nene. La metió en la bañera rebosante y, mientras recogía los ropajes ensangrentados, la criada fue hablando para sus adentros.

«Que sí, que mejor así. A ver qué habría pasado si don José María se hubiera enterado. La señora estaba cometiendo un error. Que sí, Manola, que da mucha lástima todo, pero ese niño iba a ser una desgracia más en esta casa.»

Sus conjeturas no llegaron a ningún lado. De qué hubiera servido decírselo, si su señora no pensaba más allá de su dolor, enloquecido el gesto en esa bañera, las manos sobre el pecho que fue perdiendo el esplendor que le había concedido la preñez. De qué si no podía más que recordar la celda de Federico en el penal de Cádiz, sus lágrimas desconsoladas, su pregunta: «¿qué puedo ofrecerte yo?».

Carmen ya no podría agarrarse a la salvación de ese hijo porque la ilusión había quedado disuelta en el manto sanguinolento que discurría entre las junturas de las baldosas.

A duras penas se secó con la toalla, se metió desnuda en la cama y se arropó hasta la barbilla.

Necesitaba dormir su pena para poder aguantarla.

Pero una voz cercana, que enseguida reconoció, una voz de hombre, la del marido airado, herido y humillado, la despertó en mitad de la noche justo cuando el sueño había conseguido conducirla a sus placenteros confines.

—Carmen, Carmen...

Se cercioró de que podía oírla cuando ella entreabrió los ojos.

—Estoy bien —musitó.

—Las mujeres que no quieren a sus maridos tienen que pagar por ello. ¿Me has oído?

Deliraba Carmen sin entender el porqué de las palabras de José María. No era capaz de precisar ni dónde estaba, qué momento de la noche era, ni qué había pasado, si es que había pasado algo.

—Carmen, escucha. Las hierbas han hecho su efecto. ¿Sabían bien? ¿A que sí? Esa criatura no se merecía tenerte como madre. ¿Me escuchas?

Carmen empezó a temblar, asustada, incapaz de procesar las palabras que pronunciaba su marido.

—Y si crees que voy a pedir el divorcio, estás muy confundida. Estás condenada a seguir viviendo aquí con tu marido y con tus hijos.

Carmen abrió del todo los ojos y apuntó a las pupilas de él sin apenas pestañear con un odio infinito que hasta ese momento jamás había sentido.

CAPÍTULO 38

Carmen creía que no estaba preparada para soportar tanto sufrimiento, pero la vida se empeñó en enseñarle que era capaz de eso y de mucho más por cruento, insostenible y nauseabundo que le resultara.

La Manola no tardó en enterarse de que fueron las infusiones las que le provocaron el aborto, ni pasaron demasiados días hasta que lo supieron primero Soledad y después Federico, a quien Carmen envió una carta de pocas líneas en la que le comunicaba la noticia.

«Amor mío», escribió de su puño y letra.

«He perdido el hijo que esperábamos. Ha sido un terrible desenlace que me produce ~~una~~ desazón ~~de la que no sé si podré reponerme~~.»

Tachó algunas palabras porque no quería que él pensara que había sido derrotada. Se negaba a que la fechoría de José María tuviera consecuencias en el ánimo de Federico.

Pensó que quizá, si le explicaba cómo había sucedido, podría entender cómo se sentía ella sin necesidad de adjetivarse a sí misma, pero al final decidió ocultarle la verdad.

La carta fue enviada con las siguientes frases.

Amor mío:

He perdido el hijo que esperábamos. Ha sido un terrible desenlace que me produce desazón, pero me quedan fuerzas para seguir esperándote.

Y lo haré con fidelidad y el amor que me mantiene con vida.

Siempre tuya,

CARMEN

La fortaleza que transmitía era solo una impostura. Carmen se convirtió en un fantasma que deambulaba por la casa como alma en pena. Con las manos entrelazadas entre sí, sujetándose las entrañas como si aún sostuvieran un bebé.

No podía arrancarse de la cabeza la recreación de los hechos. Solo imaginar a su marido consultando los almanaques hasta dar con la hierba abortiva le provocaba mareos y despertaba su instinto. Las ansias de venganza se alojaron dentro de ella y tardarían tiempo, mucho tiempo, en desaparecer.

Soledad la visitaba cada tarde hasta el anochecer cuando empezaba el tiempo de los baños de los niños. Era el único momento del día en el que Carmen conseguía esbozar lo más parecido a una sonrisa, tratando de disimular su pena. No había consentido volver a sentarse a la mesa con el padre de sus hijos, a quien deseó ver muerto durante muchas noches y todas seguidas. Tantas, que el día que la despertaron las gemelas moviendo sus pestañas con el soplido suave de su aliento pensó que por fin había muerto.

—Mami —dijo Tomía.

—¿Mami? —preguntó Cuyaya—. ¿Estás bien?

—Mami —repitió Tomía con su voz aniñada—. El nene está malito otra vez.

Carmen saltó de la cama hacia la habitación del niño y lo encontró sobre el colchón, sin sábanas que lo arroparan y desnudo de cintura para arriba. Debían de ser las seis de la mañana porque no había despuntado el sol. El mercurio se había descontrolado. Las medicinas no hacían efecto y aquel niño se moría en sus lamentos.

Al ver a la madre, se abrazó a ella y, al calor de la misma fiebre, Carmen acunó a su hijo enfermo.

—Hay que ingresarlo —dijo José María, envolviendo al niño en su batín de felpa y cargándolo en sus brazos.

—¿Adónde lo llevas? —preguntó Carmen, dirigiéndose a él por primera vez desde la noche del aborto.

—Al hospital —contestó.

El nene fue ingresado esa misma mañana en el sanatorio Puig d'Olena con una tuberculosis renal diagnosticada por los médicos amigos de José María, que lo atendieron con diligencia nada más ver entrar al crío.

—Tendrá que quedarse aquí —sentenciaron.

—Es lo mejor para él —admitió José María.

El nene ocupó una habitación individual gracias a los favores de los conocidos de Escardó. Las monjas dominicas se desvivieron por él. Nunca le faltó cariño, aunque el nene solo quería el de su madre, que cada mañana sobre las once se presentaba en el sanatorio con flores frescas y caramelos de violeta. Carmen se tragó su propio sufrimiento para emplear el amor que aún le quedaba en su hijo.

Fueron pocas las ocasiones en las que las gemelas la acompañaron. José María no quería que corrieran el mínimo riesgo de contagio y, hasta que no recibió el alta, no dejó que le dieran ni un beso.

Carmen sentía que aquella vida era propia de una novela. A veces deseaba que fuera así porque en los libros, en los cuentos o en el cine el espectador no tenía que tomar decisiones. Le resolvían la incógnita sin que tuviera que pararse a pensar, sabiendo que las lágrimas y el desconsuelo serían pasajeros. El nudo se deshacía. Y ya.

El nene volvió a Rosellón un mes después. Carmen se mudó a su habitación, a una esquina de la cama que, en ocasiones, se empapaba de su sudor.

Necesitaba sentirlo cerca, darle la mano por la noche cuando los malos sueños lo despertaban y balbuceaba palabras sin sentido. O cuando pedía un vaso de agua o un abrazo. Carmen se incorporaba y le hablaba bajito para que el nene sintiera que no estaba solo bajo la tempestad de su sufrimiento.

Todo esto ocurrió a principios de febrero de 1935 y, hasta mediados, Carmen no levantó cabeza, absorta en sus meditaciones y en los cuidados del hijo a quien se había consagrado.

El azar quiso que en este tiempo Carmen recibiera la primera carta de Federico tras conocer el desenlace de su embarazo. El sobre había llegado a Rosellón mucho antes, pero la Manola no se lo entregó a su señora hasta que entendió que tenía la serenidad necesaria para leerla.

No era un texto largo como no lo había sido el de Carmen. Eran dos párrafos escritos con mina de lapicero. Federico Escofet escogió las palabras sabiendo que Carmen se aferraría a ellas para seguir viviendo.

Amada Carmen:

Hago míos tus sentimientos. Te siento cerca y así quiero que me sientas tú a mí. Vivir es esto que nos ocurre. Sufrimiento y esperanza. No hay matices en nuestras existencias.

Te ruego que no sufras por lo que pudo haber sido. Volveremos a intentarlo, querida mía. Tienes mi palabra y mi compromiso. Te hago partícipe de un pálpito que me devuelve la ilusión: presumo que no cumpliré los treinta años, saldré pronto, antes de que las rejas me hayan robado los mejores años.

Siempre tuyo,

FEDERICO

Las palabras esculpidas en la cuartilla surtieron el efecto pretendido. «Volveremos a intentarlo», había escrito. Y a renglón seguido: «el pálpito». La posibilidad de que fuera liberado se convirtió en su única esperanza.

Carmen se desentendió de todo. Rara vez salía al cine o al teatro. Tampoco se la vio en los salones ni en las cenas de postín. Ignoraba si José María acudía y con quién. No le daba cuentas de nada ni Carmen se las pedía. No volvió a leer el periódico ni a escuchar las noticias. Solo le interesaban sus hijos, con quienes paseaba por el parque Güell cuando desembocó la primavera y los días se hicieron más largos y las noches más cortas. Carmen los miraba y solo podía sentir lástima por el fracaso de su matrimonio. Aprovechó ese tiempo de recogimiento íntimo para hablar con ellos y explicarles que lo más valioso en este mundo era tenerse los unos a los otros para cuidarse y quererse. Por primera vez les habló de la muerte y de Enriqueta, su hermana difunta. Carmen creía que las niñas debían conocer ese capítulo de su vida para que no les pillara de sopetón si les tocaba revivirlo. También habló a las gemelas de la importancia de ser unas señoritas independientes, de estudiar, de llegar a la universidad para poder ejercer un oficio, de no depender del bolsillo de un marido.

—Eso es lo que quieres que hagamos cuando seamos mayores, ¿verdad? —le preguntó Tomía con su habitual curiosidad.

—Eso es —contestó la madre.

—Mami.

—¿Qué, cariño?

—¿Cuánto me quieres?

—Hasta el infinito —contestó Carmen.

—Porque el infinito es un concepto matemático de una cantidad sin límite, ¿verdad? Lo dice la señorita Usandizaga.

—Eso es. Yo te quiero sin límite. A ti y a tus hermanos.

—Y yo hasta que se acaben los números, mamá —añadió Tomía.

Intentaba mostrarse amable con quien se encontraba a la salida de la consulta del doctor Escardó y ayudó a que la Manola digiriera su propio dolor por haber contribuido a que las cosas sucedieran exactamente así y no de otra manera.

Las conversaciones de Soledad acababan siempre encalladas en el mismo punto: Federico. Siempre Federico en la cabeza.

—Me ha escrito —le dijo un día Carmen sin el menor entusiasmo.

—¿Y? ¿No te hace ilusión?

—Me hará ilusión cuando podamos volver a vernos. Ya no me creo nada. La distancia me deshace.

—Pero ¿qué es lo que te dice? ¿Cómo ha reaccionado ante el aborto?

—Dice que volveremos a intentarlo y tiene el pálpito de que no cumplirá los treinta años.

—¿Quieres que te diga algo?

—Di.

—Si gana el Frente Popular, habrá amnistía en toda España.

—Que gane —repuso Carmen con desgana.

—¡Carmen, no entiendo tu apatía!

—Hasta que no lo abracen estos brazos, no quiero contagiarme de una vana ilusión.

No hizo falta que la amiga dijera nada más porque los hechos se impusieron tras los comicios del 16 de febrero de 1936.

La izquierda del Frente Popular venció en las elecciones generales de la España republicana que convocó a casi catorce millones de electores, de los que cuatro se abstuvieron descontentos por la derecha y defraudados por la izquierda.

Ganaron los extremos y el país se terminó dividiendo, pero la amnistía de la que Sole habló a Carmen se produjo solo seis días después, previa deliberación del Tribunal de Garantías que, reunido en un pleno extraordinario que duró quince minutos, firmó un auto de libertad para el Gobierno de la Generalitat de Cataluña, preso desde el año 1934 en diferentes cárceles del país.

Sole sabía poco de Federico porque la prensa dedicaba páginas enteras al gabinete de Companys y al propio Companys, encarcelado en el Puerto de Santa María, de donde salió de forma precipitada en un vehículo que lo condujo primero a Madrid, al hotel Palace de la capital, donde fue recibido al grito de «¡viva la libertad!», y después a Barcelona, donde quedaron restituidos sus poderes de presidente de la Generalitat.

Dos días después, la amiga se presentó en Rosellón con una amplia sonrisa dibujada en su rostro. Federico Escofet y el resto de los penados a perpetuidad y amnistiados por el Frente Popular habían abandonado el castillo de Santa Catalina en un coche que los esperaba a las puertas de aquella fortaleza a la que Carmen no había dejado de viajar en su insistente imaginación.

—Ha salido de Santa Catalina, ¡ya ha salido! ¡Viene para Barcelona!

Carmen lo sabía. Y se notaba en sus ojos encendidos. En su mirada brillante. En el atropello de sus palabras.

—Lo sé, Soledad. Mira —dijo extendiéndole una nota mecanografiada.

Soledad leyó con avidez hasta llegar al final. Federico convocaba a Carmen al acto oficial en el que volvería a ser nombrado comisario general de Orden Público, el mismo cargo que había aceptado de forma precipitada la noche dramática del 6 de octubre de 1934 y que le costó la condena a muerte.

—Ese hombre te ama de verdad —dijo Soledad emocionada.

—Lo sé. Pero no te pongas así, Soledad..., que me vas a hacer llorar.

La carta era una invitación, pero, al mismo tiempo, manifestaba el deseo de volver a verla.

Amor mío, nada ansío más que poder abrazarte y besarte, pero las circunstancias no me dejan ni un segundo de intimidad. Solo verte saciará mis ganas. Aunque sea a lo lejos... Aunque no pueda siquiera acercarme para rozar tu mejilla con mis labios. Ven, Carmen. Te lo suplico.

Al releer el último párrafo, Carmen también sintió la desnudez de sus emociones.

—¿Quieres que te acompañe? —preguntó Soledad.

—Te lo agradezco, Sole. Si voy, lo haré sola.

CAPÍTULO 39

Federico no tuvo tiempo de planear un encuentro con Carmen previo a la tarde de su nombramiento como comisario general de Orden Público. Acongojado por la sensación de haber sobrevivido, Escofet no podía cerrar los ojos sin que retumbaran en su memoria el mar de Cádiz o el aullido de los cerrojos de Montjuïc.

La primera detención y la acusación convertida en sentencia.

La voz del fiscal Querol y del coronel de Ingenieros, Silverio Cañadas.

El frío de la sala abovedada.

La humedad de la piedra sobre la que sostuvo su cuerpo en las noches de pesadillas.

Y las ganas de morir.

Y las de seguir viviendo.

Y al mismo tiempo...

No podía evitar que la mente reprodujera la imagen de la sala de Gobierno, la deliberación, la decisión final y la mano que firmó el indulto y la amnistía.

La sensación de que su vida no había dependido de él ni había estado bajo su estricto control le provocaba un extraño sentimiento de fragilidad.

Pasaban unos minutos de las cuatro de la tarde del viernes 26 de junio del año 1936 cuando Federico Escofet hizo entrada en la sala de la delegación especial de los servicios de Orden Público, habilitada como despacho oficial y en la que no cabía un alfiler ni una autoridad de renombre.

El consejero de Gobernación, el señor España, el delegado especial del Gobierno, el señor Casellas, el general de la Guardia Civil, el señor Aranguren, el secretario general de la delegación, el señor Vidal Jover, el exjefe superior de Policía, el señor Pérez Salas...

Carmen permanecía inmóvil en un rincón. Federico no sabía si ella acudiría porque no respondió a la furtiva invitación que le cursó Gerardo Llobet en forma de carta. Pero, después de darle muchas vueltas, de pensar y repensar por qué Federico no había buscado la manera de encontrarse con ella nada más llegar a la ciudad, entendió que quizá no fuera lo más importante. Para su amiga Soledad, lo importante era que deseaba volver a verla y eso significaba que la seguía queriendo.

—Piensa que al llegar habrá tenido que atender a decenas de personas, de autoridades... Pero te pide que vayas a su toma de posesión —trataba de justificar la amiga—. Es una muestra inequívoca de que quiere recuperarte y, sobre todo, quiere que veas que ahora sí tiene futuro.

Carmen pensaba que lo inequívoco era su condición de casado. Pero fue. Pese a todo, ella fue. Estuvo allí para verlo y vio cómo se desenvolvía en esos escenarios que a ella le resultaban ajenos.

El consejero España, dirigiéndose a todos, fue el primero en tomar la palabra.

—Hoy, 26 de junio, en virtud de un decreto del Gobierno de la República, vengo a dar posesión, en nombre del Gobierno de la Generalitat, del cargo de comisario general de los servicios de Orden Público a don Federico Escofet. La Generalitat ha tenido en cuenta las dotes que debe reunir la persona que ocupe este cargo, cualidad de ecuanimidad, moral escogida, reflexión y educación disciplinada. Todas estas cualidades las reúne el amigo Escofet.

Federico no ocultó su emoción al sentir que se hacía justicia con su nombre.

—El Gobierno de la Generalitat —continuó el consejero de Gobernación— quiere ennoblecer y dignificar las funciones de la policía, que no deben ser represivas, sino únicamente el brazo de la autoridad para dar cumplimiento a los preceptos legales y servir al poder legalmente constituido. Queremos que estos funcionarios cumplan su deber en beneficio de Cataluña y de la República. Todos aspiramos a hacer de Cataluña un gran país, y espero que todos ustedes presten la más eficaz colaboración para que el señor Escofet pueda salir airoso de su cometido.

Tras un breve respiro en el que el señor España aprovechó para beber agua, retomó la palabra dirigiéndose en castellano al general, a los jefes y a los oficiales de Vigilancia.

—Yo, amigo Escofet, os deseo el mayor éxito en vuestro nuevo cargo porque sois racialmente catalán y republicano, no sois partidista y espero que cumpláis con vuestro deber. Así lo exigen Cataluña y la República.

En ese momento, Carmen lo vio acercarse al atril de madera de caoba. Se acarició la solapa del traje antes de entonar la voz firme y contundente con la que pronunció su primer discurso oficial en libertad. Carmen sacó un pañuelito del bolso y se limpió las lágrimas. Miró a los lados por si alguien se había percatado de su presencia, pero todos tenían la mirada fija en Federico. No pudo controlar el corazón agitado bajo la seda del vestido violeta que había elegido para la ocasión. Clavó los dientes en el labio inferior para contener la risa y, a la vez, el llanto. Estaba ante él, ante Federico. Cerca y lejos. En el mismo espacio. Y sin embargo...

No podía ni acercarse.

—No sé si tendré acierto en el desempeño de mi cargo, pero lo que sí os prometo es que con mi voluntad supliré la falta de condiciones personales para el desempeño de este.

Un intercambio de miradas cargadas de respeto y emoción dio paso al saludo oficial a los generales, jefes, oficiales y funcionarios.

—Vengo dispuesto a disculpar los errores y omisiones que en todo momento puedan presentarse y quiero hacer constar que deseo y exigiré la más absoluta lealtad, debiendo añadir, para que trascienda al exterior, que espero que todos ustedes y a pleno pulmón griten siempre conmigo: ¡viva la República y viva Cataluña!

Los vivas fueron contestados unánimemente. También la voz de Carmen repitió ese «viva la República, viva Cataluña» que pronunciaba por primera vez en su vida. Carmen amaba Cataluña. Pero también amaba España. Y no concebía una sin otra.

Cuando la multitud se arremolinó en torno a Federico, Carmen decidió que su presencia no era necesaria y resolvió marcharse, conteniendo los nervios y tratando de guardar la compostura. Federico la vio alejarse con el bolso de cadena colgado del hombro.

—¡Llobet! —gritó apartándose del grupo de personas que le rodeaba—. ¡Llobet, venga aquí!

Se acercó al oído del ayudante y le dijo:

—Acabo de ver a la señora Trilla, haga el favor de salir a buscarla y dígale que mañana a la hora de siempre quiero verla en la sede de la comisaría de Vía Layetana.

Llobet corrió escaleras abajo hasta la entrada principal. Carmen ya se había ido, pero el ayudante continuó corriendo en la dirección que suponía que había seguido la señora Trilla para volver a su casa de Rosellón. Dio la vuelta al edificio y, al girar en la primera esquina, la vio, se acercó con la respiración agitada y le transmitió el mensaje de Federico.

Y a ella se le nubló la mirada y confirmó —esta vez sí— que estaría allí.

CAPÍTULO 40

La comisaría de Vía Layetana ocupaba un edificio de pose noble que en su origen fue el domicilio familiar de un acaudalado empresario. En los albores de los años treinta, la finca se convirtió en hotel y, con la República, en dirección del Orden Público.

Carmen llegó unos minutos antes de las cinco. Soledad la acompañó hasta la esquina de Fontanella y la despidió con un abrazo.

—Todo irá bien.

Esas palabras eran lo único a lo que aferrarse tras el último incidente con José María. Aún la perseguía el eco de sus gritos. Acababa de llegar del acto de Federico. No había puesto los dos pies en el rellano de Rosellón, cuando el marido abrió la puerta de la consulta y gritó:

—Si crees que ahora vas a campar a tus anchas como si esta casa fuera una pensión, estás muy equivocada. Me da igual de dónde vengas, pero sí me incumbe la honra de mis hijos, así que ¡ándate con ojo!

Carmen ni siquiera pudo contestarle. Tardó en reaccionar hasta que Soledad asomó por el salón y, sin que nadie pudiera oírla, susurró:

—Ven, ven... Vamos a hablar.

Y luego, cuando ella le contó que volvería a ver a Federico, solo pudo decir por primera vez:

—Todo irá bien.

A Carmen le sudaban las manos. La cita de Layetana nada tenía que ver con las de Sicilia. Aquí iba a tener que identificarse, dejar su nombre para los anales de la historia, retratarse ante el guardia que le preguntó:

—¿A quién viene a ver?

—Al señor comisario Escofet —contestó ella con la voz apagada.

—¿Nombre?

—Carmen Trilla.

—Aguarde aquí.

En ese momento se dio cuenta de las complicaciones que le podía acarrear ser la amante del comisario general de Orden Público. Pensó que cualquiera de los funcionarios que trabajaban allí podría reconocerla. A saber si alguno había pasado por la consulta del doctor Escardó.

Deseaba que llegara el momento de quitarse el disfraz de querida, pero al mismo tiempo le resultaba excitante.

«Si no fuera por eso —pensó—, no habría queridas, ni queridos, ni amores clandestinos, ni segundas oportunidades.»

Se abrió una puerta. Gerardo Llobet asomó la cabeza hasta verla a lo lejos y, con un chasquido de dedos, llamó su atención.

—¡Por aquí, venga por aquí!

Carmen dio media vuelta y se acercó a aquella puerta camuflada en la fachada del edificio.

—El capitán Escofet la espera en la primera planta.

—Acompáñeme —suplicó ella.

Subieron a la par por una escalera oscura y estrecha que desembocaba en un salón amplio y diáfano, dividido en diferentes zonas. Un sofá. Y otro. Y dos butacas en torno a una mesa baja de hierro y cristal. Un grabado en la pared. Una bola del mundo de madera. Un escritorio al fondo. Una silla de despacho. Otras dos frente a ella. Las banderas. Una bandera de Cataluña y la bandera de la República.

Y él.

Al verla, Federico se lanzó a sus brazos.

—¡Carmen!

Llobet abandonó al instante el salón y se quedaron solos. No hizo falta que Carmen dijera nada.

—Tenía tantas ganas de volver a tocarte, de sentirte cerca...

Carmen se sintió a salvo y el abrazo que los unió durante unos minutos fue suficiente para certificarlo.

Federico puso las manos en su vientre.

—¿Qué pasó, mi amor?

Tiró de ella hasta recostarla en el sofá y fue recorriéndola con los labios, sintiendo que el deseo de tantas noches se hacía por fin realidad.

—Te prometo que nunca más nos separaremos.

Carmen se dejó llevar por el reencuentro que tantas veces había recreado en los meses que estuvieron separados.

Cuando las caricias dejaron paso a las palabras, Federico y Carmen hablaron sin la urgencia de sus dos últimos encuentros, conscientes de que aquella vez nadie les medía el tiempo.

Carmen ocultó que fue José María quien mató al hijo que esperaban. Lo ocultó a conciencia como si así fuera a borrar la realidad.

—A partir de ahora, todo será distinto, Carmen. Aquí podremos vernos sin que tengamos que preocuparnos por nada ni por nadie. Hasta este despacho puedes llegar sin pasar por el registro. Olvidé decírselo a Llobet. No has tenido problemas, ¿verdad?

—No, no me han puesto ninguna pega.

—Carmen, ¿cómo están las cosas con tu marido?

—Las cosas están mal con José María. Hemos llegado a un punto sin retorno, Federico —contestó Carmen.

—Tampoco mi matrimonio marcha. Pero no me importa. Tu visita a Montjuïc y tu viaje a Cádiz me demostraron que eres la mujer por la que quiero luchar.

Dudó antes de seguir hablando.

—¿Qué pasa, mi amor? —preguntó Carmen.

—Sé que no es el momento de hablar de esto..., pero la situación política es insostenible. El ruido de los cuarteles nos asusta a todos. Mi obligación es defender Barcelona y lo haré, pero te llevo aquí —dijo señalándose el corazón—. Y de aquí nadie te va a sacar.

Se abrazaron y se besaron lentamente, con ese amor sereno en el que había mutado la pasión agitada de los comienzos. Carmen sintió que la metamorfosis había sido demasiado rápida, pero a la vez le gustaba que la serenidad diera pie a las palabras y no se quedaran solo en el deseo.

Cuando Carmen bajó la escalera, agarrada del brazo de Federico, dos soldados con el arma en ristre custodiaban el patio de la comisaría. Abrieron la puerta camuflada y se despidieron con un beso en los labios. Antes, Carmen sacó su polvera del bolso y se retocó mirándose en un espejito redondo que llevaba junto al cepillo y al pequeño frasco de esencia. Había fumado, por lo que mojó los dedos en el perfume y los pasó por la comisura de los labios.

—Podríamos haber salido por la otra puerta —dijo de repente Federico—. Ya da igual. Nadie te preguntará. Llobet ha dado órdenes de que te dejen abandonar el edificio sin dar explicaciones.

La tarde aún no había caído. Los días de junio ofrecían esa claridad que parecía hacer la vida más larga. La comisaría estaba casi vacía. No saludó ni miró a nadie porque con nadie se cruzó. Sin embargo, tras las ventanas de la garita del registro, una mujer la observaba a ella. Con sus ojos escrutó cada movimiento de Carmen. Retuvo de dónde salió, identificó las manos de Federico y su perfil tras la puerta falsa. La siguió en los pasos que dio por el patio, examinando al detalle su vestido de estampado floral en tonos pastel, sujeto a la cintura por un fajín ancho que marcaba sus curvas. Se fue moviendo según Carmen avanzaba hasta que llegó al registro, donde, de acuerdo con las instrucciones de Federico, pasó de largo sin levantar la cabeza.

Pero la mujer que había seguido cada uno de sus movimientos se adelantó y se apoyó en el quicio de la puerta para verla salir y así averiguar más sobre ella. Encendió un pitillo y la esperó con el fin de redondear la imagen que necesitaba de Carmen antes de indagar quién era, qué hacía ahí y por qué se había entrevistado con el comisario Escofet. Se llenó de furia al comprobar la belleza de Carmen. Su forma de moverse. La elegancia natural con la que vestía. La calidad de la ropa y de los complementos que lucía con exquisitez como solo podía hacerlo la Greta Garbo de Barcelona.

—¡Toni! —gritó la mujer—. Ven aquí, anda.

El guardia se acercó a la mujer.

—¿Qué te pasa?

Parecía ya cansado a esas horas, a punto del relevo.

—¿Está cansadito mi guardia preferido?

Le pasó la mano por detrás del cuello mientras con la otra le bajó la bragueta del uniforme hasta que notó su excitación.

—A mi guardia preferido, yo le hago lo que quiera, pero a cambio...

—¿Qué quieres, Dolores? ¿Qué me vas a pedir?

—A cambio, necesito que me dejes echar un vistazo...

Iba pasando su lengua por la oreja del hombre, lamiendo su sudor de todo el día.

—A cambio, necesito echar un vistazo a la hoja de registros...

—¿Qué te traes entre manos, mujer?

—Ahora mismo solo quiero que disfrutes...

Se arrodilló ante él y empezó a estimularlo con la boca.

—¿Qué haces? ¡No ves que pueden vernos! —exclamó—. Ven.

Dolores se levantó, se limpió la boca y se dejó guiar por el guardia hasta una sala contigua en la que solo había cajas amontonadas.

—Eres una bruja —le dijo mientras se desabrochaba los pantalones.

El guardia dejó que Dolores volviera a su placentero ritual y, cuando la mujer sintió el sabor amargo entre las muelas, supo que podría hacer con él lo que le viniera en gana.

—¿Dónde guardas el registro?

—¿Qué registro, Dolores?

—¡El cuaderno de las visitas! ¿Qué registro va a ser?

—Lo tienes sobre la mesa.

Dolores salió de forma apresurada a buscar el dietario en el que los guardias apuntaban quién entraba y quién salía con sus horas y los detalles de la visita.

Leyó nombres que no le sonaban de nada. Nombres de hombres.

Ninguno de mujer.

—¡Mequetrefe! ¿No has apuntado a ninguna mujer esta tarde? —gritó.

—Ay, Dolores. Lo que ves... ¿A mí qué me cuentas?

Seguía el guardia recostado sobre una caja de cartón, con las piernas abiertas y su miembro fuera del calzón, del todo abstraído y desarmado.

—¿No ha venido una mujer a ver al comisario Escofet?

—Sí, pero no se hizo registro.

—¡Serás...!

Se acercó a él y le propinó un sopapo en toda la coronilla.

—¡Ignorante! —le dijo Dolores.

—A ver, bala perdida, ¿tú quieres saber cómo se llama la señorita que vino a ver a Escofet?

—Eso es —contestó ella con los brazos en jarra.

—¡Pues empieza por ahí! Pregunta, mujer, pregunta.

—Virgen santísima, ¡qué paciencia hay que tener!

—Se llama Carmen. Carmen Trilla.

CAPÍTULO 41

Las citas secretas en la comisaría de Orden Público se convirtieron en una rutina más de los amantes sin ser conscientes de que otra vez su amor tenía los días contados. Y, sobre todo, ignorando por completo que el nombre de Carmen Trilla estaba circulando por las cloacas de la ciudad.

Federico no tenía tiempo para escuchar el eco de los mentideros. Vivía con la amenaza permanente de una rebelión militar que se hacía cada vez más intensa en aquellos días de principios del verano de 1936. Barcelona vivía en huelga un día sí y otro también. En los hogares volvió a cundir el pánico al desabastecimiento aunque el reparto de leche y de productos farmacéuticos circulaba con normalidad. Era habitual ver por las calles de Barcelona vehículos con carteles que anunciaban el artículo que transportaban para evitar represalias.

La última vez que Carmen y Federico se vieron en aquella salita de la comisaría general de Orden Público acondicionada para recrear sus encuentros fue la víspera del secuestro y asesinato del diputado de las Cortes y exministro de Primo de Rivera, José Calvo Sotelo. Lo que ocurrió esa madrugada del 13 de julio de 1936 terminó por incendiar la política española.

Federico llevaba días sin dormir. Apenas una cabezada en un diván que había ordenado colocar en su despacho.

—Ese muerto va a encolerizar a la derecha —dijo mientras compartía un cigarrillo con Carmen, recostada sobre él, desnuda de cintura para abajo, descalza y algo despeinada.

No le faltaba razón. La capital de España era territorio de rumores y pésimos augurios. No solo en los cuarteles, también en las procelosas sesiones parlamentarias o tras las bambalinas del Gobierno.

El asesinato del político de la derecha, a manos de la izquierda, y el del teniente de asalto José Castillo a manos de un grupo de falangistas precipitarían los hechos de forma irremediable.

—¿Qué va a pasar? —preguntó Carmen angustiada.

—Tenemos que prepararnos para lo peor.

—¿Qué es lo peor, Federico?

—La guerra.

—¿Y nosotros? ¿Qué vamos a hacer nosotros?

Federico no contestó. No podía contestar a esa pregunta. La posibilidad de partir al frente era inevitable, pero no se lo dijo a Carmen por miedo a perderla.

Aquel día del asesinato de Calvo Sotelo, se despidieron sabiendo que quizá tardarían en volver a verse. Se besaron y se abrazaron, y Federico sacó la medalla que ella le había regalado en Montjuïc y se la mostró en la palma de su mano.

—Aquí te llevo. Siempre.

Carmen se tragó la tristeza inmensa que sentía, como había aprendido a hacer en los últimos tiempos ante las adversidades.

Cinco días después, la mañana del 18 de julio, las noticias hablaban de la sublevación del ejército en Ceuta y Melilla. Los rebeldes habían encontrado poca resistencia en todo el protectorado de Marruecos. El aeródromo de Tetuán, mandado por el comandante De la Puente Bahamonde, primo del general Franco, se había rendido.

El Gobierno, por fin, tuvo a bien confirmar por Radio Madrid la rebelión contra la República.

Federico Escofet y sus hombres habían movilizado a todas sus fuerzas para el operativo de defensa. La derrota del 6 de octubre de 1934 les había servido como lección para preparar una perfecta y sincronizada estrategia en las calles.

El pueblo volvía a pedir armas para defenderse cuando el regimiento de Infantería número 13 abandonó sus cuarteles de Pedralbes y la rebelión militar se hizo inevitable.

El alzamiento fracasó en Barcelona, pero las cosas se complicaban más y más para Federico. El presidente Companys tendió la mano a los anarquistas García Oliver y Buenventura Durruti, asestando un revés definitivo al comisario Escofet.

—Quiero que tu familia se marche —le dijo Companys una mañana—. Que se instale en Francia. Allí estarán a salvo.

—Presidente...

—Lo hago por ti. Tengo la obligación moral de proteger a tu mujer y a tus hijas. A ti te pueden descerrajar cuatro tiros y morirás como un héroe, pero no podrías soportar la muerte de una de ellas.

—Agradezco la preocupación, pero ¿qué será de mí, presidente? ¿Dónde precisas mis servicios?

Companys dudó unos segundos. Se atusó el cabello, se acarició el bigote y, mirándolo a los ojos, le dijo:

—En el frente.

Aquella misma tarde, antes de que Federico Escofet, su esposa y sus dos hijas recogieran sus enseres para huir a Francia, escribió una nota apresurada a Carmen. Una nota en un papel amarillo, caligrafía temblorosa, trazo nervioso, tinta que no llegó ni a rematar las últimas palabras: «Te quiero». Una nota sin sobre, arrugada y varias veces doblada que Gerardo Llobet entregó en persona a Carmen en Rosellón, 253. La puerta la abrió Rosalía.

—¿A quién anuncio? —preguntó la criada.

—Gerardo Llobet —contestó el hombre.

Carmen corrió por el pasillo con el gesto lleno de preocupación.

—¿Qué ha pasado, Llobet? —preguntó Carmen.

Salió al rellano de la vivienda y entornó la puerta desde fuera para que nadie pudiera verlos.

—El señor Escofet me pide que le dé esto en persona, y que me asegure de que lo lee.

Carmen desdobló la nota, leyó el mensaje atribulado y, sin importarle la presencia del fiel ayudante de Federico, se echó a llorar allí mismo tapándose la cara con las manos y negando cien veces la verdad de sus palabras.

—No puede ser cierto, ¡no puede ser cierto!

—Señora, don Federico me pidió que se fiara de sus palabras. Yo...

—No diga nada, señor Llobet. Ya ha hecho suficiente por mí.

Llobet se dio la vuelta y se marchó como había llegado.

Solo y acongojado.

Y con el miedo metido en el cuerpo por la guerra que empezaba a matar a España por los cuatro costados.

CAPÍTULO 42

La escasez empezó a hacer mella en Barcelona. Faltaba de todo. Hasta papel para los periódicos, que redujeron de forma drástica su número de páginas.

La guerra de precios amenazaba los mercados hasta que la Comisión Municipal de Abastos se vio obligada a dictar unas estrictas normas que impedían el abuso en los artículos de primera necesidad. La carestía de trigo llevó el problema del pan. Cada día menos trigo. Cada vez menos pan. El Instituto Agronómico experimentó con una mezcla de harina de trigo con harina de arroz de la que resultó un pan que los políticos decían que era agradable y alimenticio, pero que no sabía como el mendrugo de siempre. Por suerte quedaba bacalao en el muelle del puerto de Barcelona y en los almacenes se amontonaban el azúcar, la leche condensada y los paquetes de judías.

A finales de año se anunció el reparto de las tarjetas de racionamiento. Las cuentas no salían. No les salían ni a los lecheros. La teta de la vaca daba lo que daba y comía lo mismo, pero los precios no podían tocarse y a los ganaderos no les compensaba ni la teta ni el estiércol.

En todos los establecimientos de la industria gastronómica se aplicó el llamado menú de guerra. El Consejo de la Gastronomía impuso la obligación de no servir más de un plato y un postre a cada comensal, considerando los entremeses, las sopas y los potajes como plato.

La Manola se apuntó en la lista del Lyceum Club para coser jerséis a los milicianos con la lana que se repartía de forma gratuita. También acudía al taller de sastrería colectivizado de la calle Trafalgar, en el antiguo edificio de la fábrica Sert, para echar una mano a los miles de obreras que, repartidas en naves, cosían a destajo trajes y otras prendas para el ejército popular de Cataluña. De esas visitas siempre llevaba algo. Piezas de tela del sobrante o invitaciones para los festivales que, de cuando en cuando, se organizaban a beneficio de las milicias republicanas.

—Véngase conmigo, señora —le decía a Carmen—. Son solo dos pesetillas de entrada y ayuda usted a los soldados.

Pero desde que Federico se fue, Carmen no volvió a salir de casa. Cuando la situación lo permitía, Soledad la visitaba en Rosellón y pasaba la tarde con ella tratando de buscar una explicación al porqué de todo lo que acontecía en su vida.

—¿Qué he hecho mal? —se preguntaba.

—No es culpa tuya —contestaba la amiga sin demasiados argumentos para convencerla.

—¡Se ha ido a la guerra! Volverá muerto...

Soledad no encontraba razones para explicar por qué la vida era insufrible. El mero hecho de vivir no servía de nada.

No compensaba el sufrimiento.

«Volveré», escribió Federico.

—Pero ¿cuándo? —se preguntaba con insistencia—. ¿Cuándo?

Sus hijos eran ya tres jovencitos con los que Carmen podía conversar en esas tardes de toque de queda, de silencio en las calles, de rumores y noticias que reproducían el aséptico parte de guerra que inundaba el salón de la vivienda y que todos escuchaban como si fuera el sermón del cura.

La Manola seguía creyendo que el nene y aquellas dos señoritas rubias, esbeltas y guapas, tanto como su madre, seguían siendo los bebés que ella había criado y les hablaba como si no tuvieran edad de saber qué significaba la guerra.

—¡Cerrad las ventanas, niños! —decía—. Que esta verbena es muy molesta.

Los niños obedecían por no discutir, pero sabían que no era una verbena lo que oían. Que aquello eran tiros. O bombardeos. O cañonazos.

—Papá dice que son los malos. ¿Quiénes son los malos, mamá? —preguntó un día el nene.

—Pregúntaselo a tu padre —contestó Carmen sabiendo que los malos de él eran los buenos para ella.

—Es que dice que los malos son los republicanos, que están sacando a las monjas de las sepulturas, les cortan la cabeza y juegan con ellas como si fueran pelotas. Yo quiero saber quiénes hacen eso a las monjas.

—Cariño, tú no lo pienses porque la guerra pasará y volveremos a ser felices.

El nene guardaba buen recuerdo de las monjas de Puig d'Olena y le llevaban los demonios que alguien pudiera hacer algún mal a una religiosa, fuera de la orden que fuese. Las desgracias no habían dejado de cebarse con él. La tuberculosis renal estaba controlada, pero sus problemas de columna no habían remitido y le costaba moverse.

Se distraía con las historias que le contaba la Manola. Aunque la criada ponía todo su empeño en ocultar la realidad, se le acababa escapando de su boca.

—Nene, elige un juguete, que mañana voy a la casa de asistencia social y lo entrego en tu nombre para los niños que no tienen casa.

—¿Hay niños que no tienen casa, Manola?

—Bueno, hay niños que han tenido que abandonar sus hogares.

—Ya. Por la guerra, ¿no?

La guerra era eso que se construía con retales.

Medias verdades. Y medias mentiras.

Era lo que veía la Manola y lo que decía el doctor Escardó.

La guerra no tenía voz para contarlo. Lo contaban por ella.

Pero la guerra era también eso que se había llevado a Federico.

Un buen día, poco después de que el último rayo de sol iluminara la ciudad, José María entró en Rosellón y, gritando el nombre de su mujer, recorrió cada estancia de la casa hasta que la encontró entretenida en los menesteres de sus hijos.

—Levántate del suelo y ven a mi despacho de forma inmediata.

El pánico rasgó su cuerpo y congeló la mirada de los pequeños. Estaban a punto de terminar un puzle. Les quedaban apenas diez piezas.

—Mami, te esperamos aquí —dijo Tomía.

Carmen se levantó, se calzó los zapatos que había dejado a la entrada del dormitorio y se dirigió a la consulta.

José María estaba de pie, en medio de la sala de espera, vacía a esas horas.

—¿Quién es Dolores? —preguntó.

—No sé de quién me hablas, José María —contestó aliviada por no mentir.

—No sabes quién es, ¿verdad? Igual que no sabías qué hacías aquella mañana en la carretera de Montjuïc, ¿cierto?

—José María, no sigas, por favor...

—Tampoco sabes quién te preñó, ¿es así? ¿O crees que soy tan imbécil de haber olvidado que estuviste embarazada de otro hombre?

Dio media vuelta y abrió la puerta de la consulta.

—Pasa —le dijo.

—José María, esto no tiene solución. Quiero el divorcio.

En los días de su vida habría imaginado que hablaría así a su marido. Que la palabra divorcio se pronunciaría de esa manera, sin explicación previa, sin acusación que lo justificara.

—¿El divorcio, dices? Ahora quieres el divorcio. ¿Puedo saber el motivo?

—Nuestro matrimonio está roto —afirmó con rotundidad.

—No serás tan cobarde de...

Levantó la mano como si fuera a pegarla, pero enseguida la bajó y, a menos de un centímetro de su rostro, siguió hablando.

—¡No serás tan puta de negar lo que una cualquiera acaba de contarme en plena calle!

—José María, por favor, te lo ruego...

—Si eres tan valiente, dime qué tienes con Federico Escofet.

Carmen bajó la cabeza.

No por miedo.

Ni por cobardía.

La bajó por pena, sintiendo que había llegado el momento de contestar que Federico Escofet era el hombre al que amaba.

—Es el hombre que puede devolverme la felicidad —dijo con la voz impregnada del único sentimiento verdadero que poseía.

José María respiró profundo, respiró con los ojos cerrados y el pecho hinchado de rabia.

—Vete de esta casa.

—No me vas a echar tú. Mañana mismo iniciaré los trámites del divorcio —contestó ella agarrándose a una valentía que no sabía de dónde le brotaba.

—Te juro que no vas a volver a ver a tus hijos en los días

de vida que te queden. Eres una hiena que pagará por sus pecados y te fundirás en el infierno.

—Pase lo que pase, de mis hijos me encargaré yo —dijo mirándolo fijamente.

—Eso lo veremos. De momento mañana se van a Cerdanyola con mi familia.

—Bajo ningún concepto. Los niños se quedan conmigo.

—¿Quieres que alegue adulterio?

—¿Quieres que alegue que te acuestas con mi hermana? —preguntó ella mordiéndose la lengua para que las palabras no terminaran de arrasar lo poco que quedaba de ellos.

José María había cogido una pipa de nácar vacía, que se le escurrió entre los dedos hasta acabar en el suelo.

—¿Quién te ha dicho eso?

—Nadie. Lo vieron mis ojos en el puente de Vallcarca. Eso es lo verdaderamente bochornoso y lo que me maltrae desde hace tres años. ¡Tres! —gritó.

Tres años.

De silencio.

De lágrimas y más lágrimas hasta agotarlas.

Y ahora.

Ahora ya no había camino de vuelta.

—Te acuestas con mi hermana, te llevas entendiendo con ella desde hace tres años. Y yo solo he tragado y tragado. He estado callada por mis hijos. He aguantado tu infidelidad. Y ahora...

—¿Ahora vas a decirme que por eso te buscaste a otro?

—No tengo nada más que decir. Si quieres que hagamos las cosas desde la cordura, planteemos un divorcio de mutuo acuerdo.

—¿Un acuerdo contigo? —rugió José María—. ¿Quieres que le diga a tu padre que te has acostado con otro hombre, que incluso te preñó y que gracias a mí evitamos que en esta familia decente hubiera un hijo ilegítimo que acabaría ensuciando nuestra reputación? ¿Quieres eso? Tengo todos los datos. Me lo contó la Dolores esa... Sé dónde os habéis estado viendo y él podría tener un problema muy serio si llega a oídos de su esposa... Acuérdate, acuérdate siempre, Carmen, eres mujer y, desde hoy, una mujer adúltera.

Fueron esas palabras —mujer y adúltera— pronunciadas con una cólera infinita las que asustaron a Carmen y le inyectaron en las venas un miedo que nunca antes había sentido. Ni en los tiempos primeros de su azarosa aventura con Federico. Ni cuando se plantó ante los hombres de Batet. Ni cuando se atrevió a ir al castillo de Montjuïc o a la fortaleza de Santa Catalina.

No.

Aquel miedo era una zarpa afilada que marcaría su vida para siempre.

El 11 de febrero de 1937, la sala especial de divorcios de la Audiencia Territorial de Barcelona firmó la sentencia que hacía oficial la ruptura definitiva del matrimonio de Carmen Trilla y José María Escardó.

El texto establecía que los hijos del matrimonio quedaban en poder del padre, reservándose la madre el derecho a verlos cuantas veces quisiera. Además, Carmen se comprometía a no reclamar una pensión de alimentos. Así lo firmaron los magistrados Jaume Pamiés, Apolinar de Cáceres y Jaume Simó Bofarull.

CAPÍTULO 43

La vida que Carmen había conocido hasta entonces dejó de existir. Y las constantes de su rutina de treinta años se interrumpieron para siempre. Treinta años recién cumplidos en diciembre de 1936.

José María ejecutó su amenaza, llevó a sus hijos a Cerdanyola y Carmen decidió instalarse en el pequeño apartamento de Soledad, en la plaza de San Miguel, en contra de la indicación que su hermana le dio el día de su boda: «siempre podrás volver».

—Yo puedo dormir en el salón y tú en mi dormitorio.

—No, no, no —repuso Carmen la mañana en la que llegó a casa de su amiga con una maleta en una mano, una bolsa en la otra, un par de abrigos sobre el antebrazo y una caja llena de recuerdos—. No lo consentiré. Yo dormiré en el salón.

La vivienda era modesta, pero acogedora. Pequeña, pero suficiente para ellas dos. Sin sus hijos y sin Federico solo había vacío.

Mientras deshacía su maleta, colgaba los vestidos en el armario y doblaba la ropa interior en el cajón prestado, Sole preparaba una infusión caliente.

—¡Dime si necesitas más espacio! —exclamó desde la cocina—. Cuando una vive sola lo ocupa todo, ya sabes, pero puedo abrir más hueco en el armario del pasillo. ¡Encontrarás las cosas de mi madre! Perdona... ¿Te puedes creer que aún no he tenido el valor de tirarlas o de meterlas en cajas?

Fue esa visión de los vestidos ordenados por colores, los de salir de fiesta, los del paseo vespertino, las batitas frescas de estar en casa, los zapatos, la escarpia oxidada de la que colgaban los collares de doña Amparo, un ramo de lavanda pálido y seco que, con solo tocarlo, se deshizo entre sus dedos, lo que sumió a Carmen en una nostalgia que la removió por dentro. Había dejado tantos vestidos en Rosellón, tantos zapatos ordenados, tantos collares, que solo imaginar que Tomía o Cuyaya pudieran descubrirlos le resultaba insoportable.

De aquellos años de doña Amparo, Carmen conservaba los mejores recuerdos de su vida. Una niñez y una adolescencia felices. Ese era su único patrimonio, el ovillo del que tirar para sacar un hilo con el que empezar a tejer lo que le quedara de vida.

Doña Amparo murió de pena y sin memoria, y ahora Carmen pensaba que lo mejor que le podía pasar a su madre era perder la cabeza. Desde que le contó la noticia, la pobre malvivía desconsolada.

—La ley ampara a las mujeres, mamá —argumentó creyendo que la ley pesaría lo suficiente para consolarla.

—Pero ¡qué más dará la ley! —contestó la señora mientras buscaba el lado limpio del pañuelo con el que volver a sonarse la nariz—. La ley es la calle y los talleres de las modistas. La ley se escribe en las sombrererías y en los salones. En los conciertos, en los entreactos del teatro y a la entrada de los cines.

Nada había cambiado.

—No hay forma de que pare de llorar —le contó Carmen a Soledad—. Llora y llora y llora. Mi padre está destrozado. Ya no sabe qué hacer. El pobre me dio un sobre con dinero para que no tenga que pedir.

—No tienes que pedir, Carmen. ¿A quién? ¿A mí? —preguntó Sole mientras sorbía la infusión.

—Lo sé, pero es su preocupación. Además, no entiende que no me haya instalado en Montcada.

Carmen removía el azúcar del té preparado por la amiga.

—Cuánto daño he provocado...

—¿Qué va a pasar con tus hijos? —preguntó Sole.

—No lo sé. Cuando vuelvan descubrirán que yo ya no estoy. Entonces hablaré con ellos y les explicaré la situación. Antes de irse, ¿sabes lo que me dijo Tomía?

—¿Qué?

—Me dijo: «mami, tu felicidad es la mía». ¡Ay, Soledad! Si algún día...

—¿Qué? —preguntó con impaciencia.

—Si algún día falto, debes decirles que su madre nunca nunca dejó de quererlos.

—Mujer, ¿por qué vas a faltar?

—Esta guerra, esta maldita guerra nos va a llevar a todos por delante.

—No digas eso, Carmen.

—Si ganamos... —contestó ella utilizando un plural que nunca antes había empleado.

—¿Y Mercedes? —preguntó Sole para sacarla de su ensimismamiento.

—¡Ay, Mercedes! Cada día hago esfuerzos por perdonarla. ¡Quiero perdonarla, Sole! Tengo que perdonarla. Ella vivirá en mi casa tarde o temprano. Ocupará mi lado de la cama. ¡Ella va a estar con mis hijos! No puedo vivir con este odio que me sigue envenenando.

—Solo te puede curar Federico.

Soledad nunca se equivocaba. Solo Federico podría apaciguar el resentimiento que seguía ahí, corroyéndola por dentro.

No había razón que devolviera la paz al cuerpo de Carmen. Fue mermando y consumiéndose por dentro. El cutis perdió todo el lustre y sus ojos dejaron de brillar. Se le perdió la mirada en un horizonte que ya no existía para ella. Hasta su forma de andar y de moverse se volvió vulgar.

La guerra resultaba silenciosa pese a sus dramáticos estruendos y sus terribles consecuencias que a mediados de 1937, durante la trágica semana de mayo, volvieron a sumir Barcelona en una desesperación colectiva. La ciudad se convirtió en una gran barricada que acumuló muertos y enfrentó a hermanos.

El único hilo del que Carmen podía tirar era el de la Manola. De cuando en cuando, la criada se atrevía a escribir algunas líneas que enviaba por correo, aunque el correo, como todo, funcionaba a medio gas.

Carmen empezó a huir de las horas de luz. Cuando Sole se marchaba a la emisora, ella se encerraba en su dormitorio, se acurrucaba en un rincón de espaldas a la ventana y con las rodillas sosteniéndole el pecho dejaba pasar las horas.

Sin mirar el reloj.

Sin sentir hambre o sed.

Sin lágrimas en los ojos, que solo abría cuando oía la llave en la cerradura.

Entonces se levantaba de su rincón y recorría los pocos metros que la separaban del salón.

—¿Volverá muerto o volverá vivo? —preguntaba una y otra vez mientras se tapaba con la sábana del sofá.

—Volverá vivo.

—¿Y mis hijos?

—También ellos volverán.

Soledad siempre contestaba lo mismo para no agitarla más y ella se agarraba a la seguridad de su amiga.

—Volverán vivos —repetía antes de cerrar los ojos con el único deseo de ver en sueños a sus gemelas, al nene y al amante.

Carmen fue invadida por las más trágicas cavilaciones. Soledad intentaba que no perdiera el contacto con el exterior a través del aparato de radio que tuvo que registrar en el censo, cumpliendo así la orden del Secretariado de Censura de Guerra. Carmen se tapaba los oídos cuando la amiga la encendía y abría la ventana para que los vecinos también pudieran escuchar lo que reproducían las ondas: propaganda de una prensa maniatada por ambos bandos que informaba bajo la atenta mirada de la censura.

A Carmen le daba igual quién avanzara, quién se replegara o quién muriese; solo quería saber si el muerto llevaba el nombre de Federico.

Le importaba poco lo que sucediera en las trincheras. Para ella lo aberrante era que toda Barcelona supiera que los señores de Escardó se habían divorciado, que ella no vivía con sus hijos y que había cometido adulterio. No tenía ninguna duda de que, cuando José María se lo contó a los magistrados, aquellos corrieron a decírselo a sus esposas rompiendo su propio silencio marital.

—Ella se ha enamorado de un militar —dijeron unas.

—Que está en el frente —añadieron otras, siempre al alcance del oído de Catalina Vals, que adornaba el relato con lo que sus propios ojos habían visto aquel verano de 1934 en Comillas, cuando Carmen viajó con sus hijos y sin José María.

—Él apareció un día antes de que volvieran a Barcelona. Dicen que el doctor también tiene una amante, pero eso qué más da. El divorcio lo pidió ella.

—Se la veía, Catalina. Se creía la más guapa, la más elegante...

—Sí, sí. No es de extrañar que al final haya sido capaz de romper una familia. Pobre doctor Escardó, con lo atento que es.

Un día esos comentarios llegaron a oídos de la madre de

Carmen. Algo barruntaba la señora por el sorpresivo interés que una vecina demostró por su hija, tratando de sonsacar dónde vivía, qué hacía, por qué sus hijos no estaban con ella y el largo etcétera de curiosidades que suelen despertar las vidas ajenas.

—Mercedes, fíjate lo que andan diciendo —le dijo a su hija—. Les falta llamarla ramera. ¡A mi Carmen! ¡Y esos niños, por Dios y por María santísima!

—Madre, por favor, tienes que hacer oídos sordos —contestó Mercedes tratando de rescatarla de la vergüenza que también había empezado a intoxicar su alma—. Y no te preocupes por los niños. Ellos están bien...

—Ya lo decía yo, que la ley es la calle.

—¡Menuda patochada, madre! ¿De qué calle hablas? Si siempre son las mismas las que andan con las hablillas de unos y otros.

—Ya, pero llega a todo el mundo. A ver si te crees que esas lagartas se callan según quién esté delante. ¡Les da igual! Ellas hablan y hablan y hablan...

—¿Y qué más?

—Nada, hablan...

—Pues eso, hay que hacer oídos sordos —concluyó la hija.

—¿Por qué no vas a casa de Soledad?

—No voy a conseguir nada, madre.

—Tienes que hablar con Carmen y hacer que entre en razón. Me dice su amiga que está esquelética, que no come y que huye de la luz. ¡Ha enloquecido, Merceditas, cariño! Haz algo por tu hermana.

—Veré qué puedo hacer, madre. Te lo prometo.

Mercedes se retiró a su habitación y en la soledad de aquella estancia compartida con Carmen durante tantos años pensó en la manera de reparar todo el dolor que había ocasionado a su hermana.

CAPÍTULO 44

Dos días después, Mercedes telefoneó a José María. Era pronto por la mañana cuando descolgó el aparato y espero a oír su voz.

—Cariño, soy yo —dijo.

—Hola, mi amor, ¿ha pasado algo? —preguntó el doctor Escardó.

—No, no es nada grave.

—¿Es urgente? —volvió a preguntar alertado.

—Tampoco, solo que...

—¿Qué ha pasado? A ver, cuéntame.

José María se recostó en la butaca de la consulta.

—Tengo ganas de ti —contestó Mercedes.

—¡Mi ratita! —exclamó con una cursilería empalagosa—. Y quieres que nos veamos, ¿verdad?

—¿Cuándo? —preguntó con arrebatamiento.

—Tengo pacientes durante todo el día.

—Entonces, ¿a qué hora? —insistió ella.

—¿A las ocho en casa?

—¿Se habrá ido Conrado?

—Sí, no estará. No tienes de qué preocuparte.

Mercedes colgó y sintió una punzada de culpa en medio del pecho. Se preguntó si de verdad le quería tanto como para habérselo robado a su hermana.

—¿Qué más da eso ahora? —se dijo arañando su conciencia—. Nada habría cambiado. Ese matrimonio estaba roto del todo. Su final estaba sentenciado.

Mercedes jamás imaginó que un día necesitaría aliviar el peso de la responsabilidad.

«¿Por qué lo hiciste? ¿Por qué pecaste la primera vez?»

El paso del tiempo permitía a Mercedes contemplar su vida desde otra perspectiva. Veía lo mismo, pero lo veía distinto, con la experiencia de lo vivido y conociendo las consecuencias de ese hecho que, de repente, le resultó ajeno. Incluso se asustó de haberlo cometido, se dio miedo a sí misma, «cómo es posible, Mercedes», se asqueó de su conducta, se sintió tan defraudada que solo la justa reparación de sus errores podría serenarla.

Se vistió con calma, eligió un traje sastre ajustado y se perfumó con delicadeza detrás de las orejas y en las muñecas para que él disfrutara de su aroma preferido. Se maquilló, algo que nunca hacía más allá de empolvarse la cara para matizar el tono de la piel, y se recogió el pelo en un moño.

Lucía muy distinta.

—¿Adónde vas tan elegante? —le preguntó la madre cuando ella se acercó a darle un beso de despedida.

—Voy al Español. Ponen *La Gloriosa* en catalán.

—¿Y a qué sesión vas?

—Voy a la de las diez, pero paso a recoger a Rosarito —mintió sobre la marcha.

—¿Rosarito? ¿Desde cuándo te ves con Rosarito? Mira, Mercedes, no vayas a meterte en líos. ¡Por favor te lo pido!

—¡Madre! ¿Desde cuándo necesitas interrogarme?

—Desde que somos la comidilla de toda la ciudad —contestó la mujer dejando que la preocupación volviera a asomar en su mirada.

—Puedes estar tranquila —le dijo Mercedes acercándose a ella para acariciar su cara.

—No me des tú también disgustos, hija.

—No lo haré.

—No vuelvas tarde, anda, que mañana quiero que me acompañes a llevar ropa a la oficina de la Casa de la Ciudad. He hecho limpia del armario de tu padre y podremos hacer una buena donación.

—Vale, pero no me esperes despierta. ¿Me lo prometes?

—Sí, hijita. ¿Vas a dormir fuera?

—Nooooo..., pero no me esperes.

La madre se quedó poco conforme con que Mercedes saliera de noche y Mercedes poco tranquila con el desvelo de la madre. Pero lo que la vieja Mercedes no sabía era que, en la esquina de Montcada, un coche con chófer estaba esperando a su hija.

Tomás abrió la puerta trasera y esperó a que se acomodara.

—Buenas noches —dijo la mujer.

—Buenas noches —contestó ese hombre mudo, ciego y justo.

No intercambiaron ninguna impresión ni hablaron del aspecto de las calles ni de las penurias de la guerra, que era de lo que todo el mundo hablaba. Llegaron a Rosellón, ella se bajó, él preguntó «a qué hora la recojo» y Mercedes contestó «a las dos y media está bien, Tomás».

Abrió la puerta del portal y de la vivienda con la copia de las llaves que tenía desde hacía años.

—Hola... —dijo quitándose los guantes y dejando el llavero en el mueblecito del *hall*.

—Pasa a la habitación, cariño. Estoy en el baño.

Mercedes caminó despacio por el pasillo. Le pareció que olía a Carmen. Le pareció incluso oír su voz. Y la de sus sobrinos. Y creyó ver a la Manola salir de la cocina con las manos mojadas y a Rosalía cruzar al salón con la bandeja de la cena.

—Cielos —se dijo—. No puede ser. ¿Qué me pasa?

—¿Mercedes?

Oyó a José María más lejos de lo que en realidad estaba, a escasos cinco pasos de ella, desnudo, recién salido de la bañera. Se estaba secando con una toalla cuando ella entró en el dormitorio.

Lo vio y se quedó paralizada.

—¿Qué te pasa, Merce? ¿No tenías ganas de verme?

A duras penas se recompuso mientras él se disponía a vestirse.

—¡Espera!

—Mercedes, cariño, ¿qué te pasa?

—Quiero que me hagas el amor ahora mismo.

Se deshizo del traje, se bajó la ropa interior y se abalanzó sobre él hasta tumbarlo con pasión impostada.

—Bésame, bésame, José María.

Mercedes hizo un esfuerzo titánico por resucitar esa sensualidad tantas veces halagada por su amante. Se sorprendió por no haber cumplido con el preceptivo ritual del cortejo que a él tanto le gustaba y que, según le dijo en los primeros encuentros, había perdido con Carmen después de tantos años de matrimonio.

«Qué más da que sea el marido de mi hermana», se justificaba Mercedes, alejando de su mente la imagen de Carmen, para no pensar en la felicidad que le estaba arrebatando.

—Tu olor me sigue embriagando como el primer día —murmuró José María mientras la penetraba con esa suavidad que a ella le trastocaba los sentidos.

Se agarró a su cuello y se alivió del todo dejándose llevar en el último gemido.

—Me desarmas, Mercedes.

Salió de ella y quedó tendido en la cama de Carmen tantas veces empapada con su sudor.

—José María, quiero pedirte algo.

—¿Qué me pides, amor?

—Mi madre se muere por ver a sus nietos... Había pensado que quizá podría ir con Tomás a buscarlos a Cerdanyola...

—Es muy peligroso —interrumpió él.

—Lo sé, lo sé, pero temo que ella pueda morir sin volver a verlos.

—¡No digas tonterías, Merce! ¿Está enferma, no se encuentra bien? Dile que venga mañana mismo y la reconocemos en la consulta. No tendrá ni que esperar.

—No es eso, José María. Es pena.

—¡Ay, Mercedes! Ya estás con tus cosas. ¡Qué pena ni pena! Dile a tu madre que los niños están fenomenal. ¿Sabe que Manola y Rosalía están allí? Eso la tranquilizará. Están cuidándolos y ocupándose de ellos. No les falta de nada. ¡Están felices!

—¿Tú lo sabes?

—¡Pues claro que lo sé!

—¿Cuándo los has visto? ¡A ver, dime!

Mercedes estaba empezando a perder los nervios.

—¡No puedo ir a verlos tanto como quisiera!

—Entonces, ¿cómo lo sabes?

—¿Por qué no me crees? —preguntó él sujetándole la barbilla y acercándola a su cara.

—Te creo, pero te lo pido por favor. Tráelos a Barcelona. Es una emergencia.

—¿De qué emergencia hablas?

—¡No entiendes nada! —gritó Mercedes.

Saltó de la cama y empezó a deambular desnuda por la habitación.

—Merce, Merce... ¿Qué pasa, mi vida?

El tono había dejado de ser el que siempre sonaba entre ellos. Mercedes estaba frente al tocador que fue de Carmen. José María contempló su espalda desnuda, las curvas de su cintura, las formas ya recorridas por sus manos y volvió a sentir las ganas de estar dentro de ella.

—¿Quieres que traiga a los niños? ¿O hay algo más que te inquieta?

Las lágrimas afloraron en sus ojos. Al oír el sollozo, se acercó y la rodeó por la espalda con los brazos.

—¿Es solo eso, Mercedes?

Le besó el cuello y agarró sus pechos hasta sentir la rigidez de sus pezones.

—Mercedes, ¿por qué lloras? ¿Es solo eso?

Su aliento transportaba la excitación y sus preguntas se interpusieron entre las ganas de él y la carga insoportable de ella.

—No —murmuró entre gimoteos—. No es solo eso.

—¿Qué más te preocupa?

—No puedo seguir mintiendo a mi hermana.

—¡Oh, Mercedes, Mercedes!

José María dio media vuelta y volvió a recostarse sobre la cama con el gesto mudado.

—No debes preocuparte por eso. Carmen ya lo sabe.

Mercedes lo miró con estupor, sin alcanzar a entender el verdadero significado de sus palabras, como si de un plumazo hubiera expirado cualquier posibilidad de reconducir el destino y enmendar el error. Sintió que la imagen de José María era una visión, que en realidad ella ni siquiera estaba ahí, frente a él, desnuda y recién saciada.

—Repite lo que has dicho, José María.

—Es lo mejor que nos podía pasar. Que ella lo sepa nos ahorra tener que decírselo.

La frialdad de José María terminó por helar a Mercedes.

—¡No, no es posible! ¿Cómo lo sabe? ¿Quién se lo ha dicho? —gritó presa del pánico.

Se vistió con la lencería de forma apresurada como si necesitara recuperar la decencia.

—Ahora ya nada de eso importa. Ocurrió hace mucho tiempo.

En la cabeza de Mercedes tronó el nombre de Carmen.

—Lo sabe... —susurró tiritando—, pero nunca desveló lo que sabía.

Mercedes pensó en la cantidad de veces que su hermana Carmen pudo haberlo hecho para vengar la traición cometida por ella y por su marido.

Calló incluso en el juicio definitivo que formalizó la ruptura de su matrimonio. Calló con esa lealtad que ella no había tenido y que ahora estaba en entredicho.

Los años de mentiras cayeron sobre la hermana como una losa.

CAPÍTULO 45

Con el recuerdo de Mercedes fresco en su memoria, José María lo arregló todo para que sus hijos volvieran de Cerdanyola sorteando las barricadas, los controles militares y el miedo.

Viajaron de madrugada aprovechando el silencio de la guerra. Los niños iban envueltos en mantas, al volante Tomás, a bordo la Manola y Rosalía, que se emperró en ir con ellos por si no volvían.

Amaneció en la carretera de acceso a Barcelona con el efecto de la vigilia en el rostro de todos ellos.

—Manola, ¿dónde le dijo el señor que debía dejarlos?

—En casa de doña Mercedes —contestó la criada.

Tomía se desperezó y, con la voz aún pegada al sueño, preguntó:

—¿Vamos a ver a mami?

—Vamos a casa de la abuela, cariño. Tiene muchas ganas de daros un abrazo y de prepararos una comida rica rica.

—Yo quiero ver a mami, Manola —replicó la niña.

Cuyaya y el nene se sumaron a la súplica de su hermana.

—Sí, Manola, habla con la abuela para que nos lleve a ver a mamá —dijo el niño.

—Todo a su debido tiempo —contestó la criada.

Avanzaron por paseo de Gracia hasta alcanzar Montcada entre calles con socavones. Barcelona tenía la guerra pintada en sus edificios y en las miradas de sus gentes. El tiempo había pasado desde que se fueron a la montaña y a la Manola le dio un vuelco el corazón al descubrir la ciudad enferma de esa tristeza que alimenta los cañones que siembran la desdicha.

—Tomás —dijo la criada.

El conductor parecía embebido en las mismas circunstancias.

—Di, Manola.

—¿Estará abierto Jorba?

—No lo sé, mujer.

—Debería ir a comprar un abrigo. Tengo el frío metido en los huesos. Esta maldita humedad me va a matar.

—¡Yo te acompaño! —exclamó Tomía.

—No, pequeña. Primero vamos a casa de los abuelos y luego ya veremos.

—Hemos llegado, señoras —dijo Tomás tirando del freno de mano.

—¡Tía Mercedes! —gritó el nene—. ¡Mirad, está la tía esperándonos!

Mercedes se acercó al coche a recibirlos. En efecto, estaba esperándolos a las puertas de la vivienda abrigada con una bufanda que solo dejaba al aire su mirada.

—¡Estáis guapísimos! —exclamó abrazando a los niños, que se lanzaron a sus brazos invadidos por la emoción—. ¿Os ha costado llegar? —preguntó dirigiéndose a las criadas, que sacaban del maletero del vehículo las bolsas de ropa.

—Todo ha ido bien, señora —contestó Rosalía.

La Manola, a lo suyo, colocó los bultos en la acera, esperó a que Mercedes abriera la puerta y juntos marcharon en fila hacia la casa de los abuelos.

Las niñas preguntaban con insistencia por Carmen. Que si dónde está mamá, que si queremos verla, que por qué no ha venido... La abuela Mercedes no hallaba respuesta para esas preguntas justas. Las criadas parecían dos pasmarotes en medio del salón de Montcada sin saber qué debían hacer, cómo debían reaccionar, qué podían decir, contestar, comentar, susurrar para al final volver a preguntarse: «¿dónde está Carmen?».

Tía Mercedes cogió del brazo a la criada y, llevándosela a la cocina para que nadie pudiera escucharlas, le fue dando respuesta.

—Verá, Manola, Carmen ha enloquecido. Sigue viviendo en casa de Sole. No hay manera de convencerla de que salga de ahí, de que venga aquí, con mis padres...

—Entiendo, señora.

—Usted es la única que entiende. Lo sé. Por eso ahora debe acompañarme. Tenemos que hablar con ella. Créame que he hecho cuanto estaba en mi mano para que sus hijos regresaran a Barcelona.

—La creo, señora, no tendría por qué no hacerlo.

Mercedes enmudeció de repente y su silencio dio paso a una cascada de lágrimas que empañó su mirada. Y, como si necesitara una redención para continuar viviendo, se abrazó a la criada.

—Sé que mi hermana volverá a sus cabales cuando vea a sus hijos. Lo sé, Manola, pero es tal su estado que quisiera que me acompañara para preparar el encuentro.

—Señora, cuente conmigo.

No hubo más que decir ni que explicar para que las dos mujeres salieran de Montcada sin ampliar detalles. Tomás seguía esperando, con su habitual porte.

—Vamos a la plaza de San Miguel —ordenó enseguida Mercedes.

—Manola, no he encontrado a quién preguntar si Jorba estaba abierto —dijo el conductor nada más iniciar la marcha.

—¿Qué necesita, Manola? —preguntó Mercedes.

—Nada, señora. Bueno, sí... Un abrigo —acabó admitiendo.

—Le prometo que tendrá un abrigo —contestó Mercedes.

«Qué se traerá entre manos —se preguntó la Manola—, qué me espera ahora para que esta raspa se deshaga en tantas generosidades... No le des más vueltas. ¡Déjalo ya! Lo que tenga que ser será. A estas alturas, Manola, de qué te vas a sorprender.» La criada se fue hablando a sí misma para no tener que pensar.

Según llegaron a la plaza, salieron del coche con tal premura que ni se despidieron de Tomás, que se quedó con la palabra en la boca.

—¡¿Espero o no?! —gritó al aire.

La Manola lo miró y le dijo «vete».

Mercedes estaba temblando cuando volvieron a quedarse solas.

—Señora, dígame qué debo hacer.

—Manola, yo no puedo subir a hablar con mi hermana. Han pasado cosas, cosas terribles que Carmen no puede perdonarme, pero, si no ayudo a mi hermana, la que no podrá vivir soy yo.

—Haré lo que me pida —contestó la Manola.

—¡Hable con ella! Dígale que sus hijos están en Barcelona y que puede verlos cuando quiera. Organícelo con ella. Y, cuando usted lo estime conveniente, subiré yo. De hoy no pasa.

En eso estaban cuando la portezuela se abrió y Sole asomó la cabeza.

—¿Qué hacéis aquí? Me iba a la emisora...

La Manola estaba muda.

—¿Qué pasa, Manola? Diga algo.

—Yo no sé nada. Acabo de llegar de Cerdanyola con los niños.

Sole la interrumpió.

—¿Están los niños en Barcelona?

—Sí, señora.

—¡Suba, suba conmigo! Y tú, Mercedes —dijo dirigiéndose a la hermana—, ¡quédate aquí! Será lo mejor.

Mercedes no rechistó. Subieron la escalera y, antes de girar la llave en la cerradura, Sole dio media vuelta y dijo:

—No se asuste, Manola, Carmen está mal, muy mal. Solo sus hijos pueden hacer que vuelva en razón.

—Yo ya no me asusto de nada, señora —contestó la criada.

Se santiguó dos veces y empujó a la mujer para que abriera la dichosa puerta. La casa estaba a oscuras. Apenas se colaban unos haces de luz por las ventanas del salón. La Manola guiñó los ojos para buscar el interruptor, pero Sole le pidió que no lo hiciera.

—Está ahí, ¿no la ve?

—¿Dónde? ¡Por Dios santísimo!

—¡Carmen! —dijo Sole—. Está aquí Manola. ¿Podemos encender la luz?

Carmen ya se había acostumbrado a hablar con un hilillo de voz apenas perceptible.

—No, no la encendáis. Os lo suplico.

Sus pupilas también se habían acostumbrado a distinguir las figuras en las sombras.

—No es necesaria la luz —añadió.

Estaba sentada en una butaca, de espaldas a las dos mujeres, manos sobre el regazo, mirada perdida en ese horizonte sin horizonte. Apenas se inmutó cuando la criada se arrodilló frente a ella.

—Señora, ¿me reconoce? Soy Manola.

—Pues claro, Manola. ¿Cómo no voy a saber quién eres?

La Manola se sintió extraña con ese tuteo que nunca antes Carmen había utilizado para dirigirse a ella desde que se convirtió en su criada y ama de sus hijos.

—Estás muy guapa, Manola.

Empezó a reír.

Una carcajada y otra más.

—Te han sentado bien las vacaciones, ¿verdad?

—Señora, por favor...

—A mí me gustaba que me dijeran que estaba guapa. Ahora, mírame... Tengo que ir a la peluquería, Manola, pero no tengo tiempo. ¡Tengo tantas cosas que hacer!

La Manola se llevó las manos a la cara para esconder el gesto de espanto que le produjo escuchar a su señora, que, entre risas, seguía hablando sin parar.

—Mis hijos se fueron y no han tenido ni un minuto para venir a verme. Pobrecitos, mis niños. Y Federico también se ha ido. Se ha ido a la guerra, ¿sabes, Manola? Le han encomendado una misión muy importante y se ha marchado. ¡A la guerra, a la maldita guerra! Todos me han dejado aquí. Es una lástima, Manola. Al final estamos solas. Nadie se acuerda de nosotras. ¿Te das cuenta?

La Manola se quitó el abrigo y, con una determinación apabullante, empezó a dar órdenes.

—¡Sole, encienda la luz! Carmen, levántese ahora mismo. Va a darse un baño. Yo la ayudaré. Y prepárese porque tengo que darle una buena noticia.

La bombilla se encendió y Manola descubrió a su señora consumida en su propio cuerpo, el pelo revuelto, las uñas abandonadas, algunas roídas, otras largas y sin forma, los huesos de la cara hundidos y la piel surcada por finas arrugas que reflejaban su sufrimiento.

La criada vio la locura en su mirada.

Trataron de levantarla entre las dos, pero Carmen se resistía con las escasas fuerzas que le quedaban.

—¿Cuánto lleva esta mujer sin comer, Sole? —preguntó la Manola al tocar sus brazos y descubrir más hueso que carne.

—Solo toma caldos, Manola. Y ahora pensará que la cuido mal, pero es que yo ya no sé qué hacer.

—Soledad, usted la ha cuidado divinamente. Lo que me preocupa es que sus hijos la vean así. ¿Me entiende?

—¿Qué hijos? —preguntó Carmen—. ¿Mis hijos?

—Señora, sus hijos están en Barcelona. Han llegado esta misma mañana, pero ¿no querrá que la vean así? Usted se va a poner guapa para recibirlos. ¿Estamos?

De repente, una sonrisa que nada tenía que ver con las esperpénticas carcajadas iluminó la cara de Carmen. Una mueca de ilusión devolvió algo de luz a sus ojos apagados. Como si la vida hubiera regresado a aquel cuerpo agotado.

—¿Mis hijos están en Barcelona? —volvió a preguntar.

—Están en casa de su madre. ¡Fíjese si están cerquita de usted! —contestó la Manola apretándole la mano con fuerza—. Sole, márchese. Yo me ocupo de todo.

En realidad, la amiga no quería irse, pero en los últimos tiempos acumulaba retrasos, ausencias, excusas y justificaciones que don Joaquín había empezado a reclamarle.

—Intentaré estar de vuelta cuanto antes. Manola, está en su casa.

Se acercó a Carmen para besarla y al oído de la criada para preguntarle:

—¿Qué le digo a Mercedes?

—Que se espere —contestó Manola sin dudar.

Ya a solas, la criada desnudó a su señora, dejando al descubierto los pellejos que le colgaban del glúteo, los pechos algo caídos y los pliegues del vientre.

La criada se sentó sobre el retrete con la toalla preparada para cubrirla en cuanto saliera de la bañera.

—Manola, ¿sabes dónde están mis hijos?

—Claro que sí. Están con su madre —le repitió.

—¿Y Federico?

—¡Ay! Si yo lo supiera, se lo traía ahora mismito.

—¿Sí? ¿Harías eso por mí? —preguntó Carmen.

—No tenga ninguna duda.

—Se ha ido a la guerra.

—Eso ya me lo ha dicho, señora. Pero los hombres valientes vuelven de la guerra.

—Sí —contestó Carmen desde su recogimiento—. Pero mis hijos están aquí... —suspiró—. ¿Podré verlos? ¿De verdad, Manola? ¿No me mientes?

—Para eso estoy yo aquí, para que usted se arregle y podamos salir a la calle. ¡Venga, que tanta agua no es buena!

La Manola la embadurnó de crema hidratante, le cepilló el pelo, limó sus uñas y preparó la muda y un vestido que encontró en el armario.

—Está usted radiante, señora —le dijo para ver si así se animaba—. Y ahora, vamos a hablar como personas adultas que somos las dos.

—¿De qué vamos a hablar?

La llevó del brazo hasta el salón y dejó que se sentara en la butaca en la que la había encontrado al entrar en la casa. La criada dobló las sábanas que cubrían el sofá, abrió las ventanas para que entrara el aire de la calle, cogió una silla y se colocó frente a ella.

Y habló.

Habló la Manola desde el usted que le imponía la cordura perdida por Carmen. Le habló como nunca había imaginado que lo haría ante aquella mujer a la que siempre había admirado. Y se lo dijo.

—Usted siempre ha sido mi guía, señora. Ha sido la mujer en la que yo siempre he querido convertirme en otra vida, cuando no me toque ser criada. Carmen, escúcheme. Entiendo que usted ha sufrido más que nadie por amor, pero es ahora cuando tiene que sacar fuerzas de su flaqueza.

Carmen la escuchaba con los ojos bien abiertos como si

aquellas palabras estuvieran devolviéndola a la realidad perdida.

—Tiene que rehacer su vida, empezar de cero con sus hijos y esperar a ver cómo se resuelve la guerra. No va a conseguir nada encerrándose. ¿Me oye?

—Te oigo, Manola, pero no sé cómo empezar...

—¿Quiere que le diga por dónde? —preguntó.

—Haz el favor, Manola.

—Empiece por volver a tratarme de usted. Usted es una señora y no voy a permitir que deje de serlo. Yo solamente soy una criada que la va a servir a usted y a sus hijos hasta que me muera.

—Manola...

—¡Esto es así, señora! Y luego vamos a hacer dos cosas. Primero va usted a ver a su hermana. Y después...

—No, no, eso sí que no... —interrumpió Carmen.

—Y después —continuó la criada como si no fuera con ella—, nos vamos a ver a sus hijos. ¿Le parece bien?

No dio tiempo a que Carmen contestara porque la Manola se levantó, abrió la puerta, bajó los peldaños a toda velocidad hasta el portal y agarró a Mercedes por el brazo sin que mediara explicación alguna.

—Dele un abrazo. Es lo que necesita —le susurró antes de entrar de nuevo en casa de Soledad.

Mercedes vio el pelo aún mojado de su hermana y dudó si debía abrazarla. Tuvo miedo al rechazo. A que el perdón no llegara.

Dudó porque no sabía, siquiera, cómo hacerlo.

La Manola la empujó.

—¿Qué le he dicho? ¡Venga, venga!

—Carmen, soy Mercedes —dijo la hermana—. ¿Puedo...?

—¡Acérquese, leñe! —se oyó decir a la criada.

Mercedes avanzó unos pasos, se colocó frente a ella, la miró y le pidió permiso.

—¿Puedo abrazarte?

Carmen elevó la mirada y la clavó en tía Mercedes.

—¿Para qué?

—Porque lo necesito.

Mercedes agarró a Carmen entre sus brazos y sintió su cuerpo menudo. Bajo la piel de cada una de ellas, sus corazones palpitaron con fuerza. Mercedes colocó su mejilla al lado de la mejilla de la hermana y, al sentirla cerca, solo pudo pronunciar una palabra:

—Perdón.

Eran las cinco de la tarde cuando el timbre sonó en Montcada y Tomía corrió por el pasillo para abrir la puerta. Ni la madre ni la hija necesitaron decir una sola palabra para pasar a los besos y a las caricias.

—¡Doña Mercedes! —gritó la Manola desde la puerta—. ¡Ya estamos aquí!

La abuela también voló a recibirlas.

Y detrás Cuyaya.

Y detrás el nene a su paso lento y dolorido.

Y detrás el abuelo Jaime, que se quedó mirando a su hija Carmen y dio media vuelta por la impresión que le produjo verla tan demacrada.

—¡Mis niños, mis niños, guapos! —dijo Carmen entre lágrimas.

—¡Vamos, vamos dentro! —ordenó al fin doña Mercedes, preocupada por si alguna vecina abría la mirilla para cotillear.

La señora colocó las sillas en círculo en torno a la mesa de centro. Carmen se dejó caer en el sofá rodeada por sus hijos.

—¡Mis niños!

—¡Estás en los huesos, Carmen! Tenía razón Soledad —dijo la madre mientras preparaba la merienda.

—Sí, mami, ¿por qué estás tan delgada? —preguntó Tomía.

—¡Qué sé yo! —suspiró Carmen.

Mercedes contemplaba la escena con una mezcla de sentimientos. El peso de la culpa le oprimía el pecho. Se acercó al oído de su hermana y musitó las palabras que tanto tiempo llevaba queriendo pronunciar.

—Te lo debía, Carmen.

Después se retiró.

Se marchó.

Desapareció del salón y se encerró en su habitación con su tormenta de emociones.

«Se lo debía.»

Cuando Tomía, Cuyaya y el nene terminaron de relatarle sus días y sus noches en Cerdanyola con esos familiares que ya no lo eran de Carmen, cuando se les agotó la retahíla de dudas y preguntas y saciaron las ganas de madre, doña Mercedes los mandó a sus habitaciones y sintió la urgencia de hablar de todo lo que había ocurrido en ese tiempo.

—Estoy muy preocupada por ti. No me gusta nada tu aspecto. ¿Cuándo vas a explicarles la nueva situación a tus hijos?

—¡Ay, mamá!

—José María no permitirá que se queden aquí. Querrá llevárselos a Rosellón y yo solo quiero que no vuelvas a perder el contacto con ellos. Una madre, Carmen, es una madre. Y solo hay una.

Sabía que doña Mercedes tenía razón, pero no tenía fuerzas para enfrentarse a sus hijos. Los nervios oprimieron su estómago hasta dejarla sin respiración.

«No, Carmen, no puedes seguir callando —pensó Carmen—. Háblale a tu madre. Suelta el lastre que llevas dentro. Rompe el silencio. Busca la reconciliación.»

Y así, impulsada por esa voz que ejerció de guía, Carmen también habló a doña Mercedes.

—Mamá, me he enamorado de un hombre que está en la guerra. Está luchando en el frente. Se llama Federico. Lo que me reste de vida quiero vivirla a su lado.

—¡Oh, Dios mío! —exclamó doña Mercedes—. Son ciertas las habladurías de las mujeres.

La madre confirmó sus sospechas a través de las palabras que Carmen necesitó pronunciar para liberar parte de su miseria.

—Sí, madre.

—¿Y ahora? —preguntó temerosa la mujer.

—Lo esperaré hasta que vuelva.

—Quiero que vengas a vivir a esta casa, Carmen —dijo la madre como si no quisiera entender lo que su hija estaba confesándole o como si hubiera decidido sobre la marcha que así podían protegerse de las voces que relataban una historia que siempre creyó que sería mentira.

—¿Es lo único que te preocupa?

Carmen miró a su madre fijamente. Necesitaba escuchar de su voz que tenía su apoyo. O que la entendía. O que aceptaba su deseo de esperar a ese hombre.

—Sí, Carmen. Ahora mismo es lo que me importa. Aquí estarás a salvo.

—¿A salvo de qué?

—De la calle, hija, de la calle. No acepto un no por respuesta. Yo misma traeré tu ropa de casa de Soledad y te quedarás aquí para siempre.

—Mamá, te ruego que entiendas que ya no hay un «para siempre» en mi vida.

Doña Mercedes no alcanzó a comprender el significado de aquellas palabras porque su vida había sido «para siempre». Desde su matrimonio hasta sus hijas pasando por la muerte de una de ellas.

Para siempre.

Todo lo demás se le escapaba, igual que a Carmen le costaba entender a su madre, saber a qué calle se refería, o de qué amenaza trataba de protegerla.

—Si vas a sentirte mejor, me quedaré aquí, pero solo hasta que acabe la guerra.

La madre respiró aliviada durante unos segundos en los que Carmen cogió aire para seguir hablando.

—Sé que piensas que he cometido un pecado imperdonable. Entiendo que te resulte bochornoso pasear por la ciudad y sentir que te señalan con el dedo, pero tienes que saber que mi matrimonio llevaba mucho tiempo herido de muerte. José María no ha sido un hombre fiel ni leal.

—¿Cómo puedes hablar así del padre de tus hijos? No podía esperarme esto de ti, Carmen.

—Ni fiel ni leal —repitió—. No lo ha sido conmigo ni con mis hijos. Llevo muchos años viviendo un infierno por su culpa.

—Eso que dices no es verdad.

—Es la verdad.

—¡Mercedes! —gritó la madre—. ¡Ven y escucha las barbaridades que está diciendo tu hermana!

Mercedes salió sobresaltada del dormitorio y asomó la cabeza por la puerta.

—Dile a tu hermana todo lo que ha hecho José María por esta familia y por sus hijos, pobrecitos míos, para que no les falte nada. ¡Lo que ha luchado ese hombre por el nene!

—Eso, Mercedes —dijo Carmen sin atreverse a levantar la mirada del suelo—. Dile a nuestra madre cómo es José María.

Los labios de Mercedes permanecieron callados, pero

doña Mercedes no acertó a descifrar el significado de ese silencio.

Aquella noche Carmen y sus hijos durmieron juntos y abrigados bajo el mismo techo, sobre una almohada en la que por fin ella pudo apaciguar su locura sin saber que, al amanecer, la guerra volvería a buscarla.

CAPÍTULO 46

Silbaba el aire del alba sobre Barcelona cuando Soledad salió de casa para dirigirse a la radio. Se había acostado tarde, ayudando a doña Mercedes a hacer las maletas de Carmen, embalando de nuevo los ropajes, los zapatos y los neceseres. Apenas había dormido, pero ahora que Carmen ya no estaba, debía actualizar el trabajo que se amontonaba sobre su mesa y concentrarse en los preparativos de la Navidad de aquel año que despediría a 1937.

Al entrar en el despacho de don Joaquín para recoger las carpetas que planeaba ordenar y actualizar, encontró sobre la mesa el taco de periódicos del día atado con cuerda. Abrió el diario *Última Hora* y las letras saltaron de sus líneas. Leyó y releyó la información para cerciorarse de que sus ojos estaban en lo cierto y se echó a llorar como una niña pequeña. Cortó la página con la mano y escribió una breve nota a don Joaquín explicándole lo que había sucedido.

Había empezado a llover. Corrió sorteando los charcos, los baches y las zanjas. Corrió sin mirar a nadie, ni a los milicianos, ni a los civiles, ni a los coches que pasaban salpicando las aceras. Corrió hasta el portal de Montcada. Estaba abierto y no dudó en subir hasta la misma puerta de la vivienda de los señores Trilla, a la que llamó con los nudillos.

Doña Mercedes descorrió el cerrojo y se tapó el pecho con la bata de boatiné.

—¿Qué ocurre, Soledad?

—¿Puedo entrar?

—Pasa, pasa —dijo la mujer con voz somnolienta por el precipitado despertar.

Soledad puso a secar el abrigo y los zapatos al mismo tiempo que doña Mercedes encendía el fuego con el fin de preparar el café. Apenas habían pasado unos pocos minutos cuando Carmen entró en la cocina. Al ver a Sole se le cambió la cara.

—¿Qué ha pasado? No me mientas, por favor. Sé que ha pasado algo. ¡Lo sé! Mírame a los ojos.

Sole abrió su bolso y extrajo el recorte del periódico. Carmen se lo quitó de las manos y leyó aquello que su amiga ya había leído y releído tantas veces que podía recitarlo de memoria.

—¡No puede ser! Pero ¿está vivo o muerto? ¡Dímelo!

Sole bajó la mirada a sus pies descalzos.

—No lo sé —contestó.

—¡Me voy!

—¿Adónde vas ahora, hija? —imploró la madre.

Carmen dejó el papel de periódico sobre la mesa y salió despavorida de la cocina llenando de inquietud a doña Mercedes y a Soledad.

La madre cogió el escrito y por primera vez leyó el nombre del amante de su hija.

«Federico.»

Y su apellido.

«Escofet.»

Y su cargo.

«Capitán de caballería.»

Y la noticia.

«Ha sido alcanzado por una división italiana en la batalla

de Teruel y será trasladado en las próximas horas al hospital militar de Barcelona.»

Se oyó la puerta, el chirrido de las bisagras y el golpe de la madera contra el marco.

—No hay mayor sufrimiento que el de un hijo, Soledad.

CAPÍTULO 47

El hospital militar de Barcelona extendía su fachada a lo largo de la calle Tallers. Era una mole de piedra a la que se accedía a través de una puerta sin adornos. Antes había sido convento de los paúles y también sanatorio de los pobres infectos de la fiebre amarilla que afligió a la ciudad en 1821. El patio porticado que desembocaba en la iglesia, convertida en templo del sanatorio, daba la bienvenida a los tullidos del nuevo siglo.

Carmen entró en el edificio y, a lo lejos, vio un mostrador donde se agolpaba la gente en silencio y sin protestar pese a la larga cola que debían aguantar para tener una noticia, la confirmación de un ingreso o el certificado de defunción. Ella se colocó tras el último, un hombre desarrapado, barba sin rasurar, manos sucias y pies que rozaban las baldosas por los agujeros de las suelas.

—¿Es aquí donde informan de los muertos?

—Sí, señora, pero también de los vivos.

Carmen apaciguó su ansiedad al escuchar aquellas palabras. Tenía razón: los vivos también tenían derecho a ventanilla. Aguardó casi treinta minutos hasta que una señorita, sin levantar los ojos de la cuartilla blanca en la que anotaba los datos, le preguntó:

—¿Nombre?

—Señora de Escofet —contestó Carmen sin dudarlo un segundo.

—¿Paciente?

—Federico Escofet.

La señora tardó unos segundos en revisar la lista que parecía interminable.

—No se ha producido ningún ingreso con ese nombre.

—¡Pues se producirá! —insistió ella con la cara desencajada—. Lo han traído aquí desde el frente.

—Los heridos de la guerra entran por el pabellón dos, saliendo por la puerta a la derecha, segunda planta.

—¿Qué quiere decir? —preguntó angustiada.

—Vaya al pabellón número dos y espere allí. ¡Siguiente!

La ventanilla de los vivos no tenía turno para la paciencia.

Carmen se encaminó a paso ligero hacia el pabellón dos, saliendo por la puerta, «¡qué puerta!», dudó, a la derecha, «segunda planta», recordó.

—Oiga, ¿para llegar al pabellón de la guerra? —preguntó a un celador, a una monja y a un hombre con aspecto de médico.

Y unos y otros le fueron indicando.

Fue allí, en ese hospital militar, donde Carmen Trilla volvió a sentir la flaqueza de sus fuerzas y el miedo se alojó de nuevo en su estómago, recordándole que en el pabellón de guerra solo podía aguardar malas noticias.

Como todos.

Como el resto.

Un grupo de mujeres hablaba entre ellas. Discutía, en realidad, entre el llanto desesperado de la que parecía más joven y la calma forzada que trataba de mantener la más vieja, bata negra, zapatillas del mismo color y mirada llena de desdicha.

Se acercó a ellas.

—Disculpen, ¿dónde pueden darme información sobre un herido?

Ninguna contestó. Seguían a lo suyo sin percatarse siquiera de su presencia.

Carmen miró a la derecha.

Miró a la izquierda.

Se elevó sobre las puntas de sus pies.

Allí no había ventanilla, ni cola de espera, ni señorita que pudiera indicarle. Las camillas corrían por el pasillo portando a milicianos desvalidos, desangrados, moribundos.

Pero vivos.

—Perdonen ustedes —insistió—. ¿Dónde puedo localizar a un herido?

—Depende de las heridas —contestó al fin una de ellas.

—No lo sé. ¡Eso es lo que no sé! —gritó Carmen elevando la voz.

—Tiene que esperar. ¡Ahí, ahí! Siéntese ahí y espere —dijo señalando un banco corrido donde quedaba un hueco libre.

—Gracias, señora.

—No hay de qué, mujer.

Carmen se sintió anónima y transparente. Se sintió vieja entre los viejos; viuda entre las viudas; madre, hermana, amiga de los vivos. Y también de los muertos.

El hospital tenía el poder de igualar el sufrimiento propio al ajeno. Como si a todos les doliera la enfermedad de quien no conocían, esperando que al de al lado le brotara la misma empatía.

Se sentó entre dos señoras que debían de tener su misma edad. La que estaba a su derecha no dejaba de moquear. Tenía los párpados abultados y apretaba un pañuelito contra la comisura de los labios. La otra, a su izquierda, concentraba la mirada en las baldosas blancas del suelo. Se fijó en sus manos grandes y en las dos alianzas del dedo anular. Carmen contuvo las ganas de hablarle, de preguntarle, de saber por qué estaba allí, a quién esperaba, si había recibido ya alguna noticia o si las alianzas eran de su boda.

El frío de diciembre se colaba por las rendijas de los enormes ventanales con vistas al patio central. Se cerró las solapas del abrigo y se enfundó unos guantes que encontró en uno de los bolsillos.

«¿Y si no está aquí? ¿Y si lo que leíste en el periódico no es verdad y está muerto? —se preguntó—. Vuelve a casa con tus hijos. Has dejado a tu madre con la preocupación merodeando esa cocina, ese salón, ese hogar que te han prestado.»

Sacó un pañuelo del bolso para secarse las primeras lágrimas de desesperación que empezaron a brotar.

«Carmen, mira a ver si alguien puede darte un dato, por pequeño que sea.»

La espera se le hizo eterna, exasperante, angustiosa.

«¿Qué haces aquí sentada, mujer?»

Las horas pasaron y no halló respuestas para sus preguntas.

A punto estaba de hacer caso a la conciencia que le imploraba «vuelve, vuelve a casa», cuando la silueta de Gerardo Llobet surgió entre la muchedumbre. Guiñó los ojos para cerciorarse de que estaba en lo cierto y, sin darle tiempo a reaccionar, se abalanzó sobre él.

—¡Señor Llobet! —gritó—. Soy Carmen. ¿Me reconoce?

El hombre la abrazó saltándose la distancia que hasta entonces habían mantenido. De nada se conocían, en realidad. De nada más que de las citas furtivas. Pero ambos sintieron que recuperaban un pedazo de Federico.

—¡Es un milagro que nos hayamos encontrado, señor Llobet! ¿Qué sabe de él? ¡Dígame algo, por favor!

—Ha sido alcanzado por las balas, Carmen.

—Pero ¿está vivo? —preguntó.

—Está vivo.

—Por Dios, llevo horas aquí sentada y nada. ¡No sé nada!

—Hay que ser paciente, Carmen. ¿Por qué no se va a casa?

—No puedo dejarlo solo.

—Yo la avisaré en cuanto se produzca el ingreso. Se lo prometo.

—No insista. Señor Llobet...

La persistencia del recuerdo de Federico les había pasado factura. A cada uno la suya. Los dos acusaban la fatiga en sus cuerpos. Ella reparó en que no había desayunado y empezó a notar el agujero en el estómago. Él había pasado la noche en vela, pegado al transistor, pendiente de los partes de guerra.

Carmen quiso hablarle de su encierro, confesarle que su vida sin él no sería vida, agradecerle que la guiara la primera tarde en Sicilia y todas las que sucedieron después.

—Usted entiende, señor Llobet, que Federico no puede estar muerto, ¿verdad?

—No lo está, doña Carmen.

—¿Qué día es hoy? —preguntó.

—¿Del mes o de la semana?

—De la semana —dijo ella.

—Es martes, señora.

—He perdido ya la cuenta.

Carmen se estremeció al escucharse y a Gerardo se le heló una parte del corazón. El fiel ayudante nunca había estado tan cerca de la amante de su superior. Ni del timbre de su voz, ni de su olor, ni de su aliento. Aquello le provocaba una extraña agitación. Carmen le hizo pensar que a él nunca le habían querido y, a esas alturas de su vida, el amor ya no le llegaría.

—Tengo que preguntarle algo que me maltrae desde hace un tiempo —dijo Carmen rompiendo el silencio.

—Usted dirá, señora.

—¿Quién es Dolores?

—¿Por qué me pregunta eso?

—Fue ella quien delató a Federico y le contó nuestra historia a mi marido. Sí, fue ella quien precipitó nuestro divorcio... ¿Sabe de quién le hablo?

Gerardo la miró fijamente.

—No. No lo sé —mintió—. Lo que sí puedo asegurarle es que no hay nadie a quien Federico haya querido más que a usted.

—No me diga eso, don Gerardo, que me parte el alma.

—Hasta el final ha luchado por usted.

—Calle, por favor, que no puedo soportar ese peso dentro de mí.

—Sanará al verla. Sé que su simple presencia será suficiente...

Carmen le interrumpió.

—Por eso no puedo irme.

La mañana pasó y la tarde se echó sobre ellos hasta que la luz fue palideciendo y la noche los descubrió en el banco corrido, al lado de las mismas señoras, la de las manos grandes y la del pañuelito.

Debían de ser las once cuando Gerardo abrió los ojos. Se había quedado dormido, recostado sobre el hombro de Carmen. Se recompuso del sopor del sueño atravesado y se frotó la cara con las manos.

—Discúlpeme, Carmen. No debería haberme dejado vencer por el agotamiento.

—Iba a despertarle ya mismo porque mire... —dijo señalando al fondo del pasillo—. Allí hay un médico.

Gerardo se puso en pie y se acercó a paso ligero. Los familiares lo rodeaban como si tuviera la clave de sus vidas.

—Lo conozco —susurró al oído de Carmen—. Era el doctor que pasaba los reconocimientos en los cuarteles.

—Ojalá sea así —imploró Carmen apretando los puños.

Llobet no recordaba cómo se llamaba. Sabía que lo había visto decenas de veces, pero era incapaz de reproducir su nombre.

—¡Oiga! Espere un momento —exclamó cuando el médico se disponía a volver a sus obligaciones.

El médico se dio la vuelta.

—Dígame.

—Sé que nos conocemos. Soy el oficial de caballería Gerardo Llobet, a las órdenes de Federico Escofet.

El médico tardó en identificarlo, pero acabó haciéndolo.

—¡Claro, Llobet!

—¡Qué alivio! —suspiró Gerardo—. Doctor, estamos esperando su ingreso. ¿Sabe si ya...?

No le dejó terminar.

—Venga conmigo.

Gerardo hizo una seña a Carmen para que se acercara.

—¿Quién es ella? —preguntó el médico—. Solo puedo permitir visitas de familiares.

—Soy su mujer —contestó Carmen con determinación.

El doctor la miró dudando de su palabra. Después se giró hacia Llobet.

—¿Ella es...?

—Sí, señor —contestó el ayudante sin dudar.

—Tanto gusto, señora —dijo entonces el médico posando una mano sobre su hombro—. Acabamos de terminar la intervención de su marido. Como sabrá fue alcanzado en una mano. Perdió mucha sangre y está muy débil. Lo hemos sedado para que descanse. Ingresó muy agitado.

—Entiendo —dijo Carmen llevándose los dedos a los labios—. Necesito verlo, doctor.

El médico abrió unas puertas que los llevaron a una planta cuadrada en la que una cama seguía a otra, a apenas treinta centímetros de la siguiente. Todas eran de hierro y los colchones no debían de tener más de un palmo. De los cabeceros colgaban los goteros que suministraban sangre, suero o medicina al enfermo. Carmen fue mirando uno a uno tratando de reconocer a Federico bajo la sábana fina y retando a sus propias lágrimas para que no brotaran cuando sus pupilas se encontraran.

«Federico, Federico —decía para sus adentros—. Ya estoy aquí, mi amor.»

Carmen vio cómo las mujeres acariciaban a sus hombres, milicianos de esa guerra entre hermanos que estaba tiñendo España de sangre inocente y sembrándola de fosas sin nombre.

«Ya llego, mi vida», repetía ella.

El hospital era el único espacio sin enemigos, el altar común en el que las monjas se deshacían en promesas de intermediación con el de arriba sin preguntar el color del bando.

«Aguanta, aguanta, Federico.»

La sala desembocó en un pasillo de habitaciones que olían a cloroformo y a carne ensangrentada. Carmen respiró aliviada al intuir que ocuparía una de ellas y que, por fin, podría llorar ante él sin que nadie la viera.

—Les vuelvo a advertir de que el señor Escofet está muy débil.

—¿Puedo pasar? —preguntó Carmen.

—Sí, señora, pase usted —dijo Gerardo Llobet agarrándole las manos—. Yo me quedo aquí.

Carmen lo miró con una clase de emoción que no necesitaba ser refrendada por palabras.

El médico giró el pomo de la puerta. Llobet se acercó a él y, entre susurros, le dijo:

—Deje que entre sola, deje que oiga su voz.

CAPÍTULO 48

La mujer que no había hecho más que esperar a Federico Escofet, que se preguntó mil noches si recuperaría un cadáver o al hombre que le había devuelto la felicidad, se acercó a la cama casi de puntillas, con miedo de romper el recuerdo que la había alimentado durante el tiempo de la ausencia.

—Federico, soy Carmen.

Federico tenía los ojos cerrados y la boca medio abierta, la mano derecha vendada y una aguja clavada en el brazo.

Federico tenía cara de muerto, pero estaba vivo.

Carmen lo miró de cerca como quien vuelve a ese lugar en el que fue feliz.

—Soy Carmen —repitió.

Federico estaba irreconocible, era un cuerpo castigado que no se parecía al recuerdo que conservaba de él.

Era lo que veía.

La venda de la mano que ocultaba la herida de guerra.

Esa aguja en la vena que dolía con solo mirarla.

Los labios agrietados.

Y ese olor a hierro y a lejía.

La habitación con vistas a Tallers era amplia, pero de decoración escasa. En un rincón había un armario de madera oscura y una silla. Y una pequeña mesilla en la que solo encontró un montón de gasas y un vaso vacío.

Carmen rodeó el lecho y tomó la mano sana entre las suyas. La apretó con fuerza por ver si él reaccionaba, pero no movió ni un músculo. Ni se le aceleró el corazón. Ni le temblaron los párpados.

No pasó nada.

Acarició sus mejillas y su frente y notó la fiebre. Acarició sus labios y bajó la mano hasta el pecho y, cuando notó su pálpito, solo pudo abrazarlo e inundarlo de lágrimas.

Al sentir su piel, volvió a sentirse viva. Todo lo ocurrido podía no haber ocurrido: ella solo necesitaba a sus hijos por fin recuperados y a ese hombre para seguir viviendo.

—Te pondrás bien, mi amor. Lo sé. Sé que en poco tiempo volverás. ¡Volverás!

Se sentó en el borde de su cuerpo y, como si él pudiera escucharla, Carmen habló.

Habló sin parar y muy bajito.

Habló de todo lo que llevaba callando desde que Federico marchó a la guerra.

Habló serena y a ratos agitada. Sin pedir permiso por la furia de algunas palabras.

Habló sorteando la rabia y tratando de que las palabras los trasladaran de nuevo a Sicilia.

Y al tren de La Garriga.

Y a su paseo frondoso.

Y a Villa María.

Volvió a sentir el calor de la ilusión, de la locura que la había guiado hasta los pies de un jergón, en el que prefirió no saber cuántos hombres habían muerto tratando de vencer a la guerra.

Sin querer también volvió a la noche del entierro de Blasco Ibáñez y sintió remordimientos al rememorar la tarde en la que escribió la nota de la primera despedida.

Y al final volvió a Rosellón.

Los niños desfilaron por el pasillo, corrieron a besarla como tantas tardes y anocheceres en los que Carmen faltó de su lado. La abrazaron en esa imaginación caprichosa que se empeñó en convertir en felicidad lo que ni fue feliz ni fue dichoso. Porque de aquella familia ya solo quedaban los rescoldos del pasado.

«¿Qué me espera ahora? —se preguntó—. ¿Más guerra, quizá? ¿Qué me ofrece este hombre?»

Carmen dudó con la certeza que le confería su pasado que, aunque contuviera lecciones valiosas, había sido tirano.

«¿Qué darías por él?», pensó, y al momento se sintió molesta porque no era tanto lo que él podía ofrecer como lo que ella estaba dispuesta a dar.

«¿Hasta dónde, Carmen? El salto al vacío ya lo has dado. Una y otra vez. Tantas como oportunidades le has ofrecido a este amor.»

La puerta de la habitación se entreabrió, el médico asomó la cabeza y preguntó:

—¿Todo bien?

—Sí, señor —contestó Carmen recuperando la compostura.

—Debe descansar —dijo como si presumiera que le estaba molestando en ese estado de inconsciencia en el que Federico no daba muestras de sentir su presencia.

—Lo sé.

Carmen se anudó el cinturón del abrigo, recogió el bolso que había quedado tendido en el suelo y salió de la habitación secándose las últimas lágrimas.

—Entre, Llobet —dijo al ayudante, que seguía en la misma posición de brazos cruzados en la que ella lo había dejado.

Cuando se quedaron a solas, el médico deslizó un trozo de papel con su nombre. Antonio del Monte, escribió a mano.

—Yo soy Carmen —dijo ella escueta.

—Ahora, descanse —le recomendó el médico—. Mañana será otro día.

Y lo fue. Llegó ese mañana y llegó el día después.

Y el día siguiente al primero y a los sucesivos.

Por las mañanas, Carmen cuidaba de sus hijos y, a la hora del almuerzo, volvía al hospital. Allí pasó las horas sin salir ni para cenar hasta que las monjas se apiadaron de ella y acabaron subiéndole de las cocinas calditos de pollo en vasos de cinc.

Carmen sabía que solo recuperaría la calma por todo lo sufrido cuando Federico abriera los ojos y pudiera mirárselos de cerca y permanecer junto a él lo que le quedara de vida.

¿Qué más podía esperar esa mujer en ese hospital en el que, por primera vez, fue la señora de Escofet?

Nadie había reparado en su mentira. Ni el médico, ni las monjitas se detuvieron a comprobarlo. Bastante tenían con atender a los enfermos que se deshacían en gritos cada cierto tiempo como si los dolores también tuvieran su pauta.

Doña Mercedes la esperaba por las noches con el camisón y la bata, aturdida por los acontecimientos y sin más consuelo que el que le procuraba la amiga de su hija y tía Mercedes, que se convirtió en cómplice de su hermana y en la guardiana de la dignidad de toda la familia.

Una semana antes de que el año cambiara en el calendario para inaugurar 1938, Carmen no pudo hacer nada por evitar que José María se llevara a sus hijos a Rosellón. Coincidió con la decisión de los médicos de rebajar a Federico la dosis de sedación.

—Poco a poco irá despertando y podremos diagnosticar su estado —sentenciaron.

Y así fue. Federico Escofet fue despertando de ese sueño placentero provocado por la química.

Primero movió un pie y con él la sábana.

Después una mano y la aguja presionó sus venas.

Y, por último, entreabrió los ojos. Los dos a la vez. Apenas una rendija por la que se coló la silueta de Carmen.

—Estás aquí —le dijo con la voz temblorosa; seca la garganta y ásperos los labios en los que se detuvieron las palabras.

Los ojos de Carmen se llenaron de lágrimas, su mente de recuerdos y sintió ganas de besarlo y abrazarlo.

—Sí, estoy aquí.

Su vida pasaba por el tamiz de su existencia. Desde lo más grave hasta lo más intenso y apasionado, ya nada tenía sentido sin Federico. Carmen comprendió que su futuro no podría escribir ni una línea más lejos de él.

CAPÍTULO 49

El día que Federico Escofet abandonó el hospital militar de Barcelona faltaban solo veinticuatro horas para el ocaso de 1937. Agarrada de su brazo, Carmen Trilla decidió que nunca más se separaría de él. No fue una decisión consensuada. Fue su decisión. Era una mujer libre y, como si solo dependiera de ella, se juró a sí misma que no dejaría perder la última oportunidad que le ofrecía la vida de amar y ser amada.

Volvió a Montcada, habló con su madre y le comunicó la noticia.

—Nada me hará cambiar de opinión, madre. Aquí ya no tengo a mis hijos.

Doña Mercedes la miró con incredulidad.

—¿Adónde vas a ir, Carmen?

—Nos vamos a instalar en el hotel Victoria de la plaza de Cataluña.

—¿Vas a vivir en un hotel?

—¿Qué importa eso? No me lo pongas más difícil. Te lo ruego.

Mercedes asistía a la escena muda y acongojada por las consecuencias de la decisión de Carmen. No quería ni pensar en cómo acabaría esa historia.

—Mercedes, di algo.

—No tengo nada que decir, madre. Carmen ha apostado por el amor de ese hombre, Federico...

La madre no la dejó terminar.

—¿Así que tú también crees que es adecuado para una mujer divorciada?

—Debemos respetar su decisión —exclamó el padre desde una esquina de la estancia donde permanecía inmóvil y con pocas ganas de incorporarse a la conversación.

Ninguna de las mujeres se había percatado de su presencia.

—¡Jaime! —gritó la madre—. Cuando nos venza la vergüenza, espero que estés a la altura.

Carmen se abrazó a su padre y, por segunda vez, le dio las gracias.

—Gracias, padre. Ese hombre me dará la felicidad a mí y a mis hijos.

El padre sonrió con ternura, consciente de que cualquier oposición sería baldía. No quería perder a Carmen porque ya sabía lo que era perder a una hija.

Así que el hotel Victoria, al lado de los viejos almacenes Vicente Ferrer, se convirtió en la nueva residencia de Carmen. Enseguida ella fue inscrita en la Generalitat como secretaria particular de Federico Escofet y juntos empezaron a compartir la política de aquellos años de desvergüenza histórica sin olvidar amarse ni un segundo de sus vidas.

Flaco de fuerzas, Federico solo acertó a pedir que fueran dos las habitaciones que reservaran a su nombre.

—Esta señora —dijo dirigiéndose a Carmen— tiene tres hijos y quiero que preserve su intimidad con ellos.

Carmen no tardó en organizar la primera visita con la mediación de la Manola. Acordaron que los llevaría hasta el Victoria y ella los recogería en la recepción del hotel.

Lo preparó todo para que los niños encontraran lo más parecido a un hogar. Descorrió las cortinas para que la luz entrara por los enormes ventanales con vistas a la plaza de Cataluña y se maquilló la cara para que no descubrieran las ojeras de las noches en vela. Estaba serena y tranquila después de haber decidido que aquel día Federico no se uniría a ellos para no enturbiar el encuentro.

El plan se cumplió según lo establecido. Era la primera vez y sería la última.

Carmen vestía de blanco. Su melena, recién cortada por una peluquera que frecuentaba a los huéspedes del hotel, caía sobre sus hombros. Había recuperado la belleza y el antiguo porte. Tomía y Cuyaya lucían trenzas anudadas con lazos y unos vestidos con canesú a crochet y chaquetas a juego. El nene tenía buen aspecto. Pese a los fríos del invierno, el color de su tez no era tan pálido como de costumbre.

Carmen retiró una colección de revistas atrasadas y los cuatro se sentaron en torno a una pequeña mesa camilla cubierta con un terciopelo granate sobre la que la camarera que atendía en las habitaciones sirvió leche y bizcocho.

Las niñas no pararon de hablar, de contar historias que su hermano les rebatía.

—Nene, ¡cuánto sabes! —lo elogió la madre.

—¡Está todo el día estudiando, mamá! —dijo Tomía.

—Siempre estudiando —remató Cuyaya.

—Eso es lo que tenéis que hacer vosotras.

—Pero es que la guerra...

—¡Chist! —dijo Carmen colocando el dedo índice sobre los labios de Tomía—. Hoy no vamos a hablar de la guerra.

—Mamá —preguntó Tomía con el gesto serio—, ¿vas a vivir aquí para siempre?

—Sí, mi vida. Hasta que pase todo, hasta que la guerra de la que no vamos a hablar termine, esta será mi casa. Podremos vernos siempre que queráis.

—¿Papá y tú ya no os queréis?

—¿Por qué dices eso?

—Nos lo dijo papá.

Cuyaya y el nene esperaban ansiosos la respuesta de la madre.

—Lo que ha ocurrido entre papá y yo son cosas de mayores, pero nunca dejaremos de quereros a vosotros. Y eso es algo —dijo Carmen acercándose a ellos y mirándolos a los ojos— que nunca debéis poner en duda. Mamá os querrá siempre. Os querrá toda la vida.

Los tres hijos de Carmen no replicaron.

Pasaron el resto de la tarde abrazados a su madre, tumbados en la cama doble que ocupaba el centro de la habitación entre dos mesillas de madera oscura, cada una con su farolillo.

A la hora fijada, la Manola volvió al hotel. En el alboroto de las despedidas, mientras Carmen les ponía los abrigos, los gorros, las bufandas y las manoplas forradas de piel de borrego, Federico abrió la puerta que comunicaba las dos habitaciones, observó a Carmen y la descubrió colmada de felicidad. Tanto que, cuando las voces de sus hijos solo fueron un eco apenas perceptible en el largo pasillo, sintió la pena que poco después ella llenaría de palabras.

—Federico, la felicidad nunca es completa. Ahora que te tengo a ti, que por fin nos tenemos, me faltan ellos.

—Todo esto pasará —contestó él—. Pasará —insistió.

Las imágenes de su amor eran nítidas. Todo era un sí incondicional dictado por la necesidad de recuperar el tiempo perdido y aprovechar cada segundo por temor a que los días fueran a estallar en cualquier momento, como si el mañana fuera una superstición que tuvieran que esquivar a toda costa.

Se amaron con la urgencia del futuro incierto, compartiendo entre besos y caricias el mutuo sufrimiento que su amor les había ocasionado.

Se amaron con el miedo a no poder volverse a amar.

—Prométeme que nunca más te irás. Prométemelo —suspiró Carmen.

—Te lo prometo.

Esa noche, cuando las gemelas Tomía y Cuyaya ya estaban a punto de dormir, José María Escardó entró en su habitación para saber de Carmen. Las niñas le contaron todo lo que vieron, lo que hicieron y de lo que hablaron. Precisaron que no vieron a nadie más que a ella y le expresaron su deseo de volver a verla. El doctor no puso fecha a la siguiente ocasión y pronto averiguó que al relato de sus hijas le faltaba la pieza de Federico. Y como si no hubiera tenido suficiente con el daño ocasionado hasta entonces, José María quitó el capuchón a su estilográfica y escribió una breve nota en la que comunicó a Carmen que no volvería a ver a sus hijos hasta que la guerra acabara y, en consecuencia, ella se mudara a una vivienda en condiciones.

Y remató:

No irán nunca más a un hotel. No es lugar para recibir a unos hijos. ¿Es ese el hogar que puedes ofrecerles? Si has decidido seguir vapuleando tu honra, yo me encargaré de preservar la de mis hijos.

Como José María no quiso que la Manola se entrometiese en su decisión, la carta fue entregada a Carmen por Tomás, el conductor, que ni se atrevió a mirarla a los ojos.

—Señora —le dijo cuando ya se marchaba—, yo la vi entrar y salir de la vivienda que usted frecuentaba en la calle Sicilia, pero nunca abrí la boca. Solo se lo dije a Manola. Ella lo supo por mí. Ahora que ya no hay más remedio que vivir con lo que Dios nos ha dado, quiero que sepa que en los días de mi vida la habría delatado ante el señor. Don José María es mi patrón, pero yo siempre la tendré a usted en mis rezos.

Carmen no pudo contener la emoción. Esperó a recuperarse para leer la carta y, cuando llegó al final del texto, fue consciente de que empezaba un nuevo calvario.

A las pocas semanas, José María completó su venganza al invitar a tía Mercedes a instalarse en Rosellón con la excusa de atender a sus hijos.

Primero durmió en la habitación reservada para los invitados, pero no pasó mucho tiempo hasta que sus sobrinos descubrieron que su tía se había mudado a la cama que fue de su madre.

A partir de entonces, los hijos de Carmen comenzaron a deambular por la vida renqueantes por los amores de unos y otros y algo aturdidos por no saber cuál era el verdadero.

CAPÍTULO 50

Pese a las esperanzas que los amantes habían depositado en aquel año 1938, a Carmen se le volvió a congelar el alma por no poder ver a sus hijos.

Al principio planeó una venganza contra José María. Planeó incluso matarlo sirviéndose del arma de Federico, pero enseguida desechó la idea por miedo a acabar encarcelada o condenada a muerte. No se lo habría perdonado. Con el paso de los días creyó que lo más razonable sería hablar con él, pero cada vez que lo intentaba la Manola se resistía a pasarle la llamada.

—Señora, es mejor que deje pasar el tiempo —le dijo la criada—. Hágame caso. Yo la tendré al tanto de cuanto ocurra en esta casa.

Y al final, con la única esperanza de poder verlos, aguardó horas y horas camuflada bajo una bufanda para no ser reconocida y agazapada en el portal que quedaba justo enfrente de la vivienda de Rosellón. Ni una sola vez vio a sus hijos atravesar el portal.

—¡Maldita mi suerte!

Un buen día, cuando ya se retiraba cansada y aturdida, divisó a su hermana a lo lejos. Caminaba a paso rápido en dirección a la casa.

—¡Mercedes! —exclamó—. ¡Mercedes!

Mercedes se dio la vuelta y al instante reconoció la mirada de Carmen sobre la lana.

—¿Qué haces aquí?

—Necesito ver a los niños, Mercedes. ¡Bájalos! ¡Baja con ellos con la excusa de un paseo! No me acercaré. Lo juro... Pero al menos confirmaré que siguen vivos.

Las palabras tardaron en llegar.

—Carmen, no puedo hacer eso —dijo titubeante—. Si supieras la cantidad de veces que he tratado de ablandar a José María... Pero no hay manera: te odia. Te odia con todas sus fuerzas.

—¡Por Dios bendito! No puede ser verdad lo que me está ocurriendo. Si supieras...

Mercedes se abrazó a Carmen y le susurró al oído:

—Algún día la vida se lo devolverá en sus carnes. Intenta mantener la serenidad hasta que acabe la guerra.

—¡Oh!... No sé si podré soportarlo —dijo Carmen con tristeza.

Los meses fueron firmando partes de guerra con sangre española de ambos bandos, pero las bajas se multiplicaban en el mermado ejército al que Federico seguía sirviendo con lealtad. Recuperado del todo de las heridas, volvió a ponerse al frente de las escuadras y de la escolta personal del presidente Companys.

El invierno dio paso a la primavera y después acabó el verano y el otoño volvió a desembocar en diciembre, y la guerra se hizo ya insostenible para los republicanos. Tras vencer en la batalla del Ebro, el general Franco comenzó su campaña para conquistar Cataluña. El avance de las tropas nacionales, ayudadas por fuerzas italianas, se produjo rápido. Sin encontrar apenas resistencia, la vanguardia del ejército nacional llegó al Tibidabo y el 26 de enero de 1939 las tropas comandadas por el general Yagüe entraron en la ciudad de Barcelona.

Federico Escofet habló a sus hombres con una sinceridad lacerante.

—No puedo evitar que me duela el alma al comunicaros que el Gobierno de la Generalitat y el de la República pasarán a Francia. La decisión no ha sido fácil. A nuestro cuerpo le ha sido encomendada la misión de escolta hasta la frontera. Solo la muerte me separará de vosotros.

Aquellas palabras ya pronunciadas lo despertaron a medianoche. Sentía la angustia en medio del pecho. Carmen tampoco había conseguido conciliar el sueño y, cuando la oscuridad se desplomó sobre las calles, empezó su particular despedida.

Desnuda, se levantó de la cama y se acercó al ventanal de la habitación del hotel Victoria. Llovía sobre Barcelona. Miró a la plaza de Cataluña y se vio paseando con sus hijos. Se vio con la Manola y con su madre. Se vio a sí misma del brazo de Mercedes. Y se vio de la mano de José María.

Dio media vuelta y buscó a Federico con la mirada.

—¿Estás despierto? —preguntó acercándose a la cama.

—Lo estoy.

—Sé que no quieres decírmelo. Te vas. Lo sé, Federico.

Federico se incorporó sobre el colchón, prendió el farolillo de su mesita de noche y rebuscó un cigarrillo en el cajón. Rasgó una cerilla contra la lija y aspiró el humo hasta que sintió que le abrasaba la garganta.

—Debo acompañar al presidente Companys hasta la frontera, pero intentaré volver...

—No sigas... —susurró ella interrumpiéndole—. ¡Lo sabía! —exclamó sin importarle que las palabras rompieran el silencio del Victoria.

—Carmen, mi vida, no tengo alternativa. Si me quedo, me matarán.

Se giró hacia ella y agarró su rostro con las dos manos.

—No puedo siquiera pedirte que me acompañes. ¡Ni eso puedo hacer por mí!

—Federico...

—No, Carmen. Ya no soy dueño de mis deseos...

—Yo no me puedo ir. Aquí están mis hijos.

—Lo sé. No me lo perdonaría jamás.

—Solo dime adónde vas.

—A Perpiñán —contestó Federico con la mirada perdida en ese horizonte roto por las bombas que ya no les pertenecía—. Partiremos mañana hacia la frontera.

—¿Estoy yo a salvo? —preguntó Carmen retirándose las lágrimas de los ojos.

—Te haré llegar un pasaporte diplomático por si necesitas salir de Barcelona.

—¿Hasta cuándo tendré que esperar esta vez?

A Federico Escofet se le paró el corazón al escuchar esa pregunta en la voz de quien había prometido esperarle toda la vida.

Esa madrugada, Carmen Trilla vio partir a Federico Escofet con los galones sobre sus hombros. Todo se deshizo para siempre como un castillo de arena devorado por las olas.

Cuando el día sucedió a la negrura, Carmen fue consciente de que quizá a ella también le quedara poco tiempo para ser arrasada por los acontecimientos y, como si no hubiera un mañana en su vida, se impuso el firme propósito de hacer cuanto estuviera en sus manos, aunque fuera por la fuerza, por ver a sus tres hijos. Ni un solo día había conseguido atenuar el recuerdo ni la rabia que sentía por José María. Se asustó de su propia determinación y de la furia en la que mudó la pena inmensa de la despedida.

Salió del hotel guiada por las últimas fuerzas que le quedaban. La ciudad era un peligro constante, una amenaza acechaba en cada esquina, pero no la amilanó el miedo a morir.

Ni una sombra de duda se interpuso en su decisión cuando empezó a correr cada vez más rápido.

«¿Qué tengo que perder si todo lo he perdido? ¿Qué me queda en esta vida si nada puedo recuperar?», se preguntaba invadida por la ansiedad de alcanzar el número 253 de la calle Rosellón.

Había sido capaz de soportar la crueldad de la decisión de José María.

Había conseguido sortear el tiempo.

Había esperado a que la guerra se definiera por una u otra España.

Y sin embargo...

De nada había servido cumplir. Una vez más y como tantas otras, Carmen sentía que la vida se resistía a cerrar sus cicatrices.

La acera de Rosellón estaba plagada de sacos de arena y restos de almireces. Las huellas de la guerra precedieron sus últimos pasos antes de plantarse en la puerta del principal segundo. Acercó la oreja por ver si algún movimiento delataba la presencia cercana de la Manola.

Pero nada se oía dentro. Miró el reloj de pulsera. Marcaba las ocho y veinte minutos de la mañana. La consulta aún no había abierto, José María estaría desayunando, Mercedes quizá anduviera en bata por la casa esperando a que sus hijos terminaran de desperezarse. La imagen de sus rostros recién amanecidos le devolvió el olor de sus pijamas y de la piel suave de sus cuerpos, y fue ese recuerdo lo que la empujó a llamar con los nudillos. Tres golpes secos contra la madera y, de inmediato, oyó que alguien se acercaba y descorría la cadena y luego giraba la llave en la cerradura. Contuvo la respiración y apretó la mandíbula, tratando de recuperar el coraje que la había llevado hasta allí.

—¿Quién es? —escuchó Carmen.

Al comprobar que se trataba de la Manola, dejó salir el aire concentrado en sus pulmones.

—Manola, abra la puerta.

—¡Señora! —exclamó la criada—. ¡Váyase, váyase por Dios! Si don José María la descubre, la matará. Sé que lo hará. Se lo ruego.

La Manola empezó a gimotear sin atreverse a cumplir la orden de Carmen.

—Abra la puerta. Yo sí que se lo ruego. Tengo que ver a mis hijos. ¡Abra la puerta!

El grito de Carmen recorrió el pasillo de Rosellón veloz como un rayo, alcanzó los oídos de Mercedes, que, en ese momento, cruzaba del salón a la cocina, y voló hasta el recibidor para certificar que la voz era la de su hermana.

—¿Qué haces aquí? —susurró—. Te estás jugando la vida.

—Dejadme entrar o cometeré una locura —contestó Carmen presa de la ansiedad.

—Manola, vaya a entretener al señor con más café. Carmen, salgamos de aquí.

—¡Voy a ver a mis hijos aunque me cueste la vida, Mercedes!

—No grites, por favor. No grites, que si José María te descubre... Si José María sabe que estás aquí...

—Nada me importa ya. ¡Dejadme ver a mis hijos! —rugió, y comenzó a llorar.

»¡Dejadme verlos, por Dios! ¡Solo un minuto de mi vida!

Agarró a su hermana por los hombros, pero las fuerzas se habían evaporado. Se fue escurriendo hasta quedar arrodillada ante ella y, ya en suelo, empezó a aporrear las baldosas con las manos abiertas como si necesitara que el mundo se agrietara bajo sus pies.

—¡Carmen!

La hermana se agachó para abrazarla, pero Carmen era

un cuerpo sin tensión, un harapo de telas negras que cubrían su flaqueza.

—¡No, señor! ¡Está usted equivocado! ¡Todo está en orden!

La Manola trataba de frenar a José María, que avanzaba hacia la puerta.

—¡Doña Mercedes! —gritó la criada.

Pero cuando Mercedes levantó la vista, José María ya estaba ahí.

—Eres capaz de poner en riesgo la paz de tus hijos. Eres la peor madre que pueden tener esas pobres criaturas. No los verás aunque tenga que sacarlos de España para impedírtelo. Cuando cumplan la mayoría de edad, ya no seré su dueño, pero mientras tanto sobre ellos mando y decido yo. ¡Márchate de esta casa ahora mismo!

José María tenía las mandíbulas tensas y las palabras que se escaparon entre sus dientes enmudecieron a las mujeres. Jamás imaginaron que la crueldad de aquel hombre podía ser infinita.

—No lo repetiré. ¡Mercedes, pasa y déjala ahí!

La agarró por un brazo hasta arrastrarla dentro de la vivienda. Lo que se oyó después fue el portazo, la llave en la cerradura y el llanto interminable de Carmen Trilla.

En aquellos primeros días de febrero del año 1939, todo se desvaneció como si un huracán lo hubiera arrasado y ya solo le quedara una línea en blanco para escribir la última frase.

—No dejaré de intentarlo. ¿Me has oído, Soledad? Ese mal hombre pasará por encima de mi cadáver...

Al escuchar sus palabras, Soledad arrugó en el bolsillo del abrigo el trozo de papel que tenía que entregarle por orden de Gerardo Llobet.

—No le des ese gusto. Antes, ¡márchate!

—¿Qué estás diciendo, Soledad? No puedo dejar aquí a mis hijos. ¡Pude haberme ido con Federico! Me habrían hecho un hueco en la comitiva, pero ¡no lo hice!

—Ahora deberás irte —contestó con determinación.

Soledad sacó el papel del bolsillo y lo estiró sobre la cama.

—No puedo volver a leerlo —dijo gimoteando.

Carmen lo cogió y el miedo la paralizó al leerlo.

—¿Quién te dio esto?

—Ya te lo he dicho: Llobet.

—¿Cuándo? ¿Por qué a ti? ¡Dime, dime quién me busca!

Carmen estaba fuera de sí. Gerardo Llobet había localizado a Soledad con la urgencia de la muerte pisándole los talones. Había tenido noticia de que los nacionales buscaban pistas sobre el destino del Gobierno de la Generalitat. Sabían que Carmen Trilla, inscrita como secretaria del señor Escofet, no había cruzado la frontera y creían que aquella mujer actuaba como espía a las órdenes de los exiliados.

—¡Santo cielo! Pero si yo no soy nadie... Si yo lo único que deseo... Yo no tengo información... Yo no sé ni quién soy...

—No tienes mucho tiempo. Hagamos liviano el peso de esta decisión...

—¿Qué decisión? Yo no tomo ninguna decisión, me obligan a irme..., pero ¿adónde, Dios mío?

—Llevas demasiados meses viviendo aquí. Te encontrarán... Más pronto que tarde. Llobet quedó en venir con las instrucciones del viaje.

—¿Hoy mismo?

—Sí, Carmen.

Soledad sacó la ropa del armario de la habitación y empezó a doblarla para meterla en una maleta. Carmen estaba sentada en la butaca frente al ventanal con la mirada perdida, sin saber si era verdad o una pesadilla.

—Llobet me dijo que pronto cerrarán los pasos de la frontera. Ahora o nunca, Carmen.

Soledad apoyó los puños cerrados sobre el colchón para soportar la tristeza.

—No tienes escapatoria —suspiró—. No puedes seguir viviendo aquí sabiendo que te van a detener y entonces sí que no volverás a ver a tus hijos. ¿Qué te depara Barcelona más que sufrimiento? Tienes que poner distancia. Un año, quizá. Sí, un año será suficiente para aplacar la rabia de estos malditos...

Soledad hablaba y hablaba mientras su amiga se limpiaba las lágrimas. Carmen solo podía asentir con la cabeza. ¿Qué podía añadir a su relato? Una desgracia tras otra. Y cuando parecía que su vida se enderezaba, otro golpe más.

«Así —pensó Soledad— no hay quien viva.»

Antes de la hora del almuerzo, Gerardo Llobet se personó en la habitación del Victoria con todos los papeles que Carmen necesitaba. Le entregó el pasaporte diplomático que Federico había solicitado a su nombre y le explicó cómo debía proceder.

—El camión que hace la ruta hasta la frontera sale a medianoche de hoy de la plaza de Cataluña —le explicó el ayudante—. Dé mi nombre al conductor de la camioneta. No comunique nada en el hotel para no despertar sospechas. Solo podrá llevar una maleta y nunca nunca debe hablar con nadie. ¡Con nadie! Diríjase a Perpiñán.

—¿Quién me busca, Llobet? ¿Quién me quiere tan mal? —le interrumpió Carmen.

—¡No, no, no, señora! No hay razones que lo expliquen. La situación...

—¡Oh..., sí, la situación!

—Diríjase a Perpiñán —insistió Llobet—. Y una vez allí, búsquelo... hasta encontrarlo.

—Lo encontraré. No tenga usted la más mínima duda —contestó Carmen ignorando qué le deparaba el futuro.

—Es usted una mujer muy valiente.

—No tengo alternativa... ¿Qué puedo hacer si me pueden detener? Y usted, ¿qué hará, Llobet?

—Escofet me ofreció integrarme en una columna de *mossos* que partirá hacia Olot mañana mismo.

—¿Lo hará?

—Yo me quedo, señora. Mi madre está a punto de morir. Solo me tiene a mí. Soy su único hijo. Sería una traición abandonarla. Mi señora madre es falangista hasta la médula. No me pasará nada.

Se abrazaron sin decir una palabra más. No era necesario.

—Debo pedirle algo.

—Dígame...

—Escofet me rogó que usted guardara la colección de estilográficas de su padre. Es lo único que tiene.

—No tiene que preocuparse por eso. Le haré hueco en mi maleta.

—Carmen...

—Dígame...

—Escofet la ama como a nadie en este mundo. Me lo dijo antes de partir de Barcelona. Él me lo dijo.

Horas antes de que dieran las doce de la noche, Mercedes entró en la habitación donde Carmen la esperaba con la maleta a sus pies, sentada a la mesa camilla donde merendó con sus hijos tanto tiempo atrás que el recuerdo se había hecho borroso.

Soledad había terciado para que la hermana acudiera al hotel antes de que Carmen emprendiera su viaje. Prefirió que estuvieran a solas y, sin dejarse llevar por la melancolía, se despidió de la amiga sabiendo que aquella podía ser la última vez que la abrazara.

—Yo me fui un día por amor y volví. Tú también volverás.

Carmen se secó las lágrimas de los ojos.

—Dios te oiga, Soledad. Yo dejo aquí los tres amores más grandes de mi vida y quizá me reencuentre con otro... pero ya nada será pacífico. Dios te oiga, Soledad —volvió a decir—. Has sido lo mejor que me ha pasado en este tiempo. Sin ti no habría sobrevivido.

La puerta se cerró tras ella y Mercedes se abalanzó sobre su hermana.

—¡Carmen! —dijo—. No voy a poder soportar este tormento... La forma en la que José María...

—No hablemos de él ahora... Volveré pronto. Y volveré para ver a mis hijos.

Mercedes no pudo reprimir el llanto.

—No llores, por Dios, que ya he llorado yo por las dos.

—¡Pídeme! Pídeme lo que quieras, Carmen. ¡Siempre estaré en deuda contigo!

—Sé que al nene no le faltarán tus atenciones y sé que querrás a mis gemelas como si fueran tus hijas. Solo te pido que pongas mi nombre a tus caricias. Espero que algún día puedan entenderme...

Y recordó: «sin necesidad de perdonarme».

—Carmen...

—Te deseo el amor que yo no tuve con el hombre con el que me casé segura de que envejecería a su lado. Mañana, al amanecer, entrega estas cartas a mis hijos y esta a Manola.

Se abrazaron las hermanas como si necesitaran que todos los sentimientos contenidos durante años quedaran por fin expresados.

Y así, deslizando cuatro sobres cerrados en las manos de Mercedes, Carmen salió del hotel Victoria cuando Barcelona se sacudía el miedo.

Iba vestida de negro de los pies a la cabeza. Un abrigo de lana de amplias solapas anudado a la cintura sobre un jersey de angora del mismo color con cuello vuelto y pantalones acampanados. En los pies se calzó los únicos zapatos que tenía de tacón medio con un par de calcetines de Federico que encontró en un cajón.

Carmen Trilla se marchó con el firme propósito de volver.

Se fue sola.

Sola y con una maleta que arrastraba la carga de haberse ido.

CAPÍTULO 51

—*Allez allez!*

La boca le sabía a sangre cuando el día amaneció en Le Perthus. El conductor del camión se echó a un lado de la carretera y tiró del freno de mano con violencia. Carmen se llevó la mano al bolsillo del abrigo y sacó el pasaporte entregado por Gerardo Llobet que acreditaba que era española.

La guardia fronteriza esperó a que todos bajaran de la camioneta. Formados bajo una lluvia incipiente, aguardaron la orden de cruzar.

—*Papiers, madame!*

—*Oui, monsieur*—murmuró sin apenas voz y con la mirada fija en sus pies.

Al extender el pasaporte, el gendarme le rozó la mano. Carmen elevó la mirada con miedo y sus ojos se cruzaron con los de aquel hombre de cabellera abundante y rubia bajo la gorra de militar, capa sobre el uniforme y ojos azulísimos.

—*Diplomatique?*

—*Oui, monsieur.*

—*Comment tu t'appelles?*

—Carmen. Carmen Trilla.

—*Jolie madame.*

—*Merci, monsieur*—contestó Carmen.

—*Allez allez!*

Volvió a oír la orden que los gendarmes les proferían como

si fueran animales que hubieran confundido su camino y ahora tuvieran que recuperar la senda que los devolviera a casa. Carmen se preguntó adónde iría ahora después de tantos días de viaje huyendo de la España desangrada y en carne viva, la España que acumulaba miseria en las cunetas y lágrimas en sus charcos.

El sirimiri dio paso a una lluvia cada vez más intensa que los caló hasta los huesos. El gendarme rubio siguió pidiendo papeles de uno en uno. Carmen giró la cabeza para mirarlo. El hombre se había agachado y, en cuclillas, observaba a uno de los niños del viaje hacia ninguna parte.

—*Comment tu t'appelles?*

—¿Cómo te llamas, cariño? —tradujo la madre.

—Jorge —musitó el niño.

—¡Jorge! —exclamó el militar mientras le acariciaba la coronilla.

Carmen retiró la mirada y buscó un punto en el horizonte donde no hubiera niños ni mujeres ni hombres vencidos. No resultaba fácil porque el paisaje eran ellos. Ellos y sus bultos, sus mochilas, sus maletas, sus bolsas de plástico con lo justo para sobrevivir. Se llevó el dedo índice a la boca y notó la sangre reseca en el labio inferior. No había dejado de mordérselo hasta romperlo con los dientes y hacerlo sangrar durante la noche pasada, la noche interminable en aquel camión de mercancía donde no cabía un alma, donde las mujeres lloraban, los niños gemían y los hombres se fundieron en la oscuridad de los caminos.

Carmen no encontró mejor manera de contener el dolor que sintiéndolo en sus propias carnes, tal fue el horror de cuanto vio. Y tal fue la rabia que empezó a engendrar cuando la última familia se subió a la camioneta y se sentó a su lado. Un niño pequeño, que debía de tener la edad de sus gemelas, se acurrucó entre las faldas de la madre y clavó su mirada en la de Carmen. Fue instintivo: ella acercó la mano para acariciarle y sintió la tersura de la piel de cualquiera de sus tres hijos. «Cómo te llamas», le preguntó. El niño contestó su nombre —Jorge— y se hizo hueco entre los pechos de la madre. Pero siguió mirándola y Carmen empezó a pagar su penitencia. La culpa no tardó en hacer mella en su cordura al tiempo que ella se tragaba la sangre de la herida. Pensó que las guerras robaban padres y robaban hijos a las madres, hijos que no volvían porque acababan apelotonados bajo la tierra en fosas sin placa ni cruz ni ceremonia. A los suyos, la guerra les había robado una madre y la posibilidad de volver a pronunciar esas dos sílabas irreemplazables: mamá.

Aquellos pensamientos desdibujaron la figura de Federico. Le dolieron tanto que el reencuentro con el amante se desvaneció bajo los faros que iluminaban a la multitud que recorría la carretera de la huida. Sus márgenes se llenaron de fusiles, de ametralladoras, de bombas de mano y de muertos; de ajuares, de sábanas con las iniciales de un matrimonio, de manteles con puntilla y camisas de seda; de maletas que se quedaron abiertas para aligerar el peso sobre la espalda.

El conductor de la camioneta fue el último en entregar los papeles a las autoridades francesas.

El gendarme de la cabellera rubia y abundante se acercó a ella y al oído le dijo:

—*Je m'appelle Dominique. Attendez-moi dans le poste de secours.*

Carmen asintió con la cabeza sin saber qué quería y por qué debía esperarlo en el puesto de socorro.

Llegaron por un camino embarrado y cubierto por una gravilla que sonaba bajo sus pies. No había belleza ante sus ojos. El horizonte lo formaban grupos de carabineros y guardias de asalto instruidos para controlar la marea humana que se extendía hasta Pont de Molins, a cinco kilómetros de Figueras. Carmen se detuvo en esa imagen que ya no podría olvidar en los días de su vida.

La angustia la devolvió a su hogar, le trajo las imágenes de sus hijos, sus miradas inocentes, sus voces aflautadas, sus cabellos limpios y brillantes frente a los piojos que habían tomado las cabezas de los niños que correteaban entre las filas de hombres que no habían matado una mosca en su vida y ancianas encorvadas que se agarraban a sus bolsas como si fueran la recompensa por haber sobrevivido a la penosa peregrinación.

Paralizada de los pies a la cabeza, con los dedos adormilados por el peso de la maleta que no había dejado de agarrar con todas sus fuerzas, cerró los ojos y respiró profundo como si la oscuridad bajo los párpados fuera a devolverle alguna clase de paz.

Pero su conciencia se empeñó en llenar su mente con un solo reproche.

«Los abandonaste, Carmen.»

«Los has abandonado, Carmen.»

Alzó la mirada alertada por los susurros de dos hombres que intercambiaban confidencias.

—El presidente Azaña ya está a salvo.

—Otro que se salva, Quintín.

Carmen lo miró de soslayo y lo reconoció enseguida. Iba sentado en primera fila, justo detrás de la cabina del conductor.

—Dicen que ha cruzado con Negrín. Y que Companys llegará mañana a París.

Carmen aguzó el oído.

—¿Quién te lo dijo, Quintín?

—Lo leí al ir a mear. Estos cabrones usan *Le Figaro* para limpiarse el culo.

Un culatazo seco bajo el pecho lo dobló hasta hacerlo

caer de rodillas sobre el charco que quedaba a ras de sus botas raídas.

—*Acogeguemos* españoles, *pego* no *pegmitiguemos* ninguna actividad política, monsieur.

Quintín se retorció sobre el barro. Carmen se acercó a levantarlo, pero el gendarme la cogió del brazo.

—Madame, puede *levantagse* solo. ¡Arriba!

El hombre se sujetó el vientre con una mano mientras hundía la otra en el fango en el que había apoyado la frente para no desplomarse del todo.

Abrumada por la violencia y el quejido de ese hombre, Carmen miró a su derecha, miró a su izquierda, e hizo caso a su conciencia.

—Yo, yo, yo los he abandonado, ¿qué hago aquí? ¡Corre, Carmen! ¡Corre! Mejor muerta... ¡Corre!

Se escabulló de la fila despegando los pies de la tierra sin que nadie advirtiera sus movimientos y cuando había recorrido solo unos metros, de espaldas a sus compañeros de viaje, empezó a correr hacia el paso fronterizo. Entonces, el gendarme de abundante cabellera silbó con los dedos y tres parejas de guardas uniformados se abalanzaron sobre ella.

—¡Demasiado tarde, madame! No hay marcha atrás.

CAPÍTULO 52

En el kilómetro ocho de Agullana hacia La Bajol, Federico y sus hombres se encontraron con el presidente Companys y su séquito desmoralizado. El hambre y las penurias eran iguales para todos. El éxodo igualaba por arriba y por abajo. Tenían hambre y sed. También tenían frío. Su ánimo estaba tan seco como en el resto de los vencidos.

—Escofet, pasa. Cruza en la comitiva.

Las palabras del presidente paralizaron a Federico. El caos y las dificultades eran evidentes. La invitación de Companys era un gesto, pero le revolvió el estómago. ¿Cómo iba a abandonar ahora?

—Presidente, al salir de Barcelona me comprometí con mis hombres a no abandonarlos. Y lo haré pase lo que pase. Además de vuestro ayudante personal y jefe de vuestra escolta soy el comandante de este millar de *mossos* y no pienso separarme de ellos.

El ambiente se fue enrareciendo por momentos. El presidente no tardó en descubrir que Azaña y Negrín ya habían cruzado a Francia, incumpliendo el compromiso de esperarse para pasar juntos. La humillación fue mayor cuando el militar de la frontera francesa les dio el alto. Nadie había anunciado la llegada de Companys y sus consejeros. La comitiva tuvo que aguardar el visto bueno de la prefectura de Perpiñán. Solo entonces, las autoridades pasaron y los hombres de Federico, con él al frente, se quedaron en tierra española.

Aún tardarían horas en abandonarla.

La columna de *mossos* marchó por caminos de cabras, por sendas de contrabandistas y desfiladeros desde los que divisaron la devastación.

Cuando alcanzaron Las Illas, Federico los hizo formar para proceder a la entrega de las armas. Los franceses no les dejaron ni los prismáticos. Quedaron flanqueados por una guardia que apenas les dirigía la mirada y a la que nada le importaba quiénes habían sido o qué habían hecho de bueno en la vida. Se les presumía todo lo contrario.

—*Où nous emmenez-vous?*—preguntó Federico.

—*Suivez la ligne*—contestó uno de los oficiales indicando la fila de oficiales a los que debían seguir.

La situación en las fronteras ponía de manifiesto la incapacidad de Francia para hacer frente a los cientos de miles de exiliados que pretendían alcanzar esa tierra de promisión que, en realidad, solo estaba en sus imaginaciones. Cada uno había construido su ideal de acuerdo con su particular expectativa. Lo que aquellos hombres jamás habrían imaginado era que Francia se convertiría en una inmensa ratonera con forma de campo de reclusión sin escapatoria.

Con los pies ya en tierra extranjera, caminaron doce kilómetros. Los gendarmes los recorrieron a caballo, sobre resplandecientes monturas y con las botas apoyadas en los estribos.

Estaban agotados. Federico no podía ni levantar las suelas de los zapatos. Le pesaban las piernas y los brazos. Le costaba respirar. Sentía la lengua áspera y la saliva espesa y pegajosa.

—Ya llegamos —le dijeron los suyos.

A orillas del mar, a dieciocho kilómetros de Perpiñán,

ocupando una hectárea de terreno con capacidad para cien mil refugiados y custodiado por *spahis* a caballo, Federico y sus hombres llegaron al campo de refugiados de Argelès-sur-Mer. Completamente rendido, tuvieron que sostenerlo para que no cayera de rodillas ante quienes lo empujaron al otro lado de la valla.

CAPÍTULO 53

La mañana siguiente a la marcha de Carmen en febrero de 1939, Barcelona despertó con la noticia impresa en la portada de *La Vanguardia*:

> El Gobierno rojo ha quedado disuelto al entrar en Francia.
>
> Después del hambre y las privaciones durante dos años y medio, después del fracaso de la desesperada ofensiva de Extremadura y la pérdida de Cataluña, la cobarde deserción de los capitostes rojos, ahora, ha hecho rebasar ya el vaso de la paciencia del pueblo español, sometido al estertor soviético.

—Manola, haga el favor de servirme más café.

—Enseguida, señor.

—¿Está despierta la señora?

—No, señor. ¿Quiere que la despierte?

—No, en absoluto. Deje que descanse.

La noche había transcurrido entre pesadillas y tormentos. Ninguna de las mujeres de Rosellón pegó ojo. Cuando el sol despuntó en el horizonte mortecino de la ciudad en guerra, las criadas volvieron a su rutina mientras que Mercedes consiguió conciliar el sueño. Antes de caer rendida, tuvo el acierto de entregar a la Manola las cartas de Carmen.

—Prefiero que las guarde usted —le dijo.

La Manola las colocó bajo la almohada y, como si se tratara de un tesoro cuya custodia le había sido encomendada, reposó sobre los sobres sin llegar a perder la consciencia en ningún momento.

Andaba la mujer con el estómago encogido por los nervios cuando los niños despertaron, ajenos a cuanto había acontecido. La Manola miró a las gemelas con pena, pero se la tragó.

—¿Cómo están mis niñas? —preguntó José María con una voz que hasta a la criada le costó reconocer.

Rosalía salió de la cocina con la bandeja para el nene. Desayunaba en la cama, incorporado sobre unos almohadones.

—Muy bien, papi. ¿Dónde está la tía?

—No ha pasado buena noche —contestó la Manola mientras servía los tazones de leche.

—¿Sucede algo? —inquirió el señor dirigiendo la mirada a la criada.

—Nada, señor. Nada que deba preocuparle.

José María recordó haber mirado entre sueños el reloj cuando Mercedes se metió en la cama, pero no le dio importancia, y siguió durmiendo creyendo que se habría entretenido con alguna lectura.

—En cuanto se levante, le entrega usted esto —dijo estirando sobre la mesa una página del periódico en la que la casa Artiach daba cuenta del inicio del abastecimiento de galletas en los mercados catalanes.

La Manola le echó un fugaz vistazo.

—¡Ciento cincuenta mil kilos de galletas! —exclamó Tomía—. Yo quiero, papi.

—Hijitas, tendréis galletas. No os preocupéis.

El padre se acercó para leer en voz alta la dirección exacta donde el gerente de Artiach recibiría a los clientes.

—Manola, podrá hacer los encargos en los bajos del diecinueve de Trafalgar.

—¿Quién es Franco, papá? —preguntó Tomía al leer el saludo al generalísimo en nombre de la fábrica de galletas.

—El que va a ganar la guerra, cariño.

José María se retiró a su consulta, las niñas volvieron a sus tazones de leche con avena y la Manola se sentó a su vera.

—Niñas, daos prisa. Os voy a vestir y os voy a hacer un regalo que os va a hacer una ilusión que...

Tomía la interrumpió.

—¡Un regalo, Manola! ¿Quién nos ha hecho un regalo?

—Vuestra madre.

—¿Mamá? —preguntó Cuyaya.

—Vuestra madre, sí —repitió la criada con la mirada aguada por su media verdad.

—¿Cuándo podremos volver a verla en el hotel? Solo hemos ido una vez...

La Manola enmudeció. La pregunta agitó de nuevo su tristeza y la criada volvió a empeñarse en disimularla al darse cuenta de que no estaba a la altura de lo que quedaba por venir. Carmen se había marchado dejando unos hijos huérfanos en vida. Tardarían años en comprender que la guerra no eran los cuentos ni los relatos, ni siquiera Franco o los republicanos. Daba igual si la guerra tenía vencedores o vencidos. La guerra era eso que se había llevado a su madre.

—¡Venga, Cuyaya! A ver quién acaba antes.

Las gemelas jugaron a engullir los copos de avena como si de una competición se tratara.

—La primera que acabe...

—¿Qué, Manola?

—¡Le doy veinte besos! —contestó.

La criada no esperó a Mercedes para entregar las cartas de Carmen. Estaba deseando hacerlo para quitarse aquel peso de encima. Así que, sobre la marcha, decidió sentarse con ellas en la alfombra de la habitación del nene y, a los pies de su cama, les hizo entrega de los tres sobres. Uno a uno, a cada uno el suyo.

—¿Qué es esto, Manola?

—Vuestros regalos. Abridlos y leed lo que vuestra madre ha escrito para vosotros.

Cuyaya saltó a la cama para leer la suya junto al nene. Tomía se levantó del suelo, descorrió las cortinas del ventanal con vistas a Rosellón, echó una mirada a la calle y se sentó en la mecedora de mimbre donde Carmen solía leerles en voz alta. Ahora eran las voces ahogadas dentro de los hijos las que fueron recorriendo las líneas escritas por la madre.

Las cartas tenían un idéntico encabezamiento con distinto nombre.

Querida Tomía.

Querida Cuyaya.

Querido nene.

Tenían también un párrafo calcado para los tres.

Mamá ha tenido que viajar al extranjero, a Francia. No quiero que os preocupéis ni que sufráis por mí porque pronto, muy pronto, volveré a Barcelona. Tía Mercedes y papá cuidarán de vosotros junto a Manola y Rosalía.

Dudó si mencionar a José María y, al final, prefirió escribir «papá» para resucitar el vínculo en la distancia inabarcable de sus vidas. A partir de ahí, Carmen escribió solo para Tomía, solo para Cuyaya y solo para el nene.

Tomía, mi pequeña Tomía. Mamá volverá. Eres una niña muy lista y sé que no hace falta que te explique que ha sido la guerra la que me obliga a emprender un viaje que durará muy poco, pero pronto, muy pronto, estaremos juntas de nuevo.

Mi amor por ti es infinito. Y tú sabes que el amor infinito no se acaba nunca.

Recuerda: siempre hay una estrella que brilla la primera al anochecer. Cada día búscala y mírala. Yo haré lo mismo y en ese momento estaré pensando en ti.

Cuida de Cuyaya y cuida del nene, amor mío.

A Cuyaya se le resbaló una lágrima cuando llegó al final de su carta.

—Mamá se ha ido, Manola —dijo la niña mirando fijamente a la criada.

—Pero va a volver pronto.

—Dice que si las cosas salen bien podremos ir a verla a Francia. Manola, ¿cuánto se tarda en llegar a Francia?

—Nada, muy poquito. Cogemos el autobús y vamos a Francia todos juntos.

—Pero ¿dónde está Francia? —volvió a preguntar la niña.

—Aquí mismo, mira —dijo abriendo un atlas que encontró por casualidad al echar un vistazo rápido a las estanterías repletas de libros infantiles, cuadernos y cajas de puzles.

Cuyaya se abalanzó sobre el libro.

—Esto es Francia.

La Manola señaló con el dedo el país vecino a España.

—Está cerca —admitió Cuyaya—. Pero yo no entiendo por qué se ha ido. ¿Por qué no se ha despedido de nosotras?

—Ella os quiere y eso es lo importante.

—Manola, ¿y cómo voy a ir yo a Francia? —preguntó el nene al terminar de leer su carta.

—Nada, nene, te subimos al coche de Tomás y toda la parte de atrás será para ti.

—Pero ¿no dices que vamos a ir en autobús? —la cortó Cuyaya.

—Quien dice autobús, dice el coche de Tomás. Ahora no es momento de pensar en cómo iremos sino en cuándo podremos ir. ¡A lo mejor vuestra madre vuelve antes! Venga, es hora de salir a la calle.

En ese momento reparó en que Tomía no había abierto la boca.

—Tomía, venga, guarda tu cartita en el sobre y vamos a buscar un rincón secreto para esconderlas.

—Tomía, ¿qué te dice mamá?

La voz del nene se fundió con la de la gemela.

—Sí, dinos, ¿por qué estás callada? —preguntó Cuyaya.

Tenía la mirada agitada, los ojos abiertos más de lo normal y las pestañas humedecidas. Arrugaba la carta entre sus manos, intentando contener las lágrimas con todas sus fuerzas.

Las verdades a medias pronunciadas por la Manola no le sirvieron de consuelo.

«¿Qué tontería es esa de viajar a Francia? —se preguntó la niña—. Papá no nos dejará —musitó para sus adentros—. La guerra es el viaje de mamá.»

El silencio se apoderó de aquella habitación. La Manola se había adentrado en un laberinto de preguntas sin respuesta, de futuribles absurdos que no podría controlar porque, en realidad, nada estaba al alcance de sus manos.

Y solo Tomía lo había entendido.

—La guerra es una porquería —dijo al fin.

CAPÍTULO 54

Se subió al tren y todo se tiñó de blanco y negro. El cansancio acumulado atravesó su consciencia y, al cerrar los ojos, se quedó dormida con la frente apoyada en el cristal de aquel vagón en el que Carmen deseó no volver a despertar.

—A Perpiñán —contestó Carmen cuando Dominique le preguntó «adónde vas, madame. Adónde vas tan sola».

—Ven conmigo —le susurró a continuación—. Sale un tren dentro de media hora y podrás subir. Yo me encargo del resto.

—¿Qué quieres a cambio? —preguntó ella con el miedo a su respuesta reflejado en la mirada.

«No me hagas eso, Dominique», pensó, temerosa de sus intenciones al ver que Dominique sonreía.

—No quiero nada, madame. Quiero salvarte.

—¿Cómo podré pagarte? —inquirió Carmen.

—No tienes que pagarme. ¡Corre, corre! No te queda mucho tiempo.

Carmen salió despavorida de aquellas instalaciones de la Cruz Roja preparadas para asistir a los *rouges espagnols*. Corrió entre el gentío que se arremolinaba.

«Corre, corre», le había dicho el gendarme Dominique. «Tienes cupo para un último milagro», pensaba mientras se abría paso a codazos con la maleta a rastras, los pies helados, las manos arrugadas y doloridas.

Perpiñán, Perpiñán, Perpiñán, repetía como una autómata.

—Aquí, madame. Por aquí —le indicó una voz anónima.

Después se subió al tren y todo se tiñó de blanco y negro.

El tren avanzó parsimonioso entre pueblos y estaciones por las que pasaron sin parar ante cientos de miradas y brazos en alto que reclamaban auxilio al maquinista como si el maquinista pudiera abrir las puertas para que subieran.

Carmen tardó en recuperar el ritmo normal de la respiración. Se había sumido en un delirio cargado de pesadillas. De cuando en cuando, se despertaba de forma súbita y se descubría a sí misma temblando de miedo. Miraba a su derecha. Miraba a su izquierda. Comprobaba si alguien había advertido su brusco despertar y volvía a cerrar los ojos como si nada hubiera ocurrido en realidad. Con las manos siempre sobre el regazo, tocaba la bolsita de cuero negro que había acordonado a su cintura y que contenía lo único que no podía perder: cuatro fotografías.

La primera era una fotografía de estudio en la que posaban las gemelas con seis meses. Cabezas perfectas, redondas, unos remolinos de pelo en su coronilla. Amplias sonrisas desdentadas. Apenas asomaban los dientes de abajo con su forma de sierra irregular. Entre sus dos hermanas aparecía el nene con su cabellera rizada, igual de sonriente, la mirada guiñada, las manos apoyadas sobre el hombro de Cuyaya. Esa era su familia. Los hijos de su vientre que se alejaban cada vez más según el tren iba superando tramos de vías.

La segunda era un retrato de las niñas que fue tomado cuando terminaron de montar, pieza a pieza, la cocina de muñecas, regalo de los Reyes Magos. Recordaba perfectamente ese día. Tomía posaba a la izquierda de Cuyaya, de pie, seria, los brazos pegados al cuerpo. Cuyaya estaba sentada en una silla, piernas cruzadas, la mano derecha sobre la izquierda. Idéntico gesto serio, boca cerrada, ojos concentrados en el objetivo de la Leica. Dos lazos blancos ataban las trenzas. Las dos niñas lucían vestidos de flores rojas sobre una tela de fondo blanco, con mangas acampanadas que les cubrían los hombros. Hermosas. Dos gotas de agua.

«¡Qué rebelde, Tomía! —pensó—. Siempre tan espontánea, tan viva, tan sincera en sus sentimientos...»

La tercera foto era la que más dolía con solo mirarla. Era la más reciente, de hacía menos de un año.

El nene aparecía tumbado sobre el colchón, piernas esqueléticas cruzadas una sobre otra, zapatillas de borrego en sus pies, las manos sobre el regazo. Tras él, sentadas de rodillas, las gemelas guardianas, escuderas de su dolor, compañeras y amigas del niño solitario en el que acabó convirtiéndose con el paso de los años.

Ellas sortearían los infortunios, pero ¿y el nene? ¿Qué pasaría con el nene? Se consoló pensando que Mercedes se convertiría en la enfermera abnegada que había prometido ser. Su memoria se detuvo en aquel aciago día en el que espió a su hermana a través de la rendija de la puerta y la descubrió queriendo a su hijo sin límites ni falsas simulaciones.

«Sí —pensó Carmen—. Mercedes no le escatimará ni un mimo, un abrazo, el cuidado en las noches de dolores incesantes.»

Y la cuarta. La cuarta foto era la foto con Federico. La que confirmaba los hechos cuando dudaba, incluso, de estar viva.

La foto la hizo Robert de Monnier, coronel del ejército francés, en el balcón del hotel Victoria que daba a la plaza de Cataluña. Los sorprendió así, abrazados en esa pose propia del enamoramiento primerizo. Carmen y Federico contemplaban el atardecer y el vecino de habitación apareció en el momento preciso. En ese instante, Carmen acercó su mejilla a la de Federico, labios rojos, melena ondulada y recogida a un lado, vestido de volantes, brazos desnudos que rodearon su cuello mientras él miró a Monnier con una sonrisa.

—Monnier, a ver qué haces con esa cámara —le dijo cuando el coronel retrató a los enamorados.

—¡Bellísima, bellísima, Carmen! ¡Qué afortunado eres, Federico!

Su perfecto español no delataba el deje de su origen.

—¡Ay, Monnier, Monnier! —exclamó Federico—. Te invito a una copa de champán.

—Escofet, solo aceptaré si nos acompaña tu señora.

Carmen y Federico rieron a la vez el comentario del militar.

—¿Crees que la dejaría un minuto sola? —preguntó Federico mientras acompañaba a Carmen hacia el interior de la habitación.

La besó con insistencia hasta retirarle el carmín de los labios.

—¡Benditos nuestros destinos, Carmen! No hace falta que lo diga Monnier. Soy el hombre más afortunado del mundo.

La seguridad de él era la fortaleza de ella. La fortuna del destino era lo que necesitaban. Ese azar que los había unido y los había separado y vuelto a unir...

La esperanza ahora se llamaba Perpiñán. Había oído hablar tanto de aquella pequeña villa española hasta mediados del siglo XVII que, cuando Federico pronunció su nombre —Perpiñán—, sintió que viajaría a territorio conocido. Carmen ignoraba que lo único que encontraría serían sombras prolongadas, un sinfín de lamentos y hogueras en cada esquina; una cola inmensa de refugiados, persianas que se cerrarían a su paso y la etiqueta de «maleantes» que injustamente les fue colocada.

La esperanza se diluyó en cuanto Federico cruzó la valla de Argelès-sur-Mer, al mismo tiempo que el tren de Carmen recorría los últimos metros de vías oxidadas para llegar a Perpiñán.

CAPÍTULO 55

Los soldados magrebíes del ejército colonial francés, ataviados con una vistosa capa roja que caía sobre la grupa de sus caballos, supervisaban la valla de alambres de espino que rodeaba a aquella muchedumbre abandonada a orillas de un Mediterráneo embravecido, a mediados de febrero. La advertencia era clara: cualquier español que intentara saltar sería tiroteado.

Una vez traspasado el control, los *mossos* se hicieron un hueco para tumbar a Federico sobre la arena. El olor y el sabor de la sal de la brisa de aquel atardecer fue lo único que consiguió aliviarlo, pero al agotamiento sumaba el delirio de los recuerdos. Su cabeza lo atormentaba con el último beso de Carmen, su último abrazo, su figura imaginaria en la camioneta infecta a la que no sabía si había llegado a subir.

—No lo piense.

Se giró bruscamente al oír la voz de Llobet.

—¡Llobet! —exclamó.

Las miradas asombradas de los *mossos* fueron suficientes para darse cuenta de que todo había sido producto de su imaginación. Pero la voz seguía hablándole cerca, muy cerca, casi al oído.

—Saldrá de aquí antes de lo que imagina. Igual que escapó de la muerte en Montjuïc y de la reclusión en Santa Catalina. Le acompañan la suerte y la libertad.

Federico ya solo era Federico a secas para las autoridades francesas. Uno más en esa playa de hombres doblados por el peso de sus macutos. Todos hundían los pies en la arena húmeda y cada paso era un suplicio para las piernas doloridas y enflaquecidas por los días de ayuno o las comidas a medias, siempre escasas.

La situación en Argelès era de caos absoluto.

No había ni lonas con las que montar una guarida para protegerse del frío y la lluvia.

Tampoco había barracas o letrinas.

Ni electricidad ni agua.

Con el primer anochecer, Federico y sus hombres descubrieron que todas sus noches serían al raso.

Con la primera urgencia, Federico asimiló que evacuaría las necesidades a orillas del mar. O en hoyos que vio excavar en la arena.

Con el primer rugido del estómago, entendió que todo cuanto tendrían para comer serían los restos de las mochilas y las fiambreras.

Y con la primera tos, Federico pensó que moriría de neumonía o de tuberculosis.

En Argelès-sur-Mer los días no pasaban, eran una sucesión de horas inertes que hacían que las mañanas y las noches parecieran una misma cosa. Solo se contaban las muertes y las desgracias. La disentería no tardó en propagarse como una epidemia sin remedio entre los cientos de miles de refugiados que caían como moscas ante la mirada impasible de los soldados. En ocasiones, tardaban días en retirar los cadáveres, expuestos al soplido de la tramontana en una esquina de la playa como si fueran pedazos de roca.

No había nada que hacer durante las horas de luz, así que, cuando se recuperó del agotamiento, Federico planificó una rutina que consistía en recorrer la orilla del campo de una punta a otra, hasta que le dolían los tobillos o escuchaba a los soldados lanzar mendrugos de pan desde la valla, con el único propósito de alejar de allí la masa humana. Entonces, Federico corría como corría el resto, como un perro hambriento que mata por un hueso.

«¡Qué canalla ha sido el destino!», rumiaba Federico, cuando se sentaba a roer el pan duro en esos momentos de sobresalto en los que nadie respetaba a nadie, donde lo legítimo era tirarse a por las migajas que quedaban esparcidas en la arena.

Solo las familias que habían conseguido llegar hasta allí con el petate intacto montaron tiendas de campaña con palos y mantas, a las que invitaban a pasar a los enfermos.

Los desgraciados que no llevaban más que lo puesto hacían agujeros en la arena para enterrar a sus mujeres o a sus niños con el propósito de que no quedaran ateridos por el frío. Pero no era suficiente, y la ropa húmeda al contacto con la piel acabó provocando dolorosas úlceras.

Llevaba ya varios días de cautiverio cuando, en uno de sus paseos habituales, mientras discutía consigo mismo la mejor manera de sortear lo más abyecto de su supervivencia, algo le llamó la atención. Estaba lejos, pegado a la valla. Parecía un refugiado que trataba de saltar.

«¿Será un soldado arreglando el alambre?», pensó para sus adentros.

Sin dudarlo un segundo, se acercó desde la orilla. No tenía nada mejor que hacer. Guiñó los ojos para enfocar con precisión. No, no era un soldado. Era un civil. Un pobre diablo como cualquiera de ellos.

—¡Eh! ¿Qué haces? —gritó Federico—. ¡Te la juegas, amigo!

El hombre ignoró la advertencia.

—¡No me oyes o qué!

—¡Todo al carajo! —contestó con voz rabiosa.

—¡Eh! —volvió a gritar Federico.

Aceleró el paso tanto como le permitió la pesadez de la arena bajo sus pies hasta llegar a agarrarlo por la chamarra y descolgarlo de la valla.

—¡Si te pillan, te matan! ¡No te das cuenta de la locura que estás cometiendo!

El hombre cayó de espaldas y empezó a llorar sin consuelo.

—¡Maldita mi vida, malditos fascistas, maldito yo, maldita sea!

—¡Para, para! ¡Ven aquí!

Federico lo abrazó con todas sus fuerzas tratando de calmar la furia de aquel hombre del que no sabía nada.

—Hablemos —le pidió Federico para ver si así conseguía apaciguarlo.

—¿De qué mierda vamos a hablar? ¡Dime, dímelo tú!

—Solo trato de disuadirte de que cometas un error del que te arrepentirás toda la vida.

Federico se levantó, se sacudió la arena y le ofreció una mano para ponerse en pie.

—Federico Escofet —le dijo—. Aquí tienes un amigo.

—¿Escofet? —preguntó con curiosidad retirándose las lágrimas con el puño del abrigo—. Yo a ti te conozco.

—Tú me dirás —contestó Federico halagado porque alguien en esa playa lo hubiera reconocido.

—Tú estabas...

Dudó un minuto antes de continuar.

—Quizá debería tratarle de usted...

—Sigue, sigue —contestó Federico sin darle importancia al matiz del tratamiento.

—Estuviste defendiendo la Generalitat la noche del 6 octubre. ¿Me equivoco?

—No te equivocas, amigo. ¿Dónde estabas tú?

—Agente de vigilancia. Mi nombre es Antolín Montesinos.

—Dame otro abrazo, compañero.

—Solo soy un republicano honrado. No he apretado el gatillo en los días de mi vida y mira lo que me ha reservado la carrera: ¡mierda, mierda y más mierda!

Montesinos volvió a llorar sin remisión. Le faltaba el aire y le sobraba la cólera que llenó su boca en forma de espuma.

—Antes muerto que de rodillas en este infierno, Escofet. Yo me largo de aquí.

Se acercó de nuevo a la valla.

—¿Adónde vas? ¡Ven aquí!

Federico se abalanzó sobre él hasta reducirlo en la arena y, como si fuera un saco, lo fue arrastrando hasta la mitad de la playa.

—No les des el gusto de dispararte.

—¿Dónde está Francia? ¿Qué demonios están haciendo? —exclamó Antolín Montesinos.

—Calma y confianza.

—¿En quién debemos confiar? ¿En un país que prohíbe *Madame Bovary* por su obscenidad moral y es capaz de mantener la obscenidad de este cautiverio?

—¡Cálmate! —gritó Federico—. ¿Qué persigues? ¿Que nos saquen de aquí y nos entreguen a Franco? ¿Es eso lo que buscas?

—Solo me rebelo contra esta injusticia por la que nadie pagará —contestó, denunciando una verdad que a Federico le costaba callar cada vez más.

—¡Vámonos! —le ordenó, obligándole a levantarse de la arena.

Al llegar a la orilla no se despidieron.

—Tira para allá —le dijo Federico—. No te voy a quitar el ojo de encima. ¿Ves esas mantas extendidas en la arena? Son de una familia de Barcelona. Te harán un hueco.

Federico lo vio marcharse cabizbajo, con las manos en los bolsillos de la chamarra y el andar renqueante. Montesinos se tumbó junto a aquellas mantas que Federico le había señalado. Pasaron tantas horas que Federico perdió la cuenta, bajó la guardia y se sumergió en un sueño que, antes de que despuntara el alba, fue interrumpido por el estruendo de dos disparos.

CAPÍTULO 56

Después de deambular como una pordiosera durante días y noches, bajo un sol que apenas calentaba, Carmen decidió huir del centro de Perpiñán lo más rápido posible.

Sus manos ateridas hacían que su maleta le pareciera cada vez más pesada. Aun así, corrió más rápido de lo que podían soportar sus piernas, por carreteras oscuras e interminables.

Corrió agitada por tierras movedizas, jadeante y asustada bajo un cielo negro que acabó descargando sobre ella. Ya sin fuerzas, Carmen cayó en una fosa, vencida por el cansancio y el miedo.

—¡Marie, Marie! ¡Corre, ven aquí!

La anciana Marie corrió hacia su marido torpe y dolorida por el reúma. Era pronto. Apenas pasaban unas horas del amanecer y el horizonte oscuro presagiaba otro día de lluvia.

—¡Marie! —insistió el anciano—. ¿A qué esperas?

El fox terrier negro, un cachorro de seis meses que acababa de unirse a la familia tras la muerte del anterior perro, salió escopetado al oír el grito de su amo.

—¡No puedo correr más rápido, Adolphe!

Marie corría con sus zapatillas de paño sujetando con las manos la pañoleta que le cubría el cabello plateado recogido en un moño. Fue saltando los arbustos que crecían desordenados en esa zona a las afueras de Perpiñán, a escasos cien metros del almacén de trigo que la familia Dussard regentaba desde hacía cuatro décadas. «HARINAS DUSSARD», rezaba el letrero de la nave principal. Marie y Adolphe eran los últimos Dussard que molerían el trigo en su nombre. No habían tenido descendencia por culpa de ella o por culpa de él. Nunca lo supieron.

—¡Se mueve, Marie!

—¿Qué se mueve, *mon Dieu*?

Adolphe se arrodilló al comprobar que, bajo la tierra, una mujer intentaba mover los dedos. Había caído en un agujero que parecía hecho a su medida. Una fosa perfecta cubierta de ramas, arena y agua estancada.

El anciano empezó a retirar la hojarasca y a escarbar para voltear el cuerpo. El fox terrier mordisqueaba el abrigo como si se tratara de una presa.

—¡Fuera, fuera, *Tantán*! —gritó el anciano.

Así se llamaba el cachorro. *Tantán quinto* por ser el quinto en la sucesión de fox terriers criados por los Dussard.

—¡Ayúdame, Marie! Sujeta la espalda. ¡A la una, a las dos, a las tres!

Y a la de tres, Carmen quedó tendida boca arriba en el hoyo.

—¡Madame, madame! —exclamó Adolphe abofeteando su cara.

—*Mon Dieu!* Necesitamos un médico. Esta mujer está medio muerta, Adolphe.

—Quédate aquí —ordenó el hombre—. Voy a la nave a por una carretilla. No podemos cargarla entre tú y yo.

Adolphe corrió de vuelta a Harinas Dussard.

—¡Sigue, sigue dándole en la cara, Marie! A ver si vuelve en sí.

Tantán se quedó con Marie, tan nervioso como su dueña,

ladrando y aullando mientras daba vueltas sobre el cuerpo inconsciente de aquella mujer.

Rebuscó en sus bolsillos y sacó el pasaporte empapado, en el que leyó:

—Carmen Trilla. Barcelona. 1906. ¡Oh! *Mon Dieu.* ¡Es muy joven!

La anciana buscó un pañuelo en el bolsillo, lo mojó en el charco y le limpió la cara. Le retiró la grava que se había incrustado en sus poros, en sus labios, en las cejas y en el pelo revuelto que cubría su cabeza.

—Madame, estamos aquí para ayudarla. Vamos, despierte. Está a salvo, madame.

El fox terrier ladraba al oído de Carmen.

—¡*Tantán*, fuera de aquí!

Entre los dos ancianos consiguieron subir el cuerpo como si se tratara del saco más pesado que hubieran cargado en los días de su vida.

—¡Vamos! ¡Vamos, rápido! Esta mujer no aguanta.

Marie colocó la maleta de Carmen a su lado.

—*Mon Dieu*, ¿qué llevará aquí esta mujer? —se preguntó al comprobar cuánto pesaba.

El traqueteo de la carretilla acabó despertándola. La vida era perra. Un montón de mierda... y ese agujero en la tierra...

Abrió un ojo, después el otro, y la pesadez sobre su cabeza le permitió constatar que estaba viva. Marie asomó por encima de su mirada al oírla gemir.

—¡Adolphe, para! Se ha despertado... ¡Madame —gritó dirigiéndose a Carmen—, está usted a salvo!

Bajo el cielo plomizo vio la preocupación en los rostros de esos dos desconocidos que la ayudaban y pensó que quizá, después de todo, la vida no fuera tan perra.

Adolphe paró la carretilla y la ayudó a incorporarse. Carmen se llevó la mano a la frente y cerró los ojos para recordar qué había pasado, pero la memoria solo le devolvió el sonido de sus pasos por aquellos caminos que había recorrido sin saber adónde iba.

—Marie. Me llamo Marie —dijo la anciana llevándose la mano al pecho—. Usted es *Cagmen*.

—*Oui, madame* —contestó ella con una voz débil e imperceptible.

—Adolphe —se presentó el hombre quitándose la gorra en un gesto de cortesía—. Vamos a llevarla a nuestra casa, donde podrá descansar.

Carmen se tumbó de nuevo en la carretilla y se palpó con las manos el vientre para comprobar que la bolsa de cuero no se había movido ni un milímetro de su sitio.

Llegaron a las cocheras del almacén donde se amontonaban los sacos de trigo y varias carretillas como la que había servido de vehículo para trasladar a Carmen. Esta respiró hondo, se incorporó y puso los pies en el suelo. Le molestaba la luz de unos rayos de sol que se habían abierto paso entre el espesor de las nubes. El abrigo empapado pesaba sobre sus hombros. Fue lo primero que Marie le quitó de encima. A duras penas podía andar. Se retorció de dolor con el primer paso y por un momento creyó que se desplomaría allí mismo. La humedad pegaba los pantalones a sus piernas y el jersey a su pecho.

—¿Tiene ropa para cambiarse? —preguntó la mujer—. Si no, yo puedo dejarle algo seco.

Carmen asintió con la cabeza. Recordaba haber metido varios pares de pantalones, alguna falda, dos o tres camisas, sostenes, bragas y medias. Entonces no pensó que necesitaría aquella ropa más que el comer.

A la vivienda de los Dussard se accedía a través de una portezuela que quedaba al fondo de la cochera. *Tantán* seguía saltando alrededor de la invitada pero, una vez dentro, el animal se tumbó sobre un saco a los pies de la chimenea, donde solo quedaban unos rescoldos. Marie condujo a Carmen hasta una habitación que no fue decorada porque los Dussard nunca recibían visitas. Era un espacio sombrío, sin ventanas, iluminado por una lámpara que Adolphe colocó en un rincón y ocupado únicamente por un colchón pegado a la pared y una mesilla de noche de madera oscura. Marie dejó la maleta en el suelo y la apremió a desnudarse para que el frío no la enfermase. Le entregó una palangana con agua templada en la que flotaba una esponja de crin y le pasó la mano por la cara. Carmen sintió que, más que una caricia, lo que necesitaba era un abrazo. Un abrazo de la Manola. O de su madre. O de Soledad. Y necesitaba también abrazar. A Tomía. A Cuyaya. Al nene.

Y a Federico...

La bolsa de cuero negro estaba también empapada, pero las cuatro fotografías, húmedas, blandas y dobladas por las esquinas, mantenían intactas las imágenes inmortalizadas por el fotógrafo. Las extendió sobre el colchón una al lado de la otra. Las miró y las besó y, antes de que Marie abandonara la habitación, Carmen preguntó:

—¿Qué día es hoy, Marie?

—12 de febrero.

Carmen se echó a llorar. Ese día la Manola cumplía años.

CAPÍTULO 57

Marie abandonó sus quehaceres hasta que Carmen consiguió dormirse. A medianoche, la desveló el viento que golpeaba la fachada de la nave, abrió los ojos y con ellos volvió la angustia del olvido. La vida del nene pasó por su mente a una velocidad inalcanzable. Desde el día que lo parió hasta la noche de su partida. Y entremedias, las vigilias, los dolores permanentes y Puig d'Olena.

¿Y si su hijo pensaba que estaba muerta? ¿Y si también lo pensaban las gemelas y la Manola y sus padres y su hermana Mercedes? ¿Y si en el fondo era lo que deseaba José María? La simple suposición de que estuvieran dándola por muerta la hacía dudar, incluso, de que no lo fuera a estar tarde o temprano. El peso de su decisión era una carga con la que no sabía si podría convivir.

A la mañana siguiente, cuando oyó el sonido de los cacharros en el fregadero, Carmen salió de la habitación.

—Necesitaríamos saber hasta cuándo va a quedarse aquí —preguntó Adolphe antes del preceptivo saludo y justo cuando Carmen iba a sentarse a la mesa de la cocina.

—¡Adolphe! —le recriminó Marie—. No hay ninguna prisa. La señora puede quedarse todo el tiempo que necesite.

La anciana le sirvió un vaso de leche de cabra y un bollo de su harina.

—Señor Dussard, intentaré recuperar a mi marido cuanto antes... y me marcharé. Pero si usted lo desea, puedo irme antes.

—¡Nada de eso, Carmen! Adolphe, has sido muy poco galante.

Al mencionar la palabra marido, Carmen sintió que en la boca hervía una mentira. ¿Y si Federico no cumplía su palabra? ¿Y si decidía reencontrarse con su mujer y sus hijas en Cannes? Las dudas le revolvieron el estómago impidiéndole beber la leche.

Antes de todo, antes de abandonar Barcelona, Carmen sabía delimitar lo real y lo inventado. Era capaz de valorar los hechos y desechar las elucubraciones. Sabía identificar la verdad de lo que no lo era, pero ahora todo parecía tan confuso...

No tenía mucho tiempo. Debía volver a la ciudad para encontrarse con Federico cuanto antes y para informar de que no estaba muerta. Apuró el desayuno, se anudó la bolsa de cuero a la cintura, se cepilló el cabello y les comunicó su decisión. Marie se empeñó en acompañarla. Ella deseaba recorrer sola el trayecto que había hecho en carretilla hasta el lugar exacto en el que todo se tiñó de negro; sin embargo, no pudo rechazar el ofrecimiento de la anciana.

Desde el almacén hasta el centro de Perpiñán no había mucha distancia. Sin embargo, el caminar se hizo lento por la fatiga que, de cuando en cuando, asaltaba a Marie. Pensó que podría ser su madre. De hecho, las separaban solo unos años. A Marie la vida la había tratado peor que a doña Mercedes. Lo delataban sus manos arrugadas, el abultamiento de las falanges y la inflamación de sus huesos, evidente en los tobillos deformados.

Casi todo el tiempo anduvieron en silencio. Apenas intercambiaron una pregunta.

—¿Y usted ha tenido hijos? —preguntó Carmen a la anciana.

—No —contestó sin añadir detalles.

Cuando llegaron al centro de Perpiñán se despidieron con un «no tenga prisa por volver» que Marie pronunció a media voz agarrándola por las manos con tanta franqueza que Carmen se sintió dichosa.

En las calles todo seguía igual. Las mismas mujeres, los niños, los hombres. Las mismas colas que no sabía dónde empezaban ni adónde conducían. Idénticos corrillos de familias que discutían si hacia la derecha o hacia la izquierda. En ningún sitio parecían tener cabida los parias del año 1939.

Le costaba entender en qué momento Francia dejó de ser lugar de acogida. ¿No era la tierra prometida? Francia se deslizaba en las conversaciones. Francia era la conclusión del conflicto. Francia era el recurso, quizá demasiado fácil, al que apelaba la guerra del lado de los vencidos.

Por primera vez en mucho tiempo se sintió extrañamente libre. Nunca antes en su vida había deambulado por una ciudad sin la obligación de volver a la hora establecida, sin la necesidad de esconderse o de mirar hacia atrás, sin la preocupación de ser observada.

Y sin embargo...

Aquella libertad se parecía muy poco a las ensoñaciones a las que se había entregado en las noches contadas de felicidad. Eso era lo que también la angustiaba: haber caído en las redes de una simple ilusión condenada desde su origen.

Era casi mediodía cuando se dio cuenta de que el tiempo se le había escapado infructuoso y ligero como el agua entre los dedos. Las horas volverían a consumir la luz y la noche acecharía de nuevo antes de regresar a casa de Marie y Adolphe.

Sobre la marcha decidió que lo más sensato sería dirigirse a algún gendarme de los muchos que circundaban la ciudad encargados de mantener el orden. Pensó que habría una comisaría donde le facilitarían un miserable teléfono para llamar a España o donde podría consultar un registro con nombres y apellidos y así acabar el tormento. Asaltó al primero con el que se cruzó como si se tratara de una cuestión de vida o muerte.

—Necesito comunicar con España —dijo.

—¿Con la España, dice?

—*Oui,* monsieur.

—Difícil, madame —contestó en español.

—Si fuera posible... Mi familia cree que estoy muerta. Es importante que sepan que estoy viva.

—Madame, las comunicaciones con la España no son fáciles. Muchas bombas. Muchos cortes de luz y teléfono.

—Lo sé. Vengo de la guerra. Sé cómo son las cosas, pero tengo que intentarlo.

—No puedo ayudarla. ¿Ve a toda esa gente? Todos quieren llamar a la España.

Carmen se giró para comprobar la multitud que se agolpaba a las puertas de un edificio, en apariencia de viviendas.

—La cola da la vuelta, madame.

—¿Qué hay a la vuelta?

—Una cafetería, madame. Ahí, llamar y recibir cartas de la España.

Sin dudarlo, Carmen se despidió del gendarme, se acercó al último de la fila y pidió la vez. El penúltimo era un joven de no más de veinte años, pelo negro y brillante por la suciedad acumulada, patillas que le llegaban hasta la mitad de unas orejas largas y de lóbulos carnosos, pantalones de pana cosidos y recosidos, pelliza de piel de borrego. Carmen observó sus zapatos roídos y pensó en los kilómetros que habrían recorrido. Siguió subiendo con la mirada hasta detenerse en el cordel con el que había anudado a sus hombros una vieja maleta de herrajes oxidados. En un extremo de la maleta leyó: «MARTÍN BULLET DOMÍNGUEZ». Las letras habían sido impresas en el cuero con la punta de una navaja o de un punzón.

Le dio por imaginar su vida. Le dio por pensar que huía de la guerra por amor, como ella, y que había acordado con su enamorada reencontrarse en Perpiñán, como ella, y que había pasado la noche al raso y tenía hambre y frío y necesidad de llamar a España, como ella.

Le dio por fabular con la posibilidad de que, en vez de todo eso, Martín Bullet Domínguez fuera, en realidad, un infiltrado de la gendarmería que hacía la cola para identificar a españoles subversivos que querían organizarse en territorio extranjero con el fin de combatir a los nacionales y vengar la derrota.

Enseguida contradijo esa versión y recreó la remota hipótesis de que se tratara de un hombre del cuerpo de Federico a quien acababa de despedir para acudir, según le dijo, al reencuentro con su ayudante personal, es decir, ella, su secretaria a efectos oficiales.

Según estos pensamientos se iban formando en su imaginación, más estúpidos le parecían. Aquel tipo podía ser Martín Bullet Domínguez, hasta ahí admitía la elucubración, pero todo lo demás eran triquiñuelas del ánimo para calmar la ansiedad que le provocaba la cola infinita, más larga que las que se organizaban a las puertas de los mercados de Barcelona cuando se procedía al suministro de alimentos frescos y otras viandas.

Avanzaron a un ritmo tan lento que Carmen empezó a notar que las piernas se le inflamaban. Ya no sabía cómo colocarlas para aliviarse de la pesadez, ni qué pensar más allá del pensamiento obsesivo que la mantenía allí, dispuesta a hacer noche si hiciera falta con tal de descolgar un teléfono y escuchar la voz de Rosellón.

—¿Llevas mucho tiempo esperando? —se atrevió a preguntar a Martín Bullet.

—He perdido la cuenta.

—Y todavía nos queda una larga espera, ¿verdad?

—Me temo que sí —contestó el joven al tiempo que liaba un cigarrillo con restos de tabaco que fue rascando del fondo de un bolsillo del abrigo.

—¿Dónde termina esta cola?

—¿No lo sabes? —preguntó sosteniendo la boquilla entre los labios.

—No. Me coloqué aquí porque un gendarme me lo dijo.

—Termina en un bar que se ha hecho famoso porque dicen que lo regenta un comunista que hace de enlace entre los refugiados y las familias españolas. ¡A saber si es verdad!

Empezó a sonar una armónica a escasos metros de ellos. La melodía era alegre. O trataba de serlo. Carmen aguzó la mirada hasta descubrir los labios amoratados por el frío y los ojos entristecidos, viejos y arrugados del hombre que hacía música entre las chapas de acero del instrumento más pequeño del mundo. Mientras tocaba, un chaval pasaba la gorra, en la que nada caía más que las primeras gotas de una nube que se paró justo encima de Perpiñán anticipando un nuevo aguacero.

—¡Qué lástima! —dijo Carmen.

Martín Bullet aspiraba el humo de su cigarro impasible ante la escena.

—Estos franceses solo piensan en el norte. Les importamos un carajo.

—¡Chist! —le dijo Carmen—. ¡A ver si te van a oír! Están por todas partes.

—Me importa una mierda —contestó como si nada de lo que pudiera pasarle fuera peor de lo que ya había acontecido.

Siguió fumando y hablando sin parar.

—¿Qué van a hacer? ¿Matarme?

Martín narró su viaje con todo lujo de detalles. Necesitaba hacerlo después de días en silencio. Días de órdenes cumplidas sin rechistar ni pedir explicaciones. Se había separado de su familia, de tres primos y un tío, todos varones, al poco de cruzar la frontera. Aún no sabía cómo lo había hecho, cómo había sido posible que no le hubieran cazado en su huida, arrastrándose sobre la tierra como un gusano con la maleta a cuestas. Tampoco tenía claro de qué se había salvado porque ignoraba por completo adónde había ido a parar su familia. Se había quedado solo. Completamente solo y sin más dinero que las perras con las que salió de España.

Siguieron hablando la tarde entera hasta que Carmen propuso buscar algo de comida.

—Ten —le dijo entregándole una cantimplora—. Si ves una fuente de agua potable, llénala. Nos vendrá bien.

Tardó en volver, pero lo hizo con las manos llenas. Dos bocadillos de queso y agua en la cantimplora. Agua helada que Martín tragó sediento.

Ahora que el futuro había dejado de ser un tiempo lejano para convertirse en el minuto siguiente, la perspectiva de hincar el diente al bocadillo le hacía contemplarlo de otra manera.

—¿De dónde has sacado este manjar? —preguntó él.

—Los entregaba un camión a las puertas de la iglesia de San Juan.

—Nos ha tocado la lotería —dijo dando un mordisco que abarcó medio bocadillo.

Con Martín Bullet de aliado, se sintió a salvo y esperanzada. Por unas horas, bajaron la guardia hasta que la noche cayó sobre ellos recordándoles la realidad de su situación y despertando de nuevo en ella las dudas y los remordimientos.

—No puedo más, Martín. Estoy agotada. ¿Cuánto nos queda?

—Creo que ya no mucho, pero piensa que haremos noche aquí.

—¿Haremos noche aquí? ¡No voy a aguantar! Me voy. ¡Yo me voy de aquí!

—¡Carmen! —gritó Martín—. Llevas más de diez horas en esta cola. Ahora no vas a tirar la toalla.

Parpadeó varias veces tratando de sobreponerse. Martín tenía razón, pero Carmen deseó morir allí mismo. Que la noticia de su muerte fuera cierta. Que Martín se ocupara de comunicarla. Dejarse de excusas, de esperas, de filas ordenadas, de disciplinas, de bocadillos de queso y cantimploras de agua. Marie y Adolphe y ese joven Martín Bullet serían los últimos que darían fe del final de su vida y de su muerte, nada heroica, en una cola infinita que no había sido capaz de soportar.

—Ahora no, Carmen. No puedes rendirte.

Tirada en el suelo, Carmen dejó que las palabras se las llevara la oscuridad de aquella noche en la que todo por cuanto había luchado dejó de tener el mínimo sentido. Era el final. Y asumirlo con la naturalidad cristiana que había mamado en la escuela, en Montcada y en Rosellón era su único propósito.

—Yo me quedo aquí, Martín. Que me pasen por encima si hace falta. ¡No quiero seguir viviendo! ¿No lo entiendes?

Carmen empezó a gritar como si estuviera poseída.

—¿No lo entiendes? No sabes quién soy ni puedes entender mis razones. ¿Quieres saberlas? Yo te las cuento: soy una adúltera, una madre miserable, una cualquiera que no puede siquiera acercarse a la frontera para pedir perdón. ¿No lo entiendes? ¡No entiendes que he dejado de ser lo que fui! Ya no soy Carmen Trilla. ¡No me avala ni el pasado que ya no tengo! Lo perdí... Ahora soy la maldita secretaria de un republicano condenado por rebelde. A nada que rebusquen en los archivos de la justicia militar encontrarán su sentencia que también me condena a mí. ¿No lo entiendes? Abandoné a mis tres niños, uno enfermo, dos gemelas, una madre anciana y un padre que solo quiso para mí lo que él tuvo que ganarse. No entiendes nada... ¿De qué fuerzas me hablas? ¿De qué rendición si ya estamos rendidos? ¿Acaso no te das cuenta de que nos ofrecen estiércol donde nos prometieron semillas? Prefiero morirme. Quiero morirme... —gritó entre lágrimas.

De rodillas en el suelo, Carmen se desahogó por fin, dejando salir todo lo que la oprimía, en una confesión plagada a partes iguales de arrepentimiento y de culpa, que la ayudó a mitigar el dolor intenso que sentía.

Ahora todos los de la cola del bar del comunista ya sabían quién era Carmen Trilla. Una adúltera. Una madre miserable que había abandonado a sus hijos. La secretaria de un republicano que, según su propia versión, debía de haber cometido incontables fechorías. Una roja.

—Y ahora, sigamos.

La furia tornó en calma, el silencio calló los rumores, la cola no dejó de avanzar con su cadencia exasperante y Carmen se tragó la vergüenza.

—Sigamos —repitió.

Se restregó los ojos y la suciedad de sus manos manchó su cara. De haber tenido un gorro se lo hubiera calado hasta los ojos. Con una bufanda se hubiera tapado hasta la nariz. De haber tenido a mano un simple pañuelo se habría escondido de las miradas ajenas que tanto repudiaba. Sí, de haber tenido algo de fuerza, se habría ahorrado el desahogo.

—¡Mañana a las seis volveremos a abrir! ¡Mañana a las seis! ¿Oído?

El rumor de las quejas empezó a extenderse entre los refugiados al escuchar la noticia.

—¡Llevamos todo el día y parte de la noche esperando!

—Entiendan que son las dos de la madrugada. ¡También nosotros necesitamos descansar!

—Malditos cabrones —murmuró Martín.

Carmen dio un paso hacia atrás, como si fuera a desvanecerse ahí mismo. Martín la sujetó del brazo.

—Busca un lugar seguro para echar una cabezada. Yo te guardo el turno.

—No puedo hacerte eso, Martín. Ahora no.

La mirada de Carmen resumía el dolor de todos los desgraciados que la acompañaban.

—Esperaré contigo hasta que abran de nuevo.

El joven alcanzó la maleta que llevaba sobre su espalda, rasgó el cordel hasta romperlo, la abrió de par en par, sacó varios jerséis de lana y atándolos por las mangas hizo una especie de almohada.

—Ven. Siéntate aquí.

Una vez en el suelo, Martín la ayudó a tumbarse hasta que la cabeza encontró acomodo y con su abrigo le cubrió las piernas para que el frío no la rematara.

CAPÍTULO 58

—

Aquel mes de febrero fue frío en extremo. La temperatura caía hasta diez grados bajo cero por las noches. Los reclusos de Argelès habían ideado un sistema de vigilias que consistía en dormir de veinte en veinte minutos para evitar morir congelados. No había ni un rincón donde refugiarse ni leña para hacer hogueras. A veces conseguían prender fuego quemando lo que tenían: sus botas, sus gorras, sus macutos.

Hasta allí habían llegado mujeres encintas a las que sus hombres protegían con el calor de sus brazos. Ellas estaban liberadas de los turnos de sueño.

Al mirarlas, Federico pensaba en el feto que no llegó a cuajar en el vientre de Carmen. ¿Habría sido un niño, como ella suponía? ¿Habría sido Carmen capaz de cruzar la frontera con ese niño que ahora tendría cuatro años?

—No, yo no lo habría permitido.

Se sintió ruin al contestar con tanta vehemencia. ¿Acaso los hijos de Carmen eran distintos? ¿Valían menos? Era propio de él retarse a formular preguntas que no podía contestar o que, de hacerlo, no provocarían ningún efecto. La realidad era Argelès y el recuerdo de Carmen, a la que imaginaba vagando por las calles de Perpiñán o presa en otro campo de refugiados.

La posibilidad de encontrarse se fue evaporando con el

paso de los días. No tenía ni idea de cuántas penurias tendría que soportar ahora que era un don nadie con tiempo por delante para hacer su propia rendición de cuentas.

De burgués monárquico a burgués republicano.

De todo a nada en una noche de calamidades.

Del pelotón de fusilamiento al indulto regalado.

De la cárcel a la gala, la etiqueta, el boato, lo oficial y el poder.

Y Carmen.

¿Cómo era posible que la quisiera tanto? ¿Por qué no podía olvidarla? Había conocido a montones de mujeres, algunas tan bellas como Carmen, pero ninguna como ella.

No podía arrancarse de la cabeza su cuerpo desnudo, su piel, sus curvas, el sabor de sus besos y la voz acompasada con sus movimientos. No podía soportar el dolor de imaginarla sola en algún lugar que escapaba de su control.

Y frente a ese sentimiento le asaltaba la tristeza por haber perdido a sus hijas, aunque, al menos, ellas estaban seguras y a salvo en la ciudad de Cannes.

—Si pudiera empezar de cero...

La luz del atardecer cayó sobre el mar dibujando un juego de haces brillante en el que Federico concentró su mente para que fuera ese y no otro el recuerdo que se llevara de aquel cautiverio. Vivo o muerto. Como Antolín Montesinos, del que nadie habló nunca más en los días que sucedieron en Argelès-sur-Mer. Ni siquiera los *spahis* confirmaron la noticia. Su cuerpo, a diferencia de otros, fue evacuado según cayó abatido por los tiros. Federico regresó al lugar donde lo vio por primera vez y no necesitó preguntar para saber que la arena era roja por su sangre.

«Pobre hombre», pensó.

Volvió sobre sus pasos siguiendo las huellas que habían dejado sus zapatos y trató de olvidarse de él para no tentar los deseos compartidos de huir de aquel infierno. El ajetreo de un grupo de refugiados que intercambiaba historias de la guerra lo alejó de su ensimismamiento. Hablaban de bombardeos, del hambre que entró en sus casas y de la escasez de los pajares y las cuadras donde murieron vacas, cerdos y ovejas. Y hombres en las calles de sus pueblos. La guerra era sometida a un juicio constante de unánime veredicto. La vida ya no tenía mucho más que ofrecer.

Esa noche, al poco de que las voces de los refugiados se hubieran apagado siguiendo una consigna no escrita de velar por el sueño de los más débiles, los despertó un grito. Más que eso: un aullido ensordecedor, un chillido agonizante que alarmó a los guardias creyendo que era una reyerta.

Pero no.

Una mujer de parto luchaba para dar a luz a la criatura que llevaba dentro. Federico se despertó acongojado. Se levantó del suelo, se estiró los pantalones y empezó a gritar como un poseído:

—¿Qué pasa aquí? ¿Quién grita de ese modo?

—¡A la orilla, todos a la orilla! —contestó alguien en la oscuridad de la noche.

Federico corrió hacia aquella mujer que gritaba. Tenía las manos congeladas cuando las posó sobre su frente.

—¡Un médico! ¿No hay ningún médico entre nosotros? —preguntó a gritos.

—Tiene que haberlo, Dios mío —imploró el padre.

—Sí, yo conozco uno, pero a saber dónde está.

¿Dónde hallar un médico entre cientos de miles de personas de las profesiones más variopintas, ejercientes de tantos oficios que entre todos podían construir otro mundo?

La voz corrió como la pólvora entre los refugiados.

—¡Un médico!

—¡Un médico!

El médico no apareció. La mujer había agarrado con fuerza la mano de Federico, se la llevó a la boca y clavó los dientes hasta dejarlos marcados en sus tendones. Tenía sudor en la frente, en los pliegues del cuello, y la tripa rígida por las contracciones cada vez más intensas.

De nada sirvieron todas las explicaciones de las parteras, en aquel momento tantas veces recreado en su imaginación, no conseguía controlar ni los movimientos de sus pies hundidos en la arena.

De un empujón definitivo, la criatura asomó entre las piernas de la mujer.

—¡Ya sale! Estoy tocando su cabeza —exclamó el padre—. ¡Vamos, vamos, que ya está aquí!

Con la luna como única luz y al calor de los alientos ajenos, el bebé nació amoratado e hinchado, con el cordón que le unía a su madre rodeándole el cuello como una soga mortal que acabó asfixiándolo.

—¡Un cuchillo, una navaja! ¡Pedid un cuchillo a los guardias, que se nos muere el niño!

El cuchillo tampoco llegó y el bebé murió apenas cinco minutos después de nacer en brazos de la madre y arropado por las mangas de la camisa del padre.

La mujer se llamaba Mila y tenía veintidós años. Federico supo de estos detalles el día que la criatura fue enterrada en una esquina de Argelès-sur-Mer, alejada de la vida ordinaria, previo acuerdo de los refugiados y sin dar cuenta a los guardianes de la valla.

Dieciocho horas después, Carmen y Martín consiguieron poner un pie en el bar del comunista. Era un local destartalado que olía a tabaco rancio y a aceite quemado.

—Ya está, Carmen. Ya estamos dentro.

—¡Dios mío, por fin!

No era exactamente así como Carmen lo había imaginado. Pensó que sería un espacio agradable y cálido, pero resultó ser todo lo contrario. Al poco supo que, además de registrar a refugiados y facilitar una línea de teléfono, el comunista recibía cartas desde España que entregaba a las doce del mediodía y a las cuatro de la tarde. De uno en uno, iba leyendo los nombres que aparecían en los sobres. A su vez, se encargaba de recoger las misivas, que enviaba a España, previo pago del valor del sello.

Carmen se detuvo a comprobar si conocía a alguien de los allí presentes que tuviera un indicio de dónde encontrar a Federico. La inspección resultó infructuosa.

—Esto es lo que somos, Martín.

—Desde luego —contestó el hombre.

—No me encuentro bien —dijo ella llevándose las manos a la frente—. Marie y Adolphe también creerán que me he muerto o que he huido a otro país dejándoles mis únicas pertenencias.

—No lo creo.

Martín no tenía ganas de hablar. O quizá no tenía fuerzas para volver a escuchar los lamentos de Carmen.

—Si no quieres hablar, dímelo y me callaré.

—No es eso, mujer. Es que me he olvidado del número de teléfono de casa de mi madre... ¡Maldita memoria!

Carmen se quedó pensativa. ¿Recordaba ella el número de Rosellón?

Siete, dos, seis, cinco, ocho, repasó mentalmente. Y repitió: siete, dos, seis, cinco, ocho.

—Habrá que marcar algo más que el número, ¿no?

—Nos lo dirán ahora. ¡Mierda! Me falta un número, Carmen.

De repente se les acercó un hombre que o bien era el comunista o un empleado del comunista. Llevaba una libreta en las manos e iba preguntando de forma mecánica:

—¿Carta, registro o teléfono?

Parecía un código secreto o uno de esos jueguecitos con los que se entretenían las gemelas: piedra, papel o tijera.

—No le entiendo, disculpe...

—¿Viene a registrarse, a recibir carta o a comunicar con España?

—Dejaré mi nombre y me gustaría telefonear a Barcelona —dijo Carmen.

—Yo igual —añadió Martín.

—Muy bien. Dígame su nombre.

—Carmen Trilla.

—Martín Bullet.

—¿Procedencia?

—Barcelona.

—Huesca.

—¿Hoy es...? —se preguntó el hombre.

Carmen se apresuró a contestar.

—14 de febrero.

—Perrrrfecto —dijo el hombre prolongando la erre—. Ya les queda poco.

Al irse apretó la mano de Carmen. Fue un gesto de complicidad en el que Martín reparó con sorpresa.

—Le has caído bien.

—Disculpe, discúlpeme... ¿Usted tiene registrados a todos los exiliados que han llegado a Perpiñán? —preguntó.

—A todos, no. Solo a los que han pasado por aquí y han dejado sus datos.

—¿Podría usted mirar si ha anotado el nombre de Federico Escofet Alsina?

—¡No me trate de usted! —exclamó con simpatía—. Veamos...

El hombre fue recorriendo con la mirada los cientos de nombres que tenía anotados sin orden alfabético, lo cual dificultaba la búsqueda.

—¿Quiere que le ayude?

—No —contestó el hombre—. Pero ese nombre no me suena...

—Ya.

—¡Vamos, Daniel! ¿A qué esperas? —preguntó el señor de más edad que atendía en la barra.

—No puedo entretenerme. Lo siento mucho...

—Gracias, Daniel. ¿Es usted el dueño del bar?

—No, soy su hijo. Mi padre es el que grita. Debo seguir.

Carmen lo miró fijamente a sus ojos verdes enmarcados en unas frondosas pestañas negras que le conferían una profundidad extraordinaria.

—¿Carta, registro o teléfono? —volvió a preguntar al siguiente de la fila.

A la media hora, Carmen estaba pronunciando en voz alta los números del teléfono de Rosellón, precedidos del prefijo indicado por la mujer que se encargaba de girar el disco para marcar cada dígito. Martín la dejó pasar primero.

—Llama. Llama tú —le dijo—. Voy a hacer un último intento por recordar mi número. A ver si soy capaz...

Carmen no quitó el ojo del dedo de aquella señora bien peinada, bien vestida y que olía a colonia fresca. La emoción aceleró su respiración, pero cuando le pasó el auricular y escuchó el tono de la llamada, lejana, con eco e interferencias, apretó el aparato contra la oreja derecha para oír bien y, con la mano libre, se tapó la izquierda para acallar el ruido de fondo; cuando ya llevaba cinco tonos y nadie contestaba, la señora se dirigió a ella:

—¿Contestan?

Carmen negó con la cabeza, pero siguió concentrada en los tonos. Si la Manola o Rosalía o Mercedes o el propio José María no descolgaban en los próximos segundos, la señora iba a colgar y a dar paso a Martín. Ahí no se andaban con contemplaciones.

—Venga, Manola, descuelga... —susurró.

—¿Ya? —volvió a preguntar la señora.

Y Carmen volvió a negar con la cabeza. La señora hizo un gesto con la mano.

—Pásemelo.

Carmen le entregó el aparato.

—No cogen, señora.

—Por lo que más quiera en este mundo, vuelva a marcar. Se lo ruego.

—Una llamada por persona, señora. No me haga romper las reglas. ¡Siguiente!

Carmen agarró sus manos con fuerza y cerrando los ojos como si estuviera pidiendo un deseo le imploró que marcara otra vez.

—Solo una más, se lo suplico.

—¡Siguiente! —dijo sin piedad.

Era el turno de Martín.

—Marque el número de la señora, haga el favor —repuso el joven.

Carmen se giró hacia él.

—¿Y tú, Martín?

—Que marque tu número —contestó.

—A ver, dígame otra vez —dijo la mujer con impaciencia—. No tengo toda la mañana. Siete...

—... dos, seis, cinco, ocho... De Barcelona.

—Tome.

Carmen volvió a escuchar el tono y le dio un vuelco el corazón.

Uno.

Dos.

—Manola, descuelga.

Tres.

—¡Descuelga por Dios!

Cuatro.

—Dígame...

—¡Manola, Manola! ¿Me oye? Soy Carmen.

La voz de la Manola se oía muy lejos y con un retardo que aumentaba aún más su ansiedad.

—¡Carmen, Carmen! ¿Está bien, señora? ¡Señora Mercedes! —la oyó decir—. Llame a las niñas, ¡es su hermana Carmen! ¡Está viva, oh, Dios mío!

—Manola, sí, estoy viva. Estoy en Perpiñán, en Francia. Las comunicaciones son muy difíciles...

—Señora, ¿dónde dice que está? La oigo muy lejos.

—Manola, escuche: estoy en Perpiñán. Francia. ¡Estoy bien! Dígaselo a mis hijos.

—Señora, no cuelgue, que le paso a Tomía. ¡Corre, hija mía! ¡Es mamá!

—¡Mami, mami!

—Tomía, mi vida... ¡Estoy bien!

La voz de Tomía terminó por deshacer la entereza de Carmen. Sí, fue esa voz en la lejanía impuesta, fueron sus palabras entrecortadas y la emoción indisimulada de la niña lo que acabó por hundir a Carmen. Se fue escurriendo con el aparato pegado a la oreja hasta llegar al suelo, a los pies de Martín y de la señora responsable de la línea.

—Tomía, diles a Cuyaya y al nene que mamá os quiere más que a nada en este mundo... ¿Me oyes, hija?

—¿Cuándo vuelves, mamá?

—Pronto, cariño, muy pronto.

—Vale —dijo la niña.

Fue lo último que escuchó antes de devolver el auricular. Y allí, en el suelo, tapándose la cara por la vergüenza inmensa que sentía, Martín la recogió para llevársela fuera del bar del comunista.

—No tengo perdón, Martín. No podrán perdonarme en los días de su vida.

—Vamos, vamos fuera.

Se sentaron a las puertas del local. Carmen estaba encogida de dolor y Martín no acertaba con las palabras. Tardó en recuperarse de la llamada y de la conversación con Tomía, y cuando consiguió sacarse el eco de su voz de la cabeza, se levantó del peldaño y pensó que ya no tenía nada mejor que hacer que volver a Harinas Dussard.

—Martín, tengo una deuda contigo. No olvidaré nunca lo que has hecho por mí.

—No tenía ninguna seguridad de que el número fuera correcto. Iba a ser una llamada baldía.

—¿Por qué no te vienes conmigo? Estoy casi segura de que Adolphe y Marie te acogerán como a mí —le dijo.

—No, Carmen. Yo me quedo. Dondequiera que esté mi familia, volverá a Perpiñán. Tarde o temprano lo hará.

Carmen también deseaba pensar así. Tarde o temprano, Federico debería recalar en la ciudad, pero no tenía ningún dato, una simple señal que le permitiera creer que las cosas sucederían de ese modo.

A punto estaban de despedirse cuando Daniel salió del bar con sus hojas bajo el brazo.

—Señora —le dijo—, si esa persona a la que usted busca no ha llegado ya a Perpiñán, es muy posible que esté en un campo de refugiados.

—¿A qué se refiere? —preguntó Carmen impaciente.

—La avalancha ha sido tal que las autoridades han preparado campos de refugiados donde...

—¿Dónde qué? Dígame... ¿Está allí Federico? ¿Dónde puedo preguntar?

—No sé dónde está su marido. Le recomiendo que haga la gestión en la prefectura. Allí le facilitarán datos fiables.

—Gracias de corazón —respondió ella con un incipiente brillo de ilusión en su mirada.

—Convénzase. A partir de ahora su marido solo tiene tres opciones: o se alista en el ejército francés o vuelve a España aceptando las condiciones del régimen de Franco o encuentra una familia francesa que quiera hacerse cargo de él. Vaya a la prefectura. Hágame caso.

Daniel volvió a su tarea y Martín y Carmen se miraron sabiendo que podía ser la última vez.

—Si sigues por aquí, seguro que nos volvemos a ver —dijo él ofreciéndole sus brazos para despedirse.

Carmen se retiró las lágrimas con el nudillo del dedo índice.

—Si las cosas se ponen muy feas, recuerda: Dussard, Harinas Dussard. Ellos te ayudarán.

Martín se subió el cuello de la pelliza y empezó a andar en la misma dirección, pero en sentido opuesto a la cola, que seguía siendo muy larga.

Carmen se ajustó el cinturón del abrigo, comprobó que la bolsita de cuero negra estaba en su sitio y resolvió que movería Roma con Santiago hasta encontrar a Federico y que trataría por todos los medios de cumplir con la palabra dada a Tomía.

Contempló Perpiñán de otra manera. Ahora sabía que existía una prefectura donde podrían facilitarle información sobre el paradero de Federico.

Daniel había sido exacto y preciso en sus indicaciones.

Solo faltaba que se cumplieran.

En el camino de vuelta, Carmen fabuló con la escena que sucedió en Rosellón después de que ella telefoneara.

En un rincón de la casa, José María rugió de rabia ante la algarabía de los hermanos que escuchaban, sin perder detalle, a la pequeña Tomía.

—¡Era mamá! La oía muy lejos, pero está bien. ¡Está bien!

—¿Dónde está, Tomía? —preguntó el nene.

—No me lo ha dicho.

—Sí —añadió la Manola con la voz emocionada—. Ha dicho que está en Francia.

Cuyaya estaba airada.

—¿Por qué no me has avisado, Manola? Yo también quería hablar con mamá.

—Os he avisado a todos, pero Tomía ha sido la más rápida.

A la vera de los niños, Mercedes consolaba al nene, que maldecía su invalidez, no haber podido correr por el pasillo hasta arrebatar el auricular a la hermana y escuchar la voz de su mamá.

—No te preocupes, nene. La próxima vez que mamá llame, tú serás el primero en hablar con ella. ¿De acuerdo? —dijo Mercedes.

—¡No malmetas a los niños, Mercedes! —exclamó José María—. Si vuelve a llamar, os prohíbo hablar con ella.

—¿Qué estás diciendo, José María?

—Lo has oído perfectamente. Queda prohibida cualquier comunicación con esa mujer.

Mercedes tapó los oídos al nene.

—No dice más que tonterías, cariño —susurró.

—Mercedes, en la educación de estos niños mando yo. Las cosas se harán como yo diga. ¡Vuestra madre —dijo dirigiéndose a ellos— es una hiena!

Todos callaron al escuchar esa palabra.

—¿Hiena? —se preguntó el nene.

—Eso mismo —insistió José María.

José María recordaba habérselo llamado otra vez. A ella, a Carmen, mirándola de frente. Pero ahora traspasaba una barrera y al pronunciarla delante de sus hijos y tía Mercedes, la hermana de Carmen, empezó a construir un muro entre los dos.

CAPÍTULO 59

—No sabíamos si le había pasado algo grave, Carmen —le dijo Marie nada más verla entrar en la nave—. Pase dentro y le preparo algo caliente.

Carmen le explicó el horror de la larga cola que tuvo que soportar para llamar por teléfono a Barcelona.

—¿Y lo ha conseguido? —preguntó mirándola de reojo mientras servía un caldo de gallina con granos de arroz y un poco de leche.

—Sí, Marie, he hablado con mi hija Tomía.

—¡Oh, *mon Dieu*!

Adolphe entró en la cocina, donde se habían acomodado las mujeres al calor de la pila de leña ardiendo. Llevaba un periódico en la mano. Leyó en voz alta la noticia del regreso de cientos de exiliados inocentes. La frontera de Hendaya se había abierto de forma provisional para facilitar el camino de vuelta a España a aquellos simpatizantes de Franco que habían huido por miedo al bando rojo que acabaría derrotado.

—No puedo irme, Adolphe. Tengo que localizar a Federico.

—¡Federico, Federico! ¿Y si está muerto? ¡Aproveche ahora!

—No puedo...

El caldo se le heló entre los dientes.

«¡Sí puedes, Carmen!», le gritaba la conciencia olvidando que su nombre estaba ligado para siempre al de un republicano perseguido. «No has matado a nadie. No has cometido ningún crimen. Sal por Hendaya. ¡Vuelve!»

—No puedo... Mañana mismo me dirigiré a la prefectura. Tengo que saber qué demonios ha pasado con ese hombre. Podría estar preso en un campo de refugiados.

—Podría ser... —contestó Adolphe.

—¿Sabe dónde están?

—En este departamento hay tres campos. Argelès, Saint-Cyprien y Barcarès. Me temo que Barcarès es el mejor porque he visto noticias. Dejan entrar a periodistas. El resto está vetado a la prensa. Usted me entiende...

—Las condiciones deben de ser terribles, ¿verdad?

—Imagine lo peor, Carmen. El de Argelès está en la playa. El frío es horrible en invierno. La humedad debe de estar consumiendo sus huesos.

Carmen se quedó pensativa.

—¿Están en una playa?

—Sí. Han vallado un trozo de arena y los refugiados viven ahí.

—¿Quién manda? —preguntó.

—¿Se refiere a los campos?

—Sí —contestó Carmen.

—Déjeme que mire un momento el periódico de ayer. Me pareció leer que...

Su voz se perdió por el pasillo.

—Adolphe no pierde detalle de todo lo que lee. —Marie sonrió.

Le ofreció miel para rociar la leche. Carmen negó con la cabeza.

—Está bien así.

—¡Exacto! —exclamó Adolphe—. Los campos están bajo el mando del general Ménard.

—¿Quiere que la acompañe a la prefectura? —preguntó la mujer.

—Iré sola, Marie. No quiero que usted se vea envuelta en problemas.

Carmen no quería revelar ningún detalle de la biografía política de Federico por miedo a que los Dussard la pusieran en la calle.

—Adolphe, ¿sabe cómo se llama el prefecto? —dijo antes de retirarse.

—Raoul Didkowski —contestó sin dudar.

Carmen repitió el apellido en voz alta.

—¿Didkowski?

—*Oui, madame.*

CAPÍTULO 60

La prefectura ocupaba un edificio corriente del centro de la ciudad cuyo único adorno eran las banderas de Perpiñán y de la República de Francia. Carmen miró su fachada alta de arriba abajo tantas veces como necesitó para aliviar su impaciencia. A esa hora de la mañana, su entrada estaba plagada de gente, las personas iban y venían, entraban y salían, pero nadie esperaba quieta e inmóvil como ella. Unos miraban a otros con el mismo gesto doliente. Las mujeres eran las más elocuentes en la expresión de sus sentimientos. Algunas perdían la compostura al salir de la institución sin resolver su problema, y maldecían con exabruptos malsonantes la incapacidad de la Administración para solucionar las desgracias que se cernían sobre todos y cada uno de los españoles que habían delegado en Francia la reconstrucción de sus vidas.

Carmen pensó en la posibilidad de ser detenida. Su aspecto no era sospechoso, pero temió que la confundieran con una espía o un enlace de los grupos anarquistas. Una Mata Hari española. Sonrió. En nada se le asemejaba, pero en tiempos sintió una velada fascinación por Margaretha Geertruida Zelle, holandesa, nacida en agosto de 1876 y que traicionó a partes iguales a franceses y a alemanes durante la primera guerra mundial. Hasta que un pelotón de soldados disparó contra su cuerpo engalanado, como si hubiera preparado a conciencia su última actuación pidiendo que no le taparan los ojos para poder mirar de frente a los oficiales que apretaron el gatillo. Nadie la reclamó para darle sepultura.

—¿Quién me reclamará a mí? ¿Quién confirmará mi inocencia?

Se llevó la mano al abrigo hasta tocar con los dedos los pliegues del pasaporte. Era lo único que consignaba su identidad.

Unos tímidos rayos de sol amortiguaron el frío cuando el gobernador de Perpiñán aparcó el Renault Celtaquatre berlina a las puertas de la prefectura y descendió del coche, seguido por dos hombres que lo acompañaban en los asientos traseros.

Carmen se acercó a ellos.

—Señores, buenos días.

Extendió la mano con una calculada cortesía que no pudieron rechazar.

—Busco al prefecto. ¿Es usted? —preguntó clavando la mirada en quien ella suponía que era.

—Soy yo —dijo.

—He acertado entonces.

Carmen sonrió y se colocó el pelo con galanteo sabiendo que aquellos gestos los deleitarían. Había tratado de vestirse con las mejores prendas de su maleta. Bajo el abrigo sucio que delataba su condición de refugiada, asomaban los cuellos de la camisa violeta y la falda de talle alto que ensalzaba sus curvas. Medias, tacón y zapatos abrillantados con la esponja del cuerpo.

—Mi nombre es Carmen Trilla. Española, de Barcelona. Crucé el día...

No la dejaron terminar. El prefecto hizo un gesto con la cabeza para indicar a los hombres que se marcharan. Cerró el coche y volvió a dirigirse a Carmen.

—Tendrá que disculparnos en este momento, señora. Nos ocupan asuntos de máxima gravedad.

—¡Oiga! —se apresuró ella a exclamar—. ¿Y al general Ménard? ¿Dónde puedo localizarlo?

Los hombres no ocultaron esta vez la sonora carcajada.

—El general Ménard, señora, no está para menudeos.

—¿Menudeos? ¿Es menudeo la vida de un hombre?

Los acompañantes del prefecto se miraron sorprendidos por la gallardía de la mujer.

—Nos preocupan cientos de miles de vidas, señora —le contestó uno de ellos colocándose el sombrero con arrogancia.

—Vergüenza les deberían dar las condiciones de los españoles que han acogido en su tierra. ¡Vergüenza de país y de Gobierno! ¿Esta es la República de Francia?

—¡Señores, vayan pasando a mi despacho! —ordenó el prefecto con una sonrisa pálida que en realidad trataba de disimular el bochorno de la escena que observaban desde dentro los funcionarios.

Carmen estaba perdiendo los nervios y lo sabía, pero era tal la rabia contenida que a la mínima le brotó de esa manera.

—Haga el favor de escucharme, prefecto.

—Señora, créame que...

—Le estoy pidiendo un miserable minuto de su tiempo.

—No puedo concedérselo.

—Sé que somos muchos.

—Señora, haga el favor...

—Somos miles, decenas de miles de españoles que...

—No me haga dejarla con la palabra en la boca.

—¡Escúcheme! —gritó Carmen.

—¡No voy a consentir que me levante la voz de esta manera! —respondió el prefecto con indignación.

—Le pido disculpas. —Cambió de tono sobre la marcha—. Quédese con este nombre: Federico Escofet Alsina.

Carmen lo había escrito junto a la dirección de Harinas Dussard en un papelucho que le entregó ahí mismo.

—Es un republicano de bien. Búsquelo en sus registros. Solo necesito saber si está vivo o está muerto.

El prefecto paseó la mirada por el rostro de Carmen cuando las lágrimas empezaban a humedecer sus ojos.

—No es un criminal —añadió.

Sonrojado por sus palabras, el prefecto dio media vuelta y se marchó inmediatamente consultando las letras que Carmen había escrito esa misma mañana, apoyada en la mesa de la cocina de los Dussard, mientras bebía la leche de cabra rociada con miel para quitarle la acidez.

Un estremecimiento le recorrió la espalda.

«¿Y ahora qué?», pensó.

Había conseguido el objetivo de verse con el prefecto, pero dudaba de que obtuviera respuesta. La escena vivida no se parecía en nada a la imaginada, ni a lo ocurrido ante los hombres del general Batet. Recordaba haberse comportado con temple. ¿O debía decir con miedo? De una u otra manera, la realidad era que entonces consiguió el dichoso salvoconducto que la llevó hasta el castillo de Montjuïc. Esta vez, acuciada por los acontecimientos, había perdido la compostura y no había conseguido más que soliviantar al prefecto.

Se sintió pequeña, insignificante y transparente. Lo que era. La Greta Garbo de Barcelona sin hogar, una ilota sin referencias, sin galas a las que asistir ni invitaciones a su nombre. Eso era ahora Carmen Trilla, envuelta en su abrigo deslucido: una intrusa.

Carmen volvió cada mañana a las puertas del edificio oficial. Volvió y volvió a cruzarse con el prefecto, que agachaba la cabeza al descubrirla. Volvió tantas veces que el hombre acabó saludándola con la mano hasta que una mañana quien entró fue Adolphe Dussard y el miedo a que pudiera denunciarla la hizo no volver.

Aquella noche, Carmen se encerró en su habitación. Se tumbó sobre el colchón y se tapó con la manta hasta cubrirse la barbilla. Estaba tan cansada que al cerrar los ojos se quedó profundamente dormida boca abajo.

Y lo que soñó se parecía demasiado a la realidad.

«Miles de hombres enfermos se hacinan a orillas de un mar negro. Las plagas se propagan. Lepra. Sarna. Diarreas. Hospitales que no dan abasto. Saint Jean Civil. Saint Louis. Y el viejo hospital militar de Perpiñán. Camarotes de barcos fondeados en la costa francesa convertidos en improvisados quirófanos. Asni. Maréchal Lyautey. El hambre es implacable. Poco pan para muchos. Caldo de mulo. Sardinas compartidas en latas que abren con los dientes. Y la sed. Agua salada para los enjuagues. A veces un vaso de agua dulce. Pero sucia.

»Y el frío. El aire es una navaja en sus rostros. Las úlceras, su segunda piel. La conjuntivitis nubla sus miradas y los cuerdos acaban locos. Lluvia. Tormenta. Olas de más de diez metros. La playa inundada. Amanece y el sol calienta los cuerpos de los ahogados.

»Y la propaganda.

»La noticia del periódico de Adolphe leída por altavoces: "si eres inocente, ven. Franco te ofrece pan, trabajo y justicia. La España nacional ampara al prisionero que no ha cometido crímenes".

»En los campos se escucha al propagandista que, a bordo de un camión, recorre el perímetro de la valla.

»—Los no culpables de delitos podrán salir. Ahora o nunca.

»—¡Viva España! —gritan los refugiados agarrados al alambre.

»—¡Viva! —grita el vocero del régimen.

»A la guerra aún le quedan unos meses, pero en el sueño de Carmen los vencedores ejercen como si ya se hubiera pronunciado la frase que tantos años llevan esperando.

»La guerra ha terminado.»

Se despertó sobresaltada al oír el anuncio del fin de la contienda. Se había caído del colchón a las frías baldosas del suelo. La pesadilla le pareció tan real que el miedo le recorrió el cuerpo como un escalofrío. Se arrastró por el suelo hasta alcanzar la lámpara que iluminó la habitación.

Una voz interior le pedía calma para seguir adelante, pero otra le imploraba que se marchase de allí cuanto antes.

«¿Qué esperabas, Carmen? ¿Qué demonios pensaste al subirte a la camioneta? Tu felicidad está vedada, Carmen. ¿Qué haces aquí? Tus hijos te esperan en Barcelona. Pagarás por tus pecados.»

Esa presunción era lo peor. La conciencia de haber obrado mal la perseguía carcomiéndola hasta consumirla.

Carmen se odiaba. Todo por lo que había luchado se diluía bajo el peso incómodo del pecado. Las legítimas aspiraciones que habían gobernado su vida y los deseos a los que se abandonó para escapar a la infelicidad de la vida con José María solo habían conseguido condenar a su familia al desprestigio.

CAPÍTULO 61

Los hechos sucedieron de la manera en la que estaban escritos en el destino de Carmen. Ante el silencio del prefecto, pensó que la vida ya no le procuraría más que infelicidad y se concienció de que no volvería a ver a Federico. Una noche, al calor de la hoguera, Carmen empezó a sanar sus heridas ante la única persona que la escuchaba, la anciana Marie, quien no perdía detalle ya que su vida rutinaria solo se había visto alterada cuando resistieron los bombardeos de la Gran Guerra, encerrados en el sótano de la nave y alimentándose de semillas de trigo.

—Fue un 27 de septiembre del año 1933 cuando aquel hombre me preguntó si había oído silbar a los árboles en Tremolencs...

Carmen no mintió ni para dulcificar aquellos pasajes de su biografía con los que no terminaba de identificarse por mucho que los hubiera protagonizado y se viera a sí misma en el Pontiac blanco camino de Montjuïc o llegando al piso de la calle Sicilia, ocultándose de las miradas de una Barcelona que no perdonaba las afrentas morales.

—¿Tan grande fue ese amor como para dejar a sus hijos?

Marie entendió que la pregunta contenía el resumen de su vida, y el silencio de Carmen era en sí mismo una respuesta que tardó en pronunciar.

—No lo sé.

—Nadie más que usted lo sabe, Carmen.

—Mi marido me prohibió verlos... Pero mucho antes de eso, su infidelidad me empujó al abismo. Se enamoró de mi hermana... ¿Cómo fue capaz de hacerlo?

—Las mujeres debemos soportar sobre los hombros el peso de nuestra condición.

—¡Me niego! —gritó Carmen encolerizada—. Me niego a aceptarlo. Si Federico no se hubiera cruzado en mi vida, me habría ido con el mismísimo demonio. Con cualquiera que me hubiera ofrecido la posibilidad de sentirme viva.

Se levantó y se acercó a la ventana para observar la noche negra. Pero unos segundos después se dio la vuelta y sin parpadear, con los ojos abiertos y llenos de rabia, con la voz firme y el corazón acelerado, sin ser del todo consciente del significado de sus palabras, pero segura de sus más íntimas convicciones, Carmen preguntó a Marie:

—¿Qué hemos hecho para merecerlo? ¿Por qué tenemos que reprimir nuestros sentimientos? ¿Acaso no tenemos la misma capacidad de sentir? ¿No podemos enamorarnos? ¿Por qué se nos veta el placer de nuestro cuerpo? ¿Por qué es un pecado descubrirlo?

—La moral, Carmen. Debemos cumplir con ella. Lo dice la Iglesia.

—¡Qué sabrá la Iglesia! A la Iglesia solo le importan las apariencias. Ha callado ante las injusticias envuelta en su velo de incienso. Se hace ciega cuando más la necesitamos. Nunca dará un paso al frente por nosotras. ¿Quién es la Iglesia para imponer sobre las mujeres unas normas que solo satisfacen a los hombres?

—Son los tiempos...

—¡Sus tiempos! No los nuestros. Me rebelaré contra todo, devolveré el buen nombre a mi familia y pagaré por los errores que haya cometido, pero nunca renunciaré a mis convicciones.

—Sus hijos, Carmen, no pueden pagar los errores de sus padres.

—Yo volveré a Barcelona, Marie. ¡Míreme a los ojos! Volveré para estar con ellos.

Marie se levantó de la silla con la cabeza apelmazada por las reflexiones que a su edad no tenían destino. Ya no había secretos entre ellas. Ni imposturas. Marie ya sabía quién era aquella mujer a la que salvaron de una muerte segura y por la que estaba dispuesta a hacer todo lo que no había hecho por sí misma.

Aquella noche las mujeres se acostaron con el regusto amargo que deja la verdad y la sensación de libertad que queda tras confesarla.

Pero Carmen necesitaba más. Más verdades.

La cola del bar del comunista se aligeró tanto que llamar a Barcelona solo le llevaba una mañana o una tarde. En una de esas comunicaciones, Mercedes indicó a Carmen que lo mejor sería que se escribieran cartas porque así, mintió la hermana, podrían contarse más cosas.

—Las llamadas se me hacen cortas —le dijo.

Mercedes tomó nota de la dirección de Harinas Dussard y el papel sustituyó al hilo telefónico para alivio de los inquilinos de Rosellón. La hermana escribía con frecuencia y dejaba que lo hicieran sus sobrinos en las tardes que siguieron pasando en la casa esperando el último y definitivo parte de guerra. Esos sobres que Carmen entregaba en mano al cartero de Perpiñán se convirtieron en su rutina. La familia Dussard reconocía al vuelo cuándo las noticias de España eran buenas y cuándo no lo eran tanto. Aprendieron a interpretar los silencios de Carmen, sus accesos de locura o su repentina alegría. Todo llegaba por escrito.

Fue así, a través de aquellos renglones de tinta, como Carmen supo que José María había prohibido a los niños hablar por teléfono con su madre.

Querida Carmen:

La vida en Rosellón no es fácil al lado de José María. Ha prohibido a los niños descolgar el teléfono. Pero ¡no sufras! No perderemos el contacto. Tus hijos son una bendición, Carmen. Los quiero con locura. Al nene no le falta ningún cuidado. No temas por él. Tomía y Cuyaya te nombran con frecuencia. Tu recuerdo las acompaña y yo me encargaré de que siga siendo así.

Los papás están bien. Acabé contándoles la verdad: que José María y yo tenemos una relación. Puedes imaginar el disgusto de mamá, pero la pobre ha terminado por hacer oídos sordos y actúa como si nada, alejada de la realidad. Manola y Rosalía también están bien.

Ten presente nuestro amor.

MERCEDES

También fue así, leyendo a Mercedes, como supo que Soledad seguía visitándolas y que, tanto la amiga como Tomás, el conductor, se interesaban por ella.

[...] Los dos preguntan por ti a hurtadillas cuando José María no está. ¡No quiere ni ver a Soledad! De hecho, cuando ella está en casa, él se marcha. Dice que tiene la culpa de todo lo que ha ocurrido. No hace falta que te diga cuán testarudo es. Creía que podría domesticarlo, pero cada vez se me hace más cuesta arriba vivir a su lado.

MERCEDES

Para ahorrarle sufrimiento, Carmen nunca contó a Mercedes la verdad. Ocultó que había perdido el contacto con Federico, que no sabía si estaba vivo o muerto. La familia sobrevivió dando por buena esa mentira. Carmen incluso pidió que Gerardo Llobet fuera informado.

Haz cuanto esté en tu mano por saber de él. Se trasladó a vivir con su madre. Si no me falla la memoria, la señora vive en Aribau. Manola lo conoce. Sabe a quién me refiero. Hazle saber que Federico y yo estamos bien.

Deseo que acabe la pesadilla de la guerra para volver a España. No hay nada que desee más que un abrazo de mis hijos. Sé que bajo tu tutela serán bien educados y no les faltará el cariño que merecen.

¡A qué pruebas nos somete la vida, hermana! Cada día reafirmo más mi sentimiento de gratitud hacia ti. Sé lo que dices cuando me hablas de lo difícil que es convivir con José María, pero no puedes irte. ¡Ahora no, hermana! No puedes dejar solos a mis hijos...

Mi querida Mercedes, aunque tardara en perdonarte, lo he hecho. Sí, te he perdonado, pero necesito completar la rendición de cuentas. ¡Necesito saber, Mercedes! Quiero saber cómo prendió el amor entre José María y tú. Llevo mucho tiempo imaginando escenas, conversaciones inconclusas, mentiras que en mi cabeza tornan en verdad y que solo tú puedes ayudarme a hacer más livianas.

CARMEN

A Mercedes se le revolvieron las tripas cuando leyó aquella carta. El perdón no implicaba olvido y sabía que Carmen tardaría en olvidar —si es que acaso alguna vez lo hacía— que fue ella quien se cruzó en su camino y alteró su destino. Dio vueltas y vueltas a la petición de Carmen hasta concluir que no solo era legítima, sino que además la ayudaría a aliviar su conciencia. Así que, con esa convicción, Mercedes cargó la pluma de tinta, se sentó al escritorio de caoba en el que tantas veces había visto a Carmen corregir los cuadernos de sumas o las hojas de caligrafía de las niñas y escribió de vuelta.

Mi querida hermana Carmen:

Los hechos son irreversibles aunque a veces no nos reconozcamos en ellos. Nos gustaría haberlos escrito a lápiz para poder borrarlos, para no tener que enfrentarnos a las consecuencias de nuestros sentimientos más irracionales. Somos rehenes de nosotras mismas, Carmen, pero solo nos tenemos la una a la otra.

Me pides la verdad de mi vida que, una vez contada, será la verdad de la tuya. Después de noches de insomnio, de sentir las puñaladas en mis carnes y de revivir capítulos que en ocasiones me avergüenzan, he decidido que no puedo negártela porque te pertenece tanto como a mí. Te narraré los hechos, tal y como se produjeron para que puedas juzgarlos. Y juzgarme.

José María y yo estamos juntos desde que nació el nene. Fue al poco del alumbramiento de tu hijo cuando José María se empezó a acercar a mí con promesas que en su momento me parecieron descabelladas.

Le rechacé. ¿Cómo iba a dejarme seducir por el marido de mi hermana? Durante meses luché contra mí y contra mis sentimientos porque yo, Carmen, también me enamoré de José María, como te ocurrió a ti en el Turó Park. Él te eligió y yo no quise interferir en tus ilusiones ni en el proyecto de tu matrimonio ni en esa boda que hizo tan felices a nuestros padres.

Pese a mis negativas, él insistía. Insistía tanto en que nos viéramos a solas que acabé aceptando. Al principio nos veíamos en un hotel de las afueras de Barcelona. Después lo hicimos en tu casa, Carmen, en su consulta, oyéndote de lejos, escuchando las risas de mis sobrinos y las reprimendas de Manola. ¡No sé cómo fui capaz de violar tu intimidad hasta ese extremo! Entraba y salía a escondidas, sin que nadie me viera. Mentí a mamá. Mentí a papá. Te mentí a ti y me mentí a mí misma. Pero las mentiras quedaban sepultadas bajo los sentimientos, cada vez más profundos, hacia José María.

Él me juraba que vuestra relación estaba rota, que apenas os rozabais en la cama, que habíais olvidado la pasión. Te culpaba a ti, Carmen. Decía que ya no eras la mujer que había conocido.

Pero te quedaste embarazada de las gemelas contradiciendo esa versión y yo no pude soportar la idea de que hubierais hecho el amor.

Dejamos de vernos. No sé si fue un mes o fueron dos, pero lo cierto es que desaparecí de su vida. De cuando en cuando, José María llamaba a Montcada con la excusa de preguntar por mamá o por papá y después pedía hablar conmigo. Yo me negaba una y otra vez hasta que, ¡no me preguntes por qué!, caí en sus redes de nuevo.

Nuestro reencuentro estuvo plagado de flores, besos, arrumacos y palabras enamoradas que me han acompañado todo este tiempo. Su eco me permitía levantarme por las mañanas. «Me quiere, me quiere», me decía a mí misma.

Así hasta que tú nos encontraste en Vallcarca. ¡Oh, Dios mío! ¿Cómo fuiste capaz de vivir con el peso de la traición durante tanto tiempo? A él no le provocaba ninguna zozobra vivir a dos, a medias, con una y con otra. Contigo y conmigo. Mantuviste en secreto lo que viste en un gesto que te honra y te honrará siempre. Lo hiciste por tus hijos. No necesito que me lo confirmes. Lo sé.

Durante los años siguientes, la situación se mantuvo igual. Nos veíamos, nos amábamos a escondidas, alguna vez, las menos, salíamos a pasear, coincidíamos en los cafés y nos mirábamos deseando salir de allí para desnudarnos y abrazarnos.

Aprendí a controlar mis impulsos y mis ansias de poseer a José María. Entendí que nunca sería del todo mío y me consolaba con los encuentros en los que yo me escurría en la oscuridad de la noche una vez consumado el placer y el gozo en el cuerpo de tu marido.

El desenlace fue fácil para él. Fuiste tú, Carmen, quien, de forma inconsciente, lo dejaste libre.

Me citó en una cafetería un miércoles cualquiera a una hora infrecuente en nuestras citas. Me sorprendió su impaciencia, pero asistí sin preguntar. Me contó que tenías un amante. Estaba desencajado, Carmen. ¡Tendrías que haberlo visto! Era un hombre derrotado. Insultado. Ultrajado. Furibundo. Nunca imaginó que podrías irte con otro hombre. Y eso le hacía sentirse como un animal herido de muerte.

Y yo, Carmen, feliz.

Feliz de que el desenlace estuviera cada vez más cerca. Había tenido que esperar muchos años, pero había conseguido que tu matrimonio acabara para siempre.

Me doy asco. Vergüenza. ¡Semejante oprobio del que me relamí con gusto al volver a casa!

Tras la marcha de Federico al frente, tú enfermaste y José María se llevó a los niños a Cerdanyola. En ese momento comprendí que tu enfermedad era la enfermedad del alma en pena, tomé cartas en el asunto e inicié mi particular peregrinaje para alcanzar tu perdón y mi paz.

No sé si lo he conseguido.

Solo me he sentido aliviada una vez en todo este tiempo: cuando Federico regresó de la guerra. Aún moribundo y escaso de fuerzas, a ti te cambió el semblante y volviste a sonreír. Tu felicidad fue, por primera vez, la mía.

Me instalé en Rosellón con la excusa de cuidar de tus hijos pero, al poco de colocar mi ropa en la habitación de los invitados, me mudé a la vuestra. Las gemelas se dieron cuenta enseguida, pero solo una vez me preguntaron si tú volverías a casa. Les expliqué que no, que no lo harías, pero que eso no significaba que hubieras dejado de quererlas porque tu amor por ellas siempre será infinito. Y Tomía contestó:

—Hasta que se acaben los números. Y los números, tía Mercedes, nunca se acaban.

Eso me dijo...

Ahora, ¿qué somos? ¿Somos una familia feliz? Me lo pregunto muchos días frente al tocador que me devuelve tu imagen. ¿Soy yo feliz? Tu recuerdo me lo impide, pero el porvenir de tus hijos me resarcirá de la pena que descubro en sus miradas y que aliviamos recordándonos el infinito. Solo me queda hacerte una promesa, me has pedido que aguante al lado de José María para estar cerca de tus hijos... Ten la seguridad de que lo haré.

Mercedes firmó aquella carta consciente del compromiso que asumía.

Carmen la leyó una y otra vez sentada en el colchón. A toda prisa y en voz baja. Y la leyó también despacio y en voz alta, rememorando el tono de Mercedes y el timbre de su voz. La puso boca arriba y boca abajo, agitándola con rabia, hasta que los folios quedaron esparcidos sobre las baldosas.

Y cuando ya podía recitarla de memoria sin necesidad de recurrir al papel para reproducir cada palabra, Carmen se sumió en un duelo que duró tres días con sus tres amaneceres.

CAPÍTULO 62

—Sé que ha pasado algo que no quiere contarme —le dijo Marie la mañana en la que Carmen salió de su habitación.

—Las noticias que me llegan de España me llenan de incertidumbre, Marie.

—¿Quién escribió?

—Da igual. No es importante.

—Adolphe y yo hemos estado muy preocupados.

—Lo siento.

—Yo creía que le había pasado algo a alguno de sus hijos. Una enfermedad...

Un escalofrío recorrió su cuerpo al escucharla y su mente se llenó de imágenes del nene. De momento, nada hacía pensar que su estado se hubiera agravado, pero cuando oyó la palabra en boca de Marie se precipitó a negarlo como si así negara la realidad.

—No, en absoluto. No se trata de eso.

—¿Entonces?

—Por fin he reconstruido mi vida. Mi hermana me contó toda la verdad, Marie. ¿Qué hago aquí?

—No queremos que se vaya. ¿Dónde va a estar mejor?

Carmen se sintió reconfortada al escuchar esas palabras. Pero seguía insistiendo en poner fecha a su partida.

—Cuando se normalice la frontera y no tengamos que justificar quiénes somos o de dónde venimos, volveré.

Con el paso de las semanas, Carmen se fue olvidando de su belleza. Dejó de importarle si le salían canas o si los hongos infectaban las uñas de unas manos dedicadas a la colada de la que Carmen se empezó a encargar para evitar el suplicio a Marie. Se convirtió en una más. Se ofreció para compensar los gastos de la familia y aprendió a moler el grano y a separarlo de la paja. Se dejó los dedos en los viejos molinos de piedra y sintió, como si fueran propias, las pérdidas de aquel año después de una cosecha envanecida con los fríos. Se olvidó también de lo que había sido en el pasado, de la señora admirada y a la que todos trataban con la debida cortesía que le confería su posición.

«¿Qué posición?», pensaba envuelta en la penumbra de aquella habitación, el único refugio en el que podía sentirse segura.

En sus paredes pegó con cola las cuatro fotografías que dibujaban el único horizonte que le gustaba mirar. Una al lado de la otra. Las niñas. Y las niñas con el nene. Y Federico. No había un solo día que no pensara en ellos y a cada uno le dedicaba su tiempo. Se acordaba del salón de Rosellón, de la cocina en la que hervía el caldo que impregnaba la casa del olor de su infancia. Recordaba las tardes de invierno, las horas de lectura sin más preocupación que alcanzar el fin de un libro para empezar otro. Nunca antes se había detenido en la fragilidad de un cuerpo, en lo poco que necesitaba la piel para arrugarse, hasta qué punto las cremas de su tocador podían resultar innecesarias cuando lo urgente era sobrevivir. Carmen ya no esperaba que sucediera nada más.

Así que, aquella mañana de finales de marzo de 1939, Carmen continuó colgando la colada limpia en los alambres del jardín sin inmutarse, mientras Marie se desgañitaba anunciando la visita del funcionario de la prefectura de Perpiñán, que a punto estuvo de marcharse después de aporrear la puerta principal de la nave sin obtener respuesta.

—¡Carmen! La buscan a usted.

—¿Quién, Marie? —preguntó con desgana.

—¡Alguien de la prefectura!

—Se habrá equivocado, Marie —contestó sin demostrar el mínimo interés, entregada a la ropa como si ese quehacer formara parte de su redención.

—¿Será posible? —se preguntó la anciana cogiéndola del brazo y arrastrándola hacia la puerta principal.

—¡Qué hace, mujer!

—Le digo que hay un funcionario de la prefectura que pregunta por Carmen Trilla.

—*Mon Dieu!* —exclamó—. Ya voy.

Terminó de secarse las manos en el mandil ante la mirada inquieta de la anciana.

—Vamos —dijo al fin.

Nada más verla, el funcionario la reconoció. Sí, era la mujer que se había enfrentado a gritos al prefecto. Todos la vieron desde el interior del edificio y fue motivo de sorna durante varios días.

—¿Es usted Carmen Trilla? —preguntó el funcionario.

—Sí, señor.

Carmen había entrelazado las manos a la altura del pecho, los ojos guiñados por la claridad del día, el pelo revuelto del trajín de la colada, la boca entreabierta, ahora expectante e inquieta.

—La solicitud de alojamiento presentada por la familia Dussard ha sido aceptada...

—¿De qué solicitud habla? —le interrumpió Carmen.

—¡Deje que hable! Siga, por favor —dijo Marie con gesto de disgusto.

—Monsieur Federico Escofet podrá abandonar inmediatamente el campo de Argelès-sur-Mer donde ahora mismo está recluido.

Carmen cayó a los pies de Marie sin poder reprimir las lágrimas. Avanzó de rodillas para abrazarse agradecida a la gruesa cintura de la anciana, sin importarle hacerse heridas con la guija.

—¡Marie, Dios mío, Marie! Por fin voy a reencontrarme con él —exclamó mientras la mujer le acariciaba el cabello enredado.

Carmen ignoraba por completo las gestiones que el matrimonio había iniciado pocos días después del incidente con el prefecto de Perpiñán, del que supieron por su relato pormenorizado y repleto de razones y verdades. Es más, ella vio al propio Adolphe cuando se presentó en la sede del gobernador. Y dudó. Llegó incluso a pensar que iba a denunciarla. La realidad era bien distinta. Adolphe enseguida averiguó que Federico estaba preso en Argelès, pero lo ocultó para no torturar más a Carmen.

Cada mañana el anciano se personaba para interesarse por el estado de la solicitud.

—Vuelva usted mañana —le decían un día y otro.

Y al siguiente, Adolphe volvía con la seguridad, convertida en fe, de que Federico saldría con vida de la ratonera de Argelès-sur-Mer.

El coche del funcionario de la prefectura de Perpiñán recorrió veloz la carretera que llevaba al centro de la ciudad, entre cultivos y una frondosa vegetación.

—Me llamo Adrien —se presentó el hombre cuando Carmen consiguió recuperar la compostura—. La reconocí nada más verla. ¡Se atrevió a plantarle cara al prefecto! —exclamó con admiración.

—Me avergüenzo de aquello, Adrien. Los malos modos nunca aseguran la respuesta que esperamos.

—No, no, madame. Hay que ser valiente. Nos impresionó. Cuando el prefecto entró en el edificio, se hizo un silencio impresionante. Todos pensamos lo mismo: «¡ayude a esa mujer!». Y al final lo ha conseguido.

Carmen no pensaba que su comportamiento tuviera algo que ver con la valentía. Al contrario. Lo valiente era resistir.

—Se lo debo a Adolphe Dussard.

—La familia Dussard ha sido determinante, pero usted dio el primer paso. El prefecto ordenó seguir de cerca el caso de su marido. Es su marido, ¿verdad?

Carmen eludió contestar.

—Dígame, ¿Argelès-sur-Mer queda lejos de aquí?

—Veinticinco kilómetros.

Carmen calculó que tardarían una hora en llegar. Las carreteras seguían siendo territorio de improvisados controles policiales. Los baches y las curvas pronunciadas acabaron mareándola.

—¿Está bien?

—Siga, por favor. No se preocupe por mí.

—Es usted muy afortunada.

—A veces dudo de mi fortuna... —dijo perdiendo la mirada en el paisaje.

—Mire, mire por la ventana.

Mulos flacos, carros tirados por bueyes desnutridos, cojos, lisiados, cestos de mimbre con frutas y verduras picoteadas por los pájaros. Mujeres de vida arruinada. Hombres que tiraban de niños raquíticos. O que los cargaban a hombros.

—Esos sí que son unos desgraciados.

—¿Adónde van?

—A donde los acojan.

Las carreteras del sur de Francia seguían llenas de gente que vagaba en busca de un futuro.

—¿Por qué cayó preso? —se preguntó en voz alta.

—¿Disculpe? No la he oído.

—Cosas mías...

—¿Se refiere a los refugiados? No están presos, madame, están recluidos. Las autoridades no tenían otra opción. Son cientos de miles de españoles.

—Entiendo.

Frunció el ceño. En realidad, no entendía nada. ¿Y si ella hubiera caído presa? ¿Quién la habría salvado?

El viento empezó a soplar y el cielo se cubrió de nubes anunciando tormenta. El conductor encendió la radio y la voz francesa del locutor llenó el vehículo oficial. Era un Renault como el del prefecto, pero más viejo, con los asientos de cuero rajados y el volante desteñido de tanto manosearlo.

—Madame, estamos a punto de llegar.

Carmen respiró despacio, manteniendo el aire en sus pulmones para contener la excitación. Sintió el temblor en sus manos y un nerviosismo que, después de todo, creía tener controlado.

—¿Hay algo que quiera saber? —preguntó Adrien.

—Creo que ya lo he visto todo.

Nunca antes Carmen había estado tan equivocada. Lo que descubrió al bajar del coche, lo que sus ojos vieron y registraron no se asemejaba a nada. Ni su peor pesadilla habría podido recrear la calamitosa situación en la que sobrevivían los hombres allí refugiados. Se llevó la mano a la boca para ahogar el grito.

«Ahí la tenéis —pensó Carmen, agarrándose a la alambrada para soportar lo que estaba viendo—, Europa en carne viva.»

—¿Se encuentra bien?

—Sí, podemos seguir —respondió Carmen.

—Vamos al puesto de control.

Caminaron por el perímetro hundiendo los pies en la arena de playa. El viento llevaba hacia ellos el olor a orín, a vómito, a hoguera y a aceite de sardina. Las gentes se acercaban a la valla y extendían las manos.

—No tengo nada, no tengo nada —dijo Carmen.

—*Allez allez!* —exclamó Adrien.

—No les diga eso, por favor —suplicó ella al recordar que fueron las primeras palabras que oyó al cruzar la frontera—. No son ganado.

Adrien se giró y la miró con ojos censores.

—Aquí no tratamos a la gente como animales, madame.

Carmen calló por miedo a enfurecer a aquel hombre que iba a liberar a Federico y que, si quería, podía retrasar, impedir o boicotear el último trámite.

—Pase, madame.

Los goznes de la puerta del puesto de control chirriaron. Unos segundos después, Carmen contuvo la respiración al escuchar el nombre de Federico.

—¿Quién es ella? —preguntó el gendarme.

—Su esposa —contestó Adrien sin dudar.

—Dígame su nombre.

—Carmen. Carmen Trilla.

Carmen se adelantó como si necesitara reivindicar su identidad antes de que el guardia escribiera su nombre.

—Que firme.

Se acercó a la mesa y rubricó la hoja de registro.

—Esperen aquí.

—¿No podemos ir con usted? —preguntó Carmen.

—He dicho que esperen aquí.

Adrien apretó su mano. Notó sus tendones rígidos, las falanges de sus dedos, las uñas que se le clavaron en la palma. Apenas habían compartido una conversación escasa, pero ya sentía por ella un extraño apego. Por delante de sus narices habían pasado cientos, miles de refugiados, de familiares de reclusos de los campos que, como Carmen, representaban el exilio español. Detrás de cada uno de ellos, de los barracones que Carmen ni siquiera llegó a ver, de los paritorios improvisados, de las letrinas que tardaron en llegar, de las aguas contaminadas que saciaron su sed, de las escaseces, de los miedos, de las pesadillas, de la disentería, de las neumonías, de las diarreas, de los dolores, de las fiebres, de la muerte que se hizo hueco en las arenas de las playas, detrás de todo había muchas *Cármenes* a las que Adrien jamás conocería. Y por eso, por lo inabarcable de aquel drama, Carmen era su única oportunidad de sacudirse la impotencia de 1939.

—Tranquila, mujer —le dijo.

—No puedo estar tranquila.

—Aquí no debe ponerse nerviosa porque estos gendarmes no se andan con tonterías —susurró a su oído.

El ambiente era espeso.

—¿Podemos salir? —preguntó Adrien.

—Sí, pero no se alejen de la puerta.

—Entendido.

Salieron a la calle y una bocanada de aire frío se coló entre sus labios. Desde la distancia Argelès era un enjambre. Carmen apretó la mandíbula con rabia. Sintió remordimientos por haber sorteado la desgracia que había sido la de Federico y la de tantos. Por unos segundos creyó que iba a volver a perder la calma, pero hizo el esfuerzo por contenerse, recordando la advertencia de Adrien.

—¿Cree que tardarán en llegar?

—No lo sé.

—Todavía no entiendo cómo es posible que tengan a la gente en estas condiciones. Dígamelo usted si es capaz de encontrar palabras.

—Nosotros acogemos españoles de la guerra, Carmen. Nos gustaría poder ofrecerles un hogar como el que usted ha tenido.

—¿Qué quiere decir con eso?

—Nada que pueda incomodarla, Carmen. Pero no hay hogares para todos.

—¡Maldita guerra! —exclamó cerrando los ojos para no ver los espinos de la alambrada—. No soy tonta, sé que habría sido peor resistir bajo las bombas o soportar las represalias del régimen que acabará imponiéndose en España. ¡Maldita política! A buen seguro que los mandamases del Gobierno de la República española están durmiendo en hoteles de lujo, envueltos en sábanas de seda, agua caliente, platos abundantes, copa, puro y todo lo demás.

—Siempre ha habido clases, Carmen.

—¿De qué clases hablamos? Al pueblo siempre lo dejan solo. Y cuando lo necesitan, lo engatusan con promesas, con lisonja para sus oídos. ¡A la mierda la política y sus políticos!

—Carmen, hágame caso, guarde la compostura.

Se sintió ruin al cargar contra la misma autoridad que consintió que ejerciera de secretaria de Federico Escofet y que expidió a su nombre un pasaporte diplomático para que pasara la frontera junto al resto de los exiliados de aquella camioneta. Pensó en todos ellos.

—Que lo juzgue Dios, Adrien.

El funcionario la rodeó por los hombros y Carmen dejó que las lágrimas empaparan el paño de su abrigo. En ese momento, se sintió agradecida con aquel hombre que había llegado, cuando ya no esperaba nada, para devolverle a Federico, y con él, la esperanza de una nueva vida.

CAPÍTULO 63

De todas las veces que Federico creyó que iba a morir, la de Argelès fue la que más le impresionó. Las olas que arrastraban los cadáveres se lo llevaron tantas noches que ahora que estaba a salvo, que había cruzado la valla y que un *spahi* había pronunciado su nombre, Federico quería morirse de verdad.

—Sígame —insistió cuando se agarró al alambre hasta lastimarse las manos.

—No puedo. ¡No puedo! —gritó Federico.

Arrastró los pies siguiendo las huellas del gendarme. No le había dado demasiados datos. Su escueto «sígame» había sido una consigna que anunciaba su liberación. Y nada más.

Abandonar Argelès era salir del infierno sin quitarse la vida como Montesinos, pero también significaba abandonar a todos aquellos desgraciados con los que había compartido miserias. Cuando ya estaba lejos, Federico reparó en que no se había despedido de ninguno de ellos.

Ni de Joaquim, el escritor de Manresa.

Ni de Vicente, que quería ser misionero.

Ni de Peko, el yugoslavo.

Ni de Juan, el militar.

Ni de Diego, que publicaba con seudónimo.

Ni de Josep, el pintor.

Ni de Eulalio, que hacía publicidad.

Ni de José Luis, el filósofo.

Ni de Agustín, el anarquista.

Ni de Antonio, el aviador.

Ni de José Manuel, el cartero.

—¡Espere! —dijo Federico alzando la voz.

—¿Qué pasa?

—¿Puedo volver? —preguntó angustiado.

—No, ¡claro que no!

—Por favor, por favor... Serán solo unos minutos.

A esa hora, cuando el sol estaba en su cénit, Joaquim, Vicente, Peko, Juan, Diego, Josep, Eulalio, José Luis, Agustín, Antonio, José Manuel y quien quisiera acercarse, estarían empezando su habitual tertulia. Cada uno hablaba de lo suyo y todos acababan hablando de lo de todos. De sus tristezas, de sus deseos, de sus vidas *cuando salgamos de aquí*, de su juventud y de su prematura vejez. También hablaban de la política desde el mismo bando, restauraban la República y reconquistaban las ciudades ocupadas por los nacionales.

... cuando salgamos de aquí.

Solo se encallaban en el recuento de las bajas porque para eso los hombres de Argelès no tenían remedio. Pero...

... cuando salgamos de aquí.

Todo sería distinto porque así se lo habían prometido a sus mujeres, a sus hijos y a ellos mismos.

Y ahora Federico había salido de allí sin que ellos lo supieran y estarían esperándolo para que ocupara su lugar, entre Joaquim y Peko.

—Serán solo unos minutos, amigo —repitió.

—No hay tiempo que perder.

Federico no volvió a abrir la boca.

«¿Para qué?», pensó.

Su vocación de ordenar había quedado aplacada y ahora cumplía las órdenes con docilidad. Ya lo tenía todo perdido. ¿Para qué seguir peleando?

Hizo el camino hacia el puesto de control sin levantar en ningún momento la cabeza. En parte porque la expectativa de la libertad no aliviaba el estómago vacío ni la boca seca ni el cansancio de las noches en vela. Y en parte porque no quería grabar ni un solo recuerdo más del alambrado que fue rozando, a cada paso, con el hombro izquierdo.

Cuando Carmen lo vio a lo lejos no necesitó que nadie le dijera que era él. Lo reconoció al instante por sus andares, por la forma de sus hombros, por la cabellera llena de remolinos que brotaban cuando no se peinaba con el ungüento. Guiñó los ojos para cerciorarse, no fuera a confundir los deseos con la realidad y la alegría se convirtiera en desgracia si se abalanzaba sobre el hombre equivocado. Pero una vez que estuvo segura de que era Federico Escofet, se zafó del brazo de Adrien y, desafiando la pesadez de la arena de la playa, corrió hacia él con las palmas de las manos abiertas hacia el cielo.

Federico se derrumbó a sus pies.

—¡Carmen, Carmen, Carmen!

Se abrazaron y se besaron, mirándose con incredulidad a los ojos.

Recurrieron a sus nombres para confirmarse a sí mismos su identidad, lo único que aún nadie les había robado.

—¡Federico, mi vida!

Carmen sintió que su amor seguía intacto y tan intenso como si nunca se hubieran separado.

—Jamás pensé que mis ojos verían el infierno.

—Calla, calla, Federico.

Ella no quería escucharlo.

—Ahora no, ahora no.

—Ni la guerra me ha dejado heridas tan profundas.

—Pero eso ya es el pasado. Ahora empieza el resto de nuestras vidas.

Los gendarmes no se atrevieron a separarlos, ni a agarrar

las manos de él, que sujetaban el rostro lleno de lágrimas de Carmen.

Tampoco lo hicieron los *spahis* que se acercaron a galope tendido, con sus armas en ristre, dispuestos a descargarlas sobre el cuerpo de aquella intrusa desobediente.

Ni Adrien pudo contener la emoción al comprobar el efecto que un simple trámite podía tener en las vidas ajenas.

Cada paso que los alejaba del campo de refugiados calmaba el dolor en sus cuerpos maltrechos y envejecidos. Juntos, volvieron a sentirse vivos.

Valla de Argelès-sur-Mer, 13 de marzo de 1939. Mañana en la playa francesa. Preludio de primavera.

Roma coronaba a su santidad el sumo pontífice Pío XII en la plaza de San Pedro ante las representaciones oficiales de cuarenta países.

Bratislava dilucidaba la independencia de Eslovaquia que acabaría consumándose.

Austria celebraba el primer aniversario de su adhesión al Reich.

Y a la guerra de España le sobraban dos semanas para emitir su último parte pronunciado en Burgos, ante un caudillo enfermo de gripe y envuelto en el rollo de telegramas de presidentes y cancilleres del mundo que felicitaban al bando vencedor confiriendo a su Gobierno la legitimidad para regir durante treinta y seis años las vidas de Tomía, Cuyaya y el resto.

Sí, fue ese día, vivos y libres, cuando Carmen y Federico ganaron su batalla.

—Y no hemos dejado de pensar en nosotros ni un solo momento, Carmen.

Las palabras se atropellaron en sus labios, ansiosos por contarse todo. Sus miradas recuperaron el tiempo perdido, compartiendo las experiencias vividas en ausencia del otro. Visitaron juntos esos días de angustia en los que cada uno intentó sobrevivir en un destierro común, compartiendo un mismo dolor y el miedo a no volver a encontrarse. Carmen le acalló con un beso, temerosa de que esos recuerdos se volvieran presente y arruinaran el futuro que los aguardaba.

—Te doy mi palabra, Federico: ni un solo día he dejado de hacerlo ni de pensar en si volvería a verte, soñando que te morías o que te mataban y yo volvía a España... sin ti. Mírame. ¿Me reconoces?

—Tan guapa como el día que te conocí.

No había término medio en sus emociones. Del llanto a la risa, a la carcajada indisimulada, dejando que la obsesión por poseerse obrara su particular milagro, quietos, el uno frente al otro, sin dejar de tocarse, sin entorpecer el recorrido de las manos por sus cuerpos.

—Prométeme que no volveremos a separarnos nunca más. ¡Prométemelo! —imploró Carmen.

—Nunca más.

El coche de Adrien arrancó y los dos sintieron las ruedas en el camino de vuelta.

—Dime cómo has llegado hasta aquí —le preguntó Federico—. Creí que...

—Chist...

Carmen le puso un dedo en los labios.

—Eso ya no es importante. No me lo debes a mí. Se lo debes a la familia Dussard. Ellos tramitaron el expediente de acogida.

—¿Quiénes son? —preguntó.

—Vamos hacia su casa.

—Háblame entonces de España. Cuéntame de España, de las niñas, el nene...

Carmen le habló de sus hijos y de Soledad y de la Manola,

por quien Federico sentía un afecto especial. Le habló de Llobet y de la gestión de la criada en Aribau.

Y, al final, le habló de Mercedes.

—Estoy en paz con mi hermana, Federico.

Le acarició el pelo y le apartó los mechones desordenados que caían por su frente.

—La he perdonado.

Y recordó una frase exacta que Mercedes había escrito.

—Solo nos tenemos la una a la otra.

—Ahora también me tienes a mí —añadió él.

Federico no dejó de apretar la mano de Carmen mientras reclamaba más y más detalles que le permitieran reconstruir el paréntesis de sus vidas. Ella aligeró mucho el relato para que fuera él quien se desahogara, pero las únicas palabras de Federico fueron para recordar a los que se quedaron.

—¿Quién los sacará de ahí, Dios mío?

Nadie tenía respuesta. Ni Adrien. Por más que Federico se empeñó en interrogarlo como si el funcionario tuviera el poder de cambiar el mundo.

—*Monsieur, je ne sais pas.*

Je ne sais pas. Je ne sais pas. Je ne sais pas.

Francia había dejado de saber.

Según se fueron acercando a Harinas Dussard, la imagen del matrimonio se hizo nítida y reconocible. Ella con su luto y su mandil a cuadros, zapatillas abotinadas con suela de goma. Él, del verde del mono de trabajo, gorra entre las manos a la altura del vientre. Y a su vera, *Tantán.*

—Son ellos. Marie y Adolphe.

Los esperaban a las puertas de la nave con agua en un botijo, unos vasos y un poco de pan de una hogaza recién horneada. Fue salir del coche y la anciana se desvivió por agasajar a Federico. Lo cogió del brazo y lo llevó hasta la manguera para que se lavara las manos y la cara.

Y cuando el hombre sintió que en eso consistía la libertad, pidió completarla con un colchón en el que apoyar la espalda y una manta para cubrirse el cuerpo.

Todo le fue concedido.

Aunque Carmen sabía que Marie quería conocer todos los detalles del reencuentro, cómo había sido, qué había dicho él, cómo había reaccionado ella al verlo, le pidió permiso para ausentarse con Federico. Lo único que quería en aquel momento era volver a abrazarlo bajo la penumbra de aquella habitación que no tardarían en abandonar.

CAPÍTULO 64

La primera noche en Harinas Dussard a Federico le asaltaron sentimientos contradictorios y el exilio cayó sobre él como un aguacero. Había conseguido lo más urgente —sobrevivir—, tenía lo que más quería —a Carmen—, pero se dio cuenta de que había perdido la patria.

Carmen no sabía qué palabras utilizar. Para Carmen la patria eran sus hijos. Ellos eran la tierra conocida, conquistada y en la que habría vivido eternamente de no haber sido por Vallcarca y el tren a La Garriga.

—Volveremos. No tengas ninguna duda.

Su vehemencia al aseverar que volverían tarde o temprano, lejos de consolar a Federico, le sumió en la nostalgia.

—¿Vivir el resto de los días pensando en volver? De nada nos servirá pasar los días lamentándonos. ¿Volver adónde?

—A casa, Federico. Yo dejé a mis hijos...

Federico la interrumpió con violencia.

—¡Yo también, Carmen! Yo también tengo dos hijas a las que quiero tanto como tú a los tuyos. ¿Acaso te puse una pistola en la sien?

Carmen calló y lo miró con rabia.

—No me recuerdes cada día lo que has hecho por mí —insistió Federico—. Tengo una deuda contigo y la tengo presente. ¡No necesito que me lo recuerdes todos los malditos días!

A Carmen se le heló la sangre. Pensó que era producto de los meses de cautiverio, del encierro forzado y de lo que vio en Argelès.

—No volveré a hablar de mis hijos si es lo que quieres.

—No, Carmen. Solo quiero que asimiles de una vez por todas que la vuelta a España ni será pronto ni será fácil. Y a lo mejor no será nunca.

Se acercó a ella, pero no la besó.

—La patria, sí, claro, pero ¿qué patria? —se preguntó Carmen y cerró los ojos.

Él también cerró los suyos y se vieron el uno al otro.

Ella lo vio en sus celdas. En la de Barcelona y en la de Cádiz.

Él la vio en el paseo de La Garriga donde quiso que fuera su mujer para el resto de los días sin saber si lo lograría o viviría alimentando su deseo.

Federico habría necesitado media vida de ojos cerrados para olvidar y para disolver las pesadillas; y otra media de ojos abiertos para confirmar que Carmen estaba a su lado.

La vida con Adolphe y Marie era el presente que se imponía y al que Federico se había propuesto combatir desde el porche con vistas a la carretera de grava donde Marie colocó una mecedora de mimbre y una mesa desvencijada para que Federico apoyara el periódico en el que seguía el rastro al eco de la guerra hasta que la guerra acabó con el bando de Burgos del primero de abril de 1939. Lejos de festejar el silencio de las bombas como a Carmen le hubiera gustado, a Federico se le torció el ánimo y le dio por pensar que la cosa iba para largo.

—¡Ese mequetrefe ha ganado! No hay nada que celebrar —dijo—. Pobres españoles. Les van a imponer hasta la hora de mear.

Malhumorado, se levantó de la mecedora mientras Carmen contenía la emoción porque lo único que le importaba era que sus hijos habían sobrevivido y recuperarían la normalidad de sus estudios, de sus tardes de parque y sus noches de cuentos sin bajar la persiana por miedo a descubrir el horizonte incendiado por las bombas. La celebración se trasladó a la cocina donde, después de escribir a Mercedes, se empleó en cocinar un fricandó que en francés se pronunciaba igual, pero sabía distinto al catalán.

Federico se encerró en sí mismo, distante y contrariado por el devenir de los acontecimientos. Después de varias semanas sin salir de la habitación más que para comer, Carmen lo encontró revisando las estilográficas de su padre. Las había sacado de los estuches de terciopelo y las había extendido sobre el colchón. Las había desmontado y limpiado por dentro y, de forma ordenada y meticulosa, las estaba colocando entre las ropas de Carmen.

Era de noche, rayando la madrugada.

—Nos vamos —dijo sin mirarla, abstraído en su organización.

—¿Adónde, Federico?

—Lejos de España. Donde no huela a Franco.

—No podemos hacer eso, Federico.

—Claro que podemos. Mañana mismo nos iremos a París.

—¿París? —preguntó ella—. ¿Qué haremos en París?

—¡Y qué hacemos aquí! —gritó él—. No puedo seguir ni un minuto más. No puedo soportar estar tan cerca del infierno. ¿No puedes entenderlo, Carmen? Yo he estado en el infierno. Yo ya sé qué es. Quizá tú...

—Yo no he hecho otra cosa que luchar para sacarte de ahí.

—¡Vámonos! ¡Vámonos lejos! —rugió enloquecido—. Vámonos a donde nadie pueda encontrarnos, a donde nadie sepa quiénes somos, a donde no nos señalen con el dedo. Mañana nos despediremos de Marie y de Adolphe y nos iremos a donde podamos empezar una nueva vida.

—¿De qué nueva vida hablas? La lejanía no hará que seamos otros. No nos redimirá de nuestro pasado, de nuestros muchos errores, de nuestros pocos aciertos.

—No me pesa el pasado, Carmen. Me pesa el presente. La derrota me está consumiendo, es un dolor sin consuelo.

Se giró para dejar de mirarla. Tenía los ojos húmedos por las lágrimas, y Carmen entendió que debía dejarlo llorar. Salió al porche descalza y con la ropa de dormir. Necesitaba respirar por última vez España.

A la mañana siguiente, el olor del café se coló por la puerta de la habitación. Federico no había pegado ojo. Tampoco Carmen, oculta entre la melena revuelta.

—Desayunaremos rápido y no nos alargaremos en las despedidas, ¿entendido? No tenemos tiempo que perder.

—Marie se disgustará.

—Volveremos a verlos. No sufras por eso.

Carmen pensó que su vida consistía en acumular despedidas y en prometer regresos. Se dio la vuelta en el colchón y con la uña del dedo fue despegando las fotografías de la pared. Había recuperado una de las cuatro miradas pero sus hijos seguían siendo de papel.

Se levantó de la cama, se vistió con calma, se lavó la cara en la pila y esperó a Federico para el desayuno. El pan estaba caliente y la cafetera despedía el aroma del grano recién molido. Los ancianos estaban entretenidos en sus asuntos. Adolphe repasaba las cuentas anotadas en una libreta de espirales oxidadas. Marie zurcía remiendos a unos sacos. Al verlos, los dos abandonaron sus quehaceres para sentarse a la mesa. Federico carraspeó antes de hablar.

—Señores Dussard, nunca olvidaremos lo que han hecho

por nosotros. Carmen les estará agradecida toda la vida y qué puedo decir yo... Sin ustedes seguirían comiéndome los piojos. Pero hemos decidido irnos.

—¿Adónde? —exclamó Marie sorprendida.

—A París —contestó Federico con firmeza.

Para la anciana, París era la cita que nunca llegó, el viaje a medias que se quedó varado en la fábrica, bajo los escombros de la nave, entre sacos con remiendos.

—¿París les garantiza seguridad? —preguntó Adolphe sin levantar los ojos de la taza de café en la que había hundido un trozo de pan.

—Sin duda —contestó Federico—. En París nos espera una vida plena, Adolphe. Sé que podrán entendernos.

Carmen no sentía como propio el plural que utilizó Federico, pero calló consciente de que nada le haría cambiar de opinión. No sabía qué espacio había reservado a su familia de Cannes. ¿Acaso no le importaba volver a ver a sus hijas? Ese pensamiento empezó a rondar por su cabeza hasta que ya no pudo contenerlo por más tiempo.

—Nos vamos lejos de Cannes —dijo.

Federico dejó caer la cucharilla sobre la mesa salpicando el mantel de café.

—Cannes es el pasado que viaja conmigo, Carmen. ¡Qué tiene que ver la distancia!

Mientras las lágrimas de Carmen se escurrían por su rostro, Marie se levantó de la silla y recogió las tazas vacías y los platos con migas.

—¿Cómo irán? —preguntó Adolphe.

—Iremos al centro de la ciudad. Seguro que salen trenes o algún vehículo de un particular que haga la ruta a un módico precio...

—¿Con qué dinero vamos a pagar, Federico?

La pregunta de Carmen quedó sin respuesta.

—Si lo desean, yo puedo llevarles —se ofreció Adolphe.

—¡No podríamos aceptarlo! Son casi mil kilómetros hacia el norte frío y quizá aún helado.

—Puedo hacerlo.

Marie lo miró con preocupación. Llevaba años sin hacer más recorrido que el que separaba la nave de la ciudad y su viaje de regreso.

—Adolphe, ¿estás seguro?

—Por supuesto que sí —contestó.

Adolphe se cubrió con una chaqueta de lana el mono de todos los días, arrancó el Citroën Normande destartalado para que el motor se fuera calentando y esperó a las despedidas.

Carmen se esmeraba en dejar la habitación tal cual se la encontró. Estaba retirando las sábanas del colchón cuando Marie abrió la puerta con sigilo.

—¿Se puede?

—Pase, Marie.

—Carmen, siempre podrá volver.

—¿Adónde me escribirán mis hijos ahora?

—Recogeré las cartas que lleguen de España y las enviaré allí adonde esté.

Carmen se abrazó a la mujer.

—¿Qué será de mí, Dios mío?

—Es la vida que ha elegido, Carmen. Es una mujer con coraje. Y eso es suficiente.

—No lo es, Marie. Cuantos más kilómetros me separen de mis hijos, más profunda será la herida.

Marie tuvo ganas de decirle todo lo que sentía, lo que quizá habría hecho ella, pero se contuvo porque ni era Carmen ni había amado como Carmen.

—No lo piense. Vamos, la están esperando.

Salió de la casa por la cochera por la que un día entró sin mirar atrás, rozando con el abrigo las carretillas, los sacos amontonados y la harina ya molida.

Después de cargar los bultos, Federico ocupó el asiento a la derecha de Adolphe y Carmen se montó en la parte de atrás de ese vehículo que recorrería casi mil kilómetros de carreteras con rumbo al norte. Marie se abrazó a ella y, sin decir una sola palabra más, el coche inició la marcha.

Durante el trayecto, Federico se interesó por Francia y su relación con el Reich alemán. Preguntó por el fascismo rampante que se iba extendiendo como una mancha de aceite en el océano y constató que el viejo sabía más de lo que había tenido oportunidad de comprobar hasta entonces. La avidez con la que leía periódicos le permitía tener una vasta cultura política que Federico aprovechó para intentar componer el futuro inconcreto al que se habían encomendado.

Tras ellos, Carmen se perdió en el paisaje. No quería seguir oyendo hablar de política ni de los tambores de guerra que se adivinaban en las palabras de los hombres. Federico le había negado volver a España y esa presunción de que podía morir en el exilio teñía de oscuridad su cordura. Hasta ese momento, la esperanza del regreso era suficiente para respirar, pero, a partir de entonces, qué más daba lo que hicieran, qué le importaba París o Londres.

«¿Por qué no más lejos? ¡Vayámonos a México! Si el exilio se apropiará hasta de mi muerte, ¿no he empezado ya a morir lentamente?», se preguntó.

Abrió el bolso y sin hacer ruido sacó las cartas que Mercedes había enviado en ese tiempo. Las tenía ordenadas por fecha, de la primera a la última. Las volvió a leer como si necesitara confirmar que era verdad que habían sido escritas, que sus hijos existían, que habían caligrafiado de su puño y letra la palabra mamá y que eran suyos los besos de tinta. Era cuanto tenía. La imagen de sus manos sobre el papel. O del instante en el que se sentaron a escribir, quizá sobre las rodillas de Mercedes, quizá a los pies de la cama del nene, las gemelas acodadas sobre la alfombra. La última misiva del taco atado con cordel de paja era la de Mercedes, la única sin rúbrica de los niños y la que pensó en quemar. Si no lo hizo fue por si algún día olvidaba alguna palabra de la confesión que aún podía recitar de memoria.

Lloró en silencio sin molestar a los hombres enfrascados en las batallas que Federico narraba con voz épica y profundidad histórica. Aquel también era él, el responsable político, el personaje que el exilio no le podría arrebatar.

Carmen se tumbó y a su memoria volvieron las palabras de la Manola: «Ese hombre lleva escrita su perdición», le dijo. El corazón se le aceleró al recordarse abriendo la puerta de Sicilia y verse desnuda sobre la cama en la que se amaron. Y, al final, también volvió a Rosellón, a la noche del 6 de octubre, al capitán de uniforme que pobló sus desvelos hasta bien entrada la madrugada. Rememoró el miedo, la presión en el pecho por las noticias que no llegaban. Soledad y su radio. El aparato apagado. Ahora encendido. La cólera de José María. Y los ojos sin lágrimas de las criadas. Abrazó a Tomía y escuchó su pregunta: «¿lo van a matar?».

«¿Qué habría pasado, Carmen, si no hubieras tomado aquel tren, si hubieras ido a la fiesta de los Viana con tu marido? Si no lo hubieras conocido siquiera... ¿Qué, si la condena no hubiera tenido indulto? ¿Si Montjuïc, como parecía escrito, se hubiera manchado con su sangre?»

Se trastornó con solo imaginar la muerte del hombre al que amaba y se sintió obscena y cruel. Y también se sintió sucia por haber sido capaz de desear lo que en realidad no deseaba, por elucubrar aquello que la habría hecho ser otra y no la mujer que ahora era.

Tardaron catorce horas y cincuenta minutos en llegar a la ciudad de París. Seis paradas para vaciar la vejiga y echar una cabezada en una carretera sin más iluminación que los faros desviados del viejo Normande.

Había amanecido nublado, hacía frío, lloviznaba sobre los trescientos metros de la torre de Gustave Eiffel. Carmen bajó la ventanilla del vehículo a la altura del bulevar de Saint-Michel. Había gente en las aceras, las terrazas estaban atestadas, hombres y mujeres abrigados y cubiertos con sombreros y coloridos gorros fumando y bebiendo vino. En el cruce con Soufflot, con el panteón a lo lejos, Carmen vio a un grupo de jóvenes atravesar el bulevar e imaginó que eran artistas camino de Montparnasse. Aquel París de los primeros instantes y de su vuelta tantos años después desdobló la aspereza que iba arrastrando. Observó los grandes edificios, encuadró con la mirada los balcones, guiñó un ojo y luego el otro como si tratara de atrapar un retazo inmóvil. La arboleda de los jardines de Luxemburgo, la luz pesada y grisácea de un cielo que no era el suyo la devolvió a la realidad del exilio, al abandono, la culpabilidad y la lejanía. Cerró los ojos con insistencia, apretando los párpados, los dedos y los nudillos, reclinó la cabeza en el asiento trasero y se empeñó en aplazar una vez más los malos augurios.

Federico indicó a Adolphe que se alojarían en el hotel Tronchet.

—En el veintidós de la calle del mismo nombre —añadió.

Adolphe acusaba en sus ojeras violeta el agotamiento del viaje.

—Quédese a dormir, amigo —le invitó Federico—. Yo correré con todos los gastos.

—Gracias, Federico, pero debo volver a Perpiñán. Marie está sola.

Se despidieron conteniendo la emoción y, cuando Adolphe volvió a arrancar su Normande, Federico le hizo un gesto con la mano.

—¡Espere!

Abrió la maleta en plena calle, rebuscó entre la ropa hasta tocar con los dedos una de las fundas de terciopelo y, sin importarle si la estilográfica elegida al azar era la más valiosa, se la regaló a Adolphe.

—No tengo más. Es lo que mi padre me dejó en herencia. Puede venderla. Le darán un buen pico por ella.

—No puedo aceptarla, Federico.

—Lo que usted ha hecho por nosotros no tiene precio. Quédesela, por favor.

Adolphe se la acercó a los ojos hasta comprobar que era una Montblanc auténtica. Carmen aguardaba a las puertas del hotel, aislada en el bullicio de las calles, en un intento desesperado por dejar de oírse a sí misma.

CAPÍTULO 65

Cuando salió de la bañera y el vaho apenas le permitió identificar su perfil con claridad, Carmen supo que el viaje al norte no había terminado.

Por primera vez desde que se marchó, dormiría con Federico entre sábanas limpias que olían a detergente, sintiendo el peso del edredón, la almohada de plumas de pato y los pies calientes sobre la lana de una moqueta.

Federico paseaba por la habitación, fumando un cigarrillo que Carmen le retiró de los labios.

—No nos queda ni tabaco, Carmen.

—Pero nos tenemos el uno al otro —contestó soltando el humo con suavidad—. ¿No es suficiente?

Carmen se sentó en el imponente butacón tapizado en raso que ocupaba un rincón de la habitación 16 del hotel Tronchet, pero Federico ignoró su insinuación, sus hombros al descubierto, el pelo mojado tras el baño, descalza y cubierta solo por una toalla.

—Tengo la dirección de un anticuario que me pagará bien un par de plumas de mi padre. Iremos a venderlas. Sacaremos algo de dinero y podremos sobrevivir hasta que encuentre un modo de vida.

—Yo también puedo ser útil, ¿no crees?

—Sí —contestó sin darle demasiada importancia.

—¿Vamos a quedarnos aquí, Federico? —preguntó mientras apagaba la colilla en un cenicero de porcelana con el nombre del hotel pintado a mano.

—No creo que podamos afrontar más que una semana de hotel. Después buscaremos un apartamento o una pequeña buhardilla donde instalarnos hasta ver qué pasa.

—¿Una semana?

Carmen solo tenía preguntas. Una semana era poco tiempo como para facilitar a Mercedes la nueva dirección de París.

—¿Y qué va a pasar?

Federico se acercó al chifonier, cogió el *Paris-Soir* de entre el montón de periódicos, se apoyó en el cabecero de madera noble que coronaba la cama y encendió la lamparita de la mesilla de noche.

—Déjame leer.

Adolf Hitler campaba a sus anchas por Europa. Tras la invasión de Austria y la división de Checoslovaquia, Polonia era la siguiente carta del castillo de naipes que podía hacer saltar por los aires la paz. El mundo entero miraba a Berlín. Era imposible abstraerse de esa realidad inquietante. Todos los periódicos daban cumplida cuenta del discurso del Führer en respuesta al telegrama enviado desde la otra orilla del Atlántico por Franklin D. Roosevelt.

El presidente de Estados Unidos de América escribió apenas diez líneas en las que trataba de persuadirle de que evitara la guerra, pero Hitler le dedicó una réplica en forma de discurso de dos horas y veinticinco minutos pronunciado en una solemne sesión en el Reichstag que se oyó en las plazas y en las calles de Berlín. También en Barcelona, donde Radio Nacional prestó un servicio de altavoces que garantizó la difusión en las aulas del Colegio Alemán, en las oficinas del consulado general del Reich y hasta en las de Lufthansa.

—Mi mundo es el que la providencia me ha asignado y por él tengo el deber de trabajar —declamó Hitler—. Su superficie es mucho menor. Se compone de mi pueblo solamente. Por eso creo que puedo servir mejor en todo lo que está en nuestros corazones: la justicia, el bienestar, el progreso y la paz, los mismos fines que persigue la comunidad humana.

La expectación alteró la rutina del mundo entero. La Bolsa de Nueva York incluso adelantó dos horas el arranque de sus operaciones para que la retórica no se inmiscuyera en los precios de los valores. La prensa parisina, no solo *Paris-Soir*, también *Le Temps* o *L'Intransigeant*, reaccionaba con prudencia al tono severo utilizado por Hitler. Roosevelt le pedía el compromiso explícito de no ir a la guerra y lo cierto es que el canciller germano no se lo dio, pero algunas de sus manifestaciones permitieron a Europa coger oxígeno de una bomba que pronto se quedaría sin aire. Federico leyó ávido de información y de datos con los que construir una verdad, aunque fuera a medias.

Carmen se recostó a su lado y dejó que la toalla cayera a sus pies.

—¿Qué va a pasar, Federico? —repitió.

—No depende de los franceses.

—¿De quién depende? ¿Solo de Alemania?

—Solo de Hitler.

—¿Qué dice la prensa?

—Prudencia. Nadie puede tomar en serio las palabras de ese loco.

—¡No quiero hablar de más guerras!

—¡Es la realidad, Carmen!

—Necesito telefonear a España —dijo de repente.

—Hazlo. Nada te lo impide.

Carmen se quitó la humedad del pelo con la toalla, se vistió con la ropa arrugada y se calzó los zapatos viejos entregada a una soledad que parecía acecharla de nuevo.

La recepción del hotel estaba atendida por una señora elegante de finas maneras que le indicó dónde estaban las cabinas. Carmen le enseñó las monedas que había encontrado en el fondo de su cartera, pero la mujer negó con la cabeza.

—No las necesita —le dijo—. *Conferencie* con España y cargaremos el gasto a la cuenta de la habitación. Es usted huésped, ¿no?

—Habitación dieciséis. Monsieur Escofet —contestó.

Por primera vez desde que salió de Barcelona, fue ella quien marcó los números del teléfono de Rosellón precedidos de un prefijo que encontró mecanografiado en una cuartilla junto al de otras ciudades europeas. Londres, Berlín, Madrid, Barcelona.

Sus dedos rodaron temblorosos por el disco. Siete, dos, seis, cinco, ocho.

Tono.

Recordaba la advertencia de Mercedes y la prohibición expresa de que sus hijos hablaran con ella. El corazón se le salía por la boca.

Escuchó la voz de la Manola.

—¿Es usted, señora?

Carmen tardó en contestar.

—Sí —respondió con miedo a que José María estuviera escuchando al otro lado del hilo.

—Señora, escúcheme —dijo bajando la voz hasta hacerla casi imperceptible—. Las niñas han salido con su abuela y el nene está en el hospital, pero no se preocupe, ¿me oye? No es importante. Estamos todos bien, pero ahora debo colgar.

—¡Manola! —gritó Carmen.

—Dígame, señora.

—¿El nene está grave?

—¡No! Se lo juro por mi madre —insistió la criada—. Lo han llevado al hospital porque tenía fiebre, pero eran solo unas décimas. Yo le diré que usted ha llamado. Tengo que colgar, señora.

—¡Manola! ¡Manola!

La criada colgó el teléfono al oír las pisadas de José María en el pasillo que conectaba el salón con su consulta. Cada vez que lo oía sonar, salía a cerciorarse de que no era Carmen. Abrió la puerta y vio cómo la criada colgaba.

—¿Quién era? —le preguntó con severidad.

Empezó a sudar.

—¡Manola! —gritó—. ¿Quién ha llamado a mi casa?

No fue capaz de mentir.

—La señora Carmen —admitió con la mirada fija en sus zapatillas.

José María se acercó a ella, colocó el dedo índice en su barbilla hasta erguir su mirada y le dijo:

—La próxima vez que oiga su voz al otro lado de la línea, cuelgue el teléfono. ¿Lo ha entendido?

—Sí, señor.

—¡Que no tenga que decírselo otra vez!

La criada se sintió tan humillada que, cuando su señor salía por la puerta, no pudo contenerse y, con un valor que no sabía que tenía, se enfrentó a él.

—¡Señor! No tiene usted derecho a prohibirles a sus hijos que hablen con su madre.

José María dio media vuelta y se encaminó hacia ella.

—¿Quién es usted para decirme a mí lo que tengo que hacer?

—Yo he visto nacer a esos niños. Los he visto crecer y los he visto sufrir. Y también he visto llorar a la señora Carmen...

No la dejó terminar.

—¡Se lo ha buscado, Manola!

—Todos cometemos errores, señor. Pero sus hijos no son culpables. No colgaré el teléfono a la señora y, si quiere, despídame. ¡Écheme de su casa!

En ese momento, Mercedes entró en el salón.

—¿Qué pasa aquí? —preguntó alertada por los gritos que se oían en toda la casa.

—¿Qué haces aquí, Mercedes? Deberías estar con mi hijo en el hospital.

—Vengo a por ropa —dijo ella con el mejor tono que encontró para ablandarlo—. De momento, no le dan el alta.

La noticia terminó de enfurecer a José María.

—¡Vuelve de inmediato al hospital! Y recuérdale a nuestra criada que Carmen tiene vedada esta casa.

Salió del salón y las dos mujeres se miraron con miedo.

—¿Qué ha pasado? —susurró Mercedes.

—Ha llamado Carmen y él me descubrió colgando el aparato. Cuando me preguntó quién era, ¡no supe qué decirle! Oh, Dios mío, señora Mercedes. El nene está enfermo y su madre no podrá hablar con él.

—Manola, no adelante las desgracias. El nene va a volver a casa. Los médicos quieren controlarlo hasta que remita la fiebre, pero no tiene infección en la sangre ni en la orina.

La criada escuchaba atenta sintiendo cómo crecía su desconsuelo.

—La próxima vez que llame mi hermana dígale que lo haga a las tres de la tarde. José María se echa la siesta y tiene un sueño muy profundo. ¡No oye nada!

—Así lo haré.

Mercedes hizo la maleta del nene a toda prisa y cuando salía por la puerta la Manola la agarró por el brazo.

—¿Qué pasa ahora, Manola?

—Venga conmigo.

Las mujeres pasaron a la cocina y la criada cerró la puerta.

—Ayer, cuando salí al mercado, pasé por el hotel Victoria. De repente salió el señor de la recepción gritando como un loco: «oiga, oiga», me dijo. «Usted es la criada de la señora de Escofet, ¿no?» No supe ni qué decir...

—¿Y qué dijo, Manola?

—Dije que sí, que era yo. ¡Anda que no ha pasado el

tiempo! Pero se ve que se quedaron con mi cara el día que llevé a los niños a ver a su madre.

—¿Y qué más?

—Su hermana se marchó sin pagar la cuenta.

—¿Y Federico?

—Tampoco pagó. Dicen que enviarán la factura al Gobierno, pero ¡qué Gobierno, Dios mío!

—Olvídelo. Haga como si no hubiera ocurrido.

—Hay más...

—¿Qué más?

—Tienen dos cajas enormes con ropa de su hermana. Me han dicho que, si no pasamos a recogerlas, las quemarán.

—Manola, sería lo mejor, ¿no cree? ¿Qué hacemos aquí con todo eso? Si José María las descubre, nos matará a las dos.

—Me da lástima...

—Y a mí, Manola, pero las consecuencias pueden ser terribles.

Mercedes se marchó, pero la Manola empezó a planear cómo recogería aquello que era el resumen de la vida de su antigua señora.

CAPÍTULO 66

Los días que siguieron fueron tranquilos en el ánimo de Federico, en consonancia con las informaciones que dibujaban el futuro. Aunque no se las creía del todo tomó la decisión de dejar de luchar contra el presente y volver a creer en él.

El temor de Federico a no poder hacer frente a los gastos del hotel quedó pronto disipado. El anticuario, de nombre Bartomeu Rius, conocido de la familia Escofet y a quien don Eladio había atendido en numerosas ocasiones en la delegación de Montblanc en la calle Wad-Ras de Barcelona, los recibió en su coqueto taller en el muelle de Orsay con vistas al Sena.

El señor Rius era un hombre peculiar, enjuto, de pequeña estatura, muy delgado y afable, con una sonrisa permanente en sus labios y los ojos muy vivos y despiertos. Su tienda era un museo de antigüedades. Nada más verlo, abrazó con fuerza a Federico e invitó a la pareja a tomar asiento en dos butacones versallescos situados en la trastienda. Después de ofrecerles café y té, que ellos rechazaron, el hombre empezó a hablar sin parar del París de entreguerras que se resistía a asumir un porvenir dramático, la vuelta a la oscuridad, otra vez las noches de miedo y hambre.

—¡París se resiste, amigo! Se resiste a perder su pompa. Seguimos a la vanguardia de lo exquisito. Seguimos acogiendo artistas de primera, pintores, escritores. ¡La bohemia aún se encuentra cómoda entre nosotros!

Federico se detuvo en unos grabados de Whistler que descansaban sobre un arcón de principios de siglo en madera y bronce.

—¿Le gustan? Salen muy bien de precio, pero mi joya es este Renoir. ¡Mire qué maravilla! Cuarenta mil dólares.

—¿Y tiene quién lo compre?

—A buen seguro se lo llevará algún turista norteamericano. Dicen que el hijo de Cézanne tiene obras para el mercado privado de más de un millón de francos.

—¿Un millón de francos, dice? ¡No puedo creerlo! —exclamó Federico.

—Si vende, ¡desde luego! Fíjese en este pisapapeles.

Federico se acercó para contemplar la pieza de cristal.

—Es de la época de Luis Felipe. ¿Creerá que antes de la guerra casi se regalaban, a lo sumo se pagaban unos céntimos, y ahora lo vendo por doscientos francos?

—¿Dónde consigue estas joyas?

—Eso es lo último que me llevé del viejo rastro de Clignancourt —dijo el señor Rius con una afectada sonrisa.

Tomó dos broches en las manos y se los mostró a Carmen.

—Observe bien, señora. Este broche es *déco*. En cambio, observe ahora este. Es un broche *nouveau*. Hay como una verdad y como una mentira en ambas piezas. París es así. Convive con ambas realidades. Pero hay que estar despierto para descubrir la realidad entre tanto ruido.

Rius dejó los broches y miró a Federico.

—Pero, veamos, ¿qué me trae?

Federico extendió las Montblanc sobre un tapete de terciopelo granate y las sacó de los estuches. El señor Rius se las llevó a los ojos para apreciarlas.

—¡Buen material, sí, señor!

No tardaron mucho en llegar a un acuerdo. Incluso el anticuario pagó más de lo que Federico y Carmen podían imaginar.

—¿Para qué están los amigos?

—No hago más que sumar deudas —admitió Federico.

—Conmigo, no. Ha hecho bien en vender. Son joyas, pero primero hay que vivir.

Federico necesitaba escuchar esas palabras para aliviar la ruina de sus bolsillos. Carmen se había alejado unos metros con el fin de que los hombres discutieran los asuntos económicos.

—No tenía el placer de conocer a esta señora. ¿Le acompaña durante su estancia en París? —inquirió el anticuario con indisimulada curiosidad.

—Sí, Carmen está a mi lado —contestó lacónico Federico, sin ánimo de alimentar las ansias de chismorreo del viejo.

Carmen los oyó a lo lejos, pero disimuló concentrada en la fotografía de postal de la plaza de la Concordia. María Antonieta. Luis XVI. La guillotina. Napoleón. La Revolución francesa. El collar de diamantes de la reina de un pueblo sin pan. El pasado que volvía. La historia acomodada a su tiempo. El intento de juzgar lo que recordaba con los fragmentos de lo leído. La reina, el rey, guillotinados hacía ciento cuarenta y seis años en una plaza pública.

«Qué barbaridad», pensó ella.

Pero de inmediato su propio juicio le devolvió la guerra de España y las cunetas del exilio.

«Cada tiempo tiene su sangre», concluyó.

Observaba y callaba sin saber qué le reservaría la historia al hombre al que había unido su destino, ni en qué rincón de su memoria la colocarían sus hijos.

—Hablé con su padre hace unas semanas. No me dijo que anduviera usted por aquí —oyó decir al señor Rius.

Federico no supo qué contestar al imaginar a su padre

inventando una conversación que eludía la verdad de España y el drama de su familia.

—Está bien, señor Rius —dijo parco en palabras.

—Hoy mismo le llamaré. ¿Quiere que le dé algún recado?

—No se preocupe. Le agradezco el ofrecimiento.

—Señor Escofet, no deje de pedirme todo lo que necesite. Aquí tiene su casa y, en mi persona, un amigo.

Federico quería marcharse cuanto antes. Le quemaba el sentimiento de culpabilidad por no haber comunicado con su padre en este tiempo y por vender un pedazo de su herencia.

Se despidieron con un sentido apretón de manos y, ya en la calle, Federico rodeó a Carmen por los hombros. Era la primera vez que lo hacía desde la valla de Argelès.

—¡París, París! —dijo llenándose la boca del aire de la ciudad.

Almorzaron en una bonita *brasserie* entre los llamados por la sociedad parisina a ser ejemplo de distinción. Ellas envueltas en linos y lanas en colores suaves. Rosa, azul, malva. Tocadas por las sombrereras de la capital, Carolina Rebaux, Susy y Rose Descat. Volantes, cintas, lazos. Sedas de las fábricas de Lyon que abastecían a los grandes modistos. Sí, después de la primera Gran Guerra, París resucitaba las cenizas de la *Belle époque*.

Pasearon cogidos de la mano por Montmartre con el Sagrado Corazón y las aspas del Moulin Rouge dando forma a su horizonte. París había sido la ensoñación de la juventud de Carmen y la ventana al mundo en las revistas de alta costura. Carmen recordó el ballet de Loie Fuller, invitación de José María en el viaje de boda, y sonó en su cabeza la melodía de la rue Pigalle de Edith Piaf.

Sin mirar el reloj, París detuvo sus vidas. Era eso lo que Carmen había imaginado. Amarse sin miedos. Sin nada que lo impidiera. Sin nadie que pudiera descubrirlos o miradas que los juzgasen.

Llegaron hasta el hotel Meurice, donde Alfonso XIII se alojó tras la proclamación de la República española. A la ciudad se le daba bien agitar su pasado monárquico. Lo habían demostrado un año antes con la visita de Jorge VI y la reina Isabel. La diplomacia en estado puro acabó convirtiéndose en cuatro días de anestesia festiva que los parisinos disfrutaron como si los reyes británicos fueran sus propios monarcas.

A París aún llamaban las princesas en el exilio para que Worth les cosiera a medida. Juliana de Holanda encargó a los modistos parisinos el ajuar de su boda con el príncipe Bernardo de Lippe-Biesterfeld y Wallis Simpson descolgó el teléfono para que Mainbocher cortara su traje de boda con el duque de Windsor, dejando en el taller del norteamericano seis mil francos y la leyenda del *azul wallis*. No, la guerra no podía germinar entre el boato de las actrices que seguían invocando a Lanvin o a Maggy Rouf y el recuerdo siempre excesivo de Isadora Duncan. Ahora que París había dignificado los antros que retrató Henri Toulouse-Lautrec, ahora que se había deshecho de las prostitutas descaradas que asaltaban en la calle a los señoritingos como en la Austria de la infancia de Zweig, trasladando las pasiones masculinas, y algunas femeninas, a esos burdeles llamados eufemísticamente «casas de tolerancia» o Le Sphinx a secas para no poner apellidos, ahora no tocaba hablar de bombas. Era un deseo compartido. Por primera vez desde las penurias de la guerra, Federico y Carmen miraban en la misma dirección.

Aquella noche volvieron a hacer el amor entre promesas que lo ensalzaban y sensaciones avivadas por sus fogosos deseos.

Se querían.

—Nos queremos, Carmen.

—Te quiero, te quiero —repetía ella después de tanto tiempo esperando ese momento y sintiendo que sus miedos desaparecían entre sus brazos.

Solo el amor podía estrangular la necesidad de compartir con Federico que el nene estaba enfermo otra vez.

—Nada grave —le habría dicho.

Pero no lo dijo y quedó grabado en su conciencia, junto al temor latente que siempre la acechaba cuando recordaba al nene.

Federico, ajeno a sus inquietudes, la amó.

Se amaron otra vez y como en otras ocasiones.

Se besaron.

Se abrazaron.

Se sintieron y se recorrieron en su viva desnudez, descubriéndose de nuevo con la emoción primera.

El sueño los venció, y, cuando Federico soltó la mano de Carmen y ella la acomodó bajo la almohada, un golpe en la puerta los despertó sobresaltados.

CAPÍTULO 67

Eran las dos de la madrugada en el reloj del salón de Rosellón. No se oía más que el rumor de las almas entregadas al descanso. Sin hacer ruido, la Manola puso un pie en el suelo esforzándose para que los muelles del colchón no despertaran a Rosalía, de espaldas a ella, brazos cruzados sobre el pecho, pelo recogido en una redecilla. La criada se había acostado con la ropa de faena, así que cuando escuchó las dos campanadas no necesitó más que calzarse para salir de puntillas.

La oscuridad de la noche, sin farolas que hicieran de guía ni coches que iluminaran el pavimento de las aceras, era sobrecogedora. Tenía razón el señor cuando se ponía arisco con Mercedes porque salía con esas amigas que lo fueron de Carmen y que acabaron admitiendo a su hermana por imposición de sus maridos.

«Sin embargo, no le dio reparo que la señora Mercedes se escapara de casa de sus padres para pecar.»

La Manola rumiaba sus pensamientos para calentar el ánimo y despojarse del miedo a que alguien la raptara aprovechando la impunidad de la madrugada.

«¡Anda, Manola, déjate de tonterías! ¿Quién va a raptarte a ti, mujer?»

La voz interior tenía razón, pero ella siguió alimentando esa ficción hasta que llegó a su destino, tocó el timbre de la puerta, esperó a que abrieran y puso, por fin, un pie dentro del hotel Victoria.

—Vengo a por las cajas de la señora Carmen Trilla —dijo desabrochándose la botonadura del abrigo.

—No sé de qué me habla —le contestó el guardián de noche—. No me dejaron ningún recado a nombre de esa señora.

—¿No le dijeron que alguien pasaría a por unas cajas de ropas y otros efectos personales de una señora que estuvo alojada aquí hasta el mes de febrero?

—No.

—Ya.

La Manola no quería moverse de la recepción del hotel y el guardián de noche tampoco estaba por la labor de facilitarle las cosas.

—No me moveré de aquí hasta salir con esas cajas. Usted verá cómo se las apaña.

—No me haga llamar a la policía.

El guardián de noche se había cruzado de brazos y la Manola tenía los suyos en jarra.

—¿A la policía, dice? Llame. Llame si quiere. Quizá así lo arreglemos.

El hombre hizo el ademán de echarla cuando apareció el segundo encargado del hotel, un joven amanerado, vestido con descuido, la camisa por fuera de los pantalones y los zapatos doblados por los talones como si estuvieran recién calzados.

—¿Qué pasa?

—Esta mujer dice que viene a por unas cajas de una huésped que se marchó hace meses.

—¡Claro! Sí, hombre, claro que sí.

El guardián de noche lo miró con incredulidad.

—Son las cajas que guardamos en el trastero de objetos perdidos. ¿No te informó el señor Ramírez? —le preguntó.

—A mí, no.

—Dijo que pasarían a recogerlas y que, en caso contrario, procederíamos a llevarlas a la beneficencia. Venga por aquí.

A la Manola le dieron ganas de censurar la incapacidad del guardia de noche, pero se calló para no enfurecerlo más. Al mismo tiempo pensó que la opción de la beneficencia era bien distinta a la de quemar la ropa, que es con lo que la amenazaron.

—De haberlo sabido... —musitó.

—¿Qué dice?

—Nada, cosas mías.

Al trastero se accedía por detrás del mostrador de la recepción. Había que agacharse para no golpearse en la coronilla. Lo que había dentro eran muchos resúmenes de muchas vidas que habían pasado por el hotel.

Paraguas, guantes, sombreros, bolsos llenos y vacíos, libretas, mecheros... Todo organizado en baldas y etiquetado con el número de habitación de su primer dueño.

—Aquí tenemos de todo. No se asuste.

Abrigos, pantalones, zapatos, faldas, blusas, corsés, esmaltes de uñas, polveras, esponjas de maquillaje, frascos de colonia.

—¡Qué desperdicio!

—A veces, los huéspedes vuelven y se lo llevan, pero son los menos. Lo dan por perdido. Ni siquiera se molestan en llamar cuando lo echan en falta.

—¿Y hasta cuándo lo conservan?

—Durante unos meses. Después lo donamos a la caridad. Esas son las cajas de la señora Trilla —dijo señalándolas con el dedo.

—¡Madre de Dios!

No eran dos sino tres cajas de cartón, debidamente precintadas con cinta adhesiva, de unos sesenta centímetros de alto y otros sesenta de ancho cada una.

—¡Es imposible que yo pueda cargarlas hasta el domicilio de la señora!

—¿Y qué quiere que hagamos?

—¡Ay, no lo sé!

—Solo puedo ofrecerle que las abra aquí, se lleve lo que desee y lo que no, nos encargaremos de donarlo.

—No es mala idea —repuso la criada quitándose el abrigo y remangándose para empezar.

—Tiene hasta las seis de la mañana. A esa hora llegan los jefes y no les gusta que nadie ande por aquí. Despierta recelos entre los clientes. Ya sabe.

La Manola ya no le escuchaba. Había salido del trastero a por una cuchilla con la que rajar la cinta. El guardián de noche colocó un farolillo para reforzar la luz de la bombilla que colgaba del techo y la dejaron sola.

La primera caja contenía faldas, blusas y los abrigos de la señora. Algunas de las piezas estaban cosidas a mano y forradas con sedas.

«Qué maravilla», pensó la Manola mientras las colocaba en el suelo, una encima de otra hasta hacer una montaña.

Abajo del todo encontró las dos estolas de visón que solía lucir en los conciertos de inauguración de las temporadas del Liceo y del Palau. Y, entre ellas, un estuche de raso con cierre de nácar que la Manola se atrevió a abrir al comprobar que pesaba y que hacía ruido al agitarlo.

—¡Santo cielo! ¡Las joyas de la señora!

Pulseras de brillantes, sortijas, collares de oro que la criada probó en sus dientes.

—¡Esto vale una fortuna! —exclamó sin importarle que pudieran oírla.

Abrió una cajita cuadrada de plástico con el nombre impreso de la joyería Roca y encontró el fastuoso collar de perlas que Carmen utilizaba para las grandes ocasiones.

«¿No se llevó nada esta mujer?», se preguntó.

Se arrodilló y volcó sobre el mandil todo aquel montón de alhajas que solo en peso valían más que el jornal de una vida de criada. Empezó a sudar al toquetear las piedras preciosas, las esmeraldas, los rubíes, los broches y el aderezo en oro y cabello trenzado negro que le devolvió la imagen de Carmen con todo su esplendor. La Manola rompió a llorar.

El guardián de noche la oyó gemir y entró veloz en el cuartucho.

—¡Bendito sea Dios! ¿Todo eso guardaba su señora?

La Manola no supo qué responder.

—La señora murió, ¿verdad?

Silencio.

—Si no, no se entiende que haya olvidado recogerlo. ¡Qué joyas más espléndidas!

El hombre las cogió del mandil de la Manola.

—¡Qué dislate! No la entretengo. ¡Haga bien el inventario! —dijo riéndose para sus adentros, consciente de que solo una mujer poco cabal podía haber abandonado todo aquello.

La Manola sintió rabia y vergüenza. Sintió también que Carmen había cometido un error inmenso dejando allí todas esas joyas que, de forma legítima, debían heredar sus hijas. No ya por su valor, sino porque habían rozado la piel de Carmen y llevaban su aroma impregnado.

Guardó todo de nuevo y abrió la segunda caja. Más ropa. Y más estolas de pieles de conejo y zorro. También bufandas de lana. Ropa de cama. La lencería que tantas veces había pasado por sus manos. Decidió que no merecía la pena conservar nada de aquello y abrió la tercera.

Contenía la colección de zapatos. Los de tacón alto. Los de tacón medio. Con hebillas y sin ellas. Abotinados. Con cordones. Negros, azules, burdeos y plateados.

«Tuvo de todo. Y al final, ¿para qué? —se volvió a preguntar la criada—. Se marchó con lo puesto y a un destino miserable.»

Cuando sacó el último par, descubrió un libro pequeño de tapas de hule y hojas de papel envejecido del tamaño de una cuartilla que se cerraba con una lazada negra. La Manola lo recorrió con los dedos pensando que fue lo último que pasó por los de Carmen.

Lo desanudó, lo abrió y las hojas crujieron en sus manos al leer la primera línea de la primera página, en la que descubrió el trazo de la letra de su señora.

27 de septiembre de 1933
La vida vuelve a sorprenderme.

CAPÍTULO 68

Don Eladio había pasado la noche en la recepción del hotel Tronchet, vestido con el mismo traje con el que había salido de Barcelona, sin maleta ni maletín. Dejó el sombrero sobre una mesa baja, al lado del sofá en el que se acodó para soportar el peso de la cabeza y en el que, a ratos, se quedó dormido. La señorita de la recepción había anotado el número de habitación de monsieur Escofet como garantía de que no era un mendigo o un borracho que buscaba un techo bajo el que pasar la noche.

—*Monsieur* —le dijo—, *vous voulez un café? Le salon de petit-déjeuner est déjà ouvert.*

Debían de ser las seis de la mañana. La luz se colaba por la puerta de entrada y la voz suave y femenina acabó desperezándolo del todo.

—*Oui, madame* —contestó.

Le indicó con la mano adónde debía dirigirse, pero don Eladio prefirió pasar antes por el aseo para mojarse la cara con agua fría y hacer gárgaras que le refrescaran el aliento. Una vez acicalado, volvió a la recepción.

—*Pouvez-vous avertir monsieur Escofet que son père l'attend?*

—*Oui, monsieur.*

Mientras esperaba a Federico, se sentó a la mesa, pidió café cortado, un cruasán caliente y un zumo de limón templado.

No podía sacarse de la cabeza las palabras utilizadas para hablar a su hijo la noche anterior. Sobre todo cuando tuvo que reprenderlo por el tono.

—¡Federico, no hables así a tu padre! —le espetó don Eladio.

Federico agachó la cabeza, se anudó el batín y le pidió que se marchara.

—No son horas, padre. Vas a despertar a Carmen.

—No olvides nunca que con la honra de la familia no se juega.

Dio media vuelta y recorrió de nuevo el pasillo alfombrado del Tronchet hasta alcanzar la escalera que lo devolvió a esa recepción en la que había amanecido.

La demora no fue larga. No habían pasado ni veinte minutos cuando Federico y Carmen entraron de la mano. Don Eladio se retiró los restos del cruasán con la servilleta, se levantó y se llevó la mano de Carmen a los labios en un gesto amistoso y de caballerosidad.

—Tanto gusto, don Eladio. Me alegra conocerlo y más me agradaría acompañarles esta mañana, pero entiendo que la conversación entre un padre y un hijo no debe tener más testigos.

Carmen estaba esplendorosa. Radiante como en sus tiempos de Greta Garbo. Esbelta, alta, ligera de maquillaje, su cuerpo desprendía el olor de un perfume de violeta. Federico no se opuso y a don Eladio le pareció apropiado que se ausentara porque sabía que, aunque midiera sus palabras, alguna podría acabar hiriéndola y no era tal su propósito una vez asumido que su hijo no volvería nunca jamás con su primera y todavía esposa.

—Es bella, fina y educada, Federico.

—¿Acaso lo dudabas, padre?

—Y prudente.

—¿Lo dudabas también?

—No esperaba menos de ti.

El maître del salón tomó nota del desayuno de Federico: huevos escalfados sobre pan de brioche, café sin azúcar, zumo de pomelo. Federico esperó a que continuaran los elogios hacia Carmen. Necesitaba escucharlos en la voz de su padre, pero don Eladio ya los había dado por satisfechos y la conversación volvió al derrotero en el que había quedado la noche anterior.

—¿Vas a vivir con ella el resto de tu vida?

—La respuesta es sí. Estoy profundamente enamorado de ella, padre.

—¿Y viviréis eternamente en este hotel?

—No. Buscaremos un pequeño apartamento donde...

Don Eladio lo interrumpió.

—¡¿De qué vas a vivir?! ¿Cómo vas a mantener a esa mujer? ¡Eres un insensato! Más de lo que imaginaba.

Tenía la mirada empañada por la furia, semejante a la de un tutor ante el pupilo descarriado.

—¿Has pensado que la guerra os arruinará la vida otra vez?

—Lo he pensado, padre. Pero no es algo que me preocupe —mintió sabiendo que cualquier concesión a las razones de don Eladio lo enfurecería más.

—No se habla de otra cosa, Federico. ¿Ya no lees ni los periódicos? Cualquier día tendréis que salir de aquí y ¿adónde iréis? ¡Dímelo! ¿Adónde iréis?

—Te pido que bajes el tono o me levantaré de esta silla y no volverás a verme.

—¿Tengo que recordarte que soy tu padre? No he hecho otra cosa en mi vida más que dedicar cuanto he tenido a tu educación y a tu porvenir, y ahora resulta que lo echas por la borda. ¿En qué te has convertido? ¡En un don nadie, exiliado y arruinado! ¡Mírate, Federico!

Sus lágrimas humedecieron unos ojos envejecidos de tanto mirar esa España en la que don Eladio se fue quedando solo después de enterrar a doña Ana. Y ahora temía quedarse sin el vástago al que había encomendado el porvenir de su apellido.

—No tengo nada más que decirte, Federico. Te daré el último consejo: si vas a vivir con otra mujer, sé un caballero, siéntate cara a cara ante tu esposa y despídete de ella.

Federico tenía fija la mirada en los posos del café que habían quedado en el fondo de la taza, las mandíbulas apretadas y los puños cerrados sobre la mesa. Nunca antes había escuchado con tanta severidad el relato de su vida.

—Si has venido hasta aquí para recordarme el drama que ha sido mi vida, puedes irte. No necesito tus palabras. Ya me basto conmigo mismo. Ten la certeza de que estoy con la mujer que me hace feliz. Sin ella nada tendría sentido.

Tras la ventana del comedor de los desayunos con vistas a la rue Tronchet, escondida bajo el ala del sombrero que Federico le había regalado la tarde anterior, Carmen vio cómo el viejo Escofet abandonaba el salón secándose las lágrimas en un pañuelo blanco que sacó del bolsillo de su traje.

Sobre la mesa había dejado un sobre abultado que contenía un fajo de billetes y una nota escrita a mano: «Por si te falta para comer».

CAPÍTULO 69

Carmen descolgó el teléfono de la sala de conferencias del hotel y marcó con ansiedad.

Siete, dos, seis, cinco, ocho. ¡Venga, venga, venga!

No le importaba que al otro lado saludara José María.

«¿Y qué si lo hace?», se preguntó cuando Federico le anunció que viajaría a Cannes para mantener la última entrevista con su esposa y con sus hijas.

—Lo hago para que seamos libres. Solo así lo conseguiremos.

Carmen no necesitó pensárselo dos veces y dijo:

—Haces lo correcto.

Federico se perdió en sus pensamientos. Dudó si tenía que ser franco con Carmen y revelar que el viaje a Cannes era, en realidad, una orden de su padre, acaso la última. Dudó si en algo ayudaría que le expresara la necesidad de cumplirla. Y, al final, decidió ocultarlo.

—Me siento mal dejándote aquí, Carmen —le dijo.

—No tienes de qué preocuparte.

—Serán solo unos días. Tres, cuatro, a lo sumo una semana.

—¿Cómo no entender que quieras visitar a tus hijas? Si yo pudiera...

Fue esa última frase la que armó a Carmen del valor necesario la mañana en la que despidió a Federico en la estación de tren. Allí descubrió que Barcelona daba nombre al destino de una línea con parada en todas las ciudades por las que habían pasado en el viejo Normande de Adolphe Dussard, así que, cuando el vagón de Federico se deslizó por las vías y el humo de la máquina desapareció en el horizonte, Carmen salió a ese París madrugador y corrió desesperada en dirección al hotel con la última frase retumbando en su cabeza.

—Si yo pudiera...

Y así, agitada por la carrera, el abrigo abierto...

(... Si yo pudiera.)

El bolso escurrido en su hombro, la melena al aire...

(... Si yo pudiera.)

Carmen entró en la pequeña centralita del Tronchet sin pedir permiso, ni anunciar su conferencia.

—¡Venga, venga, venga! Descuelga, Manola.

La criada levantó el auricular y su voz sonó como un suspiro al otro lado de la línea.

—¡No me cuelgue, Manola! —gritó Carmen.

—Señora...

—Le ordeno que no lo haga.

—¡Ay, señora!

—Dígale a mi hermana que se ponga.

La Manola corrió por el pasillo, presa del pánico. Los modales de Carmen solo podían presagiar otra desgracia. Mercedes estaba levantando al nene y se disponía a lavarlo en la cama como cada mañana desde que había recibido el alta hospitalaria.

—Señora Mercedes —dijo la Manola—. ¡Deje, deje que yo lo haga!

Se acercó a ella y le susurró al oído:

—Vaya al salón y coja el teléfono. Es su hermana.

Mercedes la miró a los ojos.

—¡Que llame a partir de las tres!

—No me ha dado ni tiempo de decírselo. Está como ida. No pierda un minuto, ¡vaya, vaya al salón!

Mercedes salió de la habitación, no sin antes cerciorarse de que José María y Conrado estaban encerrados en la consulta, concentrados en alguna exploración y ajenos al timbre del teléfono, que aquel día no oyeron.

—Carmen, soy Mercedes.

—¿Cómo está el nene? —preguntó en primer lugar—. ¡Y no me mientas, por favor!

—Estás agitada, hermana. ¿Qué pasa?

—Contéstame.

—El nene está ya en casa. Justo ahora estaba levantándolo de la cama.

—Me dejas más tranquila, Mercedes.

—No te preocupes por él, hazme el favor. El nene está bien.

—De acuerdo. Ahora escucha atenta lo que te voy a decir. Dentro de dos días, coge un tren a Portbou. Yo llegaré a la estación de Cerbère, al otro lado de la frontera. El puesto fronterizo es fácil de identificar. Tú debes acudir con Tomía y Cuyaya. ¿Me has entendido?

—¡Carmen, no puedo hacer eso!

—¡Claro que puedes! —exclamó.

—José María sería capaz de echarme de casa y mandar a las niñas a un internado.

—No lo hará porque encontrarás la manera de que no se entere. Si prefieres ir en coche, habla con Tomás. Él os llevará. Dile a José María que pasaréis el día en Villa María. Salís pronto por la mañana y estaréis de vuelta por la tarde.

—¡Carmen! No me pongas en ese compromiso.

—¡Mercedes, es lo último que te pido! Necesito ver a mis hijos, necesito abrazarlos de nuevo.

Carmen rompió a llorar y Mercedes se volvió a estremecer al imaginar el sufrimiento de su hermana.

—¿Puedes hablar o nos espía José María? —preguntó entre gimoteos.

—Puedo hablar. No nos oye.

—Mercedes, esta es la prueba más dura a la que me está sometiendo la vida. Háblame de ellos, por favor...

Las lágrimas no la dejaron terminar.

—No dejamos de nombrarte, Carmen. Los tres saben que te has ido para volver. ¡Tendrías que verlos con qué devoción hablan de ti!

—Más, más, cuéntame más... Del nene...

—El nene ha sufrido una recaída, pero los médicos dicen que ya la ha superado. Está contento porque ha empezado sus clases en casa. La señorita Usandizaga se ocupa de él. Quiere ser médico, como su padre...

Se hizo un silencio entre las dos hasta que Mercedes continuó el relato.

—Quiere ser médico para que no haya niños que sufran.

—Como él...

Se recompuso sobre la marcha recordando las palabras proféticas —*si yo pudiera...*— que la habían empujado hasta allí.

—¿Puede moverse, Mercedes? ¿Podríais llevarlo hasta Portbou?

—No, Carmen. Es imposible. Correría un riesgo innecesario.

—Entiendo.

—Debo colgar, Carmen.

—Hermana, dentro de dos días nos veremos en la frontera de Portbou. Todo va a salir bien. No les digas a las niñas que van a ver a su madre, no vaya a ser que se trunquen los planes y les provoque más sufrimiento que felicidad. ¿Te ha quedado claro?

—Sí.

—¿Lo vas a cumplir?

—Lo voy a intentar, Carmen.

—Cuelgo, Mercedes.

Se derrumbó sobre la consola en la que reposaba el aparato, mirando sus pies doloridos por la carrera y el bolso abierto donde Federico había metido el sobre con el fajo de billetes de don Eladio.

No tenía tiempo que perder. Tan pronto como colgó subió a la habitación donde las señoras encargadas de los arreglos domésticos estiraban las sábanas. Les pidió diez minutos para organizar el bolso con lo necesario para pasar una noche fuera.

CAPÍTULO 70

Las luces del vagón se atenuaron para que sus pasajeros descansaran. Comenzaba a oscurecer en París, cuando el tren abandonó la ciudad dejando atrás su eco en la estación, el silbato del maquinista y el rumor de los andenes. Carmen apoyó la cabeza sobre el respaldo de su butaca de la clase más barata. No quiso gastar en un billete de primera, pero tampoco le dedicó ni un minuto a pensar qué le diría a Federico cuando le entregara el sobre con menos dinero.

La noche fue tiñendo poco a poco de negro el horizonte. Con el bolso entre las manos, Carmen se concentró en dormir para no pensar. Aunque hacía mucho tiempo que el sueño había dejado de ser territorio seguro, se instaló en él sin ser consciente de quiénes la rozaban al pasar con el abrigo o con el filo de una maleta.

Amaneció en la estación de Cerbère, inaugurada por la Compañía de Ferrocarriles del Mediodía en 1878 y absorbida por la Société Nationale des Chemins de Fer Français hacía solo un año, en 1938. Se limpió las comisuras de los labios con un pañuelo y salió del vagón aún adormilada y revuelta por el hambre. Tenía todo el día por delante. Pensó en aprovechar para visitar a los Dussard, pero la idea de coger otro tren terminó por disuadirla y decidió que lo más sensato era buscar un lugar tranquilo donde comer y pasar la noche.

¿Se atrevería Mercedes a viajar a Portbou? Por un minuto pensó en lo irrespirable que debía de ser el ambiente de Rosellón. Imaginó a José María en sus peores modos y sintió pena de su hermana.

¿Lo seguiría queriendo como el primer día? Ya no le deseaba ningún mal a Mercedes porque de su felicidad dependía la de sus hijos.

El día ya había clareado cuando Carmen sintió que volvía a estar cerca de España. Desde allí podía tocarla con la mano. Era la paradoja del desterrado. Lejos y cerca al mismo tiempo.

—¿Mamá está en el exilio o en Francia, tía? —preguntaba Tomía a tía Mercedes cuando empezó a escuchar esa palabra desconocida hasta entonces.

Exilio y Francia se habían convertido en sinónimos del nuevo hogar de esa madre desahuciada y condenada por su rebeldía, por intentar hacer justicia con una traición cuya sentencia solo le había reportado instantes de felicidad, pero que también amenazaba con relegar sus recuerdos al olvido. Volvió a sacar las fotografías de las que no se separaba, para reconocer en ellas las miradas de sus hijas y el dolor del hijo enfermo. Su mente se llenó con sus risas, sus juegos, el olor de una tortilla de patatas, el aceite de los churros...

Esa era su vida, pensó. Pero ¿qué vida? ¿Con cuál podía quedarse? ¿Con la de las instantáneas o con la de Federico en París? ¿Cuál era más real? ¿Cuál le pertenecía?

Caminó por Cerbère intentando olvidarse de las horas que tenía por delante, pero con una mirada en las agujas del reloj de pulsera.

Almorzó sola, merendó, cenó y se acostó en un hotel de carretera con vistas a la frontera. Le costó dormir sobre la cama baja de patas enclenques, almohada fina, colcha rugosa y, cuando los pájaros anunciaron el alba, saltó de ella, se sacudió el cansancio con el agua helada del grifo y salió de allí para dirigirse a la verja por donde en los primeros días de febrero de 1939 había cruzado Machado camino de Colliure con la muerte acechando y el dolor del exilio que le acompañaría hasta el final. Ahora una madre esperaba a sus hijas.

Tomía no preguntó y Cuyaya tampoco abrió la boca. Ninguna quiso saber por qué Tomás había cambiado de dirección al llegar al cruce en el que siempre giraba a la derecha y, en cambio, lo hizo a la izquierda y puso rumbo a la carretera principal.

Transcurrieron varios kilómetros hasta que Tomía se atrevió a hablar.

—Vamos a ver a mamá. Lo sé.

Tomás buscó la mirada de Mercedes en el retrovisor y se tropezó con la sonrisa de la niña y el brillo de sus ojos.

—Lo sé, tía.

Cuyaya y ella rieron con la emoción compartida.

—Tía Mercedes, ¿es verdad lo que dice Tomía?

—No, niñas. ¿De dónde os habéis sacado eso? Voy a llevaros a comer a un pueblo maravilloso para que hablemos sin prisas, para que me contéis qué queréis por vuestro cumpleaños y para que disfrutemos de este día delicioso.

—¿Y por qué no ha venido papá?

—¡Es un plan de mujeres! —exclamó Mercedes.

Había pensado cada palabra para no generar el deseo de un encuentro que podría no producirse. Así se lo había pedido Carmen y la hermana cumplió a rajatabla. Nada más colgar el teléfono se entregó a la organización del viaje. Habló con Tomás, que accedió de inmediato a llevarlas, y con la Manola, que, al final y con mucho pesar, optó por no acompañarlos para no levantar sospechas.

El trayecto no se hizo pesado. Apenas doscientos kilómetros separaban Barcelona de Portbou. Los recorrieron entre cánticos infantiles, chistes de Tomás y comentarios de Mercedes dirigidos a desviar las expectativas de aquellas niñitas.

Llegaron a mediodía. La ciudad bañada por el Mediterráneo, la última de la costa española, recortaba su horizonte sobre los Pirineos. El ambiente estaba tranquilo. Al otro lado: Francia, Cerbère y su cancela. El acento quedaba a medio camino.

Carmen respiró a pleno pulmón, miró el reloj y pensó que Federico estaría paseando por Cannes con sus hijas. Él nunca había mencionado la palabra divorcio ni Carmen se la había exigido. Le importaba bastante poco que tuviera una sentencia que certificara la ruptura. Para ella, el matrimonio era José María y no encontraba ningún motivo para repetir la alianza. En sus elucubraciones, imaginó que ya habría expuesto las extrañas explicaciones que buscaban los adultos para justificar que el amor se había acabado, pero que nada tenía que ver con las hijas, a las que querría eternamente, de forma incondicional, por encima de la persona de la que se separaba porque...

Y el relato volvía al origen:

—Porque el amor, a veces, se acaba.

Carmen se cansó de mirar ese paisaje empeñado en devolverle recuerdos. No quería seguir dando marcha atrás y perderse en la nostalgia. A lo lejos, le pareció divisar el Ford Sedan de Tomás. La respiración se le aceleró y la mirada se le nubló mientras un temblor recorría su cuerpo desde la cabeza hasta los pies. Se levantó del risco sobre el que se había sentado tras unos arbustos, para ocultarse del guardia del puesto fronterizo. Se sacudió los restos de maleza del trasero y puso una mano sobre su frente para protegerse de los reflejos del sol.

—Son ellos, Dios mío —murmuró—. ¡Son ellos, son ellos!

Tomía y Cuyaya bajaron del coche. Tomás abrió el capó y miró preocupado el motor del vehículo.

—Parece que hay un problema —dijo el chófer.

—¿Qué habrá pasado? —se preguntó.

Carmen ignoraba que esas palabras de disimulo formaban parte de la treta. De inmediato apareció Mercedes entre ellos. Su voz apenas era perceptible.

—Tomás, ¿se ha averiado el coche?

A Carmen se le revolvió el estómago.

—No puedo decirle todavía, doña Mercedes —contestó con disimulo.

Las niñas se olvidaron del conductor y empezaron a corretear y a jugar y a recoger piedras del suelo y piñones que encontraron a los pies de los hermosos pinos que crecían a ese lado de España.

Escondida, Carmen guiñó los ojos para verlas bien. Habían crecido. Llevaban el pelo recogido en dos coletas con lazos rojos, vestidos de flores que les cubrían hasta las rodillas, calcetines calados de hilo blanco, zapatos que brillaban bajo el sol del mismo cielo. Reían y sus risas acariciaron a Carmen. Se abrazó a sí misma, cerró los ojos y dejó que las voces de sus gemelas la invadieran.

Se derrumbó y cayó arrodillada en el suelo, maldiciéndose.

El mundo se le vino encima. Todo el exilio, la patria, la República, Federico... Todo cayó sobre ella como un rayo inclemente sobre la arena seca y el risco rugoso en el que se había sentado a recordar España.

Sintió morir por dentro hasta que, de repente, sin saber por qué ni a qué respondía ese impulso que se apoderó de ella, Carmen dio media vuelta y empezó a correr en dirección opuesta a la frontera.

—¡Lejos! Vete, corre, huye. ¡Qué demonios he hecho! ¿Cómo he sido capaz de pedir que mis hijas pasen por el infierno de otra despedida? ¿Quién soy yo para destruir su felicidad?

Y así, con la mirada borrosa por el llanto incontenible y sin saber hacia dónde dirigía sus pasos, Carmen desapareció de la frontera donde Mercedes la estuvo esperando hasta que Tomás arregló la falsa avería.

CAPÍTULO 71

El grito de *Vive la patrie!* de 1914 enmudeció en las postrimerías del año 1939. Se reclutaba en silencio y en privado. Por teléfono o a voluntad del soldado que leía los carteles que inundaron París. El enemigo aún no había puesto un pie en Francia, pero el alistamiento había empezado, y las madres, las novias y los hijos despedían a los soldados en la Gare de l'Est. Los más viejos aún recordaban la primera Gran Guerra y sus calamidades.

Los tambores del combate no habían empezado a sonar siquiera, pero el eco de los despachos del Elíseo llegó a los hogares parisinos y, de la noche a la mañana, se empezó a difundir el manual de instrucciones de la futura guerra. El arte se empaquetó a provincias, el Louvre cerró sus puertas y Versalles y Fontainebleau echaron el cierre hasta nueva orden.

Las alarmas se pusieron en marcha. Un día a la semana, siempre a mediodía, comprobaban su funcionamiento con un minuto de ensordecedor pitido que sobrecogía a la ciudad. Aunque las advertencias no llegaron al nivel de Polonia, donde sus ciudadanos se apresuraron a llenar las despensas de patatas, harina y velas para la temible oscuridad, la amenaza había pasado de ocupar las líneas de un editorial de periódico a instalarse en la conciencia real de los franceses.

La evacuación fue una recomendación oficial, y los vehículos con familias enteras atestaron las carreteras que llevaban al sur y al oeste.

—La guerra puede estallar el martes o el miércoles o quizá sea el jueves, Carmen, pero es seguro que lo hará. Debemos irnos.

—¡Otra vez! —gritó Carmen fuera de sí.

—No tenemos otra opción, mi amor.

—No me llames mi amor.

El día amenazaba tormenta a través de las ventanas de la habitación 16 del hotel Tronchet. A su vuelta de Cannes, el sentimiento de Carmen hacia él había cambiado. De la comprensión inicial y la aceptación de los hechos, había pasado a albergar otras sensaciones que la impedían siquiera mirarlo a los ojos. Tampoco había conseguido reconciliarse consigo misma en los días que sucedieron a Cerbère, y la culpa lacerante que la acompañó en la camioneta que la llevó a Le Perthus había terminado por socavarla sin remedio. Ya no se despegaría de ella en lo que le quedara de vida.

Había ocultado a Federico el viaje a la frontera para no contrariarlo y para no tener que contarle que, al ver a sus hijas, huyó porque no pudo soportar la vergüenza que le devolvía la imagen de sí misma a través de una verja.

—En Cannes coincidí con Albert Claes. ¿Te he hablado de él?

—¡Qué me importa!

Federico siguió hablando.

—Me indicó un sitio seguro en Bruselas. Podremos...

—¡Podremos, podremos, podremos! ¡Siempre podremos volver a París y a Barcelona! Sí, Federico, podremos también abrazar a nuestros hijos, consolarnos en sus hombros, resarcirnos de esta locura en la que nos hemos instalado. ¡Podremos! Claro que sí, Federico. ¿Estaban guapas tus hijas? ¿Te besaron? ¿Sentiste el calor de sus cuerpos? ¡Contesta!

—¡Para de gritar!

Pero Carmen no paró.

—¿Y tu esposa, Federico? ¿La encontraste cambiada? ¿Te sentaste frente a ella? ¿Acaso brindasteis con champán? ¿Celebrasteis el encuentro? Dime, Federico, ¿jugasteis a la familia feliz para que las niñas no sufrieran? Oh, sí, el viejo recurso del padre que se siente culpable, que disimula ante sus hijos. ¡Bravo, Federico! ¿Qué sabrás tú de la culpa?

Federico se levantó con brusquedad. No podía soportar las palabras cargadas de rabia de Carmen.

—¿Qué persigues?

Se acercó a ella y sujetó sus brazos con violencia tratando de calmar la furia de aquella mujer de la que solo quedaba su sombra. Después de gritar poseída por la culpa que la atormentaba, Carmen, extenuada, se tumbó boca abajo en la cama y ahogó las palabras contra ese edredón en el que habían recuperado instantes de su amor.

—Y ahora dices que podremos ser felices en Bruselas.

—Cuando estés en disposición, hablaremos.

Qué hacer. Qué decir. Hacia dónde dirigirse. ¿Juntar las manos para rezar? ¿Improvisar sobre la marcha? Quizá fuera eso lo que quería Carmen, pero Federico Escofet ya había trazado una ruta.

En efecto, coincidió en Cannes con Alberto Claes, un acaudalado industrial de Gerona que, antes de que la guerra lo echara de su país, decidió instalarse en Francia. Fue él quien le indicó que la neutral y monárquica Bruselas sería el destino perfecto para ocultarse de la guerra. Incluso le dio la dirección de su amigo el señor Simenon, otro burgués acomodado de origen español que le proporcionaría una vivienda a un precio razonable.

—La ciudad es cómoda y se vive muy bien. Tus hijas podrán visitarte allí —le dijo.

Aquellas palabras fueron determinantes para que Federico eligiera Bruselas. Pensó en México o en Brasil o Nueva York. Pero desechó esos destinos porque sabía que el Atlántico agrandaría la brecha impuesta.

Carmen no era capaz de escuchar las razones de Bruselas. Federico la dejó llorar hasta que aclaró su mente y concluyó que la resistencia no tenía el mínimo sentido. Se mojó las muñecas para reponerse y bajó a la consigna del Tronchet con la determinación de hablar con las gemelas, con el nene, con Mercedes, con la Manola y, si hiciera falta, con José María para comunicarles que su nuevo destino se llamaba Bélgica.

Ante el mostrador de la recepción se amontonaban hombres y mujeres que pedían la cuenta. Un murmullo en idiomas distintos lo envolvía todo. Caras de angustia, gestos de prisa, maletas en el carro del mozo.

Al contemplar la escena, se dio cuenta de que las palabras de Federico eran del todo ciertas y sintió pudor por su actitud.

Había cola a las puertas del habitáculo de las conferencias. Un empleado se encargaba de marcar y de racionar los minutos para agilizar el tiempo de espera. Carmen esperó el suyo hasta que por fin pronunció el nombre del país.

—A España.

—*Ville?*

—Barcelona, monsieur.

—*Numéro?*

—*Sept, deux, six, cinq, huit.*

—*Attendez, s'il vous plait.*

—*Merci.*

Descolgó Mercedes.

—¿Dígame?

—*Madame, je vous passe un appel de Paris.*

Carmen le arrebató el teléfono.

—¡Mercedes!

—¿Qué te ha ocurrido, Carmen? ¿Por qué no viniste? Pasamos horas esperándote...

—No me lo recrimines, Mercedes. Estuve allí. Os vi de lejos, pero sentí que no podía hacer eso a las niñas. ¡Otra vez ver a su madre sin poder abrazarla!

—Las niñas nunca supieron que iban a verte. No sufras por eso.

—Te escribiré largo cuando lleguemos a Bruselas.

—¿Bruselas?

—Sí, Mercedes. La guerra es inminente y Federico cree que allí no correremos peligro.

—¡Oh, Dios mío!

—No me lo pongas más difícil. Te lo ruego. Te lo suplico, Mercedes.

—Sé que actuarás con prudencia en todo momento.

—¿Puedo hablar con las niñas?

—Están con su padre, Carmen.

—¡No me importa!

La hermana empezó a titubear.

—Carmen, será peor para ellas. Créeme. No debes forzarlo.

—Necesito hablar con ellas, Mercedes. ¿No me entiendes?

—¡Claro que te entiendo! Pero su boca se llenará de insultos hacia ti y tus hijos no se merecen escucharlos.

Carmen suspiró ante la mirada del empleado que le pedía que terminara. Los clientes también tenían urgencia por llamar a sus casas antes de salir de viaje.

—Voy, monsieur. Ya voy —le dijo en español sin importarle si la entendía—. Mercedes, ¿sigues ahí?

—Sí.

—Habla con los tres y habla con nuestros padres. Explícales que nos tenemos que marchar de París. Quiero que lo hagas, ¿entendido? No puedo engañarlos. ¡No pueden creer que estoy en Francia cuando estaré en Bélgica! Tienen derecho a saber dónde está su madre. Y su hija.

El taxista que los llevó a Bruselas contó varias veces el fajo de billetes del Banco de Francia, abrió la puerta de su Peugeot 402 y esperó a que subieran mientras se despedía del resto de los compañeros a las puertas del hotel. Nadie iría tan lejos como él. Trescientos kilómetros por delante. Cuatro, cinco, seis, quizá siete horas. El hombre no se atrevió a precisar.

—No depende de mí, monsieur —les dijo al arrancar.

El taxista, Pierre, dijo que se llamaba, ocultaba el miedo con largas parrafadas en un francés plagado de dejes. Aquel hombrecillo menudo que ni siquiera peinaba canas no iba descaminado en sus valoraciones sobre los patibularios delirios de Hitler.

Carmen nunca imaginó que París ardería apenas medio año después de que se despidieran de la ciudad a través de los cristales de aquel taxi. Ni que un manto de metralla acabaría alfombrando sus calles ni que las vanguardias alemanas entrarían por la puerta de Saint Denis al rayar el alba del 14 de junio de 1940. Jamás pensó que las avenidas tantas veces veneradas en su imaginación serían el escenario por el que desfilarían soldados orgullosos de servir al monstruo del Reich.

El mundo regado de bombas, de puentes volados, de carreteras plagadas de huida era cuanto la rodearía de nuevo. La nada al otro lado de la ventanilla del coche en dirección a un país desconocido, a otra ciudad por descubrir, a otro colchón en el que mecerse como si así fuera a aliviar la responsabilidad inmensa por sus actos.

Las carreteras de Francia le devolvieron las imágenes que ya conocía. Se tapó la cara con las manos para no ver. No necesitaba actualizar su memoria ni incorporar nuevas desgracias porque todas eran iguales. Coches en los que no cabía una sartén más. Colchones atados con cordeles. Y rostros con miradas, a cual más miserable.

A la altura de la frontera, cuando ya llevaban horas de viaje y el cansancio empezaba a hacer mella en el conductor, se avinieron a parar para descansar y estirar las piernas. Lo hicieron en una pequeña estación de servicio con un único surtidor de gasolina y cola de vehículos para repostar. A escasos metros, la gente se arremolinaba en torno a un puesto donde una vieja desdentada vendía maíz horneado y pan con mantequilla.

—Tengo hambre, Federico.

Federico sacó unas monedas del bolsillo y las puso en su mano. La rozó con los dedos y la buscó con la mirada, pero Carmen ya se dirigía al puesto, muerta de hambre.

«Debería haber desayunado en París», pensó.

Pero no lo hizo.

Y ahora...

La fila era larga. Las voces de los viejos se mezclaban con las de los jóvenes y, de fondo, el timbre infantil de los niños con su infancia interrumpida y las manos manchadas de la manteca que cubría las mazorcas.

Carmen concentró la mirada en dos criaturas sentadas sobre una caja de frutas vacía. Estaban sucias y harapientas. Abrigadas con una trenca verde, botas de agua que les llegaban hasta las rodillas, guantes agujereados que dejaban al aire sus dedos de uñas renegridas.

—¿Estaba rica la mazorca?

Carmen sonrió al comprobar que ellas le devolvían su mirada.

—*Oui.*

Siguieron tirando de los pellejos con los dientes. Primero una y luego la otra. No cabía duda de que eran hermanas. Su parecido las delataba aunque una era, a todas luces, la mayor.

—¿Queréis otra?

La más pequeña abrió los ojos como platos.

—*Oui, madame!*

Carmen esperó su turno y, cuando le tocó pedir, pidió para ella y para las niñas y una más para Federico. Pagó y se sentó a su lado. Voraces, las crías se tiraron hacia la mazorca.

Escuchando sus voces, Carmen sintió que el corazón se aceleraba por minutos, le empezaban a sudar las manos y el maldito temblor le impedía siquiera colocar el maíz entre los labios. Respiró profundo. Trató de hablarles, pero las palabras no salieron. Quiso acariciarlas y pasar los dedos por las melenas enredadas, pero el cuerpo ya no le respondió. Se giró hacia ellas y vio a Tomía y luego vio a Cuyaya y las escuchó en vez de oír a las niñas recién conocidas. En esa posición, sentada en la calle junto a la caja de frutas vacía, escondió la cabeza entre las piernas como si así fuera a ahuyentar a los fantasmas. Pero eran tan reales que pudo notar la piel de las gemelas, las dobleces de sus muslos, sus espaldas desnudas tantas veces garabateadas con las uñas. Olió el cabello recién lavado y el aroma de la colonia con la que jugaban a empaparse antes de dormir. Las vio relamerse con el aperitivo en el café Español y acabó tocándolas como si estuvieran allí mismo, a su lado, al calor de la fogata del puesto de las mazorcas.

Se levantó del suelo y, sin pensar lo que hacía, alcanzó el taxi y sacó a Federico por la chaqueta.

—¡Las niñas! Son mis niñas. ¡Tomía y Cuyaya! Han venido hasta aquí, Federico.

—¡Carmen, por Dios!

—Ve y cógelas. ¡No pueden quedarse ahí! ¿No las ves? Están ahí solitas. ¡A qué estás esperando, Federico!

Federico abrazó a Carmen para intentar calmarla, pero

no había brazos que apaciguaran su delirio. Se sacudió, pataleando, y empujándole contra el coche.

—Carmen, no hay nadie. Tomía y Cuyaya no están. ¡No pueden estar aquí!

—¡Oh, Federico!

Carmen sintió que Federico ya no miraba en su misma dirección. ¿En qué momento había cambiado el sentido? Sería impreciso situarlo aquí o allí o quizá en la ausencia de Cannes. No había cometido ningún error. Era el de siempre, pero era otro hombre al que tendría que aprender a querer de nuevo porque ahora... sus ojos habían dejado de ver lo mismo.

Giró la cabeza y las niñas ya no estaban, se habían esfumado. Quizá su madre, tal vez su padre, las había dejado solas por unos minutos mientras hacía sus necesidades.

—Carmen, vida mía, vámonos. No hacemos nada aquí.

El taxista, aturdido por la escena, esperó a que Federico hiciera entrar en razón a aquella mujer que no había abierto la boca en todo el trayecto y cuya voz solo escuchó para clamar al cielo. Después oyó su llanto. Y al llanto le siguió el sueño atormentado y un gimoteo con el que Carmen se fue desahogando hasta llegar a Bruselas, a la plaza de Brouckère, en la que brillaba altivo y sugerente el luminoso del hotel Metropole.

CAPÍTULO 72

Lo primero que hizo fue dejar la maleta a las puertas del baño señorial de la habitación reservada a nombre del señor Escofet. Federico aún seguía arreglando los asuntos burocráticos en la recepción de aquel hotel del que leyó algunos retazos de su historia en un libro encuadernado en piel que descansaba sobre la consola de madera cubierta con encaje de Flandes. Su mirada recorrió entrelíneas. El edificio había sido construido en 1890 por la familia Wielemans-Ceuppens, dueña de la cervecera del mismo nombre. El patriarca, de nombre León, un hombre excéntrico, pero sobre todo inmensamente rico, había mandado traer de Granada cinco mil azulejos de Fajalauza para la residencia que mandó construir en 1925 a su esposa, la señora Wielemans, ferviente admiradora de la Alhambra.

Carmen se descalzó y sus pies se hundieron en la alfombra anudada a mano. Sintió el tejido entre los dedos y una sensación de placer recorrió su cuerpo. Entró en el baño y giró la manivela del grifo de agua caliente hasta que el chorro cayó sobre la cerámica de la bañera de patas en forma de garras doradas. La ropa se fue deslizando por su cuerpo hasta dejarlo desnudo. Se miró de soslayo en el espejo barroco que quedaba justo a la altura de su pecho y se descubrió escurrida. Sintió asco de su imagen y un reparo hacia sí misma desconocido hasta entonces. Metió un pie y luego otro, y el calor humeante abotargó sus tobillos, las pantorrillas hasta los muslos que dirigían a su pubis poblado, su vientre yermo y los pezones erectos. Oyó la llave en la cerradura y la voz de Federico despidió al mozo. La puerta se cerró tras él y el silencio volvió a ocupar su espacio. Lo escuchó andar por la amplia y excesiva habitación. Poco después, sus pasos se encaminaron al baño.

—¿Te encuentras mejor?

—Sí —contestó concentrada en sus pensamientos.

Ya no tenían forma ni color. Tampoco tenían textura. Se empeñó en ver a las niñas, pero su mente solo le devolvía una mazorca mordisqueada, una sonrisa y la nada.

—¿Cuánto tiempo estaremos aquí?

Recordó que esa había sido la misma pregunta que hizo a Federico cuando llegaron al hotel Tronchet de París, pero no le importó.

—Mañana trataré de localizar al señor Simenon —contestó él.

Carmen oyó cómo se desanudaba la corbata, cómo se liberaba del cinturón e iba soltando de los ojales los botones de la camisa. Lo imaginó desnudo y tampoco sintió nada.

—¿El señor Simenon? —preguntó.

—Albert Claes, ¿recuerdas? Él me facilitó el contacto del señor Simenon. Renta apartamentos a precios razonables.

—¡Oh, sí! —exclamó Carmen—. Lo había borrado... Discúlpame.

Pese a que el incidente de las mazorcas había alterado el ánimo de Federico, estaba dispuesto a encauzarlo con tal de que el tiempo de Bruselas fuera pacífico y sus amores volvieran a discurrir, acaso a encarrilarse. Federico deseaba que Carmen recuperara el equilibrio en la fina cuerda sobre la que daba pasos un día y otro, tratando de que sus recuerdos no la asfixiaran.

—¿Por qué no te acuestas? —le preguntó cuando salió

del baño—. Pediré al servicio de habitaciones un *snack* y podrás descansar toda la noche.

Carmen asintió con la cabeza. Aceptó la invitación de Federico y, tras cenar, recostada sobre el cabecero entelado, decidió abandonarse al sueño de su primera noche en Bruselas.

A primera vista, el señor Simenon parecía un hombre de campo, rústico en sus formas, marcado acento, con la piel blanca repleta de venas rojas que daban a su rostro un aspecto descuidado. Se movía con franca agilidad entre las mesas de su agencia inmobiliaria en el 16 de la rue de la Madeleine, cerca de la iglesia del mismo nombre. Sus empleados levantaban la cabeza cuando él los rozaba con la levita negra de botones dorados. Se notaba que lo respetaban, quizá en exceso, porque contestaban solícitos cada vez que él abría la boca para preguntar el detalle más nimio.

—Dadme las llaves del ciento diecisiete de la rue Vanderkindere, haced el favor.

Se dirigieron al apartamento que el señor Simenon había previsto para Carmen y Federico por las calles de una ciudad que se abría ante sus ojos con esperanzas renovadas, como si en ella fuera a reconvertirse su propia existencia y a regresar la felicidad. El señor Simenon les narró a viva voz la historia de la ciudad, deteniéndose en los jardines que debían visitar y donde, según les dijo, era obligado perderse en sus alamedas y descubrir el arte escultórico que se escondía tras la frondosa y milenaria vegetación.

—Entren en las tiendas de libros antiguos —les recomendó—. Y no olviden que los impresores belgas han sido históricamente artesanos y amantes del papel.

Federico y Carmen no perdían detalle.

—Aún hoy —notó, cuando ya estaban enfilando Vanderkindere— podrían adquirir algún ejemplar de la imprenta de Plantino, a quien recurría la Casa Real, la española, se entiende.

El edificio de apartamentos tenía una fachada señorial de grandes ventanales coronados por una decoración floral esculpida en la piedra. El portalón de hierro y cristal estaba cerrado. El señor Simenon sacó un manojo de llaves del bolsillo de la levita y probó hasta dar con la que abría. Una escalera de mármol los llevó al ascensor de poleas. Al lado dormitaba el portero.

—No he oído la puerta, señor Simenon —se disculpó.

—No tiene de qué preocuparse. Le presento a los señores Escofet que, a buen seguro, se quedarán aquí. Son de la linda España.

El señor Simenon cedió el paso a Carmen hasta la puerta de madera noble del piso cuarto. Las paredes del recibidor estaban decoradas con grabados de batallas de la marina belga. El apartamento llevaba tiempo cerrado y olía a humedad.

—Mis anteriores inquilinos se marcharon hace unos meses. Eran unos británicos adorables que vivieron aquí cuatro años. ¡Y siempre pagaron con puntualidad! —comentó riéndose—. Señora Escofet, tómese su tiempo. Y si algo no le gusta de la decoración, no dude en decírmelo.

Carmen fue revisando cada estancia. El apartamento tenía dos habitaciones, un baño completo, un aseo, salón cuadrado y luminoso y cocina alargada que desembocaba en un pequeño lavadero con ventanas enrejadas y vistas a un patio interior. Se asomó y vio charlar a las criadas con las cestas de mimbre repletas de ropas mojadas a sus pies a punto de tenderlas en las cuerdas instaladas de lado a lado del patio. Por un minuto se vio en Rosellón, se sintió en su casa, respiró el aceite de bacalao que impregnaba la cocina para disgusto de todos y el vapor del agua de los baños mezclado con el aroma suave de las esencias infantiles. En el salón se imaginó leyendo en el orejero que quedaba justo al lado de la ventana y se vio escribiendo sobre la tapa abatible del secreter de nogal. Recorrió el pasillo acariciando sus paredes cubiertas de un papel de farolillos asiáticos en gris y fondo blanco. La habitación principal tenía una cama de estilo imperio con forma de góndola adornada con motivos florales en bronce dorado sobre la caoba. En una esquina, dos sillas con respaldo vuelto y una mesa redonda cubierta por unos faldones de tela gruesa. Descorrió las cortinas y decidió que aquel sería su último refugio en el exilio.

—Nos lo quedamos —dijo Carmen.

Federico sonrió y el señor Simenon sacó unos papeles que llevaba en el bolsillo interior de la levita y los extendió en la mesa de comedor.

—Firme aquí —pidió a Federico mientras revisaba que los datos eran correctos.

Federico estampó su firma, el señor Simenon le entregó una copia completa de las llaves del portal, de la vivienda, del buzón y del acceso al patio, y se despidió de ellos en el descansillo.

—Que sean ustedes muy felices —les dijo y desapareció para siempre.

Federico abrazó a Carmen con una ternura desacostumbrada y ella se hundió entre sus brazos buscando el consuelo.

—Federico, las vi. Eran mis niñas. ¡Lo juro! —recordó.

Las lágrimas se deslizaron sobre sus mejillas y su mirada volvió a llenarse de oscuridad.

—Carmen, fue una visión, una alucinación. Nada de lo que nos está pasando es justo. Te prometo que...

—He agotado mi capacidad de creer en las promesas. No hay nada de cierto en ellas. Todo es mentira.

—Lo nuestro es verdad, Carmen. Y es lo único que tenemos. No puedes dejarte vencer por la locura. Fue una crisis. Solo una crisis, pero ahora empezamos de nuevo y tenemos que procurarnos felicidad y amor. Yo también echo de menos a mis hijas, Carmen. Pero trato de mantener la calma porque no puedo hacer nada por recuperarlas y porque no podemos dejar que nos invada la melancolía.

—Al menos pudiste verlas —repuso ella.

—Cuando la guerra acabe, Carmen, invitaremos a tus hijos a Bruselas. Podrán visitarnos aquí, prepararemos todo para ellos y pasaremos juntos un fin de semana. Podremos incluso ir a Gante y a Brujas...

—¡Ah, nada me haría más feliz, Federico! Pero no creo que el nene...

—¡El nene vendrá también! Me ocuparé de que no corra ningún peligro durante el viaje. Créeme.

Las palabras de Federico eran lo único a lo que podía asirse para no enloquecer, si es que no había sido ya invadida por la locura. Se sentaron en el sofá del salón y siguieron hablando durante tanto tiempo que se les pasó la hora del almuerzo y la luz cada vez más tenue preludió la noche.

Tras pagar la cuenta en el hotel Metropole y empaquetar, una vez más, sus ropas y la colección de estilográficas de Federico, se dirigieron a su nuevo hogar, no sin antes despedirse con cordialidad de los mozos que cargaron las maletas en el taxi y del director del hotel, que enseguida que supo del pasado de Federico se desvivió porque se sintiera como en casa aun sabiendo, según le dijo con estas palabras, que el exilio es un manto de polvo que tarda en retirarse.

No le faltaba razón a aquel mánager de punta en blanco, elegante y servicial con el que acordaron volver a verse tan pronto como arreglaran sus papeles en el consulado de España.

—Las colas son largas, amigo Escofet, pero pregunte por

este señor —dijo extendiéndole el nombre de un funcionario anotado en un papel—. Dígale que va de mi parte.

El exilio era una especie de cordón umbilical que se extendía por los territorios donde se camuflaban sus crías sin llegar a cortar nunca con la madre patria. De él se alimentaban los vivos y en él se recordaba a los muertos. Federico no necesitó recurrir al funcionario amigo pese a que en el consulado le recordaron su pasado rebelde y su condición de exiliado republicano señalado por el régimen gobernante de España. Aquello, lejos de incomodarle, le conectó con el pasado, en el que hubiera escrito el resto de su vida de no ser por el abrupto tachón de la guerra de 1936.

Con la legalidad vigente sobre sus hombros, registrados con sus nombres y apellidos, Carmen y Federico se instalaron en una nueva rutina que adaptaron a sus necesidades según los días iban pasando en el calendario.

Se levantaban pronto con la primera claridad de la mañana. Federico encendía el reproductor de música situado en el salón y, mientras en la cafetera el agua hervía, la casa se inundaba de los acordes de Beethoven. Sonata número 14, *Quasi una fantasia.* Sonaba cada día. Federico cerraba los ojos mientras sorbía el café y se fundía en el cortejo silente que había establecido con Carmen. Eran momentos de paz y serenidad que alimentaban su espíritu. También el de ella. Carmen trataba de recordar qué música escuchaba en Rosellón o con qué melodías se emocionaba, pero los recuerdos habían pasado de las turbulencias a la templanza y se habían ido desdibujando hasta paralizar la nostalgia. Como si se concediera una tregua para recuperar la esencia de lo que la había movido hasta allí, buceó a las profundidades de su existencia tratando de recuperarse a sí misma y, solo cuando reconoció a la mujer que había sido, pudo volver a amar a Federico. Todo lo resumía el amor por aquel hombre al que se empeñó en volver a querer como lo quiso en sus comienzos.

Tras el desayuno, siempre el mismo, salían a las calles de Bruselas. Visitaban los mercados, donde Carmen compraba coles y garbanzos o carnes y mejillones frescos de las lonjas de Amberes. Ella cocinaba para él buscando en los fogones los olores que le recordaran a Barcelona, mientras él se zambullía en esas librerías de viejo de las que le habló el señor Simenon o concertaba citas con otros exiliados de la República. Por las tardes, después de sestear recostados el uno sobre el otro, dedicaban tres, cuatro horas a andar, deteniéndose allí donde la impaciencia de un beso los hacía sentarse a contemplar palacios e iglesias que se alzaban majestuosos en el centro de la ciudad.

Y así, la normalidad fue ocupando los rincones de sus vidas. Carmen la sintió el día que envió la primera carta a Mercedes con la dirección exacta de la rue Vanderkindere. «Nuestra dirección definitiva», escribió con una pluma que guio sus manos sobre los pliegos en blanco. La máxima felicidad era sustraerse ante ellos en esos momentos de soledad en los que Federico reconstruía la República en salones y cafeterías de la fría e inquietante Bruselas.

En sus líneas, Carmen trataba de recrear la vida del nene y de las niñas para colarse en sus rutinas como si nunca hubiera dejado de estar a su lado.

[...]

Espero que sigáis sacando buenas notas y cumpláis con vuestras obligaciones. Aunque ahora os parezca una nimiedad, cuidad la caligrafía. Lo que se aprende en el colegio nunca se olvida.

Os imagino paseando con tía Mercedes, que tanto os quiere, y seguro que traéis loca a Manola con vuestras travesuras. Aún recuerdo cuando jugabais a atar una moneda a la lana de un ovillo y rozabais con ella la cabeza de los paseantes de Rosellón... ¡Qué diablillos erais!

A mi nene le envío todo mi cariño y el deseo de que lo dejéis des-

cansar cuando lo necesite y lo beséis cuando él os lo pida. Vuestra deliciosa sonrisa siempre me acompañará.

MAMÁ

Aunque las noches se vaciaron de pesadillas, la vida sin ellos nunca se volvió liviana. Colocó las fotografías que habían viajado con ella desde Barcelona al lado de la lámpara de cristal fino de Bohemia de la mesilla y cada noche las miraba de cerca olvidándose de hacer el amor con Federico.

CAPÍTULO 73

Carmen cerró la ventana que se había quedado abierta la noche anterior. El aire se coló en el salón agitando las cortinas y descolocando los papeles sobre la mesita de centro, a los pies del sofá. Se encogió por el frío y se abrochó la bata que había comprado unos días antes en las galerías Saint Hubert. Había sido el único capricho concedido para celebrar las primeras Navidades en Bruselas. Con el poco dinero que les quedaba, Federico decidió abrir una pequeña tienda de productos españoles a la que llamó Costa Brava. No le iba la vida en ella, pero girar la llave en la cerradura del pequeño local, situado en la misma rue Vanderkindere, le reportaba la satisfacción del paria que desvía su tiempo de la ociosidad. En la trastienda de Costa Brava sirvió anises y copas de coñac a los políticos que recalaban en la ciudad para visitarlo y desprenderse del veneno del exilio como si así fueran a sanar.

La segunda guerra mundial seguía su prominente avance por las tierras del continente. En los cuellos de los europeos se percibía el aliento incansable de Adolf Hitler. Carmen no quería saber y Federico prefería no agitarla con sus tribulaciones bélicas. Seguían sintiéndose a salvo entre los almohadones de la neutralidad belga. Allí, mientras España se adormecía a los brazos de la dictadura de Franco emulando el régimen salazarista de sus vecinos de Portugal, nada malo podía pasarles. Eso pensaban. En esa única certeza se cobijaba Carmen a la espera de las noticias escritas que llegaban de Barcelona.

Aquella mañana del mes de febrero de 1940, cuando Carmen cerró la ventana tras pasar revista a la normalidad de la calle, desierta a esas horas, el timbre sonó varias veces seguidas, sin apenas interrupción, una detrás de otra hasta sacar a Federico de la cama.

—Yo abro, mi amor —dijo Carmen.

—¡No, déjame a mí! —gritó desde la alcoba.

Siempre había desconfiado de los timbrazos a deshora y de las visitas no anunciadas. Se cubrió el pijama con una chaqueta gorda de lana marrón y colocó un ojo en la mirilla.

—¿Quién es? —preguntó rotundo.

—Soy el portero, señor Escofet. Traigo un telegrama.

Abrió una rendija y sacó la mano para que lo depositara sobre ella.

—Le invitaríamos a un café, pero aún no hemos prendido ni la lumbre. ¡Vaya horas! —le reconvino Federico.

—Disculpe las molestias —repuso el hombre mientras se daba la vuelta cabizbajo—. Que pasen buen día.

Federico cerró y la miró de soslayo. Carmen estaba en el centro del salón, las manos sobre el pecho, el pelo revuelto por efecto del sueño que aquella noche no había sido del todo reparador.

—¿A qué esperas para abrirlo? —le preguntó.

Federico se dirigió al sofá y se sentó. Se pasó las manos por la cara y pidió a Carmen que fuera preparando la cafetera.

—Hasta que no lo abras no me iré de aquí.

Su mirada era profunda. Apenas parpadeaba. Sus ojos quietos sobre las manos de él, incapaz de disimular el temblor que acabó por delatarlo.

—¿A qué esperas, Federico? ¡Estás temblando!

Se abalanzó sobre él y le arrancó el telegrama de entre los dedos.

—¡Dámelo! —rugió Carmen.

Rajó el sobre y la nota mecanografiada cayó a sus pies desnudos sobre la tarima.

Carmen, el nene ha muerto.
Barcelona, 9 de febrero de 1940

Se derrumbó en el suelo y el llanto se hizo desgarrador. Golpeó la madera con la cabeza hasta que brotó la sangre de una brecha.

—Mi sangre... —vociferaba mientras Federico trataba de calmarla entre sus brazos con palabras que no salían y una fuerza que se hizo débil en el cuerpo de Carmen.

El reloj marcaba las siete y media de la mañana. La misma que vio la Manola en su muñeca cuando entró a despedirse del nene. La criada recorrió con las manos la piel recién hidratada y fría como el mármol. Llegó hasta el pecho agotado donde no había pálpito ni oscilaciones, donde solo reposaban sus dedos enredados en un rosario de la Virgen de Montserrat. Se acercó al oído y le dijo que allí donde estuviera siguiera esperando a mamá porque tarde o temprano, «nene, nos encontraremos todos, también mamá, y daremos paseos por las nubes. Busca al viejo *Perucho*, que se fue con ganas de darte un lametazo y guarda sitio para tus hermanas».

Agarró a Tomía del brazo para sacarla del salón, donde había quedado instalada la capilla ardiente, pero la niña se revolvió contra la criada.

—Manola, déjame, que yo también tengo algo que decirle.

Se puso de puntillas y le metió una notita debajo del sudario. No ponía gran cosa. Solo unas palabras con su mejor caligrafía:

«¡Qué solitas nos dejas! Échanos un ojo de vez en cuando, nene. Y si ves a mamá, haz una seña».

—¡Tomía! Apártate de ahí que a los muertos no se les habla —exclamó José María al verla sobre el ataúd.

—Qué sabrá usted de muertos.

La Manola se dio la vuelta para mirarlo a los ojos. La criada estaba llorando. Al principio fue un llanto contenido, pero después empezó a llorar y a moquear de forma sonora. Tomía se abrazó a ella y le susurró que no se preocupara porque mamá estaba a punto de volver de Bruselas.

—Nos iremos a vivir con ella para siempre —la consoló la niña.

—¡Que le quiten esos tapones de la nariz, que no son formas de irse de este mundo! —rugió José María al de la funeraria antes de que cerrara la caja.

—Señor...

—No hay señor que valga. Quítenle eso y cierren la caja. Por las narices no se le escapa ya nada a este niño mío.

José María soltó un suspiro que sobrecogió a los allí presentes. Se abrazó al féretro y sus lágrimas empaparon la madera.

—¡Que este niño se haya ido de este mundo sin besar a su madre, que este niño...!

Mercedes se levantó de la silla en la que había permanecido sin moverse un milímetro desde que el velatorio abrió sus puertas para que toda Barcelona pudiera velar córpore insepulto al hijo del doctor Escardó. Y de Carmen.

—José María, mantén la calma —le rogó—. Aunque sea difícil, hazlo por mis padres.

José María se recompuso y pidió a las criadas que prepararan a sus hijas para salir de entierro.

Cuyaya no había aparecido desde que el niño se apagó del todo. Debían de ser las dos o las tres de la madrugada del día anterior cuando la Manola dio la voz de alarma. Tras el último agravamiento de la tuberculosis, los médicos decidieron no ingresarlo.

—¿Para qué? —le dijo el jefe de Puig d'Olena a José María—. Está mejor en casa.

Y con esas palabras como último parte médico se llevaron al nene a Rosellón y establecieron guardias de tres horas durante la noche que acabó haciendo enteras la criada porque quería acompañarlo hasta el final.

—¡Se nos muere! Don José María, corra, que el nene se nos muere.

El señor saltó de la cama y corrió a la habitación de su hijo, pero no pudo hacer nada. Inconsciente, agitado por la fiebre y cubierto de un sudor frío, el nene se entregó al cruel abrazo de la muerte.

Era el tercer muerto de José María tras la tía Esther y don Graciano. Las niñas lo vieron todo de cerca y, desde entonces, Cuyaya se había escondido en un rincón de su cuarto arropada con la manta de lana del nene que lo abrigaba en las noches de vela que pasaba leyendo las cartas de mamá o escribiendo las nuevas.

Lo enterraron en el cementerio de Montjuïc en una ceremonia rápida. Ya se iban cuando Mercedes habló con el mozo de la funeraria y le pidió cincelar un nomeolvides justo debajo de su nombre.

—Vamos a escribir a mamá para que sepa que el nene se ha muerto —dijo Tomía dirigiéndose a tu tía.

Mercedes la agarró fuerte y le dijo que Carmen ya lo sabía.

—¿Y por qué no ha venido? —preguntó la niña.

—Porque las fronteras están cerradas.

—Por la guerra, ¿verdad? —insistió la pequeña.

—Por la guerra, cariño.

Ese día, Tomía anotó una definición más para la guerra.

CAPÍTULO 74

—

Cuentan que en el mar del Norte a las gaviotas se les hielan las alas durante la noche. Una mañana, al intentar levantar el vuelo, sienten que sus plumas se han cosido entre ellas con el hielo de la primera escarcha. Y no pueden volar. Se quedan paralizadas hasta que el primer sol de invierno derrite el hielo que cubre su plumaje. Luego, con dificultad, consiguen volver a elevarse.

Carmen se sentía gaviota en su vida congelada de Bruselas.

Todo quedó interrumpido y sus alas cuajadas de dolor tras la muerte del nene. Los servicios de urgencia no tardaron en llegar a la rue Vanderkindere. Le inyectaron un somnífero intravenoso que la sumió en un largo letargo del que tardaría en despertar.

A su vera, Federico entendió que la mujer de su vida jamás se perdonaría no haber estado en Barcelona por estar con él en el exilio. Y al ver su sufrimiento, sintió que la vida lo volvía a condenar.

«¿Qué sentido tiene todo esto?», se preguntaba en esas tardes que siguieron sucediendo en Bruselas, una tras otra, con la inexorable crueldad del paso del tiempo que no se detuvo por su pena.

Carmen nunca se recuperaría de la muerte del nene. No era un sentimiento explícito. Era una sensación que la fue contaminando poco a poco, día tras día, empapada de tristeza y plagada de furia por la negación del permiso que Federico pidió para que, al menos, pudiera entrar en España a rezarlo a ras del nicho. Así era la legalidad del régimen español que se olvidó de ser justo hasta con las madres.

Federico y Carmen descubrieron que la ciudad a la que habían confiado su reconstrucción pasaba a ser la urbe de la defunción de un hijo. Ella se preguntó tantas veces por qué no había sido informada de la última recaída del nene y tantas obtuvo por respuesta el silencio de los suyos, que dejó de planteárselo y se limitó a aguardar las noticias de más muertes. Pensaba que todas acabarían llegando por la mañana y con forma de telegrama, de tal modo que, cuando se levantaba, se aseaba en poco tiempo, escuchaba la melodía de la gramola mientras bebía el café sin azúcar y se sentaba a esperar el sonido del timbre.

Después de todo, la muerte era la única certeza de su existencia.

Cuando Federico le preguntaba si le apetecía salir a pasear a los jardines o si por el contrario querría ir al mercado a toquetear los peces de los expositores, siempre recibía una respuesta definitiva.

—Alguien tiene que abrir la puerta.

Y de este modo, enfrascada en sus fúnebres fantasías, el tiempo la fue devorando mientras Bélgica se arrodillaba ante Hitler.

El 10 de mayo de 1940 las sirenas resonaron en el cielo de Bruselas y se oyó el tableteo de las ametralladoras y los cañones. Federico cerró los contadores de agua y gas y se acostó al lado de Carmen. La abrazó por la espalda y le besó el cabello. Su mirada, fija en las fotografías de la mesilla, se llenó de lágrimas al escuchar el estruendo de la ofensiva.

La voz del doctor Goebbels anunció la marcha de las tropas alemanas hacia Bélgica y Holanda.

Solo unas horas antes, de madrugada, los invitados al Staatstheater de Berlín vieron con sus propios ojos al mariscal Goering y al propio Goebbels en el estreno de la obra de Mussolini: *Villafranca*, *Cavour* en alemán. Nada en el ánimo de los dos hombres permitió presagiar el futuro. Ni en sus aplausos ni en sus sonrisas. Nada los delató. Sus cabezas, en cambio, estaban haciendo cálculos estratégicos con las cifras de los países que Alemania iba a invadir: Bélgica, Holanda y Luxemburgo. Entre los dos primeros sumaban sesenta y cinco mil kilómetros cuadrados. Dos mil quinientos pertenecían a Luxemburgo. Su importancia económica, en cambio, superaba con creces a su tamaño. El comercio de Bélgica era superior al del imperio de los zares. Su ejército no era nada despreciable con dieciocho divisiones en cuatro cuerpos militares, más de ochenta mil soldados entre regulares y milicias, material moderno y abundante, ciento cincuenta carros de combate y doscientos cincuenta aparatos de aviación. Defensas naturales escasas, pero muy aprovechadas como el canal Alberto, en la frontera con Holanda, preparado para ofrecer inundaciones parciales. Lieja seguía siendo la plaza fuerte y las defensas de Namur habían sido perfeccionadas. Holanda podía llegar a movilizar seiscientos mil hombres y lo mejor era su aviación dotada de seiscientos Fokers, cazas de último modelo.

Aquella noche, Goering apenas durmió esperando a que dieran las ocho para comunicar al mundo la noticia. A esa misma hora, el ministro Von Ribbentrop había citado a la prensa en el ministerio. Nadie sospechaba que pudiera tratarse de novedades del lado alemán. Sin embargo, el memorándum a Bélgica, Holanda y Luxemburgo, un país capitaneado por la reina Carlota, sin tan siquiera ejército, cortó la respiración a los periodistas.

La guerra de Occidente había empezado de nuevo. La traición contra la neutralidad de Bélgica no tardó en ocupar discursos y mensajes.

—Alemania comete una agresión criminal contra la neutralidad y la lealtad de Bélgica —dijo el señor Spaak, ministro de Negocios Extranjeros ante el impasible embajador alemán—. Esta agresión, que nada justifica, conmoverá la conciencia universal. El Reich responderá ante la historia.

Acto seguido, la cámara belga se reunió para escuchar la declaración, primero en flamenco y después en francés, del primer ministro Hubert Pierlot.

—Que mi juramento —exclamó— sea el de toda la nación belga. Que Dios salve a Bélgica y a su derecho.

El acento de la contienda recorrió los países ultrajados y atravesó sus fronteras hasta inundar las ondas de las radios siempre encendidas. En Holanda, la reina Guillermina, hija única del rey Guillermo III y la joven princesa alemana Emma, se asomó a su pueblo a través de la emisora de Hilversum.

—Mi Gobierno y yo cumpliremos con nuestro deber. Durante la pasada noche, las tropas alemanas, sin la menor advertencia, han efectuado un repentino ataque a nuestro territorio. Esta acción ha sido cometida a pesar de la solemne promesa de que la neutralidad de nuestra patria sería respetada en tanto que nosotros observáramos estrictamente dicha neutralidad. Hago constar mi enérgica protesta contra este abuso de nuestra buena fe y por la falta de consideración a las normas elementales entre los países civilizados. Nos dirigimos a vosotros para que en cualquier parte y en todas las circunstancias estéis dispuestos y alerta para cumplir con vuestros deberes hacia el estado de vuestra patria con la mayor devoción y serenidad.

Desde la frontera alemana, el Führer se dirigió a sus soldados del frente occidental, tratando de justificar en la política lo injustificable de los cañones contra dos países considerados tapones o barreras. Así los erigió uno de los herederos de Carlomagno, Lotario, para separarlos de dos grandes potencias, Alemania y Francia, entonces el Imperio germánico y el reino de los francos.

—Desde hace algunos meses, Francia e Inglaterra han buscado la maniobra de distraer la atención en el sudeste y llegar hasta el Ruhr a través de Holanda y Bélgica. Soldados del frente occidental: ha llegado la hora para vosotros. La lucha que comienza hoy decidirá la suerte de la nación alemana para el próximo milenio. Cumplid con vuestro deber. El pueblo alemán os acompaña con sus bendiciones.

Las llanuras del norte de Europa, los llanos frisones y flamencos se convirtieron en el campo de batalla de Europa. Hitler y el jefe del ejército alemán dirigieron las operaciones desde el frente y el rey de los belgas, Leopoldo III, tomó el mando de sus fuerzas. El Gobierno se desplazó a Brujas y el pueblo volvió a quedarse solo.

El aeródromo de Evere fue pronto destruido. De madrugada, treinta y siete aviones alemanes bombardearon Amberes. Otros cien, cargados de bombas, sobrevolaron Bruselas en un ataque que duró noventa minutos. Las residencias de la avenida Louise quedaron arrasadas.

Las crónicas cablegrafiadas de los corresponsales de prensa en los países en conflicto narraron el horror, conscientes de que las piezas de esos días constituirían pedazos de historia en la firma, entre otros, de González Ruano a través de la agencia Transocean.

Dieciocho días duró el asedio a Bélgica. Al séptimo, Bruselas cayó en manos de los alemanes y el 28 de mayo el ejército capituló.

Para entonces, Carmen y Federico ya habían abandonado la rue Vanderkindere.

Recorrieron los caminos en un carromato que compraron por quinientos francos. Una fortuna para su maltrecha economía después de haber invertido lo poco que les quedaba en Costa Brava. Cargaron las estilográficas, las maletas y las máscaras contra los gases. Cargaron los periódicos con sus portadas bendiciendo al rey de los belgas que, como si fuera una profecía, recibía en herencia de su padre el rey Alberto no solo el trono, también la guerra. Y, al final, Federico cargó a Carmen y el burro echó a andar. Era castaño y viejo, según su prominente dentadura, y solo avivaba el paso cuando los aviones de la fuerza aérea alemana pasaban cerca de sus cabezas.

Carmen ni siquiera rechistó cuando Federico pronunció la frase tantas veces escuchada.

—Nos vamos.

Ni preguntó adónde porque poco le importaba si no se mencionaba a España.

El campo revelaba la crueldad de la batalla. Los terrenos llanos que se abrían ante ellos se fundían en un horizonte incendiado. Todas las guerras guardaban un tétrico parecido. Y todas las huidas también. Las cunetas reproducían con exactitud la obscenidad de las maletas abiertas. Allí descansaban los diarios del pueblo, las esperanzas de unos, los anhelos de otros, los amores inconclusos, los miedos compartidos.

El animal herrumbroso los alejó de Bruselas a un paso exasperante. En el bolsillo de Federico se oían las llaves de la rue Vanderkindere. En el vientre de Carmen reposaban las fotografías de sus hijos.

—¡Ale, burro, venga, mulo! —exclamó Federico ante una Carmen ausente que se subió los cuellos del abrigo para protegerse del frío impenitente que sacudía al país en llamas.

El hambre pronto taladró sus estómagos y la nieve en sus bocas sació la sed del camino. Federico había cogido un par de manzanas y un poco de pan duro y se lo ofreció a Carmen. La mujer abrió la boca para mordisquear la fruta y masticar el mendrugo y, al sentir que quedaba saciada, dejó que las palabras asomaran a sus labios.

—¿Adónde vamos, Federico?

—A Ypres.

—¿Dónde está Ypres?

—Al oeste.

—¿Quién nos espera?

—Nadie.

CAPÍTULO 75

Los extensos patatales, los campos de cereales, las granjas de vacas lecheras, las industrias de hierro y también las de acero trancaron sus puertas y apagaron las luces.

—Busquemos un refugio, Federico.

La voz de Carmen apenas se oía entre el gentío errante.

—Vamos hacia el sur, amor mío. De ahí volveremos a tomar dirección al norte para llegar a Ypres.

El asno empezaba a dar señales inequívocas de su extremo agotamiento.

—¡Arre, burro! —azuzó Federico al pollino.

Los labios cortados, la saliva pastosa en su boca y la piel del rostro rajada por el frío le conferían el peor aspecto que Carmen podía recordar y, al mirarlo, sintió más lástima por él que por sí misma.

—¡Vamos, burrito!

Diecisiete horas llevaba arrastrándolos por esas carreteras que acabarían convertidas en un cementerio. Carmen miraba al cielo con miedo a que a los aviones se les escurriera alguna bomba o se descolgaran paracaidistas enemigos. Cuando pasaban de largo, respiraba aliviada y agarraba con fuerza la única mano amiga que aún le quedaba.

De repente, como el capitán de un barco que avista tierra firme, Federico explotó en júbilo al contemplar cinco torres de una catedral que apuntaba al cielo.

—Es Tournai —oyeron decir a sus espaldas a un anciano que, al igual que ellos, transitaba aquel camino sin mapa y sin brújula, siguiendo el rumor de la muchedumbre.

Carmen se recompuso en el carro e irguió la mirada. Sus ojos se toparon con el horizonte de la ciudad.

—Tournai —replicó ella y su simple mención fue suficiente para esbozar una mueca de sonrisa.

Se adentraron en la ciudad y atravesaron el río Escalda por el puente de los Agujeros. Llegaron a la Gran Place, donde se alzaba el campanario. Era el más antiguo de Bélgica y, solo por haber resistido a los siglos, Carmen pensó que tenía ganado el derecho a seguir haciéndolo.

Enseguida, Federico preguntó por un refugio donde pasar la noche que se adivinaba fría y difícil de soportar al ras.

Carmen pidió comer y comió.

Y pidió visitar la catedral para arrodillarse ante la talla de una virgen morena con el niño en brazos. Mirándola a los ojos le recordó a la Moreneta. La tuteó y le preguntó «por qué a mí, Madre, si no he hecho nada malo más que amar».

Federico se quedó fuera. Hacía tiempo que no se veía con Dios.

Las gentes de Tournai, apesadumbradas, no se despegaban de los aparatos de radio que reproducían los avances germanos. Bélgica se estremecía por el miedo. La guerra se extendía implacable por tierra, mar y aire. El viejo continente asistía a los peores capítulos de su historia, de una humanidad arrasada en los frentes a la que solo se ofrecía sangre y esfuerzo, dolores y fatigas, como poco después diría Churchill ante el Parlamento de su país.

Pronto supieron que Lieja había caído, que Gante también había sido arrasada y que las llanuras belgas eran tierra de cañones del enemigo. Supieron que las batallas se intensificaban en el sur, cerca de Waterloo, donde los tanques británicos se habían enfrentado a los alemanes y contaban con más bajas que glorias. El avance hacia la frontera con Francia para entrar en la región industrial de Lille era cuestión de horas.

Abrumados por sus pensamientos, entre cadáveres de caballos y esqueletos de tanques, llegaron a una granja donde pasarían la noche.

Federico ató al burro a un carro de combate que uno de los bandos había dejado abandonado, cogió a Carmen en brazos y, de una patada, abrió la primera puerta que encontró entornada.

El eco de sus voces inundó la nave llena de animales abandonados. Vacas entumecidas, flacas, desechadas y ovejas agonizantes que se restregaban entre la paja encharcada de orín y excrementos. Sin apenas luz, tropezaron contra un bulto y cayeron al suelo. Federico soltó la mano de Carmen al recordar que había escondido una linterna entre las ropas de las maletas. Salió corriendo y volvió con ella encendida. Sus ojos vieron de cerca los cadáveres de soldados británicos, uno al lado de otro, descuartizados por algún bombardeo, irreconocibles sus rostros deshechos por la metralla.

Federico agarró a Carmen por el brazo y la arrastró entre las balas de paja y heno.

—¡No mires, no mires!

Pero ya lo había visto en esa ráfaga de apenas un segundo que iluminó las bocas desdentadas y la sangre seca a medio camino de la mejilla. Federico desvió el haz hacia un montón de mantas que se apilaban en un rincón.

—No quiero quedarme aquí, Federico. ¡No, por favor!

—Carmen, no hay otra opción. Las tropas se dirigen hacia Tournai y bombardearán el centro de la ciudad. Al menos aquí estamos a resguardo.

—¡¿A resguardo de qué?! —bramó—. Estamos rodeados

de muertos. ¡Huele a muerto! No te das cuenta del error que hemos cometido...

Rompió a llorar sin consuelo gritando palabras cargadas de veneno.

—¡En Bruselas habríamos estado más seguros! ¿Qué hacemos aquí? ¿Qué demonio se ha apoderado de tu espíritu? ¿Cómo es posible, Federico, que llevemos más de un año vagando como pordioseros? ¿Quién nos ha condenado, Dios mío? ¿Quién...?

Federico la abrazó con fuerza para calmarla, pero no había forma de desmentir la verdad de sus lamentos.

—Carmen, Carmen, confía en mí. Será la última vez que te lo pida...

No durmieron en toda la noche. Los aviones silbaban sobre sus cabezas.

—Están aquí, Federico. Están muy cerca.

Las palabras se trababan en su boca, mientras Federico sellaba sus labios con la mano.

—¡Chist! —le pidió al oído.

—Nadie puede oírnos.

—Eso no lo sabemos todavía... ¡El burro! —exclamó de repente—. ¡Puede alertar de nuestra presencia!

—Déjalo ahí fuera, Federico. No salgas ahora. ¿No oyes los cañones?

—Ha sido una imprudencia por mi parte.

Se levantó de un salto, cogió la linterna y la encendió para no tropezar con los cadáveres.

—¡Federico! —gritó Carmen.

—¡Chist!

Nunca antes había visto un cielo capaz de generar tal devastación. Las llamas de la ciudad iluminaban el horizonte. Imaginó el centro de la bella Tournai convertido en escombros. Pensó que el puente sobre el río debía de haber sido objetivo prioritario. Cualquier recreación podría parecerse sin miedo a equivocarse a la Barcelona en ruinas del año 1939.

Un rebuzno a su espalda casi lo mata del susto.

—¡Eres tú, burro!

El animal se había desatado del carro de combate y acariciaba con el hocico su espalda.

—Tienes hambre, ¿verdad? Pasa. Te daré algo de heno.

Le quitó el arnés, abrió la portezuela y, por cortesía al animal, lo dejó pasar primero. La linterna lo guio hasta las balas desperdigadas por la nave, de las que empezó a comer. Llevaba tantos días como Carmen y Federico sin llevarse algo a la boca.

—¿Qué has visto?

—Nada.

—¿No has visto nada?

—Nada que pueda contarte.

—¿Qué has visto? —insistió ella.

—Nada —repitió él—. Intenta descansar, Carmen.

—¿Se oye más fuerte ahí fuera?

—Se oye igual.

—¿Tú me quieres, Federico?

—¿Cómo no voy a quererte, nina?

—Hacía tiempo que no me llamabas así...

—Y tú, ¿tú me sigues queriendo?

—Intento quererte como el primer día —contestó Carmen.

Las horas que le restaban a la noche pasaron lentas. El miedo los había paralizado. El agotamiento había entumecido sus manos y sus piernas, y la espalda era una tabla rígida que dolía con solo rozarla. De vez en cuando, Federico se levantaba del suelo para mirar por un agujero abierto en la pared. Pensó que quizá una bomba impactó cerca de la granja y mató a esos desgraciados soldados que empezaban a descomponerse sobre la mierda de las bestias.

—Mira a ver qué es esto —dijo ella rozando una botella con el pie.

Federico prendió una cerilla para no consumir en balde la pila de la linterna.

—Una botella de vinagre.

—Dámela.

—¿Para qué la quieres? A saber si es vinagre de verdad...

—¡Dámela! —gritó impaciente.

Abrió la pestaña del cierre y se roció el pelo con el líquido.

—¿Qué haces, mujer? —preguntó Federico.

—¡No puedo soportar este picor! ¡Me están comiendo los piojos!

Federico tiró de la manta con la que se habían cubierto y la sacudió allí mismo. Si saltaron piojos, no los vieron, pero cayeron al suelo avispas muertas, insectos secos y las ratas del lugar corrieron despavoridas.

—¡Yo me voy de aquí, Federico!

Hizo ademán de ponerse en pie, pero Federico la obligó a sentarse.

—Te ruego que esperes a que amanezca y en cuanto salga el sol nos iremos de aquí.

El sol tardó en salir más de lo habitual. O si salió, volvió a esconderse entre los nubarrones y el humo del paisaje devastado. Carmen había conseguido quedarse dormida sobre Federico cuando un estruendo ensordecedor de apenas un segundo interrumpió la levedad de su sueño. Al estrépito le siguió el derrumbe del techo de la nave sobre las bestias, sobre Carmen, sobre Federico y sobre el burro sin nombre, que dio un respingo y emitió un roznido lastimero que fue lo último que Carmen Trilla oyó antes de fundir a negro su mirada y sentir el peso de la guerra sobre su cuerpo enflaquecido.

—¡Carmeeeen!

El grito se ahogó en sí mismo.

—¡Caaaaarmen! —rugió Federico.

Se retiró los escombros que habían caído sobre él para salvar a Carmen. Su cuerpo inmóvil estaba cubierto por ladrillos y restos de aluminio, cristales y plásticos.

—¡Carmen, Carmen, Carmen, vida mía! Dime algo, por Dios. Por tus hijos, háblame.

Carmen había quedado atrapada por una traviesa que cayó sobre su cabeza. La sangre fluía a borbotones.

—¡Carmen, Carmen!

El esfuerzo por levantar la viga lo hizo caer varias veces al suelo.

—¡Malditos canallas! ¡Me la habéis matado y pagaréis por ello! ¡Cabrones, cabrones! ¡Os espera el maldito infierno!

Federico se deshizo en llanto. Ese hombre que había visto la muerte tan de cerca, cuando de verdad la tocó, solo pudo gritar:

—¡Hijos de puta!

Un pelotón de doscientos hombres de uniforme del ejército británico entró en la nave con sus fusiles en ristre.

—*Meine Frau und ich sind Menschen des Friedens!* —vociferó Federico ignorando su nacionalidad.

Era lo único que sabía decir en la lengua del enemigo. Lo había memorizado a sabiendas de que algún día necesitaría pronunciar la frase entera y sin titubeos: «Mi mujer y yo somos gente de paz».

—*British Army!* —gritó uno de los soldados apuntando al pecho de Federico.

—¡Inocentes! ¡Somos inocentes y civiles!

Federico se puso en pie, levantó las manos y, girando el cuello hacia Carmen, les pidió ayuda.

—Ayúdenme, se lo ruego. Ayúdenme a sacarla de ahí. ¡Se lo suplico!

El soldado que dirigía el pelotón se acercó hasta ellos y,

al comprobar que Carmen se moría atravesada por la madera, mandó varios hombres a levantarla.

—*Come on! One, two, three!*

Tiraron de ella y el cuerpo de Carmen se volteó hacia un lado. Estaba moribunda. Apenas sujeta a un hilo de vida.

—*Severely injured, man.*

—No, por Dios, Carmen, dime algo...

El jefe de la cuadrilla corrió a por el botiquín de primeros auxilios. Vació su cantimplora sobre la herida y la luz de la mañana iluminó el boquete de unos diez centímetros desde la ceja sobre el ojo izquierdo hasta la mitad de la cabeza. El soldado espolvoreó sulfanilamida para prevenir la infección. Federico alzó la mirada y vio cómo los británicos retiraban los cadáveres de sus compañeros.

—¡Oiga! ¿Adónde los lleva?

—Vamos a retirarlos —contestó uno de los militares en francés con marcado acento británico.

—¿Cómo? —preguntó Federico.

El soldado no respondió. Hizo un gesto con la cabeza hacia fuera de la nave. Federico posó la cabeza de Carmen en el suelo y se lanzó sobre él con el dedo índice erguido como un puñal.

—Si le importa un muerto más que una mujer que aún vive es que no tiene corazón. ¡Haga el favor de ayudarme a evacuar a mi esposa o lo pagará en el infierno!

El que actuaba de cabecilla miró a su colega y asintió con la cabeza.

—Que la saquen. ¡Hagan hueco!

El semioruga aparcado a las puertas de la granja expulsaba un humo espeso por el tubo de escape. Federico tosió mientras sujetaba a Carmen por los hombros.

—¡Hay que darse prisa, por Dios se lo pido!

Entre tres hombres la colocaron junto al montón de muertos uniformados.

—¡Un hospital, por favor, un hospital! —clamaba Federico.

Nadie parecía oírlo en ese carro que avanzaba por las carreteras antes recorridas sobre el burro sin nombre que se quedó en la granja esperando mejor vida, mientras Carmen se moría rodeada de cadáveres.

No tardaron en llegar al hospital subterráneo.

—Esta posición no será bombardeada. Se lo aseguro.

Federico se creyó aquellas palabras porque no tenía nada más en que creer. Pocos minutos después, Carmen fue intervenida a la luz de unas velas. Gemían los moribundos y deliraban los heridos. Los había con los tímpanos estallados, con las extremidades amputadas o reventados por dentro sin saber por dónde. Olía a sudor y a sangre. A sal y a metralla. Pero Federico olía también a Carmen.

La intervención duró casi una hora.

—Le hemos pinchado morfina para que soporte los dolores —le dijo el doctor retirándose los guantes y tirándolos a la basura—. Perderá la visión del ojo izquierdo. Ha tenido un desprendimiento de retina y el impacto le ha provocado una contusión craneal de consecuencias impredecibles.

—Pero está viva, doctor.

—Podría estar muerta.

Federico nunca supo si el diagnóstico de aquel médico de bata blanca salpicada de sangre era un deseo.

CAPÍTULO 76

La evacuación de Carmen hacia Bruselas se produjo el 28 de mayo de 1940 en una Dodge de la Cruz Roja. Escasos cien kilómetros separaban Tournai de la capital de la Bélgica ocupada.

Un día antes, el rey Leopoldo, en contra de sus generales y de los aliados y en favor únicamente de su pueblo, había anunciado la rendición de su ejército. El alto el fuego se hizo efectivo a la hora fijada por Hitler: las cuatro de la madrugada.

Los techos de lona de la Dodge temblaban por las rachas de viento huracanado que los sorprendió a mitad del viaje.

Carmen había recuperado el habla y la visión del ojo sano, pero era un guiñapo que no podía mantenerse en pie.

—Mis niñas. Haz lo posible porque mis niñas sepan que aún estoy viva —rogó a Federico.

Los soldados la habían envuelto en mantas para amortiguar el traqueteo de la furgoneta. Llevaba la cabeza vendada con restos de sábanas del hospital y mordía el puño de la chaqueta de Federico para contener el dolor seco y punzante que recorría su cuerpo.

Uno de los militares que los acompañaban en la parte trasera abrió una pequeña tartera. El pan tenía moho y las salchichas estaban recubiertas de una pelusa blanca. Levantó la lona y la tiró a la carretera. Las petacas se habían agotado y las cantimploras estaban vacías. Pero a la entrada a la ciudad, como si fuera un milagro caído del cielo, decenas de botellines de cerveza empezaron a volar desde los carros de combate. La ilusión por el alto el fuego se mezcló con el sabor de la derrota y la rendición sin condiciones exigida por Hitler. Poco más pudo hacer su rey frente a la dimensión de la tragedia y las cifras exorbitadas de bajas.

Con una sacudida que descompuso a Carmen, el coche paró en el número 117 de la rue Vanderkindere. Entre varios hombres y el portero que aguardaba a las puertas de la finca subieron a Carmen hasta la vivienda.

Parecía inconsciente. No respondía a las preguntas de Federico.

—Carmen, ya estamos en casa. Dime algo.

Un gemido de dolor salió de su boca cuando la tumbaron sobre la cama y la arroparon con las sábanas limpias. El apartamento olía a cerrado y la nieve se había colado por una de las ventanas que olvidaron cerrar. El suelo de madera se había podrido y un charco había mojado los bajos de las cortinas. Federico despidió al portero y a los soldados sin poder ofrecerles nada a cambio. Estrechó sus manos y, sintiendo la emoción por esos galones que nunca más volvería a lucir más que en sus íntimos pensamientos, hizo un gesto militar.

—Servidor del ejército republicano de España —dijo haciendo sonar los tacones de sus zapatos—. ¡Viva Bélgica, viva España!

Antes de retirarse, el portero se dirigió a él.

—Señor Escofet, he sufrido por ustedes.

—Se lo agradezco de corazón. Hemos visto el horror, la peor de las pesadillas... Y se lo dice alguien que vivió la guerra de España desde el frente —contestó Federico.

—¿Ha tenido oportunidad de ver la ciudad?

—Todavía no.

—No lo haga. Se le caerá el alma a los pies.

—También eso lo he vivido una vez. Contemplar la caída de la ciudad donde uno nació es el peor castigo de los dioses.

—Así me siento yo: castigado. Quiero que sepa que acumulo cartas de España. ¿Se las subo?

—Se lo ruego —contestó—. No debo dejarla sola ni un minuto.

—De inmediato.

El portero voló escaleras abajo y escaleras arriba. Federico aguardaba en la puerta pensando en las palabras que había utilizado para hablar de Barcelona y de su rendición a manos de los nacionales y de ese castigo divino que acaso lo fue, pero que no podría compararse con perder a Carmen. Le entregó las cartas y se marchó.

Federico se sentó a la mesa del comedor y fue abriendo una tras otra, sorteando las palabras para no encontrar la mala noticia. Por suerte, las letras eran ruegos de señales de vida que firmaban la Manola y Mercedes.

La última estaba escrita por Tomía. Nunca antes había abierto una carta a nombre de Carmen, pero ella tardaría meses en leerla, si es que algún día podía hacerlo.

¿Cuándo nos llevas a Bruselas, mami? Cuyaya y yo queremos estar contigo. No nos importa ir allí al colegio. Nos portaremos bien y sacaremos buenas notas. La señorita Usandizaga ha dejado de venir a casa porque el nene ya no está, pero de vez en cuando nos visita y practicamos francés con ella. La tía nos ha dicho que es importante que lo hagamos porque en tu nuevo país hablan ese idioma.

Mami, llévanos contigo, ¿vale?

Federico no pudo seguir leyendo. Metió la cuartilla en el sobre, recorrió el pasillo entre tinieblas y se sentó al lado de Carmen. De su cuerpo emanaba un calor hirviente. Levantó unos centímetros el trozo de tela que hacía de venda e introdujo la mano hasta cubrirle la frente. Estaba ardiendo. La fiebre la había invadido por completo.

—Carmen, despierta, Carmen.

—Federico...

—Dime, mi amor.

—Quiero ver a mis hijos.

—Pronto, muy pronto. Ahora tienes que descansar para recuperarte.

—Necesito verlos.

—Carmen...

Tenía los ojos cerrados y la respiración agitada.

—Las fotos, Federico. Trae sus fotos.

Federico hizo memoria. Recordó haberlas guardado en el bolsillo de su chaqueta cuando la desnudaron en el hospital subterráneo. Corrió al salón y sintió alivio al notarlas entre sus dedos.

Carmen apenas pudo separar los párpados.

—Ponlas ahí —dijo moviendo la mano hacia la mesilla de noche donde Federico las colocó en la misma posición, tal y como a ella le gustaba verlas, apoyadas en el cristal de Bohemia de la lámpara—. Y ahora déjame con ellos.

La lluvia sonaba tras las ventanas. Se asomó para ver cómo el agua limpiaba de guerra las calles de un país hundido.

Se concentró en sus recuerdos y escuchó el silbido de los árboles en Tremolencs.

Y la risa de Carmen en el paseo de La Garriga.

Reconoció en sus labios el sabor del primer beso. Y la buscó entre las sábanas de Sicilia, en la celda de Montjuïc y en el océano de Cádiz.

Y al recorrerla con la memoria la encontró a su lado en el hospital militar. La cogió del brazo y la sentó sobre sus rodillas en el hotel Victoria y volvió a escuchar su risa entre los besos negados.

Se guardó para sí lo que pensaba de la vida porque después de ese amor todo eran palabras.

Había oscurecido. El eco de unas campanas lejanas le devolvió a su silencio.

Allí...

Donde los árboles no silbaban.

Ni sonreían los labios.

Ni se amaban los cuerpos.

Allí...

Donde el amor, después de Carmen, solo eran palabras.

Y como si supiera que todo había acabado, recorrió descalzo la distancia eterna que había empezado a separarlos.

La rozó con los dedos y sintió el frío de su muerte.

El cuerpo inmóvil.

Los ojos entreabiertos y serenos para que lo último que le devolviera la vida fuera la mirada de papel de aquellas fotografías.

EPÍLOGO

Volví a ver a Federico en julio de 1979. Nos encontramos en Bruselas, adonde viajé en coche. Me costó un año decidirme. Pero al final lo hice.

El hombre que me esperaba a las puertas de la última vivienda en la que respiró mi madre era un viejo. Cojeaba de un pie y, de cuando en cuando, se interrumpía a sí mismo para coger aire o para controlar la aceleración de su corazón cansado.

El día estaba soleado e invitaba a caminar, y caminamos por las mismas avenidas por donde paseó mi madre. Nos paramos en los bancos de los parques donde ellos lo hicieron alguna vez.

—Tomía, aquí nos besamos. Aquí nos amamos. Aquí soñamos con los ojos abiertos que un día ella estaría con vosotras y os volvería a abrazar y os comería a besos.

—Nuestro amor por ella fue infinito —le dije—. Nadie nos ha querido como nuestra madre. A ti, en cambio, han debido de quererte mucho, Federico.

Federico enmudeció.

Sí, a aquel hombre le habían querido mucho y muchas veces.

Y, sin embargo, tenía mirada de perdedor.

—Nadie como ella, Tomía.

Después del largo paseo, le pedí que me dejara ver la habitación donde había muerto mi madre. Me senté en la cama y recorrí la almohada con los dedos. Incluso me tumbé y miré el techo para ver lo que ella vio. Federico me contó que murió de lado con los ojos a medio cerrar y que nos estaba mirando en unas fotografías que nunca he recuperado. Él las metió en el ataúd de mamá por si necesitaba volver a vernos.

De aquel viaje que duró solo dos días lo que yo me llevé fue la mirada de Federico, los ojos del hombre del que se enamoró mi madre.

Él fue la única persona en este mundo que pudo reconstruir sus últimos años de vida.

Y también su muerte.

Ni papá, ni Manola, ni tía Mercedes nos dijeron qué fue de ella o dónde estaba enterrada.

Nunca lo supieron.

Treinta y cuatro años después, Federico me permitió escribir ese capítulo que había quedado en blanco. Nadie se atrevió a ponerle letras porque no sabían, salvo él, por dónde comenzar el relato:

—Vuestra madre murió a las diez y cuarenta minutos de la noche en el ciento diecisiete de la calle Vanderkindere de la ciudad de Bruselas a consecuencia de las heridas provocadas tras un bombardeo durante la segunda guerra mundial. Su cuerpo fue embalsamado y trasladado al depósito de la capital belga. La frontera estaba cerrada y ni a los muertos dejaban entrar. La registré como mi esposa porque solo el vínculo matrimonial me permitía disponer del cadáver sin darle enterramiento. Esto explica que vuestra madre, Carmen Trilla, figurara como esposa de monsieur Federico Escofet en la esquela que os mandé a Rosellón en el último sobre que recibisteis con matasellos de Bruselas. También explica que, a efectos oficiales de los registros belgas, yo sea el viudo de la señora Trilla. Tiempo después, vuestra madre hizo su último viaje en un barco de una naviera española que aceptó trasladar el féretro desde el puerto de Amberes hasta Valencia. Allí lo recibió un amigo mío y lo condujo al cementerio de Montjuïc, donde fue enterrada en un nicho distinto al del nene.

—Nadie nos lo comunicó.

Esas fueron mis últimas palabras y con ellas coloqué la pieza que cerraba la historia. Mi padre llevaba dos años muerto, de tal forma que no pude preguntarle si llegó a saber lo cerca que mamá había estado de nosotras.

El día de su fallecimiento, él nos llamó a la consulta de Rosellón. Nos pidió que nos sentáramos en una silla, nos obligó a poner las manos sobre la mesa y la espalda recta.

—Vuestra madre ha muerto —nos dijo—. Por fin sois unas niñas normales. Podéis iros.

Cuando cerramos la puerta lo oímos llorar como cuando se murió el nene.

Yo no sé si lloré o me tragué las lágrimas. Lo que aún hoy me recorre el espíritu es el dolor más punzante que existe, el del amor no correspondido de una madre. Más que su muerte, que no dejó de merodearnos desde que se marchó, lo que se clavó en mis entrañas fue la promesa no cumplida de llevarnos con ella. Esa había sido nuestra única ilusión. También la del nene... Imaginarnos con ella, agarradas a su mano, abrazadas a su pecho, besándonos las mejillas. Cuyaya y yo recreamos esa escena hasta que la imaginación también nos fue negada.

A los pocos meses, nuestro padre echó de casa a tía Mercedes. Como nunca llegaron a casarse, no hizo falta que mediara ni juez ni sentencia. La pobre mujer hizo las maletas y se marchó sin darnos explicaciones. Quizá ni ella las supo.

Lo siguiente fue enviarnos a un internado de monjas que nos alejó de Rosellón. En cierto modo agradecimos salir de esa casa porque allí solo queríamos vivir con mamá. El internamiento duró tres años. Después volvimos. Manola seguía sirviendo cenas y recogiendo vasos tras las fiestas que organizaba papá para esa sociedad caduca de la que siempre trató de escapar mi madre. Manola era la única que nos conectaba a su recuerdo.

Cuando cumplimos dieciocho años, nos legó sus joyas y a mí me entregó una libreta que mamá había empezado a escribir el 27 de septiembre de 1933, el día que la vida volvió a sorprenderla.

Tenía forma de diario aunque no siguió el orden de los días. Eran frases sueltas, esbozos de sus sentimientos.

Domingo de octubre, 1934

Tomía. Huelo a Tomía. Me devuelve a tierra firme. Queridita hija.

Lunes, anochece

¡Oh! ¡Qué feliz soy cuando abrazo a mis gemelas! Son los ángeles de mis entrañas. Cuyaya es tan seria... Tomía es alegría pura. Tan iguales y tan distintas.

Octubre, mediados, año 34

Federico. ¡Federico!

¿Qué tiene la política para que en su nombre arriesguéis vuestras vidas y la de todo nuestro pueblo?

¡Qué delirio os dicta!

¿Adónde nos queréis llevar?

Martes, 34

Hoy he ido a la iglesia para tratar de aliviarme. Somos egoístas. Yo lo soy. Lo asumo. Busco consuelo cuando la pena me atenaza... La debilidad del nene me arrodilla ante ti, Madre: ¿por qué me niegas el hijo que sostienes en tus brazos?

Noche de diciembre

¿Qué nos ha pasado, José María? Letras que brotan del fondo del corazón. ¿Dónde nos desviamos?

Montjuïc, 35

Hay un hombre bueno en este mundo. Se llama Batet, general Batet. Domingo. La historia le debe una línea de justicia.

Mañana te veré, Federico.

Mi vida, mañana nos tocaremos y besaré tus labios.

Gracias, Batet.

Miércoles en Rosellón

He vuelto a nacer, pero ¡mejor muerta!

La marea me arrastra. Me lleva. Me hunde. ¡Me hundo!

Mis entrañas han parido muerte.

... Un día cualquiera sin Federico

Vuelvo de Cádiz.

Todo pasa demasiado lento. Agonía. Encierro.

Solo me levantan mis hijos. Deseaba volver a Barcelona para acariciarlos, para mecerlos en mis brazos. Sus sonrisas son mi guía. ¡Oh, qué grandeza en sus miradas! El nene sabe mirar con una ternura sobrecogedora.

Marzo, año de guerra

Que la vida os quiera. Manola. Soledad.

... Otro día sin él

Menos mal que os tengo, hijos míos.

Día de nubes y tormenta. Año X

Se me ha hecho de noche. Vivo en penumbras. ¿Dónde estáis, hijos? ¿Adónde os han llevado? Mañana saldrá el sol, pero no hay luz sin ellos.

Año 38

Ha llegado el treinta y ocho y el miedo me va a vencer. Tengo que ser valiente. ¡Por mis hijos, la vida! Por mi amor..., ¿qué no daré por mi amor?

De mi matrimonio solo queda espuma. De José María, nada.

Hotel Victoria

Recupero la felicidad. Federico ha vuelto de la guerra. Herido, pero vivo.

¿Es posible querer tanto a alguien? Solo a un hijo, contesto.

Recorté las páginas de esos días, algunos abstractos, otros concretos, pero todos vividos por mi madre, y copié cada palabra para Cuyaya. Sí, aunque Manola me había entregado a mí el cuaderno, yo no podía negárselo a mi hermana.

La única pena que no he resarcido es que el nene se fuera a la tumba sin saber que nuestra madre nos dejó por escrito la confesión que tantas veces necesitamos escuchar en su voz.

Febrero, año de la derrota (39)

No habrá nada más difícil que vivir sin mis hijos. El frío de mi cuerpo es la ausencia que ya siento. El dolor de esta alma maltrecha lleva sus nombres. ¡Volveré! ¡Seguro que volveré! Os juró que lo haré. Por vosotros.

No volvió.

Pero yo la absolví de sus pecados porque al fin supe que nunca dejó de querernos. Aquellas páginas agrietadas por el tiempo me devolvieron la paz arrebatada que me ha permitido seguir viviendo.

NOTA DE LA AUTORA

En otoño de 2014 conocí a Rosa María e Inmaculada (Tomía y Cuyaya). Fue en su casa de Madrid, donde me citaron para contarme la historia de su madre, Carmen. O lo que sabían de ella. O lo que había archivado su memoria para hacer más llevadero el paso del tiempo y, con él, su dolor. Su relato no revelaba rencor, ni ellas parecían reclamar justicia. Solo buscaban una rendición de cuentas íntima y un reconocimiento póstumo a sus recuerdos, que al final es lo que somos.

Me llamó mucho la atención que las dos hermanas siguieran inundadas de una clase de amor infinito por su madre. Pese a la distancia impuesta, Carmen había conseguido que el sentimiento germinara dentro de ellas.

El poder magnífico del amor fue lo que me impulsó a escribir *Después del amor,* consciente de la responsabilidad de poner letras a la historia de una familia que me autorizaba a novelarla con tanta generosidad que, a veces, he tejido estas páginas con miedo a no utilizar la palabra correcta, el verbo preciso o el calificativo adecuado. Espero haber correspondido a su legado con honradez. Incluso en las páginas que exceden la literalidad de los hechos. Incluso en aquellos pasajes donde me ha dolido Carmen.

La figura de Carmen Trilla me fascinó desde el primer momento por su valentía y su lucha personal en una sociedad en la que las mujeres no estaban autorizadas a amar. Ni a pensar. Ni a construir.

En Carmen siempre pesó el deseo de despojarse de las cadenas de su tiempo, de construir con sus manos un futuro por incierto que fuera, de revolverse contra su condición de mujer sin derecho a amar y a desamar a un hombre: Federico Escofet Alsina.

Nada sabía del personaje —ni quién fue, ni a quién sirvió— cuando ellas pronunciaron su nombre por primera vez. Federico. A secas.

—Federico, que se llevó a mamá.

—Cuando mamá se fue con Federico...

Habría escrito la historia de Carmen si, de verdad, Federico hubiera sido «Federico a secas». Sin embargo, Federico resultó ser un personaje de la otra Historia, la que se escribe con mayúscula. No tardé mucho tiempo en comprobar su trascendencia y, sobre todo, en constatar el poder de aquel hombre público. Su biografía oficial nunca reveló su amor con Carmen. ¿Debía hacerlo? Es una pregunta que me he planteado muchas veces. Me he sentido al mismo tiempo impostora y justa por poner apellido a «Federico a secas».

Durante el proceso de documentación e investigación de los hechos, apareció otra persona clave en esta novela: Xavier Febrés, el biógrafo de Federico Escofet.

Jamás podré olvidar la primera conversación que mantuvimos.

—¿Por qué a alguien de tu generación le interesa el viejo Escofet? —me preguntó.

Y recuerdo que le contesté:

—Me interesa Carmen.

Febrés enmudeció al otro lado del teléfono. No sé qué pasó por su cabeza ni qué sintió cuando mencioné el nombre de Carmen pero, al poco tiempo y tras algunas entrevistas en Barcelona y en Madrid, me entregó tres folios mecanografiados que recogían la verdad del amor de Carmen y Federico. En origen habían sido escritos a mano por Febrés y dictados por el propio Escofet en su exilio de Bruselas.

La conocí en un tren a La Garriga el 27 de septiembre de 1933...

Sólo esa frase me habría bastado... Pero el escrito era prolijo en detalles y preciso en fechas y localizaciones; suficiente para reconstruir la historia. Las fotografías y la abundante correspondencia que Rosa María mantuvo con Federico años después de la muerte de su madre me permitió completarla del todo.

Como base documental he utilizado los libros del propio Federico Escofet. *De una derrota a una victoria*, que llegó a mis manos gracias al librero de la Cuesta de Moyano Javier Fernández, relata los años cruciales de su carrera militar: del 6 de octubre de 1934 al 19 de julio de 1936. *Frederic Escofet. L'últim exiliat*, firmado por Febrés, retrata al monárquico de Alfonso XIII que, defraudado por el régimen de Primo de Rivera, abraza la Segunda República.

En esta novela no hay juicios políticos, ni posicionamientos ideológicos, ni detenimiento en nuestra guerra civil por un compromiso personal y generacional. La historia está ya escrita y no pretendo revisar ninguno de los pasajes recreados en estas páginas. Solo me he permitido la licencia de poner palabras a sentimientos y a emociones.

La hemeroteca de *La Vanguardia* ha sido imprescindible para viajar al dramático 6 de octubre de 1934. O a las calles de la Barcelona republicana. O al horror del Treinta y Seis. O a la segunda guerra mundial. Los periodistas de la época actuaron como notarios de la realidad con una pureza narrativa que, en muchas ocasiones, me ha emocionado.

Debo dar las gracias a todas mis fuentes. A las que me han inspirado y a las que han saciado el vicio de buscar la verdad.

Gracias don Juan de la Herrán, Jefe del Departamento de Cultura del Instituto de Historia y Cultural Naval, y don José María Blanco, capitán de navío retirado y asesor del Instituto de Historia y Cultura Naval.

Gracias Ana Cabanes, de la Fundación del Ferrocarril, y Julio Hermida, del Ministerio de Fomento.

Gracias doña Ana Arnau, tataranieta de don Jaume Antonés.

Gracias Maruca Martínez-Cañavate, archivera del Congreso de los Diputados, que me facilitó los diarios de sesiones de la Segunda República.

Gracias al Instituto Cervantes y a todas las personas que trabajan bajo el auspicio de su nombre con el fin de preservar lo que otros crearon.

Gracias Luis Gargallo Vaamonde por su tesis doctoral «Desarrollo y destrucción del sistema liberal de prisiones. De la Restauración a la Guerra Civil».

Y gracias a todos los que escriben sus recuerdos en esos blogs de internet donde vuelcan sus experiencias de forma altruista y sin recibir nada a cambio.

Gracias Manuel Mateo Pérez por ser faro en la oscuridad y luz en las tinieblas. Por leer y releer. Por escuchar al otro lado. Por sugerir y aportar.

Gracias compañeras de mis días por sostener mis ilusiones.

Gracias Mar Melero por ilustrarme en la moda de la primera mitad del siglo XX que Carmen lució en los escenarios de su vida.

Gracias Manuel Ríos y Mónica Martín-Grande por ayudarme a colocar las piezas de la trama.

Gracias Cuyaya y Tomía, Rosa, Almudena y Miriam porque un día, a través de Pilar y Ángela, me entregasteis vuestros recuerdos y me disteis la libertad de escribir.

Y gracias a mi familia. A mis padres, a mi hermana, a mi marido. Y a mis hijos, Iago y Gonzalo. Por las horas robadas. Por las noches en vela. Porque a veces siento que escribir es una especie de condena que solo se hace dulce cuando el folio se llena de palabras que cuentan una historia.

BIBLIOGRAFÍA

ALTED, Alicia, *La voz de los vencidos. El exilio republicano de 1939,* Aguilar, 2005.

AZAÑA, Manuel, *Mi rebelión en Barcelona,* Espasa-Calpe, 1935.

—, y ORTEGA Y GASSET, *Dos visiones de España,* Galaxia Gutenberg, 2010.

BALCELLS, Albert, *Cataluña Contemporánea II (1900-1939)*, Siglo veintiuno editores, 1974.

ESCOFET i ALSINA, Federico, *De una derrota a una victoria,* Argos Vergara, 1984.

FEBRÉS, Xavier, *Frederic Escofet. L'últim exiliat,* Editorial Pòrtic, 1979.

FLANNER, Janet, *París era ayer (1925-1939)*, Alba Editorial, 2005.

FUMAROLI, Marc, *París - Nueva York - París: viaje al mundo de las artes y de las imágenes,* Editorial Acantilado, 2010.

GARCÍA ABAD, José, *Cataluña, 10 horas de independencia,* Ediciones El Siglo, 2014.

HERNÁNDEZ, Miguel, *Crónicas de la Guerra Civil, un poeta en el frente,* Editorial Sol 90, 2009.

ESLAVA GALÁN, Juan, *La segunda guerra mundial contada para escépticos,* Planeta, 2015.

LEGRAIS, Hélène, *Los niños de Elisabeth,* Grijalbo, 2008.

LLARCH, Joan, *La trágica muerte de Companys,* Plaza y Janés, 1980.

MONTELLÀ, Assumpta, *La maternitat d'Elna,* Now Books, 2007.

Salillas, José Manuel, y Agustín Rafel Llena, *50 años de EAJ 15,* Radio España de Barcelona, Ediciones Picazo, 1980.

Tusquets, Esther, *Habíamos ganado la guerra,* Ediciones B, 2009.

Ucelay-da Cal, Enric, *Contra Companys, 1936. La frustración nacionalista ante la revolución,* Universidad de Valencia, 2012.

Varios autores, *Exilio. La historia olvidada,* El País selección, 2012.

Zweig, Stefan, *El mundo de ayer. Memorias de un europeo,* Editorial Acantilado, 2015.